nekroskop

nekroskop

brian lumley

tłumaczenie:
Adam Podosek-Wilczewski

vis-à-vis
etiuda
Kraków 2005

PROLOG

Ten hotel był okazały i dość sławny. Urządzony znakomicie, nawet z pewnym przepychem. Znajdował się w pobliżu Whitehall i... niezupełnie był tym, na co wyglądał. Jego najwyższe piętro zostało w całości oddane do użytku międzynarodowych przedsiębiorców – w każdym razie tyle na ten temat wiedział dyrektor hotelu. Mieszkańcy ostatniego piętra posiadali osobną windę, schody, a nawet wyjście ewakuacyjne, zupełnie oddzielone od pozostałej części budynku. Właściwie oni – „oni" wydaje się jedynym rozsądnym określeniem, jakim można „ich" opatrzyć w takich okolicznościach – z a j m o w a l i najwyższe piętro, jakby całkowicie poza sferą kontroli i działania administracji hotelu. Patrząc z zewnątrz, niewielu podejrzewałoby, że budynek w rzeczywistości spełniał zupełnie inne funkcje niż normalny hotel. Ale wyglądał zupełnie normalnie – bo „oni" chcieli, żeby tak wyglądał.

Jako „międzynarodowi przedsiębiorcy" – kimkolwiek by byli – „oni" nie istnieli. W rzeczywistości byli organizacją rządową, czy może czymś w rodzaju agencji parabudżetowej. Rząd wspierał ich, niczym drzewo wspiera bluszcz, ale korzenie obydwu pozostawały oddzielne. I może właśnie dlatego większa część członków rządu nie miała pojęcia o „ich" istnieniu. Jak to bywa w·przypadku eksperymentalnych, niedających się przewidzieć przedsięwzięć, „ich" finansowanie miało marginalne znaczenie, pochodziło głównie ze zbywających niewielkich sum w budżecie.

Jednak w przeciwieństwie do innych parabudżetowych przedsięwzięć, natura tego eksperymentu istotnie wymagała dyskrecji. Gdyby „ich" działalność została ujawniona, natychmiast stałaby się skandalem. Bez wątpienia „ich" działalność byłaby postrzegana przez pryzmat podejrzliwości i drwiny, jeżeli nie zwykłej wrogości i niewiary. Opinia publiczna widziałaby tylko całkowicie niepotrzebny wydatek, kolejny ciężar na barkach podatnika, marnotrawienie publicznych pieniędzy. Nie byłoby zresztą żadnego usprawiedliwienia, bowiem korzyści płynące z „ich" pracy były bardzo niepewne. Tak więc każde potknięcie mogło oznaczać zawieszenie lub wręcz likwidację agencji.

Zresztą nawet wielu wtajemniczonych w „ich" działalność miało ochotę na pozbycie się takiej hybrydy albo nawet na wyrwanie jej z korzeniami i zaprzeczanie, jakoby w ogóle kiedykolwiek istniała.

Trzy dni temu pojawiło się niebezpieczeństwo takiego rozwiązania. Główna gałąź została złamana. Ta gałąź, której funkcja polegała na łączeniu bluszczu z ciałem gospodarza, gałąź wprowadzająca stabilność w działanie agencji. Mówiąc krótko, szef Wydziału zajmującego się agencją miał atak serca i zmarł w drodze do domu. Cierpiał na serce od lat, więc jego śmierć nie wydawała się dziwna sama w sobie, ale potem stało się coś jeszcze, coś, co stawiało sprawę w zupełnie innym świetle. Coś, czym Alec Kyle nie chciał obecnie zaprzątać sobie głowy.

Obecnie, w ten chłodny, styczniowy poniedziałek Kyle, następny w hierarchii, musiał oszacować szkody i przemyśleć możliwości (jeżeli takie w ogóle istniały) ratowania całej organizacji. Musiał poukładać wszystko z powrotem. Podstawy przedsięwzięcia zawsze były dość chwiejne, ale obecnie brak przywództwa i określenia kierunku działań mogły bardzo szybko doprowadzić do jego likwidacji. Niczym zamek na piasku, gdy nadejdzie fala...

Rozmyślając o tym, Kyle wszedł przez szklane drzwi wahadłowe do małego hallu, otrzepał płaszcz ze śniegu i opuścił kołnierz. Osobiście nie miał wątpliwości co do zasadności przedsięwzięcia, wprost przeciwnie, uważał, że jest bardzo ważne, ale nie bardzo wiedział, jak bronić go przed sceptycyzmem tych na górze. Tak, sceptycyzmem. Dopóki żył Gormley... Tak, stary Gormley, z pomocą wszystkich swoich kolesi na wysokich stołkach, ze swoim *image*, autorytetem, entuzjazmem i pozytywnym myśleniem był w stanie ratować sekcję.

Tak więc o czwartej po południu Kyle miał zostać wezwany, by bronić swej pozycji i zasadności istnienia Wydziału. Tymczasem, ci u góry już mieli nad nim przewagę i Kyle nawet wiedział dlaczego. Po prostu, nie miał argumentów, nie miał konkretnych rezultatów.

Po pięciu latach pracy nie miał za wiele do pokazania, więc całe przedsięwzięcie zostanie zakończone. Bez znaczenia, jakich argumentów użyje, zakrzyczą go. Stary Gormley potrafił krzyczeć głośniej niż wszyscy oni razem wzięci, a dodatkowo miał wielkie wpływy i prestiż, ale on, Alec Kyle – kim był? Oczami wyobraźni już widział popołudniowe przesłuchanie:

– Tak, panie Ministrze, nazywam się Alec Kyle. Moja funkcja w Wydziale? No... poza tym, że jestem zastępcą sir Keenana, byłem, to znaczy właściwie jestem, no... jakby to powiedzieć... prognostykiem. Przepraszam? Ee... to znaczy, że przewiduję przyszłość, proszę pana. No nie, muszę przyznać, że nie potrafię podać, kto wygra jutro o trzeciej trzydzieści w Goodwood. Generalnie, moje przewidywania nie są tak dokładne. Ale...

To będzie beznadziejne! Sto lat temu nikt nie wierzył w hipnozę, zaledwie piętnaście lat temu wyśmiewano akupunkturę. Jak mógł żywić nadzieję, że przekona ich o ważności wydziału i jego pracy? Ale z drugiej strony, przezwyciężając poczucie beznadziei i osobistej porażki, Kyle podświadomie poczuł coś innego, coś, co mówiło mu, że jeszcze nie wszystko stracone, że jakoś ich przekona, że wydział przetrwa. Dlatego też przyszedł tutaj – aby przejrzeć materiały Keenana Gormleya, przygotować coś w rodzaju raportu o wydziale, kontynuować walkę o jego przetrwanie.

Ostatniej nocy przyśniło mu się, że rozwiązanie leży właśnie tutaj, w tym budynku, wśród papierów pozostawionych przez Gormleya. Być może „przyśniło się" to złe określenie. Objawienia Kyle'a – owe migawki zdarzeń, które jeszcze się nie wydarzyły – zawsze zjawiały się podczas mglistych chwil pomiędzy snem a przebudzeniem, tuż przed odzyskaniem pełnej świadomości. Przywoływał je zazwyczaj dzwonek budzika, ale równie dobrze mógł to być pierwszy promień słońca, wpadający przez okno sypialni. Tak też stało się tego poranka, gdy pierwsze smugi światła kolejnego szarego dnia wpadły do pokoju, przypominając, że oto nadszedł nowy dzień.

I wtedy nadeszła wizja. Choć może „przebłysk" byłby lepszym określeniem. Wiedząc, że to zjawia się tylko na chwilę i zaraz zniknie bezpowrotnie – Kyle skoncentrował się, jak tylko mógł najbardziej. Nie zamierzał niczego przegapić. Wszystko, co kiedykolwiek „widział" w ten sposób, okazywało się potem niezwykle ważne.

Tym razem zobaczył samego siebie siedzącego za biurkiem Keenana Gormleya. Przeglądał jego papiery, jeden po drugim. Prawa górna szuflada była wysunięta, a wyjęte z niej dokumenty i akta leżały przed nim na biurku. Ogromny sejf Gormleya stał nietknięty przy ścianie gabinetu, a trzy klucze do niego Kyle miał już na biurku. Każdy z nich otwierał osobną skrytkę w sejfie, a każda skrytka miała inny szyfr. Kyle znał je wszystkie, ale nie zawracał sobie teraz tym głowy. To, czego szukał, znajdowało się w rozrzuconych na biurku papierach.

W swojej wizji Kyle zobaczył, jak siedząc na krześle Gormleya, osobiście pochyla się nad jedną z teczek. Była to żółta aktówka, co znaczyło, że dotyczy jakiegoś członka organizacji. Kogoś, kogo Gormley miał na oku, być może kogoś naprawdę utalentowanego.

Po tej pierwszej migawce obraz, jak na zwolnionym filmie, przesunął się bliżej Kyle'a. Poczuł, jakby jego alter ego podniosło aktówkę, tak by mógł przeczytać nazwisko na okładce: Harry Keogh.

To było wszystko. Od tego momentu Kyle zaczął się budzić. Trudno mu było stwierdzić, co to wszystko miało znaczyć. Już dawno temu zaprzestał prób zrozumienia znaczenie swoich „przebłysków". Ale jedno wiedział na pewno: że jakieś znaczenie mają. W każdym razie, jeśli cokolwiek dzisiaj go tutaj przyniosło, był to ten krótki i niewytłumaczalny „sen" tuż przed przebudzeniem.

Było jeszcze wcześnie rano. Kyle'owi udało się przedrzeć przez zatłoczone ulice Londynu zaledwie w kilka minut. Za godzinę wszędzie dookoła zapanuje zgiełk, ale tutaj było wciąż cicho jak w przysłowiowym grobowcu. Pozostali pracownicy administracji (ledwie troje, włączając w to maszynistkę!) mieli wolne z powodu śmierci szefa, więc biura na górze były zupełnie puste.

W małym hallu Kyle nacisnął przycisk windy, która nadjechała niemal natychmiast. Gdy tylko otworzyły się drzwi, Kyle wszedł do środka, wyciągnął swoją przepustkę i włożył w otwór kontrolny. Winda drgnęła, ale nie ruszyła z miejsca. Drzwi otworzyły się ponownie, chwilę pozostały otwarte, po czym zamknęły się z powrotem. Kyle zmarszczył brwi, spojrzał na przepustkę i bezgłośnie zaklął. Jej ważność wygasła wczoraj.

Normalnie Gormley przedłużyłby jej ważność od razu na którymś z wydziałowych komputerów; teraz Kyle będzie musiał zrobić to sam. Na szczęście, pośród różnych drobiazgów, miał przepustkę Gormleya. Winda ruszyła w górę. Posługując się tym samym identyfikatorem, dostał się w końcu do biura.

Dzięki oddaleniu od ulicy oraz dźwiękoszczelnym oknom i podłogom w środku panowała głucha cisza. Miało się wręcz poczucie przebywania w próżni, poczucie, że gdy wsłucha się w tę ciszę, przestanie się oddychać. Szczególnie w pokoju Gormleya, gdzie ktoś domyślny opuścił żaluzje. Ale ponieważ nie zsunęły się całkowicie, więc światło wpadające przez przyciemniane, zielonkawe szyby malowało pokój w poziome smugi. To czyniło ten tak przecież dobrze znany pokój dziwnie obcym, niesamowicie nierzeczywistym...

Kyle stał w progu i długo patrzył się przed siebie. Wreszcie wszedł, zamknął za sobą drzwi i ruszył na środek gabinetu. Został już zidentyfikowany przez czujniki, zarówno tutaj, jak i w pozostałych pomieszczeniach. Jedynie na monitorze w ścianie, obok biurka Gormleya, pojawił się napis:

SIR KEENAN GORMLEY JEST W TEJ CHWILI NIEOBECNY.
TO JEST STREFA STRZEŻONA. PROSZĘ O IDENTYFIKACJĘ
NORMALNYM GŁOSEM LUB
NATYCHMISTOWE OPUSZCZENIE STREFY.
W PRZYPADKU POZOSTANIA TUTAJ LUB
NIEZIDENTYFIKOWANIA ZOSTANIE WYDANE
DZIESIĘCIOSEKUNDOWE OSTRZEŻENIE.
NASTĘPNIE DRZWI I OKNA ZAMKNĄ SIĘ AUTOMATYCZNIE.
POWTARZAM: TO JEST STREFA STRZEŻONA.

Kyle nic nie powiedział. Przekornie czekał, czując wzbierającą agresję wobec zimnej, bezmyślnej maszyny. Chwilę potem ukazała się kolejna informacja:

DZIESIĘCIOSEKUNDOWE OSTRZEŻENIE ROZPOCZYNA SIĘ
TERAZ... DZIESIĘĆ... DZIEWIĘĆ... OSIEM... SIEDEM...

– Alec Kyle – powiedział niechętnie.
Nie chciał zostać tu zamknięty. Maszyna rozpoznała barwę jego głosu, przestała odliczać i rozpoczęła nową śpiewkę:

DZIEŃ DOBRY PANIE KYLE...
SIR KEENAN GORMLEY JEST NIEOBECNY...

– Wiem – powiedział Kyle – nie żyje.

Podszedł do klawiatury i wyłączył system bezpieczeństwa. PROSZĘ AKTYWOWAĆ PRZED WYJŚCIEM – odpowiedziała maszyna i wreszcie zgasła.

Kyle usiadł za biurkiem. „Co za świat! – pomyślał. – Cholernie zabawny układ! Roboty i romantycy. Nadnauka i sprawy nadprzyrodzone. Telemetria i telepatia. Komputerowe wzory prawdopodobieństwa i jasnowidztwo. Wynalazki i duchy!"

Sięgnął do kieszeni po papierosy i zapalniczkę. Wraz z nimi wyciągnął klucze Gormleya do sejfu. Bez zastanowienia położył je w wolnym kącie biurka. Utworzyły ten sam wzór, co w porannym „przebłysku" przyszłości. „Świetnie, zaczynajmy!"

Spróbował otworzyć szufladę biurka. Była zamknięta. Wyjął notes Gormleya z zewnętrznej kieszeni płaszcza, sprawdził kod. SEZAMIE OTWÓRZ SIĘ – odczytał.

Nie mogąc opanować śmiechu, Kyle wystukał szyfr na klawiaturze i spróbował raz jeszcze. Prawa górna szuflada otworzyła się leciutko. W środku znajdowały się papiery, dokumenty, akta...

„Teraz dopiero będzie zabawa" – pomyślał.

Wyjął wszystkie papiery i położył przed sobą na biurku. Zostawiając otwartą szufladę (jego „przebłysk" raz jeszcze!), zaczął je przeglądać, odkładając po kolei do szuflady. Był pewien, że przeczucie go nie zawiodło. W końcu dotarł do żółtej teczki. Na okładce widniał napis: „Harry Keogh".

Harry Keogh. Pomijając ostatni „sen", skądś znał to nazwisko. Kiedyś pojawiło się podczas gry słownych skojarzeń, w którą zwykł się zabawiać z Keenanem Gormleyem. Teczki jednak nie widział nigdy w życiu, w każdym razie nie w życiu na jawie. Siedział i przyglądał się jej, dokładnie jak we śnie. To było dziwne uczucie. I...

We śnie pokazał teczkę samemu sobie... Teraz też tak zrobił. Głupio się czuł – nie bardzo rozumiał, dlaczego to robi. Ale jednocześnie poczuł, jak jego ciało przenika obca energia, coś poza wszystkimi dotychczasowymi doświadczeniami, coś przekraczającego całą jego wiedzę.

„Wielki Boże! Wynalazki i duchy!"

Jeszcze przed chwilą w pokoju było przyjemnie ciepło. W biurach z centralnym ogrzewaniem nigdy nie było zimno. Przynajmniej nie powinno być. A teraz, w ciągu kilku sekund temperatura gwałtownie spadła.

– Jezu Chryste! – szepnął, a jego oddech niemal zamarł w lodowatym powietrzu. Teczka wysunęła mu się ze zdrętwiałych palców i z hałasem spadła na biurko. Ten dźwięk oraz to, co zobaczył, zupełnie go sparaliżowało. Po chwili drgnął gwałtownie i zaczął się cofać aż pod okno.

Naprzeciwko niego, w połowie drogi między drzwiami a biurkiem ktoś – *zjawa?* – stał. W pierwszej chwili Kyle pomyślał, że widzi siebie samego, jak w porannym śnie. Po chwili przekonał się jednak, że ma do czynienia z kimś – lub *czymś* – zupełnie obcym. Nawet przez myśl mu nie przeszło, że to, co widzi, jest nierealne, i ani przez moment nie wątpił, że widzi coś nadprzyrodzonego! Zresztą nie mogło być inaczej. Czujniki kontrolujące całe biuro nic nie wykryły. Gdyby pojawił się jakiś intruz, natychmiast włączyłby się alarm. A jednak się nie włączył. Ergo, nie było czego wykrywać – a jednak Kyle TO widział.

TO, a w zasadzie on, zupełnie nagi chłopiec, stał tam i patrzył prosto w oczy Kyle'a. Stopy nie dotykały dywanu, a smugi zielonego światła z okien przeszywały jego ciało. TO było całkowicie niematerialne.

Kyle cały czas czuł się obserwowany. W głębi duszy spytał samego siebie: „Przyjaciel czy...?"

Przesuwając się z powrotem do przodu, wyłowił oczami coś w otwartej szufladzie biurka. Browning, kaliber 9 mm, automatyczny. Wiedział, że Gormley nosi broń, tej jednak nie znał. Zastanawiał się, czy pistolet był naładowany i nawet jeśli tak, to czy użycie go miałoby jakikolwiek sens?

– Nie – powiedziała nagle zjawa, nie poruszając przy tym ustami i niezwykle powoli kręcąc głową. – Nie miałoby.

– Jezu Chryste! – wyszeptał Kyle, znów bezwiednie odsuwając się od biurka. – Ty czytasz w moich myślach!

– Każdy ma swój talent, Alec – nieznacznie uśmiechając się, stwierdziła zjawa.

Kyle zaczął się zastanawiać, jak będzie łatwiej porozumieć się ze zjawą – myśląc czy mówiąc?

– Po prostu mów do mnie, tak będzie łatwiej – powiedziało widmo.

Kyle przełknął ślinę, usiłował coś powiedzieć, w końcu wydusił z siebie:

– Ale kim... czym... czym ty, do diabła, jesteś?

– To bez znaczenia, kim ja jestem. Wystarczy to, kim byłem i kim będę. Teraz posłuchaj, mam ci wiele ważnych rzeczy do opowiedzenia. To może trochę potrwać, nawet parę godzin. Potrzebujesz czegoś, zanim zaczniemy?

Kyle wpatrywał się w... cokolwiek to było. Oderwał na chwilę wzrok, po czym spojrzał znowu. Zjawa nieporuszenie trwała w tym samym miejscu. Wydawała się rozumna – istniała i chciała z nim rozmawiać. Dlaczego z nim i dlaczego teraz? Wątpliwe, aby szybko się dowiedział. Ale, na litość Boską, on sam też chciał z nią rozmawiać! Miał oto przed sobą naprawdę zdumiewającego, żywego ducha albo...?

– Czy czegoś potrzebuję? – drżącym głosem powtórzył pytanie do siebie.

– Zamierzałeś zapalić papierosa – przypomniało widmo. – Może chciałbyś też zdjąć płaszcz i przynieść sobie kawy, jeśli chcesz to zrobić, zaczniemy za chwilę.

Ogrzewanie znowu zaczęło działać. Kyle ostrożnie wstał, zdjął płaszcz i zawiesił go na oparciu fotela.

– Kawa? – powtórzył. – Tak, zaraz wracam.

Wyszedł zza biurka i przeszedł obok swego gościa. Zjawa obróciła się, patrząc, jak wychodzi z pokoju. Wyglądała niczym cień unoszącej się w powietrzu istoty, bezcielesna, jak obłok lub kłąb dymu. Była w niej jakaś moc. Jakże wdzięczny był Kyle, że nie podążyła za nim... Włożył dwie pięciopensówki do automatu stojącego w głównym biurze. Zanim kubek się napełnił, skorzystał z toalety i zabrał go w drodze powrotnej. Widmo czekało na niego. Kyle ostrożnie je okrążył i ponownie zasiadł za biurkiem.

Zapalił papierosa i przyjrzał się gościowi nieco dokładniej. Chciał utrwalić sobie ten obraz w pamięci.

Biorąc pod uwagę fakt, że zjawa właściwie nie dotykała podłogi, mogła mieć około metra osiemdziesięciu wzrostu. Gdyby ciało było realne, ważyłoby około siedemdziesięciu kilogramów. Kyle nie miał pewności co do koloru skóry, bo TO cały czas błyszczało jakimś dobywającym się z wewnątrz światłem. Włosy, a raczej brudne kudły, miały barwę piasku. Drobne nieregularne kropki na policzkach i czole były przypuszczalnie piegami. Duch przypominał dwudziestopięcioletniego mężczyznę, choć w pierwszym momencie wydawał się o wiele młodszy.

Interesujące były oczy. Miały zadziwiająco błękitną barwę i przeszywały Kyle'a na wylot, jakby sam był duchem. Ale było w nich coś jeszcze – coś, co mówiło, że wiedzą o wiele więcej niż przeciętny dwudziestopięciolatek może wiedzieć. Jakby drzemała w nich zamknięta mądrość wieków, wiedza stuleci skryta pod jasnobłękitnymi tęczówkami.

Poza tym wyglądał całkiem zwyczajnie, jakby był z porcelany i podobnie jak ona kruchy. Szczupłe dłonie, chude, zwisające ramiona, blada skóra. Gdyby nie oczy, raczej nikt by się za nim nie obejrzał na ulicy. Był po prostu młodym mężczyzną... albo młodym duchem. A może bardzo starym duchem?

– Nie – powiedział przez nieruchome usta przedmiot ocen Kyle'a. – Nie jestem żadnym duchem. Przynajmniej nie w klasycznym tego słowa znaczeniu. Skoro już mnie pan nieco poznał, możemy zaczynać?

– Zaczynać? Oczywiście – Kyle omal nie wybuchnął histerycznym śmiechem.

– Jesteś pewien?

– Tak, tak. Zaczynajmy natychmiast. Ale, hmm, czy mogę to nagrać? Dla potomności lub coś w tym rodzaju, rozumiesz? Tu mam magnetofon i...

– Maszyna mnie nie usłyszy – powiedziało widmo, znów powoli kręcąc głową. – Przepraszam, ale mówię tylko do ciebie, t y l k o do ciebie. Myślałem, że to rozumiesz? Ale... jeśli chcesz, to rób notatki.

– Notatki? Tak. – Kyle pogrzebał w szufladach biurka, znalazł kartki i ołówek. – W porządku, jestem gotów.

– Historia, którą ci opowiem jest... dziwna – tamten pokręcił powoli głową. – Ale pracujesz w takim miejscu, że nie powinna wydawać ci się niewiarygodna. Jeżeli nie uwierzysz... Będziesz musiał potem nieźle popracować. Wtedy prawda, którą ci powiem, wyjdzie na jaw. Nie masz pewności co do przyszłości Wydziału? Teraz się tym nie martw. Nadal będziesz pracował, a twoja praca będzie coraz ważniejsza. Gormley był szefem, ale teraz nie żyje. Teraz ty będziesz szefem... na jakiś czas. Dasz sobie radę, zapewniam cię. Tak naprawdę, śmierć Gormleya niczego nie zmieniła na gorsze, wprost przeciwnie. Opozycja? Została rozbita i być może nigdy się z tego nie podniesie. Jest na najlepszej drodze do upadku.

Zjawa mówiła, a oczy Kyle otwierały się coraz szerzej, coraz bardziej prostował się na krześle. To (on, do cholery!) wiedziało wszystko o wydziale. Wiedział o Gormleyu. Wiedział o „opozycji", co w terminologii wydziału oznaczało jego rosyjski odpowiednik. Co to ma znaczyć, że zostali rozbici? Kyle nie miał o tym pojęcia! Skąd ta istota ma takie informacje? Ile naprawdę wie?

– Wiem więcej, niż możesz sobie wyobrazić – powiedziała zjawa, lekko się uśmiechając. – A tego, czego nie wiem, mogę się szybko dowiedzieć.

– Zrozum – powiedział Kyle, broniąc się. – Rzecz nie w tym, że wątpię w to, co mówisz, tak jak nie wątpię, że jestem przy zdrowym zmysłach, chodzi o to, że próbuję wszystko poukładać i...

– Rozumiem – przerwał tamten. – Ale proszę cię, poukładasz sobie, jak skończymy. Jeżeli potrafisz. W mojej opowieści pojęcie czasu będzie nieco zagmatwane, musisz się do tego przyzwyczaić. Ale będę się trzymał chronologii, jak to tylko możliwe. Najważniejsze jest to, co chcę ci przekazać. I wynikające z tego konsekwencje.

– Nie jestem pewien, czy zupełnie rozu...

– Wiem, wiem. Usiądź i słuchaj uważnie, wtedy może zrozumiesz.

ROZDZIAŁ PIERWSZY

Moskwa, maj 1971.

W pobliżu miasta, w środku gęstego, sosnowego lasu, gdzie trasa sierpuchowska przecinała przełęcz pomiędzy niskimi wzgórzami, biegnąc w kierunku widocznego na horyzoncie Podolska, stał dom przypominający twierdzę. Pozbawioną już co prawda dawnej świetności i zbudowaną w różnych stylach architektonicznych. Kilka skrzydeł budowli wzniesiono z nowej cegły na starych kamiennych fundamentach, podczas gdy pozostałą część zbudowano z tanich żużlowych pustaków, pomalowanych z grubsza na szaro-zielono, jakby dla ukrycia niedociągnięć konstrukcyjnych. Zwisające przypory i parapety sprawiały przygnębiające wrażenie, a zwężające się ku górze wieżyczki albo minarety wyraźnie chyliły się do ziemi, choć ich kopuły górowały jeszcze nad okolicznymi drzewami. Ich obramowane okna przypominały oczy kogoś z kominiarką na głowie.

Układ budynków, z których wiele pokryto niedawno nowoczesną czerwoną dachówką, mógł sugerować, że jest to coś w rodzaju gospodarstwa rolnego. Ale nigdzie nie było widać zbiorów, zwierząt czy maszyn rolniczych. Całość otaczał wysoki mur, który z racji swej masywnej struktury i wzmocnionych wsporników mógł być pozostałością czasów feudalnych, choć widniały na nim ślady niedawnych prac renowacyjnych. Ciężkie, szare, betonowe bloki zastąpiły kruszące się kamienie i stare cegły. Płynące pod częścią muru głębokie strumienie, tworzyły naturalną fosę, nad którą przerzucono kilka mostów.

Całość budziła grozę. Jednak przelotne spojrzenie z pobliskiej szosy nie wzbudziłoby specjalnych podejrzeń, co do charakteru tego obiektu. Tylko znak przy krzyżówce, gdzie w las odbijała brukowana droga, informował, że cały teren jest „Własnością Państwa", chronioną przez uzbrojone patrole. Ostrzegał wszystkich przekraczających tę granicę przed surową karą. Zmotoryzowani nie mieli prawa zatrzymywać się tu z jakiegokolwiek powodu, wchodzenie do lasu było bez wyjątku surowo zabronione, nie mówiąc już o polowaniu czy wędkowaniu.

Okolica wydawała się opustoszała i odizolowana od świata. Wraz z nadejściem zmroku unosząca się znad strumieni mgła pokrywała wszystko mleczną powłoką i choć światła zaczynały migotać zza zasłon okien na parterze, nie potrafiły zatrzeć złego wrażenia. Blokujące przejazd czarne, ogromne limuzyny na leśnych drogach mogłyby się wydawać porzucone, gdyby nie pomarańczowe ogniki palonych papierosów i dym unoszący się nad tymi jasnymi punkcikami. I jeszcze ledwie rozpoznawalne, skulone, ciche postacie w szarych płaszczach przypominających mundury, z twarzami ukrytymi pod opuszczonymi na oczy kapeluszami, z kwadratowymi ramionami robotów...

Na dziedzińcu głównego budynku stał ambulans, a może karawan, którego tylne drzwi były szeroko otwarte. Ubrany na biało personel na coś czekał, szofer siedział za kierownicą. Obok, w przypominającym stodołę otwartym budynku widać było kontury helikoptera z kwadratowymi szybami migotającymi groźnie w ciemności. Na kadłubie widoczne były insygnia Rady Najwyższej. Na jednej z wież, opierającej się na niskim, okalającym murze, stał mężczyzna ze specjalną, wojskową lornetką i obserwował teren, a zwłaszcza otwartą przestrzeń między murem a głównym pomieszczeniem. Zza ramienia wystawała mu metalicznie niebieska lufa specjalnej wersji Kałasznikowa, wyróżniająca się wyraźnie na tle coraz głębszych ciemności.

Wewnątrz głównego budynku, nowoczesne dźwiękoszczelne ścianki działowe dzieliły duży niegdyś hall na mniejsze, choć wciąż obszerne pokoje, oświetlane przez lampy fluorescencyjne zawieszone wysoko u sufitu korytarza. Każdy pokój był zamykany na kłódkę, w drzwiach tkwiły niewielkie wizjery z przesuwaną od wewnątrz pokrywą. Powyżej zamontowane były czerwone lampki z podświetlanymi napisami: „Nie wchodzić", „Nie przeszkadzać". Jedno z tych światełek w połowie korytarza po lewej właśnie mrugało. Obok, opierając się o ścianę, stał wysoki żołnierz KGB z karabinem maszynowym. Choć teraz rozluźniony, w każdej chwili gotów był stanąć na baczność lub wkroczyć do akcji. Najdrobniejsze uchylenie drzwi, nagłe zgaśnięcie czerwonej lampki spowodowałyby jego natychmiastową reakcję. Żaden z ludzi w środku nie był jego bezpośrednim zwierzchnikiem, ale żołnierz wiedział, że jeden z nich jest tak potężny jak cała wierchuszka KGB, że to prawdopodobnie najpotężniejszy człowiek w Rosji.

Pokój był w rzeczywistości podzielony na dwa pomieszczenia połączone osobnymi drzwiami. W mniejszym siedziało trzech mężczyzn, paląc papierosy i patrząc w ściankę działową, której duża, centralna część była lustrem weneckim. Podłoga pokryta była dywanem, w zasięgu ręki był stolik na kółkach z popielniczką, kieliszkami i butelką wyśmienitej śliwowicy. Milczeli, słychać było tylko stłumione oddechy i szmer klimatyzacji.

Mężczyzna siedzący pośrodku wyglądał na sześćdziesiąt kilka lat, ci po bokach mogli mieć około piętnastu lat mniej. Obydwaj byli jego protegowanymi, rywalizującymi ze sobą. Mężczyzna w środku wiedział o tym, sam zaplanował taki układ. Nazywało się to „przetrwaniem najbardziej dostosowanego"; tylko jeden z nich będzie miał szansę w przyszłości zająć jego miejsce, jeżeli taki dzień w końcu nadejdzie. Drugi zostałby wtedy usunięty. Nadchodzące lata będą czasem ich próby. Tak, przetrwanie najbardziej dostosowanego.

Starszy mężczyzna sączył powoli brandy, zaciągając się papierosem. Mężczyzna po lewej podał mu popielniczkę, połowa gorącego popiołu trafiła do niej, reszta spadła na podłogę. Po chwili dywan zaczął się tlić, uniósł się kłąb gryzącego dymu. Siedzący po bokach umyślnie zignorowali zdarzenie. Wiedzieli, jak bardzo starszy nienawidził nerwowych i drobiazgowych ludzi. W końcu także szef poczuł swąd, spojrzał w dół spod czarnych, krzaczastych brwi i przydepnął butem tlące się miejsce, aż zdławił płomień.

Po drugiej stronie lustra trwały jakieś przygotowania. Na Zachodzie można by było powiedzieć, że jakiś człowiek „się nakręcał". Jego metoda była prosta... Przynajmniej na początku, w świetle tego, co miało stać się potem. Obmywał się. Rozebrał się do naga i mył się dokładnie, niemal drobiazgowo. Ogolił całe swoje ciało z wyjątkiem krótko przyciętych włosów na głowie. Oddał stolec przed i po kąpieli, za drugim razem dokładnie się podmył gorącą wodą i wytarł do sucha ręcznikiem. Następnie, wciąż zupełnie nagi, odpoczywał.

Jego sposób odpoczywania mógł się wydać makabryczny dla niewtajemniczonych, ale to była także część przygotowań. Usiadł obok drugiego człowieka, który leżał w pokoju na pochylonym wózku z szerokim aluminiowym blatem. Położył głowę na złożonych na brzuchu rękach leżącego. Zamknął oczy i wydawało się, że śpi przez około piętnaście minut. Nie było w tym nic erotycznego, nic homoseksualnego. Mężczyzna na wózku również był nagi, dużo starszy od swego kompana, gruby, pomarszczony i prawie łysy z wyjątkiem siwych włosów na skroniach. Był martwy, ale nawet teraz jego blada, nalana twarz, wąskie usta i gęste, schodzące się ukośnie brwi wyglądały okrutnie.

Wszyscy trzej mężczyźni po drugiej stronie lustra w milczeniu obserwowali tę scenę, korzystając ze swego rodzaju klinicznego odosobnienia. Nic nie wskazywało na to, aby ten – artysta? – miał jakąkolwiek świadomość ich obecności. Po prostu „zapomniał" o nich. Jego zajęcie było zbyt ważne, aby zwracać uwagę na to, co się działo poza tym na świecie.

Rozbudził się, podniósł głowę, zamrugał dwukrotnie oczami i powoli wstał. Wszystko było teraz w porządku. Można zaczynać.

Trzej obserwatorzy pochylili się do przodu w fotelach, niemal automatycznie wstrzymali oddech i skupili całą swą uwagę na nagim mężczyźnie. Wyglądało to tak, jakby bali się w czymkolwiek przeszkodzić, choć przecież ich pokój był zupełnie odizolowany i dźwiękoszczelny.

Nagi mężczyzna obrócił wózek z ciałem w kierunku niższego końca, gdzie zimne, blade stopy wystawały nieco, układając się na kształt litery „V". Przystawił do nich miskę. Przyciągnął do siebie drugi wózek i otworzył leżącą pod nim skórzaną torbę pełną skalpeli, nożyc, pił i innych, ostrych jak brzytwa chirurgicznych narzędzi.

W pokoju obserwacyjnym, mężczyzna pośrodku pozwolił sobie na złowieszczy uśmiech, który przeoczyli jego podwładni. Nieco rozluźnieni oczekiwali na początek tej cokolwiek niezwykłej sekcji zwłok. Ich szef ledwo mógł opanować wewnętrzne rozbawienie, w oczekiwaniu, jak zareagują na czekający ich szok. On sam już widział coś podobnego, oni zaś nigdy. To także posłuży mu jako swoisty rodzaj testu.

Nagi mężczyzna podniósł długi, chromowany pręt, ostry jak igła po jednej stronie, z drugiej osadzony na drewnianej rękojeści. Pochylił się nad ciałem, przykładając ostrze do nabrzmiałego brzucha w zagłębieniu pępka i nacisnął całym ciężarem swojego ciała. Pręt zagłębił się w trupa, uwalniając z wydętego wnętrza gazy nagromadzone od czterech dni, jakie upłynęły od zgonu. Wyleciały z sykiem w górę, wprost w twarz nagiego mężczyzny.

– Dźwięk! – warknął środkowy obserwator. Podwładni zerwali się natychmiast z foteli. Ton jego szorstkiego głosu był tak niski, że słychać było niemal jedynie rzężenia mające znaczyć – Szybko, chcę posłuchać.

Przełykając głośno ślinę, mężczyzna po prawej stronie wstał, podszedł do głośnika i nacisnął przycisk oznaczony napisem „Odbiór". Po chwili ciszy usłyszeli ostry świst, gasnący w miarę jak brzuch trupa powoli opadał, zamieniając się w zwały tłuszczu. Gdy gazy się ulatniały, nagi mężczyzna, zamiast się cofnąć, pochylił twarz, zamknął oczy i głęboko się zaciągał!

Z oczami utkwionymi w lustro, niepewnym krokiem obserwator z prawej strony wrócił do swego fotela i opadł na niego ciężko. Usta miał otwarte, tak jak jego rywal po lewej. Obaj przesunęli się na krawędzie foteli, wyprostowali plecy, ręce zacisnęli mocno na drewnianych oparciach. Zapomniany papieros wpadł do popielniczki na stoliku, roztaczając kłęby śmierdzącego dymu. Jedynie obserwator pośrodku wydawał się nieporuszony, jednakowo zainteresowany wyrazem twarzy swych podwładnych, jak i dziwnym rytuałem, jaki miał miejsce za lustrem.

Nagi mężczyzna wyprostował się i stanął nad bezwładnym ciałem. Jedną dłoń przyłożył do uda zmarłego, drugą do klatki piersiowej. Jego oczy znów były otwarte, okrągłe jak talerze. Zwykła, zdrowa barwa skóry młodego, świeżo wyszorowanego ciała całkowicie zniknęła, stała się szara jak zwłoki, których dotykał. Był blady jak śmierć. Wstrzymywał oddech, jakby delektował się smakiem śmierci. Policzki powoli zapadały się. Wtem...

Oderwał dłonie od trupa, wydychając jednocześnie śmierdzący gaz aż zatoczył się do tyłu. Przez chwilę wydawało się, że upadnie, ale zaraz ruszył z powrotem. I jeszcze raz, z wielką ostrożnością, położył dłonie na zwłokach. Sinoszary jak kamień, delikatnie przesuwał drżącymi palcami po ciele od stóp do głowy i z powrotem. Wciąż nie było w tym nic seksualnego, lecz obserwator po lewej spytał szeptem:

– Czy on jest nekrofilem? Co to j e s t, Towarzyszu Generale?

– Siedź cicho i naucz się czegoś! – ryknął mężczyzna pośrodku. – Wiesz, gdzie jesteś, prawda? Nic cię tu nie powinno zaskakiwać. Niedługo się przekonasz, kim on jest. Powiem ci jedno: z tego co wiem, jest tylko trzech takich jak on w całym ZSRR. Jeden to Mongoł z okolic Ałtaju, plemienny szaman, dogorywający na kiłę i dla nas bezużyteczny. Drugi jest beznadziejnie szalony i już został zakwalifikowany do lobotomii, po której będzie dla nas... poza zasięgiem. Zostaje tylko ten, a on zna tę sztukę instynktownie. Więc teraz zamknij się! Oglądasz wyjątkowy talent!

Za szybą „wyjątkowy talent" nagle się ożywił. Jakby poruszany sznurkami przez szalonego, niewidzialnego mistrza marionetek wybuchnął nagle nieoczekiwanymi, chaotycznymi, wręcz spazmatycznymi ruchami. Prawym ramieniem uderzył w torbę z instrumentami, omal nie strącając jej ze stołu. Skurcz wykrzywił jego dłoń na kształt szponów, którymi zaczął poruszać, jakby dyrygował jakimś ezoterycznym koncertem – lecz zamiast batuty trzymał błyszczący, zakrzywiony skalpel.

Wszyscy trzej widzowie wysunęli się do przodu z wytrzeszczonymi oczami i szeroko otwartymi ustami. Twarze podwładnych mimowolnie wyrażały odrazę, na twarzy ich zwierzchnika malowało się tylko spokojne wyczekiwanie.

Z precyzją, zaprzeczającą pozornie ekscentrycznym, a w najlepszym wypadku przypadkowym ruchom jego członków, ramię i dłoń nagiego mężczyzny opadły w dół i rozcięły zwłoki od klatki piersiowej aż do gąszczu poskręcanych, siwych włosów łonowych. Dwa dodatkowe, wydawać by się mogło przypadkowe, ale w istocie dokładne cięcia nastąpiły tak szybko, jakby były kontynuacją pierwszego ruch. Na brzuchu trupa pojawiło się coś na kształt rzymskiej jedynki.

Po chwili odrzucił na oślep narzędzie, zagłębił ręce aż po nadgarstki w środkowym nacięciu i rozchylił na boki płaty skóry brzucha, jakby otwierał rozsuwane drzwi. Zimne, widoczne teraz wnętrzności nie zionęły gazami i nie krwawiły, lecz gdy nagi mężczyzna wyciągnął swoje dłonie, błyszczały ciemną czerwienią.

Wykonanie tych czynności wymagało niemal herkulesowej siły – widocznej w nagłym napięciu mięśni ramion i klatki piersiowej nagiego mężczyzny – gdyż rozdarcie zewnętrznych, ochronnych powłok brzucha musiało być wykonane za jednym razem.

Lecz teraz, gdy trzewia zmarłego były widoczne, dziwny spokój opanował mężczyznę. Ponownie się wyprostował, zachwiał do tyłu na piętach, okrwawione ręce opadły wzdłuż tułowia. Pochylił się znów do przodu, skierował w dół błękitne oczy i rozpoczął powolny, dokładny przegląd wnętrzności trupa.

W drugim pokoju mężczyzna siedzący po lewej, z twarzą błyszczącą od potu, bez przerwy przełykał ślinę i kurczowo trzymał się poręczy fotela. Ten po prawej, blady jak płótno, trząsł się cały. Pomiędzy nimi, były generał armii Grigorij Borowitz, obecnie szef supertajnej Agencji Rozwoju Paranormalnego Wywiadu, całkowicie skoncentrowany, wysunął swą lwią głowę do przodu. Jego nalana twarz wyrażała uwielbienie pomieszane z grozą. Chłonął każdy szczegół przedstawienia, ignorując zupełnie swych, siedzących po bokach, podwładnych. Mimochodem przeszła mu przez głowę myśl, czy w końcu któryś z nich zwymiotuje. I kto będzie pierwszy. I gdzie to zrobi.

Na podłodze pod stołem stał metalowy kosz pełen skrawków papieru i niedopałków papierosów. Nie odrywając oczu od ekranu lustra, Borowitz sięgnął w dół, podniósł kosz i postawił przed sobą na środku stołu. „Niech powalczą o niego – pomyślał. – Jakkolwiek by nie było, któryś z nich nie wytrzyma, a wtedy jego wymioty wywołają identyczną reakcję u drugiego".

Jakby czytając w jego myślach, ten po prawej wysapał:

– Towarzyszu Generale, myślę, że nie...

– Uspokój się! – Borowitz kopnął go w kostkę. – Oglądaj, jeżeli możesz. Jeśli nie, to siedź cicho i nie przeszkadzaj.

Nagi mężczyzna pochylił się. Zbliżył twarz do organów wewnętrznych. Spoglądał szybko w lewo i w prawo, w dół i w górę, jakby czegoś szukał. Rozszerzone nozdrza węszyły podejrzliwie. Brwi, dotychczas gładkie, niesamowicie się nastroszyły. Upodobnił się do wielkiego psa tropiącego swoją ofiarę.

Wtem... Chytry grymas wykrzywił mu szare wargi. Błysk objawienia zaświecił w jego oczach, jakby odkrył tajemnicę lub za moment miał ją odkryć. Wyglądało to tak, jakby chciał powiedzieć: „Tak, coś tu jest, coś się tu ukrywa!".

Odrzucił w tył głowę i zaśmiał się – zaśmiał się głośno, choć krótko, po czym wrócił do przeglądu. Ale ciągle nie mógł znaleźć i radość w jednej chwili zmieniła się w gniew! Wściekle sapiąc, chwycił jakieś narzędzie, którego ostrze zabłyszczało w lustrze. Zaczął wycinać organy, różne żyłki, jakieś pęcherze. Jego praca z rutynowej stawała się coraz bardziej ohydna i chaotyczna. Porozrywane trzewia zwisały z ciała niczym groteskowe strzępy łachmanów. I to nie wystarczyło. Poszukiwana rzecz wymknęła się.

Zapiszczał, co w głośniku w drugim pomieszczeniu zabrzmiało jak skrzypienie kredy po tablicy. Z triumfującym grymasem na twarzy zaczął odcinać zwisające kawałki ciała i miotać nimi dookoła. Przykładał je do własnego ciała, trzymał przy uchu, „słuchał" ich. Rozrzucał je wszędzie, ciskał za siebie, wrzucał je do wanny, do zlewu. Posoka pokrywała wszystko. I jeszcze raz krzyk cierpienia wydobył się z głośnika:

– Nie tutaj! Nie tutaj!

W sąsiednim pokoju mężczyzna po prawej sapał coraz ciężej. Zaczął się dławić. Nagle porwał kosz ze stołu, zachwiał się na prawo i zatoczył w róg pokoju. Borowitz niechętnie zwrócił mu uwagę, żeby robił to po cichu.

– Mój Boże, mój Boże! – zaczął bez końca powtarzać mężczyzna po lewej, za każdym razem głośniej. – Okropne, okropne! On jest chory, zboczony, to maniak!

– Jest cudowny! – warknął Borowitz. – Widzisz? Widzisz? Teraz zbliża się do sedna sprawy...

Po drugiej stronie lustra nagi mężczyzna wziął piłę chirurgiczną. Jego ramię, dłoń i instrument stanowiły teraz jedną plamę czerwieni, szarości i srebra. Ciął w górę przez środek mostka. Pot mieszał się z posoką. Krople spadały niczym deszcz, gdy pochylał się nad klatką piersiową trupa. Nie udało się, srebrne ostrze piły złamało się, więc ją odrzucił. Wyjąc jak zwierzę, podniósł głowę i rozejrzał się po pokoju, czegoś szukając. Jego oczy zatrzymały się na metalowym krześle, a źrenice rozszerzyły się w nagłym natchnieniu. W jednej chwili pochwycił krzesło, użył obydwu nóg jak dźwigni, zagłębiając je w świeżo wyciętym kanale.

Wśród trzeszczenia kości i rozrywania tkanek lewa strona klatki piersiowej została uniesiona. Do wewnątrz wdarły się ręce nagiego mężczyzny i po chwili okropnej szarpaniny wydostały się na zewnątrz, unosząc ku górze zdobycz.

Trzymając serce w wyciągniętych dłoniach, nagi człowiek tanecznym krokiem obracał się wraz z nim po całym pokoju. Przytulił je mocno, podniósł do oczu, do uszu. Przycisnął je do piersi, pieścił, łkał jak niemowlę. Łkał z ulgą, gorące łzy spływały mu po szarych policzkach. W jednej chwili uszła z niego cała siła.

Nogi trzęsły mu się jak galareta. Wciąż przytulając serce, zgiął się, upadł na podłogę i zwinął się w embrionalną pozycję. Jego ciało całkowicie zakryło trzymane serce. Leżał spokojnie.

– Po wszystkim – powiedział Borowitz – prawdopodobnie.

Wstał, podszedł do głośnika i nacisnął przycisk z napisem „Intercom". Zanim przemówił, spojrzał przymrużonymi oczami na swych podwładnych. Jeden z nich nie ruszył się z kąta, siedział teraz z opuszczoną głową i koszem między nogami. Drugi, w innym kącie, wykonywał skłony, uderzając dłońmi o uda. Twarze obydwu były mokre od potu.

– Ha – mruknął Borowitz. – Borys? Borys Dragosani? Słyszysz mnie? Wszystko dobrze? – powiedział do głośnika.

W drugim pokoju mężczyzna na podłodze drgnął, wyciągnął się, uniósł głowę i rozejrzał się wokół. Wzdrygnął się i szybko wstał. Wyglądał teraz bardziej po ludzku, choć nadal był szary jak ołów. Jego nagie stopy ślizgały się teraz na pokrytej posoką podłodze, chwiał się przez chwilę, lecz szybko odzyskał równowagę. Spostrzegł serce ściśnięte w swych dłoniach. Wzdrygnął się raz jeszcze i odrzucił je, wycierając dłonie o uda.

„Wyglądał jak ktoś – pomyślał Borowitz – właśnie obudzony z potwornego koszmaru... ale nie wolno mu pozwolić obudzić się zbyt szybko". Było coś, co Borowitz musiał wiedzieć. I musiał się dowiedzieć tego teraz, kiedy potworny chirurg jeszcze wszystko pamięta.

– Dragosani – powiedział znowu – słyszysz mnie? Podwładni Borowitza odzyskali nad sobą kontrolę i podeszli do dużego ekranu. Nagi mężczyzna popatrzył w ich stronę. Po raz pierwszy Borys Dragosani zdał sobie sprawę z istnienia lustra, które po jego stronie wyglądało jak oszronione okno zbudowane z ołowianych kawałków. Popatrzył prosto na nich, jakby ich niemal widział, tak jak niekiedy spogląda niewidomy.

– Tak, słyszę was, towarzyszu Generale. Mieliście rację: on planował zamach na was – odpowiedział.

– Ha! Dobrze! – Borowitz uderzył pięścią w dłoń. – Ilu z nim było?

Dragosani wyglądał na wyczerpanego. Jego ręce, nogi i dolna część tułowia zaczynały nabierać normalnych kolorów. Był tylko człowiekiem, wyglądał jakby miał zaraz stracić przytomność. Tak mały wysiłek, jak podejście do krzesła, wydawał się pochłaniać resztki jego energii. Usiadł z łokciami na kolanach i głową w dłoniach, wpatrywał się w podłogę przed nim.

– Zatem? – powiedział Borowitz do głośnika.

– Był jeszcze jeden – odpowiedział Dragosani, nie spoglądając nawet w górę. – Ktoś blisko was. Nie mogłem odczytać, jak się nazywa.

Borowitz był zawiedziony.

– To wszystko?

– Tak, towarzyszu Generale.

Dragosani podniósł głowę, znów popatrzył na ekran. W jego wodnistych, niebieskich oczach było coś, jakby prośba. Z zażyłością, która zdumiała podwładnych Borowitza, powiedział:

– Grigorij, nie pytaj o to, proszę.

Borowitz milczał.

– Grigorij – odezwał się ponownie Dragosani – obiecałeś mi...

– Wiele rzeczy – przerwał pospiesznie Borowitz. – I owszem, będziesz je miał. Za każdy drobiazg odpłacę się wielokrotnie. Za każdą, najmniejszą nawet przysługę, jaką wyświadczysz, ZSRR odpłaci ci z niebywałą wdzięcznością, prędzej czy później. Dotarłeś do kosmicznych głębin, Borysie Dragosani i wiem, że twoja odwaga przewyższa bohaterstwo kosmonautów, bo oni nie spotykają na swej drodze potworów. Granice, które przekraczasz, to granice życia i śmierci. Wiem coś o tym...

Mężczyzna w drugim pokoju wyprostował się, wstrząsały nim dreszcze. Ponownie poszarzał.

– Tak, Grigorij – powiedział.

Choć Dragosani nie mógł go zobaczyć, Borowitz pokiwał głową, mówiąc:

– Teraz rozumiesz?

Nagi mężczyzna westchnął, ponownie zwiesił głowę i zapytał:

– Co chciałbyś wiedzieć?

Borowitz oblizał wargi, zbliżył się do ekranu.

– Dwie rzeczy. Nazwisko tego, który spiskował z tą wybebeszoną świnią i jakiś dowód, który mógłbym przedstawić Prezydium. Bez tego nie tylko ja jestem zagrożony, ty także. Podobnie jak cały Wydział. Pamiętaj, Borysie Dragosani, są w KGB tacy, którzy chętnie wybebeszyliby nas, gdyby tylko znaleźli sposób!

Dragosani nie odpowiedział. Wrócił do wózka z resztkami trupa. Całkowite zbezczeszczenie – to był jego cel. Głęboko oddychał, napełniał płuca i powoli wypuszczał powietrze. Powtarzał to i za każdym razem jego pierś wydawała się powiększać coraz bardziej. Skóra znów gwałtownie poszarzała. Po kilku minutach spojrzał na narzędzia chirurgiczne.

Teraz nawet Borowitz był poruszony i zdenerwowany. Usiadł w fotelu, skurczył się w sobie.

– Wy dwaj – krzyknął na swoich podwładnych – wszystko w porządku? Ty, Michaił, masz jeszcze czym rzygać? Jeżeli tak, to stań sobie gdzieś dalej. A ty, Andriej, skończyłeś już z tymi skłonami i oddechami?

Mężczyzna po prawej otworzył usta, ale nie odpowiedział. Drugi z podwładnych odezwał się:

– Spróbuję obejrzeć początek. Postaram się nie rzygać. A gdy to wszystko się skończy, byłbym wdzięczny za wyjaśnienie. Możecie powiedzieć co chcecie o tym tam, towarzyszu Generale, ale ja osobiście pozbyłbym się go.

Borowitz pokiwał głową.

– Będziesz miał swoje wyjaśnienie w odpowiednim czasie – rzucił. – Na razie zgadzam się z tobą – ja też nie chciałbym rzygać.

Dragosani chwycił w jedną dłoń srebrzyste dłuto, w drugą mały młotek z miedzianym trzonkiem. Przyłożył dłuto do czoła trupa, gwałtownie uderzył młotkiem. Ostrze dłuta zagłębiło się, młotek odskoczył pod wpływem uderzenia. Trochę płynu mózgowo-rdzeniowego wytrysnęło w górę. Dla Michaiła to było za dużo. Przełknął ślinę, wrócił do swojego rogu. Na jego twarzy malowało się bezbrzeżne obrzydzenie. Andriej został tam, gdzie był, ale Borowitz zauważył, że ściska i rozpręża pięści.

Dragosani odsunął się od zwłok, przykucnął, wpatrywał się w dłuto wystające z przedziurawionej czaszki. Kiwał wolno głową. Wreszcie zerwał się i podszedł do stolika z narzędziami. Opuścił młotek na lepką posadzkę. Chwycił cienką stalową słomkę i wsunął ją ze znawstwem, prawie nie patrząc, w otwór dłuta. Stalowa rurka zagłębiła się powoli aż po sam ustnik.

– Ustnik! – wykrzyknął nagle Andriej. – Mój Boże, mój Boże! Ustnik!

Borowitz zamknął oczy. Choć był twardy, na to jednak nie mógł patrzeć. Widział to już kiedyś i pamiętał zbyt dobrze.

Mijały kolejne chwile. Michaił trząsł się w swoim rogu, Andriej nadal nie mógł spojrzeć na ekran, a ich przełożony siedział wciśnięty w fotel, nie otwierając oczu. Wtem...

Krzyk, który wydobył się z głośnika, przeraziłby najodważniejszego, w rzeczy samej obudziłby martwego. Pełen grozy, jakiejś potwornej wiedzy, pełny... szału? Tak, szału – krzyk zranionego drapieżnika, krzyk żądnej zemsty bestii.

Borowitz otworzył oczy. Wyglądał jak przestraszona sowa. Rozstrojone nerwy i palce zaciskające poręcze fotela. Wydał z siebie cichy, chrapliwy jęk, wyciągnął ramię przed siebie i opadł całym ciężarem na oparcie fotela, który natychmiast się złamał. Upadł na podłogę. I tylko dzięki temu, przez przypadek, nie spadł na niego deszcz odłamków szkła i ołowiu z rozbitego przez Dragosaniego lustra. Rozwalał je metalowym krzesłem. Wpadł w szał.

– Świnia! – wrzask Dragosaniego dobiegał zarówno z głośnika, jak i przez rozbity ekran. – Borowitz, ty świnio! Otrułeś go czymś, co zabiło jego mózg, a teraz, ty bydlaku, teraz ja skosztowałem tej samej trucizny!

Oszalały, pełny nienawiści Dragosani stanął przez chwilę w ramie lustra, pośród ostrych, zwisających szklanych zębów, po czym przeskoczył na drugą stronę i pchnął krzesła ku wijącemu się na podłodze Borowitzowi. Coś srebrzystego błysnęło w jego dłoni.

– Nie! – zawył Borowitz, ściany małego pokoju odbijały jego przerażony głos. – Nie, Borys! Mylisz się! Człowieku, nie jesteś otruty!

– Kłamca! Przeczytałem to w jego mózgu. Czułem jego męczarnie, czułem jak konał. A teraz to jest we mnie!

Dragosani skoczył na usiłującego powstać Borowitza. Przycisnął go do podłogi. W zaciśniętej pięści uniósł srebrzysty, sierpowiaty przedmiot.

Michaił, który dotąd trzymał się z tyłu, doskoczył, sięgając ręką pod płaszcz. Złapał Dragosaniego za nadgarstek dosłownie w ostatnim momencie. Uderzył precyzyjnie pałką, dokładnie tak, aby ogłuszyć. Połyskliwa stal wypadła z bezwładnych palców Dragosaniego. Upadł twarzą w dół tuż obok Borowitza, który powoli dochodził do siebie. Michaił pomógł wstać swojemu przełożonemu, który teraz przeklinał i kopał leżącego, charczącego, nagiego mężczyznę. Stojąc już na nogach, odepchnął swojego podwładnego i zaczął się otrzepywać. Po chwili dostrzegł pałkę w ręku Michaiła i zrozumiał co, się stało. Jego oczy rozszerzyły się pod wpływem szoku i nagłego lęku.

– Co? – zapytał, szeroko otwierając usta. – Uderzyłeś go? Użyłeś tego? Głupcze!

– Ale, towarzyszu Generale, on...

Borowitz przerwał mu warknięciem, odepchnął obydwiema rękami tak mocno, że Michaił się zatoczył.

– Durniu! Idioto! Módl się, żeby nic mu się nie stało. Jeżeli jest jakiś Bóg, w którego wierzysz, to po prostu się módl. Przecież ci mówiłem, że on jest wyjątkowy?!

Przyklęknął, obrócił ogłuszonego mężczyznę na plecy. Twarz Dragosaniego zaczęła nabierać kolorów. Lecz olbrzymi guz rósł mu na potylicy. Powieki drgały nieustannie, gdy Borowitz uważnie oglądał jego twarz.

– Światła! – ryknął stary generał. – Wszystkie na całość! Andriej, nie stój tam, jak... – przerwał i rozglądnął się po pokoju, gdy tylko Michaił włączył światła. Andrieja nie było; drzwi do pokoju były otwarte.

– Tchórzliwy sukinsyn! – warknął Borowitz.

– Może pobiegł po pomoc? – wykrztusił Michaił i dodał.

– Towarzyszu Generale, gdybym nie uderzył Dragosaniego, on by...

– Wiem, wiem – Borowitz odburknął niecierpliwie. – Teraz o tym nie myśl. Pomóż mi przenieść go na fotel.

Podnieśli Dragosaniego i posadzili na fotelu. Ten potrząsnął głową, głośno mruknął i spojrzał z nienawiścią na Borowitza.

– Ty! – zasyczał, bezskutecznie próbując się wyprostować.

– Spokojnie – powiedział Borowitz. – Nie bądź głupcem. Nie jesteś otruty. Człowieku, czy ty myślisz, że tak po prostu, pozbyłbym się mojego najcenniejszego nabytku?

– Ale on został otruty! – zachrypiał Dragosani. – Zaledwie cztery dni temu. Wypaliło mu mózg i umierał w męczarniach. Myślał, że roztapia mu się głowa. I teraz to samo jest we mnie! Muszę szybko się zrzygać! Muszę! – próbował za wszelką cenę wstać.

Borowitz pokiwał głową, przytrzymał go i wyszczerzył zęby jak syberyjski wilk. Spokojnie przygładził włosy.

– Tak, on tak umarł. Ale nie ty, Borys, nie ty. To była specjalna trucizna, taki bułgarski napar. Działa błyskawicznie... I znika równie szybko. Rozkłada się po kilku godzinach, nie zostawiając śladu, jest nie do wykrycia.

Michaił gapił się z otwartymi ustami, jakby nie wierząc w to, co słyszy.

– Co to znaczy? – spytał. – Jak to możliwe? Skąd on wie, że otruliśmy Zastępcę Dowódcy w...

– Cicho! – zgasił go Borowitz. – Ten twój długi język kiedyś zadusi ciebie samego, Gerkow.

– Ale...

– Człowieku, ślepy jesteś? Niczego się nie nauczyłeś?

Michaił wzdrygnął się i zamilkł. To go przerastało. Widział wiele dziwnych rzeczy, odkąd trzy lata temu przeszedł do Wydziału. Słyszał i widział rzeczy, w które nigdy wcześniej by nie uwierzył. Ale to przekraczało wszystko, czego doświadczył, to przeczyło rozumowi.

Borowitz obrócił się do Dragosaniego, klepnął go w ramię. Nagi mężczyzna był teraz zupełnie blady. Drgnął, gdy Borowitz zapytał:

– Borys, czy udało ci się poznać jego imię? Zastanów się, to bardzo ważne.

– Jego imię?

– Powiedziałeś, że to ktoś blisko mnie. Ten, który planował zamach na mnie razem z tym żałosnym psem. Kto to jest, Borys? Kto?

Dragosani pokiwał głową i mrużąc oczy, powiedział:

– Tak, blisko ciebie. Nazywa się... Ustinow!

– Że cooo? – Borowitz wyprostował się.

– Ustinow? – wysapał Gerkow. – Andriej Ustinow? Czy to możliwe?

– Możliwe – odezwał się znajomy głos z progu pokoju. Ustinow wszedł, jego szczupła twarz miała bezlitosny wyraz. W rękach trzymał karabin maszynowy. – Jak nabardziej możliwe.

– Ale dlaczego? – spytał Borowitz.

– Czy to nie oczywiste, „towarzyszu Generale"? Każdy człowiek, który był przy tobie tak długo, chciałby cię widzieć martwym. Zbyt wiele długich lat, Grigorij, znosiłem twoje napady złości i szału, wszystkie twoje żałosne intrygi, znęcanie się. Tak, służyłem ci lojalnie, aż do teraz. Nigdy mnie nie lubiłeś, zawsze uważałeś, że jestem zerem, jakimś nic nie wartym dodatkiem. Może choć w tej chwili zauważysz, że byłem bardzo pojętnym uczniem. Twoim zastępcą? Nigdy, nigdy nim nie byłem. Miałbym konkurować z tym parweniuszem? – skinął szyderczo w stronę Gerkowa.

Na twarzy Borowitza pojawiło się obrzydzenie.

– I to ciebie chciałem wybrać – rzucił. – Nie ma większego głupca nad starego głupca...

Dragosani zacharczał i podniósł rękę. Próbował wstać, ale upadł na kolana, uderzając twarzą w pokrytą odpryskami szkła podłogę. Borowitz ukłęknął przy nim.

– Nie ruszaj się! – wrzasnął Ustinow. – Nie pomożesz mu. On nie żyje. Wszyscy nie żyjecie!

– Nie uda ci się – powiedział chrapliwym głosem Borowitz. Krew odpłynęła mu z twarzy.

– Oczywiście, że się uda – zaszydził Ustinow. – Wśród tej całej jatki, tego szaleństwa? Opowiem ładną historyjkę, zapewniam cię. O tobie, oszalałym maniaku, i o tych wszystkich szaleńcach, których zatrudniasz. Kto mi zaprzeczy? – podszedł bliżej i odbezpieczył broń.

Leżący na podłodze Dragosani wcale nie był nieprzytomny. Udawał zapaść, by sięgnąć po swoją broń. Teraz jego palce zacisnęły się na rączce małego, ostrego jak brzytwa noża chirurgicznego. Ustinow zbliżył się jeszcze o krok. Wyszczerzył zęby w złowieszczym uśmiechu. Błyskawicznie odwrócił karabin i uderzył Borowitza kolbą w twarz. Szef zatoczył się do tyłu, krew spływała z jego rozbitych ust. Ustinow chwycił mocno automat i nacisnął spust.

Pierwsza seria trafiła Borowitza w ramię, zakręciła nim i powaliła na podłogę. Podrzuciła też w górę Gerkowa, który przeleciał przez cały pokój i uderzył w ścianę. Zawisł na niej przez sekundę, niczym ukrzyżowany, po chwili zrobił krok naprzód, wypluł strumień krwi i padł twarzą na podłogę. Na ścianie pozostał szkarłatny ślad.

Borowitz doczołgał się do ściany. Nie było ucieczki. Ustinow znów pokazał zęby, jak rekin gotowy do ataku. Celował w brzuch Borowitza. Zbliżył palec do spustu. W tej samej chwili Dragosani rzucił się do przodu, przecinając nożem ścięgna na udzie Ustinowa tuż za lewym kolanem. Ten krzyknął, Borowitz także, gdy druga seria przeszyła ścianę tuż nad jego głową.

Trzymając się płaszcza Ustinowa, Dragosani podciągnął się na kolana, tnąc jednocześnie jeszcze raz, na ślepo. Ostrze przecięło płaszcz, marynarkę, koszulę i ciało. Przeciął prawe ramię Ustinowa aż do kości, jego bezwładne palce wypuściły pistolet.

Dysząc z bólu i przerażenia, wiedząc, że jest poważnie ranny, Andriej Ustinow, zdrajca, wydostał się z pokoju zatrzaskując za sobą drzwi. Przeszedł przez mały przedpokój i po chwili był już na korytarzu. Zamknął za sobą cicho dźwiękoszczelne drzwi, minął zwłoki żołnierza KGB. Zabił go kilka minut wcześniej.

Posuwał się po korytarzu, zostawiając za sobą strugę krwi. Był już blisko drzwi prowadzących na dziedziniec, gdy nagle usłyszał z tyłu jakiś hałas. Odwracając się, wyciągnął z wewnętrznej kieszeni granat odłamkowy i wyrwał zawleczkę. Zobaczył, jak Dragosani wychodzi na korytarz i upada na kolana, potknąwszy się o ciało zabitego żołnierza. Przez moment ich spojrzenia spotkały się. Wtedy Ustinow rzucił granat. Wypadł w mrok nocy. W duchu liczył sekundy. Wreszcie, kulejąc, zbliżył się do dwóch ludzi w bieli przy drzwiach karetki.

– Na pomoc! – zawył. – Jestem ciężko ranny! Dragosani, jeden z naszych agentów specjalnych oszalał. Zabił Borowitza, Gerkowa i żołnierza KGB.

Stłumiona detonacja potwierdziła jego słowa. Stalowe drzwi zadrżały, jakby ktoś uderzył w nie wielkim młotem. Wygięły się, wyłamując zawiasy i wpadły do wewnątrz, uderzając o ścianę korytarza. Dym, płomienie, ostry swąd materiałów wybuchowych wypełniły powietrze.

– Szybko! – krzynął Ustinow, ignorując pytania wystraszonych sanitariuszy i wrzaski strażników, którzy zbliżali się, przeskakując kamienne ogrodzenia. – Kierowca! Wywieź nas stąd, zanim to wszystko wyleci w powietrze!

Nic takiego, co prawda, nie groziło, ale te słowa przyspieszyły całą akcję. I wydostawały Ustinowa z tarapatów, przynajmniej na jakiś czas. Najgorsze, że nie był pewien, czy wszyscy tam są martwi. Jeśli tak, to miał mnóstwo czasu na ułożenie swojej wersji wydarzeń. Jeżeli nie, był skończony. To byłaby tylko kwestia czasu.

Wskoczył do karetki, której silnik właśnie zaryczał. Sanitariusze natychmiast zaczęli zdejmować z niego wierzchnie odzienie. Ambulans wydostał się z dziedzińca, przejechał pod kamiennym łukiem, zmierzając w kierunku zewnętrznych murów.

– Jedź! – krzyczał Ustinow. – Wywieź nas stąd!

Kierowca pochylił się nad kierownicą i dodał gazu.

W tyle, na dziedzińcu, ochroniarze i pilot śmigłowca biegali chaotycznie, kaszląc w kłębach duszącego dymu, który wydobywał się zza rozwalonych drzwi. Nagle z gęstego, śmierdzącego dymu wyłoniła się popielata, koszmarna postać Dragosaniego. Wciąż był nagi i dodatkowo upstrzony sadzą i plamami krwi. Niósł wyjącego z bólu Grigorija Borowitza.

– Co?! – krzyczał Generał, kaszląc i plując. – Co?! Gdzie ten zdradziecki pies Ustinow? Pozwoliliście mu uciec? Gdzie ambulans? Cholerni głupcy, co wy tu wyprawiacie?!

– Towarzysz Ustinow był ranny. Odjechał karetką.

– Towarzysz? Towarzysz?! – ryknął Borowitz. – Żaden towarzysz! Ranny, powiadasz? Ranny, ty dupku! Ma być martwy!

– Wy tam, widzicie ambulans? – krzyknął do żołnierza na wieży.

– Tak, towarzyszu Generale. Zbliża się do zewnętrznych murów.

– Zatrzymać! – wrzasnął, łapiąc się za poszarpane ramię.

– Ale...

– Rozwal go, do diabła! – Generał szalał.

Strzelec na wieży błyskawicznie zamontował noktowizor na lufie kałasznikowa, założył magazynek smugowych i wybuchowych pocisków. Przyklęknął, namierzył pojazd w siatce noktowizora, celując w kabinę i silnik. Ambulans zwolnił, zbliżając się do łuku przy zewnętrznym murze, ale strzelec wiedział, że nigdy tam nie dotrze. Oparł broń między ramieniem a parapetem, nacisnął spust i przytrzymał. Strumień ognia trafił najpierw obok pojazdu, szybko jednak przesunął się i dosięgnął celu.

Silnik ambulansu wybuchnął białym płomieniem, bryzgając dookoła płonącym paliwem. Wyrzucony z drogi, przewracając się na bok, pojazd zarył w ziemi. Uratował się jeden z pielęgniarzy – zdołał się wyczołgać spod płonącego wraku. Drugim ocalałym był Ustinow. W rozdartej koszuli, trzymając płaszcz i kuląc się wśród płomieni, kuśtykał w stronę wyjścia.

Nie mogąc niczego dostrzec z dziedzińca, Borowitz głośno krzyczał w kierunku wieży:

– Zatrzymałeś?

– Tak jest. Co najmniej dwóch żyje. Jeden z załogi ambulansu, a drugi, jak sądzę, to...

– Wiem, kim jest ten drugi – wrzasnął Borowitz. – To zdrajca! Zdradził mnie, Wydział, Rosję. Wykończ go!

Strzelec przełknął ślinę, wycelował i wypalił. Pociski, trafiając w Ustinowa, oderwały go od ziemi i rozerwały stalą i płonącym fosforem.

Człowiek na wieży po raz pierwszy w swoim życiu zabił. Odłożył karabin, oparł się o ścianę balustrady i zawołał w dół:

– Rozkaz wykonany! – jego głos był cichy i zrezygnowany.

– Bardzo dobrze – odkrzyknął Borowitz. – Zostań tam i obserwuj – zachrypiał i złapał się za ramię, z którego przez płaszcz sączyła się krew.

– Towarzyszu, jesteście ranni! – powiedział jeden z ochroniarzy.

– Oczywiście, że jestem ranny, głupcze! To może chwilę zaczekać. Teraz chcę mieć tu wszystkich, mam im coś do powiedzenia. Na razie nic, co tu się wydarzyło, nie może wydostać się za te mury. Ilu mamy tutaj tych cholernych KGB--owców?

– Dwóch, towarzyszu – odpowiedział ten sam ochroniarz.

– Jeden jest tam...

– Nie żyje – warknął niedbale Borowitz.

– Więc został jeden. Jest tam, w lesie. Reszta to ludzie z naszego Wydziału.

– Dobrze! Ale... Czy ten w lesie ma radio?

– Nie, towarzyszu.

– To nawet lepiej. Bardzo dobrze, sprowadź go i na razie zamknij, na moją odpowiedzialność.

– Tak jest.

– I niech nikt nie martwi się za bardzo – kontynuował Borowitz. – Wszystko jest na moich barkach, które, jak dobrze wiecie, są bardzo szerokie. Nie zamierzam niczego ukrywać, ale ujawnię wszystko w odpowiednim czasie. To może być szansa, żeby pozbyć się tych z KGB raz na zawsze. Dobrze, zaczynamy działać! Ty – zwrócił się do pilota helikoptera – leć, potrzebuję lekarza z naszego Wydziału. Sprowadź go natychmiast!

– Tak jest, towarzyszu Generale. Natychmiast.

Pilot podbiegł do maszyny, ochroniarze rozbiegli się do samochodów zaparkowanych na zewnątrz dziedzińca. Borowitz, patrząc na nich, oparł się na ramieniu Dragosaniego i powiedział:

– Borys, nadajesz się jeszcze do czegoś?

– Trzymam się jakoś, jeżeli o to pytałeś – odpowiedział. – Zdążyłem schować się w przedpokoju, zanim granat wybuchnął.

Borowitz wyszczerzył zęby, mimo okropnego bólu palącego mu ramię.

– To dobrze! – powiedział. – Wróć tam, postaraj się znaleźć gaśnicę i ugasić pożar. Potem możesz dołączyć do mnie w sali wykładowej – strząsnął ramię nagiego mężczyzny z siebie, zachwiał się przez chwilę, po czym rzucił twardo: – No, na co czekasz?

Gdy Dragosani wchodził przez zniszczone drzwi na korytarz, Borowitz krzyknął za nim:

– I, towarzyszu, znajdźcie sobie jakieś ubranie, choćby koc. Dziś już nie będziecie pracować. Nie wypada, aby Borys Dragosani, Kremlowski Nekromanta, przechadzał się, jak go Pan Bóg stworzył.

*

* *

Tydzień później, na specjalnym przesłuchaniu przy drzwiach zamkniętych, Grigorij Borowitz bronił swojego postępowania owej nocy, w czasie wydarzeń na Zamku Bronnicy. Przesłuchanie miało służyć dwóm celom. Po pierwsze, Borowitz miał zostać oficjalnie wezwany do zaprowadzenia porządku w podlegającym mu „eksperymentalnym" Wydziale, ze względu na „poważne nieprawidłowości". Po drugie, miał przedstawić swoją pracę w taki sposób, aby uzyskać niezależność od pozostałych struktur służb specjalnych ZSRR, a w szczególności KGB. Krótko mówiąc, chciał posłużyć się przesłuchaniem w swojej grze o pełną autonomię.

Grono sędziów, a raczej przesłuchujących, składało się z pięciu osób – Grigorija Krisicza z Komitetu Centralnego Partii, Olega Bielochojży i Karola Dżanowa – wiceministrów, Jurija Andropowa – szefa Komitieta Gosudarstwiennoj Biezopasnosti, KGB, oraz osobistego przedstawiciela Leonida Breżniewa. Ponieważ Przywódca Partii miał w każdej sprawie ostatnie słowo, jego „bezimienny" był tu najważniejszy. Był tym, na którym Borowitz musiał wywrzeć największe wrażenie.

Przesłuchanie odbywało się w dużym pokoju na drugim piętrze budynku przy Prospekcie Kutuzowa, co było ułatwieniem dla Andropowa i człowieka Breżniewa, gdyż obaj mieli biura w tym samym bloku. W trakcie przesłuchania nikt nie stwarzał specjalnych trudności. W każdym eksperymentalnym projekcie tkwi jakiś element, dającego się zaakceptować ryzyka, choć, jak zauważył cicho Andropow, można mieć nadzieję, że równie dobrze można ryzyko wkalkulować, jak i mu zapobiegać. Borowitz uśmiechnął się i pokiwał głową na znak szacunku. W duchu obiecał sobie, że pewnego dnia ten łajdak zapłaci za tę chłodną, szyderczą insynuację, za swoje zarozumialstwo i przewrotność.

Podczas przesłuchania Borowitz dokładnie zrelacjonował, jak to jeden z jego podwładnych, Andriej Ustinow, załamał się pod wpływem stresów związanych z pracą i zwariował. Zabił żołnierza KGB, Garteżkowa, próbował wysadzić w powietrze Zamek, zranił nawet Borowitza, zanim został zatrzymany. Niestety, podczas „zatrzymania" dwóch innych ludzi straciło życie, trzeci został ranny. Na szczęście żaden z nich nie był znaczącym obywatelem. Państwo zrobi co może, by pomóc rodzinom.

Po tej „nieprawidłowości", aż do czasu ustalenia faktów, konieczne było niestety przetrzymanie drugiego agenta KGB w Zamku. Było to nieuniknione. Borowitz nie pozwolił nikomu opuścić miejsca, aż do wyjaśnienia całego zdarzenia. Jedyny wyjątek uczynił dla pilota helikoptera, gdyż istniała pilna potrzeba interwencji lekarza. Jeżeli chodzi o zatrzymanie agenta KGB w celi, to uczyniono tak ze względu na jego własne bezpieczeństwo. Dopóki nie było jasne, co jest celem ataku Ustinowa, dopóki nie stało się jasne, że on po prostu zwariował – Borowitz uważał za swój obowiązek zapewnić bezpieczeństwo agentowi. Wystarczy, że już jeden żołnierz KGB nie żył. To i tak o jednego za dużo – myśl, którą Andropow zapewne podziela.

Mówiąc krótko, całe przesłuchanie było niczym innym, jak nie kończącym się powtarzaniem przez Borowitza tych samych wyjaśnień, jednej wersji wydarzeń. Ani słowa na temat sekcji zwłok i nekromantycznego badania pewnego byłego, starszego rangą oficera MVD. Gdyby Andropow o tym wiedział, mógłby być problem, ale nie wiedział nic. Gdy zaledwie osiem dni temu składał wieniec na świeżym jeszcze grobie tego nieszczęśnika, nie miał pojęcia, iż jego ciało leży gdzieś w bezimiennym miejscu na terenie Zamku Bronnicy...

Jeżeli chodzi o resztę, to jedynie minister Dżanow poczynił kilka niepochlebnych uwag o celach pracy Wydziału. Borowitz z trudem opanował wściekłość. Pomógł mu przedstawiciel Breżniewa, który znacząco zakaszlał i odrzucił wątpliwości Dżanowa. Jaki byłby pożytek z tajnego wydziału tajnej organizacji, jeżeli ujawniano by jego tajemnice? Leonid Breżniew zawetował wszelkie tego rodzaju dochodzenia wobec

Wydziału Wywiadu Paranormalnego. Borowitz był weteranem i człowiekiem Partii przez całe swoje życie. Jego lojalność i niezachwiane poparcie dla Przywódcy wzmacniało jego pozycję.

W miarę upływu czasu, Andropow był coraz wyraźniej niezadowolony. Bardzo chciał wdrożyć pełne śledztwo KGB i wnieść jakieś oskarżenia, ale już mu tego zabroniono, czy raczej „przekonano", by raczej tą drogą nie podążał. Lecz, gdy wszystko już zostało dopowiedziane i wszyscy inni opuścili salę, szef KGB poprosił Borowitza o chwilę rozmowy.

– Grigorij – powiedział, gdy byli już sami – oczywiście zdajesz sobie sprawę, że nic istotnie ważnego, podkreślam: nic, nie może być dla mnie tajemnicą? „Nieznane" i „jeszcze niepoznane" to nie to samo, co tajemnica. Prędzej czy później i tak wszystkiego się dowiem. Zatem, zdajesz sobie z tego sprawę?

– O, wszechwiedza! – Borowitz wyszczerzył zęby w swym wilczym uśmiechu. – Ciężar ponad ludzkie siły, towarzyszu. Współczuję wam.

Jurij Andropow uśmiechnął się lekko, jego oczy pozostały zamglone i jakby nieobecne, zasłonięte soczewkami okularów. Nie ukrywając groźby w głosie, powiedział:

– Grigorij, my wszyscy musimy brać pod uwagę naszą przyszłość. Zwłaszcza ty. Nie jesteś już młody. Jeżeli twój ukochany Wydział się rozpadnie, co wtedy? Jesteś gotów na przedwczesne odejście, na utratę przywilejów?

– Wystarczająco – odpowiedział Borowitz. – Dzięki swojej pracy znam swoją przyszłość, dającą się przewidzieć przyszłość w każdym razie. A tak przy okazji – twoją również.

Brwi Andropowa podniosły się.

– Czyżby? – znów uśmieszek przemknął mu przez usta. – I co twoi astrologowie odczytali dla mnie z gwiazd, Grigorij?

– Awans do Biura Politycznego w ciągu dwóch lat – powiedział z kamienną twarzą. – Całkiem możliwe, że za osiem czy dziewięć lat przywództwo Partii.

– Doprawdy? – uśmiech Andropowa wyrażał i ciekawość, i szyderstwo.

– Tak, doprawdy – twarz Borowitza pozostała nieruchoma. – I powiem ci o tym bez obawy, że doniesiesz o tym Leonidowi.

– Naprawdę? A może jest jakiś specjalny powód, dla którego miałbym tego nie zrobić?

– Owszem. Sądzę, że można to nazwać zasadą Heroda. Oczywiście, jako porządni członkowie Partii nie wierzymy w biblijne historyjki, ale ponieważ znam cię jako człowieka wyjątkowej inteligencji, przypuszczam, że zrozumiesz, o co mi chodzi. Herod, jak zapewne wiesz, wolał zostać masowym mordercą, niż znosić ciągłe zagrożenie ze strony uzurpatora, nawet gdyby było nim dziecko. Leonid oczywiście nie jest jakimś tam żałosnym Herodem. Jednak nie chce mi się wierzyć, że doniesiesz mu o tym, co ci przepowiedziałem...

Po chwili zastanowienia Andropow wzruszył ramionami.

– Może nie powiem – odezwał się, tym razem bez uśmiechu na twarzy.

– Z drugiej strony – rzucił przez ramię Borowitz, wychodząc już z sali – być może ja bym mu powiedział, gdyby nie jedna rzecz.

– Jedna rzecz? Cóż to takiego?

– To, że my wszyscy musimy brać pod uwagę naszą przyszłość, oczywiście! Oraz to, że uważam ciebie za dalece mądrzejszego od tych trzech głupkowatych „mędrców"...

Prymitywna satysfakcja obudziła się w Borowitzu, a wilczy uśmiech powrócił na jego twarz, gdy przypomniał sobie, co jeszcze wie o przyszłości Andropowa. Wkrótce po awansie na Pierwszego Sekretarza zachoruje i umrze. Tak, w ciągu dwóch, najwyżej trzech lat. Borowitz miał cichą nadzieję, że tak właśnie się stanie... A nadziei trzeba pomóc.

Być może mógłby przygotować coś własnego, zaczynając już teraz. Porozmawiać z pewnym znajomym chemikiem w Bułgarii. Trucizna działająca powoli... niewykrywalna... bezbolesna...

Z całą pewnością warto już teraz o tym pomyśleć.

*
* *

W następną środę wieczorem Borys Dragosani pojechał swoim rozklekotanym, rosyjskim gruchotem ponad trzydzieści kilometrów za miasto, do ogromnej, lecz surowej daczy Grigorija Borowitza na Żukowce. Nie dość, że miejsce było pięknie usytuowane na pokrytym sosnami pagórku z widokiem na leniwie płynącą Moskwę, to dodatkowo było wolne od ciekawskich oczu i uszu. Borowitz nie miał tu niczego metalowego – z wyjątkiem własnego wykrywacza metali. Ostentacyjnie używał go do poszukiwania starych monet wzdłuż brzegu rzeki, szczególnie w miejscach starych brodów, lecz w istocie służył on do zapewnienia Generałowi poczucia bezpieczeństwa i spokoju ducha. Dokładnie znał położenie każdego gwoździa w swojej daczy.

Mimo to, stary Generał wziął Dragosaniego na spacer. Wolał otwartą przestrzeń od zawsze wątpliwej prywatności czterech ścian, nawet najlepiej sprawdzonych. Nawet tutaj, na Żukowce KGB było obecne. Wielu starszych oficerów, wśród nich kilku generałów, miało tutaj swoje dacze, by nie wspomnieć o całej rzeszy odznaczonych, emerytowanych byłych agentów. Żaden z nich nie był przyjacielem Borowitza, za to każdy byłby szczęśliwy, gdyby mógł donieść Jurijowi Andropowowi o najmniejszym nawet, odkrytym przez siebie sekreciku.

– Przynajmniej Wydział się ich pozbył – wyznał Borowitz. Szli ścieżką wzdłuż rzeki, aż do miejsca, gdzie można było usiąść na płaskich kamieniach. Mogli obejrzeć zachód słońca i zobaczyć, jak wieczór zmienia rzekę w ciemno-zielonkawe lustro.

Tworzyli dziwną parę. Krępy, burkliwy, stary żołnierz, typowy Rosjanin, który niejednego doświadczył oraz przystojny młody człowiek, niemal wychudzony, o delikatnych rysach twarzy i długich palcach pianisty. Choć był szczupły, wydawał się silny, o czym mogły świadczyły jego szerokie ramiona. Cóż, z wyjątkiem wzajemnego szacunku, nie mieli ze sobą wiele wspólnego.

Borowitz szanował Dragosaniego za jego talent. Nie miał wątpliwości, że ten człowiek może uczynić Rosję naprawdę silną. Nie zwykłym „supermocarstwem", ale państwem, które odeprze każdego najeźdzcę. Niezniszczalnym przez żadną broń, przez żaden obcy system. Niezwyciężonym w swym stopniowym, sukcesywnym podboju świata. To już oczywiście się rozpoczęło, ale Dragosani mógł przyspieszyć cały proces, jeżeli spełnią się oczekiwania Borowitza wobec Wydziału. Owszem, był to wciąż wywiad, ale to była druga strona medalu tajnej policji Andropowa. A może raczej krawędź tego medalu. Dlatego Borowitz lubił nie dającego się lubić Dragosaniego. Mógł nie wyglądać najlepiej w swoim granatowym płaszczu i śmiesznej czapce, ale żaden człowiek w KGB nie miał nawet pojęcia o sekretach, do których on miał dostęp. I to Borowitz osobiście „odkrył" tego nekromantę i sprowadził do siebie. To był kolejny powód sympatii – Dragosani był jego największym odkryciem.

Lecz blady, młody mężczyzna również miał swoje cele i ambicje. Zatrzymał je dla siebie, zamknął je w swoim makabrycznym umyśle. Z pewnością nie pokrywały się one z wizją Borowitza o dominacji Rosji jako światowego imperium. Dragosani nie uważał siebie za prawdziwego Rosjanina. Nie cenił także komunizmu. Odwoływał się do starszych tradycji. Sierp i młot nie były dla niego narzędziami tworzenia, ale jedynie groźnym znakiem zniszczenia. Być może właśnie dlatego lubił Borowitza, gdyż jego polityka z prawdziwą polityką miała niewiele wspólnego. Szanował go co prawda jako starego weterana, ale nie za jego bohaterskie wyczyny czy łatwość, z jaką Borowitz wyjąłby nawet żądło z ogona skorpiona. Cenił go za umiejętność pokonywania kolejnych szczebli kariery. Wiedział, że wraz z Borowitzem, on także będzie się wspinać, szybko i wysoko. Być może cenił też Borowitza, jak ktoś prowadzony na sznurku, ceni ów sznurek – nie musi się martwić o kierunek każdego swojego kroku.

Różniło ich wiele. Wyrośli w zupełnie odmiennych warunkach. Borowitz był rodowitym Moskwianinem. Został sierotą w wieku czterech lat, w siódmym roku życia zarabiał na życie, rąbiąc drzewo, a w szesnastym poszedł do wojska.

Nazwisko Dragosaniego pochodziło od nazwy miejsca jego narodzin nad rzeką Oltul, która spływa z Karpat Południowych w kierunku Dunaju i granicy z Bułgarią. W dawnych czasach kraina ta zwana była Wołoszczyzną, pomiędzy Węgrami na północy a Serbią i Bośnią na zachodzie. Uważał się za Wołocha, ostatecznie za Rumuna. Z powodów historycznych i patriotycznych (a był patriotą kraju, którego od dawna nie było na mapach) szanował tradycje swojego kraju. Wiedział, że historia jego ojczyzny była długa i bardzo krwawa. Gdyby pokrótce zarysować tę historię, co się okaże? Wołoszczyzna była sprzedawana, anektowana, odbierana i odzyskiwana, znów odbierana, grabiona i gwałcona – lecz zawsze odradzała się niezależna. Była jak feniks! Jej ziemia żyła, ciemna od krwi, ale dzięki tej krwi właśnie silna. Tak, siła ludzi tkwiła w ziemi, a siła tej ziemi tkwiła w ludziach. Region był otoczony górami i trzęsawiskami, z Morzem Czarnym na wschodzie, bagnami na zachodzie i Dunajem na południu, prawie niedostępny, bezpieczny jak forteca.

Zatem, po pierwsze Dragosani był Wołochem (w swoim mniemaniu – ostatnim), dumnym z dziedzictwa swojego kraju, po drugie Rumunem, ale zupełnie nie Rosjaninem. Pogardzał tymi wszystkimi potomkami najeźdźców, Hunów, Słowian, Turków...

Pod jednym wzgędem byli podobni – obaj byli sierotami, ale nawet i tu tkwiła różnica. Borowitz jednak miał rodziców, jako dziecko znał ich, choć teraz ledwie pamiętał. A Dragosani... był podrzutkiem. Został znaleziony na progu chaty w rumuńskiej wiosce jako jednodniowy noworodek. Wychowywał się i wykształcił w domu zamożnego właściciela ziemskiego.

– Zatem Borys – powiedział Borowitz, wyrywając swojego protegowanego z zadūmy – co o tym myślisz?

– O czym?

– Hej! – warknął stary generał. – Słuchaj, może to miejsce rozluźnia, może jestem w najlepszym wypadku starym nudziarzem, ale do cholery nie zasypiaj przy mnie! Co myślisz o tym, że Wydział w końcu uwolnił się od KGB?

– Naprawdę, uwolnił się?

– Tak, naprawdę! – Borowitz zatarł ręce z zadowolenia. – Można powiedzieć, że dokonaliśmy czystki. Z początku musieliśmy ich znosić, ponieważ Andropow lubi wszędzie wsadzać swoje łapska. Ale już więcej nie będzie. Wszystko gładko poszło.

– Jak to zrobiłeś? – Dragosani wiedział, że Borowitz nie może się doczekać, żeby o tym opowiedzieć.

Borowitz wzruszył ramionami, jakby chciał pomniejszyć własną rolę w całej sprawie, choć Dragosani był przekonany, że chciał się pochwalić.

– Powiedziałem to i owo. Zaryzykowałem moją pracę. Mój Wydział. Można powiedzieć, że zagrałem va banque – choć naprawdę nie mogłem przegrać.

– Zatem, to nie była prawdziwa gra. Co dokładnie zrobiłeś?

– Borys, wiesz, że nie lubię być dosłowny – zaśmiał się Borowitz. – Ale tobie powiem. Przed przesłuchaniem poszedłem zobaczyć się z Breżniewem. Powiedziałem mu, jak potoczą się sprawy.

– Ha! – parsknął Dragosani. – Powiedziałeś mu? Powiedziałeś Leonidowi Breżniewowi, Przywódcy Partii, jak potoczą się sprawy? Jakie sprawy?

– Przyszłość! – uśmiechnął się Borowitz. – Powiedziałem mu o rzeczach, które dopiero nastąpią. O tym, że polityczne rozgrywki z Nixonem go wzmocnią, że powinien się przygotować na jego upadek w ciągu najbliższych trzech lat, kiedy świat się przekona, jaki to aferzysta. Powiedziałem mu, że będzie miał przewagę nad nowicjuszem z Białego Domu. Doradziłem mu także przygotować się na nadchodzącą niedługo ekipę twardzieli w Ameryce. Wkrótce potem podpisze układ pozwalający sputnikom na fotografowanie baz rakietowych w USA i u nas. Powinien to zrobić, póki Ameryka ma przewagę w kosmosie. Nadchodzi odprężenie, rozumiesz? Podoba mu się to. Obiecałem mu wspólne przedsięwzięcie w kosmosie, które nastąpi w 1975. Jeżeli chodzi o cały ten tłum Żydów i dysydentów, którzy wiecznie przysparzają mu kłopotów, powiedziałem, że pozbędzie się większości z nich, możliwe, że nawet 125 tysięcy w ciągu trzech, czterech lat! No, nie patrz z takim obrzydzeniem. Nie mówię o eksterminacji ani Syberii. Ale o pozbyciu się ich, emigracji, wykopaniu ich albo pozwoleniu, by zabrali swoje tyłki jak najdalej stąd. Tak! Powiedziałem mu to wszystko, a nawet więcej. Zagwarantowałem mu to, jeżeli oczywiście pozwoli mi robić swoje i pozbyć się KGB. Kim były te policyjne głąby? Szpiegowali dla swojego szefa! Ale dlaczego mieli szpiegować mnie, tak bardzo lojalnego wobec Partii. Jak mogłem mieć nadzieję na zachowanie tajności koniecznej w naszej pracy, z członkami innego wydziału zaglądającymi mi przez ramię, a potem donoszącymi o wszystkim swojemu szefowi. Ostatni kawałek tajemnicy wynieśliby na światło dzienne. A i tak niczego nie rozumieli. W dodatku, nasi zagraniczni przeciwnicy posuwają się do przodu, co do tego nie ma wątpliwości. Borys, musisz wiedzieć, że zarówno Amerykanie, Brytyjczycy,

Francuzi i Chińczycy mają swoich szpiegów spirytystów. „Daj mi cztery lata – powiedziałem do Breżniewa. – Cztery lata bez tych psów Andropowa, a ja ci dam sieć wywiadu pozazmysłowego, którego potencjału nie możesz sobie nawet wyobrazić!"

– Mocne! – Dragosani był wyraźnie pod wrażeniem. – Co odpowiedział?

– Powiedział: „Grigorij, stary przyjacielu, stary żołnierzu, stary towarzyszu... Dobrze, dostaniesz swoje cztery lata. Ja poczekam i zadbam, żebyście mieli pieniądze na wszystko, na wasze Wołgi i wódkę. Poczekam też na spełnienie tego, o czym mi mówiłeś. Ale pamiętaj: jeżeli się nie spełni, to wyrwę ci jaja".

– Więc postawiłeś wszystko na przepowiednie Vladego? – zapytał Dragosani, kiwając głową. – Jesteś pewien, że ten twój jasnowidz jest nieomylny?

– O tak! – odpowiedział Borowitz. – Jest prawie tak dobry w przepowiadaniu przyszłości, jak ty w wywąchiwaniu sekretów z truposzy.

– Tak? – tym razem Dragosani nie był zachwycony. – To dlaczego nie przewidział tego burdelu na Zamku? Z pewnością potrafi wyczuć katastrofę takich rozmiarów.

– Ależ on to przewidział – odpowiedział Borowitz – w okrężny sposób. Dwa tygodnie temu powiedział mi, że wkrótce stracę dwóch moich pomocników. I straciłem. Powiedział też, że mianuję nowych, tym razem zwykłych szeregowych.

Dragosani nie potrafił ukryć zainteresowania.

– Masz kogoś na myśli?

– Ciebie – odpowiedział Borowitz, kiwając głową. – I może właśnie Igora Vladego.

– Nie chcę rywala – odparł natychmiast Dragosani.

– Rywalizacja nie wchodzi w rachubę. Macie odmienne talenty. On nie zna się na nekromancji, ty nie potrafisz odgadywać przyszłości. Jedynie wtedy, gdy będzie was dwóch, można liczyć na sukces. Każdemu może się coś przytrafić.

– Mieliśmy dwóch poprzedników – odburknął Dragosani. – Jakie były ich talenty? Oni też mieli się uzupełniać?

– Na początku – Borowitz westchnął i zaczął cierpliwie wyjaśniać. – Gdy zakładałem Wydział, brakowało mi utalentowanych ludzi. Pierwsza grupa agentów w ogóle nie miała doświadczenia. Ci, którzy mieli jakiś talent, na przykład Vlady, który jest ze mną od początku i jest coraz lepszy, czy jak ostatnio ty, jesteście zbyt cenni, by krępować was administracyjną robotą. Ustinow, który był u nas od początku, ale jako administrator, a później Gerkow, dobrze pasowali na takie stanowiska. Żaden nie miał specjalnych talentów do pracy w wywiadzie pozazmysłowym, ale obydwaj mieli otwarte umysły, o które tak trudno obecnie w Rosji. Obydwaj byli politycznie bardzo poprawni. Miałem nadzieję, że chociaż jeden z nich zaangażuje się w pracę Wydziału, tak jak ja. Potem pojawiła się zazdrość, stali się rywalami. Pozwoliłem im na to, nie interweniowałem. Dobór naturalny, można to tak określić. Ale ty i Vlady jesteście zupełnie odmienni. Nie dopuszczę do rywalizacji między wami. Wybij to sobie z głowy.

– Niemniej jednak – naciskał Dragosani – gdy odejdziesz, jeden z nas będzie musiał przejąć władzę.

– Nie zamierzam nigdzie odchodzić – powiedział Borowitz. – Jeszcze dość długo. A do tego czasu... Zobaczymy, co ma być, to będzie – zamyślił się na chwilę, obserwując bieg rzeki.

– Dlaczego Ustinow obrócił się przeciwko tobie? – zapytał w końcu młody człowiek. – Dlaczego po prostu nie pozbył się Gerkowa? Z całą pewnością byłoby to i prostsze, i mniej ryzykowne.

– Istniały dwa powody, dla których nie mógł tak po prostu pozbyć się rywala – odparł Borowitz. – Po pierwsze, został przekupiony przez mojego starego wroga. Tego, którego „badałeś". Podejrzewałem od dawna, że przygotowuje spisek, aby mnie usunąć. Właściwie, to my dwaj nienawidziliśmy się, ja i ten stary specjalista od tortur z MVD. Konfrontacja była nieunikniona. Albo on by mnie zabił, albo ja jego. Dlatego poleciłem Vlademu, by go obserwował, skupił się na nim, przejrzał go. W jego najbliższej przyszłości odczytał zdradę i śmierć. Zdrada mogła być przeciwko mnie, a śmierć moja lub jego. Szkoda, że Igor nie jest dokładniejszy. W każdym razie, poukładałem wszystko tak, żeby to była jego śmierć. Po drugie, zabicie Gerkowa, jakkolwiek niczego by nie załatwiło. To byłoby tylko, jak wyrwanie chwasta, który i tak odrośnie. Bez wątpienia przecież mianowałbym kogoś innego na to stanowisko, kogoś z talentem pozazmysłowego postrzegania, co wtedy byłoby z biednym Ustinowem? To był jego wieczny problem – ambicja. W każdym razie, przeżyłem, jak widzisz. Użyłem Vladego, by dowiedzieć się, co ta stara, w dupę kopana bolszewicka świnia przyszykowała na mnie. Dopadłem go wcześniej. Użyłem ciebie, byś przejrzał jego flaki i zobaczył, kto jeszcze był w to wmieszany. Niestety, to był Andriej Ustinow. Myślałem, że może Andropow i jego KGB mogą mieć z tym coś wspólnego. Lubią mnie przecież mniej więcej tak, jak ja ich. Ale oni nie brali w tym udziału. W takim świecie żyjemy, Borys, pełnym małych świństewek i okropności. Minęło dopiero dwa lata od dnia, kiedy strzelano do samego Leonida Breżniewa u bram Kremla!

Dragosani zamyślił się głęboko.

– Powiedz mi – wydusił z siebie w końcu – gdy to wszystko się skończyło, mam na myśli tę noc w Zamku, dlaczego chciałeś, abym sprawdził ciało Ustinowa? Dlatego, że mógł być powiązany z kimś w KGB, a nie tylko z twoim starym kolesiem z MVD?

– Coś w tym rodzaju – wzruszył ramionami Borowitz. – Ale teraz to już bez znaczenia. Jeżeli KGB miałoby z tym cokolwiek wspólnego, to inaczej wyglądałoby moje przesłuchanie, a nasz przyjaciel Jurij Andropow nie byłby taki grzeczniutki. Udało mi się nawet dostrzec, że był wkurwiony na Leonida, który skrócił mu smycz.

– Co znaczy, że teraz naprawdę jest żądny twojej krwi.

– Nie, nie sądzę. Nie przez cztery lata w każdym razie. Gdy okaże się, że miałem rację, to znaczy kiedy Breżniew zrealizuje przepowiednie Vladego i będzie miał dowód na efektywność Wydziału, wtedy też nie. Tak więc, przy odrobinie szczęścia pozbyliśmy się tej paczki na dobre!

– Hmm, miejmy nadzieję. Wtedy okaże się, jak bardzo jesteście mądrzy, Generale. Ja o tym wiem i tak. Powiesz mi teraz, jakie były inne powody, dla których wezwałeś mnie tu dzisiaj?

– Tak, mam coś więcej do powiedzenia, coś z innej beczki. Ale o tym po obiedzie. Natasza przygotowała świeżą rybę z rzeki. Pstrąga. Jest pod ścisłą ochroną, lepiej przez to smakuje – wstał i ruszył w drogę powrotną wzdłuż brzegu. Rzucił jeszcze przez ramię: – Radzę ci pozbyć się tego grata. Spraw sobie nowy samochód. Byle tylko nie lepszy od mojego. To w związku z twoim awansem. Wypróbujesz go na wakacjach.

– Na wakacjach? – wszystko działo się tak szybko.

– A tak, nie mówiłem? Co najmniej trzy tygodnie, na koszt państwa. Fortyfikuję Zamek. Wstrzymuję pracę Wydziału na ten czas.

– Co robisz? Powiedziałeś, że...

– Fortyfikuję Zamek – Borowitz był bardzo konkretny. – Nowe stanowiska karabinów maszynowych, ogrodzenie pod napięciem, takie rzeczy. Mają to w Bajkonurze w Kazachstanie, gdzie startują rakiety, a czyż nasza praca nie jest równie ważna? W każdym razie, projekt został zatwierdzony, zaczynamy w piątek. Wiesz, teraz jesteśmy szefami sami dla siebie, oczywiście w pewnych granicach... w granicach Zamku na pewno. Kiedy skończymy przebudowę, wszyscy dostaną przepustki. Bez nich nikt nie wydostanie się na zewnątrz. Ale to później. Teraz jest dużo pracy, którą będę nadzorował osobiście. Chcę rozbudować siedzibę, poszerzyć, przekopać, znaleźć więcej miejsca na komory eksperymentalne. Mam na to cztery lata, ale szybko zlecą. Pierwszy etap zajmie dobry miesiąc, więc...

– Więc przez ten czas mam wakacje? – Dragosani ożywił się.

– Właśnie. Ty i jeszcze jeden, może dwóch. Dla ciebie to nagroda. Dobrze się spisałeś tamtej nocy. Poza moją raną na ramieniu wszystko się udało. No i oczywiście poza stratą biednego Gerkowa. Jedyne, czego żałuję, to fakt, że musiałeś przez to przejść. Wiem, jak bardzo nienawidzisz...

– Nie rozmawiajmy więcej na ten temat – Dragosani poczuł, że ta nagła troska o jego samopoczucie jest podejrzana.

– W porządku, nie będziemy o tym mówić! – odwrócił się i dodał z potwornym uśmiechem. – W każdym razie, ryba lepiej smakuje...

– Sadystyczny stary pryk!

Borowitz zaśmiał się głośno.

– To mi się w tobie podoba, Borys. Podobnie jak ja, żadnego szacunku dla przełożonych – i zmieniając temat, spytał: – Gdzie spędzisz wakacje?

– W domu – odpowiedział bez wahania.

– W Rumunii?

– Oczywiście. W Dragosani, gdzie się urodziłem. Znam tamte strony, kocham tamtych ludzi, jeżeli ja w ogóle potrafię kochać. Dragosani to teraz spore miasto, ale znajdę sobie coś przytulnego, może za miastem, w wioskach na wzgórzach.

– Musi tam być ładnie – pokiwał głową Borowitz. – W gruncie rzeczy, masz tam kogoś? Może dziewczynę?

– Nie.

– To co w takim razie?

Dragosani chrząknął, wzruszył ramionami i zmrużył oczy.

– Sam nie wiem. Ale coś tam jest.

ROZDZIAŁ DRUGI

Harry Keogh czuł, jak wpadające przez okno promienie słońca dotykają jego twarzy. Siedział na twardej, niemal niezniszczalnej szkolnej ławce, wypolerowanej przez tysiące tyłków. Słyszał osę latającą wokół kałamarzy, linijek, ołówków i dalii w wazonie. Wszystko to docierało tylko na skraj jego świadomości i stanowiło dalekie, nieruchome tło. Ledwie zdawał sobie sprawę z tego, że serce wali mu jak młot, uderzając zbyt mocno i zbyt szybko, jak na lekcję arytmetyki w słoneczne wtorkowe popołudnie w sierpniu. To był świat rzeczywisty, o czym przypominały sporadyczne podmuchy wiatru z otwartego okna. A Harry potrzebował powietrza, jak tonący.

Słońce nie mogło ogrzać walczącego pod lodem. Bzyczenie osy gubiło się całkowicie w plusku lodowatej wody, wśród pęcherzyków powietrza, unoszących się z nozdrzy i otwartych ust. Poniżej – ciemność, zamarznięty muł i zarośla, a powyżej...

Gruba skorupa lodu i przerębla, przez którą wpadł (wpadła?). Lecz gdzie? Trzeba walczyć z prądem rzeki! Płynąć, płynąć!

Pomyśl o Harrym, małym Harrym. Musisz żyć dla niego. Dla jego dobra! Dla Harry'ego.

Tam! Tam! Dzięki Ci, Boże, za tą przeręblę, dzięki Ci, Boże! Chwycić za krawędź, ostrą jak szkło. Ręce zesłane z nieba opuściły się w wodę, poruszały się tak wolno, jak na zwolnionym filmie, okropnie, przeokropnie ospale! Okropne, owłosione, mocarne ręce. Pierścień na drugim palcu prawej ręki. Kocie oko w grubym złocie. Sygnet.

Patrząc w górę, mógł dojrzeć rozmazany przez wodę ośnieżony kontur twarzy. Przez lód przebijał kontur postaci klękającej przy przerębli. Chwycić za jego ręce, te silne ręce, które uniosą cię jak dziecko. A za ten cały strach przetrzepią ci potem skórę.

Teraz trzeba walczyć, by dosięgnąć tych dłoni. Walczyć z prądem rzeki. Walczyć! Walczyć! Walczyć dla Harry'ego...

Tam! Są dłonie! Chwycić mocno! Trzymać! Wysunąć głowę przez dziurę i oddychać, oddychać!

Ale... Dłonie pchają w dół!

Twarz widziana przez wodę wykrzywiła się. Galaretowate wargi rozciągnięte w upiornym uśmiechu, przerażającym grymasie. Wahanie. Krzyk. Woda wpada do ust, z których uciekło powietrze.

Uchwycić się lodu. Zapomnieć o dłoniach, okrutnych dłoniach spychających w dół. Tylko trzymać się krawędzi otworu i unieść głowę. Ale te dłonie już wyłamują palce. Wrzucają z powrotem, pod lód. Mordują!

Nie można walczyć z zimnem, z prądem rzeki i z tymi rękami. Czerń dookoła. W płucach, w głowie, w oczach. Trzeba złapać te dłonie i zedrzeć z nich wszystko. Spada złoty pierścień, spada na mroczne dno. Krew zabarwia wodę purpurą, krew z okrutnych rąk. I nieskończona czerń konania.

Nie ma już sił, aby walczyć. Zatonięcie... Prądy na dnie. Ale to bez znaczenia. Z wyjątkiem... Harry'ego. Tylko Harry ma znaczenie. Biedny mały Harry! Kto się nim teraz zaopiekuje? Kto zajmie się Harrym? Harry? Harry?

– Harry? Harry Keogh? Na litość boską, chłopcze! Gdzie ty jesteś?

Harry poczuł łokieć kumpla, Jimmy'ego Collinsa. Gwałtownie zaczerpnął powietrza. Usłyszał zgrzytliwy głos pana Hannanta, rozrywający bębenki uszu mimo szumu wodnej kipieli. Poderwał się do góry z ławki, jeszcze raz wciągnął powietrze. Wyciągnął przez głupotę rękę w górę, jakby informując, że zna odpowiedź na postawione pytanie, cokolwiek to było. To była reakcja automatyczna – jeżeli zrobiło się to wystarczająco szybko, nauczyciel był przekonany, że znasz odpowiedź i pytał kogoś innego. Niestety, z wyjątkami... Czasami to nie działało, nauczyciele nie zawsze dawali się nabierać. A Hannant, nauczyciel matematyki, co jak co, ale naiwny i głupi nie był.

Zniknęło całkowicie uczucie tonięcia, zimnej wody i bezlitosnych tortur tych brutalnych, nieludzkich rąk. Koszmar odpłynął. Choć nigdy nic nie wiadomo...

Nagle Harry uświadomił sobie, że cała klasa gapi się na niego. Dostrzegł purpurową, nabrzmiałą od gniewu twarz pana

Hannanta, który patrzył na niego nieprzytomnym wzrokiem. Ciekawe, co oni rozwiązywali...

Rzucił okiem na tablicę. O tak! Wzory, powierzchnie, własności koła. Czynnik constans(?). Przekątne, promienie i π(?). Że co? To była dopiero zabawa. Dla Harry'ego wszystko było π! Takie π-erniczenie bez sensu. Dobrze, ale jakie było pytanie Hannanta? A w ogóle zadał jakieś pytanie?

Harry wyraźnie zbladł. Rozejrzał się po klasie. Tylko on trzymał rękę w górze. Powoli ją opuścił. Obok niego Jimmy Collins chichotał cicho. W normalnych warunkach zacząłby pewnie mówić cokolwiek. Ale teraz, po tym koszmarze, tak jeszcze świeżym w pamięci...

– No? – naciskał Hannant.

– Proszę pana? – zapytał Harry. – Eee, czy mógłby pan powtórzyć pytanie?

Hannant zaczerpnął powietrza, zamknął oczy. Oparł się kciukami na biurku, pochylając się do przodu. Policzył do dziesięciu jeszcze raz wciągając powietrze, na tyle głośno, że usłyszała go cała klasa. W końcu, nie otwierając oczu, powiedział:

– Pytanie brzmiało: „Gdzie ty w ogóle jesteś?"

– Ja, proszę pana?

– Na Boga, tak! Harry Keogh, ty!

– Tutaj, proszę pana – Harry starał się nie wyglądać zbyt niewinnie, by nie przesadzić. Chyba uda mu się z tego wykręcić, choć jeszcze nie wiadomo – ...bo ta osa, proszę pana i...

– To było moje drugie pytanie – uciął Hannant. – Moje pierwsze pytanie brzmiało: „Jaka jest zależność pomiędzy średnicą koła i π?". Rozumiem, że to jest pytanie, na które chciałeś odpowiedzieć, podnosząc rękę. Czy może łapałeś muchy?

Harry poczuł gorąco. Średnica? Koło? π?

Klasa zaczęła się niecierpliwić, ktoś chrząknął z politowaniem. To pewnie ten zabijaka Stanley Green, zadziorny, wielkogłowy kujon! Kłopot ze Stanleyem był taki, że nie dość, że dobrze się uczył, to jeszcze był duży... Jeszcze raz, jakie było pytanie?

Jimmy Collins opuścił głowę, udając, że patrzy w książkę na biurku i wyszeptał:

– Trzy razy.

Trzy razy? Cóż to może znaczyć?

– No? – Hannant wiedział, że go przyłapał.

– Eee, trzy razy – wypalił Harry, modląc się, żeby to nie był kawał Jimmy'ego.

Nauczyciel matematyki wciągnął powietrze, wyprostował się. Coś mruknął, wyglądał na wyraźnie zaskoczonego. Lecz zaraz powiedział:

– Nie! Ale byłeś blisko. Starasz się. Nie trzy razy, ale trzy przecinek czternaście, jeden i jeszcze dziewięć piątek. Ale razy co?

– Średnica – wyszeptał Jimmy – równa jest obwodowi.

– Śśśrednica – powtórzył Harry – równa jest, eee, obwodowi...

George Hannant spojrzał ciężkim wzrokiem na Harry'ego. Trzynastoletni chłopiec, jasne włosy i piegi. Pognieciony szkolny mundurek i brudna koszula. Krawat niemal w strzępach. Okulary zsunęły się i zatrzymały na koniuszku nosa, za nimi błyszczały niebieskie, rozmarzone oczy, wydawać by się mogło, że pełne jakiegoś dziwnego zrozumienia. Żałosny? Nie, nie w tym rzecz. Harry Keogh mógł łatwo wziąć się w garść, gdyby chciał. Ale... trudny dzieciak, żeby go rozruszać. Hannant przypuszczał, że Harry jest całkiem inteligentny, coś kryło się za tą nawiedzoną twarzą. Gdyby tak potrafił go rozgryźć. Rozbudzić go, spowodować, by zainteresował się światem rzeczywistym, a nie tym, do którego tak często wędruje.

– Harry Keogh, nie jestem pewien, czy to była twoja własna odpowiedź. Collins siedzi zbyt blisko i chyba ci podpowiadał. Więc... Na końcu książki znajdziesz dziesięć pytań. Trzy dotyczą powierzchni kół i cylindrów. Jutro rano chcę mieć na biurku odpowiedzi, jasne?

Harry zwiesił głowę i zagryzł wargi.

– Tak, proszę pana.

– Spójrz na mnie chłopcze, spójrz na mnie!

Harry podniósł wzrok. Teraz rzeczywiście wyglądał żałośnie. Ale nie można już było się wycofać.

– Harry – westchnął Hannant – coś z tobą jest nie tak. Rozmawiałem z innymi nauczycielami. To nie tylko matematyka, ale wszystkie przedmioty. Jeśli się nie przebudzisz, synu, to opuścisz szkołę bez świadectwa. Jeżeli myślisz, że masz jeszcze sporo czasu, to wiedz, że musisz ruszyć z miejsca już teraz. Zadanie domowe to nie kara. Po prostu, próbuję ci pomóc.

Spojrzał na koniec klasy, gdzie Stanley Green ciągle chichotał, skrywając twarz dłońmi.

– A co do ciebie, Green, dostaniesz karę, nieznośny chłopcze! Zrobisz pozostałe siedem zadań!

Reszta klasy starała się ukryć zadowolenie. Chłopcy woleli nie cieszyć się otwarcie, bo Stanley z pewnością odpłaciłby im z nawiązką. Hannant zauważył to. Nie dbał o to, czy uważają go za drania, ale jeśli tak, to już lepiej za drania z poczuciem sprawiedliwości.

– Ale proszę pana... – Green próbował protestować.

– Cicho – uciął ostro Hannant. – Siadaj! – Po czym, gdy łobuz usiadł, głośno wzdychając, zapytał: – W porządku, co dalej robimy? – Spojrzał na popołudniowy plan lekcji. – A tak, zbieranie kamieni na plaży. Dobrze! Odrobina świeżego powietrza trochę was ożywi. Zacznijcie się pakować, ale bez bałaganu! Potem możecie iść. Ale spokojnie!

Chłopcy nie słyszeli ostatnich słów – zmienili się w tupiącą, walącą w pulpity, rozwydrzoną hordę.

– Czekajcie! Rzeczy możecie zostawić tutaj. Dyżurny weźmie klucz i otworzy, jak już przyniesiecie kamienie z plaży. Kto jest dyżurnym w tym tygodniu?

– Ja, proszę pana! – Jimmy Collins wyciągnął rękę do góry.

– O, proszę – powiedział Hannant, unosząc brwi, choć tak do końca nie był zaskoczony. – Pniemy się w górę, co Collins?

– Zdobyłem zwycięskiego gola w meczu z Blackhills, proszę pana – powiedział z dumą Jimmy.

Hannant uśmiechnął się do siebie. To jasne. Jamieson, dyrektor szkoły miał bzika na punkcie piłki i wszelkich sportów. W zdrowym ciele zdrowy duch. Swoją drogą, był dobrym dyrektorem.

Chłopcy tłoczyli się teraz przy drzwiach. Green łokciami torował sobie drogę w tłumie, wyglądał jeszcze bardziej łobuzersko niż kiedykolwiek. Keogh i Collins podnieśli się niemal jednocześnie. Czasami zdawać się mogło, że są jak bracia syjamscy. Stanęli przy drzwiach.

– No? – zapytał Hannant.

– Czekamy na pana – powiedział Collins. – Chcę zamknąć.
– Już? A okna zostawimy otwarte, co? Kiedy dwójka chłopców wróciła do klasy pozamykać okna, Hannant uśmiechnął się, spakował swoją teczkę i poprawił krawat. Wyszedł na korytarz przed chłopcami. Collins przekręcił klucz w zamku i obydwaj z Harrym ruszyli biegiem za grupą oddalających się kolegów.

„Matematyka? – pomyślał Hannant, obserwując jak chłopcy znikają w głębi przestronnego korytarza. Słoneczne smugi przedzierały się przez zakurzone okna. – Po co im matematyka? Star Trek w telewizji i nowe komiksy Marvela! A ja chcę ich zainteresować liczbami. Boże! Jeszcze rok, a zaczną się interesować krągłymi wypukłościami u dziewcząt. Może już zaczęli? Matematyka? Beznadziejne!" Zaśmiał się smutno.

*
* *

Szkoła dla chłopców w Harden była nowoczesną szkołą średnią na północno-wschodnim wybrzeżu Anglii. Kształtowała umysły synów górników. Trzeba przyznać, że na niewiele to się zdawało. Większość chłopców zaczynała potem pracę w kopalniach, idąc w ślady ojców i starszych braci. Ale kilku przechodziło egzaminy do technicznych i akademickich college'ów w sąsiednich miastach.

Pierwotnie były to budynki Biur Rady Węgla. Szkoła została odnowiona przed około trzydziestu laty, gdy ludność miasteczka gwałtownie wzrosła dzięki wielkiemu zapotrzebowaniu na węgiel. Obecnie otaczał ją niski mur, a od morza dzielił jedynie kilometr drogi. Jeszcze bliżej na północ znajdowały się kopalnie. Stara czerwona cegła i kwadratowe okna sprawiały surowe wrażenie. Dookoła ogródki, starannie utrzymane na potrzeby lekcji biologii. Za to personel nie odzwierciedlał powagi otoczenia. Była to jednak grupa rzetelnych nauczycieli. Howard Jamieson, zagorzały konserwatysta, pilnował starego, dobrego porządku.

Cotygodniowe wycieczki w poszukiwaniu kamieni służyły trzem celom: po pierwsze, dzieciaki zażywały świeżego powietrza, a nauczyciele, lubiący wędrówki, mieli szansę skierować uwagę swych podopiecznych na piękno przyrody. Po drugie, za darmo pozyskiwano materiał na szkolny mur, który stopniowo zastępował stary płot. Po trzecie, raz na miesiąc trzy czwarte personelu mogło się „urwać" z zajęć, zostawiając obowiązki zapalonym wędrowcom.

Harry nie przepadał specjalnie za wyprawami na plażę, ale były one lepsze niż monotonne, gorące popołudnia w dusznej klasie.

– Słuchaj – powiedział Jimmy Collins do Harry'ego – powinieneś naprawdę uważać na starego Hannanta. Nie myślę o tych całych „świadectwach", to i tak zależy od ciebie. Chodzi mi o lekcje. Stary George nie jest zły, ale mógłby się wściec, jeśli stwierdzi, że robisz sobie z niego hece.

Harry wzruszył ramionami.

– Zamyśliłem się. To nawet zabawne. Wiesz, kiedy się zamyślę, to nie mogę przestać. Tylko krzyk Hannanta i twoje szturchanie wyciągnęły mnie z tego.

Wyciągnęły mnie... Silne ręce sięgające do wody... Żeby mnie wyciągnąć czy wepchnąć?

Jimmy pokiwał głową.

– Zauważyłem to. Wiele razy. Twoja twarz robi się wtedy dość zabawna. – Przez chwilę patrzył poważnie, po czym zaśmiał się i przyjacielsko klepnął Harry'ego po ramieniu. – Nie przejmuj się, twoja twarz jest zawsze zabawna!

– I kto to mówi! Ja? Zabawny? Co masz na myśli? Jak to wygląda, gdy jestem zabawny?

– Siedzisz z wytrzeszczonymi gałami. Jakbyś się bał. Ale nie zawsze. Czasami wyglądasz, jakbyś śnił. Tak jak powiedział stary George: jakby cię w ogóle tu nie było. Właściwie, to ty jesteś dość dziwny, musisz przyznać. Ilu masz przyjaciół?

– Mam ciebie – słabo protestował Harry. Wiedział, co miał na myśli Jimmy; był zbyt cichy, zbyt oddalony od przyziemnych spraw. Ale nie jak kujon, gdyby był dobry w nauce, to by go w jakiś sposób tłumaczyło. Był mądry (czuł, że taki jest), ale miał problemy z koncentracją. Miał wrażenie, jakby jego myśli nie należały do niego. Skomplikowane myśli, sny na jawie, fantazje i fantasmagorie. Jego podświadomość wymyślała różne historie, czy tego chciał, czy nie. Zadziwiająco szczegółowe, jak okruchy pamięci. Pamięci innych ludzi. Ludzi, których już nie było. Jakby jego umysł wypełniały echa myśli ludzi... którzy gdzieś już odeszli?

– Tak, masz mnie – Jimmy przerwał rozmyślania Harry'ego.
– Kogo jeszcze?
Harry wzruszył ramionami, przybrał obronny ton.
– Jest jeszcze Brenda – powiedział. – Czy wszyscy muszą mieć przyjaciół? Ja nie. Jeżeli ktoś ma przyjaciół, to ma. Jeżeli nie, to nie.
Jimmy zignorował wzmiankę o Brendzie Cowell, wielkiej sympatii Harry'ego. Mieszkali na tej samej ulicy. Jimmy interesował się sportem, a nie dziewczynami. Prędzej powiesiłby się na poprzeczce bramki, niż dał się namówić na romantyczne wyjście do kina.
– Masz mnie! – powiedział. – I tyle. Ale dlaczego ja cię lubię? Nie mam bladego pojęcia.
– Bo nie wchodzimy sobie w drogę – odpowiedział mądrze Harry. – Nie znam się na sporcie, a ty lubisz o tym gadać. Wiesz, że nie będę się sprzeczał. I nie przeszkadza ci to, że jestem taki, no, cichy...
– I dziwny – dorzucił Jimmy.
– Tak to z nami jest.
– Nie chciałbyś mieć więcej przyjaciół?
Harry westchnął.
– Wiesz, to jest tak, że ja mam przyjaciół. W głowie.
– Wydumanych przyjaciół! – burknął Jimmy, ale bez złośliwości.
– Nie, to nie jest tak – odpowiedział Harry. – To dobrzy przyjaciele. Są... Jestem jedynym przyjacielem, jakiego oni mają!
– No tak! – parsknął Jimmy. – W porządku, jesteś odjechany.
Prowadzący grupkę nauczyciel gimnastyki, „sierżant" Graham Lane zatrzymał się i ustawił wszystkich w dwuszeregu. Znajdowali się na skraju wydmy, gdzie ujście strumienia przecinało klify. Na północ i południe wznosiły się skały, głównie z piaskowca. Zniszczony drewniany most wisiał smętnie nad strumieniem. Ścieżka przecinała podmokły teren i biegła ku piaszczystej plaży. Dalej rozciągało się Morze Północne, szare na co dzień, lecz dziś, w świetle słońca, błękitnawe z białymi pasmami łowiących ryby mew.
– Dobra! – krzyknął donośnie Lane, gdy stanęli przy mostku. Miał na sobie spodnie od dresu i jasny podkoszulek. Prawdziwy

Mężczyzna. – Biegiem za most! Wokół jeziorka i na plażę! Znajdźcie kamienie i przynieście mnie albo lepiej – pannie Gower. Ona je oceni. Macie pół godziny, więc kto szybko znajdzie kamień, może się popluskać. Oczywiście – jeżeli zabrał strój. Żadnych kąpieli na golasa! Na plaży są inni ludzie. I nie wypływajcie poza boje! Wiecie, jaki tu jest prąd, chłopaki.

To prawda, prąd był zdradziecki, szczególnie w czasie odpływu. Wielu ludzi tonęło tu co roku, nawet dobrzy pływacy.

Panna Gower, nauczycielka religii i geografii, znajdowała się gdzieś w połowie kolumny marszowej. Usłyszała wskazówki Lane'a. Szkrzywiła się lekko. Wiedziała dobrze, dlaczego ona ma oceniać kamienie. Pozwoli to „sierżantowi" Lane i Dorothy Hartley trochę „pobaraszkować" wśród skał.

– W porządku, chłopcy. Pospieszcie się. Pamiętajcie, zabierzcie też trochę małży do naszego gabinetu. Najlepiej całe i zamknięte, jeśli takie znajdziecie. Ale proszę o żywe! Nie będziemy zbierać gnijących mięczaków.

Stanley Green marzył o zemście. Został na końcu grupki chłopców tuż przed panną Hartley. Dobrze słyszał wezwanie panny Gower: żadnych martwych mięczaków. A on chciał widzieć tego okularnika Keogha martwego. No, może nie chciał go zabić, ale z pewnością poturbować. To przez niego będzie musiał wieczorem męczyć się z zadaniami. Cholerny palant, siedzi jak zjawa, śpi z otwartymi oczami! Dobra, wielki Stanley otworzy ci oczy na świat albo zamknie je na zawsze.

– Wyjmij ręce z kieszeni, Stanley – śliczna panna Hartley odezwała się z tyłu. – Czemu się garbisz? Coś cię martwi?

– Nie, proszę pani – wymamrotał Green z opuszczoną głową.

– Rozchmurz się – powiedziała nieco figlarnie. – Jesteś jeszcze młody. Jak będziesz się złościć na cały świat, to szybko się zestarzejesz. „Jak ta sfrustrowana kurwa, Gertruda Gower...!" – dodała w myślach.

*

* *

Harry Keogh nie był podglądaczem, a jedynie ciekawskim chłopcem. W poprzedni wtorek był świadkiem pewnego zdarzenia na plaży. Miał nadzieję, że to się powtórzy i dzisiaj.

Dlatego szybko znalazł kamień, oddał go pannie Gower i sprawdziwszy, czy nikt na niego nie patrzy, ruszył przez wydmy. Okrążył błotniste jeziorko i kilkadziesiąt metrów dalej zobaczył ślady stóp na piasku. Ślady kobiety i mężczyzny. Jak się można było domyślać, „sierżant" Lane i panna Hartley podążyli tą drogą.

Dzisiaj dla spokoju „zapomniał" zabrać kąpielówek. W ten sposób uwolnił się od Jimmy'ego, który pobiegł się kąpać wraz z resztą chłopców. Harry chciał jednego – wskazówek. Siedząc obok Brendy w kinie, ściskał jej kolano, obejmował tak, że przez płaszcz i sweter dotykał dłońmi jej małych piersi. Wszystko to było bardzo podniecające, ale zbyt niewinne i niewystarczające w porównaniu z igraszkami „sierżanta" Lane i panny Hartley.

Zszedł z wydmy i odszukał ich wzrokiem. Siedzieli na piaskowym wzniesieniu okolonym trawą, w tym samym miejscu, w którym widział ich w zeszłym tygodniu. Harry szybko się wycofał i wybrał miejsce na wierzchołku wydmy, osłonięte przez niewielkie krzewy. W ostani wtorek panna Hartley igrała z „tym czymś" Lane'a. Dla Harry'ego rozmiary „tego czegoś" były oszałamiające. Ona miała uniesiony sweter. „Sierżant" jedną rękę włożył jej pod spódnicę, drugą pieścił jej piersi. Gdy było po wszystkim wyjęła chusteczkę i delikatnie wytarła nasienie z jego brzucha i piersi. Potem pocałowała go w koniuszek... pocałowała go dokładnie tam. Zaczęła poprawiać ubranie, a on leżał jak martwy. Harry próbował sobie wyobrazić, że robi te same rzeczy z Brendą, ale nie potrafił. To było zbyt nieprawdopodobne.

Tym razem było inaczej. I to właśnie chciał Harry zobaczyć. „Sierżant" miał opuszczone spodnie. Krótka biała spódniczka tenisowa panny Hartley okręciła się wokół jej talii. On próbował ściągnąć jej majtki, a jego członek wydawał się jeszcze większy niż ostatnio. Sterczał tak i poruszał się na wszystkie strony, jakby szarpany niewidzialnym sznurkiem.

Zza wydm, daleko od plaży, dochodziły do Harry'ego krzyki i śmiechy bawiących się wśród fal chłopców. Słońce paliło mu uszy i szyję. Leżał bez ruchu, z twarzą wspartą na dłoniach. Piasek zaprószył mu oczy. Ale nic nie mogło przeszkodzić mu w obserwowaniu zabawiających się kochanków.

Z początku, wyglądało to tak, jakby pannna Hartley walczyła z Lane'em, odpychając go rękami. Jednocześnie jednak rozpięła bluzkę i nagie piersi ukazały się w promieniach słońca ze sterczącymi, niewiarygodnie brązowymi koniuszkami. Harry dostrzegł, że ona drży. Krew zaczęła szybciej pulsować w jego żyłach. Panna Hartley była jak zahipnotyzowana penisem „sierżanta". Podniosła swój tyłeczek tak, że kochanek w końcu mógł zdjąć jej majtki, zgięła nogi w kolanach i rozsunęła. Ukazało się coś czarnego jak noc, jakby pod swoimi białymi majtkami miała jeszcze jedne. Czarne i różowe, gdy położyła tam dłoń, rozszerzając wejście dla „sierżanta".

Migające kolory dochodziły do Harry'ego. Lecz już po chwili, niewiarygodnie wielki penis „sierżanta" zniknął między jej nogami i cały obraz został zasłonięty. Jędrne pośladki poruszały się rytmicznie. Harry jęknął cichutko, poczuł rosnące podniecenie, przewrócił się na bok, by ulżyć rosnącemu naprężeniu w spodniach. Nagle zauważył że Stanley Green zmierza przez wydmy z dzikim wyrazem twarzy. Jego małe, świnskie oczka były pełne jadu.

Podążając za kochankami, Harry znalazł małżę. Obie skorupy były nietknięte i całe. Zsunął się z wydmy ostrożnie, trzymając skorupki w dłoni. Zdając sobie sprawę, że cały się zaczerwienił, odwrócił twarz. Udawał, że nie widzi Greena, ale spotkania nie dało się uniknąć.

– Jak tam, okularniku? – warknął łobuz, zbliżając się. – To fajnie, że jesteś tutaj, zamiast wydurniać się ze swoim koleżką, wielką gwiazdą piłki. Co tu porabiasz, okularniku? Znaleźliśmy już ładną muszelkę dla panny Gower czy nie?

– Co ci do tego? – wymamrotał Harry, próbując go ominąć.

Green zbliżył się, wyrwał muszlę z jego dłoni. Była jasnooliwkowa, krucha jak wafelek. Stanley zacisnął pięść, muszelka rozpadła się na kawałki.

– Masz! – powiedział głosem pełnym złośliwego zadowolenia. – Naskarżysz na mnie teraz, co?

– Nie – odparł cicho Harry, ciągle szukając drogi ucieczki. Przed oczyma miał ciągle pośladki „sierżanta" ruszające się w górę i w dół. – Nie lubię skarżyć i nie lubię się nad nikim znęcać.

– Znęcać? Ty? – Green był wyraźnie rozbawiony. – Nie zmusiłbyś nawet żaby do pierdnięcia. Dobry jesteś tylko w zasypianiu na lekcjach i zgrywaniu głupka. I pakowaniu ludzi w kłopoty.

– Sam się wpakowałeś – zaprzeczył. – Przez ten chichot.

– Chichot? – Stanley złapał go za koszulę i przyciągnął do siebie. – Tylko dziewczyny chichoczą, okularniku. Uważasz mnie za dziewczynę?

Harry wyrwał się i zacisnął pięści.

– Odwal się!

– Niegrzeczny jesteś – powiedział wolno Green. Wzruszył ramionami, jakby chciał odejść, a gdy Harry opuścił ręce, odwrócił się i zadał mu cios prosto w twarz. Keogh stracił równowagę, potknął się i upadł. Green zamierzał właśnie go kopnąć, gdy ze szczytu wydmy, naciągając pospiesznie koszulkę, zbiegł czerwony ze złości „sierżant".

– Co tu się dzieje, u diabła?! – wrzasnął. Złapał oszołomionego Greena za ramię, zakręcił nim i kopnął z całej siły w tyłek. Stanley zawył i upadł twarzą w piasek, obok leżącego kolegi.

– Stare numery, co wielki Stanleyu? – krzyczał. – Kogo wybrałeś na ofiarę tym razem? Co? Chuderlaka Harry'ego Keogha? Na Boga, niedługo będziesz dusił niemowlęta!

Green wstał, pluł piaskiem. Nauczyciel pchnął go w pierś.

– Widzisz, to nie jest przyjemne, jak się ma do czynienia ze starszymi i silniejszymi. Tak się czuł Harry. Prawda, Keogh?

– Sam się mogę obronić.

– Powiem tacie – powiedział żałosnym głosem wielki Stanley.

– Co? – zaśmiał się „sierżant". – Powiesz tacie? Temu tłustemu pijaczkowi, co siłuje się na rękę w knajpie za szklaneczkę piwa? Jak będziesz skarżył, to zapytaj, kto mu wczoraj o mało nie złamał ręki!

Stanley zaklął pod nosem i rzucił się do ucieczki.

– Wszystko w porządku, Keogh? – Lane pomógł podnieść się Harry'emu.

– Tak, proszę pana. Tylko mam trochę krwi w ustach.

– Synu, nie zaczepiaj go – powiedział nauczyciel. – To drań i jest dużo silniejszy od ciebie. Kiedy nazwałem cię chuderlakiem, nie chciałem cię obrazić, chciałem tylko pokazać różnicę między wami. Duży Stanley szybko nie zapomina, uważaj na niego!

– Tak, proszę pana.

– No dobra. Uciekaj – Lane skierował się w stronę wydm, gdzie ukazała się ubrana już panna Hartley. „Cholera!" – cichy głos „sierżanta" dotarł do Harry'ego. Chciał się uśmiechnąć, lecz usta za bardzo go bolały. Odwrócił się i pobiegł do chłopców zbierających się wokół panny Gower.

*

*   *

To był drugi tydzień sierpnia, wtorek wieczorem. Gorąco i duszno. To zabawne, myślał George Hannant, wycierając czoło chusteczką, jak wieczorem robi się gorąco. Można pomyśleć, że powinno się ochłodzić, a tu robi się coraz cieplej. W ciągu dnia wiała słaba bryza, teraz panowała kompletna cisza. Żar całego dnia wypływał ze wszystkich stron. Hannant jeszcze raz przetarł czoło i szyję. Łyknął chłodną lemoniadę, przekonany, że w taką pogodę będzie jej potrzebował bardzo dużo.

Mieszkał samotnie niedaleko szkoły, po drugiej stronie kopalni. Nie chciał mieszkać w pobliżu ponurych szybów, było tam zbyt depresyjnie, zbyt przygniatająco. Wieczorem musiał przejrzeć kilka książek i zeszytów, zaplanować lekcje na następny dzień. Nie miał na to ochoty, właściwie na nic nie miał ochoty. Mógł pójść się napić, ale knajpy były jak zwykle pełne górników w brudnych koszulach i kaskach, huczące od ich gardłowych, szorstkich głosów. W kinie leciał jakiś nienajgorszy film, ale w tej starej budzie szwankował dźwięk. W dodatku przychodziły tam różne parki, wesoło zabawiające się ze sobą w tylnych rzędach. Ich odgłosy strasznie go denerwowały. A przecież po powrocie trzeba będzie jeszcze popracować.

Dom Hannanta, jednorodzinny bungalow, znajdował się na terenie małej, prywatnej posiadłości z widokiem na wzgórza i dolinę schodzącą do morza. Rozległy cmentarz z kapliczką odgradzał go od szkoły. Starannie utrzymane groby otaczał wysoki mur. Zwykle przechodził tędy rano i wieczorem w drodze do szkoły. Wokół dużego, wspaniałego kasztanowca znajdowały się przytulne ławeczki. Mógł tam popracować.

Właściwie, to nie był zły pomysł. Czasami chodzący o lasce staruszek, jakiś emerytowany górnik przychodził tam ze swoim psem, żuł tytoń albo palił fajkę. Zniszczone płuca, testament kopalni. Lecz z wyjątkiem staruszków, miejsce było zazwyczaj ustronne i ciche. Daleko od centrum miasteczka, od knajp, od kina, od głównej drogi. Co prawda, kiedy spadną kasztany, zaroi się od dzieci. Tak, lecz po cóż byłyby kasztany bez bawiących się nimi dzieciaków? Hannant uśmiechnął się na tę myśl. Ktoś kiedyś powiedział, że z punktu widzenia psa, człowiek służy do rzucania patyczka. Pewnie i kasztan ma swój punkt widzenia. I dlatego chłopcy służą do zabawy jego owocami i rozrzucania ich wszędzie. Jedna rzecz była pewna – chłopcy nie służą do nauki matematyki!

Hannant wziął prysznic, wolno wytarł się do sucha (spiesząc się, mógłby tylko bardziej się spocić). Włożył na siebie luźne, flanelowe spodnie i koszulę bez kołnierzyka. Zabrał teczkę i wyszedł z domu. Przemierzył teren posiadłości i skierował się na cmentarz. Wiewiórki skakały po konarach drzew, strącając pojedyncze liście. Promienie słońca spływały po zboczach wzgórz na zachodzie. Powoli dzień zmieniał się w noc. Piękny – mimo gorąca – wieczór. Hannant pomyślał smutno, że właśnie marnuje czas. Jeżeli nawet go nie marnuje, to spędza bezowocnie, jeżeli to w ogóle jakaś różnica. Westchnął i wyobraził sobie młodego Johnny'ego Millera za parę lat, „na dole", jak po wydobyciu paru ton węgla w wolnej chwili oblicza powierznię koła. Gdzie tu jest sens?

Pomyślał o Harrym, biednym łobuziaku. Nie był na tyle silny, żeby kiedyś pracować w kopalni, ale czy nadawał się do czegoś innego? Może miał trochę rozumu w głowie, ale kto mógł powiedzieć, ile go tam jest? Hannant chciał znaleźć sposób, by to sprawdzić, póki jest jeszcze czas. Temu chłopakowi trzeba pomóc i trzeba zacząć teraz, póki nie jest za późno. Tak jak ogrodnik hodujący egzotyczną roślinę, ciekaw, jakie kiedyś wyda owoce.

Czyżby o wilku mowa? Czy to nie był Keogh? Siedzący w cieniu drzewa, oparty o porośnięty mchem kamień? Tak, to był on. Promienie słońca odbijające się od okularów przedarły się przez listowie, zdradzając jego obecność. Ssał końcówkę ołówka, książka leżała otwarta na kolanach. Był zatopiony w myślach, głowę odchylił do tyłu. Nigdzie nie było widać

Jimmy'ego Collinsa. Pewnie gra w piłkę z resztą drużyny. Keogh nie był członkiem żadnej drużyny.

Hannantowi zrobiło się przykro... poczuł się winny. Do diabła, nie! Keoghowi zbyt długo udawało się uciekać w świat marzeń. Pewnego dnia odpłynie i nie wróci!

Przemknął między grobami, wzdłuż przypadkowych ścieżek do miejsca, gdzie siedział pogrążony w marzeniach chłopiec. Przez chwilę zupełnie irracjonalnie wkurzyło to Hannanta, ale dostrzegł, że otwarta książka, to podręcznik matematyki. „Przynajmniej się stara" – pomyślał.

– Keogh, jak leci? – zapytał Hannant, sadowiąc się obok na nagrobku. Znał ten zakątek cmentarza, spacerował tędy wiele, wiele razy. Nie był tu intruzem, to raczej obecność Keogha w takim miejscu wydawała się cokolwiek dziwna.

Harry wyjął ołówek z ust, popatrzył na Hannanta i niespodziewanie się uśmiechnął.

– Cześć! Eee... przepraszam.

Eee, przepraszam. Hannant miał rację, chłopak znów był gdzieś daleko. Król marzycieli. Sekretne życie Harry'ego Keogha!

– Pytałem – powiedział powoli – jak leci?

– W porządku, proszę pana.

– Daj spokój z tym „proszę pana". Zostaw to na lekcje, tutaj utrudni nam to rozmowę. Co z zadaniami?

– Zadanie domowe? Zrobione!

– Co? Tutaj? – Hannant był zaskoczony.

– Tutaj jest spokój – odpowiedział Harry.

– Mógłbyś mi pokazać?

Harry wzruszył ramionami.

– Proszę – powiedział, podając zeszyt.

Hannant spojrzał i ponownie się zdziwił. Zadanie zostało wykonane bez zarzutu. Dwie odpowiedzi, obydwie poprawne, jeżeli nie myliła go pamięć.

– A gdzie trzecie zadanie?

– O towotnicy? Tam, gdzie... – zaczął.

Hannant przerwał mu niecierpliwie:

– Bez wygłupów, Keogh. Tylko trzy zadania z dziesięciu nadawały się. Reszta dotyczyła brył, a nie kół i cylindrów. Mylę się? To jakaś nowa książka. Pokaż.

Harry opuścił głowę, zagryzł wargi i podał podręcznik. Hannant przejrzał kilka stron.

– Towotnica – powiedział. – Tak, to zadanie – przytknął palec do strony, wskazując na rysunek:

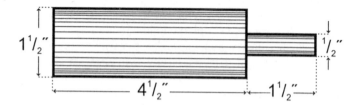

Podano wewnętrzne wymiary. Pojemnik i dozownik były cylindrami pełnymi smaru. Gdyby wszystko wycisnąć, jak długa byłaby struga smaru?

Harry przyjrzał się bliżej.

– Myślałem, że się nie nadaje.

Hannant zezłościł się. Dwie odpowiedzi z trzech to za mało.

– Dlaczego nie powiesz od razu, że to dla ciebie za trudne? – starał się nie podnosić głosu. – Miałem ciężki dzień i z początku mogłeś mnie nabrać. Dlaczego nie przyznasz się, że po prostu nie potrafisz?

Chłopiec zbladł, kropelki potu pojawiły się na jego twarzy.

– Potrafię – odpowiedział szybko. – Głupi by potrafił. Myślałem, że się nie nadaje, to wszystko.

Hannat nie wierzył własnym uszom, może źle zrozumiał odpowiedź chłopca.

– A wzory? – wysapał.

– Niepotrzebne – opowiedział Harry.

– Co ty gadasz, Harry! π razy promień do kwadratu razy długość równa się objętości. Spójrz! – I szybko zapisał w zeszycie:

Objętość pojemnika:

$$\frac{3,14159 \times 0,75 \times 0,75 \times 4,5}{3,14159 \times 0,25 \times 0,25}$$

Objętość dozownika:

$$+ \quad \frac{3,14159 \times 0,25 \times 0,25 \times 1,5}{3,14159 \times 0,25 \times 0,25}$$

Oddał Harry'emu ołówek.

– Masz! Teraz większość można zredukować. Dzielnik to oczywiście powierzchnia przekroju strugi smaru.

– Strata czasu – powiedział Harry w taki sposób, że nie wyglądało to na zwykłą niesubordynację. To nie był jego zwyczajny głos, brzmiał z nieokreśloną i niezwyczajną powagą. Przez chwilę... Hannant czuł się nawet onieśmielony! Co drzemie w tym chłopaku? Co oznacza to niesamowite spojrzenie?

– Wyjaśnij, co masz na myśli – zażądał.

Harry rzucił okiem na rysunek, pominął rozwiązanie nauczyciela.

– Odpowiedź brzmi: 42 centymetry – znów w jego głosie pojawiła się niezwykła stanowczość.

Książka stanowiła dla Hannanta nowość, nie miał jeszcze czasu, by dokładnie ją przejrzeć. Patrzył na Keogha, czując podskórnie, że dzieciak ma rację. Co mogło znaczyć, że...

– Zakradłeś się z Collinsem do klasy po wyprawie na plażę – oskarżył. – Kazałem mu zamknąć. Otworzyliście moje biurko i sprawdziliście w książce z odpowiedziami. Aż nie chce mi się wierzyć, Keogh, że ty...

– Myli się pan – uciął Harry tym samym, beznamiętnym tonem. Wskazał na rysunek. – Proszę popatrzeć samemu. Pierwsze dwa zadania wymagały wzoru, ale nie trzecie. Gdy dana jest średnica z dokładnością do czterech miejsc po przecinku, potrzebny jest wzór. Gdy dana jest powierzchnia z taką samą dokładnością i nieznany jest promień, to wymaga tego samego, tylko przekształconego wzoru. Ale to? Proszę posłuchać: Średnica pojemnika jest trzy razy większa od średnicy dozownika. Powierzchnia przekroju jest zatem dziewięć razy większa. Długość jest trzy razy większa. Dziewięć razy trzy – dwadzieścia siedem. W pojemniku mieści się zawartość dwudziestu siedmiu dozowników. Razem dwadzieścia osiem, razy jeden i pół daje czterdzieści dwa centymetry, proszę pana.

Hannant wpatrywał się w beznamiętną, niemal nieobecną twarz chłopca. Raz jeszcze spojrzał na rysunek w książce. Zakręciło mu się w głowie, poczuł dreszcz przypływających emocji. Co, do diabła... Na Boga, to on był nauczycielem matematyki! Ale nie można było walczyć z logiką Keogha. Pytanie nie wymagało wzorów, nie wymagało matematyki w ogóle! To była arytmetyka, ale tylko i wyłącznie intuicyjna, dla kogoś, kto doskonale znał koła. Dla kogoś, kto mógł czytać rzeczywistość, jak się czyta przeszłość ze słojów na ściętym pniu drzewa. Odpowiedź była znakomita! Gdyby chwilę pomyślał i rzucił w kąt wzory, Hannant sam by tak odpowiedział. Ale odpowiedź Keogha była błyskawiczna. Jego lekceważenie miało jakieś podstawy!

Hannant zdawał sobie sprawę, że jeżeli teraz nie rozwiąże sytuacji właściwie, to straci tego chłopca na zawsze. Wiedział, że nie będzie wtedy jedynym przegranym. Harry miał umysł i to, do diabła, umysł o wielkich, nieznanych jeszcze możliwościach! Chciaż był zmieszany, spróbował przywrócić swój autorytet. Siląc się na uśmiech, powiedział:

– Bardzo dobrze! Z wyjątkiem tego, że ja nie sprawdzam twojego IQ. Sprawdzam, czy znasz wzory. Zaintrygowałeś mnie. Skoro jesteś tak bystry, to dlaczego twoje prace domowe są tak kiepskie?

Harry wstał, jego ruchy były sztywne i niemal automatyczne.

– Mogę już odejść, proszę pana?

Hannant wstał również, wzruszył ramionami.

– Twój wolny czas należy do ciebie – powiedział. – Ale kiedy masz parę chwil, to możesz powkuwać wzory.

Harry wstał, sztywno wyprostowany ruszył przed siebie, ale po kilku krokach odwrócił się i spojrzał na nauczyciela. Promień słońca przedostał się przez gałęzie, załamał się na szkłach okularów i zmienił jego oczy w migocące gwiazdy.

– Wzory... – powiedział swoim nowym, dziwnym głosem. – Mógłbym podać wzory, o jakich ci się nawet nie śniło.

Znów dreszcz przeszedł po plecach Hannanta. Wiedział na pewno, że Keogh nie kłamie.

Wtedy... Nauczyciel chciał zawołać chłopca, pobiec za nim, nawet go uderzyć. Ale nie mógł się ruszyć, opuściły go wszystkie siły. Tę rundę przegrał całkowicie. Drżąc, usiadł na kamiennej płycie, opierając się o nagrobek. Harry Keogh odchodził. Nagle zerwał się i odskoczył od grobu. Chłopiec znikał już za nagrobnymi tablicami.

Wieczór był ciepły, nawet bardziej, było cholernie gorąco, ale George Hannant czuł przeszywające zimno. W powietrzu, w sercu – mrożący chłód. I teraz w nagłym przebłysku pamięci – zdał sobie sprawę, kiedy usłyszał głos, tak stanowczy jak głos Harry'ego. Tak logiczny i precyzyjny. Trzydzieści lat temu, gdy sam był chłopcem. Mężczyzna o tym głosie był jego bohaterem, idolem.

Wciąż drżąc, wstał, podniósł książki Keogha i włożył je do teczki. Ostrożnie odwrócił się w kierunku grobu. Wyryty w kamieniu, częściowo pokryty mchem napis. Hannant znał go na pamięć.

JAMES GORDON HANNANT
13 lipiec 1875 – 11 wrzesień 1944
Nauczyciel w Szkole dla Chłopców w Harden
Przez lat trzydzieści,
Dyrektor przez dziesięć,
Teraz zlicza Zastępy Niebieskie

Epitafium było czymś w rodzaju żartu jego Ojca. Podobnie jak syn był matematykiem. Ale o wiele lepszym niż on kiedykolwiek będzie.

ROZDZIAŁ TRZECI

Następnego dnia pierwszą lekcją była matematyka. George Hannant przemyślał przed nią pewne sprawy. Miał już odpowiedź na to, co wydarzyło się wczoraj. Keogh należał do tego szczególnego rodzaju ludzi, który od razu docierają do sedna sprawy. A jego myśli, choć jak najbardziej słuszne, były sprzeczne z powszechnie przyjętymi sposobami myślenia.

Gdyby tylko można go było zainteresować przedmiotem bardziej dogłębnie. Efekty bez wątpienia byłyby nadzwyczajne. Pewnie dalej robiłby błędy przy prostym dodawaniu i odejmowaniu, dwa dodać dwa wynosiłoby czasami pięć, ale rozwiązania niewidoczne dla innych, dla niego byłyby oczywiste. Dlatego Hannant zauważył w chłopcu podobieństwo do swego ojca. James Gordon również posiadał taki dar intuicji – był urodzonym matematykiem. On także nie miał czasu na wzory.

Dla Hannanta ważne było jedynie to, że udało się rozniecić iskrę w umyśle Keogha. Z przyjemnością patrzył, jak chłopiec ciężko pracuje, bo rzeczywiście ciężko przepracował pierwsze piętnaście minut lekcji. A potem, oczywiście, rozmarzył się... Lecz, kiedy Hannant podszedł do niego i spojrzał mu przez ramię – chłopiec miał gotowe odpowiedzi! Były poprawne, choć nigdzie nie było widać obliczeń. Koniec tygodnia może być bardzo ciekawy, gdy przejdą do podstaw trygonometrii. Zastanawiał się, czy Keogh sobie z tym poradzi. Koła nie miały przed nim tajemnic, może zainteresuje się też trójkątami.

Jednak coś ciągle nie dawało spokoju Georgowi Hannantowi. Aby poszukać odpowiedzi na nurtujące go pytania, musiał się porozumieć z dyrektorem Jamiesonem. Zostawiając chłopców samych, ostrzegł ich przed niestosownym zachowaniem podczas swojej nieobecności. Udał się do gabinetu dyrektora.

– Harry Keogh? – Jamieson był wyraźnie zaskoczony. – Jakie miał wyniki egzaminów do college'u?

Wyjął cienką teczkę z jednej z szuflad biurka, przejrzał zawartość i podnosząc wzrok, powiedział:

– Obawiam się, że Keogh nie podchodził do egzaminu. Podobno zmógł go katar sienny, czy coś takiego. Tak, katar sienny, trzy tygodnie temu, zwolnienie na dwa dni. Niestety, egzaminy odbyły się w tym czasie, w Hartlepool. A dlaczego pytasz, George? Myślisz, że miałby szansę?

– Myślę, że nawet dużą – odparł szczerze Hannant.

Jamieson wyglądał na zaskoczonego.

– Trochę późno, prawda?

– Żeby się tym martwić? Pewnie tak.

– Miałem na myśli to zainteresowanie Harrym Keoghiem. Nie wiedziałem, że tak go cenisz. Poczekaj! – Wyjął z szafy inną, grubszą teczkę. – Zeszłoroczne sprawozdania – powiedział, przeglądając papiery. Tym razem nie był zaskoczony. – Tak myślałem. Żaden z twoich kolegów nie dawał mu cienia sznsy. Ty też, George.

– Tak – Hannant poczerwieniał. – Ale to było w zeszłym roku. Poza tym egzaminy do college'u mają na celu raczej sprawdzenie poziomu ogólnej inteligencji niż ilości zdobytej wiedzy. Jeśli poznałbyś jego możliwości, byłbyś bardzo zaskoczony. Przynajmniej, jeżeli chodzi o matematykę. Ma instynkt, ma intuicję. Talent.

Jamieson pokiwał głową.

– Coś w tym musi być, skoro nauczyciel interesuje się uczniem z Harden – powiedział. – Nie chcę nikogo obrażać, tym bardziej dzieciaków, ale oni tu są cholernie upośledzeni, w tym otoczeniu, z tym pochodzeniem. Wiesz ilu chłopaków przechodzi egzaminy? Trzech! Trzech w każdej grupie wiekowej. To daje jednego na sześćdziesięciu pięciu.

– Czterech, jeżeli wliczyć Harry'ego.

– Tak? – Jamieson nie był przekonany. Ale był pod wrażeniem. – W porządku – powiedział. – Załóżmy, że masz rację, co do matematyki. Faktycznie, masz rację, że egzaminy sprawdzają przede wszystkim inteligencję. Ale co z innymi przedmiotami? Według tych sprawozdań, Keogh to słabeusz, prawie zawsze na końcu klasy.

– Wiesz, przykro mi, że zabieram ci czas. Swoją drogą nic nie można zrobić, skoro nie przystąpił do egzaminu. Ale myślę po prostu, że to wstyd. Uważam, że dzieciak ma potencjał.

– Coś ci powiem – powiedział Jamieson, wychodząc zza biurka i kładąc rękę na ramieniu Hannanta. – Przyślij go do mnie po południu. Pogadam z nim, zobaczę, co o tym myśleć. Nie, poczekaj... Może zrobię coś bardziej konkretnego. Urodzony matematyk, powiadasz? Bardzo dobrze...

Wrócił do biurka, nakreślił coś szybko na kartce papieru.

– Proszę bardzo – powiedział. – Zobaczymy, co z tym zrobi. Niech się tym zajmie w czasie przerwy na lunch. Jeśli znajdzie odpowiedź, to pomyślimy, co dalej.

Hannant wziął kartkę A4 i wyszedł na korytarz. Spojrzał na zadanie. Pokręcił głową z rozczarowaniem. Zgiął kartkę wpół i schował do kieszeni. Wyjął raz jeszcze, rozprostował i przyjrzał się dokładniej. Z drugiej strony... Może Keogh sobie poradzi. Hannant był niemal pewien, że sobie poradzi, jak trochę pomyśli. „Gdyby rozwiązał to zadanie byłby... wybitny. A jeśli mu się nie powiedzie, to przestanę się tak o niego martwić. W końcu są też inne dzieci, które wymagają nie mniej uwagi".

Dokładnie o pierwszej trzydzieści Hannant zapukał do drzwi gabinetu Jamiesona. Dyrektor był już po lunchu. Wstał, gdy Hannant wręczył mu kartkę.

– Zrobiłem tak, jak zasugerowałeś – powiedział Hannant, nie mogąc niemal złapać oddechu. – To jest rozwiązanie Keogha.

Dyrektor szybko przejrzał zadanie.

Magiczny kwadrat:

Kwadrat został podzielony na 16 mniejszych, równych kwadratów. Każdemu przypisano liczby od 1 do 16 włącznie. Ułóż liczby tak, by suma każdego rzędu i każdej kolumny oraz przekątnych dawała tę samą liczbę.

Poniżej napisana była ołówkiem odpowiedź, wraz z pierwszą, nieprawidłową próbą i podpisem Harry'ego Keogha.

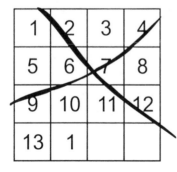

Jamieson przyjrzał się, otworzył usta, ale nic nie powiedział. Hannant widział, jak szybko przelicza kolumny, rzędy i przekątne.

– To jest... bardzo dobre – wykrztusił w końcu.

– Nawet więcej – powiedział Hannant. – To jest doskonałe. Jamieson na chwilę spojrzał na niego.

– Doskonałe, George? Wszystkie kwadraty magiczne są doskonałe. To ich urok, ich magia!

– Tak – zgodził się Hannant – ale są doskonałe i doskonałe. Masz tu coś więcej. Suma liczb w rogach daje ten sam wynik, cztery kwadraciki w środku też, środkowe liczby na przeciwnych krawędziach, a gdy przyjrzysz się bliżej, to znajdziesz więcej. To jest absolutnie doskonałe.

Jamieson ponownie sprawdził rozwiązanie, zmarszczył brwi, po czym uśmiechnął się z zadowoleniem.

– Gdzie jest teraz Keogh?

– Za drzwiami. Pomyślałem, że zechcesz go zobaczyć.

Jamieson westchnął i usiadł przy biurku.

– W porządku, George. Niech wejdzie ten twój magik.

Hannant otworzył drzwi i zawołał Keogha. Harry wszedł, nerwowo przestępował z nogi na nogę przed biurkiem dyrektora.

– Młody człowieku – powiedział Jamieson – pan Hannant mówi, że liczenie dobrze ci idzie.

Harry milczał.

– Ten kwadrat magiczny, na przykład. Bawię się tym, czysto dla rozrywki, od zawsze, zacząłem będąc mniej więcej w twoim wieku. Nie pamiętam, abym kiedykolwiek znalazł równie świetne rozwiązanie. Czy ktoś ci pomagał?

Harry spojrzał prosto w oczy dyrektora. Przez chwilę wyglądał na... przestraszonego? Możliwe, lecz już za moment zaczął się bronić:

– Nie, proszę pana. Nikt.

Jamieson pokiwał głową.

– Rozumiem. A gdzie praca na brudno? Sądzę, że takich mądrych rzeczy nie zgaduje się ot tak, po prostu. Prawda?

– Nie, proszę pana – odparł Harry. – Praca na brudno jest tam, przekreślona.

Jamieson spojrzał na kartkę, podrapał się po swej łysej głowie. Spojrzał na Hannanta, potem na Keogha.

– Ale tutaj liczby są po prostu ułożone po kolei. Nie rozumiem, jak...

– Proszę pana – przerwał Harry – dla mnie to logiczny początek. Doszedłem do tego momentu i już wiedziałem, co trzeba zrobić.

Dyrektor i nauczyciel znów wymienili spojrzenia.

– Mów dalej, Harry – powiedział Jamieson, kiwając głową.

– Widzi pan, jeżeli rozpisać liczby tak, jak to zrobiłem, to rosną w prawo i do dołu. Spytałem się w duchu: jak przerzucić połowę z nich na lewą stronę i do góry? Jak to zrobić jednocześnie?

– To brzmi... logicznie – Jamieson znów podrapał się w głowę. – Więc jak to zrobiłeś?

– Przepraszam?

– Pytałem, co zro-bi-łeś, chłopcze! – Jamieson nienawidził powtarzać uczniom dwa razy. Powinni uważnie wsłuchiwać się w każde jego słowo.

Harry nagle zbladł. Powiedział coś, ale słychać było tylko niewyraźne skrzeczenie. Zakaszlał, jego głos obniżył się o dwie oktawy. Kiedy znów się odezwał, jego głos nie był głosem małego chłopca.

– Ma pan to przed sobą – powiedział. – Ślepy pan jest?

W oczach Jamiesona przebiegły złe błyski, otworzył usta, lecz zanim wybuchnął, Harry dodał:

– Odwróciłem przekątne, to wszystko. To była oczywista odpowiedź, jedyna logiczna. Każdy inny sposób, to metoda prób i błędów. To nie dla mnie.

Jamieson wstał, opadł z powrotem na fotel, wskazał drżącym palcem na drzwi.

– Hannant, proszę wy-pro-wa-dzić stąd te-go chłop-ca! I niech pan tu wróci pomówić ze mną.

Hannant chwycił Keogha za ramię i pociągnął go za sobą na korytarz. Czuł, że chłopiec słabnie, chwieje się na nogach. Postawił go przy ścianie.

– Czekaj tu! – syknął.

W gabinecie Jamieson wycierał pot z czoła ogromną szkolną bibułą. Wpatrywał się w rozwiązanie Keogha i mruczał do siebie:

– Odwrócić przekątne...Hmm... I tak zrobił...

Hannant zamknął za sobą drzwi, Jamieson uniósł wzrok i lekko się uśmiechnął. Odzyskał już samokontrolę, wciąż wycierał pot z twarzy.

– Ten cholerny upał – powiedział, wskazując Hannantowi krzesło.

Hannant, któremu koszula już przylepiła się do ciała, rzekł:

– Tak, wiem, morderczy upał. W szkole jest jak w piecu. To źle wpływa na dzieci.

Jamieson zrozumiał aluzję.

– Tak, ale to nie jest usprawiedliwienie dla zuchwałości czy arogancji.

Nauczyciel wiedział, że powinien teraz siedzieć cicho, ale nie potrafił.

– Można to nazwać zuchwałością – powiedział. – Rzecz jednak w tym, że on po prostu stwierdził fakt. Zupełnie tak jak wczoraj, kiedy go spotkałem. Nie unosi się, dopóki nie przyprze się go do muru. Ten chłopiec jest genialny, a udaje, że tak nie jest. Robi, co może, żeby to ukryć.

– Ale dlaczego? Z całą pewnością to nie jest normalne. Większość chłopców w jego wieku lubi się popisywać. Może po prostu jest nieśmiały, a może chodzi o coś głębszego?

Hannant pokręcił głową.

– Nie wiem. Opowiem ci, co się zdarzyło wczoraj.

Kiedy skończył swą opowieść, Jamieson powiedział:

– Niemal identyczna sytuacja, jakiej byliśmy świadkami parę chwil temu.

– Dokładnie.

Jamieson zastanawiał się przez chwilę.

– Jeżeli faktycznie jest tak mądry, jak ci się wydaje, to byłbym ostatnim człowiekiem, który mu przeszkodzi. On istotnie ma genialną intuicję – powiedział, rozpierając się w fotelu.

– Dobrze, postanowione. Keogh opuścił egzaminy, niezupełnie ze swojej winy, zatem... Porozmawiam z Jackiem Harmonem z college'u. Zobaczymy, może da się przygotować dla niego osobny egzamin. Nic nie obiecuję, ale...

– Lepsze to niż nic – Hannant skończył za niego. – Dziękuję, Howard.

– Dobrze, dobrze. Dam ci znać, jak coś załatwię.

Hannant wyszedł na korytarz, gdzie czekał Keogh.

*

*   *

Przez następne dwa dni Hannant bezskutecznie próbował nie myśleć o Harrym. W środku nocy, w domu, gdzieś na krańcach świadomości Hannanta pojawiała się młoda, dziwnie dojrzała twarz chłopca. W piątkową noc, o trzeciej nad ranem nauczyciel przebudził się. Wszystkie okna w domu były szeroko otwarte, zapraszały każdy znikomy podmuch wiatru. Hannant krążył po pokoju w pidżamie. Obudził się, mając przed oczyma Harry'ego trzymającego w ręku kartkę z zadaniem Jamiesona. Widział, jak idzie przez szkolne podwórze w kierunku tylnej bramy, wchodzi w duszne aleje cmentarza. Hannantowi wydawało się, że wie, dokąd chłopiec podąża.

Nagle, choć noc nadal była ciepła, poczuł chłód. To uczucie nie było mu obce: ten sam, mający swe źródło w psychice, dreszcz ostrzegający, że w Keoghu jest coś niesamowitego, coś niepojmowalnego. Jedna rzecz była pewna: George Hannant modlił się, aby chłopiec przeszedł wszystkie egzaminy w Hartlepool College. To nie znaczyło, że wciąż chciał, aby Harry'emu po prostu się powiodło. Pragnął, żeby Keogh zniknął ze szkoły, opuścił środowisko tych zwyczajnych, normalnych chłopców z Harden.

Zły wpływ? Nie w tym rzecz. Na kogóż mógł wpłynąć i w jaki sposób, skoro reszta dzieciaków uważała go za dziwaka? Zły przykład, mogący sprzyjać rozkładowi panujących zasad? Być może. Lecz to także nie obrazowałoby w pełni obaw Hannanta. Choć istotnie, zły przykład roznosi się wokół bardzo szybko, to jednak coś na swój sposób gorszego było w Harrym, coś niemożliwego do objęcia rozumem. Lecz wciąż nie wiedział, co takiego było w Harrym. Co było w n i m, co szukało ujścia na zewnątrz? Coś, co gdyby naglę ukazało się światu, byłoby nie do zniesienia?

Postanowił zbadać pochodzenie Keogha, odkryć jego przeszłość. Być może tam tkwiła odpowiedź. Z drugiej strony, mogło w tym nie być nic zdumiewającego, a cały problem był jedynie efektem jego własnej nadmiernej wyobraźni. Albo efektem nieznośnego gorąca, niewyspania, niekończącej się monotonii szkolnej pracy... Nie mógł pojąć, dlaczego jakiś wewnętrzny głos powtarzał mu, że Keogh jest inny. Czasami chłopiec wpatrywał się w niego oczami, które przypominały spojrzenie zmarłego, dawno pogrzebanego ojca Hannanta...

*

* *

Dziesięć dni później doszło do tragedii. Chłopcy wraz z Grahamem Lanem, Dorothy Hartley i Gertrudą Gower poszli, jak co wtorek, zbierać kamienie na plaży. „Sierżant", chcąc rzekomo zerwać gatunek rzadkich kwiatów, a prawdopodobnie zaimponować swojej ukochanej, wspiął się na skały. W połowie drogi, na zdradliwej ścianie klifu, kamienie obsunęły się pod nim. Próbował jeszcze chwycić się kruchej skały, zawadził stopami o występ skalny i runął w dół, na kamienistą plażę. Zginął na miejscu.

Było to tym bardziej przejmujące, że „sierżant" i Dorothy Hartley dzień wcześniej ogłosili swoje zaręczyny. Zamierzali się pobrać na wiosnę. Tymczasem w piątek go pochowano.

Po pogrzebie odbyło się małe spotkanie w pokoju nauczycielskim. Były kanapki, ciastka i naparstek czegoś mocniejszego. Dorothy Hartley przyjmowała kondolencje. Prawie nikt nie czekał na cmentarzu, aż grób zostanie zasypany do końca. Gdy odeszli grabarze i położono wszystkie wieńce, ostatni żałobnik usiadł na pobliskim grobie z głową opartą w dłoniach. Matowe niebieskie oczy patrzyły na kopiec zza okularów. Z ciekawością? Wyczekiwaniem?

*

* *

W międzyczasie Howard Jamieson nie zapomniał o dodatkowych egzaminach do college'u dla Harry'ego Keogha. Test ułożono tak, by zbadać werbalną, przestrzenną i matematyczną percepcję chłopca. Miał go zdawać w Hartlepool, pod ścisłym nadzorem Johna Harmona, dyrektora szkoły. Wieść ta rozeszła się szybko wśród chłopców w Harden i Harry stał się obiektem zawistnych żartów i przytyków.

Już nie nazywano go „okularnikiem". Zykał nowe przezwisko – „ulubieniec". Rozpowszechnił je Wielki Stanley, sugerując, że Harry stał się faworytem dyrektora i nauczycieli.

Za pomocą swoich perfidnych metod, w których Stanley był mistrzem, nie wspominając o argumencie pięści, przekonał nawet najbardziej opornych chłopców, że coś śmierdzącego jest w tym nagłym „odkryciu" Harry'ego. Zastanawiał się głośno, dlaczego „ulubieniec" miał prawo do dodatkowych egzaminów? Inni też byli wtedy chorzy. A czy potraktowano ich w ten sam sposób? Nie! Tylko dlatego, że ten rozmarzony wypierdek ma układy z nauczycielami. Kto zbiera z zapałem te głupie, śmierdzące muszle dla tej starej torby Gower? Okularnik Keogh. Za kim zawsze wstawiał się stary „sierżant"? Za nim! A teraz, gdy nagle zaczął coś rozumieć z matematyki, to nawet zawszony Hannant stanął po jego stronie. Tak, on był „Ulubieńcem", ten mały fuksiarz. Ale na pewno nie ulubieńcem Stanleya Greena!

To wszystko brzmiało dość przekonywująco. Do tego doszły głosy tych, którzy nie podeszli do egzaminów, bez swojej winy. Wkrótce łobuz miał za sobą sporą grupę żądnych odwetu chłopców. Nawet Jimmy'emu Collinsowi zdawało się, że „coś tu śmierdzi".

W następny wtorek, tydzień po śmierci nauczyciela gimnastyki, uczniowie znów wyruszyli na plażę zbierać kamienie. To była ostatnia wycieczka przed zimą. Na początku pomysł wydawał się dobry, ale z czasem tak chłopcy jak i nauczyciele coraz bardziej się nudzili. Na wszystkim kładł się cień tragicznej śmierci Lane'a. Grupą opiekowali się panna Gower, jak zwykle, panna Jean Tasker (nauczycielka fizyki, nieco starsza od Gower, lecz nie tak zrzędliwa) w zastępstwie urlopowanej Dorothy Hartley oraz George Hannant w miejsce „sierżanta".

Jak zwykle, gdy zebrano już kamienie, pozwolono chłopcom na chwilę zabawy przed powrotem do szkoły. Gęgę Gower (jak nazywali ją uczniowie, bo strasznie się szarogęsiła i ze względu na inicjały) pouczała nieumiejących pływać. Hannant i Tasker stali na brzegu morza, zbierali muszelki i białe kamyki. Gawędzili dla zabicia czasu. Właśnie wtedy Stanley, nie mogąc już dłużej powstrzymać w sobie pragnienia zemsty, dojrzał okazję, by dać Keoghowi „nauczkę".

Harry, znowu zamyślony, przechadzał się samotnie po plaży. W końcu wrócił do kopca kamieni. Tam zobaczył Greena i innych czekających na niego chłopców.

– Proszę, proszę – powiedział łobuz, wysuwając się na przód. – Czy to nie nasz mały ulubieniec belfrów, mały okularnik Keogh z garstką ładniutkich muszelek dla starej, odjechanej Gęgę! Co tam słychać, okularniku? Myślisz, że masz szansę zdać egzamin, który ci specjalnie przygotowali?

– Zdaje ci się, że zdasz, co okularniku? – powiedział inny.

– Przepchną cię, co?

– To „ulubieniec" – dorzucił trzeci. – On musi zdać! Maskotka nauczycieli miałaby oblać?

Jimmy Collins wycierał się ręcznikiem po kąpieli, gdy zobaczył, co się dzieje, w jakim nastroju jest tłum. Ale nic nie powiedział. Został w tyle, owinął się ręcznikiem i zaczął ubierać.

– No? – Green popchnął Harry'ego. – Co o tym myślisz, czterooki? Mili nauczyciele przepchną cię przez ten egzaminek i pozwolą wydostać się stąd, od złych, brzydkich chłopców z Harden?

Harry zatoczył się po popchnięciu, muszle wypadły mu z rąk. Stanley wgniótł je butami w piasek. Harry zatoczył się, wyglądał nieszczęśliwie, wykonał zwrot, jakby chciał uciekać. Oczy zaszły mu mgłą, a zawsze blada twarz, zbladła jeszcze bardziej.

– Zasrana, tchórzliwa maskotka belfrów – szydził Green.

– Mały ulubieniec starego Jamiesona, co okularniku? Popłakałeś się już? Poszły łezki? Zmoczyliśmy się? Ty mały, czterooki...

– Stul pysk, zasrańcu – warknął Harry, odwracając się twarzą do Greena. – Chcesz żebym cię oszpecił? Jesteś już dość brzydki.

– C... co? – Green nie wierzył własnym uszom. – Co powiedziałeś? Nie, to niemożliwe. Nawet mówi innym głosem. Pewnie już dusi się ze strachu.

– Czemu mu nie dasz spokoju? – powiedział Jimmy Collins, przepychając się przez tłum.

– Nie mieszaj się, Jimmy – powiedział Harry swoim nowym, mocnym głosem. – Ze mną wszystko w porządku.

– Wszystko w porządku? – wrzasnął wielki Stanley – A ja ci mówię, że nie jest w porządku, okularniku! Ja ci mówię, że siedzisz w gównie po szyję, synku!

Mówiąc ostatnie słowo, zamierzył się pięścią na małą głowę chłopca. Harry z łatwością zrobił unik, ruszył do przodu i dźgnął napastnika złączonymi, prostymi palcami. Stanley zgiął się wpół jak scyzoryk, wprost na unoszące się kolano Harry'ego. Uderzenie było błyskawiczne jak strzał z pistoletu. Green upadł na plecy z rozłożonymi ramionami. Harry podszedł bliżej. Mijały sekundy, a Green wciąż leżał. W końcu usiadł, potrząsnął chwiejnie głową. Krew ciekła mu z rozbitego nosa. Oczy szkliły się od wzbierających z bólu łez.

– Ty... ty... ty...– syczał, spluwając krwią.

Harry pochylil się nad nim i pokazał zaciśniętą pięść.

– Co „ty"? – warknął, ukazując zęby. – No, gnoju, powiedz coś! Daj mi jakiś pretekst, żeby ci znów przyłożyć.

Green nie odpowiedział. Dotknął ręką złamanego nosa i rozciętej wargi. Zaczął szlochać.

Ale Harry jeszcze nie skończył. Chciał, żeby go popamiętał.

– Posłuchaj, zasrańcu – powiedział. – Jeżeli jeszcze raz, choć jeden raz, nazwiesz mnie okularnikiem albo maskotką, albo jakimś innym cholernym przezwiskiem, jeżeli w ogóle odezwiesz się do mnie, tak cię złoję, że będziesz srał zębami przez miesiąc. Łapiesz, gnoju?

Stanley odwrócił się na bok i zapłakał jeszcze żałośniej.

Harry podniósł wzrok, spojrzał na innych. Zdjął okulary i włożył je do kieszeni. Nie miał już zeza. Jego oczy błyszczały, pełne niesamowitych blasków.

– To, co powiedziałem temu gnojkowi, dotyczy także i was. A może ktoś ma ochotę spróbować?

Jimmy Collins stanął przy Harrym.

– Albo z nami? – powiedział.

Chłopcy milczeli zdumieni. Nie mogli uwierzyć w to, co się stało. Powoli zaczęli się rozchodzić, rozmawiać, śmiać się nerwowo, żartując, jak gdyby nic się nie stało. Było po wszystkim.

– Harry – powiedział cicho Jimmy – nigdy czegoś takiego nie widziałem! Nigdy. Walczyłeś jak... jak... jak dorosły mężczyzna! Jak „sierżant", kiedy robił pokazy na gimnastyce. Walka wręcz, jak to nazywał. – Szturchnął ostrożnie Harry'ego w żebra. – Wiesz co?

– Co? – spytał Harry, znów swoim własnym głosem. Cały się trząsł.

– Jesteś odjechany, Harry! Jesteś naprawdę odjechany!

Dwa tygodnie później Harry Keogh przystąpił do egzaminu. W pierwszym tygodniu września pogoda pogorszyła się. Od tego czasu nieustannie padało. Deszcz lał także w dniu egzaminu, uderzając w szyby okien gabinetu dyrektora college'u. Harry siedział przy ogromnym biurku zawalonym papierami. Jack Harmon osobiście nadzorował egzamin. Czytał przy tym zapiski z ostatniego zebrania rady pedagogicznej, dodawał do nich własne komentarze i uwagi. Od czasu do czasu podnosił wzrok i spoglądał na chłopca z ciekawością.

Tak naprawdę wcale nie chciał Harry'ego w college'u. Nie z osobistych pobudek, nie dlatego, że wymuszono na nim zgodę na egzamin dla chłopca, który przegapił termin. To mogło stworzyć niebezpieczny precedens. Jego czas był zbyt cenny, a tu jeszcze dodatkowa praca. Egzaminy to egzaminy, są co roku, ich terminy są znane, a synowie górników, jeżeli chcą w przyszłości robić inne rzeczy niż ich ojcowie, powinni o tym pamiętać. System był ustalony od dawna i sprawdzony. A teraz Howard Jamieson przepycha tak tego chłopca...

Z drugiej strony, dyrektor szkoły dla chłopów w Harden był starym, sprawdzonym przyjacielem. Harmon miał u niego spory dług wdzięczności. Gdy Jamieson po raz pierwszy poruszył ten temat, Harmon przyjął pomysł niechętnie. W końcu jednak zainteresował się i postanowił zobaczyć tego „nastoletniego magika" osobiście. Jednocześnie, jak cały czas utrzymywał, nie mógł sobie pozwolić na taki precedens. Chciał jakoś wybrnąć z sytuacji i wydawało mu się, że znalazł sposób. Sam więc ułożył pytania, wybrał najtrudniejsze zagadnienia z ostatnich sześciu lat. Prawdopodobnie Keogh, jako chłopiec z takiego środowiska, nie będzie miał szansy na ich rozwiązanie. A jeżeli już, to na pewno nie wszystkie. Zatem, choć egzamin będzie farsą, to Harmon będzie mógł zaspokoić swoją ciekawość. Kiedy Keogh obleje, Jamieson także w końcu się uspokoi i w przyszłości nie będzie miał takich próśb. Z zadumą obserwował, jak chłopiec pracuje nad papierami.

Miał godzinę czasu na każdy temat i dziesięciominutowe przerwy dla odpoczynku. W czasie przerwy mógł się częstować herbatą i ciasteczkami, skorzystać z toalety tuż obok gabinetu. Pierwszy był test z angielskiego, potem matematyka. Teraz powinien być w połowie testu z matematyki. To był decydujący punkt.

Harmon wciąż go obserwował. Chłopiec rzadko coś pisał. Ciężko pracował przez pierwszą godzinę, test z angielskiego wyraźnie go pochłaniał, marszczył brwi, gryzł ołówek, zmieniał wielokrotnie tekst. Ciągle jeszcze nanosił poprawki, gdy Harmon ogłosił upływ czasu. Zadania z matematyki z pewnością zbiły go z tropu. Sporadycznie próbował coś robić. Przez chwilę skrobał zawzięcie, po czym prostował się i patrzył w okno, blady i spokojny. Wyglądał na bardzo zmęczonego.

Nagle zaczynał pisać jak natchniony, niezwykle szybko, po chwili znów się uspokajał. Tak w kółko. Harmon rozumiał jego napięcie i niepokój – pytania były bardzo trudne. Sześć zadań. Wykonanie każdego z nich zajęłoby piętnaście minut, nawet gdyby chłopak był świetnie przygotowany.

Jednego Harmon nie mógł zrozumieć. Dlaczego chłopak tak się męczył? Dlaczego przystępował do szaleńczych ataków na kartkę papieru, tylko po to, by za chwilę opaść z sił? Nie zdawał sobie sprawy, że nie może wygrać? O czym tak dumał, patrząc w okno? Gdzie błądziły jego myśli, gdy na twarzy pojawiał się wyraz dziwnego oddalenia?

Może Harmon powinien teraz zakończyć. Miał pewność, że chłopak zmierza donikąd. Minęło trzydzieści pięć minut testu z matematyki. Keogh oparł się znowu, opuścił ramiona, oczy miał na pół przymknięte. Harmon cicho wstał i przeszedł po sali. Krople deszczu uderzały o szyby. Stary, ścienny zegar tykał miarowo. Dyrektor podszedł do chłopca i spojrzał mu przez ramię, choć sam nie wiedział, czego się spodziewa.

Nie mógł oderwać oczu. Zamrugał, nagle oczy rozszerzyły mu się ze zdumienia. Pochylił się, by lepiej widzieć. Keogh usłyszał jego zdziwiony szept, ale nie zareagował. Siedział spokojnie, patrząc na strugi deszczu spływające po szybach.

Harmon wrócił do swojego biurka, otworzył szufladę i wstrzymując oddech, wyjął rozwiązania zadań. Keogh nie tylko odpowiedział na wszystkie pytania, ale zrobił to prawidłowo! Wszystkie! Co więcej, rozwiązał je z minimalną ilością obliczeń na brudno, prawie zupełnie pomijając znane wzory.

Dyrektor wziął długi, głęboki oddech. Osłupiały wpatrywał się w wydrukowane odpowiedzi, ogrom obliczeń, sprawnie przeprowadzonych rozwiązań. Ostrożnie włożył papiery z powrotem do szuflady. Nie mógł w to uwierzyć. Gdyby nie to, że był tu przez cały czas, podejrzewałby, że chłopak oszukuje. Ale przecież nie opuścił sali ani na chwilę! Zatem... co to ma znaczyć?

„Intuicja", Howard Jamieson nazwał chłopca „intuicyjnym matematykiem". Harmon chciał się przekonać, jak działa ta intuicja podczas następnej części egzaminu.

Dyrektor podrapał się po szyi i spojrzał na Keogha. Postanowił dłużej porozmawiać z Jamiesonem i młodym Georgem Hannantem, który pierwszy zwrócił uwagę na talent chłopca. Jeszcze za wcześnie o tym mówić, ale czy to była... intuicja? Harmonowi wydawało się, że musi być inne słowo, by określić Keogha. Chłopiec był geniuszem. Harmon rozumiał to doskonale. Jeżeli Keogh faktycznie nim był, to oczywiście znajdzie się dla niego jakieś miejsce w Hartlepool. Niedługo wszyscy się przekonają, czy Harmon miał rację.

Oczywiście, że ją miał. Nie wiedzial jednak, że jednocześnie bardzo się mylił, ponieważ geniusz Keogha zmierzał w zupełnie innym kierunku, niż ktokolwiek mógł przypuszczać.

*

* *

Jack Harmon był niskim, grubym, owłosionym mężczyzną. Byłby zupełnie szpetny, gdyby nie aura dobroci i przyjacielskości, jaką promieniował wokół. Sprawiała, że z łatwością można było dostrzec jego piękne wnętrze – najprawdziwszego w świecie dżentelmena. Dysponował przy tym niezwykle bystrym umysłem.

W młodości znał ojca George'a Hannanta. Było to w czasach, gdy J.G. Hannnant był dyrektorem w Harden, a Harmon pracował jako skromny nauczyciel matematyki w małej szkółce w Morton, innej górniczej wiosce. Przez te wszystkie lata spotykał młodego Hannanta i patrzył, jak dorasta. Nie zdziwił się, gdy ten w końcu podążył w ślady ojca. Nie mógł żyć bez szkoły.

„Młody Hannant" – tak zawsze o nim myślał. Śmieszne, bo George prawie od dwudziestu lat był nauczycielem!

Harmon wezwał go do college'u w Hartlepool, aby porozmawiać o Harrym Keoghu. Spotkali się w poniedziałek po egzaminie. Harmon mieszkał nieopodal i zaprosił młodszego kolegę na lunch. Żona dyrektora, widząc, że rozmawiają o sprawach zawodowych, podała posiłek i wyszła na zakupy. Harmon zaczął od przeprosin:

– Mam nadzieję, że nie gniewasz się, że wezwałem cię w ten sposób? Wiem, że masz dużo roboty u Howarda.

– Nie ma sprawy – powiedział Hannant, kiwając głową.

– „Jego wysokość" osobiście mnie dziś zastępuje. Lubi czasami się tym zajmować. Mówi, że tęskni za nauczaniem. Jestem pewien, że rzuciłby w każdej chwili swój gabinet i pobiegł do klasy pełnej dzieciaków.

– O tak, tak! A my nie? – zaśmiał się Harmon. – Ale pieniądze, George, pieniądze! I sądzę, że jeszcze sprawa prestiżu. Dowiesz się, jak to jest, gdy sam zostaniesz dyrektorem. A teraz opowiedz mi o Keoghu. To ty go odkryłeś, prawda?

– Prawdę mówiąc, odkrył się sam – odpowiedział Hannant. – Jakby ostatnio obudził w sobie możliwości. Jak spóźniony na starcie biegacz...

– ...który prześciga wszystkich w mgnieniu oka, co?

– O tak! – powiedział Hannant. Harmon jeszcze ani raz nie wspomniał o wynikach egzaminu, obawiał się więc, czy Keogh zdał. Skoro jednak został tu wezwany, to może była jakaś szansa. A teraz Harmon mówi o prześciganiu wszystkich...

– Zdał?

– Nie – zaprzeczył Harmon, kręcąc głową. – Niestety, nie zdał. Angielski. Próbował, nie udało się, ale...

Uśmiech na twarzy Hannanta zgasł. Ramiona mu opadły.

– ...ale biorę go do siebie – dokończył Harmon, uśmiechając się. Ich spojrzenia spotkały się. – Na podstawie wyników z pozostałych części egzaminu.

– Jak sobie z tym poradził?

Harmon pokiwał głową.

– Przyznaję, że dałem mu najtrudniejsze zadania, jakie tylko mogłem znaleźć. On je po prostu zmiażdżył! Jedynym jego błędem, jeżeli można to tak określić, było nieortodoksyjne podejście. Nic sobie nie robi z ogólnie przyjętych wzorów.

„Dokładnie wiem, o co ci chodzi" – pomyślał Hannant.

– O tak! Dokładnie tak!

– Myślałem, że to dotyczy tylko matematyki, ale to samo stało się podczas następnej części. Można to nazwać testem na inteligencję albo orientację przestrzenną, albo jakkolwiek. Rzecz polega na sprawdzeniu możliwości intelektualnych. Odpowiedź na jedno z pytań uważam za szczególnie interesującą, lecz nie odpowiedź samą w sobie, rozumiesz, ale sposób rozwiązania. Zadanie dotyczyło trójkąta.

– Tak? – „Trygonometria! – pomyślał Hannant, wkładając do ust kawałek pieczonego kurczaka. – Ciekawe, jak sobie dał z tym radę".

– Oczywiście, można to zadanie rozwiązać przy pomocy zwykłej trygonometrii – powiedział Harmon, jakby czytając w jego myślach – albo wzrokowo. To było niby dość proste. Pokażę ci.

Odsunął talerz, wyjął pióro i narysował na papierowej serwetce:

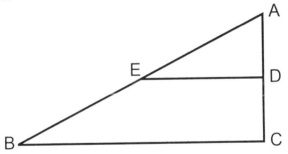

– Odcinek AD jest połową odcinka AC, odcinek AE to połowa odcinka AB. Ile razy trójkąt ABC jest większy od trójkąta ADE?

Hannant dorysował:

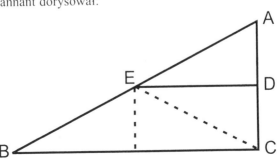

– Cztery razy. Wzrokowo, jak powiedziałeś.

– Zgoda, ale Keogh nie dorysował przerywanych linii. Po prostu podał odpowiedź. Zatrzymałem go i zapytałem: „Jak to zrobiłeś?". Wzruszył wtedy ramionami i powiedział: „Połowa połowy – to jedna czwarta. Mniejszy trójkąt jest cztery razy mniejszy od dużego".

Hannant uśmiechnął się.

– To typowe dla Keogha – powiedział. – To właśnie zwróciło moją uwagę na niego. Ignoruje wzory, przeskakuje etapy procesu rozumowania.

Poważny wyraz twarzy Harmona nie zmienił się. Bardzo poważny.

– Jakie wzory? – zapytał. – Czy on przerabiał już trygonometrię?

Uśmiech na twarzy Hannanta nagle zgasł. Zmarszczył brwi, zatrzymał widelec w połowie drogi.

– Nie. Mieliśmy właśnie zacząć.

– Zatem, nie znał tego wzoru?

– To prawda – Hannant jeszcze bardziej zmarszczył brwi.

– Ależ on go zna! Tak jak my!

– Przepraszam? – Hannant nie nadążał za rozumowaniem dyrektora.

– Zapytałem go: „Keogh, wszystko się zgadza, ale gdyby to nie był trójkąt prostokątny? A gdyby był... na przykład taki?"

I narysował:

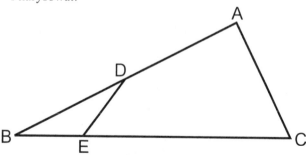

– Powiedziałem mu – kontynuował Harmon – „Odcinek AD jest połową odcinka AB, odcinek BE jest równy jednej czwartej odcinka BC". Keogh popatrzył tylko i powiedział: „Jedna ósma. Jedna czwarta razy jedna druga". A potem dorysował:

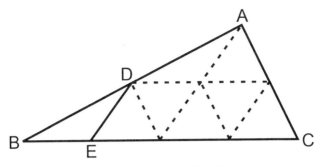

– Co chcesz przez to powiedzieć? – Hannant poddał się
fascynacji i napięciu dyrektora.

– Czy to nie oczywiste? To jest wzór. On doszedł do tego
samodzielnie, podczas egzaminu!

– To wcale nie musi być takie mądre i niepojęte, jak myślisz – powiedział Hannant, kręcąc głową. – Powiedziałem
już, że niedługo zaczynamy trygonometrię. Keogh wiedział
o tym. Może coś poczytał do przodu. To wszystko.

– Czyżby? – Harmon uśmiechnął się ironicznie. Wyciągnął
rękę przez stół i klepnął kolegę po ramieniu. – W takim razie,
George, wyświadcz mi przysługę i prześlij książkę, z której on
korzystał, dobrze? Chętnie ją zobaczę. Wiesz, w ciągu tylu lat
nauczania, nigdy nie spotkałem takiego wzoru. Może znał go
Archimedes, Euklides albo Pitagoras, ale na pewno nie ja!

– Co? – Hannant jeszcze raz spojrzał na rysunek, tym razem uważniej. – Ale ja chyba znam. To znaczy, rozumiem,
o co mu chodziło. Musiałem to już widzieć, musiałem... Na
Boga, uczę trygonometrii od dwudziestu lat!

– Mój młody przyjacielu – powiedział Harmon – ja też uczę,
nawet dłużej. Posłuchaj, wiem wszystko o sinusach, cosinu-
sach, tangensach. Dokładnie znam trygonometryczne propor-
cje, nie są mi obce podstawowe i złożone wzory matematycz-
ne, podobnie zresztą jak tobie. Może nawet trochę lepiej się
na tym znam, ale nigdy nie widziałem tak jasno sformułowa-
nego wzoru, tak logicznie, tak profesjonalnie... przedstawionego! Tak, przedstawionego! Nie można powiedzieć, że Keogh odkrył wzór, bo go nie odkrył, tak samo jak Newton nie
odkrył grawitacji. To jest stałe jak π. Zawsze było. Keogh
pokazał nam, że to jest! – Wzruszył bezradnie ramionami. –
Nie wiem, jak to wytłumaczyć.

– Wiem, o czym mówisz – odrzekł Hannant. – Nie musisz dalej wyjaśniać. To właśnie powiedziałem Jamiesonowi; Keogh widzi wszystko na wskroś. Ale czy to jest wzór? Przypomniał sobie nagle: „Wzory? Mógłbym podać ci wzory, o jakich ci się nawet nie śniło".

– To jest wzór! – naciskał Harmon, przerywając tok myśli Hannanta. – Specyficzny, ale jednak wzór. I pytam: co jeszcze, czy są w nim inne podstawowe zasady, na które nie natknęliśmy się do tej pory, reguły czekające na właściwy bodziec, by mogły zaistnieć. Dlatego chcę go tutaj. Wtedy się dowiem.

– Cieszę się, że go przyjmujesz – powiedział Hannant po chwili. Już chciał się zwierzyć, że trapi go niepokój o to, co dzieje się z chłopcem, ale powstrzymał się i skłamał. – Sądzę, że nie mógłby się zrealizować u nas, w Harden...

– Tak, rozumiem – odparł Harmon. Po czym dodał nieco niecierpliwie. – To już uzgodniliśmy. W każdym razie możesz być pewny, że zrobię wszystko, aby chłopiec się u nas rozwinął. Obiecuję. Opowiedz mi o nim. Co wiesz o jego pochodzeniu?

*

* *

W drodze powrotnej do Harden, siedząc za kierownicą swojego forda Cortina '67, Hannant myślał o tym, co powiedział Harmonowi o dzieciństwie i wychowaniu Keogha. Większość informacji uzyskał od jego ciotki i wuja, z którymi Harry obecnie mieszkał. Wuj był właścicielem sklepu kolonialnego na głównej ulicy, ciotka gospodynią domową, czasami pomagała mężowi w sklepie.

Dziadek Keogha był Irlandczykiem. Przeniósł się z Dublina do Szkocji w 1918 roku, pod koniec wojny. Pracował jako robotnik budowlany w Glasgow. Babka była z pochodzenia Rosjanką, uciekła po rewolucji w 1920 roku i osiadła w Edynburgu. Zamieszkała w dużym domu nad morzem, tam spotkał ją Sean Keogh. W 1926 wzięli ślub. Trzy lata później urodził się Michael, wuj Harry'ego, a w 1931 roku jego matka, Mary. Sean Keogh był surowym ojcem, chciał wciągnąć syna w budownictwo (czego ten nienawidził), zmuszał do ciężkiej pracy od czternastego roku życia. Natomiast niezwykle rozpieszczał córkę. To wywołało zazdrość brata, który ostatecznie w wieku 19 lat uciekł z domu. Założył własny interes. Zanim Mary skończyła 21 lat, szalona miłość ojca do córki zmieniła się w niepohamowaną zaborczość. Odciął ją od świata zewnętrznego, pozostawała w zupełnej izolacji. Pomagała w pracach domowych lub towarzyszyła mamie, rosyjskiej arystokratce, w podejrzanych seansach spirytystycznych. Natasza Keogh była z nich powszechnie znana.

Latem 1953 roku stało się nieszczęście. Sean Keogh zginął w wypadku. Dobiegająca do pięćdziesiątki żona zaczęła chorować. Sprzedała interes i odsunęła się od życia towarzyskiego. Okazyjnie organizowała seanse, żyła z odsetek bankowych. Dla Mary z kolei, śmierć ojca oznaczała wymarzoną wolność.

Przez następne dwa lata cieszyła się życiem, ograniczona tylko wysokością swojego skromnego stypendium. Zimą 1955 roku poznała, starszego od niej o 25 lat, bankiera z Edynburga. Nazywał się Gerald Snaith. Pobrali się. Mimo różnicy wieku byli ze sobą bardzo szczęśliwi. Zamieszkali w dużej posiadłości niedaleko Bonnyrigg. W tym czasie stan zdrowia matki Mary znacznie się pogorszył. Lekarze stwierdzili raka. Odtąd Mary Keogh połowę czasu spędzała w domu nad brzegiem morza w Edynburgu, opiekując się matką.

Harry „Keogh" urodził się zatem jako Harry Snaith w dziewięć miesięcy po śmierci babki, w 1957 roku. W rok później, z powodu udaru krwotocznego mózgu, zmarł ojciec Ha-rry'ego.

Mary Keogh była silna i wciąż jeszcze młoda. Sprzedała dom rodzinny nad morzem. Odziedziczyła po mężu spory majątek. Postanowiła wyrwać się na jakiś czas z Edynburga. Wiosną 1959 roku przyjechała do Harden i wynajęła dom. Dużo czasu spędziła, starając się pogodzić z bratem i poznając jego nową żonę. Jej gotówka pomogła bratu przezwyciężyć kłopoty w interesach.

Michael Keogh czuł smutek i beznadziejność życia siostry. Gdy próbował dociec, co ją gryzie (poza niedawną stratą męża, oczywiście), opowiedziała mu o „szóstym zmyśle" ich matki. Twierdziła, że odziedziczyła po niej tę cechę. Ten zmysł mówił jej, że długo nie pożyje. Nie bała się tego szczególnie, powtarzała, że co ma być, to będzie. Ale martwiła się o Harry'ego. Co się z nim stanie, jeśli ona umrze, a on wciąż będzie małym dzieckiem?

Michael Keogh i jego żona nie mogli mieć dzieci. Wiedzieli o tym przed ślubem, a jednak pobrali się. Uznali, że najważniejsze jest uczucie, jakie ich łączy. Rozważali adopcję, jeśli interes zacznie przynosić większe dochody. W tej sytuacji brat przyrzekł zaopiekować się dzieckiem, choć nie wierzył w przeczucia siotry. Ta „obietnica" miała ją przede wszystkim uspokoić.

Gdy Harry miał dwa latka, Mary spotkała niewiele starszego od siebie Wiktora Szukszina i została przez niego „omotana". Był ponoć rosyjskim dysydentem, który uciekł na Zachód, tak jak matka Mary uczyniła to w 1920 roku. Być może fascynacja Mary wynikała z jej rosyjskich korzeni. Pobrali się w 1960 roku i zamieszkali w Bonnyrigg. Ojczym Harry'ego był lingwistą, dawał prywatne lekcje rosyjskiego i niemieckiego w Edynburgu. Nie mieli problemów finansowych. Oboje oddali się życiu bez trosk, zaspokajali swoje pragnienia, robili to, co lubili. Szukszin, podobnie jak Mary, interesował się zjawiskami paranormalnymi.

Michael Keogh poznał go dopiero po ślubie siostry. Potem widzieli się jeszcze raz na wakacjach w Szkocji, a w końcu... na jej pogrzebie. Zimą 1963 roku Mary Keogh zmarła, jak przepowiedziała, w wieku 32 lat. Jej rodzina nie lubiła Szukszina. Coś ich od niego odrzucało, może to, co przyciągało Mary Keogh?

Sama śmierć Mary była dość dziwna. Choć była znakomitą, doświadczoną łyżwiarką zginęła na łyżwach. Podobno załamał się pod nią lód. Wiktor był razem z nią, ale nic nie mógł zrobić. Oszalały pobiegł po ratunek, ale na próżno... Ciało Mary Keogh nigdy nie zostało odnalezione.

Po sześciu miesiącach Michael Keogh wypełnił obietnicę. Harry „Keogh" zamieszkał u niego w Harden. Odpowiadało to Szukszinowi, Harry nie był jego dzieckiem, zresztą w ogóle nie lubił dzieci i nie potrafił samodzielnie wychować chłopca. Harry otrzymał spory spadek po matce, natomiast dom w Bonnyrigg przypadł Rosjaninowi. Mieszka tam nadal, nie ożenił się ponownie. Żyje z udzielania lekcji. Nigdy nie pytał o Harry'ego, ani nie chciał go zobaczyć.

Dramatyczna historia rodzinna nie wnosiła wiele informaci o samym Harrym. Jedyną rzeczą, która bardziej zainteresowała Hannanta były szczególne skłonności jego babki do zjawisk paranormalnych, choć może nie było to aż tak niezwykłe. Choć może coś w tym było... Mary Szukszin była przekonana, że odziedziczyła „moc" po matce. A jeżeli przekazała ją Harry'emu? To była myśl! Albo byłaby, gdyby Hannant wierzył w takie rzeczy. Ale nie wierzył.

*

* *

Trzy tygodnie później wieczorem, trzy lub cztery dni po tym, jak Keogh opuścił szkołę dla chłopców w Harden i przeszedł do college'u w Hartlepool, Hannant natknął się na ostatnią „odmienność" dotyczącą chłopca.

Na strychu stała stara, drewniana skrzynia pełna książek, papierów i zapisków ojca z nauczycielskich czasów. Hannat znalazł ją, gdy poszedł naprawiać dach po ostatnim sztormie. Była solidnie zbudowana. Ciemne drewno, mosiężne okucia i zawiasy nadawały jej staroświecki wygląd.

Ściągnął skrzynię na dół. Obejrzał stare fotografie, odłożył rzeczy, które ewentualnie przydałyby się do pracy w szkole. Znalazł stary, oprawiony w skórę notes, pełen notatek. Układ i styl pracy ojca zastanowił go...

W jednej chwili poczuł znany, niewytłumaczalny chłód. Zadrżał. Jego ciało w jednej chwili zesztywniało, poczuł się jak w transie. Zamknął notes ojca i szybko zbiegł na dół. Wpadł zdyszany do salonu, gdzie w kominku buchał ogień. Bez zastanowienia rzucił zeszyt w płomienie.

Tego samego dnia zebrał notatki i książki Keogha, by przesłać je do college'u. Wziął najnowszy zeszyt i przejrzał przelotnie kilka stron. Zamknął go i także wrzucił do ognia. Porównywanie tych prac byłoby zbyt groteskowe, nieprawdopodobne. Teraz Hannant będzie mógł o tym zapomnieć.

ROZDZIAŁ CZWARTY

Latem 1972 roku Dragosani znów był w Rumunii. Wyglądał bardzo modnie w błękitnej koszuli bez kołnierza, szarych spodniach zachodniego kroju, błyszczących czarnych butach i marynarce z ogromnymi kieszeniami po bokach. W gorące rumuńskie południe, na oddalonej od miasteczka farmie, kawałek drogi od trasy Corabia – Calinesti wyglądał jak przysłowiowy zagubiony wędrowiec. Wyglądał na turystę – albo jakiegoś bogacza z Zachodu, Turka lub Greka.

Ale z drugiej strony, jego czarna Wołga mogła sugerować coś zgoła innego. W dodatku, nie miał w sobie nic z zaciekawienia i dziwnej nieporadności zwykłego turysty. Wręcz odwrotnie – sprawiał wrażenie, jakby dobrze znał te okolice. Podchodząc do niego, Hzak Kinkovsi, „właściciel" małego gospodarstwa, nie potrafił się zdecydować. Spodziewał się przybycia turysty pod koniec tygodnia, więc wcześniejszy przyjazd tego człowieka trochę go zaskoczył. Stał się podejrzliwy. Może to jakiś urzędnik z Ministerstwa Rolnictwa i Gospodarki Przestrzennej? Jakiś zasmarkany aparatczyk od tych kamiennolicych bolszewickich unowocześniaczy zza pobliskiej granicy? Musiał uważać, oczywiście. Do czasu, aż nie dowie się, kim jest ten przybysz.

– Kinkovsi? – spytał młody człowiek, zmierzywszy go wzrokiem. – Hzak Kinkovsi? Powiedziano mi w Ionestasi, że masz pokoje do wynajęcia. Rozumiem, że – kiwnął głową w kierunku trzypiętrowego budynku w pobliżu drogi – to twój zajazd?

Kinkovsi zupełnie świadomie przyjął tępy wyraz twarzy, zmarszczył brwi, przyglądając się Dragosaniemu. Nie przyznawał się do całości dochodów uzyskiwanych od turystów. W końcu powiedział:

– Nazywam się Kinkovsi i mam pokoje. Ale...

– Zatem, mogę tu zostać czy nie? – odezwał się turysta trochę już zmęczony i zniecierpliwiony. Kinkovsi zauważył, że wyglądające z dala na nowe i modne ubrania przybysza w istocie były już dość zniszczone, zapewne po długiej podróży.

– Wiem, że jestem o miesiąc za wcześnie, ale chyba nie masz aż tylu gości?

„O miesiąc za wcześnie!" – teraz gospodarz przypomniał sobie.

– Aha! To pan jest ten Herr z Moskwy, który pytał o pokój w kwietniu? Zamówił i nie przysłał zaliczki. Herr Dragosani, tak jak miasteczko tam dalej? Rzeczywiście wcześnie, ale witam i zapraszam. Przygotuję kwaterę. A może dam panu na jedną lub dwie noce pokój angielski. Ile czasu pan tu zostanie?

– Przynajmniej dziesięć dni – odparł. – Jeśli masz czystą pościel, znośne jedzenie i jeśli twoje rumuńskie piwo nie jest zbyt gorzkie – rzucił ostro.

– Mein Herr – powiedział, niemal warcząc, gospodarz – moje pokoje są tak czyste, że można jeść z podłogi. Moja żona gotuje wyśmienicie. Moje piwo jest najlepsze w Karpatach Południowych. A co więcej, moje maniery są bardzo dobre, czego nie można powiedzieć o niektórych z Moskwy. Bierze pan pokój czy nie?

Dragosani zaśmiał się i wyciągnął rękę.

– Żartowałem. Lubię wiedzieć, jacy naprawdę są ludzie. Lubię też ducha walki. Jesteś typowym synem swego kraju, Kinkovsi. Nosisz chłopskie ubranie, ale masz duszę wojownika. Myślisz, że jestem Moskalem? Z takim nazwiskiem? Ty jesteś tu bardziej obcy niż ja. Masz obce nazwisko, dziwny akcent, mówisz do mnie „Herr". Jesteś Węgrem, tak?

Kinkovsi przyjrzał się twarzy Dragosaniego. Początkowa niechęć zniknęła. Poczuł do niego sympatię. Ten człowiek miał poczucie humoru, co zmieniało postać rzeczy.

– Mój prapradziad pochodził z Węgier – powiedział, ujmując rękę gościa i potrząsając wylewnie. – Ale moja praprababka była Wołoszką. Jeżeli chodzi o akcent, to jest miejscowy. W ciągu ostatnich dziesięcioleci przybyło tu wielu Węgrów, większość osiedliła się tutaj na stałe. Ale ja jestem Rumunem, podobnie jak ty. Nie jestem tylko tak bogaty. – Zaśmiał się, ukazując żółte, zniszczone zęby. – To prawda, możesz powiedzieć, że jestem wieśniakiem. Jestem, kim jestem. A co do „Herr" – wolałbyś, żebym nazywał cię „towarzyszu"?

– Na Boga, tylko nie to – odpowiedział szybko Dragosani. – „Mein Herr" wystarczy, dziękuję. – Również się zaśmiał.

– No, pokaż mi ten angielski pokój.

Kinkovsi zaprowadził przybysza do wysokiego, pokrytego spadzistym dachem domu gościnnego.

– Pokoje? Mam mnóstwo pokoi! Cztery na każdym piętrze. Możesz wynająć kilka, jeśli chcesz.

– Jeden wystarczy – rzucił Dragosani. – Byleby z toaletą i łazienką.

– Małe mieszkanko, tak? Znajdzie się. Pokój jest na poddaszu, z osobną łazienką i toaletą. Bardzo nowoczesny, naprawdę!

– Z pewnością – powiedział Dragosani bez przekonania.

Zauważył, że ściany na parterze były odnowione, pokryte świeżą cementową zaprawą w kolorze piasku. Pewnie były osuszane z wilgoci. Wyższe partie miały pierwotną, kamienną elewację. Dom wyglądał na ponad trzysta lat. Spodobał się Dragosaniemu, przenosił go w przeszłość, do jego korzeni, może nawet dalej.

– Jak długo pana nie było w okolicy? – zapytał Kinkovsi, pokazując mu pokój na parterze. – Proszę tu na razie zostać – wyjaśnił. – Aż przygotuję pokój na górze. To zajmie godzinę, może dwie.

Dragosani zrzucił buty, powiesił marynarkę na drewnianym krześle. Opadł na łóżko w miejscu, gdzie światło słońca wpadało przez owalne okno.

– Nie było mnie tu przez pół życia. Ale miło wracać. Od trzech lat przyjeżdżam tu na jakiś czas. Tak będzie jeszcze przez cztery lata...

– O? Widzę, że ma pan zaplanowaną przyszłość! Jeszcze cztery? To brzmi jakby wszystko wtedy miało się skończyć. Co pan chce przez to powiedzieć?

Dragosani wyciągnął się na łóżku, położył dłonie pod głową, spojrzał na niego zmrużonymi oczyma.

– Badam miejscową historię – odrzekł. – Dwa tygodnie, co roku, to zajmie mi jeszcze cztery lata.

– Historia? Cały ten kraj to historia! Ale to chyba nie jest pański zawód – historyk? Z tego pan chyba nie żyje?

– Nie – potrząsnął głową. – W Moskwie mam... zakład pogrzebowy. – To nie zabrzmiało całkiem nieprawdziwie.

– Aha! – sapnął Kinkovsi. – To dużo mówi. Dobrze, teraz zajmę się pana pokojem. Przygotuję też jakiś posiłek. Toaleta jest w korytarzu. Proszę się niczym nie przejmować.

Nie usłyszał odpowiedzi, więc spojrzał na Dragosaniego. Przybysz miał zamknięte oczy. W pokoju było cicho i spokojnie. Kinkovsi podniósł klucze od samochodu gościa porzucone na podłodze przed łóżkiem. W milczeniu opuścił pokój i zamknął za sobą ostrożnie drzwi. Wychodząc, jeszcze raz spojrzał na gościa. Dragosani spokojnie zasnął. Kinkovsi uśmiechnął się do siebie i pokiwał głową. Z pewnością ten człowiek czuł się tu jak u siebie w domu.

*
*   *

Za każdym razem, gdy przybywał w tę okolicę, Dragosani wybierał inną kwaterę. Ale zawsze w pobliżu miasta, które nazywał swoim domem. Nie chciał, by ktoś go tu rozpoznał. Myślał o używaniu innego nazwiska, pseudonimu, ale odrzucił ten pomysł. Był dumny ze swego nazwiska i pochodzenia. Nie z powodu miasta Dragosani i jego geograficznego położenia, ale dlatego, że tutaj został znaleziony. Jego ojcem były szczyty gór Transylwanii, matką – żyzna, ciemna ziemia.

Miał własną wersję historii swoich prawdziwych rodziców. To, co zrobili, było prawdopodobnie najlepszym rozwiązaniem. Wyobrażał ich sobie jako Cyganów, młodych kochanków wyrzuconych z taboru. Ich miłość nie mogła przezwyciężyć rodzinnych waśni, a oni kochali się nade wszystko. Dragosani urodził się i został porzucony. Chciał odnaleźć nieznanych rodziców i dlatego tu przyjechał. Zdawał sobie jednak sprawę, że było to... zupełnie niemożliwe. Przez Rumunię od wieków wędrowały tysiące Cyganów, przez wszystkie jej krainy: Starą Wołoszczyznę, Transylwanię, Mołdawię.

Dragosani zasnął. Nie śnił jednak o rodzicach, ale we śnie widział obrazy z dzieciństwa. Był samotnikiem, żył własnym życiem. Wędrował tam, gdzie inni bali się pójść, gdzie nie wolno było im chodzić...

Ciemny i gęsty las spływał po stromych stokach wzgórz, wiatr wiał mocno w twarz na krętych ścieżkach, niczym na kolejce w wesołym miasteczku. Borys widział coś takiego tylko raz, trzy dni temu w swoje siódme urodziny. Siódmą rocznicę jego „znalezienia", jak mawiał przybrany ojciec. Prezentem urodzinowym była podróż do Dragosani i wizyta w kinie. Krótki rosyjski film nakręcony o wesołym miasteczku. Szalona jazda kolejką była tak realistyczna, że Borys dostał gęsiej skórki, prawie spadł ze swojego fotela. To było przerażające i ekscytujące zarazem. Chciał, choćby na niby przeżyć coś takiego jeszcze raz. Starał się bawić tak, aby jeszcze raz poczuć to drżenie, wymyślić własny zjazd. Kosztowało to dużo wysiłku i nie było identyczne, ale lepsze to niż nic. I można to było zrobić tutaj, na miejscu, niedaleko od domu.

To było nieuczęszczane miejsce, zupełnie opustoszałe. Dlatego Borys tak bardzo je lubił. Nie wycinano tu drzew od prawie pięciuset lat, żaden gajowy nie opiekował się tymi porośniętymi sosnami stokami. Promienie słońca rzadko przebijały przez gąszcz krzewów i drzew. Tylko ciche gruchanie leśnych gołębi i szelest pełzających jaszczurek sporadycznie zakłócało ciszę. Nawet wiewiórki były dziwnie spokojne i ciche.

Wzgórza znajdowały się na starej wołoskiej równinie. Przypominały krzyż z centralną belką długą na dwie mile – z północy na południe, i poprzeczną, krótszą belką – ze wschodu na zachód. Wokół rozpościerały się pola uprawne, oddzielone od siebie murami, płotami, wąskimi alejami drzew. W najbliższym sąsiedztwie wzgórz rosły ostre, dzikie trawy. Pięły się wysoko, tryskały soczystą zielenią. Czasami przybrany ojciec Borysa pozwalał paść tam konie lub bydło. Nawet zwierzęta unikały tego miejsca, obawiały się go bez żadnego widocznego powodu. Łamały zapory, przeskakiwały ogrodzenia, by uciec od tych dzikich, zbyt spokojnych pól.

Dla małego Borysa Dragosaniego to miejsce było czymś zupełnie innym. Tu mógł się bawić, penetrować „dżunglę Amazonki". Szukać „zapomnianych miast Inków". Nigdy nie odważył się powiedzieć przybranej rodzinie o miejscu swoich zabaw. Fakt, że był to zakazany teren, fascynował go. Było w nim coś, co przyciągało jak magnes.

Tak jak teraz. Wspinał się po stromych stokach w pobliżu środka krzyża. Chwytał się gęsto rosnących drzew. Oddychał ciężko. Sapał, targał za sobą wielki karton, który służył mu za pojazd. Podobny do tego z wesołego miasteczka, tyle że bez kół. Długa wspinaczka warta była trudu. To miał być ostatni zjazd, tym razem z samego szczytu. Słońce zachodziło i w domu czekały go już wymówki za spóźnienie. Ale jeden dodatkowy zjazd nie mógł już więcej zaszkodzić.

Zatrzymał się na szczycie dla zaczerpnięcia oddechu, przysiadł na chwilę w bladym świetle spływającym zza wysokich, posępnych sosen. Podciągnął pudło do miejsca, gdzie dawno temu wyrąbano przecinkę. To był tor diabelskich rajdów Borysa.

Przez chwilę balansował pojazdem na krawędzi, potem wskoczył do środka, chwycił za ścianki i mocno rozkołysał pudło, aż zaczęło się zsuwać w dół.

Z początku sunęło gładko po warstwie igieł i trawy, między krzakami i młodymi drzewami, ale... Borys był dzieckiem. Nie zdawał sobie sprawy z niebezpieczeństwa, nie czuł stromizny i siły przyspieszenia.

Zjazd coraz bardziej przypominał oszałamiający pęd z wesołego miasteczka. Wtem pudło uderzyło w kępę traw, wyskoczyło w górę. Odbiło się poślizgiem o młode drzewo i wpadło w gęsty las.

Nie było mowy o kontroli nad pojazdem. Borys nie mógł hamować ani kierować pudłem. Jechał tam, gdzie niosło go pudło.

Z każdą chwilą był coraz bardziej potłuczony i posiniaczony. Trzęsło nim jak ziarnkiem grochu w strączku. Odbił od przecinki, a słabe światło zniknęło zupełnie. Uchylał się przed niewidocznymi, chłostającymi twarz gałęziami. Wciąż trwał koszmar zjazdu, lecz bliskość ogromnych drzew gwarantowała, że zaraz się skończy.

Koniec jazdy nastąpił w miejscu, gdzie teren tworzył drobne usypisko nad drzewami, których korzenie wystawały na powierzchnię i wiły się niczym grube węże. Dno pudła uległo całkowitemu zniszczeniu, Borys wypadł z niego, staczał się gdzieś w przepaść. Widział tylko skrawki ciemnego nieba ponad szczytami posępnych sosen. Pamiętał jedynie uderzenie o krawędź kamienia.

Uderzenie, a potem nic. Nic przez chwilę...

Może stracił świadomość na minutę, może na pięć, a może na pięćdziesiąt. Może wcale nie stracił przytomności? Był jednak rozdygotany i przerażony. Mógł umrzeć ze strachu.

Ale to, co wydarzyło się później, było jeszcze bardziej przerażające.

– *Kim jesteś?* – zapytał nagle jakiś głos w jego obolałej głowie. – *Dlaczego tu przyszedłeś? Czy ofiarujesz mi... siebie?* Głos był potworny, niesamowicie potworny. Borys był tylko małym chłopcem, nie znał jeszcze takich pojęć jak bestialski, sadystyczny, diaboliczny czy znaczenia słów „Siły Ciemności", a tym bardziej sposobów ich działania.

Dotychczas strach kojarzył mu się z odgłosami kroków w ciemności, z pukaniem gałązek do okien jego sypialni w nocy. Bał się też odgłosów ropuch i karaluchów.

Pewnego razu, gdy zszedł do głębokiej chłodnej piwnicy pod zagrodą, gdzie jego przybrany ojciec trzymał wino i sery, usłyszał niezwykle drażniące i natrętne bzyczenie. W kręgu światła małej pochodni ujrzał olbrzymiego szarego świerszcza. Podszedł bliżej, ale świerszcz zniknął! Odwrócił się i zobaczył następnego, gdy machnął na niego szmatą, znów zniknął. Po nim były następne. Pojawiały się bez końca. Wkrótce było ich tuzin, a żadnego nie udało mu się zabić. Wszystkie znikały.

W końcu nawet nie próbował ich dosięgnąć – uciekł w popłochu. Kiedy zdyszany stanął w świetle dnia, z szortów wyskoczyły, głośno bzycząc, cztery wielkie owady. Były na nim! Skakały po nim! A on nie mógł dosięgnąć żadnego! Długo nie mógł się z tego otrząsnąć.

Tak właśnie wyobrażał sobie koszmar. Przebiegła inteligencja, której nie powinno być. Tak jak tutaj...

– *A! Więc jesteś jednym z moich... dlatego tu przyszedłeś, wiedziałeś, jak mnie znaleźć...* – powiedział silniej głos.

Wtedy Borys zdał sobie sprawę, że głos w jego głowie jest rzeczywisty! Zło w nim zawarte było lepkim dotknięciem ropuchy, szarymi świerszczami w ciemności, tykaniem zegara, który zdaje się śmiać z nocnych strachów i bezsenności. To było nawet gorsze.

Wyobrażał sobie usta wypowiadające te słowa. Wargi ociekały krwią, błyszczące kły wystawały jak u wielkiego, wściekłego psa!

– *Jak... ci na imię, chłopcze?*

„Dragosani" – odpowiedział, a raczej pomyślał odpowiedź, bo gardło miał zbyt suche, żeby przemówić. To jednak wystarczyło.

– *Achhh! Dragosani!* – głos zmienił się w chrapliwy szept. – *Zatem istotnie jesteś jednym z moich. Niestety jednak, za mały, za mały! Nie masz siły, chłopcze! Jesteś dzieckiem, zwykłym dzieckiem. Cóż możesz dla mnie zrobić? Nic! Krew płynie jak woda w twoich żyłach. Nie ma w niej żelaza...*

Borys wstał i rozejrzał się przerażony. Huczało mu w głowie. Znajdował się w połowie zbocza, na krawędzi skały, powyżej drzewa. Nie był tu nigdy przedtem, nie wiedział, że to miejsce istnieje. Oczy przyzwyczaiły się już do ciemności, zobaczył, że siedzi na pokrytej mchem kamiennej płycie, która mogła być tylko grobowcem.

Widział już coś takiego. Jego wuj zmarł miesiąc temu. Ale pochowano go w poświęconej ziemi, na cmentarzu w Slatinie. A to miejsce nie było poświęcone.

Niewidzialne istoty poruszały się dookoła, nie muskając nawet girland pajęczych sieci i zwisających gałązek. Było zimno i wilgotno. Słońce nie zaglądało tu od pięciuset lat.

Grób był wyciosany z grubego bloku skały. Borys, spadając, musiał uderzyć głową o ten kamień. Czuł i słyszał rzeczy, których nie można było słyszeć i czuć.

Próbował wstać. Udało się za trzecim razem. Drżąc, oparł się całym ciałem o płytę. Słuchał i patrzył. Żaden głos, żaden obraz nie pojawił się więcej. Odetchnął z ulgą. Postanowił oczyścić grób. Odgarnął zeschłe liście. Ukazał się fragment herbu.

Cofnął gwałtownie ręce, zatoczył się do tyłu. Usiadł, ciężko oddychając. Serce mu kołatało. Herb przedstawiał Smoka z wysuniętą groźnie przednią łapą, Nietoperza o trójkątnych, rozpustnych oczach, a nad nimi złowieszczą głowę samego Diabła z wywieszonym językiem.

Wszystkie trzy symbole – Smok, Nietoperz i Diabeł – wryły się w pamięć chłopca. Ten obraz na zawsze pozostał w jego wyobraźni, tak jak dźwięk głosu, który właśnie w tym momencie usłyszał.

– *Uciekaj młody człowieku, uciekaj... odejdź stąd. Jesteś za mały, za młody! Zbyt niewinny, a ja jestem za słaby i tak bardzo stary...*

Nogi uginały się pod nim, myślał, że upadnie. Uciekać! Uciekać jak najdalej od tego pokrytego igliwiem nagrobka, od tego przeklętego grobu i jego sekretów, od ciemności tak wszechogarniającej, jakby była jakąś lepką substancją.

Uciekał, przeciskając się pomiędzy drzewami, chłostany przez gałęzie, posiniaczony od upadków. Ale głos odezwał się raz jeszcze.

– Uciekaj, uciekaj! *Ale nigdy nie zapomnij o mnie, Dragosani. Bądź pewny, że i ja nie zapomnę o tobie. Poczekam, aż będziesz silny, aż twoja krew stanie się gorąca i będziesz już wiedział, co czynisz. Musisz mieć własną wolną wolę. Wtedy zobaczymy. Teraz muszę spać...*

Borys wydostał się z lasu u stóp wzgórza. Błogosławił, błogosławił światło! I nawet wówczas nie przestał uciekać, poderwał się i pobiegł w kierunku domu. Na środku pola, kiedy zabrakło mu tchu, zatrzymał się na chwilę. Odwrócił twarz w kierunku posępnych gór. Słońce zachodziło, ostatnie promienie oblewały złotem szczyty sosen. Borys wiedział, że tam, w tajemnym miejscu, spoczywa w cieniu drzew nietknięta płyta starego grobu.

„Czym... kim... jesteś?" – zapytał w myślach.

Pośród wzgórz i pól Transylwanii, niesiony wieczornym wiatrem głos, jakby gdzieś z daleka, z tysiąca mil i całej wieczności, odezwał się w umyśle Borysa:

– *Aaachhh! Dobrze wiesz, Dragosani. Wiesz dokładnie. Nie pytaj „czym jesteś", zapytaj „kim jesteś". Ale czy to ma znaczenie? Odpowiedź jest jedna. Jestem twoją przeszłością, Dragosani. A ty... jesteś... moją... przyyyyszłooooością!*

– Herr Dragosani!

– Czym... kim... jesteś? – powtórzył pytanie ze snu. Zerwał się nagle i usiadł półprzytomny na łóżku. Wpatrywały się w niego, błyszczące w ciemnym pokoju, oczy. Przez chwilę, przez jedną sekundę chciał się znów znaleźć w grobowcu. Zielone, kocie oczy. Dragosani dostrzegł bladą twarz i kruczoczarne włosy młodej kobiety.

Dziewczyna skłoniła się po wiejsku. Uśmiechnął się do niej cierpko. Zawsze był rozdrażniony, gdy wyrywano go ze snu.

– Jesteś głucha? – Przeciągnął się. – Zapytałem, kim jesteś? I dlaczego nie obudzono mnie wcześniej?

Jego surowy głos nie zaskoczył jej, uśmiechnęła się prawie bezczelnie.

– Na imię mam Ilza, Herr Dragosani. Ilza Kinkovsi. Spał pan trzy godziny. Był pan bardzo zmęczony. Ojciec powiedział, żeby pana nie budzić. Przygotowałam pokój na górze. Jest już gotowy.

– A teraz czego chcesz ode mnie? – zapytał rozdrażniony.

Było w niej coś irytującego, może zbytnia pewność siebie. Ładna, młoda, może dwudziestoletnia. Zauważył, że nie ma obrączki. Przeszedł mu dreszcz po plecach.

– Na górze jest cieplej. Słońce ogrzewa szczyt domu. Wspinaczka po schodach ożywi krew.

Dragosani rozejrzał się po pokoju. Wstał i sprawdził kieszenie marynarki wiszącej na krześle.

– Gdzie są moje klucze i walizki?

– Ojciec zabrał walizki, a oto klucze. – Jej dłoń dotknęła jego zimnej jak skała ręki. Zadrżał, a ona zaśmiała się.

– Niewinny jak dziewica!

– Co? – syknął przybysz – Co po-wie-dzia-łaś?

Odwróciła się ku drzwiom i podeszła do schodów. Wściekły Dragosani wziął płaszcz i podążył za nią.

– To takie miejscowe powiedzenie. Gdy chłopiec drży od dotknięcia dziewczyny, znaczy, że jest prawiczkiem.

– Co za cholerna głupota! – rzekł Dragosani.

Spojrzała na niego i znów się zaśmiała.

– To pana nie dotyczy, Herr Dragosani. Nie jest pan chłopcem, nie wygląda pan na nieśmiałego. To tylko powiedzenie!

– Za bardzo spoufalasz się z gośćmi – warknął Borys. Drażnił go jej opiekuńczy ton.

– Staram się być uprzejma. To niedobrze, gdy ludzie nie rozmawiają ze sobą. Ojciec kazał się zapytać, czy będzie pan jadł kolację z nami czy u siebie w pokoju.

– Zjem w pokoju – odparł natychmiast. – Jeżeli tam kiedykolwiek dojdziemy!

Wzruszyła ramionami i zaczęła się wspinać na drugie piętro. Schody były coraz bardziej strome.

Ilza Kinkovsi nie była zbyt modnie ubrana, choć w tych okolicach mogła robić wrażenie. Miała na sobie bawełnianą sukienkę po kolana, ciasno spiętą w talii, krótką, czarną bluzkę zapinaną od przodu, z poduszkami na ramionach, na nogach – bez sensu, pomyślał Dragosani – skórzane kozaczki. Wątpliwe, aby można w nich było pracować w gospodarstwie.

Szedł za nią. Kręciła tyłkiem! Jej krągłe pośladki poruszały się niezwykle kusząco. Przystanęła na drugim piętrze, umyślnie czekała na krańcu schodów. Dragosani stanął także i wstrzymał oddech. Spojrzała w dół, bezczelnie się uśmiechając i patrząc mu prosto w oczy. Prowokacyjnie potarła wnętrze uda kolanem. Patrzyła na niego coraz bardziej wyzywająco.

– Jestem pewna, że się tu panu... spodoba – powiedziała.

– Tak, tak, na pewno... ja... ja... – pocił się Dragosani.

Ilza odwróciła się i westchnęła. Chyba jednak nie myliła się co do niego. Szkoda...

ROZDZIAŁ PIĄTY

Nie zatrzymując się więcej, Ilza zaprowadziła Dragosaniego na poddasze. Pokazała mu łazienkę, o dziwo nowoczesną.

Pokoje wyglądały bardzo przytulnie: bielone ściany, stare dębowe belki, powleczone pokostem szafki i półki. Dragosani poczuł się lepiej. Pomyślał, że byłoby niegrzecznie jeść w samotności, skoro ojciec i córka okazali mu taką gościnność.

– Ilza! – zawołał nagle. – Eee... panno Kinkovsi, zmieniłem zdanie. Chciałbym zjeść z wami. Mieszkałem na wsi, gdy byłem mały. To dla mnie normalne. Nie chcę, żebyście mnie uznali za odludka i dziwaka. O której jest posiłek?

Ilza, schodząc po stopniach, spojrzała przez ramię.

– Jak tylko się pan odświeży i zejdzie na dół – powiedziała bez uśmiechu.

– Aha! To będę za kilka minut. Dziękuję.

Jej kroki ucichły. Dragosani szybko zdjął koszulę, otworzył jedną z walizek. Wyjął ręczniki, golarkę, nowe spodnie i skarpety. Dziesięć minut później był gotów. Przy drzwiach budynku gospodarczego spotkał starego Kinkovsiego.

– Przepraszam! Przepraszam! – powiedział. – Śpieszyłem się, jak mogłem.

– Nie szkodzi – gospodarz wyciągnął rękę. – Witaj w moim domu. Proszę wejść, zaraz zaczynamy jeść.

Jadalnia była duża, ale ciemna i niska, urządzona w starym, rumuńskim stylu. Na środku stał wielki kwadratowy stół, przy którym mogłoby zasiąść dwunastu ludzi. Gość usiadł twarzą do okna naprzeciwko Ilzy. Miejsca po prawej stronie zajęli Hzak Kinkovsi z żoną i ich dwaj synowie w wieku może dwunastu i szesnastu lat. Zwykła wiejska rodzina.

Posiłek był prosty i obfity. Maura Kinkovsi aż promieniała z zadowolenia, gdy Dragosani kilka razy pochwalił jej kuchnię.

– Domyślałam się, że musiał być pan głodny. Taka długa podróż, aż z Moskwy... Jak długo pan jechał?

– Zatrzymywałem się, by coś przekąsić – odpowiedział gość.

– Dwukrotnie. Ale za każdym razem posiłki były kiepskie

i bardzo drogie. Spałem godzinę, może dwie w samochodzie, gdzieś za Kijowem. Przyjechałem przez Gałacz, Bukareszt, Piteşti. Omijałem góry.

– Tak, daleka droga – przytaknął gospodarz. – Tysiąc sześćset kilometrów.

– W linii prostej – powiedział Dragosani. – Według licznika przejechałem samochodem ponad dwa tysiące kilometrów.

– Taka droga po to, by studiować miejscową historię – pokręcił głową gospodarz.

Skończyli posiłek. Gospodarz oparł na rękach ogorzałą twarz. Zapalił fajkę. Aromatyczny dym unosił się dookoła. Dragosani zapalił rothmansa z paczek, które Borowitz zakupił dla niego w „specjalnym sklepie" dla moskiewskiej elity partyjnej. Dwaj synowie udali się do wieczornych zajęć, kobiety poszły pozmywać naczynia. Zostali sami.

Wzmianka gospodarza o „miejscowej historii" zdziwiła przybysza, ale przypomniał sobie, że taki podał powód swojej wizyty w Rumunii. Zaciągnął się papierosem. Podał się za właściciela zakładu pogrzebowego. Zastanawiał się, czy zabrzmi to dziwnie, jeśli wyjaśni swe chorobliwe zainteresowania.

– Miejscowa historia, tak. Mógłbym pojechać równie dobrze na Węgry, do Mołdawii czy dalej przez góry, do Ordei. Albo na przykład do Jugosławii czy daleko na wschód, do Mongolii. Wszystkie te miejsca mnie interesują, ale tutejsze okolice najbardziej. To miejsce moich narodzin.

– A co pana tu przyciąga? Góry? A może bitwy? Mój Boże, ten kraj wie, co to wojny – Kinkovsi szczerze się zainteresował. Dolał gościowi i sobie domowego wina.

– Góry to jedno – odpowiedział młody człowiek. – Bitwy oczywiście też. Jednak legenda, którą badam, jest starsza niż historia znana naukowcom. Może tak stara jak okoliczne góry. Bardzo tajemnicza sprawa – i bardzo straszna.

Pochylił się nad stołem, spojrzał w wodniste oczy gospodarza.

– No dobrze, proszę nie trzymać mnie w napięciu. Co to za tajemnicza pasja? Czego pan poszukuje?

Wino było mocne, Dragosani rozluźnił się i stał się mniej ostrożny. Słońce zachodziło. Mrok ogarniał wszystko. Z kuchni dobiegał brzęk naczyń i stłumione, kobiece głosy. W drugim pokoju tykał stary zegar. To była wymarzona sceneria. I jeszcze ten bogobojny chłopek...

– Legenda, o której myślę – powiedział powoli i poważnie – dotyczy wampira!

Przez chwilę Kinkovsi wyglądał na zaskoczonego. Potem ryknął śmiechem i poklepał się po udzie.

– Cha! Wampir. Powinienem się domyślić. Każdego roku przyjeżdża wielu takich, jak pan. Wszyscy szukają Drakuli!

– Wielu? Każdego roku? Chyba nie rozumiem... – Dragosani był zaskoczony. Nie wiedział, jakiej reakcji może oczekiwać, ale tego się nie spodziewał.

– Czemu nie? Przyjeżdżają. Teraz, kiedy wasza Żelazna Kurtyna trochę się podniosła. Przyjeżdżają z Ameryki, Anglii, Francji, czasami z Niemiec. Głównie ciekawscy turyści, ale czasami nawet wykształceni ludzie, naukowcy. Wszyscy polują na „legendę”. Czemu nie? Sam nabrałem kilku, w tym pokoju, udając, że się boję... tego całego „Drakuli”. Głupcy! Każdy wie, nawet taki wieśniak jak ja, że ten wampir to postać z książki pewnego bystrego Anglika. Napisał ją na przełomie wieków. Tak! Niecały miesiąc temu widziałem film pod takim samym tytułem, w kinie w mieście. Mnie pan nie oszuka, Dragosani!

– Naukowcy powiadasz? – Borys z trudem ukrywał zakłopotanie. – Wykształceni ludzie?

Kinkovsi wstał i włączył światło. Pyknął z fajki.

– Tak, naukowcy. Profesorowie z Kolonii, Bukaresztu, Paryża. Przez ostatnie trzy lata. Uzbrojeni w notesy, fotokopie starych, spleśniałych dokumentów i map, w aparaty i szkicowniki, i cały ten ich kram.

– I w książeczki czekowe – Dragosani odzyskał równowagę. Uśmiechnął się sztucznie.

Kinkovsi znów wybuchnął śmiechem.

– O tak, oczywiście! Mają pieniądze. Słyszałem, że na przełęczach małe wioskowe sklepiki sprzedają im buteleczki z ziemią z zamku Drakuli. Mój Boże! Uwierzyłby pan? Niedługo zaczną szukać Frankensteina! Też widziałem film o nim. A ten to dopiero jest przerażający!

Dragosani poczuł wzbierającą złość. Irracjonalnie czuł, że jest obiektem żartów gospodarza. Ten prostak nie wierzył w wampiry, kpił z nich. Były dla niego jak Yeti albo potwór z Loch Ness. To były dla niego turystyczne atrakcje oparte na przesądach i babskim gadaniu...

Dragosani obiecał sobie, że...

– Co to za rozmowy o potworach? – Maura Kinkovsi wyszła z kuchni, wycierając ręce w fartuch. – Lepiej uważaj, Hzak. Bądź ostrożny, gdy mówisz o diabłach. Pan też, Herr Dragosani. Są jeszcze rzeczy w opuszczonych miejscach, których ludzie nie potrafią zrozumieć.

– Jakie opuszczone miejsca, kobieto? – zaśmiał się mąż. – Tu siedzi człowiek, który przyjechał z Moskwy niemal w jeden dzień, a dawniej trzeba było podróżować tygodniami. To nie czasy na „opuszczone miejsca"!

„O tak, są takie miejsca!" – pomyślał Dragosani. *„Jest śmiertelnie opuszczone miejsce w twoim grobie. Czułem samotność, z której nikt nie zdaje sobie sprawy, dopóki nie wskrzeszę cię moim dotykiem!"*

– Wiesz, o czym myślę – podchwyciła Maura. – Krążą pogłoski, że w górach są jeszcze wioski, gdzie ludzie wbijają drewniane kołki w serca zmarłych za młodu albo z nie wyjaśnionych przyczyn. Aby nie powrócili. To taki obyczaj. Jak zdejmowanie kapelusza przed konduktem żałobnym.

W drzwiach pojawiła się Ilza.

– Pan też poluje na wampiry? Chyba nie jest pan jednym z nich, Herr Dragosani?

– Oczywiście, że nie. Żartowałem sobie tylko z twoim ojcem, to wszystko.

– Tak? – sapnął Kinkovsi wyraźnie rozczarowany. – Szkoda, bardzo chciałem z panem porozmawiać. Nie ma sprawy. I tak mam trochę roboty. Może jutro?

– Z pewnością znajdziemy czas na rozmowę – odparł Dragosani, podążając za gospodarzem do drzwi.

– Ilza – zarządził Kinkovsi – weź pochodnię i odprowadź pana do domu gościnnego, dobrze? Zmierzch jest gorszy od ciemnej nocy, jak się nie zna drogi.

Dziewczyna poprowadziła gościa przez podwórze. Zapaliła światło na schodach.

– Herr Dragosani, obok łóżka jest przycisk, jeśli będzie pan czegoś potrzebował, wystarczy tylko nacisnąć. Ale to z pewnością zbudzi moich rodziców, więc niech pan lepiej zostawi zasłony rozsunięte, to dojrzę z okna mojej sypialni...

– Co? – zapytał, udając, że nie rozumie. – W środku nocy?
Ilza nie zostawiła żadnych wątpliwości.
– Nie sypiam dobrze. Mój pokój jest na parterze. Lubię
otworzyć okno na noc i wdychać powietrze. Czasami wstaję
i spaceruję o pierwszej po północy w świetle księżyca.
Dragosani nie odpowiedział. Pokiwał głową. Stała bardzo
blisko. Odwrócił się i wszedł pośpiesznie po schodach na górę,
zanim zdołała cokolwiek jeszcze powiedzieć. Czuł na plecach jej gorący wzrok.

*

* *

W pokoju szybko zasunął zasłony. Rozpakował walizki
i przygotował sobie kąpiel. Gorąca woda parowała kusząco.
Dodał soli i rozebrał się do naga.

Leżał w wannie, rozkoszując się ciepłem, nie myśląc
o niczym szczególnym. Przysypiał. Woda oziębiła się. Zakończył kąpiel i wytarł się do sucha.

Była dopiero dziesiąta, kiedy już leżał pod kołdrą, chwilę
potem zasnął.

Obudził się tuż przed północą. Zobaczył pasek białego,
księżycowego światła w miejscu, gdzie stykały się zasłony.
Przypomniał sobie, co powiedziała Ilza Kinkovsi. Wstał, wziął
spinacz i szczelnie połączył zasłony. Może chciał, aby było
inaczej... ale inaczej być nie mogło.

Specyficzny stosunek Dragosaniego do kobiet nie wynikał z nienawiści czy strachu. Nie bał się kobiet. Ani trochę!
Ale nie mógł zrozumieć ich odmiennej natury, a poza tym
miał tyle spraw na głowie, jeszcze tyle musiał zrozumieć. Nie
chciał marnować czasu na wątpliwe przyjemności. Miał inne
potrzeby niż pozostali mężczyźni, jego uczucia były mniej
przyziemne. Wtedy przynajmniej, gdy tego chciał. To, co stracił z pospolitej zmysłowości, nadrabiał nadprzyrodzonymi
zdolnościami.

Rzeczy, których musiał się jeszcze nauczyć, a przynajmniej
spróbować je zrozumieć, było mnóstwo. Borowitz był z niego zadowolony, ale Dragosani wiedział, że jego talent nie jest
w pełni wykorzystany. Tam, pośród nocy leżał ten, który znał
prastare tajemnice, który za życia władał potworną magią.

Ten, który nie żył od pięciuset lat, ale przecież nie umarł. Tam, w ziemi, biło źródło całej wiedzy. Pragnął je odszukać i uzupełnić swe zaniedbane „wykształcenie".

Była północ, czas magii. Dragosani zastanawiał się, w jaki sposób może wezwać tajemniczy głos. Była pełnia księżyca, gwiazdy błyszczały, gdzieś w górach wyły wilki. Tak jak pięćset lat temu. Okoliczności były właściwe.

Leżał bez ruchu. Wyobraził sobie zniszczony grób, skamieniałe macki korzeni, posępne drzewa dookoła. Widział pole na wzgórzu.

„Starcze, wróciłem. Przynoszę nadzieję w zamian za twoją wiedzę. To już trzeci rok, zostały tylko cztery. Co u ciebie?" – pomyślał.

Zerwał się wiatr. Drzewa szumiały, gałęzie pochylały się ku oknom. Dragosani usłyszał przerażające westchnienie, wiatr zamarł.

– *Achhh! Dragosaaani! To ty mój synu? Wróciłeś do mnie w mojej samotności, Dragosaaani?*

– A kto, Stary Diable? Tak, to ja, Dragosani. Stałem się silniejszy, jestem dość potężny. Ale chcę więcej! Dlatego wróciłem i dlatego będę wracał... aż... aż...

– *Jeszcze cztery lata, Dragosani. A potem... potem zasiądziesz po mojej prawicy, a ja nauczę cię wielu rzeczy. Cztery lata, Dragosani. Cztery lata. Achhh!*

– Za długo dla mnie, Stary Smoku. Codziennie liczę godziny. Czas płynie wolno. A tobie...? Co się wydarzyło przez ostatni rok?

– *Minął jak chwila, szybko, niezauważalnie. Obudziłeś mnie, wznieciłeś... tęsknotę. Przez pierwsze pięćdziesiąt lat spoczywałem i pragnąłem zemsty, zemsty na tych, którzy mnie tu uwięzili. Przez następne pięćdziesiąt lat chciałem już tylko powstać i wyrównać rachunki z moimi wrogami. Pomyślałem sobie, że moi zabójcy już nie istnieją, że są szczątkami we własnych grobach, prochem na wietrze. Przez następne sto lat... chciałem dopaść synów moich oprawców. Lecz ilu ich jest teraz? Legiony przetoczyły się u stóp tych gór, zastępy Lombardczyków, Bułgarów, Awarów i Turków. Aaa! Turcy! Dzielni żołnierze, moi dawni wrogowie. Upłynęło pięćset lat, a ja zapominam o swojej chwale, tak jak dziad nie pamięta dzieciństwa. I prawie zapomniałem! I mnie zapomniano! Została po mnie wzmianka w rozsypującej się księdze. Może nie miałem już prawa istnieć? Może się z tego cieszyłem. I wtedy przyszedłeś do mnie. Zwykły chłopak imieniem... Dragosaaaniii...*

Głos zamilkł, wiatr zerwał się ponownie i ucichł. Borys zadrżał w swoim łóżku. To był jego wybór, jego przeznaczenie. Bał się, że straci kontakt.

– Starcze, spod znaku Smoka, Nietoperza i Diabła, jesteś tam? – zawołał niecierpliwie.

– *A gdzie miałbym być, Dragosani?* – głos jakby żartował.

– *Tak, jestem tutaj. Ożywiłem się w moim grobie. W ziemi, która teraz jest moim życiem. Myślałem, że o mnie zapomniałeś. Nasienie zostało jednak posiane. I wzeszło. Pamiętałeś o mnie, a ja o tobie. Znamy się wzajemnie, Dragosaaaniii...*

– Opowiedz raz jeszcze. Powiedz, jak to było. Moja matka i ojciec; jak się spotkali? Opowiedz mi o tym!

– *Słyszałeś tę historię dwa razy* – westchnął głos w jego głowie. – *Chcesz jeszcze raz? Masz nadzieję ich odnaleźć? Nie mogę ci pomóc. Ich nazwiska nic dla mnie nie znaczyły. Nic o nich nie wiedziałem. Znałem tylko ciepło ich krwi. Ale, skosztowałem tylko jedną kroplę. Moja krew była w nich, a ich krew we mnie – tak stałeś się ty. Nie pytaj o nich, Dragosani. Ja jestem twoim ojcem...*

– Chciałbyś chodzić po ziemi, oddychać, gasić pragnienie, Starcze? Chciałbyś wyrzynać wrogów, rozrywać ich na strzępy, tak jak czyniłeś przed wiekami, tak jak czynili twoi przodkowie. Tym razem nie jako sługa niewdzięcznego księcia Drakuli. Jeżeli chcesz, to dogadaj się ze mną. Opowiedz o moich rodzicach.

– *Czasami oferta brzmi jak groźba, Dragosani. Grozisz mi?* – głos stał się lodowaty. – *Ośmielasz się do mnie mówić, przypominać mi o Vladach, Radanach, Drakulach? Nazywasz mnie sługą? Chłopcze, moi „panowie" bali się mnie bardziej niż Turków. Dlatego przykuli mnie srebrnymi i żelaznymi łańcuchami i pochowali w zapomnianym miejscu na krzyżowych wzgórzach, o które tak walczyłem. Walczyłem dla nich, ku ich chwale, za ich „święty krzyż", za ich „chrześcijaństwo". Teraz walczę, by się uwolnić. Boli mnie ich zdrada, ich krzyż to sztylet wbity w moje serce!*

– Sztylet, który ja mogę wyciągnąć. Twoi wrogowie odeszli. A ty leżysz bez sił! Półksiężyc Turków zamienił się w sierp, to, czego nie zdoła ściąć, rozwala młotem. Jestem Wołochem, tak jak ty. Moja krew jest starsza niż dzieje Wołoszy. Nie ścierpię najeźdźców. Mamy nowego wroga! Nasi przywódcy jeszcze raz okazali się sługami obcych. Więc jak będzie? Chciałbyś znów walczyć? Nietoperz, Smok i Diabeł przeciw młotowi i sierpowi!

– Dobrze, powiem ci jak to było, jak... się stałeś. Była wiosna... Czułem to w ziemi. Czas wschodzenia. Rok... czym są dla mnie lata? Ćwierć wieku temu, w każdym razie.

– Był rok 1945 – powiedział Dragosani. – Kończyła się wojna. Cyganie uciekali w góry, jak czynili od wieków. Tym razem przed niemiecką machiną wojenną. Ukrywały ich wyżyny Transylwanii, jak zawsze. Niemcy polowali na nich po całej Europie. Wieźli na rzeź razem z Żydami do obozów śmierci. Stalin też deportował wiele mniejszości, rzekomych „kolaborantów" z Krymu i Kaukazu. Ale zbliżał się już koniec. Była wiosna 1945 roku. My poddaliśmy się już sześć miesięcy wcześniej. Niemcy uciekali. 30 kwietnia zabił się Hitler...

– Wiem tylko to, co mi powiedziałeś. Poddaliśmy się, mówisz? Ha! Nie dziwię się. Cztery i pół roku minęło i ciągle najeźdźcy. A ja nie mogłem pić wina wojny. Wzbudzasz we mnie stare pragnienia, Dragosani. Tak, była wiosna, gdy przyszła ta para. Podejrzewam, że uciekali. Może przed wojną? Kto wie? Byli bardzo młodzi, ale płynęła w nich stara krew. Cyganie? Nie wiem... W moich czasach, gdy byłem wielkim bojarem, wielu z nich mi służyło. Byli mi oddani, bardziej niż tym marionetkom z Besarabii, Vladom, Vladislavom. Czy tak będzie nadal? Ciekaw jestem. Czy nadal będę miał na nich wpływ?

Mój grób uszkodzono w dniu mojego uwięzienia. Nikt nie pojawił się od tamtej pory. Z wyjątkiem księży, którzy przyszli wykląć ziemię, w której spoczywam. Potem przyszli oni. Nocą, kiedy księżyc świecił nad górami. Chłopiec i dziewczyna. Była wiosna, noce były jeszcze chłodne. Mieli koc i małą oliwną lampkę. Kochali się. Myślę, że to wyrwało mnie ze snu. A może byłem już rozbudzony? Przecież huczała wojna, jej grzmot przeszywał ziemię, poruszał moje stare kości...

Czułem, co robili. Przez cztery i pół wieku nauczyłem się odróżniać upadek liścia z drzewa od muśnięcia piórka. Położyli

koc na dwie zbiegające się płyty, to było ich schronienie. Za-
palili lampkę, by widzieć siebie i trochę się ogrzać. Ha!
Nie potrzebowali wcale lampy, by się rozgrzać.
Oni... Zainteresowali mnie. Przez lata, przez wieki wzy-
wałem. Nikt nie przychodził. Może powstrzymali ich księża,
ostrzeżenia, mity i legendy, które narosły w ciągu tych długich
lat. Może to, co robiłem za życia...
Powiedziałeś mi, Dragosani, jak wiele moich zasług zo-
stało przypisanych Vladom, jak mnie sprowadzili do roli du-
cha ze strasznych bajek dla dzieci. Moje imię zostało wykre-
ślone z dziejów. Tak wtedy czyniono – jeżeli się kogoś bali,
niszczyli go i udawali, że nigdy nie istniał. Myśleli, że jestem
wyjątkiem? Nie byłem i nie jestem! Jestem jednym z kilku,
których niegdyś było wielu. Moja skarga musiała do kogoś
dotrzeć. Przez setki lat gniewało mnie, że nikt nie przyszedł
mnie uwolnić, albo przynajmniej pomścić! W końcu przyszli...
Cyganie!
Dziewczyna była przerażona, a on nie mógł jej uspokoić.
Ja to zrobiłem. Wdarłem się do jej umysłu, dałem siłę, by od-
pędzić lęki, ofiarowałem siłę, by mogła zderzyć się z jego cia-
łem. Achhh!
Tak, to była dziewica! Jej błona była nienaruszona! O mało
nie umarłem w moim grobie – z żądzy. Nietknięta dziewica!
Muszę sprostować kłamstwa starych ksiąg! Zaliczyłem dwa
tysiące takich. Ha! Ha! Ha! A oni nazywają młodego Vlada
„Przekłuwaczem"!
Tak... byli kochankami, ale nie w pełnym sensie tego sło-
wa. On był szczeniakiem – nigdy nie miał samicy. Ona była
dziewicą. Wdarłem się i do jego umysłu. Oddałem im tę noc.
Uciekli nad ranem. Potem – nic o nich nie słyszałem.

– Poza tym, że urodziła mnie – powiedział Dragosani –
i zostawiła na progu.

Odpowiedź nie przyszła natychmiast, dopiero z następnym porywem wiatru. Stwór w ziemi był już zmęczony, miał
mało sił w sobie, za mało nawet na myślenie. Ziemia zatrzymała go w ciasnym grobie, pilnowała nieubłaganie... ucisza-
ła. Lecz w końcu odezwał się:

– Taaaak. Ale wiedziała, gdzie cię zanieść. Była Cyganką,
pamiętasz? Wędrowała. Przyniosła cię tam, gdzie zostałeś
poczęty. Zrobiła tak, bo wiedziała, kto jest naprawdę twoim

ojcem. Tamtej nocy kochałem szczerze. W podzięce jedna kro-
pla krwi, drobna kropelka, Dragosaniii...
– Krew mojej matki.
– *Krew twojej matki. Spadła na ziemię, w której leżałem.*
Jaka cenna kropla! To była i twoja krew, płynie teraz w two-
ich żyłach. Ta kropla przyniosła cię tutaj, gdy byłeś dziec-
kiem – mówił tajemniczy głos.
Dragosani milczał. W głowie kłębiły się myśli, wizje, wspo-
mnienia wywołane słowami Starego Szatana. W końcu powiedział:
– Wrócę jutro. Jeszcze porozmawiamy.
– *Jak zechcesz, mój synu.*
– Śpij teraz... ojcze.
Poryw wiatru poruszył luźną dachówkę.
– *Śpij dobrze, Dragosaaaaniii...*
Dziesięć minut później Ilza Kinkovsi wstała z łóżka, podeszła do okna i wyjrzała. Myślała, że to wiatr wyrwał ją ze
snu, ale wokół panowała cisza, ani jednego powiewu. I tak
zamierzała się obudzić o pierwszej w nocy. Z nieba płynęło
srebrne światło księżyca. Zasłony w oknie pokoju Dragosaniego były starannie zaciągnięte. Światło wyłączone.

*
* *

Następnego dnia Dragosani szybko zjadł śniadanie i wyjechał samochodem jeszcze przed ósmą trzydzieści. Wybrał drogę
koło krzyżowych wzgórz. W dole, na rozległej nizinie znajdowała się zagroda, w której się wychowywał. Od około dziewięciu,
dziesięciu lat należała do innych ludzi. Obserwował to miejsce
przez chwilę. Teraz nic dla niego nie znaczyło. Trochę drapało go
w gardle, ale to pewnie kurz albo suche, letnie powietrze.
Odwrócił wzrok od zabudowań, spojrzał na wzgórza. Z nie-
wiarygodną dokładnością i ostrożnością skoncentrował wzrok
na pewnym miejscu. Dostrzegł zielone sklepienie drzew, a poniżej zobaczył zniszczoną płytę. Zdawało mu się, że może zaj-
rzeć jeszcze głębiej...
Oderwał wzrok. Nie mógł tam pójść przed zapadnięciem
zmroku. Zresztą i tak nie miałoby to sensu.
Przypomniał sobie pewien wieczór z dzieciństwa.

Miał wtedy siedem lat. Sześć miesięcy po pierwszej wizycie na wzgórzach, poszedł na sanki z psem. Buba, podwórkowy kundel, zawsze biegał za nim. Tuż za wioską znajdował się niewielki wzgórek, gdzie każdej zimy dzieci bawiły się w śnieżki i jeździły na sankach. Tam właśnie miał iść, ale wiedział, gdzie czeka na niego lepsza jazda – na przecince. Wzgórza były miejscem przeklętym i zakazanym. Ludzie w okolicy miewali dziwne sny. Coś wnikało w ich umysły, drażniło w nocnych koszmarach. Jego to przyciągało.

Teraz, pokryte grubą warstwą śniegu, wzgórza wcale nie wyglądały groźnie. Przecinka doskonale nadawała się do jazdy. Borys przychodził tu często w czasie poprzednich zim. Tamtego dnia zjechał jednak tylko raz, w połowie drogi rozejrzał się dookoła, sprawdził, czy może dojrzeć miejsce pod drzewami. Zostawił sanki u podnóża góry i wraz z Bubą zaczął się wspinać. Wmawiał sobie, że to był zwykły grób, zapomniane miejsce pochówku dawnego właściciela ziemskiego – nic więcej. Za pierwszym razem to musiał być zły sen, uderzył głową w drzewo i stąd ten koszmar. Teraz miał Bubę dla towarzystwa i ochrony.

Pies pomachał ogonem, zaszczekał, gdy zbliżali się do tajemnego miejsca. A potem, skamląc, uciekł.

To było tutaj. Zima tu nie dotarła, ziemia była czarna. Z pewnością było to miejsce ze złych snów. Dotarł tam, gdzie płyty schodziły się, a na nadprożu widniała stara tarcza herbu. Zbliżał się wieczór...

Oczy rozróżniały szczegóły mrocznej scenerii, a zmarznięte palce szukały symboli Nietoperza, Smoka i Diabła wyrytych w kamieniu. Pamiętał ten najbardziej zły ze złych głosów, kiedy był tu ostatnim razem. Sen? Sen, który przypominał mu o wzgórzach od ponad pół roku!

Czego w końcu się obawiał? Starego, zniszczonego grobu, niejasnych symboli na płytach nagrobka, głosu, który tak chorobliwie tłukł się po głowie?

Od tamtej chwili szept przychodził do niego często nocą w snach, gdy leżał bezpiecznie w łóżku: *„Nigdy mnie nie zapomnij, Dragosaaaniii..."*

– Widzisz, nie zapomniałem, wróciłem, przyszedłem. Do ciebie. Nie, do siebie. Na moje tajemne miejsce – wykrzyknął głośno.

Jego ciepły oddech zmienił się na mroźnym powietrzu w gęstą parę. Borys słuchał całym sobą. Jego słowa zamknięte w zamarzniętych kryształkach oddechu przesłały znak w głąb ziemi.

– Ty...? – usłyszał swój własny głos skierowany do nikogo, do niczego, w mrok. – Czy to ty...?

– *Achhh! Dragosaaaniii! Czy żelazo przeniknęło już do twojej krwi? Dlatego wróciłeś?*

Borys odpowiadał w myślach na to pytanie setki razy. Ale teraz odwaga zupełnie go opuściła.

– *No? Mróz przykuł ci język do zębów? Powiedz w myśli, jeżeli nie możesz wykrztusić z siebie słowa, chłopcze. Co z tobą? Wilki wyją na przełęczach. Wiatry dmą nad górami i morzami, nawet spadający śnieg oddycha. A ty, pełen słów i pytań, spragniony wiedzy – oniemiałeś?*

Borys chciał powiedzieć: „To moje wzgórza. To moje miejsce. Ty jesteś tu tylko pogrzebany. Bądź cicho". Zamierzał powiedzieć to odważnie, w końcu tyle razy to powtarzał. Zamiast tego, wykrztusił w końcu z siebie:

– Ty jesteś... naprawdę?

– *A jak istnieją góry? Jak istnieje pełnia księżyca? Góry rosną i niszczą je wiatry, księżyc pojawia się i znika. Tak istnieją góry i księżyc, tak istnieję ja.*

Borys nie zrozumiał, ale nabrał odwagi. Wiedział przynajmniej, że to coś jest pod ziemią, więc jak może mu tutaj zrobić krzywdę?

– Jeśli istniejesz naprawdę, pokaż się.

– *Igrasz ze mną? Wiesz, że nie mogę. Chciałbyś, bym oblekł się w ciało? Nie potrafię. Jeszcze nie. Widzę, że twoja krew to nadal woda. Zamarzłaby jak lód na moim grobie, gdybyś mnie ujrzał, Dragosani.*

– Czy ty... nie żyjesz?

– *Jestem nieumarły.*

– Wiem, kim jesteś. Jesteś tym, co mój ojciec nazywa „imaginacją". Mówi, że to jest we mnie silne.

– *To prawda, ale moja natura jest... odmienna. Istnieję nie tylko w twoim umyśle.*

Borys usiłował cokolwiek pojąć.

– Ale co ty robisz? – zapytał.

– *Czekam.*

– Na co?

– *Na ciebie, mój synu.*

– Ale ja jestem tutaj!

Pociemniało przez chwilę, jakby drzewa skłoniły się ku sobie, zasłaniając światło. Dotyk niewidzialnego istnienia był delikatny jak muśnięcie piórka, lecz nieprzyjemny. Borys, który przez chwilę zapomniał o strachu, poczuł go na nowo. Nie zdawał sobie sprawy jak wiele zła niesie ze sobą ten głos w jego głowie. Ale czuł je instynktownie.

– *Dziecko, nie kuś mnie. Poszłoby szybko, smacznie, ale na próżno. Nie jesteś dość silny, Dragosani. Twoja krew nie ma treści. Jestem głodny i byłbym cię pożarł, ale cóż po skromnej przekąsce?*

– I... idę już...

– *Żegnaj. Wróć, gdy będziesz mężczyzną, gdy nie będziesz mnie drażnił.*

Borys opuścił polanę, skierował się ku czystym połaciom śniegu.

– Jesteś martwy. Nic nie wiesz. Co możesz o mnie wiedzieć?

– *Jestem nieumarły. Wiem wszystko, co należy wiedzieć. Mogę ci o wszystkim powiedzieć.*

– O czym?

– *O życiu, o śmierci, o życiu poza śmiercią.*

– Nie chcę nic o tym wiedzieć.

– *Ale zechcesz, jeszcze zechcesz.*

– A kiedy mi o tym powiesz?

– *Gdy będziesz potrafił zrozumieć.*

– Powiedziałeś, że jestem twoją przyszłością. Powiedziałeś, że jesteś moją przeszłością. To kłamstwo. Nie mam przeszłości. Jestem tylko chłopcem.

– *Cha! Cha! Cha! Jesteś, jesteś. W twojej krwi zawiera się historia wielkiej rasy, Dragosani. Jesteś we mnie, a ja w tobie. Nasz ród jest... odwieczny! Wiem wszystko, co pragniesz wiedzieć. Cała wiedza będzie twoja, znajdziesz się w elicie wszelkich istnień.*

Borys był w połowie przecinki. Teraz poczuł się bezpieczniej. Trzymając się pnia drzewa, odwrócił się.

– Dlaczego chcesz mi coś ofiarować? Czego ode mnie chcesz? – krzyknął w stronę wzgórz.

– Nic, czego nie dasz z własnej woli. Chcę twojej młodości, twojej krwi, twojego życia, Dragosani. Chcę, byś żył we mnie. A w zamian... twoje życie będzie dłuższe niż moje.

Borys wyczuł w tych słowach żądzę, chciwość, odwieczne pragnienia. Zrozumiał to, ale być może opacznie. Ciemność za nim wydawała się rozszerzać, rozprzestrzeniać, nacierać niczym czarny, trujący obłok. Odwrócił się, uciekał. Wreszcie dostrzegł pierwsze dachy okolicznych budynków.

– Chcesz mnie zabić – zaszlochał. – Chcesz, żebym umarł, tak jak ty!

– Nie. Chcę, byś był nieumarły, a to różnica. Ja jestem tą różnicą. Jesteś nią i ty. Jest w twojej krwi, w samym twoim imieniu, Dragosaaaniii...

Głos zamarł. Borys znalazł się na otwartej przestrzeni. W zamierającym świetle dnia poczuł, jak opuszcza go strach. Odnalazł sanki.

Buba czekał cierpliwie. Kiedy Borys wyciągnął rękę, by poklepać psa, ten warknął i wycofał się z podwiniętym ogonem i zjeżoną sierścią.

Od tej pory Buba już nigdy nie zbliżył się do Dragosaniego...

Śnieg stopniał, zbocza na powrót pokryły się zielenią. Stara blizna przecinki zlewała się z resztą drzew, zrastała ze starym lasem. Za dwadzieścia lat nikt nie będzie miał pojęcia o jej istnieniu. Młode drzewka dojrzały, pokryły się bujnym listowiem.

Dragosani przypuszczał, że ktoś zarządzający okolicą wciąż zabraniał uprawy ziemi, wypasu bydła, a nawet zabaw na krzyżowych wzgórzach. Stare przesądy ciągle żyły. Wciąż żywe były pewne tabu, nawet jeżeli nieznane było ich pochodzenie. Istniały, tak jak istniało to coś w ziemi.

Coś w ziemi. Tak o tym myślał. Nie „on", tylko „to". Stary Diabeł, Smok, Nietoperz. Nie jakaś głupia zjawa z powieści i filmów, ale prawdziwy Wampyr. Leży w ziemi, czeka.

Myśli Dragosaniego znów popłynęły ku przeszłości...

Gdy miał dziewięć lat, zamknięto szkołę w Ionesti, więc przybrany ojciec wyprawił go do szkoły w Ploiesti. Szybko odkryto, że poziom inteligencji Borysa jest bardzo wysoki. Posłano go do szkoły średniej w Bukareszcie. Poszukując młodych, zdolnych ludzi wśród satelickich narodów, sowieccy urzędnicy z Ministerstwa Edukacji znaleźli go i „polecili", by podjął wyższe studia w Moskwie. To, co określali „wyższym wykształceniem" było właściwie intensywną indoktrynacją, w następstwie której Borys miał wrócić pewnego dnia do Rumunii jako marionetkowy urzędnik w marionetkowym rządzie.

Gdy dowiedział się, że przechodzi do Ploiesti, że będzie mógł wracać do domu najwyżej dwa razy w roku, wyprawił się nad stary grób, by zapytać o radę. Teraz wracał jeszcze raz, na skrzydłach pamięci. Widział siebie: chłopca klęczącego przy zniszczonej płycie, płaczącego nad płaskorzeźbą Nietoperza – Smoka – Diabła.

– Co? Wiesz, że pragnę żelaza i mięsa! A ty składasz mi w darze słone łzy. Czy to ty, Dragosani, ten który ma w sobie nasienie potęgi? Czyżbym się pomylił? Czy jestem przeklęty, by leżeć tu na wieki?

– Mam iść do szkoły w Ploiesti, tam będę teraz mieszkał. Nie będę tu teraz wracał.

– I to jest powód twego smutku?

– Tak.

– Nie bądź babą! Jak chciałbyś nauczyć się świata? Tu, w cieniu gór? Nawet ptaki latają dalej, niż ty kiedykolwiek zaszedłeś. Świat jest wielki. Aby go poznać, trzeba go zobaczyć. Ploiesti? Znam to miasto, odległe tylko o dwa dni konnej jazdy. Czy z tego powodu trzeba płakać?

– Nie chcę jechać...

– Ja też nie chciałem być osadzony w ziemi, ale mnie zakopali, Dragosani. Widziałem swoją siostrę z odciętą głową, kołkiem wbitym w pierś i wyłupionymi oczami, ale nie płakałem. Nie! Dopadłem jej oprawców, odarłem ze skóry i kazałem im ją zjeść. Smażyłem gorącym żelazem. Zanim zdechli, nasączyłem oliwą. Podpaliłem i zrzuciłem ze skał w Braszowie. Wtedy dopiero płakałem łzami szczerej radości! I ja nazwałem ciebie moim synem!

– Nie jestem twoim synem – odciął Borys, wybuchając znów łzami. – Jestem sierotą. Muszę jechać do Ploiesti. I to wcale nie są dwa dni drogi, tylko trzy albo cztery godziny samochodem. Udajesz, że wszystko wiesz, a nigdy nie widziałeś samochodu, co?

– Nie widziałem – do teraz. Teraz widzę. W twojej głowie, synu. Ujrzałem wiele rzeczy w twoim umyśle. Wiele z nich *mnie zdziwiło, ale żadna nie przestraszyła. Więc samochód twojego przybranego ojca ułatwi ci podróż do Ploiesti oraz powrót, gdy przyjdzie pora...*

– Ale...

– *Posłuchaj teraz: idź do szkoły w Ploiesti. Bądź mądry jak twoi nauczyciele, a nawet mądrzejszy od nich. Wróć jako wykształcony człowiek, jako mężczyzna. Żyłem przez pięćset lat i wiele się nauczyłem. To było konieczne, Dragosani. Nauka bardzo mi się przydała. W rok po moim powstaniu będę najpotężniejszy na świecie. O tak! Kiedyś zadowoliłbym się Wołoszczyzną, Transylwanią, Rumunią. Teraz zdobędę wszystko. Ty także będziesz wielki, Dragosani. Wszystko w swoim czasie.*

Ten głos zniewalał Borysa, w tych słowach tętniła wielka pierwotna moc.

– Chcesz, żebym się kształcił?

– *Tak. Gdy wrócę na ten świat, będę rozmawiał z mądrymi, nie z wioskowymi głupkami. Nauczę cię, Dragosani, dużo więcej niż nauczyciele z Ploiesti. Przejmiesz ode mnie wiedzę, a ja wiele nauczę się od ciebie.*

– Powtarzasz się – powiedział Dragosani. – Czego możesz mnie nauczyć? Tak mało wiesz o tym, co jest teraz na świecie. Jesteś martwy – czy tam nieumarły – w każdym razie leżysz w ziemi od pięciuset lat, sam to powiedziałeś.

Borys usłyszał śmiech w swojej głowie.

– *Nie jesteś głupi, Dragosani! Może masz rację. Ale są inne rodzaje wiedzy. Dobrze, coś ci dam. Dar... znak, że potrafię cię wiele nauczyć. Rzeczy, których nie potrafisz sobie wyobrazić.*

– Dar?

– *W rzeczy samej. Teraz szybko, znajdź martwe stworzenie.*

– Martwe stworzenie? – zadrżał Borys. – Jakie martwe stworzenie?

– *Jakiekolwiek. Żuka, ptaka, mysz. To bez różnicy. Znajdź martwe stworzenie albo zabij żywe i przynieś tu ciało. Daj mi je w darze, a ja w zamian przekażę ci część mojej wiedzy.*

– Widziałem martwego ptaka u podnóża stoku. Pisklę gołębia. Musiało wypaść z gniazda. Wystarczy?

– *Ha! Ciekawe, cóż za sekrety kryje w sobie pisklę gołębia? Ale... dobrze, wystarczy. Przynieś je.*

Borys wrócił po dwudziestu minutach. Położył bezwładne ciałko na czarnej ziemi obok zapadłej, zniszczonej płyty.

– *Ha! Rzeczywiście mała danina. Nieważne. Teraz powiedz, Dragosani, chciałbyś poznać uczucia i myśli martwego stworzenia?*

– Ono nie myśli. Jest martwe.

– *A zanim umarło?*

– Nic nie wiedziało. To żółtodziób. Cóż może wiedzieć pisklę?

– *Wiedziało wiele rzeczy. Posłuchaj uważnie, rozpostrzyj skrzydła, wyskub pióra u dołu. Powąchaj je, poczuj, przetrzyj między palcami i słuchaj. Zrób to...*

Borys wykonał polecenie. Nie wiedział, czego się spodziewać.

– *Nie tak. Zamknij oczy. Niech tam dotrze twój umysł. Tak, teraz dobrze!*

Był wysoko. Czuł szelest, kołysanie gałęzi. Nad głową miał tylko niebo. Czuł, że może wystrzelić w bezkresną przestrzeń i nigdy nie lądować. Zawrót głowy. Powrócił do swojego umysłu, upuścił martwego ptaka, upadł na ziemię.

– *Achhh! I co? Nie spodobało ci się gniazdo, Dragosani? Ale nie zatrzymuj się teraz. Jest coś więcej. Weź ptaka, ściśnij mocno zwłoki, niech ulegną twoim dłoniom. Poczuj małe kości pod skórą, małą czaszkę. Unieś ku twarzy. Wdychaj, ucz się. Poczekaj, pomogę ci...*

Borys nie był sam – bliźniacze istnienie zawładnęło nim. Ten drugi nie był Borysem! Przerażające, dziwne uczucie. Uczepił się jaźni Borysa.

– *Nie, nie! Dalej, wejdź. Stańcie się jednością. Dowiedz się, co czuło pisklę. Teraz...*

Ciepło... twarda ziemia poniżej, przytulne ciepło nad głową... niebo już nie tak jasne, błękitne – ciemne... iskierki gwiazd... spokojna noc... ciepło opiekuńczych skrzydeł... ktoś obok tuli się... hukanie... ciepłe ciało wznosi się – ciało rodziców... naciska, broni, szczelnie okrywa skrzydłami... powolne ciężkie uderzenie powietrza, coraz mocniejsze, zanika, słabnie, hukanie w oddali... sowa upatrzyła ofiarę tej nocy... ciało rodziców osuwa się, serce zamiera... świetliste punkty gwiazd wypełniają niebo... miękko w dół... ciepło.

– *Teraz! Rozerwij ciało, Dragosani! Otwórz! Rozgnieć czaszkę między palcami. Wczuwaj się w opary mózgu. Spójrz do wnętrza, patrz na pióra, krew i kości. Spróbuj! Dotknij, posmakuj, zobacz, posłuchaj, powąchaj, użyj wszystkich pięciu zmysłów – a odkryjesz szósty!*

Pora lecieć!... uciec... powietrze wzywa, unosi małe piórka... rodzeństwo już odleciało... rodzice pouczają: „Lataj! O tak! O tak!"... ziemia wiruje poniżej... gniazdo kołysze się na wietrze.

Pisklę-Dragosani wyskakuje z gniazda... przez chwilę triumfalnie leci... i gorycz upadku... Wiatr przechytrzył pisklę. Zaniepokojenie... koszmar! Rozpaczliwe wirowanie, skrzydło próbuje chwycić gałąź drzewa. Uderza, łamie się. Spadanie, trzepotanie, pikowanie i ostatnie zderzenie małej czaszki z kamieniem...

Borys wrócił do siebie, zobaczył szczątki w swoich rękach.

– *Tak!* – powiedział głos z ziemi. – *Nadal uważasz, że niczego nie potrafię cię nauczyć, Dragosani? Czy to nie jest wiedza? Dostałeś kiedyś tak niepospolity dar? Niewielu ma taki talent. A ty pojąłeś to jak... jak pisklę pojmuje sztukę latania. Witaj w bractwie wybranych, witaj, Dragosani.*

Resztki zwłok pisklęcia wypadły z rąk Borysa, zostawiły skazę na dłoniach.

– Co...? – wykrztusił. – Co...?

– *Borys Dragosani – nekromanta!* – odezwał się głos z ziemi.

Dreszcz przeszył chłopca. Krzyczał długo i głośno. Z tej panicznej ucieczki pamiętał tylko tupot własnych nóg i walenie serca w piersi.

Nie mógł uciec od tego „daru", on został z nim, podążał za nim. Coś wdarło się pomiędzy krzyk i uczucie latania, mglisty obraz czegoś pozostał odtąd w jego pamięci, tkwił w świadomości:

Pogruchotana płyta grobu, ponury kamień, a na nim ciało w kłębowisku piór i wnętrzności, kończyn wyrwanych ze stawów. I... obrzydliwa trędowata macka przebijająca się przez twardy grunt, przepychająca się przez glebę, warstwę igieł, mech i kamienie. Wstrętna, inna niż wszystko, co ziemskie. Ohydna pulsująca wić.

A potem... a potem... krwiste oko na czubku macki roz-
glądało się dookoła. Zaczerwienione oko i gadzie szczęki
w rozdziawionej paszczy. Wić przybrała postać ślepego, cęt-
kowanego węża z purpurowym, rozszczepionym językiem,
który migotał nad porzuconymi szczątkami pisklęcia. Ostre
jak igły, śnieżnobiałe kły. Ślina ściekała na ziemię dopóki
ostatnia cząstka nie została pożarta!

Potem gad szybko wycofał się, naga ziemia wessała pul-
sującą, obrzydliwą wić wraz z „małą daniną", jak nazwał ją
głos z ziemi...

*

* *

Dragosani otrząsnął się – dojeżdżał do miasta. Na obrze-
żach, pomiędzy dworcem towarowym a rzeką, znalazł targo-
wisko, które w każdą środę tętniło życiem. Niegdyś był tu
bród i choć obecnie przez rzekę były przerzucone mosty, miejsce nadal było kojarzone ze starą przeprawą.

Wieki temu tureccy najeźdźcy, nacierając od wschodu,
grabiąc i paląc wszystko po drodze, zatrzymali się przy tej
rzece, która płynęła z Karpat do Dunaju. Tutaj Hunyady,
a potem wołoscy książęta przybywali ze swoich zamków.
Zbierali rycerzy pod swoimi sztandarami i wyznaczali woje-
wodów – wojowników do obrony przed najazdami łupież-
czych Turków. Znakiem obrońców tej ziemi był Smok, który
zawsze patronował chrześcijanom w ich walce z Turkami.
Dragosani zaczął się zastanawiać, czy stąd nie pochodzi przypadkiem nazwa miasta – Dragosani. Z pewnością tak. Dlatego podobizna Smoka widniała na tarczy na zapomnianym
grobie.

Na targowisku kupił żywe prosię i wsadził do obszernej
torby. Przyniósł je do samochodu i schował do bagażnika.
Wyjechał z miasta i znalazł spokojny trakt poza główną drogą. Tam uchylił lekko torbę, złamał kapsułkę z chloroformem
i wrzucił do bagażnika. Zamknął go i odszedł. Policzył do
pięćdziesięciu. Nie chciał, by zwierzę umierało z jego ręki.

Wczesnym popołudniem skierował się ku krzyżowym
wzgórzom i zaparkował samochód kilkaset metrów od zaka-
zanego miejsca. Zaczął się wspinać. Tutaj, pod osłoną sosen

czuł się bezpieczny, mozolnie piął się do tajemniczego miejsca. Torbę z prosięciem przerzucił przez ramię.

Stojąc przy grobie, Dragosani położył zwierzę w zagłębieniu między dwoma korzeniami, przymocował do pnia. Owinął je workiem, chroniąc przed chłodem. W okolicy było dużo dzikich świń, nawet, jeżeli ktoś usłyszałby odgłosy tego prosięcia, nie zdziwiłby się. Choć i tak mało prawdopodobne, aby ktokolwiek tędy chodził.

Wrócił do kwatery, zamówił wczesną kolację i zasnął. Było jeszcze jasno, gdy Ilza Kinkovsi obudziła go, wchodząc z posiłkiem i kwaterką piwa na tacy. Zostawiła kolację, by Dragosani mógł zjeść w spokoju. Nie odezwała się do niego, a nawet popatrzyła nieco pogardliwie. Ale przecież tego właśnie chciał, choć...

Gdy wychodziła objął wzrokiem jej rozkołysane biodra. Jak na wieśniaczkę była bardzo atrakcyjna. Dziwił się, dlaczego nie miała męża? Była za młoda na wdowę. A nawet gdyby nią była, to przecież wciąż nosiłaby obrączkę. Ciekawe....

ROZDZIAŁ SZÓSTY

Dwadzieścia minut przed zachodem słońca Dragosani wrócił na tajemne miejsce. Prosię ocknęło się, ale nie miało siły wstać. Nie tracąc czasu, Borys wprawnie ogłuszył zwierzę. Usiadł i czekał. Zapalił papierosa i obserwował zachód słońca. Przez gałęzie sosen docierało coraz mniej światła. Zapadał zmrok i pojawiły się pierwsze gwiazdy.

Zgasił papierosa. Zapadła całkowita ciemność.

– *Achhh! Dragosaaaniii!* – odezwał się nagle głos.

Niewidzialne istoty tłoczyły się dookoła. Wyłaniały się nie wiadomo skąd. Niewidzialne palce dotykały twarzy Dragosaniego, jakby chciały go rozpoznać.

– Tak, to ja – wyszeptał. – Przyniosłem ci coś. Podarunek.

– *O! Podarunek? Czego chcesz w zamian?*

Tym razem Dragosani nie ukrywał swoich zamiarów.

– Rozmawiałem z tobą tutaj wiele razy, Stary Smoku – a ty prawie nic mi nie powiedziałeś. Nie twierdzę, że mnie oszukujesz czy zwodzisz. Po prostu – nauczyłeś mnie niewiele. Może to moja wina. Może nie stawiałem właściwych pytań, ale teraz jedno pytanie zadam ci wprost. Jest coś, co muszę wiedzieć. Kiedyś był czas, gdy posiadałeś... moce! Podejrzewam, że zachowałeś siłę, o której nie wiem.

– *Moce? O tak – wielkie, potężne moce.*

– Chcę mieć we władzy te siły. Wszystko, co wiedziałeś i co wiesz – wiedzieć chcę ja!

– *Mówiąc krótko, pragniesz zostać... Wampyrem!*

Samo słowo i sposób, w jaki zabrzmiało, wprawiło Dragosaniego w drżenie, którego nie mógł powstrzymać. Nawet on, nekromanta, inspektor śledczy zmarłych – poczuł strach, jakby w samym słowie zawierało się coś ze strasznej natury tej istoty.

– Wampyr... Tutaj w Rumunii – odezwał się Dragosani – krążyły legendy, które w ostatnich latach rozprzestrzeniły się po świecie. Sam wiem od wielu lat, kim jesteś, Stary Diable. Nazywają cię upiorem, wampirem, zarówno tu, jak i na Zachodzie. Tam jesteś tylko stworzeniem z bajek opowiadanych w nocy przy kominku, straszydłem z historyjek dla dzieci, albo tworem czyjejś chorej wyobraźni. Ale teraz chcę wiedzieć, kim naprawdę jesteś. Chcę oddzielić prawdę od fałszu. Chcę oczyścić legendę z kłamstw.

– Musisz mieć swoją historię – naciskał Dragosani. – Leżysz tu od pięciuset lat, co było, zanim umarłeś?

– *Umarłem? Ja nie umarłem. Może by mnie zamordowali, tak, na tyle było by ich stać. Ale nie uczynili tego. Wybrali bardziej okrutną karę. Pogrzebali mnie nieumarłego. Zostawmy to... chcesz poznać historię mojego życia?*

– Tak.

– *Było długie i krwawe. To może być czasochłonne.*

– Mamy czas, mnóstwo czasu – gorączkowo nalegał Borys. Wyczuł zaniepokojenie niewidzialnych istnień. Wiedział, że nie powinien nadużywać chwili, nie przeciągać struny – nieumarli nie lubią przymusu.

– *Tak, mogę ci opowiedzieć, co zrobiłem, ale nie jak zrobiłem. Gdy poznasz moje początki, moje pochodzenie, nie staniesz się Wampyrem, nawet tego nie pojmiesz. Tak jak ryba nie wyjaśni, jak być rybą, tak jak ptak nie wytłumaczy, jak zostać ptakiem, tak ja nie mogę powiedzieć jak zostać Wampyrem. Nie potrafisz pływać jak ryba, ani latać jak ptak. Skoro nie można zgłębić tajemnic zwyczajnych stworzeń, to czy wyobrażasz sobie, że można posiąść sekrety Wampyrów?*

– Nie można się więc nauczyć? – Dragosani zaczynał się złościć. – Nic z twoich mocy? Jakoś ci nie wierzę. Pokazałeś mi, jak rozmawiać ze zmarłymi. Czemu zatem nie pokażesz więcej?

– *Ach, mylisz się, Dragosani! Pokazałem ci, jak zostać nekromantą, a to ludzki talent. To stara, zapomniana przez człowieka sztuka, istniała od zarania ludzkiego gatunku. Rozmawiać ze zmarłymi? To zupełnie coś innego. Nieliczni władają taką siłą.*

– Ale ja rozmawiam z tobą!

– *Nie, mój synu. Ja rozmawiam z tobą, bo należysz do mnie. I zapamiętaj: nie jestem martwy. Tylko nieumarły. Nawet ja nie potrafię rozmawiać ze zmarłymi. To polega na odmiennym podejściu do nich. Na woli zmarłych do rozmowy. Ci, którzy umieją rozmawiać ze zmarłymi, lubią ich, współczują im, akceptują. Jeżeli chodzi o nekromancję, to pamiętaj, że trup jest bezwolny. Nekromanci tylko prowadzą śledztwo, są jak kat zadający tortury, jak dentysta wyrywający zdrowego zęba!*

Borys nagle poczuł, że rozmowa zmierza w ślepy zaułek.

– Starcze! – krzyknął. – Umyślnie mnie zwodzisz!

– *Odpowiadam na pytania – najlepiej, jak potrafię.*

– I bardzo dobrze. Nie musisz mówić, jak zostać Wampyrem. Powiedz, kim jest Wampyr. Opowiedz mi o sobie, o tym, co robiłeś za życia. Opowiedz o swoich początkach...

Minęła chwila.

– *Jak chcesz. Ale najpierw... najpierw ty powiedz, co wiesz, albo myślisz, że wiesz o Wampyrach. Opowiedz mi o mitach, przesądach i legendach, które słyszałeś. Wydajesz się znawcą takich historii. Wtedy, jak powiedziałeś, oddzielimy kłamstwo od prawdy.*

Dragosani westchnął, oparł się o nagrobek, zapalił kolejnego papierosa. Wciąż miał wrażenie, że rozmowa zmierza donikąd, ale niewiele mógł zrobić. Było ciemno, lecz jego oczy przywykły już do tego. Poza tym znał tu doskonale każdy kawałek ziemi, każdy korzeń. Prosię u jego stóp zacharczało nieprzyjemnie, ale po chwili znów ucichło.

– Opowiem po kolei – warknął. – Dobrze, zacznijmy od tego: wampir to stworzenie ciemności, wierny Szatanowi.

– *Ha! Ha! Ha! Szatan był pierwszym Wampyrem, rozumiesz? Stworzenie ciemności: tak, jesteśmy w nocy, noc jest w nas. Jesteśmy... różni. Mówią, że w ciemności wszystkie koty są czarne. Tak, więc w nocy nie widać różnic. Ale one są! Zanim o to zapytasz, już ci mówię – właśnie z powodu upodobania do ciemności słońce nam szkodzi.*

– Szkodzi? Niszczy was, obraca w proch!

– *Co? To mit. Nie jest aż tak groźne, ale nawet słabe światło osłabia nas, tak jak silne osłabia ciebie.*

– Boicie się krzyża, symbolu chrześcijaństwa.

– *Nienawidzę krzyża. Dla mnie to symbol wszystkich kłamstw, zdrady, wiarołomstwa. Ale bać się? Nie...*

– Mówisz, że wymierzony w ciebie krzyż, święty krucyfiks nie spali twojego ciała?

– *Nie, moje ciało mogłoby się spalić z obrzydzenia na ten widok, ale pewnie wcześniej uśmierciłbym tego, kto trzymałby ten krzyż.*

– Nie oszukujesz mnie? – Dragosani wziął głęboki oddech.

– *Dość już tych twoich głupich wątpliwości!*

– Nie masz odbicia: ani w wodzie, ani w lustrze. Nie masz cienia.

– *Ach! To nieporozumienie, ale nie bez powodu. Moje odbicie nie jest zawsze identyczne, mój cień nie zawsze oddaje mój kształt.*

Dragosani zastanowił się, przypomniał sobie obrzydliwą mackę sprzed dwudziestu lat.

– To znaczy, że możesz zmieniać kształt?

– *Tego nie powiedziałem.*

– Więc wyjaśnij.

Teraz, z kolei Stary Diabeł westchnął.

– *Nic się przed tobą nie da ukryć, prawda?*

– Potrafisz zmieniać kształt? – nalegał Borys. – Legenda mówi, jeżeli to oczywiście tylko legenda, że potrafisz się zmienić w nietoperza albo wilka. To prawda?

Wyczuł, że Starego Diabła rozbawiło to pytanie.

– *Nie, ale mogę być tak postrzegany. W istocie możliwość zmiany kształtu nie istnieje, przynajmniej ja nigdy się z tym nie spotkałem... –* nagle Szatan wpadł na jakiś pomysł. *– No dobrze. A teraz powiedz mi, co wiesz o sile hipnozy?*

– Hipnoza! – wykrzyknął Dragosani w nagłym zachwycie, jakby doznał objawienia. – Masowa hipnoza! Tak! To robiłeś!

– *Oczywiście. Potrafi zmącić umysł, ale nie oszuka lustra. Może pojawiam się jako trzepoczący skrzydłami nietoperz, czy przemykający wilk, ale mój cień jest ludzki. No i co, nie ma już mistyki, Dragosani?*

Dragosani jeszcze raz przypomniał sobie wstrętną mackę, ale nic nie powiedział. Zdawał sobie sprawę, że martwe (czy nieumarłe) stwory, które przemawiają w umysłach żywych są mistrzami obłudy i zakłamania. Miał jeszcze inne pytania.

– Nie możesz przekroczyć rwącej rzeki, topisz się? – zapytał Borys.

– *Hmm. Postaram się odpowiedzieć i na to. Za życia byłem wielkim wojewodą. Nie przeprawiałem się przez rwącą rzekę. To była moja strategia. Gdy nadchodził najeźdźca, czekałem i pozwalałem jemu się przeprawić. Wyrzynałem wrogów*

na swojej stronie. Może wtedy powstała legenda o brzegach
Dunaju, Motrulu, Siretulu. Widziałem, jak te rzeki spłynęły
krwią...

Gdy tamten męczył się jeszcze z odpowiedzią, Dragosani
przygotował się na najważniejsze.

– Pijesz krew żywych. To twoja żądza, kieruje tobą, panuje nad tobą. Umierasz bez krwi. Twoja natura wymaga, byś
żerował na życiu innych. Krew to twoje życie – wyrzucił
z siebie jednym tchem.

– *Śmieszne! Co do zła: to stan umysłu. Jeśli uznajesz istnienie dobra, musisz zaakceptować i zło. Może nie rozumiem twojego świata, Dragosani, ale w moim niewiele było dobra. Picie krwi? Pożerasz mięso zwierząt, wysysasz krew winogron, pijąc wino. Czy to zło? Pokaż mi stworzenie, które nie pożera słabszego od siebie. Ta legenda ma swoje korzenie w okrucieństwie, które czyniłem. We krwi, którą przelałem. Byłem okrutny! Myślałem, że gdy moi wrogowie dowiedzą się, że jestem potworem, nie będą śmieli występować przeciwko mnie. I byłem potworem! Legenda przetrwała. Czyż nie miałem racji?*

– To nie jest odpowiedź na moje pytanie!

– *Jestem zmęczony... Zdajesz sobie sprawę, ile mnie kosztuje taka mała inkwizycja? Myślisz, że jestem jednym z twoich trupków, przypadkiem dla nekromanty, Dragosani?*

– Zadam ci ostatnie pytanie.

– *Dobrze, skoro musisz.*

– Legenda mówi, że ugryzienie wampira zmienia normalnego człowieka w wampira. Gdybyś wyssał ze mnie krew,
Stary Szatanie, ja też stałbym się nieumarły?

Nastała chwila długiej przerwy, Dragosani wyczuł zakłopotanie. Czyżby odpowiedź nie była oczywista?

– *Był czas, gdy ziemia była młoda, gdy w lasach żyły wielkie nietoperze, wraz z innymi stworzeniami. Choroba zniszczyła większość z nich. Osobliwa zaraza. Kilka z nich przetrwało. Za moich czasów istniał gatunek, który ssał krew z innych zwierząt. Z ludzi też. Nietoperze przeniosły epidemię na tych, których kąsały. Zarażone ofiary nabywały cech nietoperzy i...*

– Zaczekaj! – wykrzyknął Dragosani. – Masz na myśli nietoperza-wampira, który żyje do dziś w Środkowej i Południowej

Ameryce. Tak, ta choroba to wścieklizna, ale... nie widzę związku.

– *Ameryka?* – zapytał zdumiony głos, ignorując pozostałe uwagi Dragosaniego.

– To nowy kontynent – wyjaśnił Borys. – Nieznany za twoich czasów. Ogromny i bogaty, i bardzo potężny!

– *Tak mówisz? Dobrze! Musisz opisać mi ten twój nowy świat szczegółowo, ale nie teraz... teraz... jestem zmęczony i...*

– Nie tak prędko! – zawołał Dragosani, świadom, że rozmowa zeszła na ślepy tor. – Mówisz, że nie stałbym się Wampyrem, gdybyś mnie ugryzł. Usiłujesz twierdzić, że legenda to bzdury, poza domniemanym związkiem z nietoperzami. To nie tak. To nietoperz nosi twoje imię, a nie ty jego!

Przerwał tylko na moment, aby nie dać tamtemu czasu do namysłu.

– Zapytałeś, czy chcę być Wampyrem. A jak mógłbym nim się stać, jeśli nie w taki sposób? Może byś mnie tym obdarzył, tak jak ciebie obdarowano uczestnictwem w Zakonie Smoka. Ha! Bez kłamstw! Chcę znać prawdę. Jeśli rzeczywiście jesteś moim ojcem, dlaczego coś ukrywasz, czego się obawiasz?

Dragosani czuł, że otaczające go istnienia były niezadowolone, wycofywały się. Głos w jego jaźni był zmęczony i oskarżał.

– *Obiecałeś podarunek, małą daninę – a przynosisz zmęczenie i tortury. Jestem iskrą, która zanika, mój synu, wygasającym żarem. Utrzymywałeś płomień, a teraz chcesz go zdławić. Daj mi spać zanim... wyczerpiesz mnie... do końca... Dragosaaaniii...*

Borys zacisnął zęby, przełknął złość wraz ze śliną w gardle. Chwycił prosię za związane nogi. Powstał, wyjął sprężynowy nóż. Błysnęło metalowe ostrze.

– Dar dla ciebie! – warknął.

Prosię zaczęło wierzgać, zakwiczało przeraźliwie. Dragosani podciął mu gardło, krew nasączyła ziemię. Wiatr zerwał się nagle. Wśród drzew słychać było ciężki oddech. Borys rzucił prosiaka na korzenie. Wyjął chusteczkę i. wytarł dłonie. Niewidzialne istoty pojawiły się znowu.

– Wynocha! – warknął Dragosani, szykując się do odejścia.

– Wynoście się wy, duchy ludzkie! To dla niego, nie dla was!

Zszedł w dół. Mimo zupełnych ciemności stąpał pewnie, jak kot. On też był stworzeniem nocy! Ale żyjącym. Rozmyślał o życiu, śmierci, nieumarłych. Uśmiechnął się blado. Zastanawiał się: „Jak zabić Wampyra? Jak pozbawić go życia i śmierci?"

Nie, nie mógł zadać takiego pytania tutaj, o takiej porze. Nie wiadomo, jaka mogłaby być reakcja. To zbyt niebezpieczne.

A i tak wydawało mu się, że zna odpowiedź.

Nazajutrz Dragosani obudził się wcześnie. Wyjrzał przez okno i zobaczył Ilzę Kinkovsi. Karmiła kurczaki, które biegały po podwórzu i na skraju wiejskiej drogi. Dziewczyna kątem oka dojrzała go w oknie.

Mężczyzna otworzył szeroko okna, odetchnął głęboko. Oparł się rękami o parapet i wystawił swoje białe jak śnieg ciało do słońca. Ilza spojrzała na jego nagi tors i naprężone muskuły. Pomyślała, że jest bardzo silny.

– Dzień dobry! – zawołała.

Skinął głową w odpowiedzi i przyglądając się jej, zrozumiał, dlaczego tak źle spał. To przez nią...

– Wszystko w porządku? – zapytała, umyślnie muskając językiem białe zęby.

– Co? – Dragosani poczuł się nieswojo. Tak, on, Dragosani!

– Lubi pan takie chłodne powietrze? Jest pan taki blady! Powinien się pan poopalać!

– Tak, może masz rację – wymamrotał. Cofnął się do pokoju. Ze złością naciągał koszulę.

„Kobiety, samice, seks! To takie... obrzydliwe? Takie nienaturalne? Takie... konieczne? Brakuje mi tego?" – myślał ze zdenerwowaniem.

Tej nocy mógł się przekonać. To musi stać się dzisiaj, bo jutro przyjeżdżają turyści z Anglii. Zdecydował się i wrócił do okna.

Ilza dalej karmiła kurczaki. Usłyszała jego kaszlnięcie. Podniosła wzrok i zobaczyła, jak zapina koszulę. Ich spojrzenia spotkały się.

– Ilza, czy w nocy jest chłodno? To znaczy...

– Chłodno? Nie, jest lato.

– Więc, dzisiaj... zostawię okna otwarte...

– To bardzo zdrowo. Jestem pewna, że świetnie się pan poczuje – zaśmiała się.

Zamknął okno i dokończył ubieranie. Przez chwilę żałował swojego czynu. Ale nie było już odwrotu. Spotkanie zostało zaaranżowane. Będzie, co ma być. Nadszedł czas, by stracić dziewictwo.

W rzeczy samej, stracić dziewictwo! Zabrzmiało to tak, jakby chodziło o dziewczynę. Nie, tak jak opowieści nieumarłego mentora. Ciekawe, co powie teraz. *„On był szczeniakiem – nigdy nie posiadł samicy"* – przypomniał sobie jego opowieść o ojcu. *„Wdarłem się i do jego umysłu... oddałem im tę noc".*

Wdarł się do jego umysłu, aby wiedział, jak to zrobić... Kamyk stuknął o szybę. To była Ilza.

– Zje pan z nami śniadanie, czy przynieść do pokoju, Herr Dragosani – zawołała. Wyraźnie zaakcentowała słowa „przynieść do pokoju". Borys udał, że nie rozumie.

– Zejdę – odpowiedział i zmrużył oczy. Zauważył rozczarowanie na twarzy Ilzy. Potrzebował pomocy tym razem, tym pierwszym razem. Ona wiedziała dokładnie, o co jej chodzi, a on nie. Ale... Wampir wiedział wszystko. Dragosani podejrzewał, że nie będzie się wzbraniał zdradzić mu kilka sekretów tej rozkoszy. Nie, nie będzie się wzbraniał na pewno...

*

* *

Problemy seksualne Dragosaniego zaczęły się w okresie dojrzewania. Miał trzynaście lat. Pod koniec trzeciego roku nauki w szkole średniej w Bukareszcie Dragosani nie mógł już doczekać się wakacji i powrotu do domu.

Tymczasem otrzymał od przybranego ojca list zakazujący mu przyjazdu – w okolicy wybuchła epidemia pryszczycy. Nie wolno było wjeżdżać na obszar dotknięty zarazą.

Katastrofa. Perspektywa spędzenia wakacji w przyszkolnym internacie nie była zachęcająca. Borys miał jednak w Bukareszcie „ciotkę" – młodszą siostrę przybranego ojca i mógł u niej spędzić wakacje. To było lepsze niż nic.

Ciotka Hildegarda była młodą wdową, miała dwie córki – starsze od niego o rok: Annę i Katrinę. Wszystkie trzy mieszkały w dużym, drewnianym budynku przy ulicy Budesti. Dziwne, ale w domu Borysa nigdy o nich nie wspominano. Dragosani spotykał je rzadko, czasami przyjeżdżały na wieś. Uważał, że ciotka jest zbyt serdeczna, a kuzynki chichoczą i szczebioczą, jak typowe smarkate dziewczęta. Miał też wrażenie, że ojczym traktuje ciotkę jak czarną owcę w rodzinie.

Borys zamieszkał więc na trzy tygodnie u ciotki i jej przedwcześnie dojrzałych córek. Tam odkrył zmysłowość i perwersję kobiet. To doświadczenie utkwiło mu w pamięci na długie lata i zablokowało jego seksualność.

Ciotka była nimfomanką. Uwolniona od wszelkich hamulców po śmierci męża, w pełni zaspokajała swój wielki głód seksualny, a jej córki wydawały się być ulepione z tej samej gliny. Nawet, gdy jej chorowity mąż jeszcze żył, potajemnie miewała kochanków. Niektóre szczegóły docierały do jej brata na wsi. Przybrany ojciec Borysa nie był święty, ale uważał swoją siostrę za dziwkę, choć nie mówił jej tego wprost.

Jak daleko posuwała się w swoich ekscesach – tego nawet nie mógł przypuszczać, zwłaszcza po tym, jak zerwał z nią niemal wszystkie kontakty. Gdyby znał całą prawdę, zapewne poszukałby dla syna innej kwatery na wakacje. A Borys już wkrótce miał okazję przekonać się, do czego mogą być zdolne kobiety...

W domu ciotki nie było zamków w drzwiach, ani w sypialni, ani w łazience, nawet w toalecie. Ciotka wyjaśniła mu, że w domu nie ma tajemnic. Nie ma miejsca na jakieś samotne dziwactwa. Borys z trudem to znosił, podobnie jak ukradkowe, figlarne wymiany spojrzeń między matką a córkami w jego obecności.

Nie było miejsca na prywatność, nic nie było zakazane, niczemu nie należało się dziwić. Ciotka powiedziała mu, że to jest „Dom Natury", w którym ludzkie ciało traktuje się jak część przyrody, która istnieje po to, by ją badać, odkrywać, rozumieć i w pełni się nią rozkoszować – bez tradycyjnych ograniczeń. Chcąc, nie chcąc, Borys musiał respektować prawa domu, w którym był gościem. Miał szanować każde „naturalne" zachowanie tych kobiet. Ich filozofia głosiła, że za mało na świecie jest miłości, a za dużo nienawiści. Świat byłby lepszym miejscem, gdyby miłości i cielesnej rozkoszy było więcej. Borys z początku tego nie rozumiał, ale ciocia była pewna, że wkrótce...

Po kolacji pierwszego wieczoru poszedł do swojego pokoju. Chciał trochę poczytać w samotności. U podnóża schodów prowadzących do sypialni znajdował się mały pokoik, zwany przez ciotkę „biblioteką". Dragosani zajrzał do środka i znalazł półki pełne książek i czasopism erotycznych. Kilka ilustrowanych pism tak go zafascynowało, że zabrał je ze sobą. Nigdy wcześniej nie widział takich rzeczy.

Siedząc w sypialni na łóżku, z wypiekami na twarzy przeglądał „albumy". Pochłonęły go całkowicie. Jeden z nich był uderzająco realny, ale tak „nieprawdopodobny" dla umysłu chłopca. Wiedział, że musiało być w tym jakieś szachrajstwo, fikcja, ale nie mógł zrozumieć, jak zrobiono takie zdjęcia. Wiedział już, co to masturbacja. Teraz poczuł podniecenie, ale tu, w domu ciotki, nie czuł się wystarczająco bezpieczny, by to zrobić. By uniknąć frustracji, postanowił odnieść pisma na dół.

Wcześniej, gdy był zajęty oglądaniem kolorowych obrazków, usłyszał samochód, zajeżdżający pod dom. Ktoś przyjechał do domu. Gdy Borys chyłkiem odnosił pisma do biblioteki, dobiegł go śmiech i wesołe westchnienia z głównego salonu. Ten pokój pokazano mu wcześniej. Podziwiał lustra rozwieszone na ścianach i suficie. Drzwi były lekko uchylone, Borys podszedł do nich na palcach. Wewnątrz słychać było gardłowy, męski głos i ordynarne, ponaglające szepty ciotki i kuzynek. To, co zobaczył, przypominało fotografie z biblioteki. Ospowaty mężczyzna z brodą i ogromnym owłosionym brzuchem był nagi.

Patrząc tylko w jedno z luster, Dragosani nie mógł zobaczyć całego przedstawienia, ale to co dojrzał, wystarczyło mu całkowicie.

Trzy roznegliżowane kobiety prześcigały się w pobudzaniu mężczyzny do jeszcze większego wysiłku. Dotykały go rękoma, ustami, piersiami – całym ciałem.

On leżał plecami na dywanie, młodsza kuzynka, Anna, klęczała na nim i huśtała się, w górę, w dół, w górę, w dół. Za każdym uniesieniem odsłaniała długi, gruby, błyszczący pal. Gdy tylko ukazywał się ten śliski drąg, chłopiec mógł dojrzeć małą, delikatną rękę Katriny zaciśniętą wokół niego.

„Ciotka" Hildegarda, kobieta trzydziestoczteroletnia, klęczała u głowy mężczyzny. Uderzała go swoimi wielkimi piersiami w twarz, tak, że sutki na zmianę znikały w jego ustach. Co chwilę wstawała, zatopiona w ekstazie, zbliżając swe łono do jego twarzy.

Kobiety nie były nagie, ich białe, luźne fatałaszki były porozpinane. Piersi i pośladki wyłaniały się na przemian – pulsujące, drżące. Wszyscy czworo rozkoszowali się nie tylko swymi doznaniami, ale także sycili oczy przeżyciami partnerów.

Na oczach Borysa zmienili miejsca i pozycje, i zaczęli serię nowych, zmysłowych wysiłków. Tym razem mężczyzna wspiął się od tyłu na ciotkę niczym ogromny, zły pies, a dziewczęta grały drobniejsze role. Chłopiec nie wierzył własnym oczom, wyglądało to odpychająco.

Mężczyzna tryskał spermą co chwila, stękając z przyjemności, jakby wcale się nie męczył, jakby porwało go niczym niepohamowane pożądanie. Borys pamiętał, jak się czuł po każdej masturbacji, skąd więc w tym zwierzęciu tyle sił? Przecież zaraz padnie!

Otrząsnął się z trudem i zaczął wycofywać w kierunku swojego pokoju.

– A teraz wy dwie – usłyszał nagle głos ciotki. – Może nie męczmy naszego Dimitrii. Może pójdziecie zabawić się z Borysem, co? Tylko nie za ostro, bo może się przerazić, wygląda na strachliwego... Jest zielony, jak pietruszka na wiosnę!

Dragosani rzucił się pędem po schodach. Wpadł do pokoju, rozebrał się błyskawicznie i wskoczył do łóżka. Leżał skulony bez ruchu pod kołdrą. Czekał, nie mając nawet odwagi pomyśleć, na co. Bał się głośniej odetchnąć. Gdyby znalazł się sam na sam z jedną kuzynką, jedną dziewczyną, to może byłoby inaczej, może zdobyłby się na przełamanie swojej nieśmiałości.

Dotychczasowe wyobrażenia i marzenia chłopca o seksie były zwyczajne, wręcz banalne. Bawił się nawet myślami o kontakcie z ciotką, o dotykaniu jej piersi, jej białego ciała. Nie uważał tego za specjalnie wstydliwe czy odrażające, to była tylko gra wyobraźni. Dotychczas. Ale teraz? W porównaniu z tym, co zobaczył, jego fantazje okazały się tak niewinne.

Widział trzy kobiety, spółkujące z niezmordowaną bestią. Widział wielki drąg rozpustnego, włochatego mężczyzny. Robiło mu się niedobrze na samą myśl, że miałby uczestniczyć w czymś takim.

Kuzynki nie krępując się, wpadły do sypialni. Borys leżał nieruchomo zawinięty w pościel. Wstrzymał oddech, udając, że śpi.

– Borys, śpisz? – spytała jedna z nich, chichocząc.

– Nie śpi? – usłyszał głos drugiej.

– Nie wiem... Chyba śpi.

– Przecież światło się pali! – zauważyła druga.

– Borys? – Anna padła na łóżko. – Na pewno śpisz?

Chłopak udawał, że śpi, a serce waliło mu w piersi. Obrócił się.

– Co? Co? Odejdź, jestem zmęczony – wymamrotał.

To był błąd. Obie zaczęły chichotać.

– Borys, nie pobawisz się z nami? – zapytała Katrina. – Wystaw w końcu głowę. Mamy tu coś. Chcemy ci coś pokazać.

Tak mocno naciągnął kołdrę, że nie mógł oddychać.

– Dajcie mi spokój.

– Borys – powiedziała Anna, którą wciąż miał przed oczyma, jak opiera swoje drobne ręce na brzuchu mężczyzny i huśta się na jego różowym członku. – Jeśli zgasimy światło, wystawisz głowę?

Przez ułamek sekundy wystawił głowę, by zaczerpnąć powietrza.

– Tak – wyjąkał.

– Wyłączone! – zachichotały dziewczęta.

Gdy uwolnił się z pościeli, zaczął głęboko łapać powietrze.

Natychmiast – wśród śmiechów – zapaliło się światło. Jedna z nich, nie wiedział która, stała tuż obok łóżka z koszulą zarzuconą na jego głowę. Stęchły zapach bił w jego twarz. Ujrzał jej ciemne łono z resztkami spermy na włosach. Przez słabe światło docierające przez jej ubranie niewiele mógł dostrzec, ale umyślnie wygięła nogi, by mógł zobaczyć wargi sromowe rozchylające się niczym w upiornym uśmiechu...

– I co? – Borys ledwie słyszał wśród powodzi prostackiego śmiechu. – A nie mówiłyśmy, że chcemy ci coś pokazać?

Dragosani nie wytrzymał, opanował go paniczny wstręt! Miotał się jak w transie. Później niewiele z tego pamiętał, był zbyt oszołomiony. Chichot zmienił się we wrzaski i płacz. A potem w szał. Na drugi dzień dręczycielki trzymały się od niego z daleka. Obie miały wiele siniaków. Anna miała rozciętą wargę, Katrina podbite oko. Ciotka miała rację, w pewnych sprawach był zupełnie zielony, ale w gniewie był nieobliczalny.

Następny dzień był koszmarny. Wyczerpany po nieprzespanej nocy, Borys zabarykadował się w pokoju. Musiał ścierpieć gniew ciotki i oskarżenia kuzynek. Ciotka Hildegarda nie dała mu za karę jeść i zagroziła, że wszystko powie ojcu. Żądała, by wyszedł z pokoju, przeprosił kuzynki i zachowywał tak, jakby nic się nie stało. Nie zrobił tego, pozostał w zamknięciu. Tylko na moment błyskawicznie wypadł do toalety. Postanowił wracać do internatu w Bukareszcie, ale nie miał pieniędzy, ani zarezerwowanego pokoju. Dopiero gdy zapadł zmierzch, gdy groźby ciotki zmieniły się w błaganie, odstawił łóżko i szafkę od drzwi i zbiegł na dół.

Nie wyobrażał sobie, jak opowie o tym wszystkim ojczymowi. Zawsze trudno im się było porozumieć, a opowiedzieć mu jeszcze o czymś tak niewiarygodnym? Pewnie by nie uwierzył. Może nawet zacząłby podejrzewać, że Borys brał w czymś udział...

Ciotce było przykro. Mówiła, że nie pojmuje, dlaczego dziewczęta napastowały go zeszłej nocy. Udawała, że nie wie, co zrobiły, czym go obraziły, że zareagował tak gwałtownie. Cokolwiek by to było – prosiła, żeby o tym zapomniał i nie mówił nic ojczymowi, bo on i tak już oskarżał ją o wszystko, co najgorsze.

Borys dla świętego spokoju pogodził się z ciotką. Nawet nie wspomniał o bestii, którą tu ujrzał. A ciotka nie wiedziała, że on widział wczorajszą orgię. I dobrze, bo wtedy pertraktacje wyglądałyby inaczej. Satyr dawno opuścił dom. Hildegarda przygotowała kolację i poprosiła córki, by więcej nie dokuczały chłopcu. Borys odetchnął z ulgą.

Aż przyszła noc...

Dragosani wyczerpany spał na przysuniętym do drzwi łóżku. Około trzeciej nad ranem zbudził się. Usłyszał głos ciotki, starającej się go uspokoić. Mówiła niewyraźnie i oddychała ciężko. Była naga i pijana. To rozbudziło go zupełnie. Uświadomił sobie, że ta niezaspokojona kobieta pragnie wsunąć się do jego łóżka. Natychmiast opanował go gniew.

– Ciotko Hildegardo – powiedział w ciemności. Nie mógł znieść jej alkoholowego oddechu. – Zapal światło, proszę!

– O! Mój chłopcze, obudziłeś się, chcesz mnie zobaczyć? Byłam w łóżku, nie mam nic na sobie. Te gorące letnie noce. Wstałam, by napić się wody i przez pomyłkę znalazłam się tutaj. – Jej piersi otarły się o usta Borysa.

– Zapal światło – powtórzył.

– To nieładnie tak – próbowała dziecinnie zaprotestować.

Znalazła wyłącznik. Stała naga w oślepiającym świetle. Uśmiechała się. Wyglądała głupio i odpychająco. Zbliżyła się do chłopca, wyciągając ramiona. Zobaczyła wyraz jego twarzy, pełen obrzydzenia. Zasłoniła ręką usta.

– Borys, ja...

– Ciociu! – Dragosani usiadł na łóżku. – Proszę natychmiast wyjść! – krzyknął. – Jeśli nie, wyjeżdżam. Jeżeli zamknęłaś drzwi na dole, to wyjdę oknem. Opowiem ojczymowi, co tu się wyprawia, dokładnie!

– Wyprawia? – wytrzeźwiała szybko. Spróbowała złapać Borysa za rękę, była zakłopotana.

– Opowiem o tych mężczyznach, którzy pieprzą się z tobą i twoimi córkami jak byki, zupełnie jak buhaje, które zapładniają krowy mojego ojca.

– Ty... – odsunęła się od niego. – Ty widziałeś?

– Wynoś się! – warknął. Spojrzał na ciotkę z nienawiścią i pogardą.

– A więc to tak! Starsi chłopcy ze szkoły już cię dostali, co? Podobają ci się bardziej niż dziewczęta, co?

Borys odwrócił się i chwycił krzesło.

– Wynocha! Zaraz wyjeżdżam. Natychmiast! Każdemu milicjantowi, którego spotkam opowiem o świństwach, o tych książkach, za które mogłabyś pójść siedzieć. O twoich córkach, które choć wyglądają jak dziewczęta, są już gorsze niż stare dziwki...

– Dziwki? – warknęła, a Borys pomyślał, że zaraz się na niego rzuci.

– Ale któż może być bardziej zepsuty niż ty – dokończył.

Zaczęła płakać. Wypchnął ją z pokoju.

Nazajutrz przyjechał ojczym, by zabrać chłopca do domu. Zaraza się skończyła i dziękować Bogu, nie była aż tak groźna. Nigdy w swoim życiu Borys nie cieszył się tak z czyjegoś przybycia. Starał się tego jednak nie okazywać. W czasie gdy on się pakował, ciotka Hildegarda rozmawiała z bratem, który wypytywał między innymi o siostrzenice. Anna i Katrina były nieobecne. Ciotka pożegnała się z Borysem czule i podejrzanie serdecznie. Spojrzała na niego jeszcze raz, gdy wsiadał do samochodu. Pomachała ręką, jej oczy błagały o milczenie. W odpowiedzi Borys zaśmiał się szyderczo. Jego spojrzenie mówiło lepiej niż tysiąc słów, co o niej myśli. Nigdy potem nie mówił o tych zajściach, nawet temu komuś w ziemi.

*
* *

Ten ktoś w ziemi... Stary Diabeł... Wampyr.

Czekał (bo cóż innego mógł robić?) aż Dragosani po długiej wspinaczce dotarł na miejsce, gdzie leżała grobowa płyta. Zapadał zmierzch. Prosię drżało w worku.

– *Dragosani? Wyczułem cię!* – Szatan pierwszy zaczął mówić. – *Przyszedłeś mnie dręczyć? Nowymi pytaniami, nowymi żądaniami? Chciałbyś skraść moje sekrety? Kawałek po kawałku, aż nic ze mnie nie zostanie. A potem jak mi to wynagrodzisz, skoro leżę w zimnej ziemi? Krwią świnki? Prosię dla tego, który kąpał się we krwi wrogów, dziewic, całych armii!*

– Krew to krew, Stary Smoku – odparł Borys. – Widzę, że ożywiłeś się po tym, co wczoraj wypiłeś.

– *Tym, co wypiłem!* – wykrzyknął szyderczo. – *To ziemia wypiła, Dragosani, nie moje stare kości.*

– Nie wierzę ci.

– *Nie obchodzi mnie, czy wierzysz, czy nie. Idź, zostaw mnie. Znieważasz mnie. Nie mam nic dla ciebie, a ty nie masz nic dla mnie. Nie pragnę rozmowy, żegnaj!*

– Przyniosłem prosiaka, dla ciebie czy dla ziemi, nieważne, ale i coś jeszcze, coś innego. Pod warunkiem...

– *Pod warunkiem?* – zainteresował się Diabeł.

– Może to trwało zbyt długo. Może to zbyt trudne – nawet dla ciebie. Kim bowiem jesteś, jak nie martwą istotą... Dobrze, dobrze, nie jesteś umarły, skoro nalegasz.

– *Nalegam? Ubliżasz mi, Dragosani? Cóż mi przynosisz tej nocy? Co chcesz dać? Co proponujesz?*

– Może mamy coś, czym możemy się wymienić?

– *Mów dalej.*

Dragosani powiedział. Niemal usłyszał, jak Szatan oblizał swoje wargi.

– *Chcesz pohandlować? Co chcesz... za to?*

– Jestem mężczyzną, zdobyłem męską wiedzę o kobietach i... – zamilkł zmieszany. Stary Smok zaśmiał się. Wiedział, że to kłamstwo.

– *Że co? Jaka męska wiedza o kobietach? O czym mówisz, Dragosani?*

– Nie miałem czasu... praca, studia... nie było okazji – odparł po chwili, próbując usprawiedliwić się.

– *Czas? Studia? Okazje? Dragosani, nie bądź dzieckiem. Miałem jedenaście lat, gdy rozerwałem pierwszą błonę dziewiczą, tysiąc lat temu. A potem dziewice, mężatki, dziwki, wdowy, kurwy – co za różnica? Miałem je wszystkie – na wszystkie sposoby. A ty? Nie próbowałeś? Nie nurzałeś się w ich pocie, śluzie, w gorącej, słodkiej krwi? Ani razu? I ty mnie nazywasz martwym!*

Stary Diabeł wybuchnął śmiechem, śmiał się chrapliwie, wściekle i zarazem sprośnie. Nie posiadał się z radości.

– Bądź przeklęty! Bądź przeklęty! – Wymachiwał zaciśniętą pięścią ku czarnej ziemi. – Bądź przeklęty, bądź przeklęty, bądź przeklęty!

– *Jestem już przeklęty, mój synu! I ty też!* – zawył Diabeł.

Borys wyjął błyszczący nóż i pochwycił ogłuszone prosię.

– *Czekaj, bez pośpiechu. Jeszcze ci nie odmówiłem. Powiedz, skoro niczym ksiądz unikałeś tego przez długie lata, dlaczego teraz?*

Dragosani pomyślał, że może czas powiedzieć prawdę – Szatan pewnie i tak już go przejrzał.

– To kobieta. Jątrzy mnie, kusi swoim ciałem.

– *Znam takie, znam...*

– Myśli, że wolę mężczyzn.

– *Co za obraza!*

– Też tak uważam – potaknął Dragosani. – Więc... zrobisz to?

– *Zapraszasz mnie do swojej jaźni, czy mam rację? Dziś wieczorem, gdy ta kobieta przyjdzie do ciebie?* – zapytał Szatan.

– Tak.

– *Z własnej, nieprzymuszonej woli?*

– Tylko ten jeden raz. Nie na zawsze – zastrzegł Dragosani.

– *Dobrze, zgadzam się, ale będę miał moje własne ciało, Dragosani. Nie tak słabe, jak twoje.*

– Potrafisz? Czy ja się tego nauczę?

– *O tak, potrafię, mój synu, taaak! Zapomniałeś o pisklęciu. Niczego się wtedy nie nauczyłeś? Kto uczynił cię nekromantą, Dragosani? Tak... i tym razem nauczysz się... wiele.*

– Nie chcę nic więcej od ciebie, przynajmniej na razie. – Odszedł od grobu, ruszył w dół wzgórza, oddalał się od miejsca grozy.

– *A co z prosiakiem?* – zapytał ciężko głos w jego głowie.

– *Dla ziemi, rzecz jasna, dla ziemi.*

– Prosię? Rzeczywiście. Byłbym zapomniał. – Oczy Dragosaniego zwęziły się. – Dla ziemi, oczywiście... – dodał sarkastycznie. Szybko powrócił, naciął gardło zwierzęcia, spuścił krew, po czym rzucił różowe zwłoki na ziemię. Nie oglądając się, odszedł cicho.

Zsuwał się po stoku. Zahaczył o pień drzewa, którego korzenie wystawały nad ziemię. Zatrzymał się na chwilę. Wtem ujrzał coś dziwnego: to była wczorajsza danina. Bryła różowej skóry i kości zgniecionych na miazgę. Sucha jak pieprz.

*
* *

Dragosani wrócił do domu rodziny Kinkovsi na kolację. To miał być jego ostatni posiłek tutaj, choć jeszcze o tym nie wiedział. Ilza nie okazywała mu żadnego zainteresowania – czuł się spięty i rozdrażniony. Nie był pewien, czy dobrze postąpił. Stary Diabeł nie był głupcem i podkreślał, że wszystko nastąpi wyłącznie na zaproszenie Dragosaniego. Czas nadchodził, a jego ciało pragnęło ulgi po latach milczenia zmysłów.

Pierwszy raz od przyjazdu tutaj, jedzenie wydawało się mu bez smaku, piwo miało nieprzyjemny zapach.

Po kolacji przechadzał się po swoim pokoju i rozmyślał. Był zły na siebie i niespokojny. Mijały kwadranse. Kilka razy wyciągał swoje książki o wampiryzmie. Czytał urywki, potem znowu odkładał tomy do walizki. Według legendy nie wolno nigdy przyjmować zaproszenia od wampira. Nie wolno również zapraszać wampira do czegokolwiek. Świadoma wola ofiary jest najważniejsza. Wola jest barierą w jaźni ofiary, na którą wampir się nie porywa, nie jest zdolny jej przełamać bez pomocy samej ofiary. Psychologicznie, to ofiara musi przełamać barierę, musi uwierzyć...

W przypadku Dragosaniego była to kwestia głębi tej wiary. Wiedział, że potwór istnieje, nie wiedział jednak, jaką moc posiada. Skoro już „zaprosił" Wampyra do siebie, to powinien wiedzieć, czy będzie wystarczająco odporny, czy w ogóle będzie w stanie się mu oprzeć. I czy będzie tego chciał...

Bez wątpienia wkrótce się o tym przekona.

Godzina między północą a pierwszą minęła niesłychanie szybko. Czas spotkania zbliżał się nieuchronnie. Borys zastanawiał się, czy Ilza już śpi i czy w ogóle zamierza się z nim spotkać. Może tak igrała ze wszystkimi gośćmi. Mogła również myśleć o mężczyznach tak, jak on do tej pory myślał o kobietach.

Może robiła z niego całkowitego głupca. Podchodził do otwartego okna, zsuwał i rozsuwał zasłony. Przeklinał swój brak doświadczenia. Siadał na łóżku w ciemności.

Było już po pierwszej, nazwał siebie błaznem i raz jeszcze ruszył do okna, by je ostatecznie zamknąć. Wtedy...

Na podwórzu ciemna i zwinna postać przemykała się cicho. Chyba się do niego uśmiecha. Nadchodzi!

Podniecenie walczyło ze strachem. Teraz potrzebował Starego Diabła! Bez niego sobie nie poradzi. Był mężczyzną, ale w „tych" sprawach ciągle jeszcze chłopcem. Jedyne ciała, które poznawał, których sekrety zgłębiał, były zimne i martwe. A to było żywe, gorące i równie spragnione!

Niechęć wzbierała w Dragosanim. Był chłopcem, po prostu – chłopcem. Przed oczami przesunęły się obrazy: pobyt w domu ciotki... kuzynki... kopulujący samiec... Koszmar. Miał się stać pożądliwą bestią? Niemożliwe! Nie mógł.

Usłyszał skrzypienie schodów, podbiegł do okna. Nikogo nie dostrzegł. Ilza już była na piętrze, podchodziła do drzwi. Wiatr wdarł się do pokoju, zasłony zafalowały. Zdawało się, że podmuch dotarł aż do serca Dragosaniego. W jednej chwili zniknął strach, cała niepewność. Stanął w cieniu. Czekał.

Otworzyły się drzwi – weszła. W księżycowej poświacie jej odzienie było przezroczyste jak welon. Podeszła do łóżka.

– Herr Dragosani? – szepnęła drżącym głosem.

– Czekam na ciebie – padła odpowiedź z mroku.

Usłyszała, ale nie spojrzała w kierunku, z którego dochodził głos.

– Więc... myliłam się co do pana – powiedziała, unosząc ramiona tak, że przejrzysta tkanina opadła. Jej pośladki i piersi wyglądały jak wyrzeźbione w białym marmurze. – Oto... – obróciła się ku niemu. – Oto jestem.

Stała niczym mleczny posąg, bez cienia zmieszania. Jego ciemna sylwetka przesunęła się do niej. W świetle dnia myślała, że jego oczy są śmiesznie słabe, wodniste, niebieskie i miękkie jak u kobiety, ale teraz... W świetle księżyca były dzikie jak u wilka! Gdy powalił ją na łóżko, poczuła jego ogromną siłę.

– Bardzo, bardzo myliłam się co do pana – zdołała jeszcze wyszeptać.

– Achhh! – wykrzyknął Dragosani.

*
* *

Następnego poranka Dragosani zamówił śniadanie do swojego pokoju. Hzak Kinkovsi nie widział go jeszcze tak ożywionego – wiejskie powietrze musiało mu służyć, natomiast samopoczucie Ilzy nie było najlepsze...

– Moja Ilza to silna dziewczyna. Ale od operacji... – mruczał gospodarz, podając śniadanie na tacy.

– Jakiej operacji? – Borys próbował udawać, że nie jest zainteresowany.

– Sześć lat temu lekarze wykryli raka macicy. Wszystko jej wycięli, dobrze, że żyje. Ale tu jest wieś. Mężczyzna chce żony, która rodzi dzieci. Będzie chyba starą panną, może znajdzie pracę w mieście.

– Rozumiem – przytaknął Dragosani. – Ale dziś jak się czuje?

– Czuje się rzeczywiście źle. Zostanie w łóżku dzień, może dwa. Zasłoniła okna i leży w ciemnym pokoju. Mówi, że nie potrzeba lekarza, ale martwię się o nią.

– Nie trzeba – to znaczy, nie martw się o nią.

– Nie? – Kinkovsi zdziwił się.

– To dojrzała kobieta. Wie, co dla niej najlepsze. Odpoczynek, cisza, spokój w ciemnym pokoju. To jej pomoże – robię to samo, gdy źle się czuję.

– Może. Ale martwię się. To zawsze moje dziecko. Poza tym, tyle pracy – dzisiaj przyjeżdżają Anglicy.

– Może ich spotkam wieczorem – Dragosani ucieszył się ze zmiany tematu.

Kinkovsi pokiwał ponuro głową, zabrał pustą tacę.

– Nie znam angielskiego. Tyle, co od turystów.

– Ja trochę znam – odparł Borys. – Poradzimy sobie.

– Przynajmniej będą mogli z kimś pogadać. Przywiozą pieniądze, a to najlepszy tłumacz. – Wysilił się na uśmiech. – Życzę smacznego, Herr Dragosani.

Wzdychając, wyszedł z pokoju. Później zaczął wraz z żoną przygotowywać pokoje na przyjazd gości. Dragosani wyszedł.

*

* *

W południe Borys pojechał do Pitesti. Pamiętał, że w tym mieście była mała biblioteka. Po drodze zatrzymała go miejscowa milicja.

Wszystkiego mógł się domyślać. Obawiał się, że odkryto jego kontakty ze Starym Diabłem. Uspokoił się, gdy zrozumiał w czym tkwi problem: Borowitz próbował go odszukać, zaraz po tym, jak wyjechał z Moskwy. W końcu udało mu się. Choć z niewiadomych przyczyn nie udało się zatrzymać Borysa na granicy w Reni, agenci Securitate wytropili go w Ionestasi, stamtąd ślad wiódł do rodziny Kinkovsi. W końcu dopadli go w Pitesti.

Dowódca patrolu przeprosił za utrudnianie i przekazał „wiadomość", która zawierała ściśle tajny numer telefonu

Borowitza. Dragosani pojechał z milicjantami na posterunek. Zadzwonił stamtąd.

Borowitz po drugiej stronie linii był bardzo rzeczowy.

– Borys, wracaj jak najprędzej.

– Co się stało?

– Pracownik ambasady USA miał wypadek na wycieczce. Rozbił samochód. Masakra. Nie zidentyfikowaliśmy go jeszcze oficjalnie, ale musimy to wkrótce zrobić. Amerykanie będą chcieli dostać ciało. Chcę, żebyś obejrzał go pierwszy...

– Czy jest ważny?

– Podejrzewaliśmy od pewnego czasu, że on i dwóch innych szpiegują dla CIA. Jeśli to prawda, powinniśmy się jak najwięcej dowiedzieć. Wracaj natychmiast, dobrze?

– Już jadę.

Wrócił szybko do domu rodziny Kinkovsi. Wrzucił rzeczy do samochodu, zapłacił z nadwyżką i podziękował gospodarzowi za gościnę. Przyjął kanapki, termos kawy i butelkę miejscowego wina. Hzak Kinkovsi nie miał już wątpliwości.

– Mówił pan, że prowadzi zakład pogrzebowy. Milicjanci śmiali się, gdy im to powiedziałem. Twierdzili, że jest pan grubą rybą w Moskwie. Wyszedłem na głupka.

– Przykro mi, przyjacielu – odpowiedział Dragosani. – Jestem ważną osobą i moja praca jest wyjątkowa, ale bardzo męcząca. Gdy wyjeżdżam, chcę zapomnieć o niej, pragnę odpocząć. Proszę, wybacz.

Hzak Kinkovsi uśmiechnął się. Podali sobie ręce. Borys wsiadł do samochodu. Zza zasłon Ilza patrzyła, jak odjeżdża. Odetchnęła z ulgą. Pomyślała, że nie spotka już takiego mężczyzny, może dobrze, ale...

Sińce nabierały kolorów – wkrótce znikną. Zawsze będzie mogła powiedzieć, że zrobiło się jej słabo i upadła. Sińce znikną z jej ciała, ale nie pamięć, jak się na nim znalazły.

Westchnęła z ulgą i zadrżała na wspomnienie doznanej rozkoszy.

INTERWAŁ PIERWSZY

Na górnym piętrze znanego hotelu w Londynie, Alec Kyle siedział za biurkiem byłego szefa i nerwowo zapisywał. „Duch" (nie potrafił inaczej o tym myśleć) stał naprzeciw. Od ponad dwóch godzin dyktował miękkim, łagodnie modulowanym głosem. Kyle'a bolała ręka, głowa była pełna niezliczonych obrazów. Nie miał wątpliwości, że duch mówił prawdę – całą prawdę i tylko prawdę.

Skąd to (on?) wszystko wiedziało? Kyle był pewien jednego: to, co usłyszał, było niesłychanie ważne.

Ból przeszył go nagle od nadgarstka po łokieć. Upuścił ołówek i złapał się za zesztywniałą rękę. Dziwny gość przerwał. Kyle podniósł ołówek, zaczął go ostrzyć.

– Dlaczego nie weźmiesz pióra? – zapytał duch normalnym tonem. Kyle zapomniał nawet, że mówi do czegoś mniej cielesnego niż obłok dymu.

– Wolę ołówek, taki nawyk. Przepraszam, że przerwałem – boli mnie nadgarstek.

– Jeszcze dużo przed nami.

– Poradzę sobie jakoś.

– Posłuchaj, przynieś sobie kawy, zapal. Rozumiem, że to dla ciebie dziwne. Gdybym był na twoim miejscu, nie wytrzymałbym nerwowo. Nieźle ci idzie, posuwamy się do przodu. Jestem dobrze przygotowany. Odwiedziłem kilka miejsc, by wiedzieć, jak cię nie przerazić. Jak sam zobaczysz – już dużo zrobiliśmy.

– Ale mam mało czasu – odparł Kyle, zapalając papierosa. Rozkoszował się wdychanym dymem. – Mam zebranie o czwartej. Muszę przekonać paru ważnych facetów. Chcę utrzymać sekcję i przejąć ją po sir Keenanie. Muszę zdążyć.

– Nie martw się o to – uśmiechnął się duch. – Pomyśl, że już ich przekonałeś.

– Tak? – Kyle wstał, przeszedł przez biuro i wrzucił monety do automatu. Tym razem duch podążył z nim. Stanął tuż za jego plecami. Mężczyzna odwrócił się i popatrzył na półpłynną postać, obłok czy kłąb jakiejś dziwnej energii. „Hologram, bańka mydlana, ektoplazma" – pomyślał. Ominął ducha i wrócił do gabinetu Gormleya.

– Tak – zjawa wróciła na swoje miejsce. – Zobaczysz: przeciągniemy twoich przełożonych na twoją stronę.

– Przeciągniemy? My?

– Zobaczysz. A teraz opowiem ci o Harrym Keoghu, zanim wrócimy do Dragosaniego. Przepraszam, że tak przeskakuję. Tak będzie lepiej, żebyś miał kompletny obraz.

– Jak wolisz.

– Jesteś gotowy?

– Tak – Kyle chwycił ołówek – ale zastanawiałem się właśnie, gdzie w tym wszystkim jest twoje miejsce.

– Moje? – zjawa uniosła brwi. – Byłbym rozczarowany, gdybyś nie spytał. A skoro to zrobiłeś, to ci odpowiem – jeżeli wszystko pójdzie dobrze, będę twoim szefem.

Twarz mężczyzny skrzywiła się w uśmiechu. „Duch? Moim przyszłym szefem?".

– Myślałem, że to już wyjaśniliśmy – powiedziała zjawa. – Nie jestem duchem i nigdy nie byłem. No, może trochę... Ale dobrze, dojdziemy do tego, zobaczysz. Możemy już zaczynać?

Kyle kiwnął głową.

ROZDZIAŁ SIÓDMY

Harry Keogh bujał myślami w obłokach, które dryfowały niczym kule puchu na błękitnym oceanie letniego nieba. Leżał z rękami złożonymi pod głową, gryząc źdźbło trawy. Nie powiedział słowa od chwili, gdy skończyli się kochać. Mewy krzyczały, nurkowały w wodzie łowiąc ryby. Ich śpiewne odgłosy dolatywały wraz z delikatną bryzą od morza. Trawy na wydmach szumiały kojąco.

Równie kojąco Brenda pieściła dłoń Harry'ego. Za chwilę mógł jej znowu zapragnąć, a jeżeli nawet nie, to i tak nie miało znaczenia. Lubiła go takiego jak teraz. Spokojnego, na skraju snu, bez tej całej dziwności. Był dziwny, owszem, ale to był jeden z powodów jej fascynacji, jej miłości. Czasami wyobrażała sobie, że on też ją tak kocha, choć nigdy jej tego nie powiedział. Trudno się z nim o tym rozmawiało.

– Harry – zapytała delikatnie, stukając go pod żebro – jest tam ktoś?

– Hmm? – źdźbło trawy zadrżało w ustach. Wiedziała, że jej nie ignoruje, po prostu nie było go tutaj. Był gdzieś daleko, bardzo daleko. Czasami chciała poznać to miejsce, gdzie tak odpływa, ale nigdy jej się to nie udało. Gdzie jesteś Harry? Gdzie jest twój tajemny ogród?

Usiadła, zapięła bluzkę, poprawiła spódnicę i strząsnęła z niej piasek.

– Harry, zrób z sobą porządek. Na plaży są ludzie. Jak ktoś przyjdzie, to wszystkiego się domyśli.

W końcu sama poprawiła jego rzeczy, przytuliła się i pocałowała go w czoło.

– O czym myślisz? Gdzie jesteś, Harry? – zapytała, szczypiąc go w ucho.

– Lepiej żebyś nie wieedziała – powiedział. – To nie zawsze jest przyjemne miejsce. Ja przywykłem. Ale tobie by się nie spodobało.

– Spodobałoby się, gdybyś był tam ze mną.

Odwrócił się do niej, przybrał poważny wyraz twarzy. Pokręcił głową.

– Nawet gdybyś była ze mną, nie spodobałoby ci się – powiedział. – Nienawidziłabyś tego miejsca.

– Wcale nie, gdybym tylko była z tobą.

– To nie jest miejsce, gdzie można być z kimś – powiedział. – To miejsce, gdzie jest się całkowicie samotnym.

– Harry, ja... – Zaintrygowało ją to.

– Przecież jesteśmy tutaj – uciął. – Nigdzie indziej. Jesteśmy tutaj i właśnie kochaliśmy się.

Wiedziała, że gdy spróbuje dalej wypytywać, to i tak niczego nie zmieni.

– Kochałeś się ze mną – powiedziała – osiemset jedenaście razy.

– Przywykłem do tego.

To zbiło ją z tropu.

– Do czego przywykłeś? – zapytała po chwili.

– Do liczenia. Czegokolwiek. Kafelków w ubikacji, gdy tam siedzę, na przykład.

Westchnęła z bezsilnej złości.

– Mówiłam o kochaniu, Harry! Czasami myślę, że nie ma w tobie ani grama romantyzmu!

– Teraz nie – zgodził się. – Przed chwilą miałaś tyle romantyzmu, ile chciałaś! – zażartował.

Już lepiej. Nie był tak chorobliwie zamyślony. „Chorobliwie zamyślony" – zawsze tak nazywała te jego dziwne stany. Wreszcie zaśmiała się również, zadowolona, że wrócił mu humor.

– Osiemset jedenaście razy – powtórzyła – w ciągu zaledwie trzech lat! To dużo. Wiesz, od jak dawna chodzimy ze sobą?

– Od dziecka – odpowiedział. Patrzył w niebo. Wiedziała, że prawie jej nie słucha. Coś działo się w jego głowie, balansował na krawędzi świadomości. Znów gdzieś odpłynął. Miała nadzieję, że pewnego dnia dowie się dokąd. Teraz tylko odchodził i powracał. Trwało to już tyle czasu.

– Ale jak długo? – naciskała. Złapała go za podbródek, żeby wreszcie uważniej na nią spojrzał.

– Jak długo? Cztery, pięć lat chyba.

– Sześć – powiedziała. – Miałeś wtedy dwanaście lat, a ja jedenaście. Zabrałeś mnie do kina i trzymałeś za rękę.

– No i proszę – pokiwał głową. – A mówiłaś, że nie jestem romantyczny.

– Czyżby? Założę się, że nie pamiętasz tytułu filmu. To była „Psychoza". Nie wiem, kto z nas bardziej się bał.

– Ja – zaśmiał się Harry.

– Potem – kontynuowała – gdy miałeś trzynaście lat pojechaliśmy na piknik na polach Ellison's Bank. Podjedliśmy trochę i zaczęliśmy się wygłupiać. Wtedy położyłeś rękę na mojej nodze pod sukienką. Skrzyczałam cię. Udawałeś, że to był przypadek. Za tydzień znowu to zrobiłeś. Nie rozmawiałam z tobą przez dwa tygodnie.

– Powinienem teraz wyglądać na nieszczęśliwego – ziewnął Harry. – Ale pamiętam, że szybko wróciłaś po więcej.

– Potem zacząłeś chodzić do szkoły w Harden. Rzadko cię wtedy widywałam. Zima strasznie się dłużyła. Ale następne lato było piękne – przynajmniej dla nas. Pewnego razu wzięliśmy namiot na plażę w Crimdon. Poszliśmy popływać, potem w namiocie zamiast wycierać moje plecy zacząłeś mnie dotykać.

– A ty mnie – przypomniał sobie.

– Chciałeś, bym położyła się obok ciebie.

– Ale ty nie chciałaś.

– Wtedy jeszcze nie! Dopiero za rok. Harry! Nie miałam wtedy piętnastu lat. To było straszne!

– Nie było tak źle – zaśmiał się znowu. – O ile mnie pamięć nie myli. Pamiętasz pierwszy raz?

– Oczywiście.

– Ale się działo! To było jak otwieranie papierowym kluczem zupełnie nowego, metalowego zamka!

– Szybko się uwinąłeś – musiała się uśmiechnąć. – Zawsze się dziwiłam, gdzie się tego nauczyłeś. Naprawdę zastanawiałam się, czy może ktoś inny nie udzielił ci lekcji...

Jego twarz przybrała poważny wyraz.

– O co ci teraz chodzi? – spytał ostro.

– No, jakaś dziewczyna! – Była zaskoczona jego nagłą zmianą nastroju. – A myślałeś, że o czym mówię?

– Inna dziewczyna? – Ciągle był nachmurzony. Powoli zaczął się uśmiechać, rozbawiło go to, w końcu wybuchnął serdecznym śmiechem. – Inna dziewczyna? Może jak miałem jedenaście lat?

– Jesteś zabawny – Brenda odetchnęła z ulgą.

– Wiesz – odpowiedział poważnie – całe życie ludzie powtarzają mi, że jestem zabawny. A ja taki nie jestem. Boże, czasami chciałbym wiedzieć, jak to jest być zabawnym. Jak się zdrowo pośmiać. Nie czułaś czasami, że jeśli się nie wyśmiejesz, to zaczniesz wrzeszczeć. To właśnie czuję.

– Nie rozumiem cię. Czasami nawet myślę, że nie chcesz, abym cię zrozumiała – westchnęła. – Byłoby tak pięknie, gdybyś pragnął mnie tak, jak ja ciebie.

Wstał, podając jej ręce. Pocałował w czoło i... jak zwykle zmienił temat.

– Przejdziemy plażą do Hartlepool. Tam złapiesz autobus do Harden.

– Iść do Hartlepool? To cały dzień drogi.

– Wstąpimy na kawę w Crimdon. Możemy się jeszcze wykąpać. Potem pójdziemy do mnie. Możesz zostać do wieczora, jeśli chcesz. Chyba, że masz inne plany?

– Nie, nie mam. Wiesz, że nie mam, ale...

– Ale co?

– Harry, co będzie z nami? – Brenda stała się rozdrażniona.

– O co ci chodzi?

– Kochasz mnie?

– Myślę, że tak.

– Ale nie wiesz na pewno? Bo ja wiem, że cię kocham.

Szli wśród wydm po mokrym piasku. W morzu kąpali się nieliczni ludzie. Plaża była zanieczyszczona odpadami z pobliskich kopalń. Od ćwierć wieku przyjeżdżały tu brudne kopalniane ciężarówki, a robotnicy spłukiwali czarne złoto do morza. Kilka mil na południe było trochę czyściej, ale tutaj, aż po Seaton Carew biały piasek mieszał się z resztkami węgla i żużlu. Odkąd zmniejszono wydobycie węgla, natura zaczęła się powoli odradzać.

– Tak – powiedział w końcu Harry. – Wiem, że naprawdę cię kocham. Czasami mam zbyt wiele spraw na głowie i nie okazuję ci miłości. Wiem, że to cię martwi, ale nie wiem, co ci powiedzieć.

Przylgnęła do jego ramienia, przytulili się, idąc tak.

– Nie, nie musisz nic mówić... Nie chciałabym, żeby to się skończyło.

– Dlaczego miałoby się skończyć?

– Nie wiem, ale martwię się. Dokąd zmierza nasza miłość? Moi rodzice też się martwią...

– O! – pokiwał głową. – Małżeństwo, tak?

– Nie, nie o to chodzi – westchnęła. – Mówisz od zawsze, jeszcze nie teraz. Że jesteśmy za młodzi. Zgadzam się. Myślę, że mama i tata także. Wiem, że lubisz być sam i chyba masz rację: jesteśmy za młodzi.

– Ty to powtarzasz – zaprzeczył. – To błędne koło.

Brenda spojrzała w dół.

– Rzecz w tym, że... Wiesz jesteś taki, taki... że w końcu ja sama nie wiem, co o tobie, o nas myśleć. Gdybyś mi powiedział, co cię tak pochłania. Wiem, że jest coś, o czym mi nie mówisz.

Chciał coś powiedzieć, ale zawahał się. Brenda westchnęła. Spróbowała drogą eliminacji.

– Wiem, że to nie przez pisanie. Byłeś nieobecny, zanim zacząłeś pisać książki. Tak naprawdę, od kiedy cię znam... Gdyby tylko...

– Brenda – zatrzymał się, pochwycił ją w ramiona. Zabrakło mu tchu, nie mógł wykrztusić słowa. Przeraziła się.

– Tak, Harry? Co?

Przełknął ślinę, puścił ją i ruszył przed siebie. Dogoniła go, chwyciła za rękę.

– Harry?

– Brenda, chcę... chcę z tobą porozmawiać.

– Ja też tego chcę! – powiedziała z naciskiem.

Zatrzymał się znowu, objął dziewczynę ramieniem.

– To dziwna rzecz, to całe... – powiedział, patrząc w morze.

Poprowadziła go wzdłuż plaży.

– Dobrze, przejdźmy się. Ty mów, a ja będę słuchać. Dziwna rzecz...? Ja już się nagadałam. Teraz twoja kolej.

Pokiwał głową, spojrzał na nią kątem oka, odchrząknął.

– Brenda, zastanawiałaś się kiedykolwiek, o czym myślą martwi ludzie? To znaczy, jakie są ich myśli, gdy leżą w grobach?

Poczuła gęsią skórkę na szyi i na plecach. To, co powiedział tak beznamiętnym tonem, zmroziło ją do szpiku kości.

– Czy się zastanawiałam?

– Powiedziałem, że to dziwny temat – dodał pospiesznie.

Nie wiedziała, co o tym myśleć. Mimowolnie wzruszyła ramionami. „Pewnie żartuje – pomyślała. – A może nad czymś pracuje. To musi być jakaś historia z jego powieści!"

Brenda była rozczarowana. To tylko proza. Choć z drugiej strony, może źle zrobiła, lekceważąc pisanie jako źródło jego zmiennych nastrojów. Może był właśnie taki, bo nie mógł o tym z nikim porozmawiać. Każdy wiedział, że Harry pisał jak dojrzały pisarz. Jego książki były świetne i głębokie. Czy dlatego jest taki dziwny, że aż tak wiele zatrzymuje w sobie?

– Harry powinieneś był wcześniej powiedzieć, że chodzi o pisanie.

– Moje pisanie? – uniósł brwi.

– To pomysł z książki? O to chodzi, prawda?

Z początku zaprzeczył, kręcąc głową, po czym szybko przytaknął. Uśmiechnął się i energicznie pokiwał głową.

– Zgadłaś, pomysł z książki. Dziwna historia. Mam kłopoty z całością, gdybym mógł z kimś porozmawiać...

– Przecież możesz ze mną.

– Więc porozmawiajmy. Może przyniesie mi to nowe pomysły, albo powiesz mi, które moje pomysły są złe.

Szli dalej, trzymając się za ręce.

– W porządku – powiedziała – mają szczęśliwe myśli – dodała po chwili.

– Co?

– Ci zmarli w grobach. Myślę, że mają szczęśliwe myśli. To zamiast nieba, wiesz.

– Ludzie, którzy byli nieszczęśliwi za życia, o niczym nie myślą – powiedział rzeczowo. – Cieszą się, że już się skończyło.

– Sądzisz, że można podzielić umarłych na kategorie?

Pokiwał głową.

– Zgadza się. Dlaczego nie? Nie myśleli tak samo, gdy żyli, prawda? Niektórzy są szczęśliwi, na nic się nie skarżą. Ale są tacy, co leżą pełni nienawiści, wiedząc, że ich zabójcy żyją bezkarnie.

– Harry, to okropny pomysł! Co to za historia? O duchach?

Oblizał spieczone wargi, przytaknął.

– Coś w tym rodzaju. To opowiadanie o człowieku, który może rozmawiać z ludźmi w ich grobach. Słyszy ich głosy w głowie i wie, o czym myślą.

– Nadal uważam, że to okropne. To straszne. A... a czy ci zmarli chcą z nim rozmawiać? Dlaczego?

– Bo są samotni, jedynie ten człowiek potrafi z nimi rozmawiać.

– Czy on nie oszaleje od tego? Te wszystkie głosy w głowie jednocześnie.

– To nie jest tak – Harry uśmiechnął się krzywo. – Widzisz, ciało gnije, zmienia się w proch. Ale umysł żyje. Nie pytaj jak, sam nie wiem, jak to wytłumaczyć. Jest tak, że jaźń jest cały czas świadoma. Gdy człowiek umiera, ona trwa dalej. Tyle tylko, że na poziomie podświadomości. Zmarły jakby śpi, tak na swój sposób. Tyle tylko, że nigdy się nie obudzi. Widzisz, Nekroskop rozmawia z ludźmi, z którymi chce, których wybiera.

– Nekroskop?

– To nazwa takiej osoby, która zagląda w umysły zmarłych...

– Rozumiem – powiedziała Brenda, marszcząc brwi. – Przynajmniej wydaje mi się, że rozumiem. Więc szczęśliwi ludzie leżą, rozpamiętując dobre czasy, a nieszczęśliwi po prostu wyłączają się.

– Coś w tym rodzaju. Źli ludzie myślą o złych rzeczach, mordercy o morderstwach i tak dalej. Jak zwykli ludzie. Każdy ma swoje piekło. Ich myśli biegną normalnym torem. Powiedzmy, że za życia mieli przyziemne myśli. Nie poniżam ich – nie byli błyskotliwi, to wszystko. Ale są jeszcze ludzie nadzwyczajni, twórczy. Wielcy myśliciele, architekci, matematycy, pisarze – prawdziwi intelektualiści. Jak uważasz, o czym oni myślą?

Brenda patrzyła, próbując zrozumieć. Zatrzymała się, podniosła jasny, morski kamyk.

– Jeśli, powiedzmy, byli za życia wielkimi myślicielami, to dalej myślą na swój niezwykły sposób.

– Zgadza się – powiedział z naciskiem Harry. – Właśnie tak. Budowniczowie mostów budują w myślach mosty. Piękne, napowietrzne, łączące kontynenty. Muzycy komponują cudowne piosenki i melodie. Matematycy konstruują abstrakcyjne teorie, tak jasno, że zrozumiałoby je dziecko, a tak zadziwiające, że obejmują tajniki wszechświata. Zmarli prześcigają osiągnięcia swojego życia. Rozwijają pomysły do granic ideału. Doskonalą nieskończone – na co nigdy nie mieli czasu za życia. Nikt i nic im nie przeszkadza – nie ma zakłóceń z zewnątrz. Nikt ich nie kłopocze, nikt się nie miesza, nikt ich nie obchodzi.

– Brzmi to ładnie. Sądzisz, że tak jest naprawdę?

– Oczywiście – przytaknął i szybko poprawił się – w moim opowiadaniu, w każdym razie. Skąd mam wiedzieć, jak naprawdę jest?

– Tak głupio zapytałam – odpowiedziała. – Oczywiście, że tak nie jest naprawdę. Nie rozumiem, dlaczego ci zmarli ludzie chcą rozmawiać w twoim opowiadaniu z tym, no, Nekroskopem? Czy on im nie przeszkadza?

– Nie – Harry potrząsnął głową – wręcz przeciwnie. Ludzka natura! Co za pożytek z czegoś pięknego, jeśli nie możesz powiedzieć, czy pokazać komukolwiek, co zrobiłeś? Dlatego oni lubią rozmawiać z Nekroskopem – on docenia ich geniusz. Jest jedynym, który to potrafi. Jest przyjacielski, chce poznać ich cudowne odkrycia, fantastyczne wynalazki, które stworzyli, a których świat nie pozna jeszcze przez tysiąc lat!

– To wspaniały pomysł, Harry! – podchwyciła Brenda. – Wcale nie jest taki chory, jak z początku myślałam. Nekroskop może „wynajdować" za nich wynalazki. Może budować mosty, komponować muzykę, pisać nie napisane arcydzieła. Tak to się dzieje w twoim opowiadaniu?

Harry odwrócił twarz, stał i patrzył daleko w morze.

– Coś w tym rodzaju. Nie pracowałem nad tym jeszcze...

Przez chwilę milczeli. Ruszyli dalej, doszli do Crimdon, zatrzymali się na kawę w małej kafejce przy plaży.

*

* *

Harry spał nago na łóżku. Wieczór był bardzo ciepły, słońce ogrzewało pokój swymi złocistymi promieniami. Padały prosto na twarz Harry'ego, która wkrótce pokryła się potem. Widząc to, Brenda zasunęła zasłony. Wymamrotał coś przez sen, ale nie dosłyszała. Ubierając się cicho, myślała o tym, co wydarzyło się dzisiaj, o tym, co wydarzyło się przez te wszystkie wspólne lata z Harrym.

Dzisiejszy dzień był przyjemny. I w końcu Harry porozmawiał z nią trochę... o wszystkim. Otworzył się, może mu nieco ulżyło. Wyglądał nawet na szczęśliwego, gdy skończyli rozmawiać o jego nowym opowiadaniu. Ale co mogło uczynić go naprawdę szczęśliwym, Brenda nie potrafiła sobie wyobrazić. Powiedział, że „ma dużo spraw na głowie". Jakich spraw? Związanych z pisaniem? Możliwe. Nigdy nie widziała go tak do końca szczęśliwego. Może tego po prostu nie pokazywał...

Znów zaczęła myśleć o dzisiejszych wydarzeniach. Po krótkim odpoczynku przeszli jeszcze milę do opuszczonej części plaży. Kąpali się w bieliźnie, z dala nikt nie mógł tego zauważyć – można było pomyśleć, że są w strojach kąpielowych. Po chwili, gdy wygłupiali się na falach, jakiś stary włóczęga pojawił się na plaży i trzeba było już iść. Ubrali się szybko, zanim tamten podszedł i wyruszyli w dalszą drogę. Autobus z Hartlepool zawiózł ich na miejsce, prawie pod drzwi trzypiętrowego domu, gdzie Harry zajmował poddasze. Brenda zdążyła przygotować kanapki, wzięli prysznic, a potem kochali się. Dzielili między sobą rozkosze miłości. Smakowali sól morza na swoich ciałach. Byli pełni słońca, promieniowali ciepłem, wszystko było udane, naturalne. Brenda najbardziej lubiła Harry'ego w lecie. Nie był wtedy tak blady i jego postać wydawała się bardziej muskularna.

Harry nie był słaby czy cherlawy, potrafił się obronić, nie dał sobie dmuchać w kaszę. Dwukrotnie Brenda widziała, jak sobie radził z silniejszymi od siebie. Tamci wracali z siniakami. W duchu była dumna, że to ona właśnie była przyczyną obydwu bójek. Harry nie zważał na docinki pod swoim adresem, ignorował je, kładł je na karb głupoty zaczepiających go prostaków. Ale nigdy nie zniósł obrazy Brendy albo siebie w jej obecności. Stawał się wtedy zupełnie innym człowiekiem. To też ją zastanawiało – skąd u niego taka umiejętność samoobrony?

Tak jak i to, dlaczego potrafił się tak cudownie kochać i świetnie pisać? Patrzyła na to tak:

Harry miał szesnaście lat, gdy kochali się pierwszy raz. On pragnął tego od dawna. Jak już zauważyła na plaży, szybko stał się w tym dobry. Brenda była niewinna, myślała, że istnieje tylko jeden rodzaj miłości, Harry zaś odkrył przed nią tajemnice zmysłów, o których nawet nie śniła i nie podejrzewała, że jej ciało może być zdolne do tylu doznań. Często zastanawiała się, czy ktoś inny nie nauczył go, jak to się robi. W końcu przestała się tym martwić, złożyła to na karb jego osobowości i... przyśpieszonego rozwoju. Z jakiś niewiadomych przyczyn zaczął celować w nowych dziedzinach, celować jakoś naturalnie, jakby bez uprzedniej nauki czy intensywnego treningu.

Jeżeli zaś chodzi o jego pisanie, to myślała:

Kiedyś Harry przyznał, że kładł angielski na każdym egzaminie, przez język o mało co nie zdałby do college'u. Wtedy jego wypracowanie było zupełnie do niczego. Ale ten przypadek nie powtórzył się więcej. Może pracował nad angielskim? Ale kiedy? Brenda nigdy nie widziała go przy nauce. Nigdy niczego się nie uczył. Miał dopiero osiemnaście lat, a już był tak płodnym pisarzem. Publikował pod czterema pseudonimami! Dotychczas pisał krótkie opowiadania, ale przynajmniej trzy razy w tygodniu. Wszystkie dopracowane, perfekcyjne. Wiedziała, że teraz pracuje nad powieścią.

Jego rozklekotana maszyna stała na małym stoliku przy oknie. Pewnego razu Brenda niespodziewanie odwiedziła mieszkanko, w którym pracował. To był jeden z rzadkich momentów, kiedy widziała go przy pracy. Gdy wchodziła po schodach, słyszała stukanie klawiszy. Weszła do małego przedpokoju i zajrzała przez drzwi. Harry siedział przy stoliku, zamyślony, uśmiechał się do siebie, coś mruczał. Wsparł podbródek na rękach, potem wyprostował się, wystukał kilka wersów dwoma palcami, zatrzymał się. Kiwał głową, uśmiechał się do swoich myśli. Wyglądał przez okno na ulicę.

Gdy zapukała do drzwi, przestraszył się. Ale przywitał się, odłożył pracę. Zdążyła rzucić okiem na kartkę papieru w maszynie: „Pamiętnik rozpustnika z XVII wieku". Dziwiła się potem, co to miało znaczyć? Co Harry może wiedzieć o XVII wieku? Z jego ograniczoną wiedzą o historii, która zawsze była jego najsłabszym punktem? No i rozpustnik...?

Gdy skończyła się ubierać po miłosnych igraszkach, podeszła do lustra, aby zrobić sobie makijaż. Znalazła się blisko stolika. Spojrzała na maszynę i niedokończoną stronę – Harry pracował nad nią wcześniej. Kartka papieru A4 oznaczona była: str. 213, a w lewym górnym rogu: „Pamiętnik... itd."

Brenda przekręciła wałek nieco i przeczytała fragment. Zarumieniła się, odwróciła wzrok. Wygładzony, piękny styl, ale niesamowicie lubieżna treść. Kątem oka ponownie spojrzała na kartkę, lubiła siedemnastowieczne romanse. Styl

Harry'ego był doskonały. Ale to nie był romans, tylko czysta pornografia.

Wtedy dopiero uświadomiła sobie, co znajduje się za oknem: stary cmentarz po drugiej stronie ulicy. Miał ponad czterysta lat. Rosły tam ogromne kasztanowce otoczone zaroślami i kwiatami. Widać było zwietrzałe nagrobki, a wokół nich dobrze utrzymany kamienny płot. „Dlaczego Harry wybrał takie miejsce na mieszkanie? Wokół były lepsze budynki. Powiedział, że podoba mu się widok" – zastanawiała się. Teraz dopiero uświadomiła sobie, co to za widok!

Harry coś mamrotał, przewracał się na łóżku. Podeszła i uśmiechnęła się opiekuńczo. Leżał w cieniu, zaczął drżeć. Chciała go obudzić przed odejściem. Musiała już iść. Rodzice chcieli, żeby wracała za dnia. Zaparzyła sobie jednak kawę i usiadła w fotelu.

– Nie martw się, mamo, jestem już dużym chłopcem. Mogę dbać sam o siebie. Spoczywaj w pokoju... – nagle przemówił Harry. – Już ci mówiłem, nie skrzywdził mnie. Czemu miałby? Byłem z ciocią i wujkiem, dbali o mnie. A teraz jestem już dorosły. Może wkrótce wszystko będzie w porządku, będziesz wtedy mogła spać spokojnie...

Chwila przerwy, jakby się wsłuchiwał.

– Ale dlaczego nie możesz, mamo?... Nie mogę! Za daleko. Wiem, że chcesz mi coś powiedzieć, ale... tylko szept, mamo. Słyszę, ale... nie wiem co... jak zrozumieć twoje słowa. Może odwiedzę cię, przyjdę do ciebie... – mamrotał bezładnie.

Rzucał się niespokojnie, pocił obficie i drżał. Brendę opanował lęk o niego. Czyżby gorączka? Pot zbierał się w małym zagłębieniu nad górną wargą, tworzył krople na czole, zmoczył włosy. Harry trząsł się pod kołdrą.

– Harry? – wyciągnęła rękę i dotknęła go.

– Co? – obudził się nagle. Oczy miał szeroko otwarte, ciało sztywne. Patrzył nieruchomo w jeden punkt. – Kto...?

– Harry, Harry! To tylko ja. Miałeś jakiś straszny sen! – Brenda wtuliła go w ramiona. – O twojej mamie. Już wszystko dobrze. Zrobię ci kawy.

Przycisnęła go mocniej do siebie, a potem delikatnie uwolniła się. Jego oczy były ciągle szeroko otwarte, patrzył za nią.

– O mojej matce? – zapytał.

Nasypała rozpuszczalnej kawy do kubków i nalała wody do czajnika. Kiwając głową, powiedziała:

– Mówiłeś „mamo". Rozmawiałeś z nią.

Rozprostował się, poprawił palcami zmierzwione włosy.

– Co mówiłem?

– Niewiele. Takie mamrotanie, że jesteś dorosły i żeby była spokojna. To tylko sen, Harry.

Zdążył się ubrać, zanim zrobiła kawę. Wypili ją pospiesznie, bez słowa, następnie zeszli na przystanek. Czekali w milczeniu na autobus do Harden. Harry pocałował dziewczynę w policzek.

– Do zobaczenia, kochanie – powiedział.

– Jutro? – Nazajutrz była niedziela.

– Nie. Zajrzę do ciebie w tygodniu. Pa, kochanie.

Zajęła miejsce z tyłu autobusu. Obserwowała przez szybę, jak Harry stoi samotnie na przystanku. Po chwili ruszył, ale nie w stronę domu, Brenda starała się obserwować, dokąd zmierza. Skierował się w stronę cmentarza. Za chwilę zniknął jej z oczu.

*

*   *

Harry nie odwiedził Brendy w ciągu tygodnia. Praca w damskim salonie fryzjerskim w Harden nie szła jej dobrze, była rozkojarzona, a w czwartek zaczęła się martwić. W piątek wieczorem płakała, ojciec twierdził, że zgłupiała, dała się omamić.

– Ten chłopak to cholerny dziwak – oświadczył. – Brenda, nie możesz być taka uczuciowa.

Nie chciał słyszeć o tym, by jechała do Hartlepool.

– W piątkowy wieczór, kiedy chłopaki piją piwo? Możesz jutro zobaczyć swojego stukniętego Harry'ego.

Noc zdawała się trwać wieki. Źle spała. Sobotniego poranka wstała wcześnie, pojechała autobusem do Harry'ego. Miała klucz, weszła na poddasze. Nie zastała go. W maszynie do pisania znajdowała się kartka papieru oznaczona wczorajszą datą i krótka wiadomość:

Brenda!

Pojechałem do Edynburga na weekend. Muszę zobaczyć tam paru ludzi, wrócę najpóźniej w poniedziałek, wtedy się zobaczymy. Obiecuję. Przepraszam, że nie wpadłem w tygodniu.

Dużo rzeczy chodziło mi po głowie i nie byłoby nam ze sobą dobrze.

Kocham, Harry

Dwa ostatnie słowa sprawiły, że mu przebaczyła. Poniedziałek był blisko. Zastanawiała się, kogo mógł odwiedzać w Edynburgu. Żył tam jeszcze jego ojczym, którego nie widział od lat. Kto jeszcze? Może inni krewni, o których nie wiedziała. Może chodzi o matkę, która prawdopodobnie utonęła, gdy był małym chłopcem? Nigdy nie znaleźli jej ciała. Nie ma grobu.

Tak, utonęła, ale Harry rozmawiał przecież z nią przez sen...

Brenda wzdrygnęła się. Czasami przychodziły jej do głowy równie chore pomysły, jak te Harry'ego!

Zaczęła się zastanawiać nad czymś, o czym nigdy normalnie by nie pomyślała. Szczegółowo przejrzała papiery Harry'ego. Sprawdzała opowiadania, powieści. Nie wiedziała dokładnie, czego szuka, ale gdy już przejrzała wszystko, uświadomiła sobie.

Nigdzie wśród papierów nie natknęła się na historię o Nekroskopie.

To oznaczało, że Harry nie zaczął opowiadania.

Albo był kłamcą.

Albo...

Albo było coś, co teraz nie dawało jej spokoju.

*

* *

W czasie kiedy Brenda Cowell stała w smudze porannego światła w mieszkaniu, rozmyślając o tym, z jak dziwnym człowiekiem jest związana, Harry Keogh znajdował się o sto dwadzieścia mil od Hartlepool. Stojąc nad brzegiem rzeki w Szkocji, patrzył na duży dom ukryty w zieleni ogrodu po drugiej stronie. Niegdyś posiadłość ta była dobrze utrzymana. To było dawno temu i wielu rzeczy nie pamiętał. Ale pamiętał matkę. Gdzieś w głębi podświadomości nigdy jej nie zapomniał. I ona nigdy o nim nie zapomniała, nadal martwiła się o syna.

Po chwili spojrzał na rzekę. Jej nurt był wolny, wirujący, jakby zapraszający. Głęboka, zielona toń przyciągała. Gdzieś tam, na dnie, między kamieniami i szlamem dostrzegł mały błyszczący przedmiot. Obrączkę. Kocie oko osadzone w złocie. Harry podszedł bliżej, przysiadł. Świeciło słońce, ale było mu zimno. Niebo zsiniało, w jednej sekundzie stało się szarą, płynną nawałnicą zdradliwej wody.

Znalazł się pod wodą, płynął w kierunku przerębli.

Przez lód dojrzał twarz, drżące, galaretowate wargi unosiły się i opadały w złym grymasie. Ręce wpychały go pod wodę. Na drugim palcu prawej ręki – sygnet z kocim okiem. Harry drapał te ręce, chwytał się ich, rozrywał w szale. Złoty sygnet obluzował się, zawirował, wpadł w mrok lodowatej głębi. Krew zabarwiła wodę purpurą. Czerwień i czerń umierania Harry'ego.

Nie, to nie jest jego śmierć! Umiera jego matka!

Uwięziona pod wodą tonęła. Prąd niósł ją pod lodem, obracając, miotając bezlitośnie. Kto zaopiekuje się teraz Harrym? Biedny, mały Harry...

Koszmar ustępował. Pęd i wirowanie w rzece zastygło. Łapał powietrze. Trzymał się trawiastego brzegu zaciśniętymi do bólu dłońmi. „To było tutaj. To stało się tutaj" – myślał oszołomiony. Ona umarła w tym miejscu. Tutaj została zamordowana!

Ale...

Gdzie ona teraz jest?

Wstał i powoli ruszył brzegiem rzeki. Tam, gdzie się zwężała, przeszedł przez mały most. Żywopłoty ogrodu ciągnęły się wzdłuż brzegu. Szedł wąską, zarośniętą ścieżką między ścianą zieleni z jednej strony, a trzcinami i wodą z drugiej. Po chwili dotarł do miejsca, gdzie brzeg stawał się lekko urwisty. Ścieżka kończyła się nad spokojną wodą. Żywopłoty przechylały się w stronę rzeki. Harry wiedział, że nie musi dalej szukać. Ona była tutaj.

Jeśli ktoś śledziłby go z drugiego brzegu, zauważyłby dziwną rzecz. Harry usiadł, machał nogami nad płytkim, mulistym zbiornikiem. Podparłszy głowę, patrzył głęboko w wodę. Łzy płynęły mu z oczu i łączyły się z wodą w rzece.

Po raz pierwszy w dorosłym życiu Harry Keogh spotkał się z matką, rozmawiał z nią w „cztery oczy", mógł sprawdzić straszne szczegóły ze snów i koszmarów, z przesłankami, które wzbudzały w nim podejrzenia od lat. Rozmawiali. On płakał łzami smutku, łzami bólu i niemocy. Tak długo czekał na ten dzień. Płakał łzami czystego gniewu, gdy wszystko zaczęło się układać w całość. W końcu powiedział jej, co zamierza uczynić.

Wtedy Mary Keogh zaczęła jeszcze bardziej obawiać się o niego. Prosiła, błagała, by niczego nie czynił pośpiesznie. Syn przystał na jej prośby – odpowiedział skinieniem głowy. Nie wierzyła mu, krzyknęła za nim, gdy wstał. Przez ułamek sekundy wydawało się, że dno zadrżało. Po chwili woda ucichła.

Harry wracał do miejsca, w którym przed wieloma laty zdarzyła się tragedia. Stanął na brzegu, wokół rosły trzciny. Sprawdził, czy jest zupełnie sam. Popłynął na środek rzeki, gdzie prąd był najbardziej rwący. Ale nawet tam siła nurtu była niewielka. Po dwudziestu minutach nurkowania i szperania wśród kamieni na dnie, znalazł to, czego szukał. Już bez blasku, trochę zaśniedziały sygnet.

Wrócił na brzeg i wyczyścił go. Wsunął na wskazujący palec lewej dłoni. Był trochę za luźny, ale nie tak, by można go było zgubić. Obrócił na palcu. Był zimny jak dzień, w którym został zgubiony przez właściciela.

Harry ubrał się i skierował do Bonnyrigg, stamtąd chciał złapać autobus do Edynburga i wsiąść w pierwszy pociąg do domu, do Hartlepool. Tutaj na razie skończył.

Śnił, że teraz, gdy już odnalazł matkę, nie będzie miał nigdy trudności z nawiązaniem z nią kontaktu, osuszy łzy, uspokoi ją. Tego pragnęła od dawna. Już nie będzie musiała więcej martwić się o małego synka.

Zanim opuścił miejsce nad rzeką, zatrzymał się i spojrzał na duży dom na drugim brzegu. Tam nadal mieszkał i pracował jego ojczym. Tak, ale to nie będzie długo trwało. Do czasu, aż Harry złoży mu wizytę.

Trzeba się będzie postarać, to niebezpieczny typ, morderca. Trzeba wiele ostrożności. Wiktor Szukszin zapłaci za śmierć jego matki. Musi go spotkać najsurowsza kara odpowiadająca zbrodni, którą popełnił. Nic nie wyniknie z prostego oskarżenia. Jaki dowód przedstawiłby po tylu latach? Harry chciał zastawić pułapkę, wyrównać rachunki poza wymiarem sprawiedliwości. Bez pośpiechu, czas działa na korzyść Harry'ego. Pozwoli mu nauczyć się jeszcze wielu rzeczy. Postanowił wykorzystać swoją niezwykłą wiedzę Człowieka-Nekroskopa. Znał już okoliczności, w jakich zginęła jego matka, a jak ją pomścić, to się dopiero okaże. Będzie, co ma być.

Jego nauczyciele już czekali. Byli najlepsi na świecie. I wiedzieli dużo więcej niż za życia.

ROZDZIAŁ ÓSMY

Lato, rok 1975

Trzy lata minęły od ostatniej wizyty Dragosaniego w rodzinnych stronach. Jeszcze tylko rok dzielił go od momentu, jak to coś w ziemi wyzna mu swoje sekrety, sekrety Wampyrów. W zamian Dragosani przywróci go do życia, a raczej uwolni od bycia nieumarłym, by znów mógł chodzić po ziemi.

Trzy lata, w ciągu których nekromanta urósł w siłę. Jego pozycja, jako prawej ręki Borowitza była niepodważalna. Gdyby generał odszedł, on miał go zastąpić na szczycie Wydziału Wywiadu Paranormalnego. Z organizacyjnymi możliwościami Wydziału i wiedzą wampirów, jego władza stałaby się niezmierzona.

To, co kiedyś zdawało się być mrzonką, mogło stać się jak najbardziej realne – stara Wołoszczyzna stanie się najpotężniejszą z wszystkich krain. Dlaczego nie? Mając takiego przywódcę jak Dragosani? Zwykły śmiertelnik niewiele osiągnie, lecz nieśmiertelny może mieć wszystko. Ale jedno nie dawało mu spokoju: skoro nieśmiertelność daje taką moc, to dlaczego wampirom się nie udało? Dlaczego nie rządzą, nie panują nad światem?

Dragosaniemu wydawało się, że zna przyczynę. Nie był jednak pewien, czy ma rację.

Dla człowieka sam fakt istnienia Wampyra jest przerażający. Jeżeli ludzie uwierzyliby w obecność Wampyrów, gdyby mieli niezbity dowód ich istnienia, z pewnością staraliby się odnaleźć je i zniszczyć. Tak było od zarania dziejów, a przynajmniej w czasach, kiedy ludzie wierzyli w ich istnienie. Dlatego Wampyrowi nie wolno się ujawnić, nie wolno mu pokazać, że czymkolwiek się wyróżnia. Musi kontrolować swoje pragnienia, żądze, głód władzy, jaką daje mu zło. Mieć władzę: polityczną, finansową czy jakąkolwiek inną, to znaczy być pod obserwacją, a to jest jedna z najgorszych rzeczy, jakiej Wampyr się obawia. W końcu przecież zostałby wykryty i zniszczony.

Ale gdyby zwykły człowiek – normalny, żyjący człowiek, a nie nieumarły – mógł posiąść wiedzę Wampyrów, te ograniczenia zniknęłyby. Z wyjątkiem swej wiedzy tajemnej nie miałby nic do ukrycia i osiągnąłby wszystko!

Dlatego Dragosani raz jeszcze przyjechał do Rumunii. Praca i obowiązki zbyt długo nie pozwalały mu na kontakt ze Starym Diabłem. Chciał porozmawiać z nim, zaoferować mu kilka drobiazgów i jak najwięcej nauczyć się przed następnym latem.

Minęły trzy lata, od kiedy był tu ostatni raz. Trzy lata ciężkiej pracy. Przez cały ten czas Grigorij Borowitz wykorzystywał swoich parawywiadowców, w tym nekromantę, do granic wytrzymałości. Musiał w pełni wykorzystać cztery lata dane mu przez Breżniewa, by Wydział umocnił swoją pozycję w systemie i stał się jego niezbywalną częścią. Jak na razie, Pierwszy Sekretarz przekonał się, że Wydział jest niezbędny. Co więcej, była to jedna z najbardziej tajnych służb i najbardziej niezależna – tak, jak chciał tego Borowitz.

Dzięki uprzedzającym ostrzeżeniom Generała, Breżniew był zupełnie przygotowany na upadek swego dawnego politycznego przyjaciela – Richarda Nixona, prezydenta USA. Afera Watergate zaszkodziła, czy też nawet zrujnowała kariery wielu polityków, a Breżniew na tym skorzystał. Oczywiście dzięki przepowiedni Borowitza, a właściwie Igora Vladego. „Szkoda wielka – powiedział pewnego razu Breżniew – że Nixon nie miał takich doradców jak ja, co, Grigorij?"

Podobnie, zgodnie z przewidywaniami, Breżniew, znając przyszłość, sprawnie prowadził politykę zagraniczną. Wiedząc, że w Ameryce do władzy dojdą twardogłowi politycy, Breżniew podpisał z USA układ o sztucznych satelitach jeszcze przed upadkiem Nixona, w 1972 roku. Co więcej, skoro Ameryka była o wiele bardziej zaawansowana w rozwoju technologii kosmicznych, szybko złożył podpis pod szczytowym osiągnięciem „odprężenia" – wspólnym przedsięwzięciem „Skylab", co już teraz przynosiło korzyści.

· W rzeczy samej, przywódca radziecki podjął liczne sugestie Borowitza, realizował prognozy otrzymane z Wydziału Wywiadu Paranormalnego. Wypuścił tysiące dysydentów i „repatriował" Żydów. Każdy krok kończył się sukcesem, umacniał jego pozycję Przywódcy. I wszystko to dzięki Borowitzowi i jego ludziom. Breżniew bez zastrzeżeń ściśle honorował umowę z 1971 roku ze starym Generałem.

Tak jak dobrze wiodło się Breżniewowi i jego reżymowi, tak i powodziło się Borowitzowi oraz Borysowi Dragosaniemu, którego lojalność sprawom Wydziału była niezaprzeczalna. Przynajmniej na razie...

Generał zapewniał trwanie Wydziału i zdobywał sobie szacunek Leonida Breżniewa, ale jego stosunki z Jurijem Andropowem pogarszały się coraz bardziej. Nie było otwartej nienawiści, ale Andropow był zazdrosny i bez przerwy knuł nowe intrygi. Dragosani wiedział, że Borowitz stale obserwuje szefa KGB, ale nie domyślał się, że i on sam jest pod nadzorem! Coś w jego zachowaniu nie dawało spokoju staremu Generałowi. Dragosani był arogancki i nieposłuszny. Borowitz w pewien sposób akceptował to zachowanie, nawet się z tego cieszył, ale do pewnych granic. Wydawało mu się, że oprócz ambicji, zachowaniem Dragosaniego kieruje coś jeszcze. Coś niebezpiecznego.

Dragosani także zauważył w sobie zmianę. Mimo że jego największe „upośledzenie" przeszło do historii, stał się jeszcze bardziej oziębły wobec płci przeciwnej. Interesował go tylko brutalny seks, żadnych uczuć, czysty upust dławionych emocjonalnych i fizycznych potrzeb. Jeżeli chodzi o ambicję, to coraz trudniej było mu się kontrolować. Nie mógł doczekać się dnia, gdy Borowitz odejdzie. Uważał, że najwyższy czas, aby ten zgrzybiały staruch usunął się w cień. Co prawda, Generał wcale nie był ani taki stary, ani wcale zgrzybiały, ale tak właśnie zaczął go postrzegać Dragosani, którego aż rozsadzała energia. To był dodatkowy powód wyjazdu do Rumunii. Chciał zasięgnąć rady u tego czegoś w ziemi. Mimowolnie zaczął uważać go za kogoś w rodzaju ojca. Komu innemu mógłby bezgranicznie zaufać? Z kim innym mógłby porozmawiać o swoich ambicjach i frustracjach? Tylko ze Starym Diabłem. Wampyr stał się swego rodzaju wyrocznią... Swego rodzaju, bowiem Dragosani nigdy nie był do końca pewny, czy jego słowa nie są fałszywe. Wiedział też, że skoro to coś tak przyciągało go do Rumunii, to powinien być ostrożny podczas obcowania z tym czymś.

W drodze z Bukaresztu do Pitesti różne dziwne myśli krążyły mu po głowie. Do miasta pozostało szesnaście kilometrów. Przypomniał sobie, że trzy lata temu Borowitz odwołał go do Moskwy, właśnie wtedy, gdy wybierał się do Pitesti. Dziwne, ale przez ten czas ani razu nie pomyślał o tamtejszej bibliotece. Teraz poczuł, że ciągnie go do tego miejsca. Nadal mało wiedział o wampiryzmie i o nieumarłych, a cała wiedza, jaką posiadał, była raczej wątpliwa – pochodziła przecież tylko od samego Wampyra. Jeśli jakakolwiek biblioteka miała być źródłem miejscowych podań i legend – to była to z pewnością ta w Pitesti.

Dragosani pamiętał, że jego szkoła często wypożyczała stare dokumenty i zapiski dotyczące historii dawnej Wołoszczyzny. Duża część zbiorów została wywieziona podczas II Wojny Światowej z Ploesti i Bukaresztu ze względów bezpieczeństwa. To było mądre posunięcie, ponieważ Ploesti przeszło jedno z najcięższych bombardowań. Wiele materiałów nigdy nie wróciło do swych pierwotnych miejsc i do tej pory pozostało w miasteczku. Z całą pewnością było tak jeszcze osiemnaście, dziewiętnaście lat temu.

Zatem... To coś w ziemi będzie musiało jeszcze trochę poczekać na powrót Dragosaniego. Najpierw pojedzie do biblioteki w Pitesti, potem zje obiad i dopiero wtedy ruszy do serca swojej ojczyzny...

O jedenastej był już na miejscu. Przedstawił się dyżurnemu bibliotekarzowi, poprosił o pokazanie dokumentów dotyczących rodzin bojarów, ziem, bitew, pomników, ruin, cmentarzy Wołoszczyzny – w szczególności z okolicznych terenów z piętnastego wieku. Bibliotekarz był uprzejmy i chętny do pomocy, choć zapytanie przybysza wyraźnie go rozbawiło. Po chwili weszli do pokoju, w którym mieściły się stare dokumenty... Wtedy Dragosani domyślił się, skąd ten uśmiech.

W pokoju o pojemności stodoły znajdowały się półki z książkami i dokumentami. Było tego wystarczająco dużo, by zapełnić kilka ciężarówek. Wszystko dotyczyło przedmiotu zainteresowania Dragosaniego!

– Czy... to jest skatalogowane?

– Oczywiście, proszę pana – odpowiedział młody bibliotekarz i znowu się uśmiechnął. Przyniósł skrzynki z katalogami. Ich przejrzenie zajęłoby kilka dni.

– Nawet pobieżne poznanie tych materiałów zabierze rok albo więcej – zauważył Dragosani.

– Katalogowanie trwało dwadzieścia lat – odparł bibliotekarz. To nie jedyna trudność. Nawet, gdyby miał pan tyle czasu, to nie pozwolono by panu na to. Teraz władze dzielą zbiory: większość ma trafić do Bukaresztu, część do Budapesztu. Nawet Moskwa zgłosiła wniosek... Zabiorą je w ciągu trzech miesięcy.

– Mam niewielu czasu. Tylko kilka dni. Zastanawiam się... czy mógłbym jakoś zawęzić zakres moich poszukiwań – Dragosani był przytłoczony tym widokiem.

– Jest jeszcze kwestia języka. Chciałby pan zobaczyć dokumenty w języku tureckim... węgierskim... czy niemieckim? A może interesuje pana tematyka słowiańska? Chrześcijańska? Ottomańska? Do czego chciałby pan się odnieść? Jakie punkty orientacyjne? Wszystkie materiały mają przynajmniej trzysta lat, kilka datuje się sprzed siedmiu stuleci i dalej. Mamy dokumenty obcych najeźdźców i tych, którzy ich wyparli. Potrafi pan zrozumieć te dzieła? Mimo wszystko, obejmują połowę tysiąclecia. Jeżeli pan je pojmie, to śmiało można pana nazwać uczonym! Ja ich nie rozumiem, nie wszystko w każdym razie, choć kształciłem się w tym kierunku...

Dojrzał beznadziejne spojrzenie Dragosaniego.

– Proszę pana, może powie pan bardziej konkretnie...?

Dragosani zdecydował, że nie ma co ukrywać.

– Jestem zainteresowany mitem o wampirze, mitem, którego korzenie tkwią tutaj, w Transylwanii, Mołdawii, Wołoszczyźnie i który pochodzi, o ile wiem, z piętnastego wieku.

– Ale pan nie jest turystą? – bibliotekarz nagle stał się ostrożny, przestał się uśmiechać.

– Nie, jestem Rumunem. Teraz mieszkam i pracuję w Moskwie. Co to ma do rzeczy?

Bibliotekarz był może trzy, cztery lata młodszy od Dragosaniego i trochę skrępowany jego światowym wyglądem. Przez długą chwilę zastanawiał się. Zagryzł wargi, zmarszczył brwi, lecz w końcu powiedział:

– Jeśli przyjrzeć się tym katalogom, które właśnie pokazałem, można zauważyć, że są to rękopisy napisane tym samym charakterem pisma – jedną ręką. Powiedziałem już, że zabrało to dwadzieścia lat pracy. Człowiek, który to wykonał, żyje do dziś i mieszka niedaleko – w Titu. To w kierunku Bukaresztu, czterdzieści kilometrów stąd.

– Znam to miasteczko – powiedział Dragosani. – Przejeżdżałem tamtędy niecałe pół godziny temu. Myślisz, że on mógłby mi pomóc?

– O tak, jeśli zechce – to zabrzmiało zagadkowo.

– Zechce?

Mężczyzna rozejrzał się niepewnie po pokoju.

– Zrobiłem błąd dwa czy trzy lata temu. Wskazałem drogę amerykańskim „badaczom". Nie chciał z nimi rozmawiać, wyrzucił ich! To ekscentryk, rozumie pan? Odtąd jestem bardziej ostrożny. Mamy dużo pytań w tej sprawie. „Drakula" to świetny biznes na Zachodzie. Pan Giresci unika komercyjnej strony zagadnienia. Przy okazji, tak się właśnie nazywa – Ladislau Giresci.

– Więc mówisz, że ten człowiek to ekspert, jeżeli chodzi o wampiryzm? – Dragosani poczuł lekkie podniecenie. – To znaczy, że studiował legendę, historię, dokumenty, przez dwadzieścia parę lat?

– Tak, między innymi. To jego hobby, a może nawet obsesja. To pożyteczna obsesja dla biblioteki.

– Muszę się z nim zobaczyć. To zaoszczędzi mi mnóstwo czasu i energii.

Bibliotekarz wzruszył ramionami.

– Dobrze, mogę dać adres, ale czy zechce z panem rozmawiać... Może weźmie pan butelkę whisky. To amator tego trunku. Rzadko może sobie pozwolić na prawdziwą szkocką, a nie te pomyje z Bułgarii.

– Niech mi pan da ten adres – powiedział Dragosani. – Na pewno ze mną porozmawia. Zapewniam pana.

*
* *

Dragosani bez problemów znalazł wskazany przez bibliotekarza adres. Około dwóch kilometrów od Titu przy trasie bukareszteńskiej. W pobliżu lasu stało kilka drewnianych, dwupiętrowych budynków. Dom Ladislau Giresci stał na uboczu, na końcu osady, zagubiony wśród dziko rosnących ogrodów i żywopłotów – tonął w zieleni otaczających go sosen.

Był bardzo zaniedbany w porównaniu z innymi budynkami w sąsiedztwie. Nawet ścieżka prowadząca pod drzwi domu Giresci była zarośnięta. Dragosani zapukał.

W jednej ręce trzymał torbę z zakupioną w miejscowym sklepie butelką whisky, bochenkiem chleba, trójkątem sera, paroma owocami. Postanowił kupić coś do jedzenia, w razie gdyby gospodarz nic nie miał, butelka miała mu ułatwić początek rozmowy. Jeżeli oczywiście Giresci będzie w domu. Zapukał mocniej. W końcu usłyszał odgłosy wewnątrz.

Postać, która otworzyła drzwi, miała około sześćdziesięciu lat i wyglądała delikatnie, jak zasuszony kwiat. Niezwykle blada i błyszcząca twarz pokryta czapą białych jak śnieg włosów. Choć prawa noga mężczyzny była drewniana, panował nad swoją ułomnością i poruszał się zgrabnie. Przygarbione plecy, sztywne ramię, drgające przy każdym poruszeniu. Przenikliwym spojrzeniem brązowych oczu przeszywał stojącego na progu gościa.

– Pan mnie nie zna, panie Giresci – powiedział Dragosani. – Ale ja dowiedziałem się czegoś o panu i zafascynowało mnie to. Jestem historykiem, którego badania wiążą się ze starą Wołoszczyzną. Powiedziano mi, że nikt nie zna dziejów tych okolic lepiej niż pan.

– Hmm – mruknął Giresci, mierząc gościa wzrokiem. – Są profesorowie Uniwersytetu w Bukareszcie, którzy polemizowaliby z tą tezą. – Stał, ciągle blokując wejście, ale Dragosani zauważył, że jego oczy spoczęły na torbie i butelce.

– Whisky – powiedział Dragosani. – Uwielbiam ją, a tak ciężko ją dostać w Moskwie... Może wypijemy razem podczas rozmowy?

– Czyżby? – warknął Giresci. – A kto powiedział, że będziemy w ogóle rozmawiać? – Jego spojrzenie ponownie zatrzymało się na butelce. – Szkocka, co?

– Oczywiście. Jedyna prawdziwa whisky i...

– Jak się pan nazywa, młody człowieku? – uciął Giresci. Nadal stał w wejściu, ale oczy wyrażały zainteresowanie.

– Borys Dragosani. Urodziłem się w tych stronach.

– I dlatego interesuje cię miejscowa historia? Coś mi się nie wydaje... – Jego spojrzenie stało się podejrzliwe. – Nie ciągnie pan za sobą jakichś cudzoziemców, co? Na przykład Amerykanów?

Gość uśmiechnął się.

– Wręcz przeciwnie. Wiem, że miał pan z nimi przedtem kłopoty. Ale nie będę kłamał, Ladislau Giresci. Moje zainteresowania są identyczne. Bibliotekarz z Pitesti dał mi adres.

– Tak? Musiał pan zrobić na nim dobre wrażenie, bo on wie, kogo tu może ostatecznie przysłać. Ale proszę powiedzieć, tylko bez wykrętów, co pana interesuje?

– Chcę porozmawiać o Wampyrach – Dragosani postanowił zagrać w otwarte karty.

Stary człowiek popatrzył przenikliwie, nie wyglądał na zaskoczonego.

– O Drakuli?

– Nie, o prawdziwych Wampyrach. O Wampyrze z transylwańskiej legendy, o kulcie Wampyra!

Giresci ożywił się, zaczął ciężko oddychać. Chwycił Dragosaniego za ramię.

– Wampyry, co? No, może porozmawiamy. Owszem, napiję się whisky. Ale najpierw proszę powiedzieć: chce pan poznać legendę prawdziwych Wampyrów. Na pewno nie ma pan na myśli jakichś bzdurnych mitów? Niech pan powie, wierzy pan w ich istnienie?

Giresci wstrzymał oddech. Borys spojrzał na starca.

– O tak, wierzę – oznajmił stanowczo.

Gospodarz odsunął się.

– Wejdź, Dragosani, wejdź, wejdź. Porozmawiamy.

Mimo, że dom Giresci na zewnątrz wyglądał na zaniedbany, w środku był czysty i uporządkowany, choć przecież dbał o niego człowiek, który sam z trudem się poruszał. Ściany wyłożone na ludowo dębową boazerią. Wzorzyste, utkane według starej słowiańskiej tradycji, dywany wyścielały wypolerowane przez wieki sosnowe deski. Pomimo swej prostoty, pomieszczenie emanowało ciepłem, ale z drugiej strony...

Wszechobecne hobby czy obsesja starca żyły w każdym pokoju. Tworzyły specyficzną atmosferę tego domu. Tutaj czuło się pasma górskie, dziką trawę, dumę, niekończącą się procesję wojen, krew, niewiarygodne okrucieństwo. Te pokoje pachniały starą Rumunią. To była Wołoszczyzna.

Na ścianach wisiała stara broń. Miecze, części szesnastowiecznej zbroi, zdradliwa, haczykowata pika. Czarna kula armatnia przytrzymywała drzwi – Giresci znalazł ją na starym polu bitewnym, niedaleko twierdzy Tirgoviste. Para ozdobnych, tureckich bułatów dekorowała miejsce nad kominkiem. Obok topory, maczugi, cepy, zardzewiały pancerz z tarczą piersiową przeciętą prawie do połowy. Ściana na korytarzu, który dzielił salon od kuchni i sypialni, była obwieszona obrazami z podobiznami Vladów i drzewami genealogicznymi rodzin bojarskich. Herby i znaki rodów, skomplikowane mapy bitewne, szkice fortyfikacji, kurhanów, szańców, zrujnowanych zamków i baszt.

I książki! Półka przy półce. Wiele z nich niezmiernie cennych. Wszystkie ocalił Giresci. Znajdował je na aukcjach, w księgarniach, antykwariatach, w zrujnowanych i podupadłych posiadłościach potężnej niegdyś arystokracji. Dom był swoistym muzeum, a jego jedynym kuratorem i opiekunem – Ladislau Giresci.

– Ten arkebuz – zauważył Dragosani – musi być warty fortunę.

– Dla muzeum, dla kolekcjonera, możliwe. Nigdy nie patrzyłem na to pod tym kątem – odparł gospodarz. – A jak się panu podoba ta broń? – wręczył mu kuszę.

Dragosani zważył broń w dłoniach, zamyślił się. Kusza była całkiem nowoczesna. Ciężka jak strzelba i bardzo śmiercionośna. Interesujące, bo „strzała" wykonana była z drewna, prawdopodobnie gwajakowego, czubek z wypolerowanej stali. Była załadowana.

– To nie pasuje do reszty – powiedział przybysz.

Starzec zaśmiał się, ukazując zepsute zęby.

– Pasuje, pasuje. „Reszta" opowiada o tym, co było, co mogło być. Ta kusza jest moim środkiem odstraszającym.

Dragosani pokiwał głową.

– Drewniany kołek w serce, co? Upolowałby pan tym Wampyra?

Giresci ponownie się zaśmiał.

– Nie jestem głupi. Kto chce upolować Wampyra musi być szalony. Ja jestem tylko dziwakiem. Upolować? Nigdy! A co wtedy, gdy Wampyr zechce zapolować na mnie? Nazwijmy to samoobroną. Czuję się z tym bardziej bezpieczny.

– Ale dlaczego pan się boi? Dobrze, ja też się zgadzam, że te stworzenia istnieją, ale dlaczego któryś z nich miałby pana niepokoić?

– Gdyby był pan tajnym agentem – powiedział gospodarz, a Borys uśmiechnął się w myśli – czy byłby pan zadowolony, że ktoś z zewnątrz zna pańskie metody? Oczywiście, że nie. A Wampyr? Teraz... Myślę, że ryzyko jest niewielkie, ale dwadzieścia lat temu, gdy kupowałem tę broń, nie byłem taki pewny. Widziałem coś, czego nie zapomnę do końca życia. One istniały naprawdę. Im bardziej zgłębiałem ich legendę, historię, tym bardziej stawały się dla mnie potworami. Nie mogłem spać, miałem koszmary. Zakup broni był jak pogwizdywanie w ciemności. Może nie odsunęło to ciemnych mocy, ale pozwoliło opanować strach.

– A bał się pan? – zapytał Dragosani.

Stary spojrzał podejrzliwie.

– Oczywiście, że się bałem – odpowiedział w końcu. – Tu, w Rumunii? W górach? W tym domu, gdzie zbierałem i studiowałem wiedzę o Wampyrach? Bałem się, tak. Ale teraz...

– Co teraz?

Coś, jakby rozczarowanie odbiło się na twarzy Giresci.

– Nadal tu jestem, żyję, nic mi się nie przytrafiło, więc myślę, że może wymarły. Tak, one istniały, ale prawdopodobnie ostatni z nich odszedł na zawsze. Taką przynajmniej mam nadzieję. A pan, Dragosani? Co pan myśli?

– Lepiej niech pan trzyma swoją kuszę – Dragosani oddał broń. – Tak, Ladislau Giresci, trzymaj ją w gotowości i bądź ostrożny, kiedy zapraszasz nieznajomych do domu.

Sięgnął do wewnętrznej kieszeni po paczkę papierosów. Nagle zamarł, Giresci skierował kuszę w jego serce.

– Jestem ostrożny – powiedział, wpatrując się w oczy gościa. – Obaj wiemy dużo, ty i ja. Ja wiem, dlaczego wierzę w Wampyry, a pan?

– Ja? – Dragosani wyjął pod marynarką pistolet z kabury.

– Przybysz szukający prawdy. Ale jaki w s z y s t k o w i e d z ą c y przybysz!

Dragosani zadrżał. Zdołał pod marynarką wymierzyć w Giresciego. Może ten stary oszalał. Szkoda. Szkoda również, że zostanie dziura w marynarce i ślady prochu...

Stary zabezpieczył kuszę, położył na małym stole.

– Za spokojnie – zaśmiał się – jak na Wampyra z wymierzoną w niego kuszą! I żeby pan wiedział: naciąg strzały jest uregulowany, by ugodzić i nie przeszyć na wylot, bo to by nic nie dało. Tylko wtedy, gdy kołek utkwi w ciele, Wampyr będzie naprawdę unieszkodliwiony i...

Zamilkł, nie wierząc własnym oczom. Dragosani, blady jak śmierć, wyjął pistolet i odłożył obok kuszy, na stół.

– Mój naciąg – mówił Borys chrapliwie – wystarczy, by przepchnąć pańskie serce przez plecy. Widziałem lustra na ścianach korytarza i jak w nie pan patrzył, gdy je mijałem. Za dużo luster, pomyślałem. I krzyż nad drzwiami, i jeszcze jeden na twojej szyi. Przydało się? No więc, jestem Wampyrem?

– Nie wiem, kim jesteś – pokręcił głową. – Wampyrem? Nie, nie pan. Przyszedł pan za dnia. Ale proszę pomyśleć: ktoś poszukuje mnie, ktoś chce posiąść wiedzę o Wampyrach. I nawet wie, że to osobny gatunek. Może kilku – jeśli w ogóle – na świecie o tym wie. Nie byłby pan przezorny?

Dragosani wziął głęboki oddech, rozluźnił się.

– Pańska przezorność o mało nie kosztowała pana życia – powiedział bez ogródek. – Co jeszcze trzyma pan w zanadrzu?

– Nic, nic – Giresci zaśmiał się nerwowo. – Myślę, że się teraz rozumiemy. Zostawmy to na chwilę, zobaczmy lepiej, co ma pan w torbie. – Wziął siatkę z rąk Dragosaniego i wskazał miejsce przy stole pod oknem. – Tu jest cień – wyjaśnił. – Chłodniej.

– Whisky dla pana – odrzekł przybysz – Reszta dla mnie na obiad, ale nie jestem pewien, czy chce mi się teraz jeść. Ta twoja kusza to piekielna broń!

– Musi pan zjeść, oczywiście, że musi! Co, ser na obiad? Nie, nie ma mowy. Mam bekasy w piekarniku. Już wypieczone. Grecka receptura. Przepyszne. Whisky jako aperitif, chleb nasączymy tłuszczem ptaków, ser na potem. Dobrze! Świetny obiad. Opowiem panu moją historię podczas obiadu.

Giresci posadził gościa. Dragosani dostał szklaneczkę wyjętą ze starego, dębowego sekretarzyka. Pozwolił sobie na małą whisky. Gospodarz pokuśtykał do kuchni. Zapach pieczonego mięsa powoli napełnił pokój. Pachniało przepysznie. Za chwilę wrócił z parującą tacą, polecił Dragosaniemu wyjąć talerze z szuflady. Nałożył sobie kawałek ptasiego mięsa, dodał zapiekane ziemniaki. Gość dostał dwa kawałki i podobną porcję kartofli.

Hojność gospodarza zrobiła na przybyszu wrażenie.

– To nie fair – powiedział. – Niewiele zostało dla pana.

– Ja piję pańską whisky – powiedział Giresci. – Proszę jeść moje ptactwo. Zawsze mogę ustrzelić jeszcze kilka, przez to okno. To łatwiejsze niż dostać dobrą whisky! Proszę mi wierzyć, to ja dostałem lepszą część!

W trakcie obiadu Giresci rozpoczął swoją opowieść.

– To się działo w czasie wojny. Byłem małym chłopcem, miałem wypadek. Uszkodziłem sobie ramię i plecy. Nie mogłem zostać żołnierzem. Chciałem coś jednak robić, więc zaciągnąłem się do Obrony Cywilnej. Obrona Cywilna! Proszę jeszcze dziś pojechać do Ploesti i o tym wspomnieć! Miasto płonęło noc w noc. Po prostu płonęło, Dragosani! Jak można się „bronić", gdy z nieba leci deszcz bomb?

Biegałem wraz z setką innych. Wynosiliśmy ludzi z płonących i walących się budynków. Cześć jeszcze żyła, część już nie, a dla niektórych byłoby lepiej, żeby zginęli na miejscu. To niewiarygodne, jak szybko można przywyknąć. Byłem młody i szybko mi to przyszło. Gdy jest się młodym krew, ból, śmierć – nie robią wrażenia. Robisz to, bo tak trzeba. Więc biegaliśmy tam w kółko. Wyobraża sobie pan? Ja, biegający! Cóż, wtedy miałem jeszcze obydwie nogi, wie pan...

Wtedy... wtedy przyszła ta najcięższa noc. Było ciężko każdej nocy, ale tamta... – opuścił głowę, zgubił słowa. – Na peryferiach Ploesti, w kierunku Bukaresztu, było wiele starych domów. Rezydencje arystokracji z dawnych czasów. Wtedy to była jeszcze prawdziwa arystokracja. Wiele tych budynków rozsypywało się, ludzie nie mieli pieniędzy na ich utrzymanie. Ci, którzy w nich mieszkali, nadal mieli pieniądze, ziemię, ale nie aż tak wiele. Żyli, stopniowo umierali, rozpadali się jak domy. Tej nocy bomby spadły właśnie tam.

Kierowałem ambulansem. Jechałem na przedmieścia, gdzie w większych domach tworzono szpitale. Dotychczas większość bombardowań dotknęła centrum. Kiedy spadły pierwsze bomby, wyrzuciło mnie z drogi. Myślałem, że już po mnie... Ale po kolei.

Jechałem wzdłuż starych, bogatych rezydencji, niebo na wschodzie i południu było czerwone od płomieni ognia. Wydawało się, że ziemia zamieniła się w piekło! Ambulans był pusty – dzięki Bogu – właśnie skończyliśmy kurs, wyładowaliśmy pół tuzina ciężko rannych w jednym z prowizorycznych szpitali. Byliśmy we dwójkę: ja i mój pomocnik. Wracaliśmy do Ploesti. Samochód trząsł się na starych brukowanych drogach, na kupach gruzu. Wtedy spadły bomby. Spadły na stare posiadłości, wszystko wylatywało w powietrze. Uderzały jak pioruny, jak jakieś oszalałe demony! Orgia rubinowej czerwieni i oślepiającej żółci! Piękne widowisko, gdyby nie tak piekielnie przerażające! Nadciągały, jak szereg gigantycznych żołnierzy. Pierwsza – trzysta metrów od prywatnych posiadłości. Głuchy pogłos, nagły błysk – wulkaniczny wybuch ognia i popiołu. Ziemia zadrżała pod pędzącym ambulansem. Następna, dwieście pięćdziesiąt metrów dalej. Cisnęła ogniem w drzewa i uniosła ziemię ponad dachy. Dwieście metrów – następna. Kula ognia wzniosła się nad kamienne mury, wyżej niż domy. Za każdym razem ziemia drżała coraz mocniej, coraz bliżej. Dom na prawo, trochę oddalony od drogi, jakby podskoczył z fundamentów. Wiedziałem, gdzie spadnie następna bomba. Trafi dokładnie w ten dom! I co wtedy?

I miałem rację – prawie. Przez ułamek sekundy widziałem szkielet budynku podświetlony od tyłu. Światło tak jasne, jakby przenikało kamienie. Na dole, w oknie, stała postać z rozpostartymi ramionami, wymachiwała rękami w szalonym gniewie. Kiedy zgasł błysk wybuchu i opadła dymiąca ziemia, uderzyła następna bomba.

Wtedy nastąpiło piekło. Dach ambulansu został zmiażdżony, podmuch wyrzucił drzwi wśród dymu i ognia. Droga uniosła się w górę i w dół – jak raniony wąż. Wyrzuciła kostki bruku w szyby, wtedy... wszystko zaczęło wirować, wszystko płonęło!

Ambulans uniósł się jak zabawka w dłoni szalonego dziecka. Zatoczył się, opadł na pobocze. Płonął. Straciłem przytomność na chwilę, może tylko byłem w szoku. Gdy doszedłem do siebie, odczołgałem się od płonącego pojazdu. Kilka sekund później, kilka sekund i... BUM!

Nie znałem nawet imienia mojego towarzysza z ambulansu. Nawet, jeżeli znałem, to i tak nie mógłbym zapamiętać. Poznałem go tej nocy i pożegnałem. Miał haczykowaty nos, to jedyne, co mogę o nim powiedzieć. Nigdy więcej go nie widziałem...

Bomby sypały się z nieba nieustannie. Cały się trząsłem, nie mogłem dojść do siebie. Byłem bezbronny. Wie pan, jak czuje się człowiek, kiedy kogoś bliskiego przed momentem stracił, nawet, jeżeli go nie znał...

Spojrzałem na dom, który został trafiony wcześniej, nim bomba uderzyła w drogę przede mną. Ku mojemu zaskoczeniu – ktoś stał w oknie, jeżeli można było to jeszcze nazwać oknem. Pokój na dole wypełniał już ogień.

To wtedy zobaczyłem tę rozgniewaną postać wymachującą szaleńczo rękami. Skoro widziałem jeszcze ten pokój, czy nie mogłem dostrzec też jego? Pobiegłem tam. Już jedna bomba trafiła w dom, więc było mało prawdopodobne, że spadnie tam druga. W szoku nie zwróciłem uwagi na to, że dom płonął i że jego blask może przyciągnąć następne samoloty.

Wszedłem przez zniszczone okno. W pomieszczeniu, które kiedyś zapewne było biblioteką, znalazłem zmasakrowane ciało tego rozgniewanego człowieka – to, co z niego pozostało. To, co powinno po nim zostać – ciało. Ten jego stan... powinien był umrzeć. Ale on był nieumarły.

Dragosani, nie wiem, ile pan wie o Wampyrach. Jeżeli wie pan wystarczająco dużo, to dalsza część opowieści nie powinna pana zaskoczyć. Ja wówczas nic nie wiedziałem, i to, czego doświadczyłem, było dla mnie przerażające. Nie jest pan pierwszym, który słyszy tę historię. Opowiadałem ją potem – czy raczej paplałem – kilka razy. Z upływem czasu coraz bardziej niechętnie. Wiedziałem, że spotka się to ze sceptycyzmem albo zupełną niewiarą. Cała ta przygoda była bodźcem, szokiem, który spowodował moje poszukiwania, badania. Stała się moją obsesją. To moje najbardziej znaczące wspomnienie. Przez kilka lat bardzo ograniczyłem grono słuchaczy, ale nadal muszę o tym opowiadać. Prawdę powiedziawszy – pan, Dragosani – będzie pierwszą osobą od siedmiu lat. Ostatnim był Amerykanin, który chciał to opublikować jako „prawdziwą historię” i musiałem mu grozić rewolwerem, żeby zmienił zdanie. Z oczywistych powodów nie chcę, by zrobiło się o tym zbyt głośno. Nie chcę zwracać na siebie uwagi.

Widzę, że się pan niecierpliwi, opowiadam więc dalej.

Z początku nic nie widziałem w pokoju. Tylko szczątki, ogromne zniszczenie. Nie spodziewałem się wiele zobaczyć. Nic żywego, w każdym razie. Sufit pochylił się na jedną stronę. Ściana była naruszona i przechylona, w każdej chwili mogła runąć. Półki leżały dookoła w bezładzie, tomy rozrzucone.

Niektóre paliły się. Gryzący dym, płomienie i chaos. Swąd bomby. Wtedy usłyszałem jęk.

Dragosani, są jęki i jęki. Jęki ludzi wyczerpanych do cna, jęki rodzących kobiet, jęki umierających. Ale są też jęki nieumarłych! Nic wtedy o tym nie wiedziałem. Były to dla mnie odgłosy agonii, ale jakiej agonii – jakiej wieczności bólu... Dochodziły zza starego, przewróconego biurka blisko okien. Przedarłem się przez gruzy, dotarłem do biurka, postawiłem je na nogi – odsunąłem od naruszonej ściany. Tam, między regałami i ciężką belką leżał człowiek. Według wszelkich zewnętrznych oznak był to człowiek, zresztą, dlaczego miałem myśleć inaczej? Niech pan sam osądzi, ja póki co będę go nazywał „człowiekiem"...

Imponujące oblicze. Byłby przystojny, ale jego twarz wykrzywiała agonia. Wysoki, potężny mężczyzna. I silny. O Boże, jaki on musiał być silny – tak właśnie pomyślałem, kiedy zobaczyłem jego obrażenia. Żaden człowiek nie przeżyłby takich ran, a jeżeli by przeżył, to na pewno nie byłby zwykłym człowiekiem.

Konstrukcja sufitu oparta była na starych, drewnianych belkach. W miejscu, gdzie się załamały, wielka drzazga wiekowej sosny przebiła pierś tego nieszczęśnika na wylot. Przyszpiliła go do podłogi niczym chrząszcza w kolekcji. To powinno go zabić, ale nie... To zresztą nie wszystko.

Wie pan jakie rzeczy może spowodować siła wybuchu. Ubranie tego człowieka było całkowicie poszarpane, nie tylko zresztą ubranie. Ciało było niemal rozerwane na dwie części. Wnętrzności pulsowały w otwartym brzuchu. Wnętrzności, jakich nigdy nie widziałem – to nie były wnętrzności normalnego człowieka.

Co? Widzę, że chce pan o coś zapytać. O czym mówię? Proszę zapytać siebie. Wnętrzności to wnętrzności, flaki to flaki! Śluzowate rurki, pozwijane tuby, dymiące przewody. Dziwne kształty – czerwone, żółte, purpurowe kawały mięsa. Dziwnie pozawijane jelita i skręcone, parujące pęcherze. O tak, to wszystko było we wnętrzu! I coś jeszcze!

Dragosani słuchał w napięciu, ledwo oddychał... Słuchał z najwyższą uwagą, ale nie okazywał emocji czy przerażenia.

– Pan widzę sam jest dość odporny, mój przyjacielu – Giresci zauważył obojętność gościa. – Wielu zbladłoby, nawet zwymiotowało, wysłuchując tej opowieści. Ale to jeszcze nie koniec, zobaczy pan, co będzie dalej...

Powiedziałem, że dojrzałem coś we wnętrzu ciała tego człowieka. Rzeczywiście! Przez chwilę mignęło mi to... Myślałem, że wzrok mnie zawodzi. Zresztą – zobaczyliśmy się nawzajem jednocześnie. Wtedy to coś zaczęło się kurczyć i znikać wśród wnętrzności. A może... po prostu, wyobraźnia podsunęła mi ten obraz. Wtedy pomyślałem, że dojrzałem coś, jakby dużą ośmiornicę o wielu ruchliwych mackach wychodzących z okolicy serca. To było jak wielki, żywy, poruszający się guz!

Pojawiało się i znikało. Może po prostu wyobrażałem to sobie. Ale, fakt, że ten człowiek wciąż żył, nie był wymysłem! Jakiś cudowny zbieg okoliczności ocalił go. Nie trzeba też było wielkiej wyobraźni, aby wiedzieć, że ma przed sobą zaledwie kilka minut, o ile nie sekund życia. Praktycznie było już po nim.

Ranny, mimo bólu, był przytomny. Proszę pomyśleć – przytomny! Niech pan sobie wyobrazi, jeżeli pan potrafi, jak musiał cierpieć! Gdy przemówił do mnie, prawie zemdlałem. A on jeszcze myślał, układał poprawnie zdania. Jeszcze kontrolował samego siebie. Jego jabłko Adama zadrgało i usłyszałem niewyraźny szept: „Wyciągnij to, wyciągnij to ze mnie. Ostrze belki! Wyciągnij je z mego ciała".

Doszedłem do siebie, zdjąłem marynarkę i przykryłem nią odsłonięte wnętrzności. Chwyciłem belkę.

„To nie ma sensu – powiedziałem mu, zaciskając zęby. – To cię zabije na miejscu. Jeśli to wyjmę, umrzesz od razu. Mówię szczerze, nie mogę".

„Spróbuj mimo wszystko" – westchnął.

Spróbowałem. Niemożliwe! Trzech ludzi nie dałoby rady. Dosłownie: przebiło go na wylot, do podłogi. Poruszyłem lekko belką i wtedy spadły kawały sufitu, ściana niebezpiecznie zadrżała. Co gorsza, krew wypłynęła z zagłębienia piersi, tam, gdzie przekłuła go belka.

Wtedy ryknął i wytrzeszczył oczy, zamarłem ze strachu. Jego ciało zaczęło drżeć pod marynarką, jakby przeszył go elektryczny prąd. Stopy waliły o podłogę w nagłym paroksyzmie bólu. Ale czy pan uwierzy? W tej boleści, jego drżące ręce objęły pal. Starał się dodać swoją siłę do mojej, kiedy próbowałem go uwolnić.

Próżny wysiłek. Obaj o tym wiedzieliśmy. Powiedziałem: „Nawet, gdy zdołam to wyciągnąć, cały sufit zawali się na ciebie. Posłuchaj, mam ze sobą chloroform. Mogę cię tym uśpić, nie będziesz czuł bólu. Uczciwie ci powiem, że już nigdy się nie obudzisz".

„Nie, nie, żadnych prochów – sapnął natychmiast. – Jestem... odporny na chloroform. Nie mogę stracić przytomności. Sprowadź pomoc, ludzi. Idź, szybko!"

„Nie ma nikogo! – zaprzeczyłem. – A jeśli są tu ludzie, to ratują swoje życie, swoje rodziny, dobytek. Cała dzielnica przypomina piekło". Kiedy to powiedziałem, usłyszałem daleki pomruk bombowców i odgłosy wybuchów.

„Nie – naciskał. – Możesz to zrobić. Wiem, że potrafisz. Znajdziesz pomoc i wrócisz. Zapłacę ci sowicie. Nie umrę – wytrzymam. Jesteś... jesteś moją jedyną szansą. Nie możesz mi odmówić". Był zdesperowany, to zrozumiałe.

I teraz ja doświadczałem agonii, całkowitej bezsilności, zupełnej niemożności. Ten odważny, silny człowiek miał umrzeć. Wiedziałem, że nie znajdę nikogo, że wszystko było skończone.

Podążył za moim wzrokiem, ujrzał płomienie liżące okienne parapety. Dym gęstniał, książki płonęły. Ogień przerzucał się na powalone półki i meble. Dym sączył się z nadwątlonego sufitu. Ściana obsunęła się i tuman gipsowego pyłu wypełnił powietrze.

„Spło... spłonę" – westchnął. Przez chwilę jeszcze w jego szeroko otwartych oczach błyszczał strach, a potem pojawiła się w nich spokojna rezygnacja. „Sko... skończone".

Próbowałem wziąć go za rękę, ale odepchnął mnie. Powiedział jeszcze raz: „Skończone. Po tylu długich wiekach".

„Nie miałeś szans – mówiłem. – Twoje rany... Na pewno wiesz". Starałem się ułatwić mu umieranie. „Twój ból jest tak wielki! Przekroczyłeś już jego próg... Teraz już nic nie będziesz czuł".

Wtedy spojrzał na mnie i dostrzegłem szyderstwo w jego oczach. „Moje rany, mój ból?" – powtarzał. Zaśmiał się gorzko, pełen jadu i pogardy. – „Kiedy nosiłem szyszak Smoka, kopia przebiła moją przyłbicę, złamała grzbiet nosa, przeszła na wylot, przebijając mi czaszkę. To był ból! Ból, bo część prawdziwego MNIE została zraniona. Silistria – pobiliśmy tam Ottomanów. Tak, znam ból, przyjacielu. Znamy się dobrze – ból i ja! W 1294 roku dołączyłem do Czwartej Krucjaty w Zara jako najemnik. Spalono mnie za okrucieństwo i to w chwili naszych największych triumfów! Ale czyż się nie odpłaciłem? Przez trzy długie dni łupiliśmy, gwałciliśmy, wycinaliśmy w pień. W agonii, na poły strawiony ogniem, prawie do samego MOJEGO serca, byłem siepaczem wszechczasów. Ludzkie ciało spaliło się, ale ciało Wampyra żyło. A teraz leżę przykuty, unieruchomiony. Płomienie dojdą do mnie i dokończą dzieła. Ogień Greków w końcu zgasł, a ten na pewno nie zgaśnie. Ludzki ból, ludzka agonia – nie znam ich i nie obchodzą mnie. Ale ból Wampyra? Przybity, w płomieniach, rozdzierany w ogniu – warstwa za warstwą. Nie! Tak na pewno nie będzie..."

To były jego słowa. Tak je zapamiętałem. Myślałem, że majaczy. Może był historykiem? Wykształcony człowiek, z pewnością. Płomienie zbliżały się, było gorąco – nie do zniesienia. Nie mogłem tam dłużej zostać – nie mogłem też go opuścić, dopóki był przytomny. Wyjąłem mały gazik i buteleczkę z chloroformem i...

Dojrzał moje zamiary, wytrącił otwartą buteleczkę z rąk. Zawartość wylała się i po chwili zniknęła w ogniu. „Głupcze! – syknął. – Zabiłbyś tylko ludzką powłokę".

Czułem gorąco, języki ognia lizały belkę. Ledwo mogłem oddychać. „Dlaczego nie umierasz? – krzyknąłem wtedy, nie mogłem się od niego oderwać. – Na Boga, umieraj!"

„Bóg? Nie dla mnie, nawet, jeżeli kiedyś wierzyłem. Nie ma dla mnie miejsca w twoim niebie, mój przyjacielu" – odpowiedział.

Na podłodze, wśród szczątków leżał nóż. Niezwykle ostry. Chwyciłem i zbliżyłem się do leżącego. Mierzyłem w gardło. Jakby czytał w moich myślach.

„Nie wystarczy – powiedział. – Cała głowa".

„Co? – zapytałem. – „Co mówisz?"

„Podejdź!"

Musiałem go posłuchać. Pochyliłem się nad nim, wyciągnąłem nóż. Wziął go ode mnie, odrzucił daleko. „Zrobimy inaczej, na mój sposób – powiedział. – Jedyny pewny".

Jego oczy były... jak magnes! Nie mogłem się ruszyć. Gdyby nic więcej nie powiedział, zostałbym tam i wraz z nim spłonął. Wiedziałem o tym wtedy, a teraz tym bardziej. Zmiażdżony, przygwożdżony, rozpruty, wciąż miał moc! „Idź do kuchni – zarządził. – Tasak. Duży. Przynieś. Idź już".

Jego słowa poruszały moimi członkami, a jego umysł rządził moim umysłem. Przedarłem się do kuchni przez dym i płomienie. Wróciłem. Pokazałem tasak. Pokiwał głową z zadowoleniem. Pokój był już cały w płomieniach, moje ubranie zaczęło dymić, włosy miałem osmolone i poskręcane.

„Twoja nagroda" – powiedział.

„Nie chcę nagrody".

„Ale ja chcę, byś ją miał. Chcę, byś wiedział, kogo zabiłeś. Rozerwij moją koszulę na szyi".

Wykonałem polecenie. Przez moment miałem wrażenie, że coś, ale nie język, poruszyło się w jego ustach. Jego oddech był nieprawdopodobnie cuchnący! Odwróciłbym głowę, ale jego oczy wciąż mnie przykuwały. Wokół szyi miał złoty łańcuch z ciężkim medalionem. Odpiąłem go i włożyłem do kieszeni.

„Masz – westchnął. – Pełna zapłata. Teraz kończ".

Uniosłem tasak drżącą ręką, ale...

„Czekaj! – zawołał. – Posłuchaj, kusi mnie, żeby cię zabić. To jest instynkt samozachowawczy, silny u Wampyrów. Wiem, że na to za późno. Śmierć, którą mi zadasz, będzie czysta i miłosierna. Płomienie są powolne i bezlitosne. Mogę cię uderzyć, zanim ty to zrobisz, nawet w chwili, gdy zadasz cios. A wtedy obydwaj umrzemy straszliwie... uderz, gdy zamknę oczy. Uderz mocno i uciekaj! Uderz i odskocz daleko! Rozumiesz?"

Kiwnąłem głową.

Zamknął oczy.

Uderzyłem!

W jednej chwili proste, błyszczące ostrze dotknęło jego szyi. Zanim odciąłem głowę, otworzył oczy. Ostrzegał mnie. Uskoczyłem, gdy głowa odpadła, potoczyła się i zatrzymała wśród płonących książek. Ale na Boga, przysięgam, że jakkolwiek nie toczyłaby się ta głowa, oczy wciąż patrzyły na mnie pełne oskarżenia! I ten rozszczepiony język jak u węża, liżący wargi, przechodzący od jaskrawej czerwieni do trupiej bladości!

Najgorsze było to, że cała głowa potwornie się zmieniła. Skóra skurczyła się na czaszce, kości wydłużyły się jak u wielkiego psa albo wilka. Przenikliwe, ciemne oczy, stały się krwistopurpurowe. Zęby opadły na dolną wargę, uwięziły język między wielkimi, ostrymi jak igły kłami.

To prawda! Widziałem to przez krótką chwilę, zanim głowa zaczęła się błyskawicznie deformować. Ogarnęło mnie przerażenie. Potykając się, uciekłem od wpatrzonej we mnie, obcej, trawionej ogniem głowy. Uciekałem od bezgłowego tułowia... W którym teraz zaczął się najstraszniejszy ruch! O Boże!

Pamięta pan, przyłożyłem marynarkę do odkrytych wnętrzności. Niewidzialna siła rozerwała ją i rzuciła w dwóch płatach pod sufit. A potem, drgająca, dzika, oślizgła macka – obrzydliwe cielsko wypełzło z brzucha. Miotała się, szarpała w potwornym bólu, szukając czegoś.

Sunęła po podłodze, dokładnie sprawdzając płonący pokój. Wskoczyłem na krzesło i przykucnąłem na nim, przykuty strachem. Widziałem, jak gniją resztki korpusu, sypią się kości – pozostał tylko pył. Macka stała się ociężała, wróciła do miejsca, gdzie jeszcze przed chwilą leżało ciało, do prochu, do pyłu...

Wszystko, rozumie pan, działo się w przeciągu kilku sekund. Szybciej niż można opowiedzieć. Nawet wtedy nie mógłbym przysiąc, że to, co widzę, dzieje się naprawdę. Jedynie wierzyłem, że to widzę.

Sufit zaczął się obsuwać. Pośpieszyłem do wyjścia. Cały pokój płonął. Niech mnie pan nie pyta, jak się stamtąd wydostałem na zewnątrz, co się jeszcze działo tej nocy, to uszło z mojej pamięci. Usłyszałem jeszcze, jakby z otchłani piekielnych. długi jęk agonii. Żałosny, okropny i złowieszczy. Jęk jakiego, mam nadzieję, już więcej nie usłyszę.

Wtedy...

Znów posypały się bomby. Nic więcej nie pamiętam. Przytomność odzyskałem w szpitalu. Straciłem nogę i jak mi później powiedzieli, częściowo postradałem rozum na skutek nerwicy wojennej. Nie było sensu niczego tłumaczyć, pozwoliłem im pozostać przy swoim. Mój umysł i ciało były ofiarami bombardowania...

Ale pomiędzy rzeczami, które przy mnie znaleziono, było świadectwo, że moja historia jest prawdziwa. Nadal je mam.

ROZDZIAŁ DZIEWIĄTY

Giresci nosił złoty łańcuch. Z lewej kieszeni wyjął zegarek na srebrnym, trochę już zaśniedziałym ze starości łańcuszku, z prawej medalion, o którym wspominał wcześniej. Pokazał je Borysowi. Dragosani wstrzymał oddech, zignorował zegarek, wziął medalion i wpatrywał się w niego. Na jednej stronie widniał stylizowany krzyż heraldyczny, prawdopodobnie znak Zakonu Joannitów z Jeruzalem. Był przekreślony i mocno zamazany jakimś ostrym przedmiotem, a po drugiej stronie...

Nie wiedział dlaczego, ale spodziewał się, co ujrzy. Niemal z uczuciem ulgi zobaczył na drugiej stronie surową, chropowatą płaskorzeźbę, a na niej trójpostać: Diabła, Nietoperza i Smoka. Znał ten motyw aż za dobrze. Wyrzucił z siebie pośpiesznie pytanie, które zaskoczyło nie tylko Giresciego, ale również jego samego:

– Zbadał pan to?

– Trójpostać? Jej heraldyczne znaczenie? Próbowałem. To oczywiście ma znaczenie, ale do tej pory nie udało mi się odkryć jego pochodzenia. Mogę powiedzieć o symbolice Smoka i Nietoperza w lokalnej mitologii, ale co do motywu Diabła – to raczej... ciemna sprawa. Dobrze wiem, że może nieco przesadziłem i za dużo staram się wywnioskować na podstawie jednej osobistej rzeczy, o której tak naprawdę niewiele albo nic nie da się...

– Nie – przerwał niecierpliwie Dragosani. – Nie to miałem na myśli. Znam dobrze ten motyw. Co z człowiekiem, czy też stworzeniem, który dał panu ten medalion? Zdołał pan wyśledzić jego losy? – Mówiąc to wpatrywał się w Giresciego i zastanawiał się, co spowodowało, że w ogóle zadał to pytanie. Słowa wylatywały z ust niemal mimowolnie, jakby ktoś inny układał je w zdania, jakby były tam od dawna, a ktoś tylko uruchomił spust.

Giresci pokiwał głową. Odebrał mu zegarek i medalion.

– To ciekawe, wiem – powiedział. – Po takich przeżyciach powinienem trzymać się z daleka od tego, prawda? Kto by pomyślał, że przez długie lata będę prowadził poszukiwania i badania. Tak się jednak stało! Na początku zająłem się nazwiskiem, rodziną i pochodzeniem tego stworzenia, które zabiłem tamtej nocy. Jego imię brzmiało: Faethor Ferenczy.

– Ferenczy? – powtórzył Dragosani, jakby delektował się słowem. Pochylił się do przodu, nacisnął palcami stół. To imię coś mu mówiło, czuł to. Ale co? – A co z jego rodziną?

– Co? – Giresci był wyraźnie czymś zaskoczony. – Nie uważa pan, że to wyjątkowe imię? Nazwisko dość pospolite, węgierskie. Ale Faethor?

– Co takiego?

Giresci wzruszył ramionami.

– Spotkałem się z podobnym w przypadku księcia z Białej Chorwacji, z IX wieku. Jego nazwisko brzmiało Ferrenzing.

Ferenczy, Ferrenzing, pomyślał Dragosani. Jeden i ten sam. Zawahał się – zastanawiające, dlaczego doszedł do takiego wniosku. Zdał sobie sprawę, że wcale nie „doszedł do wniosku", lecz faktycznie o tym wiedział – o podwójnej tożsamości Wampyrów. Podwójna tożsamość? Z pewnością był to zbyt pospieszny osąd. „To nazwiska musiały być takie same, a nie ludzie, albo człowiek, którzy je nosili" – pomyślał. A może to jednak znaczyło coś więcej nawet, jeżeli to szalona myśl? A jeśli tych dwóch, jeden – książę białochorwacki z dziewiątego wieku, a drugi – współczesny rumuński właściciel ziemski, to jedna i ta sama osoba? Dragosani dowiedział się od tego czegoś w ziemi, że idea długowieczności Wampyrów i nieumarłych wcale nie jest absurdalna.

– Czego jeszcze dowiedział się pan o nim? – przerwał w końcu ciszę. – O jego rodzinie? O tych, co przeżyli? O jego pochodzeniu? Coś więcej poza tym związkiem z Chorwacją?

Giresci zmarszczył brwi i podrapał się po głowie.

– Rozmawiać z panem – wymamrotał. – To trochę niewdzięczne i frustrujące zajęcie. Mam ciągle wrażenie, że zna pan wszystkie odpowiedzi. Może nawet wie pan więcej niż ja, jakby chciał pan tylko ode mnie potwierdzenia swoich przekonań... W każdym razie, o ile wiem, Faethor Ferenczy był ostatnim z rodu. Nikt go nie przeżył.

– Myli się pan! – wyrzucił z siebie Dragosani, po czym szybko ugryzł się w język i zmieniając ton, dodał: – Mam na myśli... nie może być pan tego pewny.

Giresci był zaskoczony.

– Znów wie pan więcej niż ja, co? – Pił whisky wolno, ale wydawało się, że jest już lekko pijany. Zanim zaczął, nalał jeszcze raz. – Powiem panu dokładnie, czego dowiedziałem się o tym Ferenczym, dobrze?

Wojna już się skończyła, gdy zacząłem badania. Na życie nie mogłem się uskarżać. Miałem tutaj dom, „wynagrodzono" mi stratę nogi. To, plus renta inwalidzka pozwalało mi przeżyć, dawałem sobie radę. Żadnych luksusów, ale nie głodowałem i nie musiałem się martwić o dach nad głową. Moja żona też była ofiarą wojny. Nie mieliśmy rodziny, gdy odeszła, nie ożeniłem się powtórnie.

Dlaczego zająłem się legendą Wampyrów? Przypuszczam, że głównie dlatego, iż nie miałem nic innego do roboty, czy raczej nic innego nie chciałem robić. A to przyciągało mnie jak magnes...

Dobrze, nie będę pana zanudzać. Chciałem te rzeczy wyjaśnić, aby miał pan pełny obraz. Jak już pan wie, zacząłem badania od Faethora Ferenczyego. Wróciłem do miejsca, gdzie to się stało, rozmawiałem z ludźmi, którzy mogli go znać. Okolica była niemal całkowicie zniszczona, ale kilka domów się ostało. Dom Ferenczyego był natomiast jedną wielką wypaloną jamą, szkieletem, bez żadnego śladu po dawnych mieszkańcach.

Dowiedziałem się o jego nazwisku z kilku źródeł: z poczty, z Rejestru Ziem i Własności, z list zaginionych i zabitych, z raportów wojennych, etc. Ale poza tym, nikt nie znał go osobiście. Wtedy odnalazłem kobietę, która mieszkała w tej dzielnicy, wdowę Luorni. Jakieś piętnaście lat przed wojną pracowała u Ferenczyego. Sprzątała, chodziła tam dwa razy w tygodniu. Robiła to może dziesięć lat, czy więcej, dopóki nie zniechęciła się do tej pracy. Nie potrafiła powiedzieć dlaczego, ale odniosłem wrażenie, że chodziło właśnie o Ferenczyego. Nie mogła dłużej tego znieść. W każdym razie, nigdy nie wymówiła jego imienia, nie przeżegnawszy się uprzednio. Mimo wszystko, dowiedziałem się paru interesujących szczegółów... Postaram się je pokrótce opowiedzieć.

W domu nie było luster. Wiem, że nie muszę panu wyjaśniać znaczenia tego faktu.

Wdowa Luorni nigdy nie widziała swojego pracodawcy na zewnątrz w świetle dnia. Wychodził jedynie dwa razy dziennie, zawsze wieczorem, do ogrodu.

Nie przygotowywała mu nigdy posiłków i nigdy nie widziała, żeby coś jadł. Ani razu. Miał kuchnię, to prawda, ale nie korzystał z niej, a jeśli nawet, to sprzątał ją sam.

Nie miał żony, rodziny, przyjaciół. Poczta przychodziła rzadko. Wyjeżdżał z domu na całe dnie. Nigdzie nie pracował, a zawsze miał pieniądze. Mnóstwo pieniędzy. Sprawdzałem w banku, ale niczego nie odkryłem, żadnego konta na jego nazwisko. Krótko mówiąc, Faethor Ferenczy był bardzo dziwnym, bardzo tajemniczym samotnikiem...

Ale to nie wszystko, jeszcze nie. Reszta jest jeszcze dziwniejsza. Pewnego ranka, kiedy przyszła sprzątać, natknęła się na miejscową policję. Trzej bracia – znany gang włamywaczy, grasujący w okolicach Moreni – szajka, którą policja tropiła latami, została ujęta w tym domu. Widocznie włamywali się do mieszkania we wczesnych godzinach rannych. Myśleli, że dom jest pusty – rzeczywiście duży błąd!

Zgodnie z tym, co później zeznali na posterunku, Faethor właśnie zaciągał jednego z nich do piwnicy, gdy przeszkodził mu odgłos jeźdźców na zewnątrz. Jak może pan wie, w tamtych czasach policja ciągle używała koni. I tym razem to była policja. Ktoś im doniósł o obecności braciszków w okolicy. Lecz nigdy jeszcze przestępcy tak się nie cieszyli z widoku policji.

To były twarde bandziory, ale nie mieli najmniejszych szans z Faethorem Ferenczym. Każdy miał złamaną lewą nogę i prawą rękę. Niech pan pomyśli o jego sile, Dragosani! Policja była wdzięczna, że przyczynił się do ich ujęcia, więc nie wchodziła w szczegóły. W końcu bronił swego życia i mienia. Była tam, kiedy zabierano braci, kilka godzin później. Gdy ich zobaczyła, zrozumiała, że jej pracodawca pozbawił ich radości życia na resztę dni...

W każdym razie, jak powiedziałem, Ferenczy ciągnął ich do piwnicy. W jakim celu? By ich zatrzymać, dopóki nie nadejdzie pomoc? Możliwe...

– A może, żeby ich przechować, niczym mięso w spiżarni, dopóki nie będzie ich... potrzebował, co? – wtrącił Dragosani.

Giresci kiwnął głową.

– Dokładnie! W każdym razie, wkrótce potem, wdowa przestała tam pracować.

– Hmm? – wymamrotał Borys. – Zaskakujące, że pozwolił jej odejść. Wiedział chyba, że coś podejrzewała. Sam pan powiedział, że nie mogła sobie z tym poradzić, że nie mogła tego więcej znieść. Nie bał się, że może o nim plotkować?

– Ach! – odrzekł Giresci. – O czymś pan zapomniał, Dragosani. Pamięta pan sposób, w jaki panował nade mną? Tej nocy kiedy zmarł?

– Hipnoza – powiedział od razu nekromanta.

Giresci uśmiechnął się ponuro.

– To umiejętność Wampyrów, jedna z wielu. Po prostu, rozkazał jej, że dopóki żyje, ma milczeć. Dopóki żył, wdowa siedziała cicho. Za jego życia nie pamiętała o niczym.

– Rozumiem – powiedział Dragosani.

– Jego siła była tak potężna – kontynuował gospodarz – że doprawdy zapomniała, aż do chwili, gdy zacząłem ją wypytywać po latach. Wtedy, oczywiście, Faethor już nie żył.

Sposób bycia Giresciego zaczął irytować Borysa. To jego poczucie samozadowolenia, bystrości, wysokie mniemanie o swoich zdolnościach detektywistycznych.

– Ale to wszystko przypuszczenia, oczywiście – powiedział. – Nie wie pan tego na pewno.

– Ależ wiem – odpowiedział natychmiast gospodarz. – Wiem od samej wdowy. Proszę mnie źle nie zrozumieć, nie twierdzę, że się po prostu wygadała. To nie była zwykła pogawędka. Wprost przeciwnie. Siedziałem, pytałem o niego bezustannie, dopóki nie dokopałem się do wszystkiego. Zmarł i jego moc odeszła, ale coś wokół jeszcze się czuło, rozumie pan?

Dragosani zamyślił się, zmrużył oczy. Nagle poczuł się zaskakująco zagrożony przez tego człowieka. Był dalece za mądry... ten Ladislau Giresci. Zaczął się na niego wściekać. Nie mógł zrozumieć własnych emocji. Czuł się tu zamknięty, jakby miał napad klaustrofobii. Tak, to pewnie to. Wzdrygnął się, usiadł prosto, próbował się skoncentrować.

– Zapewne ta wdowa już nie żyje? – zapytał.

– Tak, umarła wiele lat temu.

– Więc tylko pan i ja wiemy cokolwiek o Faethorze Ferenczym?

Giresci spojrzał przenikliwie na młodego gościa. Głos Dragosaniego brzmiał jak złowieszczy pomruk. Coś było z nim nie w porządku. Tak szybko zamrugał oczami.

– Zgadza się – odpowiedział Giresci, marszcząc brwi. – Nie mówiłem nikomu, nie przypominam sobie, o ile dobrze pamiętam. Nie było sensu, bo kto by uwierzył? Dobrze się pan czuje, przyjacielu? Wszystko w porządku? Coś panu przeszkadza?

– Ja? – pochylił się do przodu, jakby Giresci go przyciągał. Usilnie próbował wyprostować się na krześle. – Nie, nic mi nie przeszkadza. Trochę jestem senny, to wszystko. Może po posiłku. Podał mi pan bardzo dobry obiad. Poza tym mam za sobą długą drogę. Tak, to na pewno to: jestem zmęczony.

– Jest pan pewny?

– Tak, w zupełności. Proszę nie przerywać, Giresci. Proszę opowiadać dalej. O Ferenczym i jego przodkach. O Ferrenzingach. Generalnie o Wampyrach. Proszę mi zdradzić wszystko, co pan wie albo czego się pan domyśla. Wszystko.

– Wszystko? To zabierze więcej niż tydzień!

– Mam tydzień czasu – odrzekł Dragosani.

– Do cholery, myślałem, że jest pan poważny!

– Jestem!

– No dobrze, Dragosani, bez wątpienia miły z pana młody człowiek. Dobrze jest porozmawiać z kimś, kto tak bardzo, autentycznie jest zainteresowany i orientuje się w temacie, ale czy myśli pan, że mógłbym poświęcić na to cały tydzień? W moim wieku czas jest bardzo ważny. A może myśli pan, że jestem długowieczny jak Ferenczy, co?

Gość uśmiechnął się dwuznacznie, już miał powiedzieć: „Możemy porozmawiać tutaj albo w Moskwie", ale w ostatniej chwili powstrzymał się. To nie było konieczne. Nie teraz, w każdym razie. Borowitz mógłby domyślić się, skąd pochodzi jego talent nekromanty.

– Może mi pan więc poświęcić godzinę lub dwie? Skoro już pan o tym wspomniał, zacznijmy od problemu długowieczności Ferenczyego.

– Dobrze – Giresci zaśmiał się. – Zostało jeszcze trochę whisky. – Nalał do szklaneczki, rozluźnił się. Po chwili zastanowienia znów zaczął: – Długowieczność Ferenczyego. Niemal nieśmiertelność Wampyrów. Najpierw powiem, czego jeszcze dowiedziałem się od wdowy Lourni. Kiedy była małą dziewczynką, jej babka mówiła, że pamięta Ferenczyego – mieszkał w tym samym domu. I jej prababka przed nią też! Nic w tym dziwnego – syn następuje po ojcu, prawda? Tu mieszkało wiele bojarskich rodzin, których nazwiska sięgały niepamiętnych czasów. Nadal są tu tacy. Ale w tym domu nigdy nie było kobiet i to jest dziwne. Jak mężczyzna przedłuży istnienie swego rodu, jeśli nie ma żony, co?

– Oczywiście sprawdził pan i to – rzekł Dragosani.

– Tak. Wojna zniszczyła większość dokumentów, ale zbadałem wszystko, co tylko mogłem i z pewnością nigdy nie było tam kobiety. Celibat, co?

Dragosani poczuł się obrażony.

– Celibat? Nie sądzę – powiedział sztywno.

Giresci pokiwał głową. Zdawał sobie doskonale sprawę z gwałtownej natury Wampyrów.

– Oczywiście, że nie – potwierdził. – Wampyry w celibacie? Śmieszne? Pożądanie, to siła, która nimi kieruje – wszechobecna żądza władzy, ciała, krwi!

Proszę posłuchać: w roku 1840 Bela Ferenczy wyprawił się przez góry z wizytą do kuzyna nad północną granicę Austro-Węgier. Ten fakt jest dobrze udokumentowany. Bela jakby umyślnie zadał sobie trud, by rozpowszechniać wiadomość o wyjeździe. Wynajął człowieka do opieki nad domem podczas jego nieobecności. Nie miejscowego, nawiasem mówiąc, ale jakiegoś Cygana. Wynajął powóz, woźnicę na początek trasy, zarezerwował kwatery na przełęczach. Poczynił wszelkie możliwe przygotowania do podróży. Rozgłosił wokół, że jest to wizyta pożegnalna. Postarzał się szybko w ciągu ostatnich dwóch lat, pojechał więc po raz ostatni odwiedzić i pożegnać dalekich krewnych.

Proszę pamiętać, tutaj ciągle była Wołoszczyzna – Mołdawia w tamtym czasie. W Europie huczała rewolucja przemysłowa – wszędzie, tylko nie tutaj. Zawsze byliśmy opóźnieni, żeby nie powiedzieć upośledzeni. Kolej poprzez góry, łącząca Gałacz i Lwów miała dopiero powstać za dziesięć lat. Wiadomości krążyły wolno. Mówię to, by podkreślić, że w tym przypadku komunikacja była dobra, a zapiski przetrwały do dziś.

– Przypadku? – zdziwił się Dragosani. – O jakim przypadku pan mówi?

– O przypadku nagłej śmierci Beli Ferenczyego. Powóz wraz z końmi wpadł w przepaść, zmiotła go lawina! Wiadomość o tym „wypadku" rozeszła się szybko. Cygański nadzorca zabrał zapieczętowany testament do notariusza. Wolę zmarłego wypełniono niezwłocznie. Dom i posiadłości Ferenczych miano przekazać pewnemu „kuzynowi" imieniem Giorg, który podobno zasłużył sobie na dziedzictwo i został już o nim poinformowany.

Dragosani pokiwał głową.

– I oczywiście pojawił się ten Giorg Ferenczy i przejął posiadłość. Był dużo młodszy od Beli, ale rodzinne podobieństwo było zdumiewające.

– Zgadza się! Podąża pan ściśle za moim tokiem rozumowania. Przeżywszy pięćdziesiąt lat, w ciągu których jako człowiek zestarzał się, zdecydował, że pora „umierać" i zrobić miejsce dla następcy.

– A kto nastąpił po Giorgu?

– Faethor, oczywiście – Giresci podrapał się odruchowo po brodzie. – Zastanawiałem się nieraz... – powiedział. – Gdybym go nie zabił w tę noc, gdyby przeżył bombardowanie, jakie byłoby jego następne wcielenie? Czy pojawiłby się po wojnie w nowej skórze, odbudowałby dom i żył, tak jak przedtem? Myślę, że odpowiedź brzmi: prawdopodobnie tak. Wampyry są przywiązane do swojego terytorium.

– Jest pan przekonany, że Bela, Giorg i Faethor to jedna i ta sama osoba?

– Oczywiście. Sam mi opowiedział, jak szalał w bitwie pod Silistrą i Konstantynopolem. Przed Belą byli: Grigor, Karl, Peter i Stefan, i Bóg raczy wiedzieć ilu innych. To był jego rewir, rozumie pan, panował tu krwawo. Panował jak bojarowie. Zachłannie kochał swoją ziemię. Dlatego dołączył do Czwartej Krucjaty, chciał powstrzymać dawnych i przyszłych wrogów z dala od swoich ziem. Swoich ziem, rozumie pan? Nieważne, jaki król, jaki rząd, jaki system jest u władzy – Wampyr uważa swoje tereny za swoją własność. Walczył o swoje ziemskie dziedzictwo, a nie dla nędznej garstki krzykliwych cudzoziemców z Zachodu! Widział pan krzyż rycerzy krucjaty przekreślony na odwrocie medalionu. Gdy go znieważyli, pogardził nimi, opluł ich!

– Tak dokładnie wytropił pan jego korzenie? Do Konstantynopola, to znaczy do roku 1204?

Giresci przekrzywił głowę na bok.

– Jak tam pańska znajomość historii, Dragosani?

– Niezła, jak myślę.

– Wiele nazwisk łączy się z Czwartą Krucjatą, ale trudno znaleźć Ferenczyego czy Ferrenzinga. Ale on tam był – nie ma wątpliwości. Skąd o tym wiem? Cóż, możliwe, że rozmawia pan z czołowym autorytetem od krwawych jatek. Odkryłem fakty pominięte przez innych historyków. Oczywiście miałem przewagę, bo wiedziałem, czego szukam – mój cel był wyraźnie określony. W procesie śledzenia Wampyra zająłem się także wieloma ubocznymi dziedzinami. Człowieku, mógłbym napisać książkę o Czwartej Krucjacie! Od Węgier aż po Konstantynopol! Cóż to musiało być za piekło! Co za bitwa! I to pewne, że w największym wirze walki znalazł się on i jego brutalna horda, którą dowodził. Był tam, kiedy padło miasto. On i zgraja chciwych wojowników szaleli w okolicy. Zarazili tym całą armię. Gwałcili, grabili, wyrzynali w pień przez długie trzy dni...

To papież Innocenty III powołał te krucjatę. Osłupiał, przeraził się na wieść, jaki przybrała obrót. Wymknęła mu się spod kontroli i nie potrafił jej odzyskać. Krzyżowcy przysięgali odbić Ziemię Świętą, ale Innocenty III i jego legat zwolnili ich z przyrzeczenia. Umyli ręce. W tajnych komunikatach papież oświadczył, że miał za mało władzy. Zarządził jednocześnie, że odpowiedzialni za „czyny pełne nieludzkiego okrucieństwa nie mogą zyskać chwały ni nagrody." Ich imiona należy wymazać, zapomnieć, pozbawić czci i szacunku.

Kozła ofiarnego nie trzeba było szukać daleko. Pewien spragniony krwi Wołoch najęty w Zara został obarczony odpowiedzialnością. Z początku krzyżowcy szanowali go – może nawet skrycie mu zazdrościli albo się go obawiali. Teraz poczuł się zdegradowany, pozbawiono go wszelkich zaszczytów. Popadł w niełaskę, jego imię wymazano ze wszystkich kronik. W rewanżu zaczął nimi pogardzać, zbezcześcił znak krucjaty – krzyż w medalionie. Zebrał swoich ludzi i wrócił do domu dumny i srogi, pod proporcem Nietoperza, Diabła i Smoka.

– Załóżmy, że rzeczywiście wszystko to prawda, a przynajmniej opiera się na prawdzie, zgodnie z pańską wiedzą. Jednak nadal pozostaje kilka pytań. – Dragosani zagryzł wargę.

– Jakich?

– Ferenczy był Wampyrem. Wampyr szuka ofiar. Gdy opanuje go głód, zabija bezlitośnie, jak lis duszący kurczęta. A nic o tym nie świadczy. Jak to możliwe, że żył prawie tyle wieków i ani razu nie wzbudził podejrzeń. Pamiętaj, Giresci, krew to życie. Nie odnotowano przypadków wampiryzmu?

– Wokół Ploesti? Nie, ani jednego. Odkąd istnieją zapiski. – Giresci uśmiechnął się i pochylił w stronę gościa. – Gdyby pan był Wampyrem, Dragosani, szukałby pan ofiary tuż za progiem domu?

– Przypuszczam, że nie. Ale gdzie w takim razie?

– Na północy, mój przyjacielu. W samych Karpatach Południowych. W Alpach Transylwanii! Wszystkie historie o Wampyrach mają tam swoje korzenie. Slanic i Sinaia u podnóży, Braszow i Sacele za przełęczą. Żadne z tych miejsc nie leży dalej niż pięćdziesiąt mil od domu Faethora. Wszystkie mają złą sławę.

– Nawet dziś? – Gość udał zdziwienie, ale pamiętał, co powiedziała mu Maura Kinkovsi na ten temat trzy lata temu.

– Legendy trwają, Dragosani. Szczególnie legendy o duchach. Górale nie ryzykują. Zastanawiają się, gdy ktoś umiera młodo i nie da się tej śmierci prosto wytłumaczyć. Ostatni przypadek: dziecko umarło od ukąszenia Wampyra w Slanicy zimą 1943 roku. Pogrzebano je z kołkiem wbitym w serce. W okolicznych wioskach w tym samym roku było takich przypadków jedenaście.

– W 1943, powiadasz?

Giresci przytaknął.

– O tak, widzę, że zaczyna pan łączyć fakty. Zgadza się, na krótko przed śmiercią Faethora. Ta dziewczynka była jego ostatnią zdobyczą, albo ostatnią o której wiemy. Oczywiście, w czasie wojny ofiary były „bardziej" dostępne. Mógł równie dobrze pochwycić wielu, o których nie wiemy. Ludzi, którzy po prostu „zaginęli" podczas nalotów na wioski, a było ich niemało, proszę mi wierzyć – zamilkł. – Chce pan jeszcze o coś zapytać?

– Powiedział pan, że te miasta w górach, pięćdziesiąt mil od Ploesti, to dzika okolica. A jak Ferenczy to robił? Zmieniał się w nietoperza, leciał polować na żerowiska?

– Lud powiada, że Wampyr ma moc nietoperza. Nietoperza, wilka – a gdy chce nawet pchły, pluskwy, pająka. Pyta pan, jak docierał na miejsce mordu? Nie wiem. Mam swoje pomysły... ale żadnych dowodów.

– Jakie pomysły? – zapytał Dragosani. Czekał z niecierpliwością na odpowiedź. Wierzył, że już ją zna – teraz miał się tylko przekonać, na ile bystry jest Giresci. I na ile niebezpieczny... Co? Próbował wyprostować się na krześle. Coś dziwnego działo się z jego tokiem myślenia.

– Wampyr – mówił powoli starzec, ostrożnie formułując myśli – nie jest człowiekiem. Wystarczająco dużo widziałem tej nocy, gdy umierał Ferenczy, by się o tym przekonać. Czym zatem jest? Jest to obca istota, wpółmieszkaniec ludzkiego ciała. W najlepszym przypadku żyje w symbiozie, w najgorszym – jako pasożyt.

– Dokładnie! – wyrwało się Dragosaniemu, ale na szczęście cicho. Czuł się oszołomiony i zmieszany. Wiedział, że Giresci świetnie zna się na Wampyrach – ale jak się dowiedział? Zastanawiał się nad swoim samopoczuciem. Dziwny, zimny dreszcz przeszył jego ciało.

– Czy jest istotą nadprzyrodzoną? Z pewnością musi być. Morduje tyle lat i nigdy nikt go nie wykrył! – Borys usłyszał własny głos.

– Nie jest stworzeniem nadprzyrodzonym – Giresci zaprzeczył ruchem głowy. – Nadludzki, hipnotyczny, magnetyczny, tak. Nie jest nietoperzem, ale jest cichy jak nietoperz. Nie jest wilkiem, a ma zwinność wilka. Nie jest pchłą, a łaknie krwi niczym pchła – monstrualna pchła. To mój pomysł. Pięćdziesiąt mil dla takiego stworzenia? Wieczorny spacerek.

„Wszystko się zgadza" – pomyślał Dragosani.

– Nazwisko Ferenczy. Mówił pan, że jest dość pospolite. Dlaczego, biorąc pod uwagę całe pańskie badania, nie wytropił pan innych Ferenczych? – zapytał głośno. – Powiedział pan, że Wampyr jest przywiązany do swojego terytorium. Ten region należał do Faethora. Ale są przecież jeszcze inne ziemie: kto w takim razie był ich panem?

Gospodarz zdawał się być zaskoczony.

– Przelicytował mnie pan – odpowiedział w końcu. – Trafne spostrzeżenie. Faethor Ferenczy władał despotycznie przez ponad siedemset lat Mołdawią i wschodnią Transylwanią. A co z resztą Rumunii? Czy o to panu chodzi?

– Rumunia, Węgry, Grecja – gdziekolwiek nadal żyją Wampyry.

– „Nadal" żyją? Boże uchowaj!

– Jak pan woli, tam gdzie zwykły żyć – ustąpił Borys. Giresci odsunął się trochę od gościa.

– Zamek Ferenczyego został zniszczony pod koniec lat dwudziestych. Rozsadził go gaz błotny, który zebrał się w podziemiach i lochach. O ile mi wiadomo, ten sam los spotkał właściciela, barona. Nazywał się Janosz Ferenczy. Ale jakiekolwiek dokładniejsze dane? Proszę zapomnieć! Wzmianki o nim zostały dokładniej wymazane niż zapiski o starym Faethorze z Czwartej Krucjaty. Co czyni go dla mnie jeszcze bardziej podejrzanym.

– Słusznie – zgodził się natychmiast Dragosani. – Poszedł do wszystkich diabłów, stary Janosz? Dobrze! A znalazł pan jeszcze inne Wampyry, co Ladislau Giresci? Dobrze, teraz niech mi pan powie: wyśledził pan innych Ferenczych, którzy nie zapłacili za swoje zbrodnie? A co pan powie o Zachodnich Karpatach, powiedzmy, za rzeką Oltul?

– Co? To pan powinien się na tym lepiej znać, Dragosani! – odpowiedział. – Przecież pan się tam urodził. Wie pan tak dużo, jest bystry i tak żywo zainteresowany Wampyrami. Z pewnością coś tam pan wytropił?

– W rzeczy samej! Pięćset lat temu było takie stworzenie na zachodzie – potwierdził Dragosani. – Wyrzynało tysiące Turków i samo zostało ukarane za swój tak zwany „nienaturalny" zapał!

– Nieźle – Giresci uderzył pięścią w stół, nie zauważając zmiany, jaka zaszła w jego gościu. – Ma pan rację. Miał na imię Tibor, był potężnym bojarem, został w końcu pokonany przez Vladów. Miał władzę nad Cyganami, zbyt dużo władzy. Książęta obawiali się go i zazdrościli mu. Prawdopodobnie przypuszczali, że jest Wampyrem. Tylko my, wykształceni, nowocześni ludzie wątpimy w takie rzeczy. Ale ludy prymitywne i barbarzyńcy? Oni wiedzą lepiej.

– Co pan jeszcze o nim wie? – mruknął gość.

– Niewiele. – Oczy starego straciły ostrość, oddech zrobił się ciężki. Giresci łyknął trochę whisky. – To mój następny obiekt dociekań. Wiem, że został stracony...

– Zamordowany! – wtrącił ostro Dragosani.

– Niech będzie – zamordowany. Gdzieś na wschód od rzeki, koło Ionesti. Wbito w niego kołek i pochowano w tajemnym miejscu, ale...

– A czy ścięto mu głowę?

– Co? Nie znalazłem na to dowodu – odrzekł starzec.

– Nie ścięto! – syknął przez zęby przybysz. – Zakuli go w srebrne i żelazne łańcuchy, wbili kołek i zakopali. Ale zostawili głowę. Powinieneś wiedzieć, co to znaczy, Ladislau Giresci. On nie umarł – żyje poza śmiercią. Jest nieumarły! Istnieje!

Giresci poderwał się z krzesła. Poczuł, że coś niedobrego wisi w powietrzu. Skupił wzrok na twarzy Dragosaniego. Zaczął ciężko oddychać i drżeć na całym ciele.

– Trochę tu ciemno – westchnął. – Zbyt blisko... – Drżącą ręką sięgnął do okna. Otworzył. Słońce wlało się natychmiast do środka.

Gość wstał, pochylił się do przodu. Złapał starego za nadgarstek swoimi silnymi stalowymi palcami.

– Obiekt dociekań, głupcze? A gdybyś go znalazł, odkrył grób Wampyra, co wtedy? Stary Faethor pokazał ci, co trzeba zrobić, prawda? Zrobiłbyś to, Ladislau Giresci?

– Co? Oszalał pan? – Giresci próbował się odsunąć, ciągnąc jednocześnie przybysza za sobą ku światłu. Dragosani puścił go od razu, cofnął się do cienia. Promień światła padający na ramię działał jak żrący kwas. Wiedział od razu!

– Tibor – wypluł to słowo niemal z obrzydzeniem. – Ty!

– Człowieku, jesteś chory! – Giresci niezdarnie próbował wstać.

– Ty stary łajdaku, ty diable, ty zapomniana gnido! Posłużyłeś się mną! – Dragosani mówił do siebie. Na dnie jego duszy, na krawędzi jego jaźni, coś śmiało się złowieszczo.

– Potrzebujesz lekarza – wysapał Giresci. – Psychiatry!

Dragosani zignorował go. Teraz wszystko rozumiał. Podszedł do małego stolika, na którym zostawił pistolet, wziął go i włożył do kabury. Miał już wyjść z pokoju, ale zatrzymał się i odwrócił. Przerażony Giresci odsuwał się...

– Za wiele! – bełkotał starzec. – Wiesz o wiele za dużo. Nie wiem, kim jesteś, ale...

– Słuchaj – powiedział Dragosani.

– Nie wiem, czym jesteś, Dragosani, ja...

Dragosani uderzył go w twarz. Z ust pociekła krew, głowa odskoczyła do tyłu.

– Słuchaj, powiedziałem!

Giresci spojrzał na Dragosaniego.

– Ja... ja słucham.

– Dwie sprawy – rzucił Dragosani. – Po pierwsze: nigdy więcej nie powiesz nic nikomu o Faethorze Ferenczym, ani o swoich odkryciach. Po drugie: nigdy więcej nie wspomnisz imienia Tibora Ferenczyego, ani nie będziesz próbował niczego więcej się o nim dowiedzieć. Zrozumiano?

Giresci kiwnął głową. Jego oczy rozszerzyły się jeszcze bardziej.

– Ty...?

Dragosani zaśmiał się.

– Ja? Człowieku, gdybym był Tiborem, już byś nie żył. Nie, ale go znam i wiem, że on zna ciebie!

Odwrócił się ku drzwiom.

– Jeszcze o mnie usłyszysz. Do tego czasu: żegnam. Pamiętaj o tym, co powiedziałem.

Opuszczając dom i idąc ku światłu, Dragosani ściskał mocno zęby. Ale słońce już go nie raniło. Wciąż jednak miał wątpliwości, czy dobrze się będzie czuł w jego promieniach. To nie Dragosani poczuł użądlenie światła w domu Giresciego. To był Tibor, który w tej chwili przejął nad nim kontrolę! Dragosani zdawał sobie z tego sprawę. Wrócił do samochodu. We wnętrzu wołgi było gorąco, ale ciepło nie miało w sobie nic nienaturalnego. Jadąc, otworzył szeroko okno, wpadający wiatr ochłodził szybko wnętrze. Odetchnął głęboko.

Zastanawiał się, co się tak naprawdę wydarzyło. Wiedział, że skoro Tibor może go dosięgnąć, to on może dosięgnąć jego.

– Tak, teraz znam twoje imię, Stary Diable. To byłeś ty, Tiborze, tam, u Giresciego? To ty poruszałeś moim językiem, naprowadzałeś na kolejne pytania?

Przez chwilę nic. Ale tylko przez chwilę.

– *Nie zaprzeczam, Dragosani. Bądź rozsądny: aż tak bardzo nie ukrywałem swojej obecności. Nic złego się nie stało. Byłem właściwie...*

– Sprawdzałeś swoją moc! – wysapał Dragosani. – Chciałeś zapanować nad moim umysłem! Próbowałeś to zrobić przez trzy ostatnie lata i pewnie gdybym był wystarczająco blisko, udałoby ci się! Teraz wszystko rozumiem.

– Co? Oskarżenia? Pamiętaj, Dragosani, to ty do mnie przyszedłeś. Z własnej woli zaprosiłeś mnie do swojego umysłu. Poprosiłeś o pomoc z tą kobietą, a ja ochoczo się zgodziłem.

– Zbyt ochoczo! – powiedział gorzko Borys. – Skrzywdziłem tę dziewczynę, a raczej ty to zrobiłeś przeze mnie. Twoja żądza w moim ciele... Nie mogłem nad tym zapanować, prawie ją zabiłem!

– Podobało ci się – oznajmił sprośny szept.

– Nie, to tobie się podobało! Może sobie na to zasłużyła, ale ja sobie nie zasłużyłem na to, żebyś wkradał się do mojego umysłu, jak złodziej, by kraść moje myśli. Twoja żądza pozostała w moim ciele. Musiałeś wiedzieć, że tak będzie. Moje pozwolenie nie miało być na stałe, Stary Smoku. W każdym razie, mam nauczkę. Nie można ci wierzyć. W żaden sposób. Jesteś zdrajcą.

– Co? Ja – zdrajcą? Jestem twoim ojcem...

– Ojcem kłamstwa!

– Kiedy skłamałem?

– Wiele razy. Byłeś słaby trzy lata temu, a ja przyniosłem ci pokarm. Dałem ci nieco siły. Wypiłeś całą krew świni, a powiedziałeś, że wystarczyła jedynie, by zrosić glebę. Kłamstwo! To cię odświeżyło! Pozwoliło ci sięgnąć do mojego umysłu, nawet po trzech latach! Więcej nie będę cię żywił. Powiedziałeś, że światło dnia zaledwie cię drażni. Znów kłamstwo! Czułem, jak pali. Ile jeszcze kłamstw mi powiedziałeś? Nie, Tiborze, nie robisz nic, co nie przyniosłoby ci ostatecznie korzyści. Domyślałem się tego, ale teraz wiem na pewno!

– I co zrobisz? – Dragosani wyczuł coś jakby strach w głosie Tibora.

– Nic – odpowiedział.

– Nic? – głos odezwał się z ulgą.

– Zupełnie nic. Być może uczyniłem błąd, pragnąc poznać tajemnice Wampyrów. Być może odjadę stąd, może na zawsze i pozwolę, by upływający czas poradził sobie z tobą. Może przez chwilę dałem twoim śmierdzącym kościom trochę życia, ale wieki zabiorą to z powrotem, jestem pewien.

– Dragosani, nie! – odezwał się teraz naprawdę spanikowany głos. – Posłuchaj: nie sprawdzałem swojej mocy, niczego nie *sprawdzałem. Pamiętasz, jak powiedziałem ci, że nie jestem, nie byłem jedyny? Że są inne Wampyry, i że przez wieki czekałem, aż przyjdą i uwolnią mnie? Pamiętasz?*

– Tak, i co z tego?

– *Nie rozumiesz? Gdybyś był na moim miejscu, potrafiłbyś się oprzeć? Dzięki tobie mogłem się dowiedzieć, co się z nimi stało. Stary Faethor, który był moim ojcem, nareszcie martwy! I Janosz, mój brat, który mnie nienawidził, zginął od gazów w lochach. Nie żyją obydwaj i ja jedyny się z tego cieszę! Co? Czyż nie zostawili mnie, bym zgnił tutaj na pół tysiąclecia? Na pewno słyszeli, jak ich wołałem przez te wszystkie straszne noce, czy przyszli mnie uwolnić? Ladislau Giresci chce być poszukiwaczem Wampyrów? Mógłbym mu pokazać, gdzie ich szukać, tych, którzy zostawili mnie na pastwę robactwa. Ach, gdybym mógł stąd powstać! Odeszli, a wraz z nimi moja zemsta...*

Dragosani uśmiechnął się.

– Nie potrafię tylko odpowiedzieć sobie na pytanie, dlaczego cię zostawili własnemu losowi? Twój własny ojciec, na przykład, Faethor Ferenczy, któż znał cię lepiej niż on? Dlaczego twój brat, Janosz, nienawidził cię? Co takiego jest w tobie, Tibor? Czarna owca pośród Wampyrów! Kto słyszał o czymś takim? Ale czemu nie? Sam wspominałeś o swoich ekscesach. Ja coś o nich wiem. Przeszkadzają ci rzeczy, które uczyniłeś? Czy Wampyry nie mają świadomości?

– *Robisz z igły widły, Dragosani.*

– Czyżby? Nie sądzę. Dopiero teraz zaczynam czegoś dowiadywać się naprawdę o tobie, Tibor. Kiedy nie kłamiesz, to unikasz prawdy. Taki już jesteś i nie potrafisz być inny.

– *Łatwo ci mnie obrażać, bo wiesz, że nie mogę cię dosięgnąć! Jak unikałem prawdy?*

– Jak? Czy nie powiedziałeś, że „dałem" ci możliwość sprawdzenia, co się stało z twoją rodziną? A rzeczywiście sam o to zadbałeś. Wizyta w bibliotece nie była moim zamiarem. Kto włożył tę myśl w moją głowę? A kiedy dowiedziałem się o Ladislau Giresci, musiałem pójść i zobaczyć go, prawda?

– *Posłuchaj, Dragosani...*

– Nie, to ty posłuchaj. Posłużyłeś się mną. Posłużyłeś się mną, jak Wampyry posługiwały się swoimi wasalami z ludowych opowieści, tak jak ty posługiwałeś się Cyganami pięćset lat temu. Ale ja nie jestem twoim służącym, Tiborze Ferenczy. Popełniłeś wielki błąd. Pożałujesz go.

– *Dragosani, ja...*

– Nie będę więcej z tobą rozmawiał, Stary Smoku. Teraz jest tylko jedna rzecz, jaką możesz zrobić: wynoś się z mojego umysłu!

Umysł Dragosaniego działał teraz niezwykle sprawnie. Wyszkolony na nekromancji, był ostry i zdecydowany. Jak był mocny? Dragosani postanowił to sprawdzić. Skupił się, by pozbyć się potwora z umysłu.

– *Niewdzięczniku!* – Tibor oskarżał. – *Nie myśl sobie, że to się tak skończy. Będziesz mnie jeszcze potrzebował i wtedy wrócisz. Tylko nie czekaj zbyt długo, Dragosani. Jeszcze jeden rok, a potem możesz zapomnieć o poznaniu wiedzy Wampyrów! Będzie za późno. Rok i nie więcej niż rok. Będę czekał i może... przez ten czas... ci wybaczę... Dragosaniii...*

Po tych słowach zniknął.

Dragosani poczuł się śmiertelnie wyczerpany, oddychał głęboko. To nie była łatwa rzecz: wypędzić Tibora. Opierał się, ale Borys był silniejszy. Ale nie pozwolić mu na ponowne wniknięcie – to był poważniejszy problem. A może nie? Teraz wiedział, że Stary Diabeł potrafi potajemnie zakraść się do świadomości. Postanowił bardziej na niego uważać.

Rumuńskie „wakacje" skończyły się prędzej niż zaczęły. Był zmęczony, ale sen musiał zaczekać. Chciał jak najszybciej znaleźć się jak najdalej od tego czegoś w ziemi.

*
* *

Dragosani zatrzymał się za Bukaresztem, na stacji benzynowej. Próbował wezwać Tibora. Był wciąż jasny dzień, ale udało mu się. Słaba odpowiedź – echo w głowie odbiło się jak w trumnie, skurczyło niczym robak – trupojad. Pod wieczór za miejscowością Braida spróbował ponownie. Obecność nasilała się wraz z nastaniem ciemności. Tibor był tam i odpowiedziałby, gdyby Dragosani dał mu taką szansę. Ale on rozproszył myśli i pojechał dalej. W Reni, po kontroli celnej, zrezygnował z obrony, zaprosił Tibora. Była już pełna noc, ale szept pojawił się – słaby, jakby z odległości miliona kilometrów.

– *Dragosaaaniii, tchórzu! Uciekasz ode mnie, od Starego Diabła uwięzionego w ziemskiej pułapce.*

– Nie jestem tchórzem. Nie uciekam. Wychodzę poza twój zasięg. Tam, gdzie już mnie nie dopadniesz. Widzisz teraz, Tibor, potrzebujesz mnie bardziej niż ja ciebie. Poleż sobie i przemyśl to wszystko. Może pewnego dnia wrócę, ale to ja będę stawiał warunki. Żegnaj, Tibor!

– *Dragosani! Ja...* – głos zanikał, rozpraszał się w nocnej mgle.

Dragosani z każdym kilometrem oddalał się od tajemnych miejsc, uwalniał się od zimnych westchnień upiora. Chciał już tylko spać, spać i śnić swoje własne sny.

ROZDZIAŁ DZIESIĄTY

Wiosna 1976

Wiktor Szukszin znalazł się na skraju bankructwa. Roztrwonił spadek po Mary Keogh-Snaith na różne interesy, z których nic nie wyszło. Opłaty za dom w Bonnyrigg były bardzo wysokie. Nie był w stanie utrzymać się z pieniędzy, które zarabiał, udzielając lekcji. Mógł jeszcze ostatecznie sprzedać dom, ale wskutek wieloletnich zaniedbań popadł on w ruinę i nie można było żądać za niego wysokiej ceny, a w dodatku sam też potrzebował dachu nad głową. Wynajęcie pokoi nie wchodziło w rachubę, ponieważ pozbawiłoby go to zupełnie prywatności. Ale znajomość języków obcych, to nie był jego jedyny talent. W ciągu ostatnich kilku miesięcy parokrotnie podróżował w tajemnicy do Londynu, aby zdobyć nieco cennych informacji, ze źródeł, które podczas lat pobytu na Wyspach Brytyjskich zdołał pozyskać. Informacji, które z łatwością będzie mógł zamienić na pieniądze, ponieważ było wielu, którzy zapłaciliby niemało za tę wiedzę.

Krótko mówiąc, Wiktor Szukszin był szpiegiem, a raczej został nim, gdy Grigorij Borowitz wysłał go ze Związku Radzieckiego na Zachód w 1957 roku. W tamtym czasie nastąpiło ochłodzenie stosunków Wschód-Zachód i jednocześnie wzmogły się prześladowania dysydentów w samej Rosji. Nie było więc trudno Szukszinowi przedstawić się jako polityczny uchodźca, gdy przyjechał do Wielkiej Brytanii.

Po tym, jak poznał Mary Keogh, ożenił się z nią, a następnie ją zamordował, Szukszin znalazł się w tak komfortowej sytuacji, że odważył się zbuntować przeciw swojemu radzieckiemu szefowi i żyć jako spokojny obywatel w swoim nowym kraju. Mimo to jednak nie zapomniał o prawdziwej przyczynie, dla której znalazł się w UK i na wszelki wypadek systematycznie gromadził informacje, które kiedyś mogły się przydać. Niedawno zdał sobie sprawę, w jakiej jest dogodnej sytuacji. Nawet gdyby Rosjanie nie chcieli zapłacić za uzyskane przez niego wiadomości, zawsze będzie mógł ich szantażować, że wyjawi Brytyjczykom, co wie na temat pewnej organizacji w ramach rosyjskiego wywiadu.

Dlatego w ten rześki poniedziałkowy poranek po raz pierwszy od piętnastu lat napisał list do swojego „przyjaciela" w Berlinie Wschodnim. Poprzez niego list miał trafić do Borowitza w Moskwie. Wysłał list i wracał swym rozpadającym się Fordem do domu w Bonnyrigg.

Przejeżdżając przez most, Szukszin poczuł coś dziwnego, coś, czego nie czuł od lat. Niepokojący chłód przeszedł mu po plecach. Włosy, jak pod działaniem prądu elektrycznego, zmierzwiły się. Miał wrażenie, jakby ktoś wyrywał mu każdy z osobna. Na moście, oparty o balustradę stał szczupły chłopiec, ubrany w płaszcz i owinięty szalikiem. Wpatrywał się w bieg rzeki, lecz przez chwilę podniósł głowę i popatrzył na przejeżdżający samochód. Spojrzenie jego niebieskich, niezwykle poważnych oczu zdawało się przeszywać nie tylko blachę samochodu Szukszina, ale i jego samego. Rosjanin od razu pojął, że ten młodzieniec ma jakieś nadprzyrodzone zdolności, jakich nie posiada zwykły mieszkaniec ziemi. Wiedział o tym na pewno, ponieważ sam miał swój niezwykły talent. Był „wykrywaczem", jego talent polegał na umiejętności bezbłędnego rozpoznania innej osoby obdarzonej paranormalnymi właściwościami.

Różne mogły być powody, dla których ten młody człowiek się tu znalazł. To mógł być zbieg okoliczności, przypadkowe spotkanie, w końcu nie pierwszy raz w ciągu ostatnich piętnastu lat Szukszin spotykał takie osoby. Jeżeli nadprzyrodzone zdolności można określić w skali barw, to temu chłopcu można było przypisać najbardziej intensywne zabarwienie. W umyśle Szukszina jawił się jak szkarłatny obłok. Możliwe, że ktoś go nasłał. Brytyjczycy z pewnością też mieli swoich „wykrywaczy" i być może jeden z nich namierzył Szukszina. Z uwagi na jego ostatnie wycieczki do Londynu i wiedzę, jaką zdobył o brytyjskim wywiadzie paranormalnym, to by się nawet zgadzało. Zaczął panikować. Wiedział, że traci pełnię kontroli nad swoim zachowaniem. Musiał się bardzo starać, by nie wgnieść samochodem tego człowieka w balustradę mostu. Znów poczuł nienawiść, głęboką nienawiść, jaką zawsze żywił wobec wszystkich parawywiadowców. Ale udało mu się spokojnie wrócić do domu.

Powoli opuszczał go gniew. Spojrzał na swoje dłonie. Palce zaciskał mocno na krawędzi biurka. Zmusił się niemal, by usiąść i zaczerpnąć powietrza. Nauczył się panować nad tym uczuciem. Gdyby tylko nie wysłał tego listu do Borowitza. To mógł być błąd, duży błąd. Powinien był zaoferować swoje usługi Brytyjczykom. Być może będzie jeszcze mógł, ale musi się spieszyć. Zanim zaczną bardziej wokół niego węszyć...

Nagle zadzwonił dzwonek do drzwi. Ruszył gniewnie, by otworzyć. Gabinet Szukszina znajdował się w tyle domu, gdzie znajdowało się wyjście do ogródka. Wstał od biurka i ruszył korytarzem do drzwi wejściowych, gdy dzwonek jeszcze raz targnął jego nerwami.

– Już idę, już idę! – zawołał. W tej samej chwili przystanął. Za szklanymi drzwiami stała postać, którą już dziś widział. Młody człowiek z mostu.

Rozpoznał go i to rozpoznał podwójnie. Po pierwsze zobaczył, ale wzrok może mylić. Po drugie, z pewnością, z jaką poznaje się linie papilarne, poczuł pole energetyczne i instynktowny przypływ nienawiści, jakie wywołać mógł u niego tylko ktoś z paranormalnymi właściwościami. Starał się stłumić w sobie panikę, ruszając znów w kierunku drzwi. Myślał o tym człowieku całe przedpołudnie, teraz miał się szybko przekonać, o co w tym wszystkim chodzi.

Otworzył drzwi...

– Dzień dobry – powiedział Harry Keogh, uśmiechając się i wyciągając ku niemu rękę. – To pan jest pewnie Wiktorem Szukszinem, który udziela lekcji z niemieckiego i rosyjskiego?

Szukszin nie ujął wyciągniętej ku niemu ręki, stał i przyglądał się Keoghowi. Ciągle się uśmiechając, Harry również mu się przyglądał, wstrząsany dreszczami świadomości, że oto stoi twarzą w twarz z mordercą swojej matki. Odpychał tę myśl, teraz starał się jak najwięcej zauważyć w twarzy człowieka, którego zamierzał zniszczyć.

Rosjanin miał około pięćdziesięciu lat, ale wyglądał znacznie starzej. Był otyły, ciemne włosy przyprószyła siwizna, przerośnięte bokobrody schodziły aż na gruby podbródek. Miał bardzo mięsiste usta oraz zaczerwienione, głęboko osadzone ciemne oczy. Nie wyglądał zdrowo, ale Keogh podejrzewał, że mimo wszystko drzemie w nim jakaś niebezpieczna siła. Miał ogromne dłonie. Był bardzo barczysty, choć teraz już wyraźnie przygarbiony. Gdyby nie to, byłby bardzo wysoki. Na swój groteskowy sposób mógł robić wrażenie. Keogh przypomniał sobie znów, że to jest właśnie człowiek, który potrafi zabić z zimną krwią.

– Udziela pan lekcji języka, prawda?

Twarz Szukszina wykrzywił grymas, który w zamierzeniu miał być uśmiechem. Kąciki ust drgały mu nerwowo.

– To prawda – powiedział głębokim głosem. Wciąż miał swój ciężki akcent. – Kto mnie panu polecił?

– Polecił? Nie, nikt mi nie polecił. Zobaczyłem pańskie ogłoszenie w gazecie, to wszystko.

– Acha – Szukszin wolał być ostrożny. – Pan potrzebuje lekcji, tak? Proszę wybaczyć, że tak wolno myślę, ale w dzisiejszych czasach mało kto chce się uczyć języków. Mam tylko jednego czy dwóch uczniów. Zresztą i tak nie mam czasu na więcej. Poza tym, jestem dosyć drogi. Swoją drogą, nie nauczył się pan dość w podstawówce? Języków, mam na myśli?

– Nie skończyłem na podstawówce – poprawił go Keogh.

– Chodziłem do college'u – wzruszył ramionami. – Nie chciało mi się uczyć, gdy miałem to za darmo, więc teraz muszę płacić. Zamierzam sporo podróżować i pomyślałem, że...

– Chciałby pan podszlifować niemiecki, co?

– I rosyjski.

Dzwonek alarmowy zadzwonił w głowie Szukszina. To wszystko były bzdury i dobrze o tym wiedział. Poza tym, ten młody człowiek miał w sobie coś więcej niż talenty paranormalne. Wydawało mu się, że skądś go zna.

– Naprawdę? To jest pan rzadkim przypadkiem. Niewielu Anglików podróżuje teraz do Rosji, a jeszcze mniej chce się uczyć tego języka. To jakiś biznes czy coś innego...?

– Czysta ciekawość – uciął krótko Harry. – Mogę wejść?

Szukszin nie chciał wpuścić go do domu. Najchętniej zatrzasnąłby mu drzwi przed nosem. Z drugiej strony, musiał się więcej o nim dowiedzieć. Wpuścił Keogha do środka. Zamykając drzwi, miał wrażenie, jakby zamykał wieko trumny. Niemal smakował swoją nienawiść. Ale dlaczego go nienawidził? Przecież wcale go nie znał.

– Nie usłyszałem pańskiego imienia – powiedział Rosjanin, prowadząc młodzieńca do swojego gabinetu.

Harry był na to przygotowany. Wyczekał chwilę, aż weszli do rozjaśnionego słońcem pokoju.

– Nazywam się Harry. Harry Keogh... Ojcze.

Szukszin skamieniał. Powoli odwrócił kredowobiałą twarz ku przybyszowi. Wargi drżały mu w nagłym przypływie strachu, zaskoczenia... wściekłości?

– Co? – wysapał. – Co mówisz? Harry Keogh? Co to ma być... Przyjrzał się dokładniej i wiedział już, dlaczego miał wrażenie, że skądś zna tego młodzieńca. Wtedy był jeszcze dzieckiem, ale niewiele się zmienił. Zresztą bardzo przypominał swoją matkę. Teraz podobieństwo wydawało się uderzające. Ale nie tylko wygląd chłopiec odziedziczył po niej.

Jej talent! Chłopiec również był medium. To było to! Szukszin już wiedział, co wyczuł – echa zdolności jego matki!

– Ojcze? – rzekł Harry, udając zatroskanie. – Dobrze się czujesz?

Chciał go wesprzeć ramieniem, lecz tamten odsunął się do swojego biurka. Opadł na krzesło.

– To jest... szok. Widzieć cię teraz, po tylu latach. Wielki szok.

– Nie chciałem cię przestraszyć – skłamał Keogh. – Myślałem, że się ucieszysz, gdy mnie zobaczysz i dowiesz się, jak dobrze mi się powodzi. Chyba nadszedł czas, abyśmy się poznali. Jesteś jedyną osobą, która wiąże się z moją przeszłością, z dzieciństwem, z moją matką.

– Twoją matką – Szukszin zaczął się niepokoić. Starał się odzyskać równowagę, jego twarz znów nabierała kolorów. Szczęście w nieszczęściu, że to nie brytyjski kontrwywiad. Keogh po prostu go odwiedził, chcąc lepiej poznać własną przeszłość. Jeżeli to prawda...

– To po co były te bzdury o nauce języków? – wyrzucił z siebie.

– Cóż – Harry wzruszył ramionami – to był mój pomysł, aby jakoś do ciebie dotrzeć, nie było w tym nic złośliwego. Byłem ciekaw, czy poznasz mnie, zanim powiem ci, kim jestem – powiedział, cały czas się uśmiechając. Choć Szukszin doszedł już do siebie, jego twarz ciągle wykrzywiał grymas gniewu. Teraz Harry postanowił uderzyć jeszcze raz. – Inna sprawa, że mówię po niemiecku, a nawet po rosyjsku, lepiej niż ty. To ja mogę cię uczyć.

Szukszin był dumny ze swoich zdolności językowych. Nie wierzył własnym uszom. Co ten szczeniak mówi? Że mógłby go uczyć? Oszalał? Szukszin uczył języków, zanim on się urodził! Rosyjska pycha przemieszana z nienawiścią wzięła górę nad ostrożnością.

– Co? – warknął. – Śmieszne. Ojczysty język zdałem z wyróżnieniem, gdy miałem zaledwie siedemnaście lat. Zdałem egzamin z niemieckiego, zanim skończyłem dwadzieścia. Myślisz, że parę piątek uczyni cię mistrzem? Chcesz mnie zdenerwować?

Keogh wciąż się uśmiechał. Ale był to już inny uśmiech. Usiadł na krześle naprzeciw Szukszina i popatrzył na jego pełną pogardy twarz. W duchu zwrócił się do swojego przyjaciela, Klausa Grunbauma, Niemca, który po wojnie ożenił się z Angielką i osiadł w Hartlepool. Grunbaum zmarł z powodu udaru krwotocznego w 1955, został pochowany na cmentarzu w Grayfields. To nic, że to prawie dwieście kilometrów! Teraz Klaus szybko mówił płynnym niemieckim przez Harry'ego.

– I jak ci się podoba mój niemiecki, Ojcze? Tak się chyba mówi w okolicach Hamburga, prawda? – przerwał na chwilę, po czym kontynuował, zmieniając akcent. – A może wolisz taki? To jest *Hoch Deutsch*, jakim posługują się elity. A może mam pobawić się gramatyką? Co może cię przekonać?

– Niegłupie – powiedział Szukszin z drwiącym uśmiechem. Patrząc na Harry'ego zmrużył oczy. – Niezłe ćwiczenie, wykonane dość płynne. Każdy może się w pół godziny nauczyć powtarzać zdania jak papuga. Ale rosyjski to co innego.

Keogh znów się uśmiechnął. Podziękował Klausowi Grunbaumowi i skierował swą myśl ku cmentarzowi w pobliżu Edynburga. Spędził tam ostatnio trochę czasu, rozmawiając ze swoją rosyjską babcią, która zmarła kilka miesięcy przed jego urodzeniem. Teraz odnalazł ją jeszcze raz, aby pomogła mu mówić ojczystym językiem jego ojczyma. Natasza przemówiła przez niego, wygłaszając mowę o „nieuchronnym upadku represyjnego systemu komunistycznego", przerywając tylko na chwilę, gdy Szukszin wykrzyczał:

– O co chodzi, Harry? Więcej bzdur wyuczonych jak papuga? Co chcesz tym udowodnić? – Serce Rosjanina zaczęło bić szybciej i mocniej. Głos chłopca brzmiał jak... jak nie jego. Jak kogoś, kogo szczerze nienawidził.

Mówiąc wciąż językiem swojej babki, lecz tym razem używając własnych słów Harry odpowiedział:

– Wszystkiego się nauczyłem jak papuga? Ślepy jesteś, że nie możesz zauważyć prawdy? Jestem uzdolnionym człowiekiem, ojcze. Bardziej uzdolnionym, niż jesteś to sobie w stanie wyobrazić. Nawet bardziej niż moja biedna matka...

Szukszin poderwał się z miejsca, czuł, że coraz bardziej nienawidzi Harry'ego.

– W porządku, jesteś zdolnym małym bękartem – powiedział po rosyjsku. – I co z tego? Dwa razy już wspomniałeś swoją matkę. Co chcesz powiedzieć? Wygląda na to, że przyszedłeś mi grozić.

Harry podchwycił ton Szukszina:

– Grozić? Czemu miałbym ci grozić, ojcze? Przyszedłem tylko, aby cię zobaczyć. I poprosić o coś.

– Co? Robisz ze mnie głupca i jeszcze chcesz o coś prosić? Czego chcesz?

Teraz przyszedł czas na trzecie uderzenie. Keogh wstał.

– Mówiono mi, że moja matka uwielbiała jeździć na łyżwach – powiedział płynnie po rosyjsku. – Tam w dole jest rzeka. Chciałbym jeszcze raz cię odwiedzić zimą. Może będziesz wtedy mniej zdenerwowany i będziemy mogli spokojnie porozmawiać. Przywiozę ze sobą łyżwy i pojeżdżę sobie, tak jak moja matka.

Twarz Szukszina stała się popielata. Rozdygotany, przytrzymał się biurka. Jego oczy poczerwieniały z nienawiści. Już dłużej nie mógł jej tłumić, nie mógł tego znieść. Zaraz uderzy tego bezczelnego szczeniaka, musi mu przyłożyć... musi... musi...

Gdy Szukszin ruszył ku niemu, Harry zrozumiał, co się święci i cofnął się w stronę drzwi. Ale jeszcze nie skończył. Została jeszcze jedna rzecz. Sięgnął do kieszeni płaszcza i wyjął coś.

– Coś ci przyniosłem – powiedział, tym razem po angielsku. – Coś z dawnych czasów, kiedy byłem mały. Coś, co należy do ciebie.

– Wynoś się! – warknął Szukszin. – Wynoś się, pókiś cały. Ty i twoje cholerne insynuacje! Chcesz tu jeszcze raz przyjechać? Zabraniam ci! Nic już więcej od ciebie nie chcę, ty bachorze! Idź robić głupca z kogoś innego. Idź zanim...

– Nie przejmuj się tak. Na razie sobie pójdę. Ale najpierw
– łap!

Rzucił coś, po czym wyszedł, znikając w cieniu korytarza. Szukszin odruchowo złapał to coś i przez chwilę wpatrywał się w tę rzecz. Opadł na kolana. Usłyszał zatrzaskujące się drzwi. A potem jeszcze długo patrzył na to coś, co trzymał w rękach.

*

* *

Z lotu ptaka Zamek Bronnicy nie zmienił się w ciągu ostatniego czasu. Ale to były tylko pozory. Nikt nie mógł zgadnąć, że znajduje się tam najlepszy na świecie Wydział Wywiadu Paranormalnego. Dzieło Grigorija Borowitza wyglądało jak chyląca się ku upadkowi kupa gruzu. Ale dokładnie tego chciał Borowitz. Jego helikopter właśnie wylądował na specjalnym, pomalowanym na zielono lądowisku pośród zamkowych wieżyczek i zabudowań.

„Zabudowania" – tak to istotnie wyglądało z zewnątrz. Jakieś stare stajnie, stodoły w stanie niemal zupełnego rozpadu, jakby miały się za chwilę zawalić. Przylegając do Zamku, prawie całkowicie go zasłaniały. I to także dokładnie obmyślił Borowitz. To były po prostu pozycje obronne, stanowiska karabinów maszynowych, bardzo funkcjonalne i wydajne, gdyż pokrywały swym zasięgiem cały obszar pomiędzy Zamkiem a otaczającym go murem.

Ufortyfikowaniem terenu w ZSRR Zamek ustępował tylko stacji kosmicznej Bajkonur. Mógł się z nim jedynie równać ośrodek badań atomowych w Gargetii na Uralu. Ale tam głównym czynnikiem, który decydował o możliwościach obronnych było kompletne odosobnienie. Pod jednym względem Zamek przewyższał jednak zarówno Bajkonur jak i Gargetiję – był „tajny", w pełnym znaczeniu tego słowa. Z wyjątkiem ludzi Borowitza, zaledwie kilkanaście osób wiedziało o istnieniu Zamku, a o tym, że mieści się tam siedziba Wywiadu Paranormalnego, nie więcej niż cztery. Jednym z nich był sam Pierwszy Sekretarz, który kilkakrotnie złożył tu wizytę. Drugim był Jurij Andropow, ale on nigdy tu nie przyjechał i raczej nie przyjedzie. A już na pewno nie na zaproszenie Borowitza.

Helikopter miękko osiadł na ziemi, po chwili umilkły silniki. Generał otworzył właz i wysunął nogi. Jeden z ochroniarzy, podbiegł i pomógł mu wysiąść. Przytrzymując kapelusz, Borowitz pozwolił poprowadzić się do Zamku przez dawny korytarz. Mieściły się przy nim przestrzenne laboratoria, w których wywiadowcy mogli wprowadzać w czyn swe szczególne umiejętności w najbardziej sprzyjających ku temu warunkach.

Borowitz wstał dziś później niż zwykle, dlatego kazał wezwać helikopter, by jak najszybciej dostać się ze swojej daczy do zamku. Był spóźniony ponad godzinę na spotkanie z Dragosanim. Wszedł do głównego budynku, wspiął się po schodach na wieżę, w której mieściło się jego biuro. Uśmiechnął się z satysfakcją na myśl, że Dragosani musi na niego czekać. Nekromanta był niezwykle punktualny, teraz pewnie szaleje ze złości. I bardzo dobrze. Będzie miał cięty język i zły humor, idealna sytuacja, aby go poniżyć. Czasami trzeba kogoś sprowadzić na ziemię, a w tej sztuce Borowitz był mistrzem nad mistrzami.

Wchodząc do małego przedpokoju, który był jednocześnie biurem jego sekretarki, Generał zdjął płaszcz i kapelusz. Dragosani chodził w kółko i rzucał wściekłe spojrzenia. Nekromanta nie zrobił nic, by ukryć swój gniew, gdy jego szef rzucił chłodne „Dzień dobry" w drodze do własnego, przestrzennego gabinetu. Borowitz kopniakiem zatrzasnął drzwi, powiesił płaszcz i kapelusz, i drapiąc się po brodzie, zastanawiał się nad najlepszym sposobem, w jaki może przekazać złe wieści. To były naprawdę złe wiadomości i nastrój starego Generała był o wiele bardziej podły, niż można było na pierwszy rzut oka wywnioskować. Lecz każdy, kto znał go wystarczająco dobrze, wiedział, że szef parawywiadu jest najgroźniejszy, gdy tryska dobrym humorem.

Z okien gabinetu Borowitza rozpościerał się widok na okoliczne lasy. Szyby w oknach były oczywiście kuloodporne. Na podłodze leżał dywan, tu i ówdzie nadpalony przez niedopałki papierosów rozrzucane przez nieuważnego Generała. Potężne dębowe biurko stało w rogu, z jednej strony osłonięte przez grube ściany wieży, a z drugiej dobrze oświetlone przez promienie wpadające przez okna.

Usiadł i zapalił papierosa. Westchnął lekko i nacisnął przycisk interkomu.

– Wejdź, Borys, dobrze? Ale proszę cię, zostaw tam te twoje łypania, to dobra rada...

Dragosani wszedł, zamknął za sobą drzwi nieco głośniej niż zwykle. Podszedł do biurka. Co prawda „zostawił swoje łypania", ale teraz na jego twarzy pojawił się zimny i bezczelny uśmieszek.

– No. Jestem.

– Rzeczywiście, jesteś, Borys – powiedział Borowitz bez uśmiechu. – Wydawało mi się, że powiedziałem ci „dzień dobry".

– Dobry był, zanim tu przyjechałem. Mogę usiąść?

– Nie – warknął Generał. – Nie możesz. I nie możesz też łazić w kółko, bo mnie to irytuje. Masz stać tam, gdzie stoisz i słu-chać-co-mó-wię!

Nikt, nigdy w życiu nie mówił do Dragosaniego w ten sposób. Zatkało go. Wyglądał, jakby ktoś go spoliczkował.

– Grigorij, ja...

– Co? – wrzasnął Borowitz. – Jaki Grigorij? To jest sprawa służbowa, a nie jakaś towarzyska pogawędka, agencie Dragosani! Zachowaj poufałość dla swoich przyjaciół, jeżeli w ogóle takich masz, z twoimi zasranymi manierami. Do przełożonych masz zwracać się inaczej. Jeszcze długa droga przed tobą, zanim obejmiesz szefostwo Wydziału, a jak nie poukładasz pewnych spraw w swojej gorącej główce, to możesz nigdy go nie objąć!

Zazwyczaj blady Dragosani, teraz stał się niemal biały.

– Nie... nie wiem, co się stało... co ci jest. Coś zrobiłem?

– Coś zrobiłeś? – tym razem Borowitz groźnie łypnął. – Wystarczy spojrzeć na twoje raporty. Prawie nic przez ostatnie sześć miesięcy. Ale znajdziemy jakieś lekarstwo. Więc może jednak lepiej usiądź. Mam dużo do powiedzenia i to o poważnych sprawach. Weź krzesło.

Dragosani zagryzł wargi.

Borowitz patrzył na niego, bawiąc się ołówkiem.

– Wygląda na to, że nie jesteśmy wyjątkowi.

Dragosani nie odezwał się. Czekał.

– W ogóle nie jesteśmy jedyni. Oczywiście, wiedzieliśmy od pewnego czasu, że Amerykanie wygłupiają się z możliwościami poznania pozazmysłowego i parawywiadem, ale to wszystko, po prostu wygłupiają się. Mówią, że to „śliczniutkie".

Dla nich wszystko jest „śliczniutkie". Ich działania nie mają ani celu ani sensu. Eksperymentują, ale faktycznie nic nie robią. Nie traktują tego poważnie, nie mają agentów w terenie, bawią się tym niemal tak, jak bawili się radarem przed wybuchem wojny. Krótko mówiąc, nie wierzą za bardzo w parawywiad, co daje nam znaczną przewagę. Chociaż tyle dobrze.

– To dla mnie żadna nowość – powiedział Dragosani. – Przecież wiem, że we wszystkim wyprzedzamy Amerykanów. I co z tego?

Borowitz zignorował tę uwagę.

– To samo z Chińczykami. Mają kilku mądrali w Pekinie, ale nie potrafią ich właściwie wykorzystać. Wyobrażasz sobie? Naród, który wprowadził akupunkturę, nie ufa parawywiadowi? Zatrzymali się na etapie, na którym my byliśmy czterdzieści lat temu. Jak to nie traktor, to pewnie na nic się nie przyda!

Dragosani milczał. Wiedział, że musi pozwolić Borowitzowi wygadać się, zanim wreszcie stary powie, o co chodzi.

– Są jeszcze Francuzi i Niemcy Zachodnie. Co ciekawe, idzie im całkiem nieźle. Mamy tu kilku ich parawywiadowców w Moskwie, niby pracują w ambasadach. Chodzą po różnych uroczystościach i przyjęciach, węsząc dookoła. Czasami rzucimy im jakiś ochłap, żeby mieli się czym zaspokoić i wykazać przed centralą, lepiej niech tu dalej będą, na widoku. Jak chodzi o poważne sprawy, to zawsze im wciskamy jakieś śmieci, co trochę podważa ich wiarygodność, ale pozwala nam być cały czas w przodzie.

Borowitz znudził się już zabawą ołówkiem. Odłożył go, uniósł głowę i z nagłym błyskiem w oczach kontynuował:

– Oczywiście my mamy jedną gigantyczną przewagę. My mamy mnie, Grigorija Borowitza! Wydział odpowiada przede mną i tylko przede mną. Żaden polityk nie zagląda mi przez ramię, żadnych debilnych policjantów szpiegujących moje działania, żadnych dusigroszy patrzących na moje wydatki. W przeciwieństwie do Amerykanów, wiem, że parawywiad to przyszłość. Wiem, że to wcale nie jest „śliczniutkie". I w przeciwieństwie do szefów innych parawywiadów na świecie, wiem, że mój Wydział rządzi się własnymi prawami, że stał się cennym i bardzo efektywnym narzędziem. Myślałem, że jesteśmy aż tak dobrzy, że nikt nas nie dogoni. Wierzyłem, że jesteśmy wyjątkowi. Bylibyśmy, Dragosani, bylibyśmy, gdyby nie Brytyjczycy! Zapomnij o Amerykanach, o Chińczykach, o tych Francuzach i Niemcach, oni wciąż tylko się tym bawią i eksperymentują. Ale Brytyjczycy to zupełnie inna para kaloszy...

Z wyjątkiem ostatniej wiadomości, wszystko, co powiedział dotychczas Generał, było Dragosaniemu znane. Rzecz oczywista, że Borowitz miał jakieś swoje źródło informacji, skąd przyniósł te niemiłe wieści. Ponieważ nekromanta nie wiedział zbyt dużo o całości aparatu Borowitza, wyraźnie się zainteresował. Pochylając się do przodu, zapytał:

– Co z tymi Brytyjczykami? Czemu tak nagle się przejmujesz? Myślałem, że są kilometry za nami, tak jak wszyscy inni.

– Też tak myślałem – pokiwał głową Borowitz. – Ale nie są. Znaczy to mniej więcej tyle, że wiem o nich mniej, niż przypuszczałem. To może też znaczyć, że są dużo dalej od nas. Jeżeli są tak dobrzy, to ile oni mogą wiedzieć o nas? Nawet, jeśli wiedzą tylko trochę, to i tak wystarczająco dużo, żeby nas wyprzedzić. Gdyby wybuchła Trzecia Wojna Światowa, a ty byłbyś pracownikiem brytyjskiego wywiadu i wiedziałbyś o istnieniu Zamku Bronnicy, gdzie byś zrzucił pierwszą bombę, co? Gdzie byś skierował pierwszą rakietę?

Dragosani pomyślał, że Generał za bardzo dramatyzuje.

– Być może nic o nas nie wiedzą. Ja pracuję dla ciebie i sam prawie nic nie wiem. I to ja, który zawsze myślałem, że będę następnym szefem Wydziału...

Wydawało się, że Borowitz odzyskał na chwilę dobry humor. Uśmiechnął się niepewnie i wstał.

– Chodź. Możemy porozmawiać po drodze. Zobaczymy razem, co tutaj mamy. Popatrzmy na nasze dziecko. Bo to wciąż jeszcze jest dziecko. Ale kiedyś to będzie największy mózg naszej Matki Rosji. – Borowitz wypadł pędem z biura. Dragosani ledwo mógł za nim nadążyć.

Skierowali się do starej części Zamku, którą Borowitz nazywał „pracowniami". To był całkowicie tajny obszar, gdzie parawywiadowcy pracowali dwójkami, tak by jeden mógł patrzeć drugiemu na ręce. Na Zachodzie można by to jeszcze nazwać systemem „koleżeńskim", tutaj chodziło jedynie o to, by nikt nie wszedł w posiadanie jakiejkolwiek wiedzy sam. Dzięki temu Generał był pewny, że dotrze do niego wszystko, co istotne.

Odeszły już w niepamięć kłódki i strażnicy z KGB. Żadnego Andropowskiego nasienia. Agenci Borowitza zabezpieczali teren, pracując na zmiany, a wszystkie wejścia otwierane były kartą magnetyczną. Każdy miał swoją i każda otwierała tylko niektóre drzwi. Jedynie karta Borowitza otwierała wszystkie.

W korytarzu oświetlonym niebieskim neonem Generał otwierał kolejne drzwi, wprowadzając Dragosaniego do pokoju pełnego komputerów i map ściennych. Półki pełne były atlasów, szczegółowych planów miast i portów, map oceanograficznych. Na jednej ze ścian zawieszony był ekran, na którym pojawiały się co chwila najnowsze dane meteorologiczne z całego świata. Wyglądało to jak jakieś małe obserwatorium albo stacja kontroli lotów, ale nie było ani jednym, ani drugim. Dragosani był już kiedyś w tym pokoju, znał go dobrze, ale wciąż go fascynował.

Dwaj agenci powstali, widząc Borowitza. Machnął ręką, by wrócili do pracy i stanął za nimi, obserwując, co robią. Parawywiadowcy wpatrywali się w rozłożoną mapę Morza Śródziemnego. Leżały na niej cztery klocki, dwa zielone i dwa niebieskie. Zielone były blisko siebie na Morzu Tyrreńskim, w połowie odległości pomiędzy Neapolem a Palermo. Jeden z niebieskich stał na pełnym morzu, trzysta mil od Malty, drugi na Morzu Jońskim w zatoce Taranto.

– Znasz oznaczenia kolorów? – wyszeptał Borowitz. Dragosani pokręcił głową. – Zielony to Francuzi, niebieski to Amerykanie. Wiesz, co oni robią?

– Nanoszą na mapę pozycje okrętów podwodnych – powiedział Dragosani, obniżając głos.

– Atomowe okręty podwodne – poprawił go Borowitz. – To część tak zwanej „strategii odstraszania". Wiesz, jak to robią?

Dragosani znów pokręcił głową, ale pokusił się o odpowiedź.

– Przypuszczam, że telepatycznie.

Borowitz uniósł brwi.

– Tak? Tak po prostu? Jakaś tam telepatia? Wiesz w ogóle, co to jest? To pewnie twoja nowa zdolność, co?

„Tak, ty stary bydlaku – chciał powiedzieć Dragosani. – „Tak, i jakbym się teraz z kimś skontaktował, to padłbyś z wrażenia. I nie muszę n a n o s i ć j e g o p o z y c j i, bo wiem, że on się nie rusza!" Powiedział jednak na głos:

– Wiem o tym tyle, ile oni wiedzą o nekromancji. To prawda, nie potrafiłbym tak siedzieć i opowiadać ci, gdzie zmierzają te zabójcze łodzie. Ale czy oni potrafią rozkroić obcego agenta i wyssać z jego flaków informacje? Każdy ma swoje talenty, towarzyszu Generale.

Gdy to mówił, jeden z agentów wstał, podszedł do ściany, gdzie zawieszony był ekran z obrazem Morza Śródziemnego przekazywanym przez satelitę. Nad Włochami kłębiły się chmury, nad Morzem Egejskim unosiła się mgła, ale reszta obrazu była niezwykle przejrzysta, choć nieznacznie drgała. Agent wstukał w klawiaturę kod, punkt w pobliżu Malty zaczął migotać. Borowitz odezwał się:

– Żabojady zmieniły kurs. On wpisuje nowe współrzędne kursu do komputera. To może nie będzie bardzo dokładne, ale za godzinę lub dwie będziemy mieli weryfikację z satelity. Chodzi o to, że my wiemy pierwsi. Ci ludzie są jednymi z naszych najlepszych.

– Ale tylko jeden z nich zauważył zmianę. Co z drugim? – skomentował Dragosani.

– Widzisz? Nie wszystko wiesz. Ten, który to „zauważył", wcale nie jest telepatą. Jest po prostu wrażliwy na obecność energii atomowej. Zna miejsce każdej elektrownii atomowej, każdego składowiska odpadów nuklearnych, każdego pocisku, magazynu broni, każdej atomowej łodzi podwodnej na świecie. Z jednym wyjątkiem, ale zaraz do tego dojdę. W umyśle tego człowieka zamknięta jest nuklearna mapa świata, przejrzysta jak plan Moskwy. Jeżeli coś się poruszy na tej mapie – okręt podwodny albo Amerykanie przemieszczający gdzieś swoje rakiety – on to wie. A jeżeli coś zacznie się szybko poruszać w naszą stronę, to sam rozumiesz... – przerwał na chwilę, by wzmóc efekt, po czym kontynuował: – Ten drugi to telepata. Teraz skoncentruje się, by wejść do umysłu nawigatora tej łodzi, spróbuje skorygować ewentualne błędy we współrzędnych swojego kolegi. Z dnia na dzień są coraz lepsi. Praktyka czyni mistrza.

Nawet, jeżeli Dragosani był pod wrażeniem, nie dał tego po sobie znać. Borowitz ruszył w kierunku drzwi i mruknął:

– Chodźmy. Zobaczymy coś jeszcze.

Dragosani podążył za nim.

– Co się stało, towarzyszu Generale? Dlaczego mi to wszystko teraz pokazujesz?

Borowitz odwrócił się do niego.

– Jeżeli w pełni pojmiesz, czym tutaj dysponujemy, to może łatwiej ci będzie ocenić, co mogą mieć w Anglii. Podkreślam „mogą". W każdym razie...

Nagle chwycił Dragosaniego za ramiona.

– Dragosani, przez ostanie osiemnaście miesięcy nie widzieliśmy żadnego brytyjskiego okrętu na tamtym ekranie. Nie wiemy, co robią i gdzie. To jasne, że mają dobrą powłokę ochronną i nasze satelity nie mogą ich dojrzeć. Ale co z naszymi ludźmi? Co z naszymi telepatami?

Dragosani wzruszył ramionami choć był całą sprawą zafrasowany nie mniej niż jego szef.

– Może ty mi powiesz?

Borowitz puścił go.

– A co jeżeli Brytyjczycy mają w swoim wywiadzie parawywiadowców, którzy potrafią podsłuchiwać naszych chłopców, tak jak podsłuch w telefonie? Jeżeli tak jest, to nas wyprzedzili!

– Myślisz, że to możliwe?

– Teraz tak. To by wiele wyjaśniało. Zresztą, dostałem list od starego przyjaciela z Anglii. Tak zwanego przyjaciela. Jak wrócimy na górę, to ci o tym opowiem. Ale najpierw przedstawię cię naszemu nowemu człowiekowi. Myślę, że cię zainteresuje.

Dragosani ziewnął w duchu. Jego szef w końcu powie w czym rzecz, ale najpierw będzie długo krążył w wokół sprawy. Zatem... trzeba się zrelaksować, czekać w milczeniu i pozwolić Borowitzowi wyjawić wszystko w odpowiednim czasie.

Teraz Generał wprowadził go do innego, większego pokoju. Nie dalej jak tydzień temu był tu magazyn. Wiele się zmieniło. Wydawał się bardziej przestronny, wprawiono też nowe okna. Zamontowano system wentylacyjny. Po jednej stronie, w pomieszczeniu służącym jako przedpokój, zorganizowano małą salkę operacyjną, jaką zazwyczaj widzi się u weterynarza. Rzeczywiście, w pokoju znajdowały się klatki ze zwierzętami. Były białe myszki i szczury, różne ptaki, nawet para borsuków. Jakaś ubrana na biało, niewysoka postać mówiła coś do zwierząt, nazywała je po imieniu, bawiła się z nimi. Gdy Borowitz i Dragosani zbliżyli się, odwróciła się do nich. Był to skośnooki mężczyzna o żółtej, nieco oliwkowej cerze. Sprawiał wrażenie jowialnego. Gdy się uśmiechał, cała twarz pokrywała się zmarszczkami, zza których widać było jedynie wyraziste, jakby nie pasujące do reszty, zielone oczy. Zgiął się w pół, najpierw przed Borowitzem, potem przed Dragosanim. Zaniedbane włosy wyglądały jak osadzona na głowie aureola, odcinając się od łysiny na czubku głowy. Było w nim coś małpiego, pomyślał Borys.

– Dragosani – powiedział Borowitz – poznaj Maksa Batu, który twierdzi, że pochodzi od Wielkich Chanów.

Dragosani pokiwał głową i wyciągnął rękę.

– Mongoł. Oni wszyscy mówią, że pochodzą od Wielkich Chanów.

– Ale ja naprawdę, towarzyszu Dragosani – powiedział Batu miękkim jak jedwab głosem. Ujął rękę Dragosaniego i mocno potrząsnął. – Chanowie mieli wiele nieślubnych dzieci. Aby uniknąć waśni, dawali im majątek, ale żadnego tytułu, żadnej władzy, żadnej pozycji, która dawałaby możliwość starania się o tron. Nie mogli też mieć żon ani mężów. Jeżeli mieli potomstwo, to jego także dotyczyły te same prawa. Ta tradycja przetrwała do dzisiaj. Kiedy ja się urodziłem, te prawa były jeszcze wciąż żywe. Moja babka była z nieprawego łoża, zatem mój ojciec także, a z tego wynika, że i ja. Kiedy będę miał dziecko, ono również będzie bękartem. Ale tu chodzi o coś więcej niż pochodzenie. Wśród tych wszystkich nieprawych potomków Chanów było wielu szamanów. Znali wiele tajemnic. I wiele potrafili. – Wzruszył ramionami. – O sobie niewiele mogę powiedzieć, poza tym, że podobno jestem inteligentniejszy od większości ludzi mojej rasy. Cóż, są rzeczy, które potrafię...

– Maks ma bardzo wysokie IQ – powiedział Borowitz, uśmiechając się szelmowsko. – Kształcił się w Omsku, ale postanowił porzucić cywilizację i wrócić do Mongolii, aby hodować kozy. Ale pokłócił się z zazdrosnym sąsiadem i zabił go.

– Powiedział, że rzuciłem urok na jego kozy – wyjaśnił Batu. – Tak, że zdechły. Oczywiście, że mogłem to zrobić, ale nie zrobiłem. Mówiłem mu to, ale on nazwał mnie kłamcą. To wielka obraza w moich stronach. Więc zabiłem go.

– Naprawdę? – Dragosani ledwie powstrzymywał się od śmiechu. Nie potrafił sobie wyobrazić tego małego człowieka zabijajacego kogokolwiek.

– Tak – powiedział Borowitz. – Przeczytałem o tym w gazecie i zaciekawiła mnie, hmm, metoda zabójstwa. Sposób, jakiego Maks użył.

– A jaka to była metoda? – Dragosani był rozbawiony. – Zaczął grozić sąsiadowi, a ten pękł ze śmiechu, tak?

– Nie, towarzyszu Dragosani – powiedział Batu z przyklejonym do ust uśmiechem i wyszczerzonymi zębami. – To nie tak się stało. Ale wasza sugestia jest naprawdę zabawna.

– Maks ma zło w oczach, Borys – powiedział Borowitz, po raz pierwszy od dłuższego czasu używając imienia nekromanty. Dragosaniemu zadzwonił w głowie ostrzegawczy dzwonek, ale chyba nie dość głośno.

– Zło w oczach? – Dragosani starał się być poważny. Postarał się spojrzeć z zaciekawieniem na małego Mongoła.

– Dokładnie – pokiwał głową Borowitz. – W tych jego zielonych oczach. Widziałeś kiedyś takie, Borysie? To najczystsza trucizna, wierz mi. Przeszkodziłem w procesie, Maks nie został skazany, ale za to przysłano go do nas. Jest na swój sposób tak wyjątkowy jak ty. Maks – zwrócił się do Mongoła – możesz coś zademonstrować towarzyszowi Dragosaniemu?

– Oczywiście – odpowiedział Batu. Utkwił wzrok w Dragosanim. Borowitz miał rację. Oczy tego człowieka były niezwykłe, niczym zrobione z autentycznego turkusu. Teraz dzwonek ostrzegawczy zabrzmiał głośniej.

– Towarzyszu Dragosani – powiedział Batu – proszę zwrócić uwagę na białe szczury. – Wskazał na klatkę z parą zwierząt. – To miłe zwierzaki. Ona, po lewej, jest szczęśliwa, bo jest dobrze odżywiona i ma partnera. On też jest zadowolony, z tych samych powodów, poza tym przed chwilą ją pokrył. Popatrzcie, jak sobie tam leży.

Dragosani popatrzył, spojrzał na Borowitza. Uniósł brwi.

– Oglądaj – warknął Borowitz, sam ze wzrokiem przykutym do klatki ze zwierzętami.

– Najpierw musimy przyciągnąć jego uwagę. – Maks przyjął dziwną pozycję, zbliżając się do klatki, przypominał groteskową ropuchę. Szczur poderwał się natychmiast, oczy rozszerzyły mu się z przerażenia. Przylgnął do ściany i patrzył na Batu. – Teraz... Teraz zabijamy!

Mongoł zgiął się jeszcze bardziej, niczym japoński zapaśnik przed walką. Dragosani zauważył zmianę wyrazu jego twarzy. Jego prawe oko niemal wyszło z orbity, wyszczerzył zęby niczym drapieżna bestia. Jego nozdrza stały się bardzo szerokie. Napiął do granic możliwości ścięgna i mięśnie szyi. Szczur zapiszczał!

Zapiszczał, lecz jego pisk bardziej przypominał krzyk przerażonego agonią człowieka. Zaczął się telepać, jakby wstrząsał nim prąd elektryczny. Przewrócił się na grzbiet, cały drżąc. Po chwili zastygł, z oczu zaczęła wyciekać krew. Był martwy, Dragosani wiedział o tym, nawet nie sprawdzając. Samica podeszła i zaczęła obwąchiwać leżącego partnera. Spojrzała niepewnie przez kratę klatki na trzech ludzi.

Dragosani nie wiedział ani jak, ani dlaczego samiec padł. Słowo, jakie cisnęło mu się na usta, było raczej pytaniem niż stwierdzeniem faktu, nie mówiąc już o oskarżeniu.

– To... To musi być jakiś trik!

Borowitz spodziewał się tego. To było typowe dla Dragosaniego, zawsze coś palnie albo włoży palce między drzwi. Odsunął się, gdy Batu, wciąż skulony, zwrócił swą twarz do nekromanty. Wciąż się upiornie uśmiechał.

– Trik? – spytał.

– Miałem na myśli... – Dragosani zaczął się wycofywać.

– To tak, jakby nazwać mnie kłamcą! – Twarz Batu znów przeszła jakąś potworną transformację. Teraz dopiero Dragosani mógł się przekonać, co miał na myśli Borowitz, mówiąc „zło w oczach". Tak, bez cienia wątpliwości, tam było zło! Borys poczuł, jakby krew zastygła mu w żyłach. Jego mięśnie stężały, jakby obejmowało go *rigor mortis*. Serce zabolało go tak bardzo, że jęknął i zatoczył się do tyłu. Ale odruchy nekromanty zaczęły działać.

Choć już opierał się o ścianę, zdołał sięgnąć do kieszeni marynarki i wyjąć pistolet. Teraz wiedział – a przynajmniej tak pomyślał – że ten człowiek może go zabić. Instynkt przetrwania był u Dragosaniego wybitnie rozwinięty. Będzie musiał pierwszy zabić Mongoła.

Borowitz wszedł między nich.

– Dosyć! – wysapał. – Dragosani, odłóż to!

– Ten bydlak o mało mnie nie wykończył – wyrzucił z siebie nekromanta. Cały się trząsł. Chciał odsunąć Borowitza z linii ognia, ale stary był jak kamień.

– Powiedziałem dosyć! – powtórzył Generał. – Zastrzelisz swojego partnera?

– Mojego co? – Dragosani nie wierzył własnym uszom. – Mojego partnera? Ja nie potrzebuję partnera. Jakiego znowu partnera? To ma być jakiś żart?

Borowitz ostrożnie wyjął pistolet z ręki Borysa.

– Tak lepiej. Teraz możemy wrócić do mojego biura.

Generał przepuścił Dragosaniego, odwrócił się jeszcze do Mongoła i dodał:

– Dziękuję, Maks.

– Cała przyjemność po mojej stronie – odparł uśmiechnięty Batu.

Dragosani był wściekły. Odebrał swoją broń i włożył ją z powrotem do kieszeni.

– Ty i twoje dziwaczne poczucie humoru. Człowieku, o mało tam nie zginąłem!

– Nie zginąłeś. Nawet nie o mało. Gdybyś chorował na serce, to zginąłbyś na pewno. Albo gdybyś był stary albo słaby. Ale ty jesteś młody i silny. Nie, nie, wiedziałem, że on nie może cię zabić. Sam mi zresztą powiedział, że nie potrafi zabić zdrowego człowieka. To go zbyt dużo kosztuje, więc nawet gdyby spróbował, to sam zginąłby pierwszy. Więc jak widzisz, ufam twojej sile.

– Ufasz mojej sile? Ty szalony stary sadysto! A co by było, gdybyś się mylił?

– Nie myliłem się.

Dragosani nie mógł się uspokoić. Uginały się pod nim kolana. Tocząc się za Borowitzem, powiedział:

– To wszystko było zamierzone i to za twoją cholerną wiedzą!

Na twarzy jego szefa znów pojawił się wilczy uśmiech. Pchnął Borysa palcem w pierś.

– Ale teraz już wierzysz, prawda? Zobaczyłeś i poczułeś. Wiesz, co on potrafi. Nie będziesz już uważał, że to trik. To nowy talent, jakiego nie mieliśmy wcześniej. A kto powie, ile jeszcze różnych talentów rozsianych jest po świecie?

– Ale dlaczego pozwoliłeś – nie, zmusiłeś – żebym przez to przechodził? To nie ma sensu.

Borowitz odwrócił się i przyspieszył.

– To ma wiele sensu. To praktyka, a jak nieraz ci mówiłem...

– Praktyka czyni mistrza, wiem. Ale praktyka czego?

– Gdybym to ja wiedział – rzucił Generał przez ramię. – Nie mam pojęcia, z czym możecie się spotkać w Anglii!

– Co? – Dragosani nie mógł uwierzyć. Pędził za swoim szefem. – Anglia? Jaka znowu Anglia? Nie powiedziałeś jeszcze, co to znaczy, że Batu ma być moim partnerem. Grigorij, nic z tego nie rozumiem.

Doszli do biura Borowitza. Generał przemknął przez przedpokój, zatrzymując się dopiero w swoim gabinecie. Dragosani stanął naprzeciw niego, przyglądając się badawczo.

– Za jaką robotę teraz się zabieracie, towarzyszu?

– Ciągle podejrzewasz ludzi o jakieś podejrzane triki, co, Borys? Niczego jeszcze się nie nauczyłeś? Ja nie potrzebuję stosować żadnych trików, ja wydaję rozkazy i wy je wykonujecie! I mój następny rozkaz brzmi: wracasz do szkoły poprawić swój angielski. Nie tylko zresztą język, ale masz poznać wszystko, co angielskie. Wtedy bardziej będziesz się nadawał na pracownika naszej ambasady w Londynie. Maks pojedzie z tobą. Założę się, że on nauczy się wszystkiego kilka razy szybciej. Potem, kiedy wszystko już dogramy, czeka was mała wycieczka...

– Do Anglii?

– Dokładnie. Ty i twój partner. Jest tam człowiek, były agent MI5, Keenan Gormley. „Sir" Keenan Gormley, ni mniej ni więcej. Teraz jest szefem ich parawywiadu. Ma zginąć! To robota Maksa. Ale potem...

Dragosani w końcu zrozumiał, o co chodzi.

– A potem ja mam go „przesłuchać". Mam z niego wydobyć wszystkie tajemnice. Chcesz znać każdy szczegół działalności ich parawywiadu.

– Nareszcie zaczynasz myśleć. – Borowitz kiwnął energicznie głową. – To twoja praca, Borys. Jesteś nekromantą, śledczym zmarłych. Za to ci płacą...

Zanim Dragosani zdołał cokolwiek powiedzieć, Borowitz zamknął mu drzwi przed nosem.

*

* *

W sobotnie popołudnie wczesnym latem 1976 roku, sir Keenan Gormley odpoczywał z książką w ręku w swoim gabinecie, w domu eleganckiej londyńskiej dzielnicy South Kensington. Właśnie sięgał po swego poobiedniego drinka, gdy zadzwonił telefon. Za chwilę usłyszał głos żony: „Kochanie, to do ciebie".

– Idę! – zawołał, odłożył książkę i podszedł do telefonu.

– Gormley, słucham – powiedział do słuchawki.

– Sir Keenan? Tu Harmon. Jack Harmon z Hartlepool. Jak się panu powodziło przez te wszystkie lata?

– Harmon! Jack! Jak się miewasz, do diabła? O mój Boże! Ile to lat? Chyba dwanaście?

– Trzynaście – padła odpowiedź głosem skrupulatnego statystyka. – Ostatni raz rozmawialiśmy na tym obiedzie, który wydali, gdy pan odchodził. Sza... pan wie, kto. To było w sześćdziesiątym trzecim.

– Trzynaście lat – westchnął Gormley zaskoczony. – Ale czas leci, co?

– Prawda? Ale chyba nie jest pan jeszcze na emeryturze?

Gormley uśmiechnął się.

– No wiesz, cóż, w połowie jestem emerytowany, jak może ci wiadomo. Robię to i owo w City. A ty? Słyszałem, że zostałeś dyrektorem w college'u w Hartlepool?

– To prawda. Ciągle tu jestem. Dyrektor szkoły? Boże, łatwiej mi było w Birmie!

Gormley zaśmiał się głośno.

– Dobrze cię słyszeć w tak dobrym zdrowiu i humorze, Jack. Zatem, co mogę dla ciebie zrobić?

Harmon przez chwilę milczał.

– Właściwie, trochę głupio się czuję. Kilka razy już miałem dzwonić, ale ciągle zmieniałem zdanie. To taka cholernie dziwna sprawa!

Gormley od razu się zainteresował. Zajmował się „dziwnymi sprawami" od lat. Jego własny talent podpowiadał mu, że zaraz coś się wydarzy i to coś ważnego. Marszcząc czoło, powiedział:

– O co chodzi Jack? Pamiętam, że łebski z ciebie facet, więc nawet jeśli to pozornie głupie...

– Tak, tylko, że to jest trudne do opowiedzenia. Jestem świadkiem tej sprawy, widziałem ją wiele razy na własne oczy i wciąż...

– Jack – Gormley starał się być cierpliwy – pamiętasz wieczór po tym obiedzie, gdy rozmawialiśmy? Trochę za dużo wypiłem i pamiętam, że mówiłem o rzeczach, o których nie powinienem. Wydawało mi się, że ty jesteś na tyle dobrze ustawiony i będziesz dyrektorem szkoły...

– Właśnie dlatego do pana teraz dzwonię! – odpowiedział Harmon. – Z powodu tej rozmowy. Skąd pan o tym wie?

Gormley znów się uśmiechnął.

– Nazwijmy to intuicją. Ale mów dalej.

– Powiedział pan, że będę spotykał wielu zdolnych młodych ludzi w swojej pracy i że powinienem zwracać uwagę na tych, którzy mają... specjalne uzdolnienia.

Gormley zwilżył usta językiem.

– Poczekaj chwilę, Jack, mam prośbę. Jackie, kochanie moje, przyniesiesz mi drinka? – zwrócił się do żony. – Przepraszam, Jack, ale strasznie mi zaschło w gardle. Zatem, znalazłeś dzieciaka, który jest nieco inny?

– Nieco? Harry Keogh jest całkiem inny, przysięgam! Szczerze mówiąc, nie wiem, co mam z nim począć.

– Dobrze, opowiedz mi o nim.

– Harry Keogh – zaczął Harmon – jest cholernym dziwakiem. Pierwszy raz przyprowadzono go do mnie ze szkoły dla chłopców w Harden. Jego nauczyciele powiedzieli mi, że to „intuicyjny matematyk". W rzeczy samej, był niemal geniuszem! W każdym razie, miał tu egzamin, który zdał, co mówię, zdał – przeszedł spacerkiem! I tak trafił do college'u. Nie radził sobie tylko z angielskim. Nawet miałem się za to zabrać... Kiedy rozmawiałem z jego nauczycielem, młodym George'em Hannantem, miałem niejasne wrażenie, że on nie lubi Keogha. Może to za dużo powiedziane, może po prostu nie mógł go rozgryźć. Niedawno znów miałem rozmowę z Hannantem, która rzuciła nowe światło na całą sprawę. Spostrzeżenia Hannanta sprzed pięciu lat zgadzały się z moimi obserwacjami. On także wierzył, że... Harry Keogh, że on...

– Że on co? – pospieszał Gormley. – Jaki to talent, Jack?

– Talent? Mój Boże, możemy to tak nazwać.

– Zatem?

– Powiem w ten sposób. Nie dlatego, że wstydzę się własnych wniosków, ale wydaje mi się, że najpierw muszę podać dowody. Powiedziałem już, że angielski Keogha pozostawiał wiele do życzenia i nawet go upomniałem z tego powodu. Błyskawicznie się poprawił. Zanim opuścił szkołę dwa lata temu, wydał już swoje pierwsze opowiadanie. Przez ten czas pojawiły się już jego dwie książki. W całym anglojęzycznym świecie! To dla mnie osobiście trochę żenujące, bo ja staram się coś opublikować od trzydziestu lat, a tu jakiś dziewiętnastolatek...

– I to ma być ta dziwna sprawa? – przerwał Gormley. – Sukces literacki jakiegoś młodzieńca?

– Co? Ależ skąd! Cieszę się z jego sukcesów. A przynajmniej cieszyłem. I nadal byłbym zadowolony, gdyby... Jeżeli nie pisałby tych cholernych rzeczy w taki sposób... – przerwał.

– W jaki sposób?

– On... on ma, no, współpracowników.

Słysząc te słowa, Gormley znów zmarszczył czoło.

– Współpracowników? Z całą pewnością mnóstwo pisarzy ma współpracowników. W wieku lat osiemnastu ktoś mu też musi pomagać, wspierać i tak dalej.

– Nie, nie – powiedział Harmon niepewnym głosem, nie wiedząc, jak powiedzieć to, o czym myśli. – Zupełnie nie to miałem na uwadze. Właściwie jego krótkie opowiadania nie muszą być poprawiane, to małe klejnociki. Ja sam nawet przepisałem jeden z jego rękopisów, gdy nie miał jeszcze maszyny do pisania. A nawet kilka jeszcze później, gdy już miał maszynę, ale jeszcze nie wiedział, jak dopracowuje się maszynopis. Od tego czasu robił wszystko sam, aż do teraz. Jego nowe dzieło, powieść, nosi tytuł „Pamiętnik Siedemnastowiecznego Rozpustnika"...

Gormley nie mógł powstrzymać uśmiechu.

– Seksualnie też jest przedwcześnie dojrzały, co?

– Właściwie myślę, że tak. W każdym razie, pracowałem z nim trochę nad tą powieścią – poukładałem ją jakoś, podzieliłem na rozdziały. Nie można przyczepić się do fabuły czy siedemnastowiecznego języka, który swoją drogą jest zaskakująco trafny, ale jego ortografia jest wciąż fatalna, a w tym wypadku nawet szczególnie zła, w dodatku narracja jest nieco urywana i niespójna. Ale jednego jestem pewien – ta powieść przyniesie mu kupę pieniędzy!

Gormley zastanowił się.

– Skoro jego opowiadania to „klejnociki", to czemu jego powieść jest niespójna? Gdzie tu logika?

– W przypadku Keogha nic nie jest logiczne. Powód, dla którego ta powieść różni się od poprzednich prac, jest prosty: jego współpracownik przy opowiadaniach był literatem, który znał się na rzeczy, podczas gdy jego współpracownik przy powieści... był siedemnastowiecznym rozpustnikiem!

– Co? – zapytał Gormley. – Chyba nie łapię.

– To faktycznie niewiarygodne. Ale proszę posłuchać: trzydzieści lat temu żył w Hartlepool pisarz, który odniósł sukcesy, pisząc małe opowiadania. Jego nazwisko nie ma znaczenia, bo i tak posługiwał się trzema czy czterema pseudonimami. Pseudonim Keogha jest bardzo bliski jednemu z nich...

– Jednemu z nich? Wciąż chyba nie...

– Jeżeli chodzi o tego rozpustnika, to żył tu taki, syn Earla. Bardzo znany w latach 1660–72. W końcu jakiś rozwścieczony mąż zabił go. Nie był co prawda pisarzem, ale miał niebywałą wyobraźnię! Tych dwóch ludzi... To współpracownicy Keogha!

Gormley nie mógł już wytrzymać.

– Mów dalej.

– Rozmawiałem z dziewczyną Keogha – kontynuował Harmon. – To miłe dziecko i zależy jej na nim. Nie pozwoli o nim powiedzieć złego słowa. Ale w trakcie rozmowy opowiedziała o tym, że Harry podobno ma jakieś swoje wyobrażenia o Nekroskopie. Mówił jej o tym, jako o wytworze swojej wyobraźni. Nekroskop, to ktoś, kto...

– Ktoś, kto zna myśli zmarłych, tak? – przerwał Gormley.

– Tak! – Harmon westchnął z ulgą. – Dokładnie.

– Duchowe medium?

– Co? Pewnie tak, można by to tak określić. Ale prawdziwe, Keenanie! Człowiek, który naprawdę potrafi rozmawiać z umarłymi! To potworne! Sam go widziałem, jak siedział na cmentarzu i pisał!

– Mówiłeś o tym komukolwiek? – głos Gormleya brzmiał teraz ostro. – Czy Keogh wie, że coś podejrzewasz?

– Nie.

– Zatem nie wolno ci już więcej pisnąć słówka na ten temat, rozumiesz?

– Tak, ale...

– Żadnych ale, Jack. Twoje odkrycie może być bardzo ważne i cieszę się, że zwróciłeś się z tym do mnie. Nikt więcej nie może o tym wiedzieć. Są ludzie, którzy mogliby to wykorzystać w bardzo zły sposób.

– Zatem wierzysz w te okropności? – ulga Harmona wydawała się być pełna. – To znaczy, czy to naprawdę jest możliwe?

– Możliwe, niemożliwe, im dłużej żyję, tym więcej mam wątpliwości, co jest możliwe, a co nie. Ale czy to jest „okropnością" – muszę poczekać jeszcze z osądem. Jeżeli masz rację, to ten twój Harry Keogh ma niesamowity talent. Tylko pomyśl, jak można go użyć!

– Drżę na samą myśl!

– Co? I ty masz być dyrektorem? Wstyd, Jack!

– Przepraszam, ale chyba nie rozumiem...

– Pomyśl, nie chciałbyś sam rozmawiać z największymi nauczycielami, myślicielami, naukowcami przeszłości? Z Einsteinem, Newtonem, da Vinci, Arystotelesem?

– Mój Boże! – głos po drugiej stronie niemal się dławił. – Ale to przecież zupełnie niemożliwe!

– Tak, Jack, myśl tak dalej i zapomnij o tej rozmowie, dobrze?

– Ale pan...

– Dobrze, Jack?

– Dobrze. Co zamierza pan zrobić?

– Jack, pracuję z bardzo ciekawymi ludźmi, samymi dziwakami. Nie mogę ci nic więcej powiedzieć. W każdym razie masz moje słowo, że zajmę się tą sprawą. A ty obiecaj, że już z nikim nie będziesz o tym rozmawiał.

– Oczywiście, skoro pan nalega.

– Dziękuję za telefon.

– Proszę bardzo. Ja...

– Do widzenia, Jack. Musimy kiedyś jeszcze pogadać.

– Tak, do widzenia...

Zamyślony Gormley odłożył słuchawkę.

ROZDZIAŁ JEDENASTY

Dragosani „wrócił do szkoły", by przez trzy miesiące szlifować swój angielski. Pod koniec lipca ponownie pojechał do Rumunii – do Wołoszy, jak nazywał teraz w myślach swoją ojczyznę. Wiedział, że to ostatni rok, że to coś w ziemi ostrzegało go, że zostało już mało czasu. Dragosani nie wiedział, co to mogło znaczyć, ale był pewien, że nie może pozwolić, by Tibor Ferenczy zamilkł na zawsze przez jego własne przeoczenie. Jeśli koniec Starego Diabła jest nieunikniony, to może teraz Wampyr będzie bardziej skłonny podzielić się z nim tajemnicami, w zamian za przedłużenie stanu półśmierci.

Było już późno, kiedy Borys przejeżdżał przez Bukareszt. Zatrzymał się na wiejskim targowisku, by kupić parę żywych kurcząt w wiklinowym koszyku. Przykrył je lekkim kocem i umieścił na tylnym siedzeniu swojej wołgi. Wynajął kwaterę na niewielkiej farmie nad brzegiem Oltulu, zostawił rzeczy w pokoju i chwilę później ruszył w stronę krzyżowych wzgórz.

W ostatnich promieniach dziennego światła stanął pośrodku tajemnego, niepoświęconego kręgu, ukrytego pod posępnymi sosnami. Spoglądał na grób na zboczu wzgórza otoczony przez powyginane, przypominające węże korzenie.

Kiedy mijał stolicę, spróbował skontaktować się z tym czymś, niestety bezskutecznie. Skoncentrował się całkowicie na wywołaniu diabelskiej jaźni z wielowiekowej drzemki, ale bez odpowiedzi. Może już było za późno. Jak długo Wampyr może leżeć w ziemi zapomniany? Mimo wielu rozmów z tym stworzeniem i wiedzy zaczerpniętej od Ladislau Giresci, nadal mało wiedział o prawdziwych Wampyrach. To była wiedza zastrzeżona, powiedział kiedyś Tibor, a Dragosani musi na nią poczekać, aż zostanie przyjęty do braterstwa. Czyżby? Nekromanta osobiście się o tym przekona!

– Tibor, jesteś tam? – wyszeptał w mroku. Jego oczy przywykły już do ciemności. – Tibor, wróciłem. Przyniosłem podarunki!

Kurczęta gdakały w koszyku. Żadnej odpowiedzi, żadnego wrażenia czyjejś obecności, nikt nie wywęszył jego przybycia.

To miejsce było martwe. Zwisające gałęzie łamały się z trzaskiem. Pył wznosił się w miejscach, po których stąpał Dragosani.

– Tibor – spróbowałeś raz jeszcze – powiedziałeś: rok. Minął rok i wróciłem. Spóźniłem się? Przyniosłem ci krew, by ożywić twoje żyły i dać ci znów siłę...

Nic.

Dragosani zaniepokoił się. Coś było nie w porządku. To coś zawsze tu było. Bez niego to miejsce nie miało znaczenia, krzyżowe wzgórza były martwe. I co teraz z marzeniami Dragosaniego? Czy wiedza, którą miał nadzieję przejąć od Wampyra, zniknęła wraz z nim na zawsze?

Przez chwilę poczuł rozpacz, gniew, niemoc, ale wtedy...

Powiew wiatru zakołysał gałęziami nad głową Dragosaniego. Słońce zatonęło za odległymi wzgórzami. Przerażone kurczaki zaczęły gdakać. Coś znów obserwowało nekromantę z mroku, przez pył i strzaskane gałązki. Niby nic, ale czuł wpatrzone w siebie oczy. Nic się nie zmieniło, ale wydawało się, że to miejsce zaczęło oddychać.

Oddychać, tak, tym plugawym oddechem, którego Borys nie znosił. Poczuł się zagrożony. To był strach, jakiego dotąd nie znał. Pochwycił koszyk i oddalił się z niepoświęconego kręgu. Oparł się o stary pień wielkiego drzewa, tak starego jak grób. Czuł się tutaj bezpieczniej. Nagle zrobiło mu się sucho w gardle, z trudem przełknął ślinę, by jeszcze raz się odezwać.

– Tibor, wiem, że tu jesteś. Nie ignoruj mnie, bo to ty na tym stracisz.

Znów zaszeleścił wiatr. Szept wdarł się do umysłu nekromanty.

– *Dragosaaaniii! Czy to ty?* – zawołał głos.

– Tak, to ja. Przynoszę ci życie, Stary Diable, przedłużam półśmierć.

– *Za późno, Dragosani, za późno. Przyszedł mój czas, muszę odpowiedzieć na zew czarnej ziemi. Nawet ja, Tibor Ferenczy – Wampyr. Cierpiałem wiele niedostatków, moja iskra paliła się słabo, a teraz ledwo się tli. Cóż mógłbyś dla mnie uczynić, mój synu? Obawiam się, że nic. Skończone...*

– Nie, nie wierzę! Przynoszę ci życie, świeżą krew. Jutro jeszcze więcej. Za kilka dni znów będziesz silny. Dlaczego mi nie powiedziałeś, jak faktycznie wyglada twoja sytuacja? Jak miałem ci uwierzyć, skoro zawsze mnie okłamujesz?

– *Może ja też się myliłem* – odpowiedziało po chwili to coś w ziemi. – *Nawet mój własny ojciec, mój rodzony brat – nienawidzili mnie... dlaczego miałbym ufać synowi? Zastępczemu synowi na dodatek. Nie wiąże nas nic prawdziwego, Dragosani. Obiecywaliśmy sobie wiele, ty i ja, mimo że nie warto było wierzyć, że cokolwiek się spełni. Skorzystałeś trochę – stałeś się nekromantą – a ja przynajmniej znów posmakowałem krwi, choć ohydnej. Pogódźmy się, jestem już za słaby, by się przejmować...*

Borys podszedł bliżej.

– Nie – krzyknął – Możesz mnie jeszcze wiele nauczyć, pokazać, przekazać tajemnice Wampyrów.

Ziemia zadrżała, jakby niewidzialna istota podpełzła bliżej.

Głos w głowie Dragosaniego westchnął – westchnieniem wielkiego zmęczenia, westchnieniem żalu zapomnianego przez świat. Dragosani zapomniał, jak zdradzieckie jest westchnienie Wampyra.

– *Dragosani! Dragosani! Niczego się nie nauczyłeś. Wiedza Wampyrów jest zakazana dla śmiertelników. Czyż nie mówiłem ci, że aby poznać Wampyry, trzeba zostać jednym z nich i że nie ma innego sposobu? Odejdź, mój synu, zostaw mnie przeznaczeniu. Co? Mam ci dać władzę nad światem, a sam zamienić się w proch? Gdzie tu sprawiedliwość? Czy to uczciwe?*

Nekromanta był zrozpaczony.

– Przyjmij chociaż krew, którą ci przyniosłem. Rośnij znów w siłę. Przyjmę twoje warunki. Skoro muszę zostać Wampyrem, by poznać tajemne sekrety, niech tak się stanie. Zgadzam się – skłamał. – Bez ciebie nie potrafię!

Coś w ziemi długo milczało. Dragosani czekał, wstrzymując oddech. Wyobraził sobie, że ziemia znów zadrżała pod jego stopami. To musiało być tylko złudzenie, że coś starego i złego, zgniłego, istniejącego w półśmierci leży tu pogrzebane. Drzewo za jego plecami było twarde jak skała. Nawet nie przypuszczał, że jest spróchniałe i puste w środku. Coś przebijało się na powierzchnię, przez suchy, wyżarty przez robactwo, spróchniały pień.

Może w każdej innej chwili Dragosani wyczułby ruch, lecz dokładnie w tym momencie Tibor przemówił i odwrócił jego uwagę.

– *Powiedziałeś, że... masz dla mnie dar?*

W głosie Wampyra można było wyczuć zainteresowanie. Borys chwycił się ostatniej deski ratunku.

– Tak, tak! Mam świeże mięso, krew. – Pochwycił jednego kurczaka, ścisnął za gardło, dławiąc jego wrzaski. Wyjął stalowy nóż i naciął szyję. Trysnęła czerwona krew. Spleśniałe liście wessały krew ptaka jak gąbka chłonąca wodę. Za plecami Dragosaniego jakiś podłużny kształt sunął szybko w górę wydrążonego drzewa. Jego cuchnący biały koniuszek znalazł dziurę, którą utworzyła opadła, obumarła gałąź, przedostał się na powierzchnię. Znajdował się niecałe pół metra nad głową Dragosaniego.

Borys pochwycił drugiego ptaka za szyję, podszedł do samej krawędzi „bezpiecznej" strefy.

– Mam tu coś więcej, Tibor, tutaj, w ręce. Okaż tylko trochę zaufania, trochę wiary i opowiedz o mocach, które posiądę, kiedy stanę się taki jak ty.

– *Czuję czerwoną krew spływającą w głąb ziemi, to dobrze, mój synu. Ale ciągle myślę, że przyszedłeś za późno. Nie, nie obwiniam cię. Ja też jestem winny... Zapomnijmy o przeszłości. Nim odejdę, podzielę się z tobą przynajmniej jednym małym sekretem.*

– Czekam – odpowiedział ochoczo Dragosani. – Zaczynaj...

– *Na początku* – mówiło coś w ziemi – *wszystkie stworzenia były równe. Pierwszy Wampyr był taki samym tworem natury, jak człowiek. Żył tak jak człowiek i inne niższe istoty. Byliśmy na swój sposób pasożytami, ale wszystkie stworzenia są takie. Człowiek zabijał, aby mieć pożywienie, zaś wampir był łagodniejszy – traktował stworzenie jak żywiciela. Wampiry nie umierały – żyły w półśmierci. W tym rozumieniu wampir jest równie naturalny jak pijawka, czy nawet zwykła pchła. Wampiry nie były pasożytniczymi żarłokami, dzięki nim ciało żywiciela stawało się prawie nieśmiertelne. A człowiek stał się doskonałym żywicielem wampira. Tak więc wampir, gdy człowiek wspiął się najwyżej w rozwoju ewolucyjnym – podzielił się z nim władzą.*

– Symbioza – powiedział Dragosani.

– *Czytam znaczenie tego słowa w twoim umyśle* – ciągnął Tibor. – *Tak, zgadza się – tylko, że wampir musiał się maskować! Wraz z ewolucją przyszła zasadnicza zmiana. Przedtem mógł istnieć bez żywiciela, teraz stał się zupełnie zależny. Pasożytnicze śluzice umierają bez ryb-żywicieli, wampir potrzebuje człowieka, żeby przetrwać. Gdyby ludzie odkryli go w innym człowieku – zabiliby bez wahania. Co gorsze, nauczyli się to robić!*

Na tym nie kończą się kłopoty wampirów. Natura jest okrutna, gdy przychodzi do poprawiania własnych błędów. Jest bezlitosna. Nic, co ona tworzy, nie żyje wiecznie. Wszystkie stworzenia są śmiertelne. A tu pojawia się istota odrzucająca to surowe prawo, stworzenie, które – wyjąwszy wypadki – mogło żyć nieskończenie! Dlatego poczuła odrazę do wampirów. A wampiry miały w sobie pewną słabość. Została im podstępnie wszczepiona, przechodziła z pokolenia na pokolenie przez wszystkie lata. Takie było ograniczenie natury: skoro wampiry tak rzadko „umierają", równie rzadko mogą się rodzić!

– Dlatego – odrzekł Dragosani – wymieracie jako rasa.

– *Możemy się reprodukować tylko raz w życiu – bez względu na to, jak długie jest to życie...*

– Ale macie taką potencję! Nie rozumiem dlaczego. Przecież wina nie leży w waszych samcach. A może wasze samice są niepłodne? To znaczy, mogą urodzić tylko raz?

– *Nasi samce, Dragosani?* – powiedział sarkastycznym tonem głos w jaźni Borysa. – *Nasze samice...?*

Nekromanta znów cofnął się pod drzewo.

– Co mówisz?

– *Samce, samice. Nie, Dragosani. Gdyby natura tak rozwiązała problem, z pewnością już dawno by nas nie było...*

– Ale ty jesteś samcem. Wiem, że tak!

– *Mój ludzki żywiciel był samcem.*

Oczy Dragosaniego rozszerzyły się w ciemności. Podświadomość ponaglała go do ucieczki, ale wiedział, że Diabeł nie może – nie ośmieli się go skrzywdzić.

– Więc jesteś samicą...?

– *Myślałem, że to już wyjaśniłem dostatecznie. Nie jestem ani jednym, ani drugim...*

– Hermafrodytą? – Dragosani nie był pewny, czy używa właściwego słowa.

– *Nie.*

– Zatem jesteś bezpłciowy? Agamiczny!

Perlista kropla uformowała się na bladym, pulsującym koniuszku cuchnącej macki, wystającej z drzewa tuż nad głowa Dragosaniego. Gdy tak rosła, stawała się niczym perła, zwiesiła się i zadrżała. Ponad nią pojawiło się purpurowe oko bez powieki. Spoglądało upiornie.

– Co myśleć o twojej żądzy, tej nocy, gdy mieliśmy tę wieśniaczkę?

– *Twojej żądzy, Dragosani.*

– A wszystkie kobiety, które miałeś w życiu?

– *Posiadłem je dzięki mojej sile, ale żądza była żywiciela!*

– Ale...

– *Achhh!* – Głos w umyśle Dragosaniego, głos w głowie Dragosaniego zawył przeraźliwie. – *Mój synu, mój synu – już prawie koniec, po wszystkim!*

Przerażony nekromanta ponownie ruszył na kraniec potępionego kręgu. Głos był tak słaby, tak zrozpaczony, pełen bólu.

– Co jest? Co się stało? Masz! Więcej pożywienia! – Przeciął gardło drugiego ptaka i odrzucił ciało, ziemia wessała czerwoną krew. To coś piło łapczywie.

Nagle w głowie nekromanty zakręciło się. Przez chwilę poczuł wielką siłę Wampyra – i wielką przebiegłość. Szybko odskoczył do tyłu i w tej samej chwili perlista kropla nad głową przybrała purpurowy kolor i spadła! Wprost na szyję Dragosaniego, tuż poniżej linii kołnierzyka. Poczuł to. Mogła to być kropla wilgoci z drzewa, ale tu było niezmiernie sucho. Może ptak, ale nigdy przedtem nie widział tu ptaka. Złapał się szybko za szyję, chciał wytrzeć kroplę – niczego nie znalazł. Jajo Wampyra, niczym rtęć, szybko przeniknęło przez skórę – teraz docierało do kręgosłupa.

Chwilę później Dragosani poczuł ból, odskoczył od drzewa, ale ból nasilił się. Uciekając z kręgu, obijał się o pnie drzew. Zatoczył się i upadł. I ten ból w czaszce, sięgający do kręgosłupa, ogień w żyłach, niczym kwas.

Ogarnęła go śmiertelna panika, jakiej jeszcze nigdy nie zaznał. Wydawało mu się, że umiera, że coś nim zawładnęło i cokolwiek to jest, musi go niechybnie zabić. Czuł, jak pękają wszystkie organy wewnętrzne, jak płonie mu mózg.

Nasienie Wampyra znalazło swoje miejsce w klatce piersiowej nekromanty. Było bezpieczne. A Dragosani powoli tracił świadomość, ogarnęła go wielka, bezbrzeżna błogość. Tak, to była prawdziwa rozkosz.

*

* *

Harry Keogh leżał w swoim łóżku, spocone włosy oblepiały mu czoło, kończyny drżały w rytm snu. To było coś więcej niż sen – za życia jego matka była uznanym medium, śmierć nie zmieniła, a nawet wyostrzyła jej talent. Przez lata często odwiedzała Harry'ego w snach – tak jak teraz.

Śnił, że stoją razem w letnim ogrodzie w domu, w Bonnyrigg. Za ogrodzeniem, między zarośniętymi zielenią brzegami, rzeka toczyła się leniwym nurtem. Słońce i rzeka – sen pełen kontrastów i żywych kolorów. Ona była znów młodą, jasnowłosą dziewczyną z pięknymi warkoczami, on – równie młody, mógłby być raczej jej kochankiem niż synem. Ale w tym śnie ich pokrewieństwo było zauważalne. Ona, jak zawsze, martwiła się o niego.

– Harry, twój plan jest niebezpieczny i trudny do zrealizowania – powiedziała. – Nie zdajesz sobie sprawy, co robisz? Jeśli ci się nie uda – to będzie morderstwo, Harry! Nie będziesz lepszy niż on. – Odwróciła się i spojrzała na dom, który wyglądał jak ciemna plama na tle nieskazitelnie błękitnego nieba, niczym czarna dziura międzyplanetarnej przestrzeni, bez jednego blasku światła z wnętrza. Czarny jak dusza mężczyzny, który w nim mieszkał.

Harry potrząsnął głową, nadludzkim wysiłkiem woli odwrócił wzrok.

– To nie morderstwo – powiedział – ale sprawiedliwość! Coś, czego on nie zaznał od piętnastu lat. Byłem jeszcze dzieckiem, małym chłopcem, gdy zabrał mi ciebie. Teraz jestem mężczyzną. Kim będę, jeśli to tak zostawię?

– Ale nie widzisz, Harry – naciskała matka – że zemsta nie przyniesie sprawiedliwości, zło plus zło nie daje dobra.

Usiedli na trawie, objęła go, pogłaskała po włosach. Uwielbiał to, będąc dzieckiem. Spojrzał raz jeszcze na dom. Wzruszył ramionami i odwracając szybko wzrok, powiedział:

– Nie chcę zemsty, mamo. Chcę wiedzieć, dlaczego cię zamordował! Byłaś piękną, młodą żoną, damą z majątkiem i talentem. Powinien cię uwielbiać – a on zabił. Przytrzymał pod lodem, a gdy już nie mogłaś walczyć, pozwolił rzece, żeby cię porwała. Zabił z zimną krwią. Wyrwał z życia tak, jak wyrywa się chwasty w ogrodzie. Tylko, że to on był chwastem, a ty różą. Dlaczego to zrobił? Dlaczego?

– Nie wiem, Harry. Nigdy nie wiedziałam – powiedziała zamyślona.

– Dlatego właśnie chcę się dowiedzieć. Dopóki on żyje, nigdy się nie przyzna. Dowiem się, gdy będzie martwy. Umarli nie odmawiają mi niczego. A to znaczy, że... Muszę go zabić. Zrobię to na swój sposób.

– To straszny sposób, Harry – zadrżała. – Wiem o tym!

– Tak – przytaknął, spojrzał zimno. – Tak się właśnie stanie...

Zaczęła się obawiać, przyciągnęła syna do siebie.

– A jeśli coś się nie powiedzie? Mogę leżeć w spokoju, Harry, bo wystarczy, że wiem, iż nic ci nie jest. Gdyby coś ci się przytrafiło...

– Nic mi się nie stanie. Będzie tak, jak zaplanowałem.

Pocałował jej zmartwione czoło, ale ona ciągle przytrzymywała go przy sobie.

– Wiktor Szukszin jest sprytny i... zły! Czasami czułam to w nim. Cóż, byłam tylko dziewczyną, a on był taki pociągający! Rosyjska dusza, oboje mieliśmy rosyjskie dusze. Wciągały mnie te jego mroczne zamyślenia. Byliśmy jak dwa bieguny, przyciągaliśmy się. Wiem, że z początku kochałam go. A jeżeli chodzi o powód, dla którego mnie zabił...

– Tak?

Znów pokręciła głową, jej oczy zamgliły się na przypomnienie przeszłości.

– Było coś... coś w nim. Jakiś obłęd, niewymowna obsesja, której nie mógł opanować. Tyle wiem, ale co to dokładnie było...

– Tego właśnie muszę się dowiedzieć – odrzekł Harry. – Inaczej też nie zaznam spokoju.

– Spójrz! – nagle westchnęła i przytuliła się mocniej.

Harry spojrzał. Mniejsza plama oderwała się od czarnej masy domu. Plama w kształcie człowieka. Przeszedł ścieżką w dół ogrodu, rozglądał się dookoła, załamywał ręce. Na głowie zabłysły dwa bliźniacze srebrne owale. Spoglądał na płot na skraju ogrodu. Harry i matka przytulili się do siebie. Przez chwilę wizerunek Szukszina nie zwracał na nich uwagi – minął ich, zatrzymał się, węszył podejrzliwie – jak pies. Ruszył dalej. Zatrzymał się przy płocie. Patrzył przez długie minuty na powolny bieg rzeki.

– Wiem, o czym on myśli – wyszeptał Harry.

– On może coś wyczuć! Zawsze mógł... – uciszyła go matka.

Szukszin zaczął się wycofywać, zatrzymywał się co kilka kroków, węszył zapamiętale. Zbliżył się do nich. Przeszył ich wzrokiem. Wreszcie ruszył z powrotem w kierunku domu, zacierając ręce, jak uprzednio. Gdy zlał się z plamą domu, usłyszeli donośne trzaśnięcie drzwi.

Dźwięk ten krążył po głowie Harry'ego, rozlegał się pod czaszką, był to trzaśnięciem, to pukaniem, to znowu serią puknięć.

– Musisz już iść – powiedziała matka. – Bądź ostrożny, Harry, uważaj – mój biedny, mały Harry...

Obudził się w swoim mieszkaniu. Ukośne promienie słońca oznajmiały, że dzień ma się ku końcowi. Spał co najmniej od trzech godzin, więcej niż zamierzał. Ktoś zapukał do drzwi.

Kto to mógł być? Brenda? Nie spodziewał się jej. W tej chwili pewnie znów układała włosy modnym paniom w Harden. Zatem kto?

Głośniejsze pukanie.

Harry zwiesił nogi z łóżka, wstał i podszedł do drzwi. Miał zmierzwione włosy i zaspane oczy. Goście przychodzili tu rzadko. „Z pewnością puka jakiś intruz" – pomyślał. Zapiął spodnie i nałożył koszulę. Znowu odezwało się stukanie.

Za drzwiami czekał Keenan Gormley. Wiedział, że Harry Keogh jest w domu, czuł to już, gdy szedł ulicą, kiedy wspinał się po schodach na poddasze. Aura parawłaściwości Keogha była tu wszechobecna, oczywista jak odcisk linii papilarnych na szkle. Gormley, podobnie jak Wiktor Szukszin i Grigorij Borowitz, miał jeden wielki talent – był „wykrywaczem". Instynktownie wiedział, kiedy ma do czynienia z człowiekiem obdarzonym pozazmysłową percepcją. Jej emanacja u Keogha była bardzo silna, silniejsza niż jakakolwiek inna.

A teraz Harry Keogh we własnej osobie otworzył drzwi... Gormley widział już wcześniej Keogha, ale nigdy z bliska. Przez ostatnie trzy tygodnie często go obserwował. Gormley i Harmon śledzili Keogha, trzymali chłopca pod ścisłą, lecz dyskretną kontrolą. Dwukrotnie towarzyszył im George Hannant. Gormley szybko zrozumiał, że Keogh jest wyjątkowy. Mieli rację, był Nekroskopem, potrafił kontaktować się z umarłymi. W ciągu ostatnich trzech tygodni Gormley często myślał o talencie Keogha. Chciał mieć ten talent pod kontrolą. Teraz musiał znaleźć sposób, by nakłonić Harry'ego do współpracy.

Przecierając rozespane oczy, Harry Keogh obejrzał przybysza. Chciał go odprawić, ale jedno spojrzenie na Gormleya przekonało go, że ten łatwo nie da się spławić. Ten mężczyzna robił wrażenie mądrego i skromnego człowieka. Do tego dobrotliwy uśmiech i prosząca o odwzajemnienie uścisku ręka – rozbrajały go całkowicie.

– Harry Keogh? – spytał Gormley, choć oczywiście wiedział, że to on. Nalegał na przyjęcie powitania, wyciągając rękę do przodu. – Jestem sir Keenan Gormley. Nie znasz mnie, ale ja wiem trochę o tobie. W rzeczy samej – wiem prawie wszystko!

Schody były słabo oświetlone, Harry nie mógł dokładnie przyjrzeć się rysom gościa, miał jedynie niejasne wrażenia. W końcu, przelotnie uścisnął rękę gościa, usunął się na bok i pozwolił mu wejść. Ten kontakt, jakkolwiek krótki, powiedział mu wiele. Uścisk ręki Gormleya był energiczny i prężny. Chłodny, ale szczery. Nic nie obiecywał, ale też niczym nie groził. To mogła być ręka przyjaciela – chyba, że...

– Wie pan wszystko o mnie? – Harry zdziwił się. – Chyba nie ma wielu rzeczy, które można o mnie wiedzieć?

– Nie zgadzam się z tobą – odpowiedział Gormley. – Jesteś stanowczo za skromny.

Teraz, w jaśniejszym świetle padającym z okien, Harry przyjrzał się bliżej gościowi. Mógł mieć około sześćdziesięciu lat, a może nawet trochę więcej. Zielone oczy były lekko zamglone, skóra pokryta siecią drobnych zmarszczek. Nad wysokim czołem rosły starannie wypielęgnowane siwe włosy. Miał prawie metr osiemdziesiąt wzrostu. Dobrze skrojona marynarka nie skrywała jednak lekko zaokrąglonych ramion.

Keenan miał najlepsze lata za sobą, ale Harry pomyślał, ze jeszcze wiele mu ich pozostało.

– Jak mam się do pana zwracać? – zapytał Harry. Po raz pierwszy rozmawiał z kimś, kto miał tytuł „sir".

– Wystarczy: Keenan, skoro mamy zostać przyjaciółmi.

– Jesteś pewien? Skąd wiesz, że będziemy przyjaciółmi? Muszę cię ostrzec, że nie mam ich wielu.

– Myślę, że nie mamy wyboru – uśmiechnął się Gormley. – Zbyt wiele nas łączy. Ja słyszałem, że masz wielu przyjaciół.

– To źle słyszałeś – Harry zmarszczył czoło. – Prawdziwych przyjaciół mogę policzyć na palcach jednej ręki.

Gormley uważał, że najlepiej będzie, jeżeli od razu przejdzie do rzeczy. Chciał się też przekonać, jaka będzie reakcja Keogha, gdy wyprowadzi się go trochę z równowagi. To może być kolejny dowód.

– Mówisz o żywych – odpowiedział cicho, uśmiech powoli zamierał na jego ustach. – A ja myślę o innych, którzy są chyba liczniejsi...

To uderzyło Harry'ego jak granat. Zawsze się zastanawiał, jak będzie się czuł, gdy ktoś zrobi aluzję do jego talentu. Teraz już wiedział. Czuł się chory.

Zatoczył się do tyłu, dopadł rozpadającego się krzesła, osunął się na nie bezwładnie. Drżał, zbladł jak ściana i spojrzał na Gormleya jak przyczajone zwierzę.

– Nie wiem o czym... – zaczął chrapliwie zaprzeczać. Gormley szybko uciął:

– Wiesz, Harry! Wiesz bardzo dobrze, o czym mówię. Jesteś Nekroskopem. Prawdopodobnie jedynym prawdziwym Nekroskopem na świecie!

– Chyba ci odbiło! – wysapał desperacko Harry. – Przychodzisz i wmawiasz mi takie... takie rzeczy. Nekroskop? Nie ma czegoś takiego. Każdy wie, że nie można... – przerwał, czując, że wpadł w pułapkę.

– Nie można? Rozmawiać z umarłymi? A ty potrafisz, prawda?

Pot spływał po czole Harry'ego. Łapał powietrze. Został przyłapany i wiedział o tym, niczym gwałciciel w świetle policyjnej latarki, sapiący między udami swej ofiary. Nigdy nie czuł się jak przestępca, nigdy nikogo nie skrzywdził, ale teraz...

Gormley podszedł, ujął go za ramiona, potrząsnął.

– No, wyduś to z siebie, człowieku, wyglądasz jak smarkacz złapany na masturbacji. Nie jesteś chory, to, co robisz, to nie jest choroba. To talent!

– To tajemnica – słabo zaprotestował Keogh, twarz błyszczała mu od potu. – Ja... ja ich nie krzywdzę. Nie zrobiłbym tego. Beze mnie, z kim mogliby porozmawiać? Są tacy s a - m o t n i.

Bełkotał teraz, przekonany, że jest w tarapatach i tylko usilnie próbował z tego wybrnąć. Ostatnia rzecz, jakiej Gormley chciał, to zrazić go do siebie.

– W porządku, synu, w porządku. Spokojnie, nikt cię o nic nie oskarża.

– Ale to t a j e m n i c a! – naciskał Harry. Zacisnął zęby, wzbierał w nim gniew. – Albo przynajmniej była. Ale teraz, skoro ludzie mają się dowiedzieć...

– Nie dowiedzą się.

– Ale ty wiesz!

– To mój zawód, żeby wiedzieć o takich rzeczach. Synu, powtarzam: nie masz kłopotów – nie z mojego powodu.

Był taki przekonujący, taki spokojny. Był przyjacielem, prawdziwym przyjacielem, czy kimś zgoła innym? Harry nie mógł się opanować. Nie potrafił zrozumieć, jakim cudem ktoś jeszcze wiedział o jego tajemnicy. Kręciło mu się w głowie. Czy mógł zaufać temu człowiekowi? Czy może ufać komukolwiek? Skoro Gormley wiedział, że Harry jest Nekroskopem, co z zemstą na Wiktorze Szukszinie? Nic nie może temu przeszkodzić!

Rozpaczliwie sięgnął myślami na cmentarz w Easington, skontaktował się ze znajomym, zaufanym oszustem.

Przez chwilę Gormley poczuł moc Harry'ego, pierwotną, obcą energię, jakiej nigdy nie doświadczył. Zaszumiało mu w głowie, serce zabiło alarmująco. To musiało być to! Talent Nekroskopa w akcji.

Harry w skupieniu pochylił się na krześle. Poczuł, jak pot spływa po nim, niczym topniejący śnieg, lało się z niego jak z uszkodzonego kranu. Ale teraz...

Powstał, zacisnął zęby i uśmiechnął się dziko. Odrzucił głowę, aż krople potu wzbiły się w powietrze. Wyprostował się jak struna, w jednej chwili opuściła go panika. Ręka prawie mu nie drżała, gdy odgarniał włosy z czoła. Rumieniec szybko wrócił na jego policzki.

– Zgadza się – powiedział, szczerząc zęby w uśmiechu. – Koniec wywiadu.

– Co? – Gormley był zaskoczony tą nagłą zmianą.

– Oczywiście. O to chodziło, prawda? Chciał pan dowiedzieć się czegoś o Harrym Keoghu, pisarzu. Ktoś ci powiedział o moim pomyśle na nową powieść. Piszę – przypuszczałem, że nikt o tym nie wie. Przyszedłeś – chciałeś sprawdzić, jak zareaguję, tak? To horror, a słyszałeś zapewne, że zawsze wczuwam się w to, o czym piszę. Więc zacząłem grać Nekroskopa. Sam wymyśliłem to słowo, nawiasem mówiąc. Jestem dobrym aktorem – zauważyłeś? Dobra, ty miałeś darmowe przedstawienie, a ja fajną zabawę – ale teraz koniec rozmowy. – Uśmiech nagle zniknął z jego twarzy. – Tam są drzwi, Keenan...

Gormley powoli potakiwał głową. Z początku był zaskoczony, ale teraz instynkt wziął górę. Przeczucie podpowiedziało mu, co tu się naprawdę dzieje.

– Sprytnie – powiedział – ale nie do końca. Z kim teraz rozmawiasz, Harry? Inaczej: kto mówi przez ciebie?

Jeszcze przez chwilę z oczu Harry'ego biła przekora. Gormley ponownie poczuł przypływ dziwnej mocy. Ale po chwili chłopiec przerwał kontakt ze swoim chytrym zmarłym przyjacielem. Jego twarz wyraźnie się zmieniła, ale nie był już spanikowany.

– Co chcesz wiedzieć? – zapytał matowym, pozbawionym emocji głosem.

– Wszystko – odpowiedział natychmiast Gormley.

– Myślałem, że już wiesz wszystko. Tak twierdziłeś.

– Ale chcę to usłyszeć od ciebie. Pewnie sam nie wiesz, jak to robisz, nie potrzebuję też wiedzieć, dlaczego. Wystarczy, że przyjmiemy, iż masz talent, który pomaga ci w życiu. To zrozumiałe. Ja chcę faktów. Zasięg twojego talentu i jego ograniczenia. Jeszcze przed chwilą przypuszczałem, że nie możesz używać go na odległość. Chcę wiedzieć, o czym rozmawiacie, co ich interesuje. Czy uważają cię za intruza, czy za przyjaciela? Tak jak powiedziałem: chcę wiedzieć wszystko.

– Albo?

Gormley pokiwał głową.

– Nie o to chodzi, jeszcze nie.

Harry uśmiechnął się gorzko.

– Więc mamy być „przyjaciółmi", tak?

Keenan przysunął krzesło i usiadł naprzeciwko Keogha.

– Harry, nikt się o tobie nie dowie. Obiecuję. To prawda, będziemy przyjaciółmi. To dlatego, że obydwaj potrzebujemy się nawzajem. Pewnie myślisz, że jestem ostatnią osobą, której mógłbyś potrzebować. Ale tak jest tylko na razie. Będziesz mnie potrzebował, zapewniam cię.

Harry zmrużył oczy.

– Dlaczego ty mnie potrzebujesz? Myślę, że zanim cokolwiek powiem, zanim cokolwiek oznajmię, lepiej, żebyś wyjaśnił mi kilka spraw.

Gormley spodziewał się tego. Kiwnął głową, spojrzał prosto w pytające, rozważne oczy chłopca. Wziął głęboki oddech.

– W porządku, postaram się. Wiesz, jak się nazywam, więc teraz powiem ci, kim jestem i jak zarabiam na życie. A co ważniejsze, opowiem ci o ludziach, z którymi pracuję.

Opowiedział Harry'emu o brytyjskim parawywiadzie i o jego odpowiednikach w Ameryce, Francji, ZSRR i Chinach. Opowiedział o telepatach, którzy mogą ze sobą rozmawiać przez kontynenty bez telefonu – tylko za pomocą siły umysłu. Mówił o jasnowidztwie, możliwości zobaczenia przyszłości, przepowiedzenia wydarzeń, które mają dopiero nastąpić. Wspomniał też o telekinezie i psychokinezie, o ludziach, którzy mogą przesuwać masywne obiekty wyłącznie siłą woli, bez użycia siły mięśni. Opowiedział o „dalekowidzących" ludziach, którzy dostrzegają dowolne miejsca i wydarzenia na świecie dokładnie w tym momencie. Przypomniał historię o „lekarzu", który potrafił wywołać siłę życia i odpędzić choroby bez stosowania konwencjonalnych leków. Przedstawił parawywiadowców, których miał pod swoim zwierzchnictwem. Uświadomił Harry'emu, że i dla niego jest tam miejsce. Powiedział to wszystko w taki sposób, tak klarownie, zrozumiale, z takim przekonaniem, że Harry był pewien, iż słyszy najczystszą prawdę.

– Zatem, jak widzisz – kończył Gormley – nie jesteś dziwakiem, Harry. Może twój talent jest unikalny, ale nie ty – jako człowiek obdarzony paranormalnym talentem. Twoja babka miała talent i przekazała go córce, twojej matce. Ona z kolei, tobie. Bóg jeden wie, do czego zdolne będą twoje dzieci!

– A teraz chcesz, żebym dla ciebie pracował? – Harry wyszeptał po dłuższej chwili, kiedy dotarło do niego wszystko, co usłyszał.

– Tak.

– A jeśli odmówię?

– Harry, odnalazłem cię. Jestem „wykrywaczem", wyczuję każdego parawywiadowcę na milę. To też jest jakieś uzdolnienie, wiem nawet o innych, takich jak ja, łowcach talentów. Jeden z nich to szef rosyjskiego parawywiadu. Dobrze, ja wyłożyłem karty na stół. Powiedziałem ci o sprawach, o których nie mam prawa mówić. Bo chcę abyś mi zaufał. Myślę, że i ja tobie mogę zaufać. Nie musisz się mnie obawiać, Harry, ale nie mogę obiecać, że jesteś bezpieczny.

– Myślisz... że mogą mnie znaleźć?

– Stają się coraz lepsi, Harry – powiedział Gormley. – Tak jak i my. Mają przynajmniej jednego swojego człowieka w Anglii. Nie spotkałem go jeszcze, ale czuję go blisko siebie. Wiem, że mnie obserwuje, śledzi. To prawdopodobnie także „wykrywacz". Posłuchaj: znalazłem ciebie, więc jak długo to potrwa, zanim oni także cię odnajdą? Jest jedna różnica: oni nie dadzą ci możliwości wyboru.

– A ty mi dajesz, tak?

– Oczywiście, że tak. To zależy od ciebie – przychodzisz do nas albo nie. Twój wybór. Zastanów się, Harry – przemyśl to. Byle nie za długo. Jak powiedziałem, potrzebujemy cię. A im szybciej, tym lepiej...

Harry pomyślał o Wiktorze Szukszinie, ale nie domyślał się, że Szukszin to ten sam człowiek – obserwator, którego „wyczuwa" Gormley.

– Mam kilka spraw do załatwienia, zanim podejmę ostateczną decyzję – powiedział.

– Oczywiście, rozumiem.

– To zajmie trochę czasu. Pięć miesięcy?

Gormley zgodził się.

– Skoro musisz.

– Muszę – Po raz pierwszy podczas tego spotkania Harry uśmiechnął się nieśmiało, naturalnie. – Słuchaj, zrobiło mi się sucho w gardle. Napijesz się kawy?

– Z wielką chęcią – Gormley odwzajemnił uśmiech. – Wypijemy, a ty może opowiesz mi o sobie, co?

Harry czuł, jakby pozbył się z ramion wielkiego ciężaru.

– Dobrze – westchnął – opowiem.

*

* *

Minęły dwa tygodnie. Harry Keogh skończył pisać powieść i zaczął „szykować" się na Wiktora Szukszina. Zaliczka za książkę zapewniła mu finansową stabilność, której potrzebował na przyszłe pięć, sześć miesięcy – aż załatwi tę sprawę.

Pierwszy krok zrobił, dołączając do grupy zwariowanych morsów, entuzjastów pływania, którzy kąpali się w Morzu Północnym przynajmniej dwa razy w tygodniu, przez cały okrągły rok, łącznie ze świętami Bożego Narodzenia i Nowym Rokiem! Brenda uznała, że Harry oszalał.

„To dobre w lecie, Harry – pamiętał, jak mówiła do niego pewnego sierpniowego wieczoru, gdy leżeli nago przytuleni do siebie. – A co wtedy, gdy będzie zimno? Będziesz nurkował w lodowatej wodzie? O co chodzi z tą nagłą pływacką manią?"

„To sposób na zdrowie i kondycję – powiedział, całując jej piersi. – Nie chcesz, żebym miał dobrą kondycję?"

„Czasami – odpowiedziała i przytuliła się bardziej, czując, jak jego członek znów twardnieje w jej dłoni. – Myślę, że masz nawet za dobrą kondycję!"

W rzeczywistości była szczęśliwsza niż kiedykolwiek przez ostatnie trzy lata. Harry był otwarty, mniej zamyślony, ożywiony i podniecający. Jego nagłe zainteresowanie sportem nie skończyło się na pływaniu. Nauczył się samoobrony, zapisał się do małego klubu judo w Hartlepool. Już po tygodniu trener uznał go za „urodzonego" judokę i oczekiwał po nim wiele. Nie wiedział oczywiście, że Harry ma innego trenera, który kiedyś był mistrzem regimentu w judo, a teraz przekazał wszystkie umiejętności Keoghowi.

Jeżeli chodzi o pływanie, Harry zawsze uważał się za niezłego pływaka, a teraz okazało się, że był nie tylko niezły. Z początku cała grupa wyprzedzała go – przynajmniej do czasu, gdy znalazł sobie trenera, byłego srebrnego medalistę olimpijskiego, który zginął w wypadku samochodowym w 1960 roku, jak zapisano na jego nagrobku na cmentarzu Świętej Marii w Stockton. Harry został entuzjastycznie przyjęty przez nowego przyjaciela, który dołączył do wodnych zabaw z wielką pewnością siebie.

Mając taką przewagę, pozostawał mu do przezwyciężenia tylko fizyczny aspekt sprawy. Harry pozwalał umysłowi zawodowego pływaka przekazać technikę, ale to nie mogło zrekompensować braku muskułów; tylko ćwiczenia mogły pomóc. W każdym bądź razie, postęp był gwałtowny.

We wrześniu zapanował szał nurkowania. Harry był w tym świetny. Kiedy pierwszy raz przepłynął pod wodą dwie długości basenu, wszyscy przestali pływać, aby mu się przyglądać. Zdarzenie miało miejsce na basenie w Seaton Carew. Jeden z uczestników chciał się dowiedzieć, w czym leży tajemnica. Harry otrząsnął się z wody i odpowiedział:

– To wszystko umysł. Siła woli, jak przypuszczam.

Po trosze pokrywało się to z prawdą. Nie zdradził tylko, że była to siła jego woli, ale nie jego umysł...

Pod koniec października porzucił treningi judo. Jego postępy były tak szybkie, że instruktorzy w klubie zaczęli się go obawiać. Był zadowolony, że sam może się obronić, nawet bez pomocy „Sierżanta" Grahama Lane'a. W tym czasie zaczął też trenować łyżwiarstwo – ostatnią dyscyplinę niezbędnych przygotowań.

Brenda, sama będąc niezłą łyżwiarką, była zaskoczona. Często próbowała namówić Harry'ego na ślizgawkę w Durham, ale zawsze odmawiał. Nie było w tym nic dziwnego. Wiedziała, w jaki sposób umarła matka Keogha, ale myślała, że zdoła przełamać jego opory. Nie mogła wiedzieć, że to nie był jego strach, a strach jego matki – w końcu Mary Keogh zauważyła sens poczynań syna i ochoczo przyszła mu z pomocą.

Z początku obawiała się – lód, wspomnienie śmierci nadal nie odchodziło. Ale po krótkim czasie znów rozkoszowała się jazdą na łyżwach, jak za dawnych lat. Cieszyła się poprzez Harry'ego, a on korzystał z jej wskazówek. Wkrótce mógł już prowadzić Brendę, ku jej radości, w tańcu na lodzie!

– Harry – dyszała, kiedy szaleńczo wirował z nią na ślizgawce – z tobą się nie można nudzić. Ależ z ciebie sportsmen. W tym momencie Harry pomyślał, że istotnie mógłby zostać sportowcem, gdyby nie inne ważniejsze sprawy.

W pierwszym tygodniu listopada nadeszła zima. Harry czuł się dobrze, jak nigdy dotąd, gotowy podbić świat. Pewnej nocy matka przyszła do niego we śnie. Za dnia sam musiał nawiązywać kontakt, jeśli chciał z nią porozmawiać – we śnie inaczej. Wtedy ona miała nieograniczony dostęp. Zazwyczaj szanowała jego prywatność, teraz zmuszona była pomówić z nim w nie cierpiącej zwłoki sprawie.

– Harry? – wkradła się do jego snu. Spacerowała z synem przez zamglony cmentarz, wśród posępnych, wysokich jak domy grobów. – Harry, możemy porozmawiać? Masz coś przeciwko?

– Nie, mamo, nie mam – odpowiedział. – O co chodzi?

Chwyciła go za ramię, ścisnęła mocno. Wierzyła, że dojdzie z synem do porozumienia.

– Harry, rozmawiałam z innymi. Powiedzieli, że grozi ci wielkie niebezpieczeństwo ze strony Szukszina. Jeśli nawet go zabijesz – zagrożenie pozostanie! Harry, tak strasznie boję się o ciebie!

– Niebezpieczeństwo ze strony ojczyma? – przytulił się do matki, starając się ją pocieszyć. – Oczywiście, że jest. Zawsze o tym wiedzieliśmy. Ale zagrożenie po jego śmierci? Z jakimi „innymi" rozmawiałaś, mamo? Nie rozumiem.

Odsunęła się od niego na chwilę, wyraźnie rozłoszczona.

– Przecież rozumiesz! – powiedziała oskarżającym tonem, – Zrozumiałbyś, gdybyś tylko chciał. Jak myślisz, Harry, od kogo dostałeś ten talent, jak nie ode mnie? Rozmawiałam z umarłymi, kiedy ciebie jeszcze nie było na świecie! Nie tak dobrze jak ty, ale wystarczająco. Wszystko, co zdołałam osiągnąć, to tylko mgliste wrażenia, echa, niewyraźne wspomnienia, podczas gdy ty właściwie rozmawiasz z nimi, uczysz się od nich, zapraszasz do siebie. Ale wiele się zmieniło, ćwiczę swoje zdolności od szesnastu lat, Harry. Jestem w tym teraz lepsza niż za życia. Musiałam ćwiczyć, rozumiesz, dla twojego dobra. Jak inaczej mogłabym się tobą opiekować?

Przyciągnął ją do siebie, objął ramionami, spojrzał głęboko w jej rozdrażnione oczy.

– Nie walcz ze mną mamo, nie trzeba. Powiedz mi teraz: o jakich innych mówisz?

– O innych, o takich jak ja, o ludziach, którzy tak jak ja za życia byli uważani za medium. Niektórzy, podobnie jak ja, leżą w ziemi od niedawna, ale są tacy, którzy spoczywają w grobach już od dawien dawna. Nazywano ich za życia czarownikami, czarownicami. Wielu zginęło z tego powodu. To z nimi rozmawiałam...

Nawet śniąc, Harry przeraził się. Umarli rozmawiający z umarłymi, komunikujący się ze sobą, rozważający zdarzenia ze świata żywych, z którego już dawno odeszli. Zadrżał na samą myśl o tym, mając nadzieję, że matka tego nie zauważy.

– I co ci powiedzieli, ci inni?

– Znają cię, Harry – odpowiedziała – a przynajmniej wiedzą, że istniejesz. Jesteś jedynym, który przyjaźni się z umarłymi. Dzięki tobie umarli mają przyszłość – niektórzy z nas, w każdym razie. Dzięki tobie ci niektórzy mają okazję dokończyć to, czego nie zdążyli zrobić za życia. Uważają cię za bohatera. I martwią się o ciebie. Bez ciebie ich nadzieje zostaną zaprzepaszczone, rozumiesz? Oni... oni błagają, żebyś porzucił tę obsesję, tę wendetę.

Usta Harry'ego stwardniały.

– Chodzi o Szukszina? Nie mogę. To przez niego jesteś, tam gdzie jesteś, mamo.

– Tu nie jest... nie jest tak źle. Nie jestem samotna, przynajmniej nie teraz.

Pokręcił głową i westchnął.

– Tak nic nie zdziałasz, mamo. Mówisz to tylko dla mojego dobra. Przez to jeszcze bardziej cię kocham i bardziej tęsknię. Życie to dar, a Szukszin odebrał ci go. Słuchaj, wiem, że to, co robię, jest złe, ale jest sprawiedliwe. Potem wszystko się odmieni. Mam pewne plany. To ty dałaś mi talent, to prawda. Kiedy wszystko się skończy, wykorzystam go w pewnych celach. Obiecuję.

– Ale najpierw załatwisz sprawę Wiktora?

– Muszę.

– To twoje ostatnie słowo?

– Tak.

Pokiwała smutno głową, uwolniła się i odeszła.

– Powiedziałam im, że taka będzie twoja odpowiedź. W porządku Harry, nie będę się już o to sprzeczać. Ale jedno musisz wiedzieć: dostaniesz dwa ostrzeżenia, które nie będą przyjemne. Pierwsze przyjdzie od zmarłych, odnajdziesz je we śnie. Drugie czeka na ciebie w świecie żywych. Dwa ostrzeżenia, Harry. Jeśli nie przyjmiesz ich... za wszystko będziesz sam odpowiadał.

Zaczęła odpływać od niego, znikła za strzelistymi nagrobkami, mgła spływała wokół jej stóp. Starał się podążyć za nią, ale nie mógł. Niewidzialna materia snu rozdzieliła ich postacie, jego stopy były jak przyspawane do żwiru ścielącego się na ścieżkach cmentarza.

– Ostrzeżenia? Jakie ostrzeżenia?

– Idź tą ścieżką – wskazała. – Znajdziesz tam jedno z nich. Drugie przekaże ci osoba, której szczerze ufasz. Obydwa powiedzą ci o przyszłości.

– Przyszłość jest nieodgadniona, mamo! – zawołał do ducha owiniętego wstęgą mgły. – Nikt nie potrafi jej przewidzieć!

– Więc nazwij to futurologią – odpowiedziała. – Przyszłością swoją i dwóch innych osób. Jedna cię kocha, druga poprosiła o pomoc...

Harry nie był pewien, czy dobrze usłyszał.

– Co? – krzyknął. – O co chodzi, mamo?

Jej głos i postać zlały się z wirującą mgłą snu i po chwili zupełnie znikła.

Harry spojrzał na wskazaną ścieżkę.

Nagrobki wyglądały jak gigantyczne kostki domina, ich szczyty ginęły w kłębach mgły. Były złowieszcze, posępne, tak jak droga między nimi – ścieżka wskazana przez matkę. Może lepiej, żeby nie poznał tych „ostrzeżeń", może nie powinien pójść tą drogą. Ale jego sen zabierał go na nią tak, czy inaczej!

Harry dryfował bez oporu na żwirowej ścieżce między rzędami nagrobków, pchany przez sen. Na końcu alei była pusta przestrzeń. Zimne, opustoszałe miejsce, a dalej...

Trzy nagrobki, najbardziej posępne ze wszystkich. Harry popłynął przez pustą przestrzeń w ich kierunku. Gdy był już blisko strzelających z ziemi głazów, siła snu znikła i odzyskał swobodę ruchów. Przeczytał ostrzeżenia, jakie ci inni zostawili dla niego wyryte geometrycznymi literami na powierzchni głazów.

Pierwszy kamień:

BRENDA COWELL
UR.1958
WKRÓTCE UMRZE PRZY PORODZIE
KOCHAŁA I BYŁA KOCHANA

Drugi kamień:

SIR KEENAN GORMLEY
UR.1915
WKRÓTCE UMRZE W MĘCZARNIACH
PRAWDZIWY PATRIOTA

Trzeci kamień:

HARRY KEOGH
UR.1957
UMARLI BĘDĄ GO OPŁAKIWAĆ

– Nie! – krzyknął Harry.

Ledwie powłócząc nogami, oddalił od posępnych kamieni, wyciągnął ręce w obawie przed upadkiem...

...i uderzył w mały stolik przy łóżku. Przez dłuższą chwilę leżał, ciągle jeszcze w sennym szoku. Serce waliło jak młot. Zadzwonił telefon!

To był Keenan Gormley.

– Ach, to ty! – odezwał się Harry.

– Rozczarowałeś się? – zapytał Gormley, ale bez cienia żartu w głosie.

– Nie, spałem. Wyrwałeś mnie ze snu.

– Przykro mi, przepraszam. Czas mija i ja...

– Tak – odrzekł odruchowo Harry.

– Co? – Gormley był zdziwiony. – Czy powiedziałeś „tak"?

– Tak, przyłączę się do was. W każdym razie chcę się z tobą zobaczyć. Musimy o tym porozmawiać.

Harry rozważał propozycję Gormleya od pewnego czasu. W rzeczywistości ten sen – który był oczywiście czymś więcej niż snem – przekonał go ostatecznie. Matka powiedziała o kimś, komu może zaufać. Czy mógłby być to ktoś inny niż Gormley? Dotychczas nie był zdecydowany, czy przyłączyć się do ekipy sir Keenana, ale teraz, kiedy matka odkryła prawdopodobną przyszłość, jego, Brendy i Gormleya, to...

– To cudownie, Harry! – Gormley był szczerze uradowany. – Kiedy przyjedziesz? Musisz poznać wielu ludzi, mamy ci tak dużo do pokazania... i wiele do zrobienia!

– Jeszcze nie teraz – Harry starał się stonować radość rozmówcy. – Przyjadę wkrótce. Kiedy będę mógł...

– Kiedy? – Gormley był rozczarowany.

– Wkrótce – powtórzył. – Jak tylko skończę... to, co muszę skończyć.

– Dobrze – odparł Gormley – niech i tak będzie. Ale Harry, nie za długo, dobrze?

– Nie, to nie potrwa długo. – Odłożył słuchawkę.

Ledwo dotknął widełek aparatu, znów zadzwonił telefon. Keogh obrócił się i uniósł słuchawkę.

– Harry? – to była Brenda. Jej głos był cichy i spokojny.

– Brenda? Posłuchaj, kochanie – powiedział, nie dając jej zacząć. – Myślę... Chciałbym powiedzieć... To znaczy... pobierzmy się!

– O, Harry! – westchnęła zaskoczona i uradowana. – Tak się cieszę, zanim... zanim...

– Pobierzmy się jak najszybciej – uciął krótko, niemal dławiąc się na samo wspomnienie tego, co widział we śnie.

– Dlatego właśnie dzwoniłam – powiedziała. – Tak się cieszę, że o to poprosiłeś. Widzisz Harry, wydaje mi się, że i tak byśmy musieli...

Dla Harry'ego Keogha nie była to niespodzianka.

ROZDZIAŁ DWUNASTY

Była połowa grudnia 1976 roku. Po wyjątkowo gorącym lecie, natura starała się wyrównać rachunki. Zanosiło się na srogą zimę.

Borys Dragosani i Maks Batu przyjechali do Anglii z miejsca o wiele zimniejszego. Ale oni nie przyjechali na badania klimatologiczne. Zimno harmonizowało z chłodem ich serc, ze śmiertelnie zimną naturą ich misji. Przyjechali tutaj, żeby kogoś zamordować.

W czasie lotu w twardych, niewygodnych fotelach odrzutowca Aerofłotu po głowie Dragosaniego snuły się chore myśli, po trosze obawy, lęki, po trosze złość. Wściekał się przede wszystkim na Grigorija Borowitza, nie mógł mu podarować, że wysłał go w tę misję. Lęki dotyczyły głównie Tibora Ferenczyego – tego czegoś uwięzionego w ziemi.

Teraz ukojony, wyciszony szumem silników i klimatyzacji, zagłębił się w fotelu i wrócił myślami do ostatniej wizyty na krzyżowych wzgórzach...

Myślał o opowieści Tibora, o symbiotycznej lub drapieżnej naturze prawdziwego Wampyra, o swym cierpieniu i panicznej ucieczce z tajemnego miejsca, o utracie świadomości na zadrzewionym stoku. Tam wczesnym świtem obudził się skulony pod drzewami przy końcu przerośniętej przecinki. Musiał skrócić swą wizytę w ojczyźnie, wrócił do Moskwy i oddał się w ręce najlepszych lekarzy, by wytłumaczyć sobie to, co się stało. Okazało się to kompletną stratą czasu. Był całkowicie zdrowy.

Zdjęcia rentgenowskie nic nie wykazały, próbki krwi i moczu były w stu procentach normalne. Ciśnienie, puls, oddychanie – wszystko w idealnym porządku. Czy istniał jakiś miernik jego zmiany? Nigdy nie miewał bólów głowy czy ataków astmy. Nie skarżył się na zatoki. Może się przepracowywał? Na pewno nie! Czy naprawdę zdawał sobie sprawę, co faktycznie jest powodem jego zmartwień? Nie.

Tak, ale nawet nie dopuszczał do siebie tej myśli, nie poddałby się jej w żadnych okolicznościach.

Lekarz zapisał leki uśmierzające ból, na wypadek gdyby objawy miały się powtórzyć. I tyle. Dragosani powinien być zadowolony z wyników, ale nie był. Wprost przeciwnie... Próbował skontaktować się z Tiborem na odległość. Zastanawiał się, czy Stary Diabeł znał odpowiedź. Nawet kłamstwo mogło zawierać jakiś klucz. Ale Tibor nawet jeśli słyszał, nie odpowiadał.

Rozważał setki razy wydarzenia, które doprowadziły do tego okropnego bólu, ucieczki, zapaści. Coś z góry spadło na szyję. Deszcz? Nie, była piękna noc – sucho. Liść, kawałek, kory? Nie, to było coś wilgotnego. Może ptak zapaskudził skórę? Nie, ręka była czysta, gdy dotknął szyi.

Coś jednak spadło, po chwili płonął mu mózg, napiął się kręgosłup. Przez coś nieznanego. Co to było? Dragosani domyślał się, ale nie dopuszczał do siebie takiego wytłumaczenia. Podejrzenie wdarło się więc w jego sny, stało koszmarem nocnym.

Opanowała go obsesja, myślał tylko o tym. Także o tym, o czym mówił Stary Diabeł, gdy to się stało. Miało to też związek z pewnymi zmianami, które u siebie zauważył – od czasu tego zdarzenia...

Fizjologiczne zmiany, niewyjaśnione. A nawet jeżeli można je było wyjaśnić, to Dragosani nie potrafił i nie chciał jeszcze zaakceptować strasznej prawdy.

– Dragosani, mój chłopcze – powiedział nie dalej jak tydzień temu Borowitz – starzejesz się przedwcześnie. Przepracowujesz się czy co? A może masz za mało roboty! Tak, to pewnie to! Kiedy to ostatni raz skrwawiłeś sobie te delikatne łapki, co? Miesiąc temu, prawda? Krwią francuskiego podwójnego szpiega. Spójrz na siebie, człowieku! Łysiejesz! A co się dzieje z twoimi dziąsłami, spójrz! Wyglądasz jak anemik. Może ta wyprawa do Anglii ci pomoże...

Borowitz prowokował, ale tym razem Borys nie ośmielił się zareagować na zaczepki. Mógł zwrócić na siebie jeszcze większą uwagę, a tego zdecydowanie nie chciał. W istocie Generał miał więcej racji, niż przypuszczał.

Włosy rzeczywiście przerzedziły się Borysowi, ale nie w zwykły sposób. Czaszka nekromanty jakby wydłużyła się. Podobne, dziwne zmiany dotyczyły dziąseł: po prostu Dragosaniemu rosły zęby, szczególnie dolne i górne siekacze.

Podejrzenie o anemię było wręcz śmieszne. Był blady, ale z pewnością nie słaby. W rzeczywistości czuł się silniejszy, zdrowszy niż kiedykolwiek w życiu. Fizycznie, oczywiście. Jego bladość prawdopodobnie była wynikiem szybko postępującej fotofobii. Borys unikał jak mógł światła dziennego. Teraz, nawet w półmroku, nosił ciemne okulary.

Fizycznie był sprawny, to prawda – ale sny, lęki, obsesje, nerwice...

Po prostu, stał się neurotykiem!

Jedna rzecz była jednak pewna. Bez względu na wynik brytyjskiej misji, Dragosani zamierzał wrócić do Rumunii jak najszybciej. Zostały pytania, problemy, które musiał rozwiązać – im szybciej, tym lepiej. Tibor Ferenczy kierował biegiem wydarzeń stanowczo za długo.

Obok Borysa, na trzech złączonych siedzeniach siedział Maks Batu.

– Towarzyszu Dragosani – wyszeptał przysadzisty Mongoł – podobno to ja jestem tym, który ma „złe oko". Czyżby nasze role się zamieniły?

– O co ci chodzi? – zapytał nekromanta i drgnął w swoim fotelu na dźwięk tych słów. – Co masz na myśli?

– Nie wiem, o czym myślisz, mój przyjacielu, ale widzę, że to nie wróży nic dobrego – powtórzył Batu. – Miałeś bardzo charakterystyczny wyraz twarzy!

– Och – odpowiedział, odprężony już nieco, Dragosani. – To moje myśli, Maks, i nie twój interes.

– Jesteście twardzielem, towarzyszu – odrzekł Batu. – Obydwaj jesteśmy zimni, ale nawet ja czuję bijący od was chłód. – Uśmiech powoli zniknął z jego twarzy. – Czymś was obraziłem?

– Tym swoim gadaniem! – mruknął Borys.

– Możliwe – tamten wzruszył ramionami – ale musimy „gadać". Miałeś mi podać szczegóły, dobrze by było, gdybyś to zrobił teraz. Jesteśmy sami – w samolocie nie ma podsłuchu. Została nam tylko godzina do lądowania w Londynie. W ambasadzie taka rozmowa może być trudna.

– Masz rację – przyznał niechętnie Dragosani. – Dobrze, opowiem ci wszystko dokładnie. Będziesz miał przegląd całej sytuacji.

Borowitz wymyślił sobie Wydział Paranormalny około dwadzieścia pięć lat temu. W tym czasie spora grupa rosyjskich tak zwanych pseudonaukowców zaczęła poważnie interesować się parapsychologią, wtedy jeszcze prześladowaną w ZSRR. Borowitz także się zapalił, zawsze był zainteresowany paranormalnością, mimo swojego prostackiego, wojskowego sposobu bycia i ateistycznego światopoglądu. Dziwnie utalentowani ludzie zawsze go fascynowali. On sam jest „wykrywaczem" – wcześniej nie zdawał sobie z tego sprawy. Gdy pojął, że posiada ten szczególny talent, od razu postarał się o kierownicze stanowisko w zakresie szkolenia parawywiadu. Pierwotnie była to szkoła bez żadnych operacyjnych działań. KGB zlekceważyła sprawę – oni lubią siłę i kamizelki kuloodporne, wywiad paranormalny był dla nich zbyt ezoteryczny.

W każdym razie, jego służba w armii zbliżała się do końca, miał różne powiązania, nie mówiąc już o jego własnym talencie, więc dostał to stanowisko. Kilka lat później natrafił na innego wykrywacza. Zresztą w bardzo szczególnych okolicznościach. Stało się to tak: telepatka, jedna z niewielu dziewczyn w ekipie Borowitza, której talent dopiero się rozwijał, została brutalnie zamordowana. Jej chłopak, Wiktor Szukszin, został oskarżony o to morderstwo. Na swoją obronę powiedział, że dziewczyna była opętana przez diabły. Oczywiście, Borowitz od razu się tym zainteresował. Zbadał Szukszina i odkrył, że on też jest „wykrywaczem". Co więcej, poświata parawywiadowców wyprowadzała go z równowagi, drażniła, doprowadzała do niepohamowanych, zbrodniczych obsesji. Z jednej strony Szukszin czuł ogromny pociąg do paranormalnych, a z drugiej – chciał ich zniszczyć. Borowitz uratował Szukszina od więzienia, tak jak uratował ciebie, Maks, i wziął pod swoje skrzydła. Myślał, że można wypędzić z niego te mordercze zapędy, utrzymując jednocześnie zdolność do wykrywania parawywiadowców. Pranie mózgu nie pomogło, nawet pogorszyło sprawę. Ale u Borowitza nic nie może się zmarnować. Dalej szukał sposobu na wykorzystanie agresji Szukszina.

W tym samym czasie Amerykanie również zaczęli interesować się parawywiadem, ostatecznie ruszyli do przodu, ale są jeszcze daleko za nami. W Wielkiej Brytanii podstawowa sekcja parawywiadu istniała już wcześniej. Anglicy byli bardziej skłonni do podjęcia poważniejszych badań i wykorzystania zjawisk paranormalnych. Szukszin został umieszczony w długoletniej szkole dla szpiegów w Moskwie, w końcu wysłano go do Anglii. Otrzymał kryptonim „Zdrajca".

– Miał zabijać brytyjskich parawywiadowców? – wyszeptał Batu.

– Takie było początkowe założenie. Znaleźć ich, zdać raport o działalności, a gdyby psychiczne napięcie było zbyt silne – zabić. Po kilku miesiącach w Anglii Wiktor Szukszin jednak rzeczywiście zdradził!

– Sprzedał się Brytyjczykom?

– Tak, dla własnego bezpieczeństwa. Nic sobie nie robił z Matki Rosji, teraz miał nową ojczyznę, nową tożsamość. Nie chciał dwa razy popełniać tego samego błędu, rozumiesz? W Rosji otarł się o dożywocie za morderstwo. Miał to samo zgotować sobie w Anglii? Mógł przecież żyć godnie, zacząć od nowa. Był lingwistą, miał mistrzowskie kwalifikacje z rosyjskiego, niemieckiego i angielskiego. Liznął też pół tuzina innych języków. Zdradził ZSRR. Uciekł, zwiał. Pragnął wolności!

– Mówisz, jakbyś aprobował system brytyjski – zaśmiał się Mongoł.

– Nie martw się o moją lojalność, Maks – odparł Dragosani. – Nie znajdziesz człowieka bardziej lojalnego niż ja. Oddanego Wołoszczyźnie, Rumunii!

– To warto wiedzieć – przytaknął Batu. – Chciałbym móc powiedzieć to samo o sobie. Ale jestem Mongołem i moje pojęcie lojalności jest odmienne. Właściwie to jestem lojalny tylko wobec Maksa Batu.

– W takim razie jesteś podobny do Szukszina. Wyobrażam sobie, co czuł. Stopniowo jego raporty stawały się uboższe. W końcu zniknął z pola widzenia. To rozdrażniło Borowitza, ale nic nie mógł na to poradzić. Szukszinowi przyznano azyl polityczny. Borowitz nie mógł przecież prosić o jego odesłanie! Jedyne, co mógł zrobić, to tylko obserwować, co też tamten zamierza dalej.

– Obawiał się, że przystąpi do brytyjskich parawywiadowców?

– Nie, raczej nie. Szukszin to psychopata. Generał nie ryzykował i wyśledził go. Plan Szukszina okazał się prosty. Dostał pracę w Edynburgu, kupił małą chatę rybacką w Dunbar, oficjalnie wystąpił o obywatelstwo brytyjskie. Osiedlił się, zarabiał na życie, zaczął prowadzić normalne życie. Przynajmniej próbował...

– Nie udało mu się – zainteresował się Batu.

– Przez chwilę. Potem poślubił dziewczynę pochodzenia rosyjskiego. Była psychicznym medium, prawdziwym. Naturalnie, ten fakt, jej talent działał na niego jak magnes. Być może próbował się temu oprzeć, ale bez sukcesu. Poślubił ją, a następnie zabił. Tak to widzi Borowitz. A potem – cisza.

– Uniknął kary?

– Uznano śmierć za przypadkową. Utonięcie. Borowitz wie coś więcej na ten temat. Szukszin odziedziczył po żonie pieniądze i dom – nadal w nim mieszka...

– A teraz jedziemy go zabić... – zamyślił się Batu. – Możecie mi powiedzieć, dlaczego?

– Gdyby nie mieszał się w nasze sprawy, wszystko byłoby w porządku. Borowitz pewnie by go kiedyś dopadł, ale bez pośpiechu. Ale szczęście opuściło Szukszina, Maks. Nie ma pieniędzy, ubożeje, nie wytrzymuje tej nagłej zmiany. Więc po tylu długich latach zaczął szantażować Borowitza. Zagraża Wydziałowi, całemu przedsięwzięciu.

– Jeden człowiek stwarza takie zagrożenie? – Batu uniósł brwi.

Dragosani pokiwał głowa.

– Brytyjski odpowiednik naszego Wydziału to twardy przeciwnik. Być może są nawet lepsi od nas. Bardzo mało o nich wiemy, co samo w sobie jest złym znakiem. Może są tak sprytni, że potrafią się ukryć, otoczyć stuprocentową zasłoną bezpieczeństwa. A jeśli są tak zdolni...

– To ile wiedzą o nas, co?

– Właśnie! – Borys spojrzał na swojego towarzysza z większym szacunkiem. – Może nawet wiedzą, że tu jesteśmy i znają cele naszej misji! Boże uchowaj!

– Ja tam nie wierzę w żadnego Boga. Tylko w diabła. Więc towarzysz Generał obawia się, że jeśli nie zdejmiemy Szukszina, to on może wygadać wszystko Brytyjczykom?

– Tym właśnie groził. Chce pieniędzy, inaczej przekaże brytyjskiej sekcji wszystko, co wie. Zauważ, że po tak długim czasie jego wiedza o naszym Wydziale jest znikoma, ale nawet drobny szczegół poza kontrolą, to za dużo na nerwy Borowitza.

Maks Batu zamyślił się na chwilę.

– Ale przecież Szukszin w ten sposób automatycznie zostałby zdemaskowany przez Anglików.

Dragosani zaprzeczył ruchem głowy.

– Niekoniecznie. List może być anonimowy, Maks. Nawet rozmowa telefoniczna. I nawet po dwudziestu latach są jeszcze rzeczy, które Borowitz chce utrzymać w tajemnicy. Dwie rzeczy, które mogą się okazać szczególnie wartościowe dla Brytyjczyków. Po pierwsze: położenie Zamku Bronnicy. Po drugie: fakt, że Towarzysz Generał Grigorij Borowitz jest szefem rosyjskiego Wydziału. Takie właśnie zagrożenie Szukszin stwarza i dlatego musi zginąć.

– Ale przecież jego śmierć nie jest głównym celem naszej wyprawy?

Dragosani milczał przez chwilę, po czym powiedział:

– Nie, naszym głównym celem jest śmierć kogoś ważniejszego. Nazywa się sir Keenan Gormley, jest szefem brytyjskiego parawywiadu. Jego śmierć... i zdobycie całej jego wiedzy – to nasze zadanie. Borowitz chce śmierci tych dwóch ludzi i chce poznać ich tajemnice. Ty zabijasz Gormleya – na swój specjalny sposób, a ja – przebadam na swój. Przedtem zabijamy Szukszina, którego również „przesłuchamy". Z nim nie powinno być problemów. Mieszka gdzieś na uboczu.

– Naprawdę możesz pozbawić ich tajemnic? Kiedy już nie żyją? – Batu wydawał się wątpić.

– Tak, naprawdę mogę. Nawet lepiej niż na torturach za życia. Wykradnę ich najgłębsze myśli prosto z ich krwi, z ich szpiku, z ich zimnych kości.

Krępa stewardessa ukazała się przy końcu kabiny.

– Zapiąć pasy – powiedziała mechanicznym głosem. Pasażerowie niczym roboty zapięli pasy.

– Jakie są twoje ograniczenia? – zapytał Batu. – Pytam z czystej ciekawości.

– Ograniczenia?

– Co wtedy, gdy człowiek nie żyje już, na przykład, od tygodnia?

Dragosani wzruszył ramionami.

– Nie ma żadnej różnicy.

– A gdy nie żyje od stu lat?

– Borowitza ciekawiło to samo. Zrobiliśmy eksperyment. Było tak samo. Nawet mumie nie mogą ukryć tajemnic przed nekromantą.

– Ale zwłoki gniją – naciskał Batu. – Powiedzmy ktoś nie żyje od miesiąca czy dwóch. To musi być okropne...

– Jest straszne – odrzekł Borys – ale przywykłem. Całe to świństwo nie przeraża mnie tak, jak ryzyko zachorowania. W trupach aż roi się od chorób. Muszę być ostrożny. To nie jest zdrowe zajęcie.

– Ohyda! – westchnął Batu. Dragosani zauważył, że Mongoł zadrżał.

Światła Londynu błyszczały w oddali na krawędzi nocnego horyzontu. Miasto było otulone mglistą poświatą.

– A ty? – zapytał Borys. – Czy twój talent ma swoje granice, Maks?

Mongoł poruszył się.

– Także jest niebezpieczny. Wymaga dużo energii, osłabia mnie. Jak już wiesz, jest skuteczny tylko wobec słabych i niedołężnych osób. Jest też podobno inna przeszkoda. To legenda, ale nie zamierzam jej sprawdzać.

– Hmm?

– W moim kraju krąży opowieść o człowieku ze „złym okiem". To stara legenda – sięga tysiąc lat wstecz. Ten człowiek był bardzo zły i używał swojej siły, by terroryzować okolicę. Najeżdżał ze swoją bandą na wioski, grabił, gwałcił, potem odjeżdżał bezkarnie. Nikt nie śmiał mu się przeciwstawić. W jednej z wiosek żył starzec, który twierdził, że potrafi sobie poradzić z grabieżcą. Gdy banda pojawiła się, wieśniacy wzięli za jego radą zwłoki, przymocowali do nich włócznię i postawili na wałach obronnych. Najeźdźcy podeszli w mroku, ich przywódca zobaczył, że wieś jest broniona. Spojrzał swym „złym okiem" na strażników. Oczywiście, nie można umrzeć dwa razy, urok odbił się od trupów i uderzył w nadawcę. Spalił go ze szczętem!

– A morał? – zapytał Dragosani, któremu podobała się ta historia.

Batu chrząknął.

– Czy to nie mówi samo za siebie? Nie można znieważać zmarłych. Oni zawsze okażą się w końcu zwycięzcami...

Dragosani pomyślał o Tiborze Ferenczym. „A co z nie-umarłymi – zastanawiał się. – Czy oni też wygrywają? Jeśli tak, to przyszła pora, żeby to zmienić..."

*
* *

„Człowiek z ambasady" rozpoznał ich i przepuścił przez kontrolę celną. Bagaż, jak za dotknięciem czarodziejskiej różdżki znalazł się w czarnym mercedesie z dyplomatyczny-mi tablicami. Umundurowany kierowca, podobnie jak „czło-wiek z ambasady" miał zimne, stalowoszare oczy. Towarzy-szący im mężczyzna usiadł na przednim siedzeniu, niedbale oparł rękę na siedzeniu kierowcy, usiłował stworzyć przyja-cielski nastrój, zadając konwencjonalne pytania. Nie zmylił tym Dragosaniego.

– Pierwszy raz w Londynie, towarzysze? To ciekawe mia-sto. Dekadenckie oczywiście, pełne głupców, a mimo to inte-resujące. Nie wiem w jakich sprawach przybywacie. Jak dłu-go zamierzacie zostać?

– Dopóki nie wrócimy – odpowiedział Dragosani.

– Dobrze. – Uśmiechnął się cierpliwie. – Proszę, wybacz-cie moją ciekawość! To wchodzi w krew, jak pewnie sami rozumiecie – powiedział bez urazy.

– Rozumiem. Jesteś z KGB. – Dragosani pokiwał głową. Twarz „człowieka z ambasady" skamieniała.

– Nie używamy tego określenia poza ambasadą.

– A jakiego określenia używacie? – uśmiechnął się Maks Batu. – Zasrańce?

– Co? – Twarz rozmówcy zbladła.

– Nie macie prawa wtrącać się do naszych spraw – powie-dział Borys stanowczym tonem. – Mamy wszelkie pełnomoc-nictwa i wysoko postawionych przełożonych. Każde wejście nam w drogę, źle się dla was skończy. Jeśli będziemy potrze-bować pomocy, poprosimy. Dajcie nam spokój i nie zawra-cajcie głowy.

Mężczyzna zacisnął usta, powoli wypuścił powietrze.

– Jak śmiesz rozmawiać ze mną w ten sposób – cedził słowa.

– Jeśli nadal będziesz się z nami spierał – kontynuował Dra-gosani bez zmiany tonu – zawsze mogę ci złamać ramię, a wtedy będziesz się trzymał z dala co najmniej dwa, trzy tygodnie.

– Grozisz mi?

– Nie, to jest obietnica – nekromanta wiedział, że rozmowa zmierza donikąd. Miał przed sobą typowego aparatczyka z KGB. Ziewnął i dodał:

– Słuchaj, jeżeli przydzielili cię do nas, to przykro mi. Twoja robota nie ma sensu. Co więcej, jest niebezpieczna. Tylko tyle ci powiem. Mamy tu wypróbować tajną broń. A teraz, żadnych pytań więcej.

– Tajna broń? – rozszerzył oczy KGB-ista. – Jaka broń? Dragosani uśmiechnął się. Ostrzegał głupca.

– Maks – powiedział, powoli odwracając twarz – może jakaś mała prezentacja?

Wkrótce potem dojechali do ambasady. Wyszli z samochodu, wyjęli bagaże i sami zanieśli je do budynku.

Kierowca zajął się zataczającym się KGB-istą. Kiedy ostatni raz spojrzeli na niego, ledwie szedł, wspierając na ramieniu szofera. On także tylko raz popatrzył na nich oczyma pełnymi strachu. Po chwili zniknął w posępnym gmachu.

I nikt więcej nie wchodził im w drogę.

*

* *

Druga środa po Nowym Roku, 1977

Wiktor Szukszin czuł zbliżające się niebezpieczeństwo od mniej więcej dwóch tygodni. Miał ciężką depresję. Ustąpiła na krótko, kiedy dostał przesyłkę z tysiącem funtów od Borowitza. Szukszin niepokoił się jednak, dlaczego stary Generał tak łatwo się poddał, dlaczego o nic nie pytał, niczym nie groził. To było bardzo niepokojące.

Dzisiaj poczuł się wyjątkowo źle. Padał śnieg. Szary, gruby lód skuł rzekę. Dom był wyziębiony. Panowała w nim lodowata pustka, która zdawała się podążać za Szukszinem wszędzie. Po raz pierwszy wszystko tutaj wydawało mu się dziwnie ciche i złowieszcze, jakby śnieg tłumił wszystkie odgłosy, choć spadło go jeszcze tak mało. Tykanie starego zegara było ciężkie i monotonne. Deski podłogowe nie skrzypiały już tak przytulnie jak kiedyś. Wszystko to niekorzystnie wpływało na stan nerwów Szukszina. Wyglądało to tak, jakby dom wstrzymał oddech w oczekiwaniu na coś ważnego.

To coś ważnego nadeszło o drugiej trzydzieści po południu, gdy Szukszin nalał sobie wódki do szklanki i usiadł w swoim gabinecie przy elektrycznym piecyku. Patrzył przez brudne szyby na zamarznięty jak biały kryształ ogród. Nadeszło szarpiącym nerwy dźwiękiem telefonu.

Z bijącym sercem, o mało co nie wylawszy drinka, podniósł słuchawkę.

– Ojczym? – głos Harry'ego wydawał się dochodzić z bliska. – Tu Harry. Jestem w Edynburgu, u przyjaciół. Co u ciebie?

Szukszin z trudem ukrył gniew w głosie. A więc to jest to. Ta cholerna aura paranormalnego! Zagryzł zęby, ścisnął mocno słuchawkę, zwalczając w sobie chęć wybuchu i przekleństw.

– Harry? To ty? Jesteś w Edynburgu? To dobrze, że o mnie pamiętałeś. – A przy okazji pomyślał: „Ty draniu! Twoja zmutowana aura mnie zabije!"

– Twój głos tak zdrowo brzmi! – odpowiedział Harry. – Gdy widziałem cię ostatnio, wydawałeś się taki przybity.

– Tak, wiem – Szukszin starał się nie warczeć. – Nie czułem się wtedy dobrze, Harry. Ale teraz jest już lepiej. Chcesz czegoś? – „Zżarłbym twoje serce, ty niewydarzona świnio!"

– Owszem, może cię odwiedzę, porozmawialibyśmy trochę o mojej matce. Mam ze sobą łyżwy. Jeżeli na rzece jest lód, mógłbym trochę pojeździć. Zostanę tu jeszcze tylko kilka dni, więc rozumiesz, ja...

– Nie! – wysapał Szukszin, ale od razu się opanował. Dlaczego z tym nie skończyć? Dlaczego nie pozbyć się tego cienia przeszłości raz na zawsze? Cokolwiek Keogh wiedział, czy podejrzewał po znalezieniu sygnetu, o którym on myślał, że zaginął w rzece, czy to miało jakieś znaczenie? Jaka więc, wciąż żywa, łączyła go z matką? Dlaczego nie skończyć z tym teraz? Zdrowy rozsadek ustąpił wobec żądzy krwi, której Szukszin nie mógł w sobie pohamować.

– Ojczymie?

– Tak, jestem... Harry. Wciąż mam zszargane nerwy. Żyję tu samotnie, rozumiesz. Nie przywykłem do towarzystwa. Oczywiście, chciałbym się z tobą zobaczyć. Lód na rzece doskonale nadaje się do jazdy, ale naprawdę nie wiem, czy mógłbym przyjąć gromadę młodych ludzi?

– Nie, ojcze. Nie zamierzałem nikogo sprowadzać. Nie chcę ci sprawiać aż takiego kłopotu. Moi znajomi nawet nie wiedzą, że mam tutaj krewnego! Krótko mówiąc: chciałbym przyjechać sam, pójść nad rzekę, pojeździć na łyżwach. Tak jak moja matka, to wszystko.

„A więc to tak! Ten drań coś wie, na pewno coś podejrzewa. Więc chce pojeździć na łyżwach? Na rzece, w której zginęła jego matka?" – myślał Rosjanin. Twarz wykrzywił mu grymas nienawiści.

– Kiedy mogę się ciebie spodziewać?

– Za jakieś dwie godziny, mogę? – nadeszła odpowiedź.

– Dobrze – odrzekł Szukszin. – Między w pół do piątej a piątą czekam na ciebie, Harry.

Zdążył odłożyć słuchawkę zanim zwierzęcy charkot nienawiści wybuchł, zdradzając prawdziwe uczucie: „O, jak bardzo na ciebie czekam!"

*

*   *

Harry wcale nie był w Edynburgu. Naprawdę od kilku dni przebywał w hotelu Bonnyrigg. Po rozmowie z ojczymem narzucił płaszcz i poszedł do samochodu, starego, rozsypującego się morrisa, którego kupił specjalnie na tę okazję. Niedawno zdał egzamin na prawo jazdy, a raczej ex-instruktor z cmentarza w Seaton Carew zrobił to za niego.

Jechał oblodzoną drogą na szczyt wzgórza oddalonego niecałe ćwierć mili od starego domu. Zaparkował, wysiadł, spojrzał na budynek. Wokół nie było nikogo. Monotonny, zimowy krajobraz i przenikliwe zimno. Wziął lornetkę w drżące palce i ukrył się między drzewami. Obserwował dom. Czekał nie więcej niż dwie minuty.

Szukszin wyszedł ze swojego gabinetu i pośpieszył do ogrodu. Potem pojawił się przy bramie w płocie, stojącym wzdłuż rzeki. W rękach trzymał siekierę...

Rosjanin przedarł się przez kruche krzewy na brzeg rzeki, stąpał ostrożnie po lodzie. Obrócił się i rozejrzał dookoła, okolica była opustoszała. Podszedł na środek szarej lodowej połaci, pochylił się nad nią. Wydawało się, że jest zadowolony. Harry przykuł wzrok do tego obrazu, jakby widział go już wcześniej. Był pewien, że ojczym zachowywał się tak już kiedyś wcześniej.

Wyznaczył siekierą krąg na chropowatej powierzchni lodu. Rąbał wzdłuż zaznaczonej linii z siłą i zacięciem szaleńca, dopóki nie pojawiły się pierwsze bryzgi wody. Po chwili wielki krąg lodu, szeroki na trzy metry oddzielił się od zamarzniętej całości.

Wreszcie skończył. Raz jeszcze rozejrzał się. Obszedł przeręblę dookoła, wpychając nogami okruchy lodu. Woda zaraz zamarznie, ale to miejsce nie będzie bezpieczne jeszcze przez wiele godzin, na pewno nie przed jutrzejszym porankiem. Szukszin przygotował pułapkę, ale nie wiedział, że jego potencjalna ofiara obserwuje go od dawna!

Harry z trudem opanował drżenie, które nie miało nic wspólnego z temperaturą otoczenia. Choć przez lornetkę trudno było dostrzec szczegóły, to jednak widział zawziętą twarz wpatrzoną w rozpryskujący się lód. Twarz wariata, który z niewiadomych powodów chciał zabić Harry'ego, tak jak kiedyś odebrał życie jego matce.

Harry chciał wiedzieć, dlaczego? Nie spocznie, dopóki się nie dowie. Był tylko jeden sposób, żeby się upewnić.

Wiktor Szukszin czuł się zmęczony – fizycznie i psychicznie. Skierował się w stronę domu. Szedł po oblodzonych kamieniach. Odrzucił siekierę i wszedł przez ogrodowe drzwi do gabinetu. Z opuszczoną głową i ramionami zrobił jeszcze dwa kroki i zamarł!

Czyżby Keogh już tu był? Cały dom był pełen dziwnych mocy, wręcz cuchnął paranormalnościa. Powietrze drgało od obcych energii.

Szukszin poczuł ruch. Drzwi ogrodowe zatrzasnęły się tuż za nim! Odwrócił się błyskawicznie. Usta same otworzyły się szeroko.

– Kto...? Co...? – wykrztusił.

Naprzeciw niego, w jego gabinecie, stali dwaj mężczyźni. Jeden z nich trzymał pistolet wycelowany prosto w jego serce. Rozpoznał radziecki model broni i zimne, beznamiętne spojrzenia przybyszów. Nie było to całkowite zaskoczenie. Myślał nieraz, że pewnego dnia może się spodziewać wizyty, ale dlaczego teraz, dlaczego w tak niesprzyjającym momencie. No cóż, wiedział, że to przeznaczenie.

– Siadajcie, towarzyszu – powiedział wyższy nieprzyjemnym głosem.

Maks Batu popchnął krzesło, na które opadł Szukszin. Batu stanął za oparciem. Dragosani naprzeciwko. Emanacja paranormalności obezwładniała Szukszina. O tak, ci dwaj przybyli z pewnością z Zamku Bronnicy!

Batu uśmiechnął się promiennie, mówiąc:

– Towarzyszu Dragosani, zawsze myślałem, że to wy wyglądacie na chorego. Aż do dziś!

– Parawywiadowcy! – wypluł słowo Szukszin. – Ludzie Borowitza! Czego ode mnie chcecie?

– Z wielu powodów źle wygląda, Maks – mówił ponuro Dragosani. – Zdrajca, szantażysta, morderca...

Szukszin chciał zerwać się z miejsca. Batu położył ciężkie łapy na jego ramionach.

– Zapytałem, czego ode mnie chcecie?

– Twojego życia – odrzekł nekromanta. Wyjął z kieszeni tłumik, przymocował do lufy pistoletu, podszedł i przyłożył broń do czoła zdrajcy. – Tylko twojego życia.

Szukszin poczuł, że Maks ostrożnie odsuwa się na bok.

– Poczekajcie! – wrzasnął. – Robicie błąd. Borowitz nie podziękuje wam za to. Dużo wiem o Brytyjczykach. Dałem o tym znać Borowitzowi. Ale nie powiedziałem jeszcze wszystkiego! Nadal dla was pracuję, na swój sposób. Nawet teraz!

– Co to za praca? – zapytał Dragosani. Nie zamierzał zastrzelić Szukszina, chciał go tylko nastraszyć. Zastrzelenie było złym sposobem uśmiercania, z punktu widzenia nekromanty. To, że Maks się odsunął, to był tylko odruch. Borys zaplanował jego śmierć inaczej – bardziej interesująco.

Pragnął dowiedzieć się wszystkiego, co możliwe za pomocą konwencjonalnego przesłuchania, zabrać Szukszina do łazienki, związać i wrzucić do wanny z zimną wodą. Chciał użyć jednego ze swych chirurgicznych skalpeli do nacięcia nadgarstków, a potem obiecać Szukszinowi, że jeżeli powie wszystko, rany zostaną opatrzone i będzie wolny. Dragosani pokaże mu bandaże, nici chirurgiczne. Szukszin oczywiście będzie miał mało czasu na odpowiedź. Krew szybko zabarwi wodę na kolor purpurowy. To będzie ostrzeżenie, żeby Szukszin pamiętał, że jeżeli nadal będzie sprawiał kłopoty, to Dragosani i Batu, albo tacy jak oni, dokończą dzieła. Tak mu powiedzą, ale oczywiście sami skończą robotę.

Może jednak wciąż coś ukrywać. Coś, co dla niego może nie wydawać się istotne, coś zapomnianego albo cholernie trudnego do powiedzenia. Może już pracuje dla Brytyjczyków...

Cokolwiek powie – nie będzie miało znaczenia. Kiedy umrze, wypłuczą ciało, wyjmą z wanny i wtedy... Dragosani dokończy przesłuchanie.

Odsunął pistolet od czoła Szukszina. Usiadł naprzeciw.

– Czekam. Co to za praca?

Szukszin przełknął ślinę, starał się przełamać strach przed tymi dwoma i nienawiść do wszystkich parawywiadowców. Nie mógł się tego pozbyć, ale teraz będzie musiał to zignorować. Jego życie wisiało na włosku, musiał uporządkować myśli, kłamać jak nigdy przedtem. Część będzie prawdą, tak czy inaczej.

– Wiecie, że jestem „wykrywaczem"?

– Oczywiście. Borowitz przysłał cię tutaj z tym zadaniem: wykrywać i zabijać. Widocznie się nie spisałeś.

Zignorował także ironię w głosie Borysa.

– Zanim wszedłem tu chwilę temu, już wiedziałem, że tu jesteście. Czułem waszą obecność. Obydwaj posiadacie potężne właściwości paranormalne, szczególnie ty – spojrzał na Dragosaniego. – Jest w tobie monstrualny talent... który mnie rani!

– Wiem, Borowitz mi o tym powiedział. Wiem, kim jest „wykrywacz", Szukszin, więc nie kręć, mów dalej.

– Nie kręcę. Chciałem powiedzieć o człowieku, którego chcę zabić... dzisiaj!

Dragosani i Batu wymienili spojrzenia. Maks schylił się do twarzy Szukszina i spytał:

– Chciałeś zabić brytyjskiego parawywiadowcę? Dlaczego? Kto to jest?

– Chciałem wrócić do łask Borowitza – skłamał. – Nazywa się Harry Keogh, to mój pasierb. Ma talent, który odziedziczył po matce. Zabiłem ją szesnaście lat temu... – Rosjanin wpatrywał się w Dragosaniego.

– Przyciągała mnie, a z drugiej strony doprowadzała do szału. To ją mieliście na myśli, nazywając mnie mordercą?

Tak, zabiłem ją. Raniła mnie jak wszyscy paranormalni. Jej talent doprowadzał mnie do obłędu!

– Zapomnij o niej – mruknął Borys. – Co z tym Keoghiem?

– Właśnie do tego zmierzam. Wy obydwaj macie dużą siłę, ale musiałem wejść do domu, żeby ją poczuć. Ale Harry Keogh...

– Tak?

Szukszin pokręcił głową.

– On jest inny. Jego talent jest... ogromny! Wiem coś o tym. Rozumiesz, im większy, tym bardziej mnie rani. Więc zabijam go nie tylko dla Borowitza, ale i dla siebie!

Dragosani zainteresował się. Zawsze znajdzie czas, by zakończyć porachunki z Szukszinem, ale skoro Harry Keogh jest tak potężny, chciał się czegoś o nim dowiedzieć. A jeżeli to człowiek z brytyjskiego parawywiadu, to upiecze dwie pieczenie na jednym ogniu. Zapomniał jednak spytać o to Szukszina, a ten nie wyrywał się z odpowiedzią.

– Myślę, że możemy się dogadać – powiedział w końcu. – Właściwie w pewnym sensie jesteśmy starymi przyjaciółmi. – Odłożył pistolet. – Kiedy dokładnie zamierzasz zabić tego człowieka? I jak?

Szukszin przedstawił mu swoje zamiary.

*

*   *

Kiedy Szukszin wrócił do domu, Harry podążył do samochodu i zjechał ze wzgórza w kierunku Bonnyrigg. Na dole zaparkował na poboczu, przeszedł polami w kierunku rzeki. Ciężkie płatki śniegu, spadające z czarnego nieba, pogłębiały ponury nastrój. Wszystko to przypominało mgliste kolory zimowych pejzaży angielskiego malarstwa.

Harry skierował się w górę rzeki. Gdzieś tam było miejsce spoczynku jego matki. Nie wiedział dokładnie, gdzie to jest. To był kolejny powód, dla którego wrócił w to miejsce. Chciał się upewnić, że wie dokładnie, jak ją znaleźć. Spacerując po lodzie, zapytał w duchu:

– Mamo, słyszysz mnie?

Pojawiła się natychmiast.

– Harry? To ty? Tak blisko! – I znów pojawił się jej bolesny strach. – Harry! Czy to... teraz?

– Teraz, mamo – ale nie przysparzaj mi kłopotów. Potrzebuję pomocy, nie sprzeczki. Nie chcę, by cokolwiek mąciło mi umysł.

– O, Harry, Harry! Cóż mogę ci powiedzieć? Jak mogę przestać martwić się o ciebie? Jestem twoją matką...

– Więc pomóż mi. Nic nie mów. Chcę wiedzieć, czy mogę cię znaleźć, na ślepo.

– Na ślepo? Nie ro...

– Mamo, proszę!

Zamilkła, ale jej troska gryzła Harry'ego. Szedł dalej, zamknął oczy i trafił. Znalazł to miejsce. Sto metrów, może trochę więcej i już wiedział, że to tam. Zatrzymał się, otworzył oczy. Stał w zakolu rzeki na grubym, białym lodzie. To był grób jego matki. Teraz wiedział, że może ją znaleźć.

– Jestem tutaj, mamo – pochylił się i odgarnął cienką warstwę śniegu. Ciężkim kluczem samochodowym zaczął kruszyć lód. To był drugi powód, dla którego tu przyszedł.

– Teraz rozumiem, Harry. Oszukałeś mnie. Myślisz, że mimo wszystko pojawią się jakieś problemy.

– Nie, nie myślę tak, mamo. Jestem teraz silniejszy – pod wieloma względami. Ale jeśli pojawią się problemy... Byłbym głupcem, gdybym się nie ubezpieczył.

W tym miejscu, blisko brzegu, lód był trochę grubszy. Harry spocił się, ale zdołał zrobić dziurę prawie metrowej średnicy. Posprzątał, na ile się dało, kawałki lodu i wstał. W dole wirowała czerń wody. Pod wodą, pod mułem i szlamem...

Zrobione. Powinien już iść. Zaczęło mocniej padać, wraz ze śniegiem pojawił się zimowy zmierzch. Miał chwilę czasu na brandy w hotelu, zanim rozpocznie swoje przedstawienie z Wiktorem Szukszinem.

– Harry! – zawołała matka po raz ostatni, gdy biegł do samochodu. – Harry, kocham cię. Powodzenia, synku...

Godzinę później Dragosani i Batu stanęli za młodymi sosnami na brzegu rzeki, około trzydziestu metrów od domu Szukszina. Nie byli tu jeszcze nawet pół godziny, ale już czuli, jak zimno przenika przez ich ubrania. Batu zaczął wymachiwać rytmicznie ramionami. Dragosani zapalił papierosa. W końcu nad podwórzowymi drzwiami domu zapaliło się żółte światło – sygnał, że zaraz nastąpi morderstwo. Dwie postaci ukazały się ich oczom.

W rzeczywistości nie było jeszcze nocy, ale zimowa ciemność zawładnęła okolicą. Widoczność była kiepska. Chmury, tak ciężkie godzinę temu, odpłynęły i śnieg przestał padać. Na północy niebo pociemniało, dochodził stamtąd wiatr. Tej nocy będzie jeszcze padać, i to bardzo. Przez chwilę jednak gwiazdy oświetlały okolicę zimnym światłem.

Dwie postacie skierowały się nad rzekę. Borys zaciągnął się ostatni raz papierosem. Potem zdeptał niedopałek butem. Batu przestał wymachiwać ramionami. Obaj czekali nieruchomo jak głazy, obserwując rozwijającą się akcję.

Na brzegu rzeki, dwaj mężczyźni zdjęli płaszcze, położyli je na śniegu, uklękli i założyli łyżwy. Rozmawiali, ale z powodu przeciwnego wiatru do uszu ukrytych obserwatorów docierały tylko strzępy zdań. Głos Szukszina, ponury i basowy, brzmiał dla Dragosaniego wojowniczo niczym ujadanie psa. Zastanawiał się, dlaczego nie przestraszyło to Keogha, a przynajmniej nie wzbudziło jego podejrzeń. Głos Harry'ego był matowy i jednostajny, prawie beztroski.

Z początku jeździli ramię w ramię. Wtem szczuplejsza postać wysunęła się do przodu, zręcznie nabierając prędkości. Sunęła w górę rzeki, ku miejscu, gdzie ukryli się obserwatorzy. Dragosani i Batu przykucnęli. Keogh zrównał się z nimi, zakręcił po całej szerokości rzeki i pojechał w drugą stronę.

Ojczym jechał za nim, wydawał się zwalniać i niemal się zatrzymał, gdy Keogh przyspieszał. Harry na pewno lepiej jeździł na łyżwach, Rosjanin wyglądał przy nim niezdarnie. Nagle Keogh wykonał slalomowy zakręt pod ostrym kątem, aż łyżwy wyrzuciły chmurę śniegu i lodu. Udało mu się ominąć Szukszina o kilka centymetrów. Skręcił raz jeszcze równie ostro i wrócił do dawnego kursu. Jego łyżwy wyhamowały na krawędzi zdradzieckiego kręgu, gdzie świeży lód ledwo się trzymał.

Szukszin także musiał gwałtownie skręcić, rozpostarł szeroko ramiona, by uniknąć własnej pułapki!

– Ostrożnie, ojcze! – krzyknął Keogh przez ramię i przyspieszył. – O mało co nie zderzyłem się z tobą.

Dragosani i Batu usłyszeli ostatnie zdanie.

– Szczęściarz, ten młody! Jak dotąd – powiedział Mongoł.

– Czyżby? – Dragosani nie rozumiał, co to ma wspólnego ze szczęściem. Szukszin nie potrafił określić charakteru talentu

Keogha. A co, jeśli on był telepatą? Mógł znać myśli swojego zbrodniczego ojczyma. – Myślę, że nasz szantażysta będzie miał więcej trudności, niż przypuszczał.

Szukszin zatrzymał się i zamarł w dziwnie pochylonej pozycji, obserwując jazdę Keogha. Ramiona ruszały się spazmatycznie, jego ciało wyraźnie drżało – jakby odczuwał ból czy jakieś emocjonalne napięcie.

– Tędy, Harry – zawołał ochryple. – Tutaj! Jesteś dla mnie za dobry, mógłbyś kręcić kółka wokół mnie!

Keogh wrócił, krążył wokół pochylonej postaci. Z każdym kołem łyżwy coraz bardziej zbliżały się do krawędzi pułapki. Szukszin wyciągnął ramiona i Keogh chwycił go za ręce, obracał nim wokół własnej osi.

– Teraz – szepnął Batu do Dragosaniego. – *Coup de glâce!*

Nagle Szukszin przestał się obracać i rzucił się w stronę Keogha. Harry skręcił, chcąc uniknąć zderzenia. Łyżwiarze mieli sczepione ręce. Jedna z łyżew Keogha znalazła się w wyżłobieniu kręgu wyciętego przez Szukszina. Zatrzymał się gwałtownie. Uścisk Rosjanina uratował go przed upadkiem na kruchy płat lodu.

Szukszin wybuchnął nagłym śmiechem, odrzucił Harry'ego od siebie – w otchłań śmierci!

Keogh trzymał się jednak mocno rękawów ojczyma i pociągnął go za sobą. Ten stracił równowagę i runął. Keogh zrobił unik i przerzucił Rosjanina przez biodro. Chciał się uwolnić od niego, ale bezskutecznie. Mężczyzna wpadł do własnej pułapki – przerębli, pociągając Keogha za sobą.

Spleceni ze sobą padli na lód, który natychmiast zaczął się zapadać. Krąg zazgrzytał na krawędziach, woda wytrysnęła w górę czarnymi bryzgami. Dysk zadygotał i rozłamał się na dwie części. Szukszin wrzasnął niczym szalona, raniona bestia. Półkole lodu, podtrzymujące go wraz z Keoghiem, uniosło się na krawędzi i obydwaj wpadli do mroźnej wody.

– Szybko, Maks – sapał Dragosani. – Nie możemy sobie pozwolić, by ich obu stracić.

– Którego mamy ratować? – rzucił Mongoł, gdy skoczyli na lód.

– Keogha – padła odpowiedź. – Jeżeli to możliwe. On na pewno wie więcej o wydziale brytyjskim niż Szukszin. I ma ten swój talent, cokolwiek to jest.

W ostatniej chwili fantastyczny pomysł wpadł mu do głowy. Skoro potrafił „nauczyć się" nekromancji od tego czegoś z grobu i dzięki temu kraść myśli zmarłych, to może potrafi kraść także ich talenty. W Zamku Bronnicy byli sami swoi, pracujący wspólnie w jednym celu. Ale tu w Anglii, parawywiadowcy byli wrogami! Dlaczego nie skraść talentu Keogha i użyć do swoich celów?

Batu i Dragosani zbliżyli się do dziury, kawałki lodu unosiły się na czarnej, zimnej wodzie. Kiedy ostrożnie podeszli do krawędzi, tylko płynąca pod lodem rzeka szemrała cicho. Na chwilę ręka wystrzeliła z wody, chwyciła krawędź, znikła jednak, zanim zdążyli ją pochwycić.

– Tędy – rzucił Borys. – Z biegiem rzeki.

– Myślisz, że jest szansa? – Batu uważał, że sprawa jest beznadziejna.

– Niewielka – powiedział Dragosani.

Biegli po lodzie, jak szybko tylko mogli w świetle zimnego, srebrnego księżyca.

Pod lodem Harry, miotany wartkim prądem, zdołał zrzucić kurtkę. Pod koszulą miał gumową, wodoodporną kamizelkę, a mimo to zimno było przeraźliwe. Musiało załatwić Szukszina, który nie miał żadnej ochrony.

Harry płynął z twarzą odwróconą do lodu. Znajdował miejsca, gdzie zbierało się powietrze. Płynął ku matce, w strumieniu jej myśli, tak jak nieomylnie podążał za nimi dwie godziny temu z zamkniętymi oczyma. Wtedy jednak powietrza było pod dostatkiem i było ciepło.

Przez chwilę ogarnęła go panika, ale zdołał nad tym zapanować. Tam była jego matka – tam! Zaczął płynąć szybciej, coś jednak chwyciło go za nogę i trzymało za spodnie. Szukszin! Woda miotała nimi, obydwaj zaczęli powoli opadać na dno.

Harry płynął, rozpaczliwie rzucał ramionami i jedną wolną nogą. Płynął jak nigdy dotąd. Płuca wybuchały, serce waliło jak młot. Szukszin uczepił się, jego ręce niczym kleszcze wielkiego kraba trzymały Harry'ego.

Nie mógł już płynąć, woda była czarna jak krew wielkiego, obcego organizmu.

„Mamo! Mamo! Pomóż mi!" – krzyknął w myślach Harry. Nie mógł oddychać. Czuł, że umiera.

– Harry! – odpowiedziała natychmiast. Była blisko, jej głos przepełniała rozpacz. – Harry, jesteś tutaj!

Wierzgnął obiema nogami w kierunku Szukszina, uderzył plecami i głową w pokrywę lodu, która natychmiast litościwie rozerwała się na kawałki. Głowa i ramiona Keogha wydostały się na powierzchnię. Po chwili poczuł pod stopami dno. Ostatkiem sił złapał się nadbrzeżnych korzeni i powoli wydostał się z przerębla.

Woda za nim zawirowała. Obok wynurzyła się szalona twarz Szukszina. Krztusił się i kaszlał. Chwycił pasierba rękoma silnymi jak stalowe szpony.

Harry kopnął go kolanem w żebra, mimo to Szukszin nie puszczał i ciągnął Harry'ego w kipiel. Keogh przez chwilę chciał go ugryźć. Walczył, walił pięściami, ale bez skutku. Szaleniec zdobywał przewagę. Harry zanurzał się z powrotem.

Sięgnął raz jeszcze w kierunku mocnych korzeni na brzegu rzeki. Ręce Szukszina zaciśnięte na gardle odcinały mu powietrze, odcinały go od życia.

– Mamo! – krzyczał cicho Harry. – Miałaś rację. Powinienem był cię posłuchać. Przepraszam.

– Nie – zaprzeczyła – Nie! Szukszin zabił mnie, ale nie zabije mojego syna!

I znów woda spieniła się i zabulgotała, stając się jeszcze czarniejsza!

Dragosani i Batu zatrzymali się. Obserwowali walkę. Do tej pory dwie postacie rzucały się na siebie, ale teraz pojawiła się trzecia! Dragosani nigdy nie słyszał, nie wyobrażał sobie czegoś takiego w najczarniejszych koszmarach!

Nie była... żywa. A poruszała się jak żywa! Miała cel. Przylgnęła do Szukszina, owinęła się wokół niego, objęła go ramionami z błota i kości. Jej włosy-wodorosty omotały jego ręce. Nie miała oczu, zgniły blask świecił z pustych oczodołów. Rosjanin wył, wierzgał jak szaleniec.

Krzyczał i walczył ze zjawą. Rozdzierający, przeraźliwy wrzask dobiegł do uszu Dragosaniego i Batu. Na samym końcu, zanim zniknął pod lodem, usłyszeli słowa, które mogli już zrozumieć.

– Nie ty! – bełkotał Szukszin. – O Boże, nie ty! Nie ty!

Zniknął, a wraz z nim postać z kości i mułu...

Harry wygrzebał się na brzeg.

Batu już chciał go powalić i sparaliżować swoim wzrokiem. Pochylił się w zabójczej pozycji, ale Borys go powstrzymał.

– Nie, Maks – wyszeptał chrapliwie. – Nie możemy tego zrobić. Nie teraz. Wiemy już trochę, co potrafi zrobić. Zobaczymy, co jeszcze potrafi, może posiada jakieś inne talenty.

Batu zrozumiał, rozluźnił się i wyprostował. Już na brzegu Harry zdał sobie sprawę z obecności obserwatorów. Odwrócił się i patrzył. Przez długą chwilę wpatrywali się w siebie. Potem Harry odwrócił wzrok w stronę łaty czarnej wody.

– Dziękuję ci, mamo – powiedział po prostu.

Dragosani i Batu patrzyli, jak odwrócił się i odbiegł w kierunku domu. Nie podążyli za nim, Keogh zniknął im z pola widzenia.

– Towarzyszu Dragosani? To nie mógł być... człowiek? Co to było? – spytał zmieszany Maks.

Nekromanta pokiwał głową. Domyślał się odpowiedzi, ale jej nie wyjawił.

– Nie jestem pewien. To kiedyś był człowiek. Jedno wiemy na pewno. Gdy Keogh potrzebował pomocy, dostał ją. To jest jego talent, Maks. Umarli odpowiadają na jego wołanie.

Gdy odwrócił twarz do Mongoła, jego oczy pociemniały jeszcze bardziej.

– Odpowiadają na zew, Maks. A zmarłych jest więcej niż żywych.

ROZDZIAŁ TRZYNASTY

W czwartek rano Harry wrócił nad rzekę, w miejsce, gdzie jego matka leżała uwięziona w mule i gałęziach. Teraz było ich tam dwoje. Nie poszedł rozmawiać z nią, ale z Wiktorem Szukszinem. Wziął poduszkę z samochodu i zaniósł na brzeg. Położył ją na śniegu, usiadł podciągając kolana. Poniżej przeręblę ponownie ściął lód i przykrył śnieg, tylko słaby kontur jego krawędzi przebijał się lekko.

Przez chwilę siedział w ciszy, po czym zapytał szeptem:

– Ojcze, słyszysz mnie?

– Tak – odpowiedź przyszła po dłuższej chwili. – Słyszę cię, Harry i czuję twoją obecność! Dlaczego nie odejdziesz i nie zostawisz mnie w spokoju?

– Uważaj, ojcze. Mój głos, to może już ostatni głos, jaki kiedykolwiek usłyszysz. Jeśli odejdę i zostawię cię w spokoju, kto z tobą porozmawia?

– A więc to twój talent Harry, tak? Rozmawiasz z umarłymi. Grzebiesz w ich myślach! To mnie rani. Każdy paranormalny mnie rani. Ostatniej nocy, po raz pierwszy od wielu lat spałem spokojnie w moim mroźnym łożu. Nie czułem bólu. Kto będzie ze mną rozmawiał? Nie chcę, by ktokolwiek ze mną rozmawiał, chcę spokoju.

– Co to znaczy, że cię rani? – Naciskał Harry. – Jak moja obecność tutaj może cię ranić?

Szukszin powiedział mu.

– To dlatego zabiłeś moją matkę?

– Tak, i dlatego próbowałem zabić ciebie. W twoim przypadku, mogłem także ocalić własne życie. – Wspomniał mu też o Dragosanim i Batu, ludziach, którzy przyszli, żeby go zabić.

Harry'emu to nie wystarczyło. Chciał wiedzieć wszystko, od początku do końca

– Opowiedz wszystko, a przysięgam, że nie będę cię już niepokoił.

Opowiedział mu o Borowitzu i o Zamku Bronnicy, o radzieckim Wydziale Wywiadu Paranormalnego, o ludziach dążących do podboju świata. Opowiedział, jak Borowitz wysłał go do Anglii, żeby odnajdywał i zabijał brytyjskich parawywiadowców, jak on sam zdradził i został obywatelem brytyjskim. Powiedział o tym, co go zgubiło i o tym, jak ludzie obdarzeni paranormalnością szarpali jego nerwy, doprowadzając do obłędu. Harry rozumiał go, ale nie potrafił i nie chciał wybaczyć mu zabójstwa matki.

W czasie opowieści Harry dumał o sir Keenanie Gormleyu i o brytyjskiej sekcji parawywiadu. Przypomniał sobie o obietnicy spotkania z nimi i być może wstąpienia do tej grupy po rozwiązaniu swoich problemów. A teraz wszystkie problemy ma już za sobą. Teraz wiedział, że musi pojechać i odwiedzić Gormleya. Wiktor Szukszin nie był jedynym winnym – byli o wiele gorsi od niego. Na przykład ten, który przysłał jego ojca do Anglii z morderczą misją.

Harry był zadowolony. Dotychczas życie wydawało mu się pozbawione celu, niespełnione – jedyną ambicją było zabicie ojczyma. Ale teraz wiedział, że ma większe zadania, wobec których poczuł się naprawdę mały.

– W porządku, ojcze – powiedział w końcu – odejdę i dam ci spokój. Spokój, na który nie zasługujesz. Nie potrafię i nie mogę ci wybaczyć.

– Nie chcę twojego przebaczenia, Harry, obiecaj tylko, że zostawisz mnie tu w spokoju. Odejdź i daj się zabić, i pozwól mi...

Harry wstał sztywno. Bolała go każda kość, głowa tętniła od nadmiaru myśli. Był zupełnie wyczerpany, po części fizycznie, a po części psychicznie. To było jak cisza po burzy, ale wtedy nie wiedział, że prawdziwa burza jeszcze nie nadeszła.

Otrząsnął się, zostawił poduszkę na śniegu i wrócił do samochodu.

– Do widzenia, Harry! – Podążył za nim głos. To nie był głos Szukszina.

– Do widzenia, mamo – odpowiedział. – Dziękuję. Zawsze będę cię kochał.

– I ja ciebie, Harry.

– Co? – Zapytał przestraszony głos Szukszina. – Keogh, co to jest? Widziałem, że potrafiłeś ją podnieść z grobu, ale...

Harry nie odpowiadał. Pozwolił matce zrobić to za niego.

– Witaj, Wiktorze. Mylisz się, Harry nie ożywił mnie. Sama powstałam, z miłości – ty tego nigdy nie zrozumiesz. Ale już po wszystkim i nie uczynię tego więcej. Inni będą się teraz opiekować Harrym, a ja mogę spokojnie leżeć tu w samotności... No, może teraz już nie będę tak osamotniona...

– Keogh! – Wołał rozpaczliwie Szukszin. – Obiecałeś mi, powiedziałeś, że jesteś jedynym, który może ze mną rozmawiać. A teraz ona mówi do mnie – ona rani mnie najbardziej!

Harry szedł dalej.

– Spokojnie, spokojnie, Wiktor – usłyszał odpowiedź matki, jakby mówiła do małego dziecka. – Nic ci to nie pomoże. Powiedziałeś, że pragniesz spokoju i ciszy? Ale przecież wkrótce znudzisz się tym, Wiktor.

– Keogh! – Wrzask Szukszina był słabszy. – Musisz mnie z tego wyciągnąć. Wykop mnie, powiedz komuś jak znaleźć moje ciało – tylko nie zostawiaj mnie z nią!

– Właściwie, Wiktor – ciągnęła Mary bezlitośnie – cieszę się, że mogę z tobą porozmawiać. Jesteś tak blisko, mówię do ciebie bez wysiłku.

– Keogh, łajdaku! Wracaj! Och, proszę... wróć!

Harry'ego już nie było.

*
*   *

Wrócił do Hartlepool o pierwszej trzydzieści. Drogi były koszmarne, prawie na całej długości pokryte zbitym śniegiem. Jechał nerwowo, co dodatkowo pozbawiało go sił, a kiedy w końcu dotarł do domu, ledwie wdrapał się po schodach do mieszkania.

Brenda, żona Harryego od ośmiu tygodni, wprowadziła się do niego zaraz po ślubie. Ich mieszkanko jakby od razu niezwykle rozjaśniało. Była dopiero w trzecim miesiącu ciąży, ale ciąża już stawała się widoczna. Harry był ostatnimi czasy w wyśmienitym humorze, ale dziś, wprost przeciwnie...

Ledwo zdobył się na pocałunek w policzek, a chwilę później zasnął jak kamień.

Nie było go przez trzy dni, podczas których robił podobno „badania" do nowej książki, ale jak zwykle, gdzie i co robił – nie powiedział. Taki już był i powinna się była do tego przyzwyczaić. Teraz jednak wyglądał tak, jakby spędził te trzy dni w obozie koncentracyjnym!

Spał całe popołudnie, wydawało się, że ma gorączkę. Brenda wezwała lekarza, który przyszedł z wizytą około ósmej. Harry nawet się nie przebudził. Doktor podejrzewał zapalenie płuc, chociaż objawy nie były jednoznaczne. Zostawił lekarstwa i wskazówki, co robić w razie pogorszenia stanu zdrowia pacjenta w nocy, szczególnie, gdyby Harry zaczął oddychać nieregularnie lub zaczął kaszleć. W najgorszym razie Brenda miała wezwać go ponownie.

Stan Harry'ego nie pogorszył się w ciągu nocy. Na śniadanie zjadł niewiele. Potem rozmawiał z żoną, w sposób, który ją przeraził. Mimo, że zawsze był skryty, ta rozmowa była jak żadna przedtem przygnębiająca. Gdy zaczął mówić o sporządzeniu testamentu i przekazaniu wszystkiego żonie i dziecku, objęła go i zaśmiała się.

– Harry – powiedziała chwytając go za ręce, gdy tak siedział z opuszczonymi ramionami na skraju łóżka. – O co chodzi? Zawsze, kiedy tak mówisz, brzmi to, jakby miał nastąpić koniec świata. Wiem, że miałeś jakieś przejścia. Może niezbyt dobrze się czujesz. Pobraliśmy się osiem tygodni temu, a ty mówisz tak, jakbyś miał zaraz umrzeć! A ja chwilę potem! Nigdy nie słyszałam podobnych głupstw. Jeszcze tydzień temu pływałeś, trenowałeś, jeździłeś na łyżwach – byłeś pełen życia, więc co się takiego nagle wydarzyło?

Poczuł, że dłużej tego nie wytrzyma. W końcu Brenda była jego żoną, musiała prędzej czy później dowiedzieć się o jego tajemnicach. Posadził ją przy sobie i opowiedział o wszystkim, z wyjątkiem snu z nagrobkami i śmierci Wiktora Szukszina. Ominął też opowiadanie o prawdziwym celu swych ostatnich przygotowań, sugerując, że był to pewien etap przed podjęciem nowej pracy. W ten sposób gładko przeszedł do opowiadania o brytyjskiej sekcji parawywiadu, jednak nie wdawał się w szczegóły. Wystarczyło mu, że Brenda wie, iż nie jest jedynym szczególnie utalentowanym człowiekiem. W istocie takich ludzi było wielu. Było też wiele sił zagrażających wolnemu światu, których mogą używać ludzie o podobnych talentach w niecnych celach. Część pracy Harry'ego w organizacji, to zapobieganie działaniom tych obcych sił. Stwierdził, że jego talent Nekroskopa może zostać użyty jako broń. Najbliższa przyszłość była zatem co najmniej... niepewna. Uważał, że należy przygotować się na każdą okoliczność.

Ale mówiąc o swojej pracy, nawet bez wdawania się w szczegóły, Harry zastanawiał się, czy nie popełnia błędu. Może lepiej to przed nią zataić? Zastanawiał się nad swoim postępowaniem. Czy zwierzał się tylko po to, żeby przygotować ją na... wszystko, co może się zdarzyć? A może przechodził kryzys i potrzebował podzielić się kłopotami?

Może to poczucie winy? Zaczyna nową drogę. Szukszin, to był tylko pierwszy krok. Harry czuł, że Brendzie też grozi niebezpieczeństwo. Ostrzeżenia matki nie mówiły o zagrożeniu życia Brendy w rezultacie jakiegokolwiek jego posunięcia. Oczywiście, jej ciąża to także jego sprawa, ale czy miał jakikolwiek wpływ na poród? Coś mówiło mu, że owszem, tak.

Wyglądało na to, że zaczął się jej zwierzać i z poczucia winy i dlatego, że potrzebował rozmowy z kimś bliskim, z przyjacielem. Ale to tylko wzmagało jego poczucie winy...

Wszystko było zagmatwane i niejasne, tak trudno było wyciągnąć rozsądne wnioski. Kiedy już skończył opowiadać, dał Brendzie chwilę czasu na zastanowienie się.

Co dziwne, przyjęła wszystko, co jej powiedział, jak oczywisty fakt. Chyba jej nawet ulżyło.

– Harry, wiem, że nie jestem tak mądra jak ty, ale nie jestem też głupia. Wiedziałam, że coś wisi w powietrzu, od kiedy opowiedziałeś mi tę historię z Nekroskopem. Wyczuwałam, że nie powiedziałeś mi wszystkiego. Pewnie się bałeś. Zdarzało się, w Harden, że pan Hannant zaczepiał mnie i wypytywał o ciebie. Sposób, w jaki mówił, sugerował, że w tobie jest coś dziwnego...

– Hannant? – Harry zmarszczył podejrzliwie brwi. – Co on...?

– Och, nic. Nic ważnego. Prawdę mówiąc, myślę, że on się o ciebie boi, Harry. Słyszałam, jak rozmawiasz ze swoją zmarłą mamą we śnie. Wiedziałam, że to prawdziwa rozmowa! I wiele innych rzeczy. Twoje pisarstwo, na przykład. Skąd nagle, stałeś się tak błyskotliwym pisarzem? Czytałam twoje opowiadania, Harry. Są wspaniałe, ale to nie jesteś ty. Prawdziwy ty – to zwykły chłopak. Oczywiście, bardzo cię kocham, ale nie łatwo mnie ogłupić. A twoje pływanie, łyżwy, judo? Myślałeś, że uwierzę, że jesteś supermanem? To ulga znać prawdę, Harry. Cieszę się, że w końcu mi to powiedziałeś...

– Ale nie mogę ci powiedzieć wszystkiego, kochanie – odezwał się osłupiały.

– Tak, wiem – odpowiedziała. – Skoro masz pracować dla kraju, to muszą być sprawy, których nie wolno ci ujawnić, nawet przede mną. Rozumiem to, Harry.

Jakby ktoś zdjął mu ciężar z piersi. Położył się, głowa zatonęła w poduszce.

– Brenda, nadal jestem zmęczony – ziewnął – pozwól mi spać, kochanie. Jutro wyjeżdżam do Londynu.

– Dobrze, kochanie – pochyliła się i pocałowała go w czoło.

– Nie martw się, o nic już nie zapytam.

Harry spał do wieczora, potem wstał i zjadł posiłek. Około ósmej poszli na spacer. Wrócili po kilkunastu minutach, bo Brendzie zrobiło się zimno. W domu wzięli gorący prysznic, kochali się, a potem zasnęli głębokim snem.

Ten dzień Harry będzie pamiętał w najgorszych chwilach swojego życia.

*

* *

Sir Keenan Gormley opuścił kwaterę główną brytyjskiego wywiadu paranormalnego, zjechał windą do małego hallu, wyszedł na ulicę w zimną, londyńską noc. Kilka rzeczy zastanawiało go ostatnio. Keogh nie skontaktował się z nim jeszcze. Z każdym upływającym dniem Gormley czuł, że czas ucieka bezpowrotnie. Było po dziewiątej, Gormley szedł w kierunku stacji metra Westminster.

Sir Keenan miał dwa powody do zmartwień. Jego zastępca, Alec Kyle wypytywał się nieustannie o jego zdrowie. Talent Kyle'a polegał na przepowiadaniu przyszłości. Troska o zdrowie przełożonego nie była dobrym znakiem. Gdyby Alec wiedział coś dokładnie, z pewnością opowiedziałby mu o tym. Dlatego Gormley nie naciskał. Nie mniej jednak miał powody do zmartwienia.

I było jeszcze coś ważniejszego. W ciągu ostatnich tygodni Gormley czuł, że wokół niego kręcą się parawywiadowcy – „wykrył" ich. Nigdy ich nie spotkał, nie potrafił odszukać, ale wiedział, że są. To nie byli jego ludzie – ich emanacja była obca. Zawsze obserwowali Gormleya bezpiecznie ukryci w tłumie, w ruchliwych miejscach, w których nie mógł przypisać odczucia do twarzy. Zastanawiał się, jak długo będą go obserwować? Co zrobią? Doszedł do stacji, zszedł na peron. Przez płaszcz i marynarkę sprawdził browninga kaliber 9 mm – przynajmniej jakieś pocieszenie. Nie było takiego parawywiadowcy, który byłby odporny na kule.

Na peronie stało parę osób, jeszcze mniej w przedziale, do którego wszedł. Przejrzał porzucony egzemplarz „Daily Mail". Zupełnie nie reagował na nagłówki. Czy rzeczywiście tak się wyobcował ze świata? Pewnie tak. Praca zabierała mu stanowczo za dużo czasu. To był już trzeci z rzędu wieczór w pracy po godzinach. Nie pamiętał, kiedy ostatni raz czytał książkę, kiedy bawił się z przyjaciółmi. Ale może Alec Kyle miał powody do troski o jego zdrowie. Może pora na przerwę, pora oddać zastępcy prowadzenie sekcji. Prędzej czy później będzie musiał to zrobić. Obiecał sobie przerwę, jak tylko wprowadzi młodego Harry'ego Keogha.

Zadumał się, pociąg wtoczył się na stację St. James. Para bardzo zgrabnych nóg w krótkiej spódniczce zwróciła uwagę Gormleya. „To dziw, że to śliczne stworzonko nie zamarzło na śmierć" – pomyślał – „To dopiero byłaby strata".

Keenan zaśmiał się do swoich myśli. Jego żona zawsze dokuczała mu, że zbyt często ogląda się za spódniczkami. Może z sercem coś niedobrze, ale cała reszta w zupełnym porządku. Gdyby miał trzydzieści lat mniej...

Zakaszlał głośno, spojrzał na gazetę, spróbował przebrnąć przez wiadomości. Ale w połowie stracił chęć do czytania. Takie przyziemne sprawy, w porównaniu ze światem jasnowidzów, telepatów, a teraz Nekroskopa.

Pomyślał o grze, w którą zwykł bawić się z Kyle'em. Gra słownych skojarzeń.

Grali kilka dni temu. Gormley pomyślał o Keoghu, kiedy wszedł do gabinetu Kyle'a. Zobaczył zastępcę, uśmiechnął się.

– Zagramy?

Kyle zrozumiał.

– Wal. Jestem gotów.

– To będzie nazwisko – ostrzegł Gormley.

– Harry Keogh – Gormley cofnął się i rzucił szybko.

– Möbius – odparł natychmiast Kyle.

– Matematyka?

– Czasoprzestrzeń – Kyle zbladł. Gormley wiedział, że już coś mają.

– Nekroskop! – rzucił na koniec.

– Nekromanta!

– Co? Nekromanta? – powtórzył Gormley. Ale Kyle wciąż nad tym pracował.

– Wampyr! – wykrzyknął zrywając się z miejsca. – Wystarczy, sir. Cokolwiek to było – minęło.

Spojrzał przez szybę, zorientował się, że pociąg właśnie minął stację Wiktoria. W przedziale było pusto. Zostało jeszcze pół drogi. Wtedy poczuł wszechogarniającą depresję.

Czuł, że coś jest z nim nie w porządku. Może pustka pociągu, może za bardzo stracił kontakt z codziennym życiem? Kiedy pociąg wjechał na peron, już wiedział, co to było. To pracował jego talent.

Otworzyły się drzwi, para w średnim wieku opuściła wagon, Gormley został sam. Zanim jednak zamknęły się, do środka weszło dwóch mężczyzn. Emanacja paranormalności wręcz poraziła, oszołomiła Gormleya.

Dragosani i Batu usiedli naprzeciw swojej ofiary, patrząc zimnym, beznamiętnym wzrokiem. „Tworzą dziwną parę” – pomyślał Gormley. „Zupełnie do siebie nie pasują. Przynajmniej na pozór.” Wyższy pochylił się, jego zapadnięte oczy przypominały mu oczy Keogha. Może podobieństwo inteligencji? Ale nie była to ludzka duchowość. Raczej... inteligencja bestii.

– Wiesz, czym jesteśmy, Keenan – powiedział basowym, ponurym tonem, nie siląc się na ukrycie rosyjskiego akcentu.

– A może nawet, kim. I my wiemy, kim i czym ty jesteś. W takim razie głupio tak siedzieć i udawać, że się nie znamy. Zgodzisz się?

– Mówi pan tak logicznie, że aż trudno się spierać – przyznał Gormley i poczuł, że krew zamarza mu w żyłach.

– Więc dalej będę mówił logicznie – powiedział Dragosani. – Gdybyśmy chcieli cię zabić, już dawno byś nie żył. Nie brakowało nam okazji. Więc kiedy wysiądziemy z pociągu na South Kensington, nie będziesz próbował robić niepotrzebnego zamieszania ani zwracać niepotrzebnie uwagi. W przeciwnym razie będziemy zmuszeni cię zabić, niestety, i będzie nieszczęście dla wszystkich. Zrozumiałeś?

Gormley z trudem zachował spokój, uniósł brwi.

– Jest pan bardzo pewny siebie, proszę pana...

– Dragosani – przedstawił się nekromanta. – Tak, jestem bardzo pewny siebie, podobnie jak mój przyjaciel, Maks Batu.

– ...jak na obcokrajowca, chciałem powiedzieć. Nieźle! – Kontynuował Gormley. – Chyba zostanę uprowadzony. Ale czy jesteście pewni, że wiecie wszystko o moich zwyczajach? Może coś przeoczyliście? Czegoś wasza logika może nie objęła. – Nerwowo wyjął zapalniczkę z prawej kieszeni płaszcza i położył na kolanie. Poklepał się po kieszeniach, jakby szukał paczki papierosów, zaczął sięgać do wnętrza płaszcza.

– Nie! – rzucił Dragosani ostrzegawczo. Niemal z nikąd błyskawicznie wyjął własny pistolet, wyciągnął na długość ramienia, kierując go prosto w twarz Gormleya. – Niczego nie przeoczyliśmy. Maks, przeszukaj go!

Batu usiadł obok Gormleya i wyciągnął zza poły płaszcza jego rękę. Drżące palce trzymały browninga. Gormley nie zdążył odwieść kurka. Batu wyjął magazynek, schował do kieszeni i oddał pistolet Anglikowi.

– To był twój ostatni nierozważny ruch – ciągnął Borys. Odłożył swoją broń. Cała jego postać była nienaturalna, jakby kocia, prawie kobieca. – Jakiekolwiek głupie gierojstwo – kontynuował nekromanta – skończy się twoją śmiercią.

Gormley ostrożnie włożył bezużyteczny pistolet do kieszeni.

– Czego ode mnie chcecie?

– Chcemy porozmawiać – odpowiedział Dragosani. – Chciałbym zadać ci... kilka pytań.

– Domyśliłem się – odparł Gormley, zmuszając się do uśmiechu. – To będą bardzo „dogłębne" pytania, tak?

– Nie – żachnął się Borys. Teraz uśmiechnął się złowieszczo. Keenan poczuł do niego fizyczną odrazę. Usta tego człowieka wyglądały jak paszcza psa z wydłużonymi kłami. – Nie będziemy ci świecić lampą w oczy, sir, jeżeli o to chodzi – powiedział Dragosani – żadnych narkotyków, kleszczy, nie napełnimy ci brzucha wodą od tyłu. Nic z tych rzeczy. Ale i tak powiesz mi wszystko, co chcę wiedzieć. Zapewniam cię...

Pociąg zwalniał wjeżdżając na stację South Kensington. Serce uprowadzonego zabiło mocniej. „Tak blisko do domu

– i tak daleko" – pomyślał. Dragosani przerzucił przez ramię lekki płaszcz. Uniósł go na chwilę, pokazując Gormleyowi tłumik pistoletu i jeszcze raz powtórzył:

– Bez gierojstwa.

Na peronie stała garstka ludzi, głównie młodych. Nawet gdyby Gormley zawołał o pomoc, nikt pewnie by nie zareagował.

– Opuść stację, tak jak zwykle – szepnął Borys, idąc przy uprowadzonym.

Serce Anglika zabiło gwałtowniej, wiedział, że jeśli pójdzie z nimi – to już koniec. Wiedział, że jest na straconej pozycji, jedynym ratunkiem była ucieczka.

Wyszli z metra na ulicę Pelham, doszli przez Brompton Road do Queen's Gate.

– Tutaj przechodzę na światłach – powiedział Gormley. Doszli do parkingu, Dragosani wzmocnił uścisk ramienia Anglika.

– Tutaj – do samochodu – powiedział ciągnąc Gormleya na prawo i wzdłuż zaparkowanych pojazdów w kierunku wczoraj zakupionego, używanego forda. Po zakończeniu misji policja miała odnaleźć wypalone szczątki auta w podmiejskich lasach. Gdy zbliżyli się do forda, Gormley dostrzegł ostatnią szansę.

Niecałe trzydzieści metrów dalej, na parking wjechał policyjny patrol, umundurowany funkcjonariusz wyszedł ospale i sprawdzał drzwi stojących samochodów. „Rutynowa kontrola" – pomyślał Gormley. Dla niego był to cud!

Dragosani poczuł nagłe napięcie w umyśle Keenana, zablokował go, zanim ten zdążył wykonać jakiś ruch. Batu otworzył drzwi forda.

– Teraz, Maks! – Syknął nekromanta.

Batu natychmiast przybrał swoją, charakterystyczną postawę, jego okrągła twarz przeszła metamorfozę. Dragosani wzmocnił uścisk. Anglik otworzył usta, chciał krzyknąć, ale z ust wydobył się jedynie słaby skrzek. Ujrzał twarz Batu; jedno oko było wąską szparką, a drugie, okrągłe, zielone – pulsowało pełne wrzącej mazi. Coś przenikało z tej twarzy niczym cięcie bezcielesnego noża. Wiedział, że jego serce tego nie wytrzyma.

Pod wpływem tego strasznego spojrzenia Gormley osunął się na błotnik sąsiedniego samochodu. Policjant spojrzał w ich stronę. Drugi wyszedł z wozu patrolowego. Co gorsza, następny pojazd, niebieski porsche wjechał z piskiem hamulców. Oślepiające światła reflektorów wyłowiły z ciemności trzy postacie. Po chwili wysoki, młody mężczyzna wysiadł, trzaskając drzwiami. Podbiegł w stronę Gormleya i chwycił go za ramię.

– Keenan – powiedział, patrząc mu w oczy. – Na Boga, to serce.

Dwaj policjanci pospieszyli zobaczyć, co się dzieje.

Ta sytuacja sparaliżowała Dragosaniego. Starał się odzyskać spokój.

– Do samochodu! – szepnął do Batu.

Policjanci byli już na miejscu.

– Co się tutaj stało? – zapytał jeden z nich.

Borys myślał szybko.

– Zobaczyliśmy jak się potyka – zmyślił. – Myśleliśmy, że jest pijany. Chciałem pomóc, spytałem, czy mogę coś zrobić. Powiedział coś o sercu... Już miałem zabrać go do szpitala, ale wtedy pojawił się ten pan i...

– Nazywam się Arthur Banks – powiedział mężczyzna, właściciel porsche. – To jest sir Keenan Gormley, mój teść. Umówiliśmy się na stacji, potem zobaczyłem tych dwóch. Nie ma czasu na wyjaśnienia, musimy zawieść go do szpitala!

– Proszę zadzwonić później, sir – rzucił jeden z policjantów do Dragosaniego. – Poda pan więcej szczegółów. Dziękuję. – Pomógł Banksowi ułożyć Gormleya w porsche, drugi policjant pobiegł do wozu patrolowego i zapalił niebieskie światła. Banks zjechał z krawężnika.

– Za nami, sir – krzyknął policjant. – Będzie w szpitalu za dwie minuty.

Wskoczył do wozu, włączył sygnał. Osłupiały Dragosani patrzył jak samochody odjeżdżają. Powoli wsiadł do forda, usiadł obok Batu, trząsł się ze złości. Drzwi zostały otwarte, w końcu chwycił za klamkę i trzasnął tak mocno, że o mało nie odpadły zawiasy.

– Kurwa! – rzucił. – Cholerni Anglicy! Pieprzony Gormley i jego zięć. Pieprzona cywilizowana policja.

– Jest dobrze – powiedział Batu.

– Niech cię... szlag trafi i twoje zabójcze oczko. Nie zabiłeś go!

– Znam się na rzeczy – odparł cicho Batu. – Zabiłem go. Rozgniotłem jak pluskwę. Już nie żyje, towarzyszu, zaufajcie mi. W tej chwili już nie żyje.

W samochodzie Gormley zdążył wykrztusić tylko: „Dragosani". To jedno ostatnie słowo nic nie znaczyło dla przerażonego zięcia. Chwilę później szef angielskiego parawywiadu opadł bezwładnie na tylne siedzenie, kropla krwi pojawiła się w kąciku ust.

Maks Batu miał rację. Sir Keenan Gormley zmarł przed przyjazdem do szpitala.

*
*   *

Harry Keogh pojawił się w domu Gormleya na South Kensington około trzeciej po południu następnego dnia. Arthur Banks był w tym czasie potwornie zagoniony i zdołowany. Czuł jakby minął rok od czasu, kiedy wyjechał z żoną, córką Gormleya, z Chichester. To miała być krótka wizyta, a tu ten straszny wypadek! Świat zawirował dookoła szaleńczo.

Najpierw przykry obowiązek – telefon do teściowej, Jackie Gormley. Powiedział, co się stało. Córka pocieszała ją, jak mogła, przez całą noc. Ale to niewiele pomogło. Starsza Pani nie mogła przeboleć straty męża. Następnego ranka czekała, aż przywieziono ciało ze szpitalnej kostnicy. Zrobili, co mogli, ale twarz pozostawała wykrzywiona w okropnym grymasie. Formalności pogrzebowe przebiegły niezwykle sprawnie. Tak jak sobie życzył Gormley – będzie kremacja. Do tego czasu zwłoki miały pozostać w domu. Jackie nie mogła przebywać przy martwym mężu, to nie był ten sam człowiek, zabrano ją na drugi koniec Londynu, do brata. Wszystko zostało na głowie Banksa. Odwiózł żonę na Waterloo, skąd wróciła do Chichester, do czasu pogrzebu. Banks obiecał, że zostanie przy zmarłym.

Ale gdy wrócił do domu, stała się najgorsza z możliwych rzeczy. Czyste szaleństwo! Upiorne, niesłychane!

Kiedy Harry Keogh zadzwonił do drzwi, ujrzał Banksa chwiejącego się na nogach.

– Jestem Harry Keogh, sir Keenan Gormley prosił, żebym przyszedł...

– Pomocy! – szepnął Banks. – Jezu Chryste, kimkolwiek jesteś – pomóż mi.

Harry spojrzał zdziwiony, podtrzymał mężczyznę, by uchronić go przed upadkiem.

– Co się stało? To jest dom Keenana Gormleya, tak?

Banks przytaknął słabo. Jego twarz zzieleniała. Zbierało mu się na wymioty.

– Tak. On jest t...tam, w salonie... ale nie wchodź tam! Muszę zadzwonić na policję!

Harry posadził Banksa na krześle. Pochylił się i potrząsnął nim.

– Tam jest Keenan? Co się z nim stało?

Zanim padła odpowiedź, Keogh przypomniał sobie: „Wkrótce umrze w męczarniach prawdziwy patriota"

Banks spojrzał na Harry'ego.

– Pracowałeś dla niego?

– Miałem zamiar – Keogh nagle zrozumiał.

Mężczyzna wstał.

– Umarł wczoraj – zdołał wykrztusić – atak serca. Jutro ma zostać skremowany. Ale teraz... – Otworzył drzwi i wybiegł do łazienki.

Harry zamknął osłabionego Banksa i wszedł do salonu. Zobaczył na własne oczy...

Jedno spojrzenie przekonało go, że w istocie był atak, ale jaki atak! Wrócił do Banksa, który ledwie żywy słaniał się przy zlewie w łazience.

– Wezwij policję, jeśli jesteś w stanie. Zadzwoń do biura Keenana. Zostanę z tobą i z nim... przez jakiś czas.

– Dzie...dzięki – powiedział mężczyzna nie unosząc głowy. – Przepraszam, nie mogę na razie...

– Rozumiem. – odrzekł Harry.

– Zaraz wrócę do siebie, już mi trochę lepiej.

– W porządku.

Keogh wrócił do salonu. Jego uwagę zwróciło stylowe, przewrócone krzesło. Jedna z nóg była wyrwana, a w niej tkwił nabity ząb! Resztę uzębienia zmarłego rozrzucono po podłodze. Usta zwłok były rozwarte jak czarna jama, w dziko wykrzywionym zamarłym grymasie. Harry po omacku znalazł krzesło, na którym nie było szczątków ciała. Zamknął oczy, wyobraził sobie pokój przed zajściem. Sir Keenan w trumnie na dębowym stole, świece u głowy i nóg. I wtedy, gdy leżał w spokoju, ktoś go napadł!

– Dlaczego, Keenan? – zapytał.

– Nieeee! Odejdź! – odpowiedź poruszyła Harry'ego. – Dragosani, ty potworze, odejdź, na Boga. Miej litość, człowieku!

– Dragosani? – zapytał w myślach Keogh. – Nie jestem Dragosani, Keenan. To ja, Harry Keogh.

– Co? – słowo było szeptem w jego jaźni. – Keogh? Dzięki Bogu! Dzięki Bogu, to ty, Harry!

– To był Dragosani? – Harry zacisnął zęby. – Czy on jest chory?

– Nie – „żywo" odparł Gormley. – On jest szalony, oczywiście. Jego talent... jest okropny!

Nagłe objawienie spłynęło na Keogha.

– Przyszedł do ciebie, gdy już umarłeś – westchnął. – Jest Nekroskopem, tak jak ja.

– Nie, absolutnie, nie – zaprzeczył Gormley. – Nie jak ty, Harry. My wszyscy tutaj rozmawiamy z tobą. Przynosisz ciepło i spokój. Jesteś miły jak sen, który powraca. Jesteś szansą, że coś po nas przetrwa, zostanie przekazane innym. Jesteś światłem w ciemności, Harry, a Dragosani...

– Kim on jest?

– To nekromanta, a to zupełnie inna rzecz.

Harry otworzył oczy, rozejrzał się po pokoju.

– Przecież to upiorne!

– Gorzej – głos Gormleya zadrżał. – On nie rozmawia, nie pyta. Sięga i bierze. Kradnie. Nic nie można przed nim ukryć. Znajduje odpowiedzi na swoje pytania we krwi, wnętrznościach, w samym szpiku kości. Umarli nie czują bólu, Harry. Ale gdy dobiera się do nas, czujemy ból. Czułem jego noże, jego ręce, rozdzierające paznokcie. Wiedziałem, co robi. To było piekło! Po minucie powiedziałbym wszystko, ale to nie jego metoda. On sięga prawdy, zapisanej w skórze, w muskułach, ścięgnach, w każdej komórce. Czyta w płynie mózgowym, w śluzie oczu, w martwych tkankach.

Harry poczuł się słabo. Kręciło mu się w głowie, był zdezorientowany, jakby to wszystko przytrafiło się komuś innemu.

– To nie może się stać już nigdy więcej. Trzeba go powstrzymać! – Krzyknął w przerażeniu.

– O tak, trzeba go powstrzymać, Harry! Tym bardziej teraz. Rozumiesz, zabrał wszystko. Zna naszą siłę i nasze słabości, może użyć całej tej wiedzy. On i jego zwierzchnik, Borowitz. Być może tylko ty potrafisz go powstrzymać!

Gdzieś z oddali słyszał jak Banks telefonuje z przedpokoju. Zostało mało czasu, a Gormley musi tak wiele jeszcze powiedzieć.

– Posłuchaj Keenan. Muszę się spieszyć. Przyjdę do ciebie, gdy znajdę pokój w hotelu. Jeśli tu zostanę, policja będzie chciała ze mną porozmawiać. Znajdę cię, gdy...

– ... będę kremowany, tak? – Harry wyobraził sobie, jak Gormley kiwa głową ze zrozumieniem. – To miało się odbyć szybko, ale teraz prawdopodobnie opóźni się...

– Będę z tobą w kontakcie – uciął Harry. – Nadal niewiele wiem o organizacji, o nich...

– Znasz Batu? – Gormley nie ukrywał obawy. – Tego Mongoła?

– Wiem, że to jeden z nich, nic poza tym...

– Ma „złe oko", może zabić samym spojrzeniem. To on spowodował mój atak serca. Maks Batu zabił mnie. Moc jego oka pali jak kwas, wyżera mózg, serce. Zabił mnie...

– Więc i z nim się policzę – powiedział z determinacją Harry.

– Bądź ostrożny, Harry.

– Będę.

– Myślę, że rozwiązanie jest w tobie, mój chłopcze, i Bóg jeden wie, jak mocno modlę się, abyś je znalazł. Dam ci jeszcze jedno ostrzeżenie: kiedy Dragosani przyszedł do mnie, poczułem w nim coś odmiennego. To nie była jego nekromancja, Harry. W tym człowieku jest zło, pierwotne zło. Dopóki on pozostaje na wolności, nic ani nikt nie jest bezpieczny. Nawet ludzie, którzy myślą, że go kontrolują.

Harry pokiwał głową.

– Będę na niego uważał – powiedział. – Znajdę rozwiązanie, Keenan, wszystkie odpowiedzi. Z twoją pomocą, o ile tylko będziesz mógł jej użyczyć.

– Myślałem i o tym, Harry. Wiesz, to jeszcze nie koniec, to nie ja... To, co tu widziałeś, było mną, to byłem ja. Niemowlę urodzone w Afryce Południowej, młody chłopak wstępujący do Armii Brytyjskiej w wieku siedemnastu lat, szef sekcji E przez ponad trzynaście lat – to wszystko ja. Wszystko minęło, ale ja nadal tu jestem, gdzieś tu...

– Wierzę – powiedział Harry. Otworzył drzwi i powstał, unikając wzrokiem pokoju.

– Dobra, znajdź hotel – prosił Gormley – i wróć do mnie, kiedy tylko będziesz mógł. Im szybciej, tym lepiej. A potem... to znaczy, gdy będzie już po wszystkim, jeśli to w ogóle się skończy...

– Co takiego?

– Byłoby miło, gdybyś odwiedzał mnie od czasu do czasu. Rozumiesz, o ile się nie mylę, jesteś jedynym człowiekiem, który jest w stanie rozmawiać z umarłymi. Zawsze przyjmę cię z radością...

Godzinę później Harry zamknął się w pokoju taniego hotelu i ponownie skontaktował się z Gormleyem. Jak zwykle, kiedy miał za sobą uprzednie spotkanie, było to łatwe. Dotychczasowy szef sekcji parawywiadu czekał na niego. Rozważał, co ma przekazać, porządkował informacje. Zaczęli od sekcji parawywiadu i ludzi, którzy w niej pracowali. Gormley wytłumaczył Keoghowi, dlaczego na tym etapie nie powinien wchodzić do organizacji, ani spotykać się z pierwszym zastępcą.

– To pochłonie zbyt wiele czasu – wyjaśnił Gormley – skorzystałbyś na tym, to prawda. Po pierwsze, otrzymałbyś fundusze na swoje poczynania, na każdy konieczny wydatek. Miałbyś ochronę i oczywiście zadbanoby o twój talent. Szczególnie teraz, gdy odszedłem. Ale kiedy wyda się, że ktoś grzebał przy moich zwłokach...

– Myślisz, że będą mnie podejrzewać?

– Co? Nekroskopa? Oczywiście, że tak. Mam twoje akta, ale ogólnikowe, nieprzekonywujące, niekompletne. Jestem jedynym, który mógłby za ciebie poręczyć. Zanim wszystko by wyjaśniono, minęłoby zbyt dużo czasu, a my, Harry, nie możemy zmarnować ani chwili. Proponuję takie rozwiązanie: nie będziesz próbował wejść do sekcji parawywiadu od zaraz, będziesz działał w pojedynkę. Tylko Dragosani i Batu wiedzą o tobie cokolwiek. Problem polega na tym, że Dragosani wie o tobie wszystko. Skradł to ze mnie. Musimy sobie zadać pytanie: dlaczego Borowitz przysłał tych ludzi? Dlaczego teraz? Do czego zmierza? Może tylko zapuszcza swoje macki. Owszem, miał przedtem swoich agentów, byli to jednak zwykli wywiadowcy – szukali informacji, ale nie zabijali. Dlaczego Borowitz zdecydował się na otwarty konflikt, zakończył zimną wojnę parawywiadów?

Harry powiedział o Szukszinie, podsumował to, co dotychczas wiedział.

Gormley zdziwił się.

– Rzeczywiście, wychodzi na to, że pracowałeś dla nas od dawna. Szkoda, że nie wiedziałem o tym, gdy widzieliśmy się po raz pierwszy. Moglibyśmy zacząć wcześniej działać. Szukszin był ważny dla ciebie, Harry, ale w rzeczywistości był płotką. Mogliśmy go nawet wykorzystać...

– Chciałem go dla siebie – powiedział zjadliwie Harry. – Chciałem go wykończyć. Nie wiedziałem zresztą, że są jakieś powiązania. Dowiedziałem się o tym, dopiero po jego śmierci. Ale to już skończone, przejdźmy dalej. Więc... chcesz, żebym działał w pojedynkę. Jest pewien problem: widzisz, nie mam pojęcia jak zachowuje się agent. Wiem, co mam zrobić: zabić Dragosaniego, Batu i Borowitza. To mój cel, ale nie mam pojęcia jak go osiągnąć.

Gormley zrozumiał wątpliwości Keogha.

– Tu jest właśnie różnica między wywiadem konwencjonalnym, a paranormalnym. Wiadomo, co to jest wywiad: płaszcze z postawionymi kołnierzami i pistolety, toporne zbiry, brygady od mokrej roboty – cały ten kram. Ale nikt naprawdę nie wie, co to jest wywiad paranormalny. Robisz to, co podpowiada ci twój talent, znajdujesz najlepszy sposób na jego wykorzystanie. To wszystko, co każdy z nas może zrobić. Dla wielu z nas to proste: nie mamy wielkiego talentu, nie możemy go rozwijać. Na przykład ja – wyczuję parawywiadowcę na milę, ale to wszystko, nic więcej. Jednak w twoim przypadku...

Harry był przerażony. Zadanie wielkie, niemożliwe do wykonania. Był tylko człowiekiem, jednym umysłem z jednym ledwo wykształconym talentem. Cóż zatem może zdziałać?

Gormley podchwycił jego myśl.

– Nie słuchasz mnie, Harry. Powiedziałem, że należy wybrać najlepszą drogę wykorzystywania talentu. Do tej pory nie zrobiłeś tego. Spójrzmy prawdzie w oczy: co osiągnąłeś?

– Rozmawiałem ze zmarłymi – rzucił Harry. – To właśnie robię, jestem Nekroskopem.

– Słuchaj, napisałeś opowiadania, których nie mógł dokończyć zmarły pisarz. Poznałeś wzory, do których matematyk nie miał czasu dojść za życia. Martwi nauczyli cię prowadzić samochód, mówić po rosyjsku i niemiecku, rozwinęli twoje możliwości pływackie, umiejętności samoobrony i kilka innych rzeczy. Uważasz, że nauczyłeś się czegoś?

– Niczego! – Odparł Harry po chwili zastanowienia.

– Racja, niczego. Bo rozmawiałeś z nieodpowiednimi ludźmi. Pozwalałeś, aby to twój talent prowadził ciebie, zamiast samemu nim kierować. Wiem, że może to złe porównanie, ale jesteś jak hipnotyzer, który może tylko siebie zahipnotyzować, jak jasnowidz, który na następny dzień przepowiada własną śmierć. Masz niebywały talent, ale nie osiągasz niczego. Problem w tym, że jesteś samoukiem. Jesteś ignorantem. Opychasz się wszystkim, a niczym się nie delektujesz. Nie wiesz, co dobre, mylą cię pozory. O ile wiem, miałeś możliwości od dziecka, ale twój umysł przegapił szansę. Teraz jesteś już dorosły i powinieneś być świadom swoich możliwości. Masz talent – musisz nauczyć się jak najlepiej go wykorzystywać. To wszystko.

Harry zdawał sobie sprawę, że to, co mówi Gormley, jest prawdą.

– Od czego powinienem zacząć? – Zapytał rozpaczliwie.

– Może mam dla ciebie klucz – Gormley starał się nie okazywać zbytniego optymizmu. – To rezultat gry, w którą bawiłem się z moim zastępcą, Kyle'em. Nie mówiłem o tym przedtem, bo może nic z tego nie wynika, ale skoro mamy zacząć...

– Dalej – powiedział Harry.

W umyśle Keogha Gormley nakreślił pewien schemat:

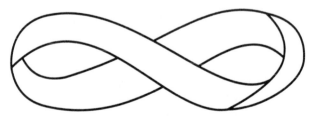

– Co to jest, do cholery? – Harry nie widział w tym żadnego sensu.

– To wstęga Möbiusa – odparł Gormley – nazwana tak od nazwiska odkrywcy, Augusta Ferdynanda Möbiusa, niemieckiego matematyka. Weź pasek papieru i obróć do połowy, połącz końce. Wstęga redukuje powierzchnię dwuwymiarową do jednowymiarowej. Z tego wynika wiele następstw... tak mi powiedziano. Nie wiedziałem, bo nie jestem matematykiem.

Harry nadal był zmieszany, choć już nie z powodu zasady, ale jej konsekwencji.

– I to ma coś wspólnego ze mną?

– Z twoją przyszłością, możliwe, że z twoją najbliższą przyszłością. – Gormley celowo mówił niejasno. – Powiedziałem, że może nic w tym nie ma. Dobrze, wyjaśnię ci, co się zdarzyło – opowiedział Harry'emu o grze słownych skojarzeń. – Zacząłem od twojego imienia, Harry Keogh. Kyle odparł „Möbius", zapytałem: „Matematyka?", odpowiedział „Czasoprzestrzeń".

– Czasoprzestrzeń? – Harry zainteresował się – to może pasować do wstęgi Möbiusa. Wydaje mi się, że pasek to tylko model. Czas i przestrzeń są nierozerwalnie powiązane.

– Hmm? – Harry wyobraził sobie zdziwioną twarz Gormleya. – Sam na to wpadłeś, czy może... ktoś ci pomaga?

To podsunęło Harry'emu pewien pomysł.

– Poczekaj – powiedział – nie znam tego Möbiusa, ale znam dobrze kogoś innego. – Połączył się z Jamesem Gordonem Hannantem z cmentarza w Harden, pokazał mu wstęgę.

– Przykro mi, ale nie mogę ci pomóc. – Myśli Hannanta były jak zawsze dokładne – poszedłem w zupełnie innym kierunku. Nie zajmowałem się krzywymi, to znaczy, moja matematyka była... jest bardzo praktyczna. Odmienna, ale praktyczna. Wiesz przecież o tym. Jeśli można to zrobić na papierze, to poradzę sobie. Jestem wzrokowcem, można powiedzieć, bardziej niż Möbius. Jego przemyślenia, a miał ich wiele, były abstrakcyjne i teoretyczne. Gdyby Möbius mógł pracować z Einsteinem, doszliby...

– Pozostańmy przy wstędze – odrzekł Harry. – Możesz coś zasugerować?

Hannant wyczuł, że sprawa jest bardzo pilna, zastanowił się.

– Czy nie widzisz odpowiedzi, Harry? Dlaczego nie zapytasz samego Möbiusa? Tylko ty potrafisz to zrobić.

Harry nagle ożywił się, wrócił do Gormleya.

– No dobrze – powiedział. – Przynajmniej mam jakiś punkt zaczepienia. Co jeszcze wyniknęło z tej gry skojarzeń z Kyle'em?

– Kiedy odpowiedział „czasoprzestrzeń", spróbowałem z Nekroskopem – kontynuował Gormley – natychmiast odpowiedział „nekromanta".

– Wygląda na to, że równie dobrze przewidział twoją, jak i moją przyszłość – stwierdził Harry.

– Chyba tak – odparł Gormley – ale wtedy powiedział coś jeszcze, coś, co zastanawia mnie do tej pory. Załóżmy, że wszystko dotychczas jest ze sobą jakoś powiązane, ale co do diabła robi w tym zestawieniu „Wampyr", co?

Ciarki przebiegły Harry'emu po plecach.

– Keenan, zostawmy to na razie, wrócę jak najszybciej. Teraz muszę załatwić dwie sprawy. Muszę zadzwonić do żony, znaleźć bibliotekę, trzeba coś zbadać. Muszę też pojechać na spotkanie z Möbiusem, zamówię bilet na samolot do Niemiec. Poza tym jestem głodny i... chcę wszystko przemyśleć. Sam.

– Rozumiem, Harry. Będę czekał i wtedy zaczniemy na nowo. Zatroszcz się teraz o swoje potrzeby, muszą być z pewnością większe niż moje. Ruszaj synu, zaopiekuj się żywymi, umarli mają mnóstwo czasu.

– Jeszcze – dodał Harry – jest ktoś inny, z kim chcę porozmawiać... ale to na razie tajemnica.

Gormley nagle zmartwił się.

– Nie rób nic pospiesznie, Harry. To znaczy...

– Powiedziałeś, że mam działać w pojedynkę, swoimi metodami – przypomniał Keogh.

– Racja, synu. Miejmy nadzieje, że wszystko ci się uda.

Harry nie widział innej możliwości.

*
* *

Tego samego wieczoru w ambasadzie rosyjskiej w Londynie Dragosani i Batu skończyli pakowanie, czekali na poranny samolot. Borys jeszcze nie zaczął pisać raportu, bo to miejsce zupełnie się do tego nie nadawało. To jakby pisać od razu list do Jurija Andropowa!

Zajmowali sąsiednie pokoje połączone rozsuwanymi drzwiami, tylko z jednym telefonem w apartamencie Batu. Nekromanta wyciągnął się na łóżku. Pogrążył się w swoich dziwnych, ciemnych myślach. Telefon zadzwonił w pokoju Batu. Chwilę później mały, przysadzisty Mongoł zapukał do drzwi.

– Do ciebie – jego głos dochodził zza poplamionej, wyblakłej dębowej boazerii. – Centrala, ktoś z zewnątrz.

Dragosani wstał, przeszedł do drugiego pokoju. Mongoł siedział na łóżku i szczerzył zęby.

– Towarzyszu, macie przyjaciół w Londynie? Ktoś widocznie was zna.

Borys rzucił mu groźne spojrzenie, chwycił za słuchawkę.

– Centrala? Tu Dragosani. O co chodzi?

– Rozmowa z zewnątrz, towarzyszu – odpowiedział zimny, matowy głos.

– Wątpię. To pomyłka. Nikogo tu nie znam.

– Mówi, że będziecie z nim rozmawiać – odpowiedziała telefonistka. – Nazywa się Harry Keogh.

– Keogh? – Dragosani spojrzał na Batu, uniósł brwi. – A tak. Tak, znam go, połączcie mnie.

– Dobrze, ale pamiętajcie towarzyszu, rozmowa jest kontrolowana – W słuchawce odezwał się sygnał, a potem...

– Dragosani, to ty? – to był młody, ale bardzo twardy głos. Nie pasował do bladej, wychudzonej twarzy, którą Borys zapamiętał z wyprawy na brzeg skutej lodem rzeki w Szkocji.

– Tu Dragosani. Czego chcesz, Keogh?

– Chcę ciebie, nekromanto – odparł zimny, nieugięty głos. – I dopadnę cię.

Wargi Dragosaniego uniosły się, w cichym uśmiechu, ukazując ostre jak igły zęby.

– Nie wiem, kim jesteś – syknął – ale niewątpliwie jesteś szaleńcem. Albo odłożysz słuchawkę, albo wytłumaczysz...

– Niczego nie będę tłumaczył, „towarzyszu" – powiedział jeszcze twardszym głosem Keogh. – Wiem, co zrobiłeś z Keenanem Gormleyem. Był moim przyjacielem. Oko za oko, ząb za ząb. To moja zasada, jak już pewnie zdążyłeś zauważyć. Jesteś martwy.

– Czyżby? – zaśmiał się Dragosani – już nie żyję, tak? A ty także obcujesz ze zmarłymi, prawda, Harry?

– To, co widziałeś nad rzeką, to drobiazg, „towarzyszu" – rzucił lodowatym tonem Keogh – Nie wiesz wszystkiego, nawet Gormley nie wiedział.

– Blef, Harry! Widziałem, co potrafisz i kpię sobie z tego. Śmierć jest moim przyjacielem, powie mi wszystko.

– Dobrze, porozmawiasz sobie z nią sam na sam. Już wkrótce. Więc wiesz, co potrafię, tak? Ale zapamiętaj: następnym razem będę to robił z tobą.

– To wyzwanie, Harry? – Dragosani zniżył głos, zabrzmiała w nim groźba.

– Wyzwanie – powiedział Harry. – Zwycięzca bierze wszystko.

Wołoska krew zawrzała w żyłach Dragosaniego.

– Gdzie? Jestem poza twoim zasięgiem, jutro będzie nas dzielić pół świata.

– Wiem, że uciekasz – powiedział Harry pogardliwie. – Odnajdę cię wkrótce. Ciebie, Batu i Borowitza...

– Może się spotkamy, Harry, ale gdzie i jak? – syknął Borys.

– Dowiesz się, jak przyjdzie pora. To będzie dla ciebie straszne, to będzie bardziej potworne niż śmierć Gormleya.

Chłód głosu Keogha nagle zmroził żyły Dragosaniego, w końcu jednak zebrał się w sobie.

– Dobrze. Kiedykolwiek i gdziekolwiek. Czekam na ciebie.

– Zwycięzca bierze wszystko – powtórzył głos na linii.

Połączenie zostało przerwane. Jeszcze przez długą chwilę Dragosani patrzył na słuchawkę w swojej dłoni. Wreszcie rzucił ją na widełki aparatu.

– Wezmę wszystko z pewnością – powiedział chrapliwie.

– Zabiorę ci wszystko, Harry Keoghu!

ROZDZIAŁ CZTERNASTY

Dragosani wrócił na Zamek w Bronnicy po południu następnego dnia. Borowitza wciąż nie było. Jego sekretarz poinformował nekromantę, że Natasza Borowitz zmarła dwa dni temu. Grigorij opłakiwał ją w swojej willi, czuwał przy zwłokach już dzień czy dwa. Nie chciał, żeby mu przeszkadzano. Mimo to Dragosani zadzwonił.

– Borys? – głos starego Generała był teraz miękki i pusty.
– Więc wróciłeś.

– Grigorij, przykro mi – powiedział Borys zgodnie ze zwyczajem, którego nie mógł do końca zrozumieć. – Myślałem, że zechcesz wiedzieć. Udało się. A nawet więcej – Szukszin nie żyje, Gormley też, wiem wszystko.

– Dobrze – odezwał się bez emocji Borowitz. – Nie rozmawiajmy teraz o śmierci, Borys. Nie teraz. Wrócę w przyszłym tygodniu. Potem... to chwilę potrwa, zanim dojdę do siebie. Kochałem tę kłótliwą, starą dziwkę. Miała guza mózgu. Nagle zaczął rosnąć. Miała lekką śmierć. Brakuje mi jej. Nigdy nie wiedziała, co to znaczy, że coś jest tajne... To było takie urocze.

– Przykro mi – powtórzył Dragosani.

Borowitz ożywił się na chwilę.

– Weź wolne – powiedział – przygotuj raport, w ciągu tygodnia, no do dziesięciu dni. Dobra robota!

Dragosani ścisnął mocniej słuchawkę.

– Masz rację, Grigorij, przyda mi się wolne. Odwiedzę starego znajomego. Mogę wziąć ze sobą Maksa Batu? On też się dobrze sprawił.

– Tak, tak, tylko zostaw mnie już w spokoju. Do widzenia, Dragosani.

Na tym skończyli.

*

* *

Nekromanta nie lubił Batu, ale miał wobec niego pewne plany. Swoją drogą Mongoł był całkiem znośnym towarzyszem podróży; mówił mało, miał skromne potrzeby. Przepadał za śliwowicą, ale to nie stanowiło problemu. Maks mógł pić, dopóki wódka nie wylewała mu się uszami i ciągle był trzeźwy.

Był środek rosyjskiej zimy. Z powodu potężnych zasp na drogach postanowili pojechać pociągiem. Po półtoradniowej podróży dotarli do miejscowości Gałacz. Tam Dragosani wynajął samochód z łańcuchami na oponach. Odzyskał niezależność, którą tak uwielbiał. W końcu, wieczorem drugiego dnia wyprawy, gdy już wynajęli pokoje w małej wiosce niedaleko Waleni, nekromanta znudził się milczeniem Batu.

– Maks, nie zastanawiasz się, co tu robimy? Nie interesuje cię, dlaczego cię tu zabrałem?

– Nie, raczej nie – odpowiedział Mongoł. – Przypuszczam, że dowiem się, kiedy będziesz chciał mi powiedzieć. Nie ma to znaczenia. Lubię podróżować. Może towarzysz Generał wyszuka dla mnie więcej zadań w dalekich stronach.

„Nie, Maks, nie dostaniesz już żadnych zadań – chyba, że ode mnie" – pomyślał Borys.

– Może – powiedział głośno.

*
* *

Zapadła noc zanim zdążyli zjeść. Wtedy po raz pierwszy Dragosani postanowił pokazać próbkę tego, co ma nastąpić.

– Mamy dziś ładną noc, Maks. Gwiazdy świecą, żadnej chmury na niebie. To dobrze, pojedziemy na przejażdżkę. Jest tu ktoś, z kim chciałbym porozmawiać.

W drodze na krzyżowe wzgórza zatrzymali się przy polu. Było tam wyłożone świeże siano, wokół którego tłoczyły się owce. Dragosani zatrzymał samochód.

– Mój przyjaciel będzie spragniony – wyjaśnił. – Nie przepada za śliwowicą. A trzeba zabrać coś do picia także dla niego.

Wyszli z pojazdu, Borys wkroczył na pole, rozpędzając owce.

– Tą, Maks – wskazał na jedno ze zwierząt, które odłączyło się od stada i znalazło się najbliżej Mongoła. – Nie zabijaj. Ogłusz, jeśli możesz.

Maks mógł. Pochylił się, jego przeraźliwe spojrzenie spoczęło na upatrzonej ofierze. Dragosani odwrócił się, kiedy młode jagnię zabeczało i padło bezwładnie.

Wspólnymi siłami zanieśli jagnię do bagażnika, odjechali.

– Wasz przyjaciel musi mieć dziwny apetyt, towarzyszu – odezwał się po chwili Batu.

– I ma, ma, Maks – Dragosani opowiedział Mongołowi, czego może się spodziewać.

Batu zamyślił się na kilka minut.

– Towarzyszu Dragosani. Wiem, że jesteście dziwnym człowiekiem, obydwaj jesteśmy dziwnymi ludźmi, ale teraz zaczyna mi się wydawać, że jesteście obłąkani!

Dragosani zawył jak pies, po chwili opanował śmiech.

– To znaczy, że ty nie wierzysz w Wampyry, Maks?

– Oczywiście, że wierzę! – odpowiedział. – Skoro tak mówicie. Nie uważam was za szaleńca, dlatego, że wierzycie, ale dlatego, że chcecie wydobyć tego stwora na powierzchnię!

– Zobaczymy. Co będzie, to będzie – odrzekł Borys. – I jeszcze jedno, Maks: cokolwiek usłyszysz lub zobaczysz – nieważne, co się stanie, nie możesz przeszkadzać. Nie chcę, aby mój przyjaciel wiedział o twojej obecności. Przynajmniej na razie – rozumiesz, co mówię? Nie wtrącaj się, masz być cicho, zapomnij, że w ogóle tam jesteś!

– Jak sobie chcecie – zgodził się Mongoł – ale on przecież czyta w waszych myślach. Może już wie, że jestem z tobą.

– Nie – odparował Dragosani. – Czuję, gdy zbliża się do mnie. Wiem, jak go nie dopuścić. I tak będzie bardzo słaby, nie będzie w stanie walczyć ze mną, nawet na słowa. Nie, Tibor Ferenczy nie ma pojęcia, że przyjechałem, ucieszy się, gdy przemówię do niego; nawet nie pomyśli o zdradzie.

– Skoro tak mówicie – zgodził się Batu.

– Słuchaj – rzucił Borys – powiedziałeś, że jestem obłąkany. Wręcz przeciwnie, Maks. Wiedz, że Wampyr zna sekrety nieumarłych – chcę mu je wydrzeć. Tak czy inaczej muszę je poznać! Szczególnie teraz, gdy nadchodzi moment spotkania z Harrym Keoghiem. Dotychczas Tibor Ferenczy mnie frustrował, tym razem będzie inaczej. Skoro muszę go odkopać, by wydostać sekrety... niech tak będzie!

– A wiesz, jak go wykopać?

– Nie, jeszcze nie. On mi powie, Maks, tego możesz być pewny...

Przybyli na miejsce. Dragosani zaparkował samochód na poboczu, pod osłoną zwisających gałęzi drzew. W zimnym świetle gwiazd posuwali się mozolnie w górę. Na zmianę nieśli owcę – prezent dla Tibora.

Gdy już zbliżali się do tajemnego miejsca, Borys wziął zwierzę na ramię.

– Maks, ty zostaniesz tutaj – szepnął. – Możesz podejść bliżej, obserwować, ale pamiętaj – nie wtrącaj się!

Maks przytaknął, podszedł jeszcze kilka kroków, przykucnął i owinął się płaszczem. Dragosani samotnie, pomiędzy drzewami, podszedł do grobu tego czegoś.

Zatrzymał się na krawędzi kręgu, dalej niż podczas ostatniej wizyty.

– I jak, Stary Diable? – powiedział ściszonym głosem. Upuścił na wpół martwe jagnię. – Jak leci, Tiborze Ferenczy, ty, który uczyniłeś mnie Wampyrem! – Mówił tak cicho, żeby Maks Batu nie usłyszał. Zawsze wolał mówić, niż prowadzić w myśli rozmowę z Wampyrem.

– *Achhhh* – pojawił się syk w jego głowie, westchnienie przebudzenia z najgłębszego snu. – *To ty, Dragosani? Domyśliłeś się, co?*

– To nie była trudna zagadka, Tibor. Kwestia miesięcy. Jestem już innym człowiekiem. Nie do końca człowiekiem...

– *Nie wściekasz się, Dragosani? Nie złościsz się? Wydaje mi się, że jesteś znacznie pokorniejszy od czasu ostatniej wizyty – dlaczego? Ciekaw jestem.*

– Wiesz dobrze dlaczego, Stary Smoku. Chcę się tego pozbyć.

– *Nie* – Borys wyobraził sobie, jak bestia zaprzecza ruchem głowy. – *Niestety, to zupełnie niemożliwe. Ty i on stanowicie jedność, Dragosani. Czyż nie nazywałem cię moim synem na samym początku? To przecież pasuje – mój prawdziwy syn rośnie w tobie* – zaśmiał się w umyśle Dragosaniego.

Dragosani nie mógł sobie pozwolić na okazywanie gniewu. Nie teraz.

– Syn? – naciskał – to, co wpuściłeś we mnie? Syn? Znowu kłamstwo, Stary Diable. Kto mi mówił, że wasz gatunek nie ma płci?

– *Nigdy nie słuchasz, Dragosani* – westchnął Wampyr. – *Ty, jako jego żywiciel, określiłeś płeć. Gdy urośnie, stanie się w pełni częścią ciebie, a ty upodobnisz się do niego. W końcu, będziecie jednym stworzeniem, jedną istotą.*

– Ale z jego umysłem?

– *Twój umysł pozostanie, choć subtelnie zmieniony. Twój umysł i twoje ciało pozostaną, tyle tylko, że trochę się zmienią. Twój apetyt... zaostrzy się, twoje pragnienia... odmienią się. Posłuchaj, gdy byłeś człowiekiem, twoje żądze, pasje, gniew były ograniczone na miarę ludzkich sił i możliwości. Ale jako Wampyr... Czemu miałaby służyć taka wielka moc Wampyra w tobie? Miałaby sterować workiem mięsa i kruchych kości? Tygrys z sercem myszy?*

Mniej więcej takiej odpowiedzi oczekiwał Dragosani. Przed podjęciem ostatecznej, może nieodwołalnej decyzji, próbował po raz ostatni zagrozić.

– Więc odejdę, Stary Smoku, i oddam się w ręce lekarzy. To zupełnie inni lekarze niż w twoich czasach. Powiem im, że rośnie we mnie wampir. Wykryją obce ciało, wytną. Mają narzędzia, o jakich ci się nie śniło. Otworzą, dostaną, przestudiują, odkryją prawdę. Będą chcieli wiedzieć, jak i dlaczego. A ja im opowiem o Wampyrach. Będą się śmiać, uznają mnie za szaleńca, ale nie znajdą innego wytłumaczenia. Przyprowadzę ich tutaj, pokażę tajemne miejsce. I to będzie koniec! Twój koniec, koniec twojego „syna", koniec legendy. Kimkolwiek są Wampyry – wszystkie zostaną zniszczone...

– *Dobrze powiedziane, Borysie* – odrzekł ironicznie Tibor. – *Brawo!*

Dragosani poczekał chwilę.

– To wszystko, co masz do powiedzenia?

– *Tak, nie rozmawiam z głupcami.*

– Co to znaczy?

Głos w jaźni Dragosaniego stał się niezmiernie zimny i zły. Potwór starał się zapanować nad sobą, ale i tak mówił przerażającym tonem.

– *Jesteś pustym, egoistycznym, głupim człowieczkiem, Dragosani. Zawsze tylko: „powiedz mi to", „powiedz mi tamto", „wyjaśnij". Byłem potęgą na ziemi na wieki przed twoim poczęciem. Ty nawet nie urodziłbyś się bez mojego udziału! Teraz spoczywam tu i pozwalam się wykorzystywać. Ale to się* skończy. Dobrze, „wytłumaczę" ci, skoro tego żądasz – ostatni raz. Potem... będziemy inaczej rozmawiać i dobijemy targu. Męczy mnie przebywanie tutaj w bezruchu, Dragosani. Wiesz dobrze, że masz siłę, żeby mnie stąd wyciągnąć. Tylko dlatego czasem ci ustępuję! Ale i to się skończy. Najpierw zajmijmy się określeniem twojej sytuacji. Mówisz, że pomogą ci lekarze. Owszem, myślę, że można już odkryć w tobie wampira, istnieje – fizycznie, namacalnie. Prawdziwa symbioza: organizm żyjący z tobą. Sam nauczyłeś mnie tego słowa. Chcesz się go pozbyć? Wypędzić? Może twoi lekarze są dobrzy, ale nie aż tak dobrzy! Czy potrafią wyciąć wampira z poszczególnych zwojów mózgu, z rdzenia kręgowego? Z brzucha? Z serca? Z krwi? Nawet gdybyś był na tyle głupi, żeby szukać pomocy medycznej, wampir pierwszy zabiłby ciebie. Poraziłby twój kręgosłup, wstrzyknął jad do mózgu. Zrozumiałeś? Zrozumiałeś już istotę naszej symbiozy. Myślisz, że sztuka przeżycia to charakterystyczna cecha człowieka? Sztuka przeżycia! Nawet nie wiesz, co znaczą te słowa!

Dragosani milczał.

– Obydwaj złożyliśmy obietnice – ciągnął dalej Stwór. – Ja dotrzymałem przyrzeczenia. A ty? Przyszła pora zapłaty, Borys.

– Przyrzeczenie? – nekromanta był zaskoczony. – Żartujesz sobie, jakie przyrzeczenie?

– Zapomniałeś? Chciałeś poznać sekrety Wampyrów. Proszę bardzo – są twoje. Stałeś się jednym z nas! Wampir rośnie w tobie, wraz z nim nauczysz się wszystkiego.

– Co? – Dragosani był przerażony. – Złożyłeś we mnie jajo wampira – i to niby miała być obietnica? Co za pieprzona obietnica! Chciałem wiedzy, chcę jej teraz, Tibor. Nie chcę gnić jak owoc drążony przez cholernego robaka-pasożyta.

– Śmiesz gardzić moim jajem? Każdy z Wampyrów może rozmnożyć się tylko raz, przekazać jedno życie, by trwać poprzez wieki – ja dałem je tobie...

– Nie udawaj urażonego ojca, Tiborze Ferenczy! – wściekał się Dragosani. – Nawet nie staraj się udawać, że zraniłem twoją dumę. Chcę pozbyć się tego bękarta. Chcesz mi wmówić, że się nim przejmujesz? Przecież wiem, jak wy Wampyry wzajemnie się nienawidzicie, chyba nawet bardziej niż nienawidzą was ludzie!

Stwór zdał sobie sprawę, że Borys przejrzał jego intencje.

– *Dobre argumenty, interesująca rozmowa* – powiedział chłodno.

– Pieprzę rozmowy. Chcę się tego pozbyć – wrzasnął nekromanta. – Powiedz mi jak... a ja w zamian cię uwolnię.

Przez długą chwilę była cisza.

– *Nie możesz tego zrobić. Twoi lekarze też. Tylko ja mogę usunąć to, co tam włożyłem.*

– Więc zrób to!

– *Jak? Leżąc tutaj? Niemożliwe! Uwolnij mnie... a wtedy mogę to zrobić.*

Dragosani chwilę zastanawiał się nad propozycją Wampyra. A przynajmniej udawał zastanowienie.

– Dobrze, jak mam to zrobić?

Tibor ożywił się.

– *Po pierwsze, czy robisz to z własnej, nieprzymuszonej woli?*

– Wiesz, że nie – odrzekł Borys z pogardą. – Chcę się tylko pozbyć tego pasożytniczego robaka.

– *Ale czy z własnej woli?* – naciskał Tibor.

– Cholera, tak!

– *Dobrze. Tu w ziemi są łańcuchy. Związali mnie, ale kajdany poluzowały się, gdy ciało przegniło. Rozumiesz, Dragosani, są chemiczne substancje, których Wampyry nie mogą znieść. Srebro i żelazo we właściwych proporcjach paraliżują nas. Większość żelaza pokryła się rdzą, ale pozostała w ziemi. Podobnie srebro. Na początek – wyciągnij srebrne łańcuchy.*

– Nie mam narzędzi!

– *Masz ręce.*

– Chcesz, żebym grzebał w tym syfie rękami? Jak głęboko?

– *Wcale nie głęboko. Płytko. Przez wieki wypychałem srebrne łańcuchy ku powierzchni. Miałem nadzieję, że ktoś je znajdzie i zabierze jako skarb. Czy srebro dalej jest w cenie?*

– Jak nigdy przedtem.

– *Więc weź je. Podejdź i kop.*

– Ale... ale, nie wszystko zostało ustalone – jak długo to potrwa? Cały proces? Co jeszcze będę musiał zrobić? – zapytał Dragosani.

– *Zaczniemy dzisiaj, skończymy jutro.*

– To znaczy, że nie można wyciągnąć cię z ziemi natychmiast? – Dragosani starał się nie okazywać uczucia ulgi.

– *Nie można, jestem za słaby. Czuję, że masz dla mnie dar. To bardzo dobrze. Nabiorę trochę siły... a kiedy wyciągniesz łańcuchy...*

– Dobrze – uciął nekromanta. – Gdzie mam kopać?

– *Podejdź bliżej, mój synu. Podejdź do samego środka. Tutaj! Tutaj! Teraz możesz kopać...*

Ciarki przeszły po plecach nekromanty. Przykucnął i zaczął rozdrapywać palcami warstwę zbutwiałych liści. Zimny pot zrosił mu czoło – ale nie od wysiłku. Pamiętał, co wydarzyło się tu ostatnim razem. Wampyr poczuł napięcie w jego mózgu i zaśmiał się ponuro.

– *Co, boisz się mnie, Dragosani? A tak się przechwalałeś. Taka odważna, młoda krew, a tu stary Tibor Ferenczy, biedny, nieumarły Stwór w ziemi. Wstydź się, mój synu!*

Dragosani zerwał wierzchnią warstwę gleby, odsunął na bok, dokopał się na pięć, sześć cali. Sięgnął głębiej do zamarzniętej ziemi. Kiedy raz jeszcze zanurzył palce w dziwnie żyznej ziemi, dotknął czegoś – chłodnego i gładkiego. Wreszcie odsłonił pierwsze ogniwa solidnego łańcucha – były długie na dwa cale, grube na pół cala!

– Ile... ile tego tu jest? – wysapał.

– *Wystarczająco dużo, żeby mnie tu trzymać* – padła odpowiedź. – *Do dziś.*

Słowa Wampyra, proste i spontaniczne, zawierały groźbę, która zjeżyła Dragosaniemu włosy na głowie. Tibor bulgotał niczym gotująca się smoła, jego głos był... pełen zła. Dragosani był nekromantą, uważał siebie samego za potwora, ale w obliczu Starego Diabła czuł się jak niewinne niemowlę!

Złapał za srebrne ogniwa, wstał, natężając się. Zdziwił się, że wyciąga łańcuchy z taką łatwością. Wstrząsnął korzeniami drzew, które rosły przez tyle lat na tajemnym miejscu. Trzy razy powracał, odciągając skarb na skraj kręgu, z dala od korzeni, zniszczonej płyty i rozerwanej ziemi. Dragosani przypuszczał, że musiało tu być dobre dwieście, trzysta kilogramów kruszcu. Na Zachodzie byłby bogaczem, ale w Moskwie... najmniejsza próba skorzystania z majątku skończyłaby się wyrokiem dziesięciu lat pracy w syberyjskich kopalniach.

Prawo ZSRR nazwałoby ten przypadek kradzieżą, a nie znalezieniem skarbu.

Z drugiej strony kruszec wiele dla niego znaczył. Nie mógł się nim cieszyć jak zwykły człowiek, ale wkrótce będzie się rozkoszować, kiedy wszyscy ludzie zaczną pełzać u jego stóp, a przywódcy wszystkich państw będą składać hołd na dworze władcy wielkiego supermocarstwa – Wołoszczyzny. Tak myślał Borys, wyciągając ostatnie łańcuchy. Wyprostował się i oddychał ciężko. Patrzył w ciemność, na rozwarstwioną, rozdartą ziemię.

Zaśmiał się na wspomnienie, jak jeszcze niedawno trudno mu było dojrzeć cokolwiek w mroku. I to nawet jego kocimi oczami. A teraz, było jasno, jak w dzień! Kolejny dowód, że wampir zagnieździł się na dobre w jego ciele, a kiedyś zagnieździ się w jego duszy. Nekromanta wiedział, że obietnica złożona przez Tibora, nie jest warta garści gleby z jego grobu. Skoro musi żyć z tą pijawką – trudno, niech i tak będzie. Ale to on miał zamiar zostać panem wampira. Kiedyś, w końcu znajdzie jakiś sposób.

Skończył pracę, srebrne łańcuchy leżały dookoła.

– Skończone – powiedział. – Nic cię już nie trzyma, Tiborze Ferenczy.

– *Dobrze się spisałeś, Dragosani. Jestem bardzo zadowolony. Teraz muszę się pożywić i odpocząć. To nie takie łatwe powrócić zza grobu. Proszę o twoją daninę. Zostaw mnie teraz, żebym mógł się nią nacieszyć. Jutro będę jej potrzebował, zanim powstanę. Wtedy i tylko wtedy będziesz wolny...*

Dragosani kopnął jagnię. Potem chwycił drżącą owcę za przednie nogi. Błyszczące ostrze przesunęło się gładko po przedniej części szyi. Pierwszy strumień krwi trysnął na ciemną, niepoświęconą ziemię. Podniósł wierzgające jagnię za fałd skóry na karku. Zakręcił nią i rzucił na sam środek koła. Resztka życia uchodziła z ciała jagnięcia.

Dragosani odszedł, w głowie usłyszał westchnienie zadowolenia. Stary Smok mógł się wreszcie nasycić.

– *Achhh! Niewyszukane, Dragosani, ale może być. Winien ci jestem podziękowanie, mój synu, ale musisz poczekać do jutra. Teraz żegnaj. Jestem zmęczony i głodny. Samotność to nałóg, który muszę jak najprędzej porzucić...*

Dragosani odwrócił się od kręgu, od martwego kształtu na środku tajemnego miejsca. Kiedy już odchodził, poczuł specyficzny znak wolności Wampyra. Tak, Tibor Ferenczy poruszał się. Nekromanta czuł to pod stopami, czuł jak Wampyr przeciąga się, słyszał zgrzyt twardych mięśni, skrzypienie starych kości. Ziemia chłonęła krew.

Wtem...

Ciało jagnięcia wygięło się i zagłębiło w nasiąkniętej posoką ziemi, jakby jakieś sejsmiczne ssanie wciągało zwierzę, jakby sama ziemia była rozwartą paszczą. Coś poruszyło się pod zarżniętą owcą... a może tylko tak się Dragosaniemu zdawało. Ruszył, oparł się o drzewo, pień trochę zasłaniał widok. Patrzył na ciało jagnięcia.

Zwierzę było duże i ciężkie. Borys zauważył, że zmniejszyło się trochę, skurczyło, zapadło. Oderwał się w myślach od Stwora – słyszał tylko rozpustne sapanie bestii. A jagnię kurczyło się, znikało...

Zwierzę zostało pożarte, ziemia dymiła mgłą, gęstniejącą dookoła. Ziemia jakby się pociła albo coś oddychało w głębi, coś, co nie oddychało przez długi, długi czas.

Dość tego. Dragosani obrócił się i szybko dołączył do Maksa Batu. Leśną przecinką zeszli na dół do samochodu.

*
* *

Wcześniej tego samego dnia, siedemset mil od krzyżowych wzgórz Harry Keogh pomyślał, że to był bardzo zły dzień dla nauki o liczbach. Stał nad grobem Augusta Ferdinanda Möbiusa. Urodzony w 1790, zmarł w 1868 roku, dwudziestego szóstego września. To był zły dzień dla nauki o liczbach. Dokładniej – zły dla topologii, by nie wspomnieć o astronomii. Dzień śmierci Möbiusa, rzecz jasna.

Przed chwilą byli tutaj studenci, głównie ze Wschodnich Niemiec. Studenci podobni do innych na całym świecie – długowłosi, w luźnych ubraniach, ale pełni szacunku, pomyślał Harry. Tak powinno być. On także czuł szacunek wobec Möbiusa. Obawiał się obecności wielkiego człowieka. Nie chcąc zwracać na siebie uwagi, Harry poczekał, aż zostanie sam. Potrzebował czasu, by wymyślić sposób jak najlepiej podejść Möbiusa. To nie był zwykły człowiek, ale myśliciel, który przetarł dla nauki wiele nowych ścieżek.

W końcu zdecydował się na bezpośredni kontakt. Usiadł, pozwolił swoim myślom sięgnąć do umysłu zmarłego. Spokój ogarnął Harry'ego, jego oczy przybrały dziwny, szklisty wyraz. Było niesamowicie zimno, a mimo to pot wystąpił mu na czoło. Powoli zdawał sobie sprawę, że Möbius, czy to, co z niego zostało, było tutaj! Istniał. I działał!

Wzory, tabele pełne liczb, odległości astronomiczne, nie-euklidesowe konfiguracje geometrii Riemanna docierały do jaźni Harry'ego, jak potok znaków z monitora komputera. Ale... czy to wszystko mogło zmieścić się w jednym umyśle? Umyśle, który operował tyloma procesami myślowymi jednocześnie? Harry domyślił się, że Möbius nad czymś pracuje, odświeża pamięć, uczy się, zbiera w całość kawałki układanki zbyt skomplikowanej dla Harry'ego, w ogóle nie do pojęcia przez umysł zwykłego człowieka. Wszystko w porządku, ale to mogło trwać kilka dni. A Harry nie miał czasu.

– Sir? Przepraszam pana? Nazywam się Harry Keogh. Przebyłem z daleka, żeby spotkać się z panem.

Widmowy potok liczb i wzorów zniknął natychmiast, jak na wyłączonym komputerze.

– Co? Kto?

– Harry Keogh, proszę pana. Jestem Anglikiem.

Przez chwilę nastała cisza, po czym uczony wyrzucił z siebie:

– Anglik? Możesz być nawet Arabem! Powiem ci, kim naprawdę jesteś – jesteś natrętem! Mów, o co tu chodzi? Nie przywykłem do takich rzeczy.

– Jestem Nekroskopem – spróbował wyjaśnić Harry. – Rozmawiam z umarłymi.

– Umarłymi? Rozmawiasz z umarłymi? Myślałem o tym i jakiś czas temu doszedłem do wniosku, że rzeczywiście nie żyję, więc pewnie faktycznie to potrafisz. Śmierć nikogo nie omija. Ma swoje zalety. Po pierwsze prywatność – tak przynajmniej dotąd myślałem! Nekroskop, powiadasz? Nowa nauka?

Harry uśmiechnął się.

– Można tak to nazwać. Tylko, że wyłącznie ja ją uprawiam. Spirytualiści to nie to samo.

– Z pewnością! To zgraja szalbierzy. No dobrze, w czym mogę ci pomóc, Harry? Przypuszczam, że masz jakiś powód, żeby mi przeszkadzać! Rozsądny powód, mam nadzieję.

– Najbardziej rozsądny z możliwych – odrzekł Harry. – Ścigam maniakalnego mordercę. Wiem, kto to jest, ale nie wiem, jak go oddać w ręce sprawiedliwości. Mam tylko klucz do rozwiązania sprawy, a to ma właśnie związek z panem.

– Ścigasz mordercę? Masz taki talent, a uganiasz się za zbrodniarzami? Chłopcze, powinieneś porozmawiać z Euklidesem, Arystotelesem, Pitagorasem! Nie, zapomnij o tym ostatnim. Niczego się od niego nie dowiesz. Ani od niego, ani od tego całego tajemniczego braterstwa pitagorejskiego. To cud, że zdołał stworzyć swoją *Theorem*. No dobrze, ale o co chodzi?

Harry zaprezentował w myślach obraz wstęgi Möbiusa.

– To właśnie – powiedział – łączy przyszłość moją i mojego uciekiniera.

Matematyk zainteresował się.

– Topologia w wymiarze czasu? Stąd płynie wiele interesujących pytań. Mówisz o swojej prawdopodobnej przyszłości, czy o przyszłości właściwej? Rozmawiałeś z Gaussem? On jest mistrzem prawdopodobieństwa i topologii. Gauss był wielki, kiedy ja byłem tylko zwykłym studentem, aczkolwiek błyskotliwym!

– O przyszłości właściwej – dodał Harry.

– Trzeba wstępnie założyć, że już coś wiesz o przyszłości. Jasnowidztwo to także twój talent, chłopcze? – spytał nieco sarkastycznie.

– Nie, ale mam przyjaciół, którzy mają przebłyski przyszłości, tak jak ja...

– Puste słowa – uciął Möbius. – Zöllneryści! Czcza gadanina.

– ...rozmawiam z umarłymi – Harry dokończył z rozpędu.

Naukowiec milczał przez chwilę.

– Może zgłupiałem... ale wierzę ci. To znaczy, wierzę, że ty wierzysz. Oszukano cię, ale nie rozumiem zupełnie, jak moja wiara w ciebie może ci pomóc w poszukiwaniach.

– Też nie wiem – powiedział strapiony Harry. – Chyba, że... Wstęga Möbiusa to jedyny punkt zaczepienia. Może mi pan wyjaśnić, o co w tym chodzi, bo kto może wiedzieć więcej na ten temat od pana? Przecież to pan odkrył wstęgę!

– Nie, przypisali jej tylko moje nazwisko. Odkryłem? Żałosne! Zauważyłem, to wszystko. Jak to wyjaśnić... kiedyś był czas, że uważałbym to za najprostszą rzecz pod słońcem, ale teraz...

Harry czekał.

– Który mamy rok?

Nagła zmiana tematu zdziwiła Harry'ego.

– Tysiąc dziewięćset siedemdziesiąty siódmy – odpowiedział.

– Naprawdę? Tak długo? No, no! Zobaczysz sam, Harry, jestem w ziemi już od ponad stu lat. Myślisz, że leniuchowałem? Ani trochę! Liczby, mój chłopcze, ostateczna odpowiedź na zagadki wszechświata! Przestrzeń, jej krzywizna, jej własności i cechy są niewyobrażalne dla świata żywych, tak myślę. Wcale nie muszę nad tym myśleć, bo po prostu wiem. Ale jak to wyjaśnić? Jesteś matematykiem?

– Nie, ale sporo umiem.

– Astronomia?

– Gorzej – Harry zaprzeczył głową.

– Jak pojmujesz naukę, to znaczy NAUKĘ? Jak rozumiesz fizyczny, materialny, zakrzywiony wszechświat?

Harry ponownie pokręcił głową.

– Rozumiesz coś... z tego? – Potok symboli, równań, obliczeń zabłysnął na ekranie jaźni Harry'ego. Część rozpoznawał z rozmów z J.G. Hannantem, trochę wyczuwał intuicyjnie, ale większość wyglądała zupełnie obco.

– To wszystko jest... bardzo trudne – powiedział w końcu.

– Hmm? Ale z drugiej strony... naprawdę masz intuicję. Tak, silną intuicję. Myślę, że mógłbym cię uczyć, Harry.

– Uczyć? Matematyki? Czegoś, nad czym pracował pan całe życie i jeszcze sto lat po jego zakończeniu? Kto tu rzuca puste słowa? Zajęłoby mi to przynajmniej tyle czasu, co panu. I kto tu jest Zöllnerystą?

– J.K.F. Zöllner był matematykiem i astronomem, pożal się Boże, ale mnie przeżył. Był także spirytualistą, zresztą trochę stukniętym. Dla niego liczby były magiczne. Nazwałem cię Zöllnerystą? Przepraszam, musisz mi wybaczyć. Tak naprawdę nie mylił się wiele, jego topologia była błędna, to wszystko. Próbował dostosować niefizyczny, duchowy świat do świata fizycznego, materialnego. To nie do przejścia, czasoprzestrzeń jest stała, trwała, niezmienna jak π.

– Nie ma tu miejsca dla metafizyki – powiedział Harry niemal pewny, że źle trafił.

– Zupełnie nie ma.

– Dla telepatii?

– Bzdura!

– A teraz? Rozmawiam przecież z panem.

Möbius był zaskoczony.

– Nekroskopia. No cóż, mam dane, by w nią uwierzyć.

– To punkty łącznikowe – powiedział Harry – podobnie jasnowidztwo i dalekowidzenie, czyli zdolność oglądania zdarzeń z wielkiej odległości tylko przy pomocy umysłu.

– W fizycznym świecie – niemożliwe. Powtórzysz błędy Zöllnera.

– Ale wiem, że to możliwe – zaprzeczył Harry. – Wiem, że są tacy ludzie, którzy to potrafią. Nie zawsze dokładnie, ale jednak. To jest nowa nauka, wymagająca niezwykłej intuicji.

– Kusi mnie, aby ci uwierzyć. W jakim celu miałbyś kłamać? Ludzka wiedza, pojmowanie świata stale się zmienia. Na tym polega logika odkryć naukowych. Ja też potrafię zmieniać swoje dotychczasowe poglądy! Teraz ja także potrafię dostrzec zjawiska z przyszłości i z niezwykłej odległości. Ale ja nie jestem z fizycznego świata, już nie...

W głowie Harry'ego zawirowało.

– Potrafi pan? Widzi pan odległe zjawiska?

– Tak, widzę – mówił Möbius – ale nie w kryształowej kuli. Nie są odległe, odległość jest względna. Idę tam, gdzie mają zdarzyć się rzeczy, które pragnę zobaczyć.

– Ale... dokąd? Jak?

– „Jak” – to trudno powiedzieć, „dokąd” – o wiele łatwiej. Nie byłem tylko matematykiem, ale także astronomem. Po śmierci została mi tylko matematyka, oczywiście. Astronomia była we mnie, była częścią mnie. Wszystko przychodzi po pewnym czasie. Ten czas mijał, a ja czułem, że gwiazdy świecą nade mną, zarówno w noc jak i w dzień. Byłem świadom ich ciężaru, masy, odległości między nimi. Wkrótce wiedziałem o nich więcej niż za życia. Zdecydowałem się osobiście je zobaczyć. Gdy przyszedłeś do mnie właśnie obliczałem, że wkrótce wybuchnie supernowa w Andromedzie. Będę tam, żeby to zobaczyć! Czemu nie? Nie jestem cielesny, prawa fizycznego świata już mnie nie dotyczą.

– Dopiero co zaprzeczył pan metafizyczności – zaprotestował Harry – a teraz mówi pan, że teleportuje się ku gwiazdom.

– Teleportacja? Powtarzam ci, nie jestem istotą fizyczną. Może jest tak zwany „metafizyczny" wszechświat, ale ani fizyczny, ani metafizyczny nie stykają się ze sobą.

– Tak pan myślał, dopóki nie spotkał się pan ze mną – odrzekł Harry, a jego oczy rozszerzyły się z lękiem. Nagle w głowie Möbiusa zabłysło światło, jaśniejsze niż jakakolwiek supernowa.

– Co? Co to ma znaczyć?

– Mówi pan – Harry był nieugięty – że nie ma łączności między światem fizycznym a metafizycznym. Tak pan twierdzi?

– Dokładnie!

– Ja jestem fizyczny, a pan czysto metafizyczny... i spotkaliśmy się!

Harry zaskoczył rozmówcę.

– Zadziwiające! Pominąłem oczywisty fakt.

– Używa pan wstęgi do podróży ku gwiazdom, prawda? – wykorzystał przewagę.

– Wstęgi? Korzystam z jej wariantu, tak, ale...

– I pan nazwał mnie Zöllnerystą?

Möbius nie mógł wykrztusić słowa.

– Wygląda na to... że moje argumenty... nie mają już zastosowania.

– Teleportuje się pan – powiedział Harry – teleportuje czysty umysł. Taki jest pański talent. Zawsze go pan posiadał, nawet za życia widział pan rzeczy niewidzialne dla innych. Wstęga to doskonały przykład. Ten talent to potężna broń. Ja chcę pójść dalej. Chcę związać, chcę trwale połączyć swoje fizyczne istnienie z metafizycznym wszechświatem.

– Harry, proszę, nie tak szybko – zaprotestował Möbius. – Muszę...

– Chciał mnie pan uczyć – Harry był niewzruszony – przyjmuję ofertę. Ale powie mi pan tylko to, co absolutnie konieczne. Mój instynkt, intuicja załatwi resztę. Mój umysł to czysta tablica, w pańskim ręku jest kreda. Zaczynamy, niech mnie pan uczy... Niech mnie pan nauczy podróżowania po wstędze Möbiusa!

Nadeszła noc. Dragosani wspinał się na krzyżowe wzgórza. Na plecach dźwigał kolejne jagnię, tym razem ogłuszone dużym kamieniem. To był ciężki dzień. Maks Batu miał ponownie szansę zademonstrowania strasznej siły „złego oka". Tym razem na Ladislau Giresci, którego odnajdą w domu zmarłego z powodu „ataku serca", oczywiście.

Na tym nie skończyły się zadania Maksa Batu. Ledwie godzinę wcześniej Dragosani wysłał Mongoła w innej ważnej sprawie. Nekromanta był teraz sam, zupełnie sam. Zbliżył się do grobu Wampyra.

– Tiborze, śpisz? Jestem, jak kazałeś. Gwiazdy świecą jasno, noc jest chłodna, księżyc w pełni. Wybiła godzina, Tibor. Dla nas obu...

– *Achhh! Dragosaniii? Śpię? Chyba tak. Spałem zdrowym snem nieumarłego. Śniłem o wielkich wydarzeniach. O podbojach, o imperium! Po raz pierwszy moje twarde łoże było miękkie jak piersi kochanki. Moje stare kości stały się sprężyste jak chód chłopca, który idzie na spotkanie z dziewczyną. Wielki sen, ale... tylko sen.*

Dragosani wyczuł zmartwienie w jego głosie. Czyżby plan był zagrożony?

– Coś nie tak?

– *Wprost przeciwnie, wszystko w porządku, mój synu, tylko... obawiam się, że to może potrwać trochę dłużej, niż myślałem. Twoja wczorajsza danina dała mi siłę, to prawda, wyobrażam sobie, że przybyło mi ciała. Ziemia jest jednak twarda, a moje ścięgna są sztywne jak stalowe pręty.*

Potwór ożywił się.

– *Pamiętałeś, Dragosani? Przyniosłeś mi kolejny podarunek? Mam nadzieję, że nie za mały. Może coś podobnego do wczorajszego posiłku?*

Nekromanta podszedł do krawędzi kręgu, zrzucił jagnię z ramienia na ziemię.

– Nie zapomniałem – powiedział. – Dalej, Stary Smoku, powiedz, o co chodzi. Dlaczego ma to potrwać dłużej niż myślałeś? – Rozczarowanie Borysa było szczere, jego plan zależał od wywołania Wampyra z półśmierci właśnie tej nocy.

– *Nie potrafisz zrozumieć, Dragosani?* – padła odpowiedź Tibora. – *Wśród moich ludzi, którzy szli ze mną, kiedy byłem wojownikiem, wielu zostało zranionych w licznych bitwach. Kurowali się po nich miesiącami. A po takiej przerwie nie nadawali się do niczego przez dłuższy czas. Wyobraź sobie teraz mnie, po pięciuset latach... Zobaczymy, co będzie. Ale chcę, żebyś wiedział, że ja coraz bardziej chcę powstać. Może po małym posiłku...*

Dragosani potakiwał ze zrozumieniem, wreszcie wyciągnął mały, błyszczący nóż z kieszeni i schylił się ku jagnięciu.

– *Zaraz!* – zawołał Wampyr. – *Jak słusznie zauważyłeś, Dragosani: „wybiła godzina – dla nas obu". Godzina wielkiej chwili! Dla nas obu. Myślę, że powinniśmy to uszanować.*

Nekromanta zmarszczył czoło, pochylił głowę.

– W jaki sposób?

– *Dotychczas, mój synu – myślę, że zgodzisz się ze mną – zachowywałeś się dość bezceremonialnie. Rzucałeś mi pożywienie, jakbym był świnią w chlewie. Nie skarżę się – ale chcę, żebyś wiedział, Dragosani, że jadałem przy stole. Ucztowałem na dworach książąt – i znów tak będzie! Ty zasiądziesz po mojej prawej stronie. Czyż nie zasługuję w takim razie na łaskawsze traktowanie? Czy zawsze muszę pamiętać o tobie jako o człowieku, który nalewał mi posiłek jak breję do koryta?*

– Za późno na subtelności. – Dragosani zastanawiał się, do czego zmierza Tibor. – Czego właściwie chcesz?

Wampyr zauważył zaniepokojenie nekromanty.

– *Co? Nadal mi nie ufasz? Pewnie masz powody. Moją siłą była chęć przeżycia, ale patrz – ułożyliśmy się. Kiedy powstanę, wyciągnę moje nasienie z twojego ciała. Będziesz w moich rękach. Pozornie wydaje się, że postępujesz nierozważnie, uwalniając mnie z grobu. Gdybym chciał, mógłbym cię unicestwić, ale kto prowadziłby mnie po świecie, na który niedługo powrócę. Nauczysz mnie, a ja będę uczył ciebie.*

– Nie odpowiedziałeś, czego chcesz.

Wampyr westchnął.

– *Muszę przyznać się do małej słabości. Oskarżyłem cię w przeszłości o próżność, a teraz wyznaję, że ja też jestem próżny. Chciałbym uroczyście świętować moje odrodzenie.*

Przynieś mi jagnię, mój synu, połóż przede mną. Ten ostatni raz, niech będzie to szczery hołd, rytualna ofiara dla kogoś wielkiego, a nie pomyje do tuczenia świń. Chcę jeść z tacy, Dragosani, nie z koryta!

„Stary łajdaku – pomyślał w duchu Dragosani – a więc mam być sługą Wampyra! Jak cygański głupek, zakuty i podążający za swym panem jak pies. Mam dla ciebie nowinę, mój stary przyjacielu. Raduj się, Tiborze Ferenczy, bo ostatni raz człowiek przynosi ci ofiarę".

– Chcesz, żebym złożył ci zwierzę w ofierze? – zapytał.

– *Czy proszę o zbyt wiele?*

Nekromanta wzruszył ramionami. Teraz nie ma próśb, których nie mógłby spełnić. Już niedługo sam będzie miał swoje „prośby". Odłożył ostry jak brzytwa nóż i zaniósł owcę na środek kręgu. Schylił się, położył ją na miejscu wczorajszej rzezi. Ponownie sięgnął po narzędzie.

Jeszcze przed chwilą polana była spokojna, cicha jak grób. Teraz Dragosani poczuł poruszenie. Kot skradał się w kierunku myszy, kameleon zbierał ślinę przed atakiem. Drżąc z przerażenia przed nieznanym, nawet taki potwór jak Dragosani, pociągnął głowę ogłuszonego zwierzęcia do tyłu, ukazując gardło. Wtedy...

– *Nie trzeba, mój synu* – odezwał się Tibor Ferenczy.

Borys chciał uciec, ale w tej samej chwili zorientował się – za późno – że Diabeł nasycił się w pełni prosiakami i jagnięciem. Dragosani nie zdążył się wyprostować. Falliczna macka wyskoczyła spod ziemi. Cięła jego ubranie jak nóż, wbijała się w ciało. Chciał uciekać, chciał się uwolnić, nawet za cenę życia. Ale już nie mógł uciec. Haki wewnątrz ciała, macka wypełniająca nogi ciągnęła go, jak rybę wyłowioną z rzeki!

Ziemia usunęła się spod jego stóp, uderzył w ciemną, kipiącą glebę. Nie miał żadnej szansy ucieczki. Ból, męka, piekielna tortura...

Topniały jelita, paliły się wnętrzności, jakby siedział na fontannie kwasu. Mimo niewypowiedzianego bólu, Dragosani słyszał triumfalne wycie Tibora. Drwił z niego, drwił z prawdy, z rzeczywistej prawdy, do której nekromanta nie zdołał dotrzeć przez całe swoje życie.

– *Dlaczego tak mnie nienawidzili, mój synu? Przecież byli moją rodziną. Dlaczego Wampyry nienawidzą się nawzajem?*

Odpowiedź jest prosta: krew to życie, Dragosani. Krew świni w ostateczności wystarczy, jeżeli nie ma niczego lepszego. Także krew owiec i drobiu. Ale o wiele lepsza jest krew ludzi – już wkrótce sam to odkryjesz. Ale tak naprawdę, nektar życia można wyssać tylko z żył innego Wampyra!

Dragossani czuł, że smaży się w ogniu piekielnym. Czuł, że to ostatni, dziewiąty krąg piekła. Czuł, jak to pasożytnicze nasienie zostaje rozdarte wewnątrz jego ciała... Koszmarna macka Tibora przyssała się i wypijała wszystko. Była protoplazmatyczna, nie czyniła spustoszeń, przybierała rozmaite kształty w taki sposób, żeby nie naruszyć organów wewnętrznych. Penetrowała ciało Borysa, nie powodując zniszczeń. Jej haczyki nie zadawały ran, trzymały się bez naruszenia tkanek. Ból spowodowany był samą jej obecnością – kontaktem z otwartymi nerwami i mięśniami. Kiedy poruszyła się w gwałconym ciele, Borys czuł – jakby szalony lekarz wlał roztwór kwasu w otwarte żyły. To nie zabijało od razu, ale mogło zabić w każdej chwili. Nie teraz jednak, nie tym razem.

Przerażony, cierpiący Dragosani nie wiedział o tym. Krzyczał z bólu i ze strachu.

– S... Skończ z tym, do cholery! Niech cię... twoje czarne serce, ty królu kłamców! Zabij... mnie, Tiborze! Teraz! Skończ z tym, błagam... błagam cię!

Usiadł w ciemności pod drzewami, pomiędzy zniszczonymi płytami, rozsypującego się starego grobu. Zgroza zjadała mu mózg, jak szczur wpuszczony do głowy, szukający na ślepo jakiejkolwiek drogi ucieczki. Ktoś uruchomił w jego brzuchu maszynkę do mielenia mięsa, rozrywającą jego wnętrzności na drobne kawałki. Dragosani wstał, zachwiał się i upadł ponownie. Wrzeszczał, szarpał ubranie, a Tibor Ferenczy posilał się.

– Dałeś mi siłę, Dragosani. Siłę i krew zwierząt, ale prawdziwe życiem daje krew bliźniaczej istoty, nawet niedojrzała krew mojego dziecka. Rzuca się teraz, słabnie, tak jak ty słabniesz z bólu. Ale zabić je? Zabić ciebie? Nieee! Nieee! Co? Pozbawić samego siebie tysiąca takich uczt w przyszłości? Razem przemierzymy świat, Dragosani. Będziesz pod moim jarzmem, dopóki cię nie wypuszczę, dopóki nie zrozumiesz, jakie jest przeznaczenie wszystkich Wampyrów.

Potwór nasycił się, macka wysunęła się z ciała nekromanty i znikła w ziemi. Jej wyjście było bardziej bolesne niż wejście – jakby szaleniec wyciągnął z ciała nekromanty rozpalony do białości miecz.

Dragosani krzyknął, jego wrzask odbił się echem od krzyżowych wzgórz. Po chwili runął na ziemię. Tibor powiedział mu kiedyś, że nazywano go „Palownikiem", teraz Borys zrozumiał, dlaczego.

Usiłował wstać – na próżno. Nogi drżały mu jak galareta, mózg kipiał jak kwas w misie czaszki. Potoczył się po zbezczeszczonym kręgu, próbował wstać ale nie dał rady. Leżał, łkając. Zbierał energię. Wampyr mówił o nienawiści i miał rację. Jedynie nienawiść trzymała Dragosaniego przy świadomości. Nienawiść i tylko nienawiść. Jego własna nienawiść i nienawiść tego stworzenia w środku. Obaj zostali splądrowani.

W końcu, Dragosani podparł się na boku, spojrzał z obrzydzeniem na czarną ziemię, która dymiła oparami piekła. Pojawiły się pęknięcia, ziemia zabulgotała, zaczęła się rozwierać. Coś wysunęło się w górę, wtem...

To coś powstało – coś niewyobrażalnego!

Wargi nekromanty rozchyliły się mimowolnie, odsłaniając zęby w grymasie obrzydzenia i przerażenia. To było to coś w ziemi! To z nim rozmawiał, spierał się, to jego przeklinał. To był Tibor Ferenczy – nieumarłe wcielenie Nietoperza, Smoka i Diabła. Dragosani miał pewnego dnia stać się taki sam!

Grube uszy wystawały lekko powyżej wydłużonej czaszki, sprawiały wrażenie rogów. Wykrzywiony i pomarszczony nos, jak u wielkiego nietoperza, osadzony był tuż przy ustach. Łuskowata skóra i purpurowe oczy, jak u smoka. Był... ogromny! Ukazały się ręce, uzbrojone w przerażające, ostre szpony.

Borys zwalczył w sobie strach i zmusił się do powstania. Wampyr obrócił wilczą głowę i spojrzał na nekromantę przeszywającym, potwornym wzrokiem. Otworzył szeroko oczy i spojrzał bazyliszkowatym wzrokiem na słaniającego się mężczyznę.

– Wi... widzę... cię! – powiedział Tibor donośnym, pełnym zła głosem. Nie było w nim groźby, stwierdzał fakt – widział. Dojrzał Dragosaniego, spoglądał na niego z mieszanym uczuciem ulgi i niedowierzania. Nekromanta skurczył się ze strachu i w tej samej chwili...

– Stworzenie z ziemi! – krzyknął Maks Batu, wychodząc z ukrycia.

Głowa Tibora Ferenczyego obróciła się błyskawicznie w kierunku Mongoła. Dojrzał Batu, psie szczęki rozwarły się. Batu bez wahania spojrzał na potwora, wycelował i wypalił z kuszy odebranej Ladislau Giresci.

Pocisk z gwajakowego drewna był gruby na cal, zakończony stalą. Zanurzył się bez trudu, przeszył pierś Wampyra.

Tibor krzyknął, próbował wrócić do kipiącej ziemi, ale ugrzązł wśród korzeni. Rozdzierał swoje ciało, wył przeraźliwie, rzucał się na wszystkie strony. Kołek tkwił w piersiach. Wampyr przeklinał. Wykrzywiona grymasem złości paszcza ociekała śliną.

Batu podbiegł do Dragosaniego, podał mu rękę i wręczył nóż. Nekromanta chwycił narzędzie, odtrącił Maksa i podszedł niepewnie do wijącego się z bólu potwora, jeszcze w połowie wystającego z ziemi.

– Ostatnim razem, kiedy cię grzebali – wysapał – popełnili jeden wielki błąd, Tiborze Ferenczy. – Naprężył muskuły i zamierzył się sierpem. – Zostawili ci tę pierdoloną głowę!

Potwór próbował walczyć mimo wbitego kołka, patrzył na Dragosaniego niesamowitym wzrokiem. Bał się, ale w jego oczach był też zawód i zdziwienie. Bestia nie rozumiała, nie potrafiła przyjąć porażki.

– Poczekaj – ryknął, kiedy nekromanta podszedł bliżej. Złamany, basowy ton głosu przypominał huk lawiny. – Nie widzisz? To ja!

Dragosani nie czekał dłużej. Wiedział, kim i czym jest potwór. Jako nekromanta znał dobry sposób na przejęcie jego wiedzy, jego mocy. Co za ironia losu! Tibor sam przekazał mu dar!

– Giń, łajdaku! – wycedził.

Ostrze zabłysło w ciemności, odcięta od korpusu głowa potoczyła się po ziemi. Lecz nawet odcięta, wciąż ryczała:

– Głupcze! Skończony głupcze!

I nagle zamilkła, zamknęły się purpurowe oczy. Usta otworzyły się raz jeszcze, krwawa plwocina wylała się z wnętrza.

– Głupcze! – wyrwał się ostatni szept.

Dragosani odpowiedział drugim ciosem noża, rozciął czaszkę na pół, jak wielki przerośnięty melon. Mózg wyglądał jak papka, obok znajdował się poskręcany rdzeń. Dwa mózgi! Ludzki i ten obcy – mózg wampira. Bez wahania, bez obawy, wiedząc dokładnie, co ma zrobić, Dragosani zanurzył dłonie w skorupie czaszki, drżącymi palcami przebierał w smrodliwej papce i mazistych płynach. Wszystkie sekrety, sama istota Wampyrów była tutaj, tutaj – czekała na niego.

Tak! Tak!

Oba mózgi zgniły, ale talent nekromanty wyczuwał sekrety nieumarłego (teraz wreszcie umarłego) potwora. Dragosani, szary jak kamień, uniósł szczątki ku twarzy, lecz – za późno!

Wszystko rozpadło się i wyparowało na jego oczach. Strużki pyłu przelatywały mu między drżącymi palcami, nawet zniekształcona czaszka obróciła się w proch.

Dragosani wydał okrzyk boleści. Zaczął w amoku machać ramionami jak wiatrak, obrócił się i zanurkował ku bezgłowemu tułowiu. Rozdarta szyja już parowała i zapadała się pod ziemię. Nekromanta zanurzył ręce w zgniliźnie. Ziemia buchnęła chmurą trujących oparów i opadła na rozpływające się ciało.

Dragosani zawył żałośnie i wyciągnął ramię z ohydnego trzęsawiska. Zatrzymał się na skraju kręgu, zwiesił głowę. Płakał długo z rozpaczy i zmęczenia.

Maks Batu, wstrząśnięty do głębi, patrzył ze zdumieniem na nekromantę. Powoli podszedł bliżej. Przyklęknął obok niego i chwycił za ramię.

– Towarzyszu Dragosani – głos miał ściszony, chrapliwy. – To już koniec?

Nekromanta przestał płakać. Nadal miał zwieszoną głowę. Zastanawiał się nad pytaniem Batu: czy to już faktycznie koniec? Koniec Tibora Frenczyego? Czy początek nowego wampira, niedojrzałego jeszcze stworzenia, które dzieliło ciało z Dragosanim? Będą się uzupełniać, uczyć się nawzajem, staną się jedną istotą. Pozostawało tylko pytanie, który z nich zdobędzie ostatecznie przewagę.

Wampir zawsze wygra ze zwykłym człowiekiem. Ale Dragosani nie był zwykły, dzięki swojej wiedzy i swoim talentom posiadał nadzwyczajną moc. I czemu nie? Może kiedyś uzyska wiedzę, która pozwoli mu pozbyć się pasożyta. Ale do tego czasu...

– Nie, Maks – powiedział – to jeszcze nie koniec. Jeszcze trochę.

– Zatem, co mam robić? – mały Mongoł chciał służyć pomocą. – Jak mogę ci się przydać? Czego potrzebujesz?

Dragosani wciąż wpatrywał się w czarną ziemię. Jak Maks Batu mógłby pomóc? Czego nekromanta potrzebował? Interesujące pytanie.

Ból i rozpacz opuściły Dragosaniego. Zostało wiele do zrobienia, a czas uciekał. Przybył tutaj, żeby zdobyć nowe moce do walki z Harrym Keoghiem i brytyjskim parawywiadem. Nie wykonał planu, sekrety Tibora wyparowały, zginęły wraz z Wampyrem – stracone na zawsze. Ale to jeszcze nie koniec. Czuł się teraz słaby i zdruzgotany, ale wiedział, że nic mu nie dolega. Ból rozdarł mu mózg i duszę – jeśli jeszcze ją miał – ale te rany się zabliźnią. Nie, nie był ranny – po prostu wyczerpany.

Wyczerpany, tak. Instynkt wampira ożył w jego ciele. Dragosani wiedział, czego pragnie pasożyt. Poczuł rękę Batu na swoim ramieniu, czuł jak krew pulsuje w żyłach Mongoła. Dojrzał nóż, którym przecinał gardła jagniąt. Leżał tuż przy dłoni, srebro na tle czarnej ziemi. Zamierzał to w końcu zrobić, prędzej, czy później.

– Potrzebuje od ciebie dwóch rzeczy, Maks – powiedział, spojrzawszy w górę.

Maks przełknął głośno ślinę i otworzył szeroko usta. Oczy nekromanty były purpurowe, podobne do ślepiów dopiero co zabitego potwora! Mongoł zobaczył je, zobaczył też jak coś srebrnego błysnęło pośród nocy i... Już nic więcej.

Już nigdy.

INTERWAŁ DRUGI

– Muszę przerwać – powiedział Alec Kyle do swego dziwacznego gościa. Odłożył ołówek, rozmasował obolały nadgarstek. Biurko było zaśmiecone obierkami z pięciu całkowicie zużytych ołówków. Kyle pisał właśnie szóstym, ból szarpał ramię od szaleńczego notowania.

Sterta papierów piętrzyła się przed Kylem, papierów pełnych zapisków. Z góry do dołu, od lewej krawędzi do prawej. Gdy zaczynał pisać (Boże, kiedy to było? Cztery i pół, pięć godzin temu?), notatki były bardzo przejrzyste, ale już po godzinie pismo przypominało ledwie czytelną bazgraninę. Sam Kyle z trudem odczytywał treść, choć były to głównie daty i krótkie opisy wydarzeń.

Teraz, dając odetchnąć zarówno swojemu nadgarstkowi jak i umysłowi, Kyle rzucił okiem na daty i pokiwał głową. Wierzył, instynktownie wiedział, że słyszy absolutną prawdę. Była tylko jedna anomalia. Dwuznaczność, której nie mógł zignorować. Kyle zmarszczył brwi, spojrzał na zjawę sunącą po drugiej stronie biurka.

– Czegoś tutaj nie rozumiem – zaśmiał się trochę histerycznie – to znaczy wielu rzeczy tu nie rozumiem, ale dotychczas przynajmniej w nie wierzyłem. Ale w jedną rzecz szczególnie trudno mi uwierzyć.

– Tak? – odezwała się zjawa.

– Dziś jest poniedziałek. Sir Keenan Gormley ma być skremowany jutro. Policja jeszcze niczego nie odkryła i to trochę świętokradztwo trzymać tak jego ciało w takim stanie.

– Zatem?

– No dobrze – ciągnął Kyle – sęk w tym, że wiem, iż większość z tego, co mówisz jest prawdą i podejrzewam, że reszta także. Wiesz to, czego nikt poza mną i Keenanem Gormleyem nie wiedział, ale...

– Ale?

– ...ale twoja opowieść – wybuchnął Kyle – wyprzedza czas. Notuję wszystko. Właśnie powiedziałeś, co stanie się w środę, za dwa dni. Według ciebie, Tibor Ferenczy nadal istnieje, nie zginie do środy wieczór!

– Rozumiem, że to dla ciebie dziwne. Czas jest względny, Alec, tak jak przestrzeń – są ze sobą powiązane. Powiem więcej: wszystko jest względne. Istnieje Wielki Porządek Rzeczy...

Coś umknęło Kyle'owi. Przez chwilę widział tylko to, co chciał zobaczyć.

– Widzisz przyszłość? Tak dokładnie? – przestraszył się.

– A ja myślałem, że ja mam talent! Tak spoglądać w przyszłość, to wprost nie do wia... – zatrzymał się i westchnął. Nie dość, że wszystko było wystarczająco niewiarygodne, nowa, bardziej niesamowita myśl przemknęła przez jego głowę.

Gość dojrzał jego zaskoczony wyraz twarzy. Uśmiechnął się zwiewnie.

– Coś nie tak, Alec? – zapytał.

– Gdzie... gdzie ty jesteś? Prawdziwy ty, materialny? Skąd mówisz? Czy raczej z jakiego jesteś czasu?

– Czas jest względny – uśmiechnęło się widmo.

– Mówisz do mnie z przyszłości, prawda? – westchnął Kyle. To było jedyne wytłumaczenie. Przecież inaczej widmo nie mogło poznać przyszłych wydarzeń.

– Bardzo mi się kiedyś przydasz – powiedziała zjawa. – Chyba masz intuicyjną zdolność rozumienia swoich wizji, Alec. Może to ten sam talent, ale zaraz... możemy kontynuować?

Kyle chwycił ołówek.

– Tak, jasne, idźmy dalej. Opowiedz wszystko, do końca...

ROZDZIAŁ PIĘTNASTY

Moskwa, piątek wieczorem. Prospekt Puszkina, mieszkanie Dragosaniego.

Zaczęło się ściemniać, kiedy Dragosani wrócił do domu. Zrobił sobie drinka. Pociągi wlokły się potwornie podczas podróży powrotnej z Rumunii, a nieobecność Maksa Batu jeszcze ją wydłużała. Cóż! A do tego rosnące poczucie pośpiechu, przyspieszenia czasu tej nieuchronnej, kolosalnej konfrontacji. Czas mijał szybko, a tak wiele jeszcze zostało do zrobienia. Zmęczony do bólu, nie mógł nawet myśleć o odpoczynku. Instynktownie wiedział, że musi działać, zdawał sobie sprawę, ze niebezpieczna może być nawet najkrótsza przerwa.

Po drugim drinku poczuł się trochę lepiej. Zadzwonił na Zamek Bronnicy, sprawdził, czy Borowitz nadal opłakuje swą żonę w Żukowce. Chciał też porozmawiać z Igorem Vladym, ale ten był już w domu. Dragosani zadzwonił na domowy numer i zapytał, czy może przyjść. Igor zgodził się natychmiast.

Chociaż Vlady mieszkał niedaleko, pojechał do niego samochodem. Nie minęło dziesięć minut, a już siedział w małym pokoju, popijając powitalny stakanczik wódki.

– Co się stało, towarzyszu? – zapytał Vlady, kiedy już przebrnęli przez powitalne konwenanse. – Czym mogę służyć? – spoglądał zaciekawiony na ciemne okulary i posępne rysy gościa.

Dragosani skinął głową, jakby chciał coś potwierdzić.

– Chyba oczekiwałeś mojej wizyty.

– Owszem. Myślałem, że pewnie przyjdziesz – odpowiedział ostrożnie Vlady.

Borys nie chciał niepotrzebnie przedłużać rozmowy. Postanowił, że jeżeli Vlady nie odpowie mu na zadane pytania, zabije go. I tak pewnie się to skończy.

– Więc jestem – odrzekł – A teraz powiedz: co będzie dalej?

Vlady był niewysokim brunetem, zwykle otwartym na ludzi. Takie przynajmniej sprawiał wrażenie. Uniósł brwi, udając zdziwienie.

– Co będzie dalej? – powtórzył niewinnie.

– Słuchaj, bez wygłupów – powiedział groźnie Dragosani. – Przecież dobrze wiesz, dlaczego przyszedłem. W końcu płacą ci za zdolność przewidywania zdarzeń. Pytam raz jeszcze: co będzie?

– Z Borowitzem, tak? – Vlady cofnął się.

– Na przystawkę, tak.

Twarz Vladyego stała się chłodna i beznamiętna.

– Umrze – powiedział bez emocji. – Jutro, około południa. Atak serca, chyba, że...

– Chyba, że co?

Igor zadrżał.

– Atak serca – powtórzył.

Dragosani kiwnął głową, westchnął i odprężył się.

– Tak – powiedział. – Tak będzie. A co będzie ze mną... i z tobą?

– Nie przewiduję przyszłości dla siebie – odrzekł szczerze. – To kuszące, oczywiście, ale zbyt frustrujące. Znać przyszłość i nie potrafić wpłynąć na bieg wypadków. Boję się... co do ciebie... tak, to trochę osobliwe...

– Osobliwe? – zapytał Borys odkładając kieliszek. To mogło być bardzo ważne.

Vlady wziął obydwa kieliszki i nalał wódki.

– Najpierw coś wyjaśnijmy – powiedział. – Towarzyszu, nie jestem waszym rywalem. Nie mam ambicji związanych z Wydziałem. Żadnych. Wiem, że Borowitz miał wobec mnie swoje plany – tak jak i wobec was – ale ja nie jestem zainteresowany. Myślę, że powinniście to wiedzieć.

– To znaczy, że nie będziesz wchodził mi w drogę.

– Nikomu nie wchodzę w drogę! – zaprzeczył Igor. – Nie chcę, po prostu. Nikomu nie życzę takiej pracy. Andropow nie spocznie, dopóki nas nie wytępi, nawet jeśli mu to zabierze resztę życia. Szczerze mówiąc, cholernie chciałbym odejść z Wydziału, zrezygnować z tej koszmarnej roboty. Wiecie, że z wykształcenia jestem architektem? Tak, jestem. Wolę oglądać plany budynków, niż oglądać przyszłość, choć wiem, że jestem w tym niezły.

– Dlaczego mi o tym mówisz? – zaciekawił się Borys – Przecież to nie ma ze mną nic wspólnego.

– Ma. Właśnie, że ma. To ma wiele wspólnego z życiem. A ja chcę żyć, towarzyszu Dragosani. Wiem, że będziecie zamieszani w śmierć Borowitza. Ten „atak serca"... Skoro możesz z nim walczyć i zwyciężyć, a wiem, że tak się stanie, to jakie są moje szanse? Nie jestem odważny, nie zgrywam bohatera i nie jestem aż tak głupi. Wydział należy do ciebie.

Dragosani pochylił się do przodu, jego oczy zmieniły się w plamki czerwieni przebłyskujące zza ciemnych okularów.

– Przecież twoim obowiązkiem jest mówienie Borowitzowi takich rzeczy – powiedział twardo. – Szczególnie takich rzeczy. Nie powiedziałeś mu jeszcze? A może już wie, że będę w to wmieszany?

Vlady otrząsnął się, usiadł prosto. Przez chwilę czuł się zahipnotyzowany przez Dragosaniego. Nekromanta miał wzrok węża. Może wilka? Na pewno nie było to spojrzenie człowieka.

– Naprawdę nie wiem, dlaczego powiedziałem wam to wszystko, może nawet stary cię tu przysłał?

– Nie wiedziałbyś, gdyby tak było? – odparł Dragosani. – Twój talent nie przewidziałby takiej możliwości?

– Nie widzę wszystkiego – bronił się Vlady.

Borys skinął głową.

– Zgadza się. Nie przysłał mnie. A teraz powiem szczerze: czy on wie, że jutro umrze? A jeśli wie, co go czeka, to czy wie również o mojej roli? No, czekam.

Vlady zagryzł wargi.

– Nie wie – wymamrotał.

– Dlaczego mu nie powiedziałeś?

– Z dwóch powodów. Po pierwsze dlatego, że to i tak by nic nie zmieniło. Nawet gdyby wiedział. A po drugie: ja po prostu nienawidzę tego starego łajdaka. Mam narzeczoną, chcę się z nią ożenić od dziesięciu lat. Borowitz mówi: nie. Chce, żebym miał otwarty umysł, mówi, że za dużo seksu mnie zmęczy, zmniejszy moje możliwości. Cholerny łajdak! Wydziela mi porcjami moją własną narzeczoną!

Dragosani zaśmiał się głośno. Vlady dojrzał długie zęby w jego ustach. Raz jeszcze poczuł, że rozmawia z jakimś dziwnym zwierzęciem, a nie z człowiekiem.

– Tak, wyobrażam to sobie – nekromanta starał się opanować śmiech. – To do niego podobne. Myślę, że spokojnie możesz przygotowywać ślub. Kiedy tylko zechcesz.

– Zatrzymasz mnie w Wydziale? – zapytał Igor gorzkim tonem.

– Oczywiście – Dragosani podniósł brwi. – Jesteś zbyt cenny, żeby zostać zwykłym architektem, Igor, i jesteś zbyt utalentowany. Wydział? – to dopiero początek. W życiu liczy się coś więcej. I ja do tego dojdę, a ty możesz pójść ze mną.

Vlady odpowiedział pustym spojrzeniem. Dragosani poczuł nagle, że Igor coś ukrywa.

– Miałeś powiedzieć, jak widzisz moją przyszłość – przypomniał. – Skończyliśmy już z Borowitzem. Powiedziałeś, że jest coś... osobliwego?

– Tak, osobliwego – zgodził się Igor. – Ale może się mylę. I tak jutro wszystko będzie jasne – zadrżał nerwowo, zobaczywszy poruszenie na twarzy gościa.

– Co? Co jutro? – nekromanta powoli wstał z krzesła. – Marnujesz mój czas, opowiadasz bajki, choć wiesz, że coś się jutro szykuje. Kiedy, jutro? Gdzie?

– Jutro wieczorem na Zamku – powiedział Vlady. – Coś wielkiego, ale nie wiem, co to będzie.

Borys nerwowo przemierzał pokój, szukał własnego pomysłu na wyjaśnienie tej zagadki.

– KGB? Czy to możliwe, że tak szybko znajdą ciało Borowitza? Wątpię. Dlaczego mieliby od razu podejrzewać kogoś z Wydziału? I dlaczego mnie? Przecież to będzie tylko „atak serca". Każdemu może się przytrafić. A może ty – Igor Vlady pośpiesznie zaprzeczył głowa. – Z twoją podwójną lojalnością? Czy to ktoś z Wydziału? Sabotaż? Jeśli tak, to jaki sabotaż? – potrząsnął głową w złości. – Nie, nie. Nie rozumiem. Cholera, dalej, Igor, wiesz coś więcej? Co właściwie widziałeś?

– Nie rozumiesz? – krzyknął Vlady. – Nie jestem nadczłowiekiem. Nie wiem wszystkiego dokładnie. – Dragosani wiedział, że Vlady mówi prawdę. Głos Igora zdradzał irytację, on też wolałby znać odpowiedź.

– Czasami widzę jakby przez mgłę, jak w przypadku Andrieja Ustinowa. Wiedziałem, że będzie granda i ostrzegałem Borowitza, ale nie byłem pewien, kto będzie w to zamieszany.

Tak samo jest teraz. Wiem, że jutro będzie niezła awantura, z tobą w roli głównej. Przyjdzie z zewnątrz, to będzie... wielka awantura! Tylko tego jestem pewien.

– Nie tylko tego – odezwał się złowieszczo Dragosani. – Nadal nie wiem, co znaczy słowo „osobliwy". Dlaczego tego unikasz? Czy grozi mi jakieś niebezpieczeństwo?

– Tak – odparł Vlady – wielkie niebezpieczeństwo. Nie tylko tobie, wszystkim na Zamku.

– Co jest, człowieku? – Borys walnął pięścią w stół. – Mówisz, jakbyśmy wszyscy mieli zginąć!

Twarz Igora pobladła. Odwrócił się od Dragosaniego, ale ten pochylił się, ujął w palce policzki jasnowidza i przyciągnął siłą jego twarz z drżącymi, zaokrąglonymi ustami. Spojrzał w przestraszone oczy Igora.

– Jesteś pewien, że powiedziałeś mi wszystko? – cedził słowa wolno i uważnie. – Może przynajmniej spróbujesz wyjaśnić, co znaczy słowo „osobliwy"? A może przypadkiem przewidziałeś na jutro moją śmierć?

Vlady uwolnił twarz z uścisku, opadł na krzesło. Białe znaki od palców nekromanty znikły, teraz zaróżowiły się mocno. Dragosani bez wątpienia był zdolny do morderstwa.

– Posłuchaj – powiedział – wyjaśnię to najlepiej jak potrafię. Zrobisz z tym... co zechcesz. Kiedy patrzę na człowieka, gdy zaglądam w jego przyszłość, zwykle dostrzegam prostą, niebieska linię, tak jak kreskę na papierze. Możesz to nazwać linią życia. Po długości tej linii mogę określić długość ludzkiego życia. Ze skrętów i odchyleń określam przyszłe zdarzenia i ich konsekwencje. Linia Borowitza kończy się jutro. Na końcu jest załamanie, które wskazuje na fizyczne niedomaganie, atak serca. Skąd wiem, że będziesz zamieszany? Po prostu, twoja linia przecina jego linię. Dalej biegnie już sama!

– Jak długo? Co z jutrzejsza nocą, Igor? Moja linia się kończy?

Vlady zadrżał.

– Twoja linia jest zupełnie odmienna – odpowiedział w końcu – Zupełnie nie wiem, jak ją rozumieć. Jakieś pół roku temu Borowitz zażądał, bym przygotował przewidywania dla ciebie, tylko dla jego wiedzy. Próbowałem, ale okazało się to niemożliwe. W twojej linii było tyle anomalii, że nie mogłem nic z tego zrozumieć. Skręty, załamania, jakich nigdy jeszcze nie widziałem. Z biegiem miesięcy jedna linia rozdzieliła się na dwie równoległe. Nowa nie była niebieska, ale czerwona. Czegoś takiego też jeszcze nigdy nie widziałem. Stara linia powoli zaczęła czerwienieć. Jesteś niczym... bliźnięta, Dragosani, jesteś rozdwojony. Zresztą, nie wiem, jak to wyrazić. A jutro...

– Tak?

– Jutro jedna z twoich linii kończy się...

„Połowa mnie zginie – pomyślał Dragosani. – Ale która połowa?"

– Która linia? – zapytał głośno. – Czerwona czy niebieska?

– Czerwona – powiedział Vlady.

„Wampir zginie" – zaśmiał się w duchu, ale opanował wybuch.

– A co z drugą linią?

– To jest najbardziej osobliwe. Nie jestem w stanie tego wytłumaczyć. Druga linia wraca do normalnego zabarwienia, zakręca, tworzy koło i łączy się w miejscu, gdzie powstało rozszczepienie!

Dragosani usiadł i ponownie pochwycił kieliszek. To, co przekazał Vlady nie było zadowalające, ale lepsze niż nic.

– Byłem surowy, Igor – powiedział. – Przepraszam. Widzę teraz, że starałeś się z całych sił. Dziękuję. Powiedziałeś, że na Zamku będzie straszna awantura, to znaczy, że przewidywałeś także przyszłość pozostałych pracowników Zamku, prawda? Chcę wiedzieć, co się jeszcze zdarzy.

Vlady zagryzł wargę.

– Nie spodoba wam się odpowiedź, towarzyszu – ostrzegł.

– Nieważne. Powiedz mi wszystko.

– To będzie niemal totalne zniszczenie! Siła, moc, spadnie na Zamek Bronnicy, przyniesie zniszczenie.

„Keogh! To może być tylko Keogh! Nie ma innego zagrożenia..."

Dragosani wstał, chwycił płaszcz i skierował się w stronę drzwi.

– Muszę już iść, Igor – powiedział. – Jeszcze raz dziękuję. Wierz mi, nie zapomnę o tym, co dla mnie dziś zrobiłeś. Jeśli dojrzysz coś jeszcze, będę ci bardzo wdzięczny, jeżeli...

– Oczywiście – odrzekł Vlady, oddychając z ulgą. Odprowadził gościa do drzwi.

– Towarzyszu, co się stało z Maksem Batu? – To było niebezpieczne pytanie, ale musiał je zadać.

Dragosani zatrzymał się za progiem, rzucił do tyłu szybkie spojrzenie.

– Z Maksem? A więc wiesz i o nim, tak? To był wypadek.

– Ach – kiwnął głową Vlady. – Oczywiście.

Igor został sam, dokończył wódkę, usiadł w mroku, pogrążył się w myślach. Gdzieś na mieście zegar wybijał północ. Zdecydował się złamać swoją zasadę. Szybko przeniósł swój umysł ku przyszłości, prześledził swoją linię życia aż do nieuchronnego końca. Miał nastąpić za trzy dni – gwałtownie i ostatecznie.

Vlady automatycznie zaczął pakować swoje rzeczy. Przygotowywał się do ucieczki. Wiedział, że gdy Borowitz odejdzie, Dragosani przejmie Wydział Paranormalny. Albo to, co z niego zostanie. Grigorij Borowitz był podły, ale był człowiekiem. A Dragosani...? Vlady wiedział, że nigdy nie potrafiłby dla niego pracować. Może nekromanta umrze jutro wieczorem, a jeśli nie? Jego linia była tak obca, tak zadziwiająca. Vlady widział dla siebie tylko jedną drogę: musi spróbować ucieczki, musi przynajmniej spróbować uniknąć tego, co nieuniknione.

Tysiąc mil dalej na zachód liczne karabiny maszynowe na wieżach strażniczych strzegły muru w Berlinie Wschodnim. Kule z kałasznikowa czekały na Igora Vladyego. Jasnowidz nie wiedział, że jego przyszłość i przyszłość karabinu zaczęły się do siebie zbliżać. Spotkają się dokładnie o dziesiątej trzydzieści dwie wieczorem, za trzy dni.

*

* *

Dragosani wrócił prosto do swojego mieszkania. Zadzwonił na Zamek i połączył się z oficerem dyżurnym. Podał rysopis i nazwisko Harry'ego Keogha i rozkazał w trybie natychmiastowym przekazać je na wszystkie przejścia graniczne ZSRR z informacją, że Harry Keogh, szpieg z Zachodu, powinien zostać bezwarunkowo aresztowany, a jeśli okaże się to niemożliwe lub zbyt trudne – zastrzelony. No cóż, KGB dowie się o pewnych sprawach, ale Dragosani już na to nie zważał. Gdyby złapali Keogha żywcem, nie będą wiedzieli, co z nim zrobić, więc w końcu przekażą go jemu. A jeśli go zabiją... to tym lepiej.

Przepowiedniom Vladyego Dragosani wierzył, jednak nie do końca. Igor upierał się, że przeszłości nie można zmienić, Borys uważał, że można próbować. Tylko jeden z nich się nie mylił, więc obaj muszą poczekać do jutra. Jedno wiedział na pewno: obiecany „kłopot" na Zamku może nie mieć nic wspólnego z Harrym Keoghiem. Więc póki co, sprawy powinny toczyć się własnym trybem.

Po wykonaniu telefonu Dragosani wypił jeszcze jeden kieliszek. To nie było w jego zwyczaju. W końcu padł na łóżko i spał do późnego rana...

Następnego dnia, dwadzieścia minut przed południem, zaparkował swoją wołgę w zagajniku, poza główną drogą, pół mili od najbliższej daczy. Postawił kołnierz płaszcza i przeszedł pieszo pozostały odcinek do osady Żukowka. Zszedł z drogi i podążył wzdłuż rzeki przez lasek. Dotarł do willi Borowitza. Uśmiechając się ponuro, szybko podbiegł brukowaną ścieżką do drzwi. Zapukał delikatnie w dębowe drewno. Czekał, wdychał zapach palącego się drewna, unoszący się w cierpkim zimnym powietrzu. Topniejące sople zwisające z dachu wskazywały, że temperatura rośnie. Wkrótce śnieg stopnieje, a wraz z nim znikną ślady butów Dragosaniego – nie będzie miał z tym miejscem nic wspólnego.

Usłyszał kroki wewnątrz. Drzwi uchylił Grigorij Borowitz. Blady, ze zmierzwionymi włosami i zaczerwienionymi oczyma. Wyjrzał, mrużąc powieki w szarym świetle dnia.

– Dragosani? – zdziwił się. – Powiedziałem, żeby mi nie przeszkadzać. Ja...

– Towarzyszu Generale – uciął Borys – gdyby to nie była sprawa najwyższej wagi...

Borowitz odsunął się, uchylił szerzej drzwi.

– Wejdź, wejdź – wymamrotał bez zwykłego dla siebie wigoru. Przez ten pełen autentycznego smutku tydzień zatracił całą swoją witalność. Zestarzał się, wyglądał na bardzo zmęczonego. To wszystko pasowało do planu Dragosaniego.

Generał zaprowadził nekromantę do małego, pokrytego sosnową boazerią pokoiku. Natasza leżała zakryta całunem.

Borowitz dotknął czule jej zimnej twarzy, odszedł od ciała z opuszczoną głową. Nie mógł ukryć łez w kąciku oka.

Wreszcie przeszli do drugiego, bardziej przytulnego pokoju, stanowiącego jednocześnie salon i jadalnię. Wskazał na miejsce pod oknem. Okiennice w daczy były zasłonięte, ta jednak była szeroko otwarta, wpuszczając zimowe światło. Dragosani skinieniem głowy odmówił i nie usiadł. Borowitz ciężko opadł na kanapę.

– Wolę postać – powiedział nekromanta. – To nie zajmie dużo czasu.

– Przelotna wizyta? – chrząknął Borowitz bez zainteresowania. – Mogłeś poczekać, Borys. Jutro zabierają Nataszę, a ja wracam do Moskwy, a potem na Zamek Bronnicy. Cóż tak pilnego sprowadza cię do mnie? Powiedziałeś, że wyprawa do Anglii udała się całkowicie.

– Istotnie – potwierdził – Ale w międzyczasie pojawił się pewien problem.

– Słucham?

– Towarzyszu Generale – powiedział Dragosani – Grigorij nie zadawaj na razie pytań, tylko opowiedz mi coś. Pamiętasz naszą rozmowę o przyszłości Wydziału? Powiedziałeś, że pewnego dnia zdecydujesz, kto przejmie władzę, gdy ty... odejdziesz. Powiedziałeś też, że wybierzesz mnie albo Igora Vlady.

Borowitz spojrzał na Dragosaniego z niedowierzaniem.

– Więc po to tu jesteś! – mruknął. – To jest taka pilna sprawa? Myślisz, że jestem gotów odejść? A może myślisz, że już pora, bym się odsunął! Natasza umarła, więc może pomyślę o emeryturze, co? – Wyprostował się, oczy błysnęły ogniem, który Borys nieraz już widział. Ale teraz nie bał się tego człowieka. Już nie.

– Powiedziałem, żebyś nie zadawał pytań – przypomniał Dragosani ponurym, dudniącym głosem. – To ja szukam odpowiedzi, Grigorij. Teraz powiedz: kogo wybrałeś na swoje miejsce? Czy już zdecydowałeś? A jeśli tak, to czy decyzja jest już na piśmie?

Borowitz osłupiał. Narastał w nim gniew.

– Jak śmiesz? – podniósł głos, oczy wyszły mu z orbit. – Jak śmiesz, draniu? Zapominasz się, Dragosani. Zapominasz, kim jestem i gdzie ty jesteś. Zapominasz albo umyślnie wykorzystujesz fakt, że ostatnio przytrafiło mi się nieszczęście.

Niech cię... Dragosani! Ale odpowiem na twoje pytanie. Nie zapisałem nic na papierze – nie ma potrzeby. Jeszcze długo będę szefem Wydziału, zapewniam cię. Co więcej, nawet gdybym już coś zapisał i wybrał następcę, to od tej chwili możesz być pewien, że nigdy nie obejmiesz tego stanowiska. – Wstał, był wściekły. – Teraz spierdalaj stąd, zanim...

Borys zdjął ciemne okulary. Generał spojrzał, oszołomiła go metamorfoza, jaka zaszła na twarzy nekromanty. Prawie nie przypominał dawnego Dragosaniego, ale kogoś zupełnie innego. Te oczy, te nieprawdopodobnie purpurowe oczy!

– Zwalniam cię, Grigorij – rzucił Dragosani. – Ale nie odejdziesz z pustymi rękami. Nie po tylu latach oddanej służby.

– Zwalniasz mnie? – Borowitz próbował odsunąć się od Dragosaniego, ale tapczan blokował drogę odwrotu. – Ty? Zwalniasz mnie?

Nekromanta kiwnął głową i uśmiechnął się, pokazując ostre jak sztylety kły.

– Mamy dla ciebie pożegnalny prezent, Generale.

– My?

– Ja i Maks Batu – odrzekł Borys.

Sekundę później Borowitz ujrzał twarz z samego piekła.

Poczuł, jakby koń kopnął go w pierś. Zatoczył się do tyłu, rozpostarł ramiona i odbił się od ściany. Półki i obrazy posypały się z hukiem. Borowitz padł bezwładnie na kanapę. Złapał się za serce, z trudem łapał powietrze. Serce waliło mocno. Nie wiedział, ale czuł, że Dragosani go zniszczył.

Wstał ostatkiem sił.

– Dragosani! – wyciągnął drżące ręce ku nekromancie. – Drago...

Borys posłał psychiczny pocisk. I jeszcze jeden.

Borowitz zdołał usiąść i dokończyć ostatnie słowo, zanim dobiło go kolejne złe spojrzenie.

– ...sani.

Były szef Wydziału Paranormalnego siedział prosto, martwy jak skała, niewątpliwie – atak serca.

– Klasyczne! – pochwalił sam siebie Dragosani.

Rozejrzał się po pokoju. Drzwi narożnej szafki były uchylone, w środku znalazł starą, rozklekotaną maszynę do pisania i kilka kartek papieru. Szybko zaniósł maszynę na stół, włożył świeży arkusz i pracowicie wystukał:

„Źle się czuję. Myślę, że to serce. Śmierć Nataszy rozstroiła mnie. Czuję, że nadchodzi koniec. Dotychczas nie wyznaczyłem następcy – muszę zrobić to teraz. Jedynym człowiekiem, godnym zaufania jest tow. Borys Dragosani, szczerze oddany ZSRR i Pierwszemu Sekretarzowi. Jeżeli umrę, chcę, żeby moje ciało znalazło się pod opieka tow. Dragosaniego. On zna moje życzenia w tym względzie...”

Dragosani uśmiechnął się. Przeczytał tekst raz jeszcze, złożył kartkę i opatrzył inicjałami: G.B., starając się naśladować charakter pisma Borowitza. Wytarł chusteczką klawisze i zaniósł maszynę na kanapę. Usiadł obok trupa, chwycił za wciąż ciepłe ręce i przyłożył palce do klawiszy. Spoglądały na niego martwe oczy Borowitza.

– Zrobione, Grigorij – szepnął nekromanta i zaniósł maszynę na stół. – Na razie idę, ale to jeszcze nie „do widzenia”. Gdy cię odnajdą, spotkamy się jeszcze na Zamku Bronnicy, co? Poznam twoje najskrytsze myśli, Grigoriju Borowitz?

Było dwadzieścia pięć po dwunastej, kiedy Dragosani wyszedł z willi i wrócił do samochodu.

*

* *

W sobotę na Zamku Bronnicy było mniej ludzi niż zwykle. Straże sprawdziły Dragosaniego przy zewnętrznych murach, przekazano dalej wiadomość o jego przybyciu. W centralnym budynku już wcześniej czekał oficer dyżurny. Nosił specjalny mundur: szary kombinezon z pojedynczym, żółtym paskiem na piersi. Podszedł do parkującej na wyznaczonym miejscu wołgi.

– Dobre wieści, towarzyszu – oświadczył, idąc z Dragosanim przez korytarz i otwierając kolejne drzwi. – Mamy ślad tego brytyjskiego agenta, Harry'ego Keogha.

Dragosani ujął ramię oficera jak w uścisk imadła. Oficer ostrożnie zwolnił, patrzył z ciekawością na przybyłego.

– Coś nie w porządku, towarzyszu?

– Nie, jeśli złapiemy Keogha – mruknął. – Wszystko w porządku. To nie z tobą rozmawiałem zeszłej nocy?

– Nie, towarzyszu – jestem dopiero od rana. Tamten oficer skończył służbę. Przeczytałem raport, to wszystko. Byłem tu rano, gdy przyszła wiadomość o tym Keoghu...

Dragosani przyjrzał się bliżej rozmówcy. Chudy, z opuszczonymi ramionami – typowa miernota. Żaden parawywiadowca, ot, zwykły pracownik operacyjny, zapewne zdolny, ale zbyt zarozumiały i zadowolony z siebie jak na jego gust.

– Chodź ze mną – powiedział zimno – opowiesz mi o Keoghu po drodze.

Nekromanta z łatwością przebiegł do prywatnego sektora Borowitza. Oficer z trudem za nim nadążał.

– Zwolnijcie, towarzyszu, bo nie starcza mi tchu, żeby cokolwiek powiedzieć – wysapał.

Dragosani biegł dalej.

– O Keoghu? – rzucił przez ramię. – Gdzie on jest? Kto go złapał? Przyślą go tutaj?

– Nikt go nie „złapał", towarzyszu – dyszał oficer. – Wiemy zaledwie, gdzie jest, to wszystko. Jest w NRD, w Lipsku. Przeszedł przez Checkpoint Charlie jako turysta. Nie ukrywa swej tożsamości, podobno. Bardzo dziwne. Jest w Lipsku od trzech albo czterech dni. Większość czasu spędza na cmentarzu! Pewnie czeka na kontakt.

– Czyżby? – Dragosani zatrzymał się na chwilę, rzucił spojrzenie na oficera i wyszczerzył zęby w uśmiechu. – Mówicie „pewnie". Powiem wam, towarzyszu, nic nie jest pewne z tym draniem! Teraz szybko do mojego biura, wydam rozkazy.

Wpadli do przedpokoju gabinetu Borowitza.

– Waszego biura? – rozdziawił usta oficer.

Za biurkiem siedział sekretarz Borowitza, młody, przedwcześnie łysiejący mężczyzna w grubych okularach. Był zaskoczony. Dragosani wskazał kciukiem na otwarte drzwi.

– Wynoś się. Poczekaj na zewnątrz. Wezwę cię później. Na razie nie będę cię potrzebował.

– Co? – zaskoczony mężczyzna powstał z miejsca. – Towarzyszu Dragosani, protestuję, ja...

Borys sięgnął ręką przez biurko, chwycił sekretarza za lewy policzek, przeciągnął go po blacie, rozsypując dookoła pióra i ołówki. Mężczyzna wydał cichy, skrzekliwy wrzask bólu. Dragosani obrócił nim w kierunku drzwi, wymierzył kopniaka i uwolnił.

– Poskarż się Borowitzowi, jak go zobaczysz – rzucił. – A teraz wykonuj moje rozkazy, bo zastrzelę!

Nekromanta przeszedł przez stare biuro Borowitza, oficer dyżurny podążał wciąż za nim. Dragosani opadł na fotel za biurkiem, spojrzał na oficera.

– Dobrze, więc kto śledzi Keogha?

Oficer dyżurny był przerażony. Ledwie zdołał wykrztusić:

– Ja... ja... my... GREPO – uspokoił się w końcu – Grenzpolizei, niemiecka policja graniczna.

– Tak, tak, wiem co to jest GREPO – huknął Borys. Pokiwał głową. – Dobrze. Są nieźli, tak mi mówiono. W imieniu Borowitza rozkazuję ująć Keogha, najlepiej żywego. To właśnie rozkazałem wczoraj, nie lubię się powtarzać!

– Niemcy nie mają podstaw do zatrzymania Keogha, towarzyszu – wyjaśnił oficer dyżurny. – Nie jest poszukiwany, dotychczas nie złamał prawa.

– Podstawą do zatrzymania jest... morderstwo – powiedział Dragosani. – Keogh zabił naszego agenta, „śpiocha", w Anglii. Koniecznie trzeba go złapać. Jeśli to okaże się niemożliwe, należy go zabić! O ty również informowałem ostatniej nocy.

Oficer dyżurny poczuł się osobiście oskarżony, zaczął szukać usprawiedliwień.

– Ale ci Niemcy, towarzyszu – ciągnął – niektórzy z nich chcą jeszcze wierzyć, że mają coś do powiedzenia, że sami się rządzą, rozumiecie?

– Nie – odparł Borys. – Nie rozumiem. Połącz mnie z kwaterą główną Grenzpolizei w Berlinie. Porozmawiam z nimi.

Oficer rozdziawił usta ze zdumienia.

– Jazda! – rzucił. – I zawołaj tu tego dupka.

Wszedł sekretarz Borowitza.

– Siadaj i słuchaj. Dopóki towarzysz Generał nie wróci, ja tu rządzę. Co wiesz o pracach tego miejsca?

– Prawie wszystko, towarzyszu Dragosani. – Mężczyzna dalej był blady i przestraszony, trzymał się za policzek. – Towarzysz Generał powierzył mi wiele spraw...

– Ludzie?

– Nie rozumiem, towarzyszu Drago...

– Skończ z tym! – huknął. – Żadnych „towarzyszy" więcej. To strata czasu. Mów mi po prostu: Dragosani.

– Tak, Dragosani.

– Ludzie? – powtórzył nekromanta. – Ilu mamy ludzi?

– Tu, na Zamku? Teraz? Bazowy personel, może z tuzin ludzi ochrony.

– Możliwość mobilizacji?

– Istnieje.

– Dobrze, chcę mieć trzydziestu ludzi. Do piątej, najpóźniej. Chcę tutaj naszych najlepszych telepatów i jasnowidzów, łącznie z Igorem Vladym. Czy to możliwe zebrać tych wszystkich ludzi do piątej?

– W ponad trzy godziny? Tak, Dragosani, z pewnością – sekretarz potwierdził błyskawicznie.

– Zaczynaj!

Borys został sam, usiadł na krześle, położył nogi na biurku. Myślał, co zrobić. Jeśli Niemcy złapią Keogha, szczególnie jeśli go zabiją (należy się upewnić, że dostarczą jego ciało do rąk własnych Dragosaniego), to należy odrzucić możliwość jego udziału w wieczornym zamieszaniu. Ale czy na pewno? Trudno pojąć, w jaki sposób Keogh mógłby się tutaj znaleźć. Z Lipska na Zamek Bronnicy w kilka godzin? Może lepiej rozpatrzyć inne ewentualności? Ale jakie? Sabotaż? Czyżby zimna wojna parawywiadów przybrała gorący charakter? Może zabójstwo Keenana Gormleya przepaliło dotychczasowy bezpiecznik? Co może się zdarzyć na Zamku? To miejsce to istna twierdza – nawet pięćdziesięciu Keoghów nie dałoby sobie rady z zewnętrznym murem!

Napięcie rosło. Dragosani zmusił się, żeby wreszcie przestać myśleć o Keoghu. Nie – zagrożenie musi przyjść z innej strony. Zaczął się zastanawiać nad systemem fortyfikacji twierdzy.

Do tej pory nie rozumiał, dlaczego umacniano Zamek, ale teraz był z tego bardzo zadowolony. Stary Borowitz był żołnierzem na długo zanim stworzył Wydział, był ekspertem strategii, bez wątpienia miał swoje powody, zwracając szczególną uwagę na bezpieczeństwo. Ale tutaj, pod Moskwą – czego się obawiał? Rebelii? Kłopotów z KGB? A może została mu ta słabość z żołnierskich czasów?

Zamek nie był jedynym umocnionym miejscem w ZSRR. Ośrodki kosmiczne, stacje badań atomowych, laboratoria broni biologicznej i chemicznej – to były główne chronione obiekty, strzeżone jak źrenica oka.

Dragosani zawył – tak bardzo chciał mieć teraz Borowitza na dole, w sali pokazowej, rozciągniętego na stalowym stole, z wywieszonymi jelitami, z wszystkimi tajemnicami jego duszy na wierzchu. Dojdzie do tego na pewno, kiedy w końcu znajdą ciało tego starego łajdaka!

– Towarzyszu Dragosani – głos oficera dobiegający z sąsiedniego pokoju rozwiał myśli nekromanty – na linii centrala GREPO w Berlinie, łączę.

– Dobrze – odkrzyknął. – Porozmawiam z nimi, a ty tymczasem przeszukasz dokładnie Zamek, szczególnie piwnice. O ile wiem, są tu pomieszczenia, do których nikt nigdy nie zaglądał. Przewrócić wszystko do góry nogami. Szukajcie bomb, urządzeń zapalających, wszystkiego, co może wyglądać podejrzanie. Chcę jak najwięcej ludzi, szczególnie parawywiadowców. Zrozumiano?

– Tak jest, towarzyszu! Oczywiście.

– A teraz dawajcie tych cholernych Niemiaszków.

*
* *

Trzecia piętnaście po południu. Na cmentarzu miejskim w Lipsku panowało nieprawdopodobne, arktyczne wprost zimno.

Hary Keogh opatulony płaszczem trzymał, od dawna pusty, kubek po kawie. Siedział zziębnięty i zdesperowany przy grobie A. F. Möbiusa. Starał się zrozumieć przy pomocy swojego „metafizycznego" talentu zakrzywione własności czasoprzestrzeni, czterowymiarowej topologii. Nie potrafił, choć intuicja mówiła mu, że można podróżować w czasie po wstędze Möbiusa. Ale przeszkodą była mechanika – nic z tego nie rozumiał. Była jak nieosiągalny dla niego szczyt góry, nie potrafił się nań wspiąć. Jego instynktowne czy intuicyjne rozumienie matematyki i nieeuklidesowej geometrii nie wystarczało. Jak zmienić liczby, elementy czystej matematyki w fizyczne fakty? Nie wystarczy wiedzieć, że dom jest zbudowany z dziesięciu tysięcy cegieł. Nie buduje się z liczb – żeby dom powstał, niezbędne są cegły! Möbius mógł swoim bezcielesnym umysłem dotrzeć do najdalszych gwiazd, ale Harry był fizycznym, trójwymiarowym człowiekiem z krwi i kości. Nawet gdyby mu się udało odkryć, w jaki sposób teleportować się z hipotetycznego punktu A do punktu B bez przemierzania fizycznej odległości. To co z tego? Gdzie się teleportuje? Gdzie się znajdzie. Jak obliczyć możliwości, czas, długość przemieszczenia? To było równie niebezpieczne, jak udowadnianie prawa grawitacji przez skok z nabrzeżnej skały.

Harry roztrząsał ten problem od kilku dni. O niczym innym nie myślał. Jadł, pił, spał – zaspokajał tylko podstawowe, naturalne potrzeby. Ale nie potrafił rozwiązać problemu. Czasoprzestrzeń nie chciała się wygiąć dla niego, równania wyglądały jak niezbadane elipsy, zakręty. Pragnął wedrzeć się fizycznie w metafizyczny świat. Ale jak?

– Potrzebujesz bodźca, Harry – powiedział Möbius, włamując się do myśli Keogha pewnie już pięćdziesiąty raz tego dnia. – Osobiście uważam, że tylko to ci pozostało. Potrzeba jest matką wynalazków, prawda? Wiesz, co chcesz zrobić, myślę nawet, że masz nosa i intuicyjną zdolność, choć jeszcze nie doszedłeś do rozwiązania. Nie masz tylko bodźca, tego niezbędnego impulsu, który pozwoli ci zrobić ostateczny krok.

Harry potakiwał ze zrozumieniem.

– Pewnie ma pan rację – dodał. – Wiem, że to zrobię, po prostu... jeszcze nie jestem gotowy. To tak jak z rzucaniem palenia. Możesz, ale nie potrafisz. Rzucisz, kiedy będzie za późno, gdy będziesz umierał na raka. Ale ja nie chcę i nie mogę czekać tak długo! Mamy już wszystko: matematykę, teorię, świadomość, intuicję, jak pan to określa. Brakuje tylko powodu, bodźca, impulsu, jak pan woli. Powiem panu, co czuję.

Siedzę w dobrze oświetlonym pokoju. Wyglądam przez okno na zewnątrz. A tam ciemności tak jak zawsze. To nie noc, to wiecznie trwającą ciemność przestrzeni między przestrzeniami. Wiem, że są inne pokoje. Problem w tym, że nie wiem, jak do nich trafić. Jeśli wyjdę, otoczy mnie ciemność, stanę się jej częścią. Mogę już nie wrócić do pokoju. To nie znaczy, że nie mogę wyjść, po prostu nie chcę myśleć, jak tam jest. Czuję, że wyjście rozszerzy moje zdolności poznawcze, ale to nie jest sprawdzone, więc się boję. Jestem jak pisklę w skorupie – nie wydostanę się, dopóki nie będę musiał.

– Z kim pan rozmawia, panie Harry Keogh? – zapytał ktoś beznamiętnym, obcym głosem.

– Co? – Harry spojrzał w górę zdziwiony.

Było ich dwóch. Od razu wiedział, kim są. Nawet nic nie wiedząc o szpiegostwie, czy polityce Wschód-Zachód, rozpoznałby tych dwóch na pierwszy rzut oka. Zmrozili go bardziej niż wiatr, który na dobre rozszalał się na pustym cmentarzu.

Jeden był bardzo wysoki, drugi niski. Obaj w ciemnoszarych płaszczach, w opuszczonych na oczy kapeluszach, w czarnych okularach. Ich ubrania były bliźniaczo do siebie podobne, z pewnością mieli także bliźniacze charaktery, bliźniacze myśli, podobnie małe ambicje. Z miejsca można było poznać, że są tajniakami, agentami tajnych służb.

– Co? – powtórzył, wstając sztywno. – Znów rozmawiałem sam ze sobą? Przepraszam, ale taki już jestem, to taki nawyk.

– Mówienie do siebie? – powiedział wysoki i zaprzeczył ruchem głowy. – Nie sądzę. – Miał szorstki akcent, wąskie usta i złowieszczy uśmiech. – Sądzę, że rozmawiałeś z kimś innym, prawdopodobnie z innym szpiegiem, Keogh.

Harry cofnął się dwa kroki.

– Naprawdę nie rozu... – zaczął.

– Gdzie jest nadajnik, Harry Keogh? – zapytał niski. Podszedł i kopnął w ziemię, w miejscu gdzie jeszcze chwilę temu siedział Harry. – Tutaj? Zakopany w ziemi? Przesiadujesz tu codziennie godzinami i gadasz do siebie? Uważasz nas za idiotów?

– Posłuchajcie, panowie – tłumaczył się Harry – to pomyłka. Ja – szpiegiem? To nieporozumienie, jestem turystą, to wszystko.

– Czyżby? – powiedział wysoki. – Turystą? W środku zimy? Jaki turysta siedzi na cmentarzu dzień w dzień i rozmawia sam ze sobą? Stać pana na więcej, Keogh. Tak jak nas. Według naszych danych jesteś agentem brytyjskiego wywiadu, a także mordercą. Proszę z nami.

– Nie idź z nimi, Harry! – głos Keenana Gormleya pojawił się niespodziewanie w umyśle Keogha. – Uciekaj, człowieku, uciekaj!

– Co? – szepnął. – Keenan? Ale jak?

– Harry, mój Harry! – krzyknęła matka. – Uważaj, proszę!

Niższy wyciągnął kajdanki.

– Co? – powtórzył, cofając się.

– Ostrzegam pana, panie Keogh, jakakolwiek próba oporu może się dla pana skończyć tragicznie. Jesteśmy z kontrwywiadu, z Grenzpolizei i...

– Uderz go Harry! – ponaglał „Sierżant" Graham Lane w uchu wewnętrznym Harry'ego. – Wiesz, jak poradzić sobie z tymi facetami, załatw ich, zanim oni załatwią ciebie. Ale uważaj, są uzbrojeni!

Niższy podszedł trzy kroki, trzymając przed sobą wyciągnięte kajdanki. Harry przybrał obronną pozycję. Wysoki zbliżył się również.

– Co to ma znaczyć? – ryknął. – Stawiasz czynny opór? Musisz wiedzieć, Keogh, że mamy rozkaz wziąć cię żywego bądź martwego!

Już chciał zapiąć kajdanki na nadgarstkach Harry'ego, gdy ten w ostatniej chwili odrzucił je, wykonał półobrót i kopnął Niemca piętą wyprostowanej nogi. Cios trafił w klatkę piersiową, złamał żebra. Szpicel krzyknął z bólu i upadł na ziemię.

– W taki sposób nie wygrasz, Harry! – naciskał Gormley.

– On ma rację – dodał James Gordon Hannant. – To twoja ostatnia szansa, Harry. Musisz z niej skorzystać. Nawet jeśli zatrzymasz tych dwóch, i tak przyjdą inni. Nie tędy droga. Musisz użyć swojego talentu. Jest większy, niż podejrzewasz. Nie nauczyłem cię wiele z matematyki, pokazałem tylko, jak wykorzystać to, co w tobie drzemie. Twój potencjał jest niezmierzony. Człowieku, znasz wzory o jakich nawet mi się nie śniło. Sam to kiedyś powiedziałeś do mojego syna, pamiętasz?

Harry pamiętał.

Zawiłe równania natychmiast pojawiły się w jego umyśle. Otworzyły się drzwi w miejscu, gdzie nie powinno być żadnych drzwi. Metafizyczna jaźń sięgnęła fizycznego świata, żądna nagiąć go do swoich potrzeb. Słyszał w oddali jęczącego z bólu szpicla, kątem oka dojrzał, jak wyższy sięga do płaszcza po rewolwer. Otwarte, ponad obrazem rzeczywistości, drzwi do czasoprzestrzeni Möbiusa były już w jego zasięgu, ich ciemne progi zapraszały do środka.

– Tak, Harry! – krzyknął Möbius. – Którekolwiek z nich!

– Nie wiem, dokąd prowadzą! – wykrzyknął Harry.

– Powodzenia! – powiedzieli Lane, Gormley i Hannant niemal jednocześnie.

Rewolwer wyższego szpicla wypluł ogień i ołów. Harry obrócił się, poczuł na szyi gorący podmuch, kula przebiła kołnierz płaszcza. Zakręcił się, skoczył i kopnął wysokiego. Uderzeniem zmiażdżył twarz Niemca. Szpicel padł, broń upadła obok. Ubek przeklinał, pluł zębami i krwią. Podczołgał się do rewolweru, chwycił w obie ręce, wstał, kiwając się na nogach.

Harry kątem oka wytropił drzwi na wstędze Möbiusa. Blisko, wystarczyło sięgnąć ręką. Wysoki mamrotał niezrozumiale, wycelował broń. Harry kopnął rewolwer, chwycił Niemca za rękaw, wytrącił z równowagi i rzucił...

Przez otwarte drzwi.

Niemiecki szpicel... zniknął! Znikąd dobiegło echo słabego wrzasku. Krzyk potępionego, jęk zagubionej duszy, zatraconej na zawsze w nieskończonej ciemności.

Harry słuchał i zadrżał, ale tylko na chwilę. Jęk zanikał, usłyszał komendy, chrzęst biegnących po żwirze butów. To nadciągali kolejni agenci, przeskakiwali groby, otaczali go. Keogh już wiedział, że to ostatnia chwila, by skorzystać z drzwi. Zraniony mężczyzna trzymał rewolwer w drżących dłoniach. Miał wystraszone oczy... widział coś strasznego! Nie był już pewien, czy warto naciskać spust, by zastrzelić tego człowieka.

Harry nie dał mu czasu na zastanowienie. Znów odkopnął broń, zatrzymał się jeszcze na ułamek sekundy, na ekranie jaźni przewijały się fantastyczne wzory. Niemcy byli coraz bliżej. Pierwszy pocisk wyrwał kawałek muru z marmurowego nagrobka.

Nad grobem Möbiusa pojawiły się drzwi znikąd. To właściwy moment, pomyślał Harry i rzucił się w bezdenną otchłań.

Miotając się na zimnej ziemi, niemiecki szpicel patrzył, jak Keogh znika w kamieniu!

Podbiegli inni, dyszeli ciężko, zatrzymali się... Trzymali broń gotową do otwarcia ognia. Rozglądali się podejrzliwie dookoła. Ranny wskazał drżącym palcem na nagrobek Möbiusa. Totalnie zszokowany, nie był w stanie nic powiedzieć, niczego wyjaśnić.

Wiał przejmujący wiatr.

Czwarta czterdzieści pięć. Dragosani już wiedział najgorsze. Keogh żył, nie został złapany, zdołał uciec. Raporty były dość zawiłe, niejasne, trudno było cokolwiek zrozumieć. Zaginął jeden niemiecki agent, prawdopodobnie nie żył, drugi został poważnie ranny. Niemcy robili dużo szumu wokół sprawy, żądali wyjaśnień, chcieli wiedzieć, z kim czy z czym walczyli. Niech sobie żądają, Dragosani sam chciałby wiedzieć, z czym przyjdzie mu walczyć...

Problem pozostawał, a czas naglił. Nie było wątpliwości, że to Harry Keogh zjawi się dziś wieczorem. Jak? Kiedy dokładnie? Dragosani był pewien tylko jednej rzeczy, że tu będzie. On sam przeciwko armii Zamku Bronnicy. Zadanie niemożliwe – ale nekromanta wiedział, że istnieją rzeczy uznane przez zwykłych ludzi za niewykonalne...

Dragosani zebrał wszystkich swoich ludzi. Wzmocnił stanowiska karabinów maszynowych na zewnętrznych murach, podobnie baterie w przybudówkach i na samym Zamku. Parawywiadowcy „pracowali" na dole w laboratoriach, w otoczeniu aparatury najbardziej odpowiadającej ich zdolnościom i talentom. Borys zamienił biuro Borowitza w kwaterę główną.

Zamek dokładnie przeszukano. Oderwano podłogi, wiekowe stropy, odsłonięto fundamenty niemal do gołej ziemi. Trzy tuziny ludzi mogło narobić wiele szkód, szczególnie jeśli oznajmiło się im, że od tego może zależeć ich życie.

Fakt, że całe to zamieszanie powstało z powodu jednego człowieka, doprowadzał Dragosaniego do szału. To wszystko znaczyło, że Keogh posiada niesłychaną niszczycielską siłę. Cóż to mogło być? Dragosani wiedział, że Keogh był Nekroskopem, ale co z tego? Widział, jak ożywił trupa w rzece i skorzystał z jego pomocy. Ale to była jego matka! To było w Szkocji, tysiące kilometrów stąd. Zastanawiał się, kto mógł stoczyć bitwę tutaj, w imieniu Harry'ego Keogha?

Dragosani był przerażony. W każdej chwili mógł opuścić to miejsce (awantura była przewidziana tylko na Zamku Bronnicy), ale jednak nie było to w jego własnym interesie. Byłby tchórzem, a przepowiednie Vladyego o śmierci wampira mogły się nie spełnić. To była przepowiednia, której spełnienia

Borys Dragosani pragnął najbardziej! To była jego ambicja (jego umysł nadal był jego własnym), by dążyć do tego celu. Ludzie wysłani do mieszkania Vladyego znaleźli list do narzeczonej wyjaśniający jego nieobecność. Vlady miał wkrótce zadzwonić do niej z Zachodu. Dragosani z ponurą satysfakcją przekazał opis zdrajcy do wszystkich punktów granicznych. Nie dał mu żadnej szansy, rozkaz brzmiał, by zastrzelić go na miejscu w imię bezpieczeństwa ZSRR.

Vlady... czy tutaj pożyłby dłużej? Dragosani zastanawiał się nad tym. Czy sam przestraszył Vladyego tak bardzo, czy uciekał przed czymś zupełnie innym?

Widział, że coś nadciąga, być może z najbliższej przyszłości.

ROZDZIAŁ SZESNASTY

Stało się tak, jak Harry podejrzewał. Za drzwiami Möbiusa odkrył Pierwotną Ciemność, ciemność, która istniała przed początkiem Wszechświata.

Nieobecność światła, ale i nieobecność wszechrzeczy. Był jak w czarnej dziurze, tylko że czarna dziura posiada ogromną grawitację – to miejsce nie miało jej wcale. W pewnym sensie była to metafizyczna płaszczyzna istnienia, ale nic tu nie istniało. Było to „miejsce", w którym Bóg nie wypowiedział jeszcze cudownych słów stworzenia: „Niech stanie się światłość".

Było to nigdzie – było to wszędzie, w środku i na skraju. Stąd można było dotrzeć w każde miejsce i zajść donikąd, zgubić się na zawsze. Na zawsze, bo w tym bezczasowym otoczeniu nic się nie zmieniało, nic się nie starzało – oprócz siły woli. Harry Keogh był tutaj obcym ciałem, niechcianym pyłkiem w samym sercu Kontinuum Möbiusa – musiał zostać odrzucony. Czuł napierające, niematerialne siły próbujące go usunąć nawet teraz, wypchnąć z nierealnego świata do fizycznej rzeczywistości. Nie mógł na to pozwolić.

Mógł wyczarować drzwi, oczywiście, miliony milionów drzwi prowadzących do wszelkich miejsc i wszystkich chwil w czasie. Wiedział, że większość z nich przyniesie śmierć. Nie mógł, jak Möbius, wyłonić się w obcej galaktyce, daleko w kosmosie. Harry nie był tylko czystym umysłem, był najzwyczajniej materialny. Nie zamierzał zamarznąć, usmażyć się, stopić czy wybuchnąć.

Pozostawał problem: które drzwi wybrać?

Skok w grób Möbiusa mógł zanieść go dalej o metr albo o rok świetlny, mógł być tutaj minutę albo miesiąc. Poczuł pierwsze, próbne pchnięcie siły innej niż odrzucające parcie ponadczasowego wymiaru. Nawet nie pchnięcie, raczej delikatne parcie, które wydawało się być jego przewodnikiem w ciemności. Czuł to już kiedyś wcześniej, kiedy szukał matki pod lodem, gdy dopłynął do miejsca jej spoczynku. Ta siła nie wydawała się być zagrożeniem.

Harry oddawał się mocy, dryfował, poczuł jak ciśnienie wzmaga się. Podążał za nim jak niewidomy podąża za przyjacielskim głosem. A może jak ćma w kierunku płomienia świecy? Nie – intuicja mówiła mu, że cokolwiek to było, nie stanowiło niebezpieczeństwa. Siła narastała, pchała Keogha w strumieniu czasoprzestrzeni. Jakby widząc światło w tunelu, Harry czuł bliski koniec podróży.

– Dobrze – odezwał się odległy głos w głowie Harry'ego.

– Bardzo dobrze, chodź do mnie, Harry, chodź do mnie...

To był kobiecy głos, ale zupełnie pozbawiony ciepła. Głos przejmujący jak wiatr na cmentarzu w Lipsku, stary jak świat.

– Kim jesteś? – zapytał Harry.

– Przyjacielem – padła odpowiedź.

Harry skierował się w kierunku głosu, chciał dryfować... właśnie w tę stronę. I tuż przed nim pojawiły się drzwi Möbiusa.

– Skąd mam wiedzieć, że jesteś przyjacielem? Dlaczego mam ci ufać?

– Kiedyś, raz, zadałam to samo pytanie – odpowiedział głos, niemal w jego uchu. – Nie mogłam wiedzieć, ale zaufałam.

Harry otworzył drzwi, przestąpił próg.

Rzucił się przez nie na oślep jak za pierwszym razem, znalazł się w zawieszeniu, tuż nad ziemią, po czym upadł. Chwycił się ziemi, przytulił się. Głos w jego głowie zaśmiał się szczerze.

– I co? – powiedział. – Widzisz? Jestem przyjacielem...

Harry poczuł zawrót głowy, powoli wyciągnął palce z suchej ziemi. Podniósł się, rozejrzał dookoła. Światło i mnogość kolorów oszołomiły go. Światło i ciepło. To było pierwsze wrażenie, które do niego dotarło. Ciepło. Ziemia gotowała się pod jego ciałem, słońce paliło szyję i ręce. Gdzie był? Czy w ogóle był na Ziemi?

Powoli, wciąż czując zawroty głowy, usiadł. Stopniowo przyzwyczajał się do siły grawitacji, obraz przed oczyma przestał wirować.

Nie zapędził się daleko, od razu rozpoznał, że znajduje się gdzieś w okolicach Morza Śródziemnego. Gleba była żółtobrązowa, przemieszana z piaskiem. Słoneczne ciepło w styczniu – to mogło się zdarzyć tylko blisko równika. Znajdował się teraz bliżej niego, o tysiące kilometrów od Lipska. W oddali przebijały się ku niebu górskie szczyty, bliżej – ruiny, walące się białe mury, stoki gruzu, a nad głową...

Dwa myśliwce odrzutowe, jak srebrne strzały na czystym błękicie nieba, zostawiały ciągi pary, spiesząc ku linii horyzontu. Stłumiony grzmot silników przetoczył się nad głowa Harry'ego.

Oddychał łatwiej, jeszcze raz spojrzał na ruiny. Bliski Wschód? Zastanawiał się. Prawdopodobnie. Pewnie starożytna osada, która padła ofiarą czasu i natury. Ciekawiło go, gdzie jest.

– Endor – powiedział głos w głowie. – Taka była nazwa tego miejsca, gdy tętniło życiem. To był mój dom.

– Endor? – zapytał Harry, coś mu to mówiło. – Biblijny Endor? Miejsce, w którym Saul przed swoją śmiercią poszedł na stoki Gilboa? Miejsce, gdzie szukał Wiedźmy?

– Tak mnie właśnie nazywali – zaśmiała się sucho Wiedźma z Endor. – To było dawno temu. Są wiedźmy i wiedźmy. Ja byłam potężna, ale teraz potężniejszy wstępuje na świat. W moim długim śnie usłyszałam o wielkim czarowniku. To mnie zbudziło. Zmarli nazywają go swoim przyjacielem. Wśród żywych są tacy, którzy obawiają się jego mocy. Tak, zapragnęłam z nim porozmawiać, z tym, który jest legendą wśród grobowych zastępów. Wezwałam i przyszedł do mnie. Jego imię brzmi: Harry Keogh...

Harry patrzył na ziemię pod sobą, zaparł się na rękach.

– Ty jesteś... tutaj? – zapytał.

– Jestem prochem świata – odpowiedział głos – moje popioły są tutaj.

– Dwa tysiące lat to kawał czasu. – Harry przytaknął. – Dlaczego mi pomogłaś?

– Chciałbyś, żeby wszyscy zmarli potępili mnie na wieki? Dlaczego pomogłam? Ponieważ mnie poprosili – wszyscy! Twoja sława jest wielka, Harry. „Zachowaj go – błagali. – Jest przez nas kochany".

– Moja matka – powiedział Harry, kiwając głową.

– Nie tylko – odpowiedziała Wiedźma. – To niewątpliwie twój główny adwokat, ale zmarłych jest wielu. Wstawiła się za tobą i tysiące innych również.

– Nie znam tysiąca innych. Znam tuzin, może dwa w najlepszym razie. – Harry zdziwił się.

Wiedźma śmiała się długo i chrapliwie.

– Ale oni cię znają! Jak mogłabym zignorować moich braci i siostry w ziemi?

– Pomożesz mi? – zapytał Keogh.

– Tak.

– Wiesz, co mam zrobić?

– Inni mi powiedzieli, tak.

– Więc pomóż mi, jeśli potrafisz. Szczerze mówiąc, nie chcę okazać się niewdzięczny, ale nie rozumiem, jak możesz mi pomóc.

– Jak? Dwa tysiące lat temu opanowałam część tych mocy, które ty posiadasz. Czy je zapomniałam? Król prosił mnie o pomoc, Harry.

– Saul? Niewiele mu to pomogło – powiedział Harry bez cienia drwiny.

– Błagał, żebym przepowiedziała mu jego przyszłość. I pokazałam mu ją.

– Możesz mi pokazać moją?

– Twoją przyszłość? – przez chwilę panowała cisza. – Zaglądałam do twojej przyszłości, Harry, ale nie pytaj.

– Aż tak źle?

– Zło – mówiła Wiedźma – trzeba naprawić. Gdybym zdradziła przyszłość, nie pomogłoby ci to w wykonaniu zadania. Może, podobnie jak Saul, padłbyś nieprzytomny na ziemię.

– Przegram? – serce Harry'ego zabiło mocniej.

– Część ciebie zginie.

Harry potrząsnął głową.

– To mi się nie podoba. Możesz powiedzieć coś więcej?

– Nic więcej nie powiem.

– Więc może pomożesz mi z Kontinuum Möbiusa. Nie wiem, jak się w tym odnaleźć. Nie wiem, co bym zrobił, gdybyś mnie nie wyprowadziła.

– Nie znam się na tym – odpowiedziała zaskoczona. – Wezwałam ciebie, a ty usłyszałeś. Niech cię prowadzą umarli, którzy cię kochają.

Czy to możliwe? Harry pomyślał, że pewnie tak.

– To przynajmniej coś. Mogę spróbować. Jak inaczej możesz mi pomóc?

– Gdy przyszedł do mnie Saul – odrzekła Wiedźma – wezwałam Samuela. Są teraz tacy, którzy chcą z tobą rozmawiać. Będę medium ich przekazów.

– Przecież sam potrafię rozmawiać z umarłymi.

– Ale nie z tymi trzema – odpowiedziała – albowiem ich nie znasz.

– Dobrze, pomówię z nimi.

– Harry Keogh – szepnął nowy głos, zdradzający minione okrucieństwo właściciela – widziałem cię tylko raz i ty mnie też. Nazywam się Maks Batu.

Harry westchnął, splunął z obrzydzeniem na piasek.

– Maks Batu? Nie jesteś moim przyjacielem! – zawołał. – Zabiłeś Keenana Gormleya! – Zastanowił się przez chwilę. – Ale ty? Nie żyjesz? Nie rozumiem.

– Zabił mnie Dragosani. Zrobił to, żeby skraść mój talent przy pomocy nekromancji. Podciął mi gardło, wypatroszył i zostawił moje ciało, żeby zgniło. Teraz on posiada „złe oko". Nie pragnę być twoim przyjacielem, Harry, ale jeszcze mniej przyjacielem tego szaleńca. Chcę, żebyś go zabił, zanim on ciebie zabije, dlatego rozmawiam z tobą, to może ci pomóc. To moja zemsta!

Głos Maksa Batu oddalił się. Pojawił się inny.

– Byłem Tiborem Ferenczym – zabrzmiał głos pełen żałości. – Mogłem żyć wiecznie, byłem Wampyrem, ale Dragosani zniszczył mnie. Byłem nieumarły, a teraz nie żyję.

Wampyr! To stworzenie pojawiło się w grze słownych skojarzeń Kyle'a i Gormleya. Kyle widział Wampyra w przyszłości Harry'ego.

– Trudno mi potępić Dragosaniego za zabicie Wampyra – powiedział Harry.

– Nie chcę, żebyś go potępiał – głos stał się szorstki. – Chcę, byś go zabił! Chcę, żeby ten kłamliwy, oszukańczy, uzurpatorski, nekromancki pies zdechł, zdechł, zdechł! Ma umrzeć, tak jak ja. Umrzeć! Wiem, że zginie, że to ty go zabijesz – ale tylko z moją pomocą. Jednak najpierw musisz... dogadać się ze mną.

– Nie, Harry – ostrzegła Wiedźma z Endor. – Sam Szatan nie prześcignie Wampyra w kłamstwie i oszustwie.

– Żadnego dogadywania się – pochwycił Harry.

– Ale to taka mała rzecz, jakiej pragnę! – zajęczał Tibor.

– Jak mała?

– Obiecaj mi, że co pewien czas znajdziesz chwilę, żeby ze mną porozmawiać. Nikt nie jest tak samotny jak ja, Harry.

– Dobrze, obiecuję.

Były Wampyr odetchnął z ulgą.

– Dobrze! Teraz wiem, dlaczego umarli kochają cię. Wiedz jedno, Harry: Dragosani ma w sobie wampira. To stworzenie jest jeszcze niedojrzałe, ale rośnie szybko i jeszcze szybciej się uczy. Wiesz, jak zabić Wampyra?

– Drewnianym kołkiem?

– Tak go tylko unieruchomisz. Potem musisz odciąć mu głowę!

– Zapamiętam – Harry nerwowo oblizał suche wargi.

– Zapamiętaj też swoją obietnicę – przypomniał Tibor i jego głos odpłynął. Przez chwilę trwała cisza. Harry myślał o niesamowitej naturze złożonego stworzenia, z którym miał się zmierzyć. Ale wtem, z głębokiej ciszy, wyłonił się trzeci głos.

– Harry Keogh, nie znasz mnie, ale Keenan Gormley opowiedział ci pewnie co nieco o mnie. Byłem Grigorijem Borowitzem. Nie żyję. Dragosani zabił mnie „złym okiem" Maksa Batu.

– Więc i ty szukasz zemsty – odezwał się Harry. – Czy ten Dragosani nie ma przyjaciół? Choćby jednego?

– Miał mnie. A ja miałem wobec niego plany, wielkie plany. Ale ten drań miał swoje, nie byłem w nich uwzględniony. Zabił mnie w celu zdobycia wiedzy o Wydziale Paranormalnym. Chce kontrolować to, co ja tak pieczołowicie stworzyłem. Ale to jeszcze nie wszystko. Sądzę, że on chce zagarnąć... wszystko! Dosłownie, wszystko pod słońcem. Jeśli będzie żył, to może w końcu mu się udać.

– W końcu?

Głos Borowitza zadrżał.

– Widzisz, on mnie jeszcze nie dopadł. Moje ciało leży na daczy w Żukowce, prędzej czy później zostanie dostarczone w jego łapska. Postąpi ze mną, jak z Maksem Batu. Nie chcę tego, Harry. Nie chcę, żeby to bydle grzebało w moich trzewiach w poszukiwaniu tajemnic!

Harry przeraził się, ale nie czuł żalu.

– Rozumiem twoją motywację – odrzekł. – Ale gdyby nie on, ja bym cię zabił. Gdybym mógł. Za moją matkę, za Keenana, za każdego, kogo skrzywdziłeś, kogo miałeś skrzywdzić.

– Tak, tak, oczywiście, mógłbyś – powiedział bez wrogości Borowitz. – Jeżeli potrafiłbyś. Byłem kiedyś żołnierzem, zanim zostałem szpiegiem, jestem wierny zasadom, Harry. Cenie honor w przeciwieństwie do Dragosaniego. Chcę ci przede wszystkim pomóc.

– No cóż, przyjmuję twoje argumenty – zgodził się Harry.

– Jak możesz mi pomóc?

– Najpierw opowiem ci wszystko, co wiem o Zamku Bronnicy, o jego strukturze, otoczeniu, o ludziach, którzy tam pracują – parawywiadowcach. I opowiem ci coś jeszcze: twój talent może to wykorzystać z powodzeniem. Powiedziałem, że kiedyś byłem żołnierzem. Tak, znałem się wtedy na sztuce wojennej. Studiowałem historię wszystkich konfliktów zbrojnych od początków ludzkości. Prześledziłem dokładnie wszystkie bitwy. Pytasz, jak mogę ci pomóc? Posłuchaj, powiem ci.

Harry słuchał i powoli jego oczy otwierały się coraz bardziej, uśmiech pojawił się na twarzy. Dotychczas był zdesperowany, ale teraz ciężar spadł mu z serca – miał szansę, mimo wszystko. Borowitz skończył przekazywanie mu rad.

– Byliśmy wrogami – powiedział Harry. – Mimo, że nie spotkaliśmy się za życia. Dziękuję za rady. Ale wiesz, że wraz z Dragosanim, zniszczę i twoją organizację.

– Na pewno nie bardziej, niż on by to uczynił – ryknął stary Generał. – Muszę odejść, muszę kogoś odnaleźć... – Jego głos powoli zgasł.

Harry rozejrzał się dookoła, zobaczył, że słońce zniżyło się na niebie. Tumany pyłu szalały na szczytach dalekich wzgórz. Po niebie kołowały latawce, kończył się dzień, cienie stawały się coraz dłuższe. Przez dobrą chwilę siedział jeszcze na piasku, z głową między dłońmi.

– Wszyscy chcą mi pomóc.

– Bo przynosisz im nadzieję – odpowiedziała Wiedźma z Endor. – Przez wieki, od początku czasu, umarli leżeli w swych grobach. Teraz, szukają się nawzajem, rozmawiają ze sobą – tak jak ich nauczyłeś. Znaleźli swojego mistrza. Poproś ich, Harry, a będą ci służyć...

Keogh powstał, rozejrzał się dookoła. Poczuł przez skórę chłód wieczornego powietrza.

– Nie widzę powodu, żeby zostawać tu dłużej – powiedział. – Nie wiem, pani, jak ci dziękować.

– Otrzymałam już podziękę od zastępów zmarłych.

Harry pokiwał głowa.

– Tak, chcę porozmawiać z kilkoma z nich.

– Ruszaj więc – odpowiedziała. – Przyszłość wzywa cię i wszystkich ludzi.

Harry nie powiedział nic, wywołał drzwi Möbiusa, wybrał jedne z nich – przeszedł przez nie.

*

* *

Najpierw odwiedził matkę – znalazł ją bez trudu. Potem ruszył do „Sierżanta" Grahama Lane'a w Harden, gdzie na krótko zawitał też u Jamesa Gordona Hannanta. Przerzucił się do Alei Zasłużonych w Kensington, gdzie złożono prochy Keenana Gormleya. Na koniec przybył do daczy Borowitza w Żukowce. W każdym z miejsc spędził około piętnastu minut – oprócz ostatniego. Rozmawiać z umarłymi w ich grobach to jedno, a patrzeć na trupa, który siedzi i patrzy szklistymi, cieknącymi ropą oczyma – to zupełnie inna sprawa.

Za każdym razem, kiedy przestępował drzwi, cieszył się, ze robi to z wielką łatwością, że zgłębił zawiłości Kontinuum Möbiusa. Zostało jeszcze jedno miejsce, które musiał odwiedzić. Przedtem zaopatrzył się w dwulufową strzelbę myśliwską Borowitza, napełnił kieszenie nabojami z szuflady.

Była szósta trzydzieści po południu czasu wschodnioeuropejskiego, kiedy ruszył z Żukowki na Zamek Bronnicy. W drodze czuł, że nie podróżuje sam – ktoś jeszcze przebywał w Kontinuum Möbiusa.

– Kto tam? – krzyknął w myślach, w bezgranicznej ciemności.

– Jeszcze jeden umarły – padła odpowiedź, głos był szorstki i obcy. – Za życia patrzyłem w przyszłość, ale dopiero śmierć sprawiła, że ostatecznie poznałem rozmiar mojego talentu. To dziwne, ale w twojej „teraźniejszości" nadal żyję – umrę wkrótce.

– Nie rozumiem – odpowiedział Harry.

– Nie spodziewałem się, że pojmiesz od razu. Właśnie wyjaśniam: nazywam się Igor Vlady, pracowałem dla Borowitza. Popełniłem błąd, przewidując własną przyszłość, własną śmierć, która nastąpi za dwa dni od teraz. Stanie się to na rozkaz Dragosaniego. Po śmierci poznam swój potencjał. To, co robiłem za życia, usprawnię po śmierci. Gdybym tylko zechciał, mógłbym patrzeć w przeszłość do początków czasu na sam jego koniec. Czas jednak nie ma końca, jest częścią Kontinuum Möbiusa, nieskończonym zwojem przestrzeni. Zaraz to pokażę.

Wskazał Harry'emu drzwi z przeszłości i przyszłości. Keogh stanął na progu i spojrzał w czas miniony i w czas przyszły. Nie rozumiał tego, co widział. Za drzwiami przyszłości dochodził zgiełk miliona linii niebieskiego światła. Jedna z nich wybiegała z Harry'ego. Jego przyszłość. To samo było za drzwiami przeszłości, niebieskie światło niknęło w oddali – jego przeszłość. Podobnie rozrzucone tysiące innych linii, których jasność była oślepiająca.

– Ale żadne światło nie bije od ciebie – powiedział do Igora Vladyego. – Dlaczego?

– Moje światło wygasło. Jestem jak Möbius, czystym umysłem. Przestrzeń i czas nie mają dla niego tajemnic.

Harry zastanowił się.

– Chcę raz jeszcze ujrzeć moją linię życia. – I stanął ponownie w progu przyszłości. Zajrzał w błękitną jasność i ujrzał, że jego linia iskrzy się niczym neonowa wstęga. Widział wyraźnie, jak zakrzywia się i znika. Wtedy dojrzał, że niebieskie światło wcale nie wypływa z jego ciała – ale wpływa! On sam pochłaniał linię, gdy zbliżał się jej koniec. Koniec linii jak meteor nacierał z przyszłości!

Szybko, w strachu przed Nieznanym, zszedł z progu i pogrążył się w ciemności.

– Umrę? – zapytał. – Czy to właśnie chciałeś mi pokazać, powiedzieć?

– Tak – odrzekł, podróżujący w przyszłości Igor Vlady – i nie.

Harry nie zrozumiał.

– Niedługo przejdę drzwi Möbiusa, na Zamek Bronnicy – powiedział. – Jeśli mam zginąć, to chcę o tym wiedzieć. Wiedźma z Endor przepowiedziała, że część mnie zginie. Teraz zobaczyłem kraniec mojej linii życia – krzyknął nerwowo. – Zdaje się, że nadchodzi mój koniec...

– Gdybyś mógł skorzystać z drzwi do przyszłości, przeszedłbyś poza kraniec swej linii – do jej początku!

– Początku? – Harry był wyraźnie zbity z tropu. – To znaczy, że będę żył raz jeszcze?

– Istnieje druga nić, także twoja, Keogh żyje już teraz. Tylko nie ma jaźni. – Vlady wyjaśnił wszystko do końca. Przewidywał przyszłość dla Harry'ego, tak jak kiedyś dla Dragosaniego. Tam, gdzie Harry miał przyszłość, Dragosani miał tylko przeszłość. Keogh wiedział już wszystko.

– Winien ci jestem podziękowanie – powiedział Vladyemu.

– Nic mi nie jesteś winien – odparł Igor.

– Przyszedłeś przecież w samą porę – naciskał Harry i dopiero teraz uświadomił sobie znaczenie tych słów.

– Czas jest względny – zaśmiał się Vlady. – To, co będzie, już było.

– Mimo wszystko, dziękuję – zawołał Harry i przeszedł przez drzwi Möbiusa na Zamek Bronnicy.

*

* *

Szósta trzydzieści jeden wieczorem. Telefon zadzwonił przeraźliwie. Dragosani poderwał się z miejsca.

Na zewnątrz było już ciemno, śnieg spadający z czarnego nieba ograniczał widoczność. Reflektory na zewnętrznych murach i wieżach zamku przeszukiwały okolice między murami już od zapadnięcia zmroku. Teraz snopy światła zamieniły się w strugi szarości – skuteczność oświetlenia była znikoma, by nie powiedzieć, żadna.

Dragosani denerwował się, że widoczność jest tak ograniczona. System obrony posiadał jeszcze czułe elektroniczne detektory, nawet pole minowe, reagujące na ludzkie kroki.

Żadne z zabezpieczeń nie dawało Dragosaniemu poczucia bezpieczeństwa. Przewidywania Igora nie dawały mu spokoju. I to nie był telefon z warowni na umocnionym murze, bo wszyscy ludzie na pozycjach obronnych byli zaopatrzeni w krótkofalówki. Musiał dzwonić ktoś z zewnątrz albo z innego departamentu na Zamku.

Borys poderwał słuchawkę z widełek.

– Tak, co jest?

– Tu Feliks Krakowicz – odpowiedział drżący głos. – Jestem u siebie w laboratorium. Mam... mam coś.

Dragosani znał tego człowieka, był jasnowidzem, podrzędnym prognostykiem, jego talent zupełnie nie mógł się równać z możliwościami Igora Vladyego, ale nie można go było lekceważyć, szczególnie tej nocy.

– Coś? – nozdrza nekromanty rozszerzyły się podejrzliwie. Feliks Krakowicz położył tajemniczy nacisk na to słowo.

– Mów po ludzku, coś nie tak?

– Nie wiem, towarzyszu. Coś... nadchodzi, coś strasznego. Już jest tutaj! Teraz!

– Co „tutaj"? – Dragosani zachrypiał do telefonu. – Gdzie „tutaj"?

– W śniegu. Biełow też to czuje.

– Biełow? – Karol Biełow był telepatą, szczególnie dokładnym na małe odległości. Borowitz często go używał na przyjęciach w ambasadach do wyciągania informacji z głów gości. – Biełow jest tam z tobą? Daj mi go.

Telepata miał astmatyczny głos, zawsze dyszał, mówił niezmiernie krótkimi zdaniami – teraz stawały się jeszcze krótsze.

– On ma rację, towarzyszu. Jakaś moc. Na zewnątrz. Potężna moc!

Keogh! To musi być on!

– Jedna? – wargi Dragosaniego odsłoniły rząd białych, ostrych jak sztylety zębów, purpurowe oczy nabrały blasku. Nie wiedział, jak Keogh mógł się tutaj dostać, ale jeśli był sam, nie miał żadnych szans. Do diabła z przepowiedniami tego zdrajcy, Vladyego!

Na drugim końcu linii Biełow łapał powietrze, szukał słów.

– Dalej – ponaglił Borys.

– Nie... nie jestem pewien. Myślałem, że tylko jedna moc, ale teraz...

– Dalej – krzyknął nekromanta. – Ja chyba pracuję z idiotami! Co to jest, Biełow? Co tam jest?

Biełow sapał do telefonu.

– On... wzywa. Jest rodzajem telepaty, wysyła wezwanie.

– Do ciebie? – Dragosani rozdrażniony węszył podejrzliwie, jakby sam chciał wyczuć odpowiedź z powietrza.

– Nie, nie do mnie. Wzywa... innych. O Boże... oni mu odpowiadają.

– Kto odpowiada? – ryknął. – Co się z tobą dzieje, Biełow? Zdrajcy? Tutaj, na Zamku?

Usłyszał stukot po drugiej stronie, lament i jakiś głuchy odgłos.

– Biełow zasłabł, towarzyszu.

– Co? – Borys nie wierzył własnym uszom. – Biełow zasłabł? Co, do diabła?

Światła w centralce mikrofalówek, którą Dragosani przejął od oficera dyżurnego zaczęły migotać. Ludzie na stanowiskach obronnych próbowali się skontaktować. Za drzwiami sekretarz Borowitza, Julij Galeński, siedział zdenerwowany za biurkiem, drżał, słuchając szaleńczego Dragosaniego.

– Galeński, jesteś głuchy? Chodź tutaj. Potrzebuję pomocy.

W tej samej chwili do pokoju wpadł oficer dyżurny, przy boku trzymał karabin maszynowy. Galeński właśnie wstawał.

– Zostań tutaj, ja wchodzę – powiedział oficer.

Wbiegł, nie pukając, wyprężył się szybko, dyszał ciężko. Dojrzał Dragosaniego pochylonego za tablicą migoczących świateł. Borys zdjął okulary, dyszał bezgłośnie, wyglądał bardziej na wpół oszalałą bestię niż na człowieka.

Oficer rzucił broń na krzesło i patrzył skamieniały na twarz nekromanty, w jego okropne oczy.

– Przestań się gapić – rzucił Dragosani. Sięgnął ręką i chwycił oficera za ramię, przyciągnął bez wysiłku ku sobie. – Wiesz, jak obsługiwać te cholerne graty?

– Tak, towarzyszu – przełknął ślinę oficer. – Chcą się z wami połączyć.

– Przecież widzę, głupku! Porozmawiaj z nimi. Dowiedz się, czego chcą.

Oficer usadowił się na skraju metalowego krzesła przed tablicą. Wziął słuchawkę, wcisnął przełącznik.

– Tu Zero. Potwierdzić odbiór.

Kolejno przychodziły odpowiedzi.

– Tu Jedynka, wszystko w porządku, odbiór.

– Dwójka, w porządku, odbiór.

– Trójka, w porządku, odbiór.

I tak zgłaszało się piętnaście posterunków. Głosy były metaliczne, trochę niewyraźne, ale przebijał z nich paniczny strach.

– Zero do Jedynki, określcie sytuację, odbiór – powiedział oficer dyżurny.

– Tu Jedynka. Coś jest w śniegu – przyszła natychmiast odpowiedź. – Zbliżają się do mnie. Proszę o pozwolenie otwarcia ognia, odbiór.

– Zero do Jedynki. Poczekajcie, odbiór – rzucił oficer i spojrzał na Dragosaniego. Czerwone oczy były szeroko otwarte, wyglądały jak krople krwi zastygłe na nieludzkiej twarzy.

– Nie! – warknął Borys. – Najpierw chcę wiedzieć, z kim mamy do czynienia. Niech wstrzyma ogień i przekazuje wieści na bieżąco.

Pobladły oficer skinął głową i przekazał rozkaz.

– Zero, tu Jedynka! – głos wojskowego przybrał histeryczny ton. – Wychodzą półkolem ze śniegu, za chwilę wejdą na miny. Idą... strasznie wolno. Jest! Jeden wpadł na minę, rozwaliło go na kawałki, ale inni idą dalej. Są drobnej budowy, w łachmanach, idą cicho. Niektórzy mają... miecze?

– Zero do Jedynki. Mówisz o nich jak o rzeczach! Czy to są ludzie?

Jedynka zapomniał o poprawnej procedurze kontaktu.

– Ludzie? – głos był zupełnie histeryczny. – Może ludzie, może kiedyś to byli ludzie. Chyba zwariowałem! To nie do wiary. Zero... jestem tu sam, a ich... jest mnóstwo! Żądam pozwolenia na otwarcie ognia. Błagam! Muszę się bronić...

Piana zaczęła zbierać się w kącikach ust nekromanty, patrzył na plan ścienny, sprawdzając pozycję Jedynki. Zewnętrzna wartownia znajdowała się tuż powyżej centrum dowodzenia, pięćdziesiąt metrów od samego Zamku, momentami przez kuloodporne okna można było ujrzeć jej przysadzisty kontur. Ale żadnego znaku nieznanych najeźdźców. Dragosani wyjrzał przez okno i w tej samej chwili wybuch pomarańczowego ognia oświetlił przybudówki, nastąpiła eksplozja kolejnej miny.

Oficer czekał na rozkazy.

– Powiedz... niech ich opisze.

Zanim oficer wykonał polecenie, przyszło kolejne wezwanie.

– Zero? Tu jedenastka. Pieprzyć Jedynkę. Te dranie są wszędzie. Jeśli zaraz nie otworzymy ognia, rozgniotą nas. Chcecie wiedzieć, kim są? To trupy!

Tego Borys najbardziej się obawiał. To był z pewnością Keogh! Wzywał do siebie umarłych.

– Niech strzelają – rzucił słowa. – Niech ich wyrżną do nogi, kimkolwiek są!

Oficer przekazał polecenie. Głuche eksplozje rozbrzmiewały wokół Zamku. Wdarł się w nie zgrzytliwy terkot karabinów maszynowych – to obrońcy wartowni zaczęli na oślep strzelać do armii umarłych, która nieubłaganie posuwała się do przodu w głębokim śniegu.

*

* *

Grigorij Borowitz nie kłamał – rzeczywiście świetnie znał historię wojen, szczególnie swego kraju. W 1579 roku Moskwa została splądrowana przez Tatarów Krymskich, w samym mieście doszło do kłótni o łupy. Samozwańczy chan podważył władzę zwierzchników – on i jego ludzie w sile trzystu jeźdźców zostali pozbawieni udziału, zdegradowani i wyrzuceni z miasta. Poniżeni, wygnani, ruszyli na południe. Była ciężka ulewa, utknęli w leśnych trzęsawiskach, rzeki wylały z brzegów. Wtedy to rosyjski oddział liczący pięciuset ludzi, spieszący na odsiecz miastu, natknął się na Tatarów. Wyciął ich w pień. Bagna i błota pochłonęły ciała. Nikt ich nigdy już więcej nie widział – aż do dziś.

Harry nie musiał długo nakłaniać Tatarów do walki. W rzeczy samej, czekali na niego gotowi na jeden znak by uwolnić się z ziemi, gdzie spoczywali od czterystu lat. Kość przy kości, skóra przy skórze – powstali. Część z nich dzierżyła jeszcze starą broń. Na rozkaz Harry'ego ruszyli na Zamek Bronnicy.

Harry zszedł ze wstęgi Möbiusa poza murami okalającymi twierdzę, obrońcy strzegli terenu na zewnątrz, nie zauważyli intruza, zajęci walką z martwą armią. Noc i śnieg dawały mu doskonałą ochronę.

Na przeszkodzie stały jeszcze elektroniczne systemy zabezpieczeń i pole minowe, wokół wewnętrznego kręgu zamaskowanych wartowni.

Żadna z tych przeszkód nie mogła zatrzymać Keogha. Cóż to za bariera, jeżeli mógł przenosić się w nicość i wracać co chwilę do dowolnego pomieszczenia na Zamku. Harry najpierw chciał zobaczyć, jak atakują wspierające go siły umarłych.

Pragnął, żeby wszyscy obrońcy zajęli się walką o swoje życie, a nie o życie Borysa Dragosaniego.

Przez chwilę zrobiło się niedobrze, podmuch wybuchu rzucił w niego mieszaninę skóry i kości. Jedynka i żołnierz obsługujący karabin maszynowy wyglądali przez wizjery, strzelali seriami w nadchodzącą ścianę umarłych. Część armii Harry'ego, prawie połowa z trzech setek wyłoniła się właśnie w tym miejscu. Miny zbierały żniwo. Bunkier z terkoczącym karabinem pomnażał straty.

Harry zdecydował się wykluczyć tę wartownię z gry, załadował strzelbę Borowitza.

– Zabierz mnie ze sobą – poprosił Tatar, który osłaniał go tarczą. – Wdzierałem się do niezdobytych twierdz, a to tylko zwykły zameczek. – Jego czaszka była naruszona przez kawałek miny, ale wydawało się to nie mieć znaczenia. Wciąż trzymał swą ciężką, żelazną tarczę.

– Nie – powiedział Harry. – Tam nie ma zbyt wiele miejsca. Muszę się tam dostać – użycz mi swojej tarczy.

– Weź – odrzekł Tatar, uwalniając ciężką osłonę z uścisku białych kości. – Mam nadzieję, że będzie ci dobrze służyć.

Gdzieś na prawo od niego wybuchła mina, oświetliła pomarańczowo spadający śnieg, ziemia zadrżała od grzmotu. W blasku eksplozji Harry dojrzał szkielety, zbliżające się coraz bardziej w stronę bunkra. Kule karabinu z trzaskiem przebijały zbroje, rozrywały szczątki Tatarów. Tarcza była ciężka, pokryta rdzą, rozpadała się. Nie mogła dać ochrony przed strzałem.

– Teraz! – ponaglił wojownik, próbował wstać na kościstych stopach, nagle bez głowy, opadł do przodu. – Zabij kilku za mnie!

Harry zmrużył oczy od blasku śniegu, wymierzył myślą w plujący ogniem bunkier, przedarł się przez drzwi Möbiusa prosto do wnętrza wartowni.

Tu nie było czasu na myślenie, ani miejsca na zbyteczne ruchy. Z zewnątrz, wyglądający jak stodoła bunkier był w istocie gniazdem zbitych stalowych płyt i bloków betonu, pełnym zapasów amunicji. Szare światło przebijało się przez otwór strzelniczy. Żołnierze w szoku strzelali szaleńczo, gorączkowo, niemal na oślep.

Harry wyłonił się tuż za nimi, upuścił żelazną tarczę na betonową podłogę, uniósł naładowaną strzelbę.

Rosjanie usłyszeli brzęk metalu, obrócili się na swych stalowych krzesłach. Zobaczyli pobladłego mężczyznę. Jego oczy były jasnymi punktami nad dyszącymi nozdrzami i ponurą linią zaciśniętych ust.

– Kto...? – wysapał strażnik, wyglądał jak przestraszony śmieszny robot ze słuchawkami na uszach, w oczach pojawiło się przerażenie.

– Jak...? – Obsługujący karabin zmieniał właśnie pas z amunicją. Dowódca sięgnął do kabury, a jego pomocnik powstał, przeklinając.

Harry nie miał dla nich litości. Albo on albo oni. Nacisnął spusty, jedna kula dla oficera, druga dla pomocnika. Z wrzaskiem wpadli w ramiona śmierci. Zapach świeżej krwi zmieszał się ze smrodem potu i strachu. Harry załadował strzelbę, znalazł następne drzwi Möbiusa.

To samo zrobił z kolejnymi bunkrami. Sześć razy. Wszystko w niecałe dwie minuty.

W ostatnim, gdy już było po wszystkim, odezwała się zagubiona jaźń zabitego obrońcy.

– Dla ciebie to już się skończyło – zawołał Harry. – Ale ten, który do tego doprowadził, wciąż żyje. Obiecuję, że dziś wieczorem będziesz u siebie, ja także. A teraz powiedz: gdzie jest Dragosani?

– W biurze Borowitza, na wieży. Zmienił ją w centrum dowodzenia. Nie jest sam... – odezwał się głos.

– Wiem – powiedział Harry, patrząc w dymiącą, zmasakrowaną nie do poznania twarz Rosjanina. – Dzięki.

Została jeszcze jedna rzecz do wykonania, Harry potrzebował pomocy.

Zluzował zaciski trzymające karabin maszynowy na obrotowej podstawie. Chwycił broń i rzucił mocno o podłogę, uniósł ponownie, cisnął jeszcze raz. Drewniana kolba rozszczepiła się, Harry wyłamał wystrzępiony kołek o ostrym końcu.

Poszukał naboi, został tylko jeden. Zacisnął zęby i załadował ostatni nabój do strzelby. Otworzył drzwi bunkra i wyszedł na zasypany śniegiem dziedziniec. Zamek płonął metalowym światłem tłumionym przez noc. Reflektory szukały celu. Większość armii Keogha – to, co z niej jeszcze zostało – zbliżała się do Zamku, z którego dochodziło nieustanne staccato karabinów maszynowych. Ocalali obrońcy usiłowali zabić martwych już wojowników, co było nie lada sztuką.

Harry rozejrzał się dookoła, dojrzał grupę maruderów sunących mozolnie ku oblężonemu budynkowi. Niesamowite postacie – wychudzone ludzkie straszydła. Zatrzymał dwóch Tatarów, wręczył jednemu twardy drewniany kołek.

– Dla Dragosaniego – powiedział.

Drugi Tatar niósł wielki, zakrzywiony, pokryty rdzą miecz – w swoim czasie była to iście zabójcza broń. Teraz miał zostać użyty raz jeszcze w sprawiedliwej sprawie.

– To także dla Dragosaniego, dla wampira, który w nim siedzi – krzyknął, wskazując na miecz.

Otworzył kolejne drzwi Möbiusa i przeprowadził swoich towarzyszy.

*

* *

Zamek wybudowano dwieście trzydzieści lat temu na starym polu bitewnym, mało kto wiedział, że w istocie postawiono mauzoleum tuzinowi najstraszliwszych tatarskich wojowników.

Dragosani rozkazał, by zerwano masywne, kamienne płyty w piwnicach, gdy poszukiwano śladów sabotażu, tak więc na pierwsze zawołanie Keogha Tatarzy mogli bez trudu powstać. Przebili się ze swoich wiekowych grobów i na rozkaz Harry'ego zaczęli grasować po korytarzach twierdzy, w laboratoriach, warsztatach. Gdziekolwiek napotkali parawywiadowców czy żołnierzy – wykluczali ich z bitwy.

Zostały jeszcze umocnione stanowiska karabinów maszynowych, które uniemożliwiały obsłudze ucieczkę. Można było do nich wejść tylko ze strony Zamku, nie miały zewnętrznych drzwi. Głos jednego z żołnierzy uwięzionego w umocnionym stanowisku opowiedział całą prawdę w krwawych szczegółach. Dragosani, słysząc to, szalał i rzucał się w swoim centrum dowodzenia.

– Towarzyszu, to czyste szaleństwo, szaleństwo – jęczał głos w głośniku, blokując łączność z pozostałymi stanowiskami. – To... trupy! Jak można zabić umarłych? Podchodzą, wycinam ich w pień, rozwalam na kawałki, a potem te „kawałki" podchodzą. Chmara szczątków wije się, kopie, wbija w mur twierdzy. Korpusy, nogi, ręce, nagie kości. Zaraz wtoczą się do bunkrów. Co robić?

Dragosani miotał się jak zwierzę, wygrażał pięścią, szalał.

– Keogh, wiem, że tu jesteś. Przyjdź, przyjdź tu i skończymy z tym wszystkim – krzyczał w szale.

– Są już wewnątrz zamku – zaszlochał głos. – Jesteśmy w pułapce. Mój strzelec oszalał, bredzi i strzela na oślep, zamknąłem stalowe drzwi, ale coś się dobija, chce wejść do środka. Wiem, co to jest. Widziałem, potrząsnąłem rękę luźno ubraną w skórę, złamała się w nadgarstku, a teraz... O Boże, ta ręka chwyta się moich nóg, wspina się. Widzisz? Widzisz? Znowu! Znowu! – głos zamarł, a potem salwa histerycznego śmiechu przetoczyła się w słuchawce.

Równocześnie z głosem w radio, Julij Galeński krzyczał z przerażenia w swoim gabinecie.

– Schody! Idą po schodach! – miał piskliwy, dziewczęcy głos, nigdy nie walczył, był tylko urzędnikiem. Kto zresztą miał doświadczenie w takiej sytuacji?

Oficer dyżurny stał przy oknie, drżał na całym ciele, blady jak ściana. Chwycił pistolet maszynowy i ruszył, mijając kulącego się Galeńskiego. Zabrał granaty leżące na biurku Dragosaniego. Do uszu Borysa doszło przekleństwo z ust oficera, gwałtowna eksplozja, rzuconych w dół schodów, granatów. I ostatni przekaz z nieznanego stanowiska obrony:

– Nie, nie! Mój strzelec zastrzelił się. Oni przedzierają się przez stanowiska strzelnicze. Ręce, głowy. Chyba też się zabiję, ja już dłużej... Ale oni... Trwają! Przedzierają się przez wybuchy. Nie! Zatrzymaj ich!

Słychać było jeszcze oddalony wybuch granatu, wrzaski, jeden wielki krzyk... i cisza.

W głośniku coś zasyczało. Nagle na Zamku Bronnicy zrobiło się bardzo cicho. Ten spokój nie mógł długo trwać. Oficer wycofał się do pokoju Galeńskiego. Harry i jego tatarscy przyjaciele wyłonili się z Kontinuum Möbiusa. Pojawili się, jakby ktoś ich wyczarował.

Oficer usłyszał skomlenie Galeńskiego, jęk przerażenia. Osmalony młodzieniec stał w otoczeniu złowieszczych mumii: resztek czarnej skóry i błyszczących białych kości. Sam widok wystarczył, żeby oszaleć, stracić panowanie nad sobą. Życie było zbyt cenne.

Wargi oficera zacisnęły się ze strachu, desperacji. Wykrztusił coś niezrozumiałego, sięgnął po pistolet maszynowy...

Ledwo to zrobił, broń spadła na podłogę, jego twarz zmieniła się w bezkształtną masę – Harry wystrzelił ostatni pocisk ze strzelby. Galeński dyszał i kulił się za biurkiem. Harry wszedł do byłej świątyni Borowitza. Dragosani właśnie zrzucał ze stołu aparaturę, odwrócił się, zauważył przeciwnika. Jego wielkie szczęki rozwarły się z wściekłości. Syknął jak wąż, zabłysły czerwone oczy, na chwilę spotkały się ich spojrzenia.

Obaj znacznie się zmienili. Dragosani przeszedł wewnętrzną metamorfozę. Harry rozpoznał go, ale w każdej innej sytuacji byłoby to trudne. A Harry? Drobna część jego dawnej osobowości pozostała, odziedziczył wiele nowych talentów. Obaj byli niesamowitymi istotami, zdawali sobie z tego sprawę. Patrzyli na siebie lodowatym wzrokiem.

Dragosani dojrzał strzelbę w rękach Harry'ego, nie wiedział, że jest bezużyteczna. Syknął z nienawiści, oczekiwał w każdej chwili strzału, rzucił się za wielkie, dębowe biurko, chcąc dopaść pistoletu maszynowego. Harry chwycił strzelbę za lufę i zadał cios w głowę. Dragosani zatoczył się, pistolet głucho opadł na podłogę. Borys dopiero teraz zorientował się, że strzelba Harry'ego nie jest naładowana, dojrzał jego dziki wzrok szukający broni. Nekromanta miał przewagę – nie potrzebował pistoletu, żeby dokończyć dzieła.

Wrzaski Galeńskiego z sąsiedniego pokoju nagle ucichły. Harry wycofał się w kierunku uchylonych drzwi. Dragosani nie zamierzał go tak wypuścić. Skoczył do przodu, chwycił za ramiona i trzymał mocno.

Harry zahipnotyzowany potwornym obrazem twarzy Dragosaniego nie mógł odwrócić wzroku, łapczywie chwytał powietrze, czuł jak straszliwa siła tego stworzenia miażdży jego wnętrzności.

– Dyszysz! – ryknął Borys. – Dyszysz jak pies, Keogh, zdychasz jak pies – i zaśmiał się śmiechem, jakiego Harry nigdy wcześniej nie słyszał.

Trzymając swoją ofiarę, nekromanta pochylił się, rozwarł szczęki. Z olbrzymich kłów ciekła lepka ślina. Coś, co z pewnością nie było językiem, mignęło w rozdziawionej paszczy. Nos Dragosaniego był spłaszczony, prążkowany jak skręcony pysk nietoperza. Jedno oko bulgotało purpurą, drugie stało się wąską szparką. Harry patrzył w piekło i nie mógł oderwać wzroku. Wiedząc, że wygrał, Dragosani rozluźnił uścisk i... dokładnie w tym momencie drzwi za Keoghem otworzyły się z łoskotem. Harry uwolnił się ze szponów nekromanty. Drzwi zasłoniły go, padł na podłogę. Ktoś inny wszedł do pokoju i przyjął na siebie całą siłę wzroku Dragosaniego. Nekromanta zobaczył, kto wchodzi, ale było za późno. W ułamku sekundy przypomniał sobie ostrzeżenie Maksa Batu: „Nie wolno przeklinać umarłych, oni nie umierają dwa razy".

Spojrzenie „złego oka" wróciło na twarz nekromanty. Poczuł jakby gigantyczna pięść powaliła go i rzuciła w kąt pokoju. Kości gruchnęły głośno, gdy uderzył o biurko. Zatrzymał się na ścianie, opadł na podłogę. Zbierał się powoli, wrzeszczał przeraźliwie. Złamane nogi drgały w paroksyzmach bólu na podłodze, drżały jak galareta. Dragosani wyrzucił przed siebie ramiona.

Na ślepo, bo zabójczy pocisk spojrzenia wrócił do źródła: jego oczu!

Harry wyszedł zza chroniących go drzwi, zobaczył powalonego nekromantę, odetchnął z ulgą. Oczy Dragosaniego jakby wybuchły od wewnątrz i pozostawiły puste kratery na twarzy, purpurowe strugi ściekały po bladych policzkach. Harry wiedział, że jest już po wszystkim, żołądek podszedł mu do gardła, odwrócił wzrok od nekromanty.

– Dokończcie dzieła – wyszeptał do towarzyszy. Tatarzy zbliżyli się do porażonego potwora.

Dragosani był oślepiony, podobnie jak wampir w jego ciele, który widział oczami nekromanty. Było to jeszcze młode stworzenie, ale miało wystarczająco rozwinięte zmysły, żeby wyczuć nadchodzący koniec.

Dragosani przestał krzyczeć, zakaszlał, złapał się za gardło. Piana i krew wypłynęły z niesamowicie szeroko otwartych szczęk. Całe ciało drżało w konwulsjach. Ból większy od bólu wypalonych oczu i łamanych kości narastał...

Dragosani umierał.

Szyja pogrubiła się, szarą twarz oblała purpura i błękit: wampir wycofywał się z mózgu, uciekał z wewnętrznych organów, odrywał się od nerwów. Przybrał kształt pijawki, przebijając się w górę, do gardła, wypłynął ustami Dragosaniego z krwią i śluzem. Nekromanta wypluł stworzenie na piersi, wielka pijawka zwinęła się, płaska głowa zakołysała się jak u kobry. Purpurowa krew byłego żywiciela ściekała na podłogę.

I wtedy kościste dłonie Tatara zadały śmierć. Kołek przebił pulsujące ciało wampira i zwłoki Dragosaniego. Pojedynczy cios miecza ze świstem dokończył dzieła! Odciął monstrualną głowę od wijącego się ciała.

Dragosani leżał bezwładnie w agonii. Ale jego ręka dosięgała jeszcze pistoletu maszynowego. Rozogniony umysł rozpoznał głos Harry'ego. Nekromanta wiedział, że umiera, ale zła i mściwa natura zwyciężyła po raz ostatni. Odchodził, ale nie chciał umierać samotnie. Kurczowo uchwycony pistolet wypluł na ślepo serię kul, dopóki nie wyczerpał się magazynek. Chwilę potem miecz Tatara rozpłatał potworną czaszkę.

Ból. Piekielny ból. I śmierć – dla nich obu.

Harry, trafiony serią, znalazł drzwi Möbiusa i rzucił się w nie rozpaczliwie. Nie zabrał ze sobą ciała – zostawił tylko umysł, bowiem teraz tylko on się liczył. Wszedł w Kontinuum Möbiusa, pociągnął za sobą umysł nekromanty. Ból opuścił ich obu.

– Gdzie jestem? – zawołał Dragosani.

– Tam, gdzie chciałem – odpowiedział Harry.

Znalazł drzwi do przeszłości, otworzył. Z umysłu Dragosaniego trysnęła struga czerwonego światła – ślad przeszłości wampira.

Harry rzucił Dragosaniego przez drzwi. Nekromanta wpadł, purpurowa nić pochwyciła go, ciągnęła ku sobie... do siebie. Nie mógł jej porzucić, choć tak bardzo chciał.

Harry patrzył, jak purpurowa nić porywa go. Rozejrzał się i znalazł drzwi do przyszłości. Tam gdzie dalej płynęła naderwana nić życia, brała nowy początek – musiał ją tylko znaleźć.

Rzucił się w błękitną nieskończoność jutra...

INTERWAŁ OSTATNI

Alec Kyle rzucił okiem na zegarek. Czwarta piętnaście po południu. Już od piętnastu minut był spóźniony na ważne spotkanie komisji rządowej. Czas, choć względny, uciekał. Kyle był wyczerpany, papiery naprzeciw niego urosły w gruby plik. Bolało go całe ciało, szczególnie mięśnie prawej ręki. Czuł, jakby nadgarstek i ramię były związane ze sobą. Nie mógł już pisać.

– Zebranie przepadło – powiedział, z trudem rozpoznając swój własny głos. Słowa z trudem wydobyły się z zaschniętego gardła. Zaśmiał się i odkaszlnął. – Przepadło też chyba trochę moich kilogramów. Nie ruszałem się z tego krzesła od siedmiu godzin. To mój największy wysiłek od wielu lat. Garnitur wisi na mnie jak...

Widmo przytaknęło.

– Wiem. Przepraszam, wystawiłem cię na solidną próbę, twoje ciało i umysł. Myślisz, że nie było warto?

– Warto? – Kyle zaśmiał się raz jeszcze, tym razem swobodniej. – Radziecki Wydział Wywiadu Paranormalnego jest zniszczony...

– Będzie – poprawiła zjawa. – Za tydzień.

– ...a ty pytasz, czy było warto. O tak! – dobry humor opuścił Kyle'a. – Przegapiłem jednak zebranie. To było ważne.

– Nie całkiem – odpowiedziała zjawa. – A swoją drogą, to nie przegapiłeś. Czy raczej: przegapiłeś, ale ja nie.

– Nie rozumiem – Kyle uniósł brwi.

– Czas... – zaczęło widmo.

– ...jest względny! – dokończył szeptem Kyle.

Zjawa uśmiechnęła się.

– Na wstędze Möbiusa są drzwi do każdego czasu. Jestem tu, jestem także tam. Możesz mieć trudności, ale dzieło Gormleya, twoje i moje trwa. Otrzymasz pomoc, nikt nie będzie ci przeszkadzał.

Kyle powoli zacisnął usta, zakręciło mu się w głowie, czuł się wyczerpany, opadł niemal z sił.

– Podejrzewam, że chcesz odejść – powiedział. – A muszę jeszcze o coś zapytać. Wiem, kim jesteś, ponieważ nie możesz być nikim innym...

– Tak?

– Gdzie teraz jesteś? Gdzie jest twoje „teraz"? Gdzie? Czy rozmawiasz ze mną z Kontinuum Möbiusa czy przez nie? Harry, gdzie jesteś? – spytał Kyle.

– Zapytaj lepiej, kim jestem – widmo znów uśmiechnęło się cierpliwie. – Jestem nadal Harrym Keoghem. Harrym Keoghem Juniorem.

Usta Kyle'a znów otworzyły się szeroko. To przecież było w notatkach, a nie domyślił się wcześniej. Teraz wszystko stało się jasne.

– Ale Brenda, to znaczy twoja żona miała umrzeć, jej śmierć była przepowiedziana. Jak można zmienić lub uniknąć swojej przyszłości? Sam wiesz, że to niemożliwe.

Harry pokiwał głową.

– Ona umrze. Na krótko po porodzie, ale zmarli nie przyjmą jej.

– Umarli nie... – Kyle pogubił się.

– Śmierć to miejsce poza ciałem. Zmarli mają swoje własne życie. Niektórzy o tym wiedzieli, ale większość nie. Teraz wszyscy wiedzą? To nie zmienia niczego w świecie żywych, ale znaczy wiele dla umarłych. Teraz zdają sobie sprawę, jak cenne jest życie. Wiedzą, bo je stracili. Gdy umrze Brenda, moje życie także będzie nieszczęśliwe – oni na to nie mogą pozwolić. Są mi wdzięczni, rozumiesz?

– Nie przyjmą jej? Mówisz, że wrócą jej życie?

– W rzeczy samej. Są wśród nich tacy, którzy mają talenty, o których nikomu się nie śniło, Alec, miliardy talentów. Jeśli czegoś pragną, uczynią to. A jeżeli chodzi o moje epitafium, to sprawa mojej matki, która była trochę za bardzo pesymistyczna i nadopiekuńcza. – Jego zarys zaczął się rozmywać w promieniach światła zza okien. – Chyba już pora, żebym...

– Zaczekaj – Kyle poderwał się z miejsca. – Zaczekaj, proszę, jeszcze jedna rzecz...

Harry uniósł mgliste brwi.

– Myślałem, że wyjaśniłem już wszystko. Nawet jeśli nie, to i tak sam do tego dojdziesz.

Kyle kiwnął błyskawicznie głową.

– Tak, z pewnością, tak myślę. Tylko jedno pytanie: dlaczego? Dlaczego wróciłeś do mnie i opowiedziałeś?

– Proste – odpowiedział Harry. – Mój syn będzie mną. Będzie miał własną osobowość, własne życie. Nie wiem, ile prawdziwego mnie znajdzie się w nim, to wszystko. Może przyjdzie taki czas, kiedy on – my – będziemy potrzebowali przypomnienia. Jedno jest pewne: to będzie bardzo utalentowany chłopak!

Kyle nareszcie zrozumiał.

– Chcesz, żebym.... żeby sekcja... zaopiekowała się nim, tak?

– Dokładnie – powiedział Keogh i zaczął zanikać, poświata dziwnego błękitnego światła zaczęła drżeć jakby złożona z miliona cienkich neonowych nitek. – Zaopiekujesz się nim... aż on będzie w stanie potem zaopiekować się tobą. Wszystkim. Myślisz, że dasz radę?

Kyle wytoczył się zza biurka, wyciągnął ręce ku szybko zanikającej zjawie.

– Tak, zrobię wszystko, jak powiedziałeś!

– To wszystko, o co proszę. Zaopiekuj się też jego matką.

Błękit przeistoczył się w mgłę, pojedynczą linię niebieskiego światła, zjawa skurczyła się do rozmiarów małego punkcika, niebieskiej iskierki na wysokości oczu i znikła. Kyle wiedział, że Keogh ruszył ku swoim narodzinom.

– Zrobimy to, Harry! – krzyknął chrapliwie, gorące łzy spływały mu po policzkach, nie wiedział, dlaczego płacze. – Zrobimy to... Harry?

EPILOG

Dragosani wpadł we własną przeszłość tuż obok linii życia wampira. Podróż była krótka, ale przestraszyła go i oszołomiła. Zorientował się, że znów ma ciało – więcej niż ciało. Czuł nie tylko ciało, ale też otaczającą go obcą jaźń – był częścią kogoś innego. Ten ktoś był ślepy... i pogrzebany! Nieznany żywiciel walczył o wydostanie się z płytkiego grobu, z ciemności wieków, z gorzkiego więzienia ziemi.

Nie było czasu na zastanawianie się nad konsekwencjami. Dragosani dusił się, krztusił, znów był na skraju zapaści. Doznał już wiele bólu i nie pragnął go więcej. Przyłączył się swoją wolą do wysiłków żywiciela. Ziemia pękała powyżej. Dragosani powstał wraz z żywicielem.

Spadała z nich ziemia, gdy potrząsali głową, rozglądając się wokół. Była noc, w górze, poprzez zwisające gałęzie drzew, gwiazdy świeciły na zimnym niebie. Dragosani mógł widzieć!

Ale... Chyba skądś już znał to miejsce?

Ktoś stał nieopodal, w ciemnościach patrząc na niego. Wzrok Dragosaniego i jego żywiciela nabrał ostrości. Po chwili doznał szoku, gdy jak uderzenie młotem usłyszał ryk potwora:

– Wi... widzę... cię!

Potężny jęk grozy przetoczył się po krzyżowych wzgórzach!

I wtedy pojawiła się w ciemności druga postać – przysadzisty człowiek, o przenikliwym spojrzeniu. Po chwili rozległ się świst kołka z drzewa życia. Pocisk trafił w korpus żywiciela i utknął. Wtedy Dragosani przyłączył swój głos do wycia współmieszkańca ciała, próbował schować się pod ziemią. Nie było ucieczki, wiedział, że nie było ucieczki!

Nie mógł w to uwierzyć. To nie mogło się tak skończyć!

– Poczekaj – wrzasnął głosem żywiciela, gdy wyższa postać zbliżała się, dzierżąc w dłoni coś błyszczącego i ostrego.

– Nie widzisz? To ja!

Drugi Dragosani nie wiedział, nie mógł zrozumieć, nie chciał czekać. Nóż mignął stalowym błyskiem, uderzył celnie.

– Głupcze! Cholerny głupcze! – ryczała głowa Ferenczy-ego/Dragosaniego, tocząc się po ziemi. Wiedział, że to tylko jedna z wielu agonii, wielu śmierci na niekończącej się pętli jego istnienia na wstędze Möbiusa. To już się wydarzyło... dzieje się teraz... wydarzy się znowu... znowu... znowu...

– Głupcze – zakrwawione, drżące usta wyszeptały ostatnie słowo. Tylko, że tym razem mówił do samego siebie...

W SPRZEDAŻY:

NEKROSKOP II WAMPIRY

NEKROSKOP III ŹRÓDŁO

NEKROSKOP IV MOWA UMARŁYCH

NEKROSKOP V ROZNOSICIEL

NEKROSKOP VI BRACIA KRWI

NEKROSKOP VI OSTATNIE ZAMCZYSKO

W PRZYGOTOWANIU:

NEKROSKOP VIII KRWAWE WOJNY

NEKROSKOP IX STRACONE LATA

Tytuł oryginału: *Necroscope*

Copyright© Brian Lumley, 1988

Copyright© for this edition by vis-à-vis/Etiuda, Cracow

Wydanie II, poprawione

Tłumaczenie: Adam Podosek-Wilczewski
Projekt okładki: Marcin Wojciechowski
Skład i łamanie: Ernest Lebelt,
Joanna Czubrychowska
Korekta: Edyta Wygonik,
Arkadiusz Buczek

Wydawnictwo: vis-à-vis/Etiuda
30-549 Kraków, ul. Traugutta 166/9
tel. 0-12 423-52-74; 0501419889
e-mail: visavis_etiuda@interia.pl
www.visavisetiuda.pl

Druk: Drukarnia COLONEL s.j., Kraków, ul. Dąbrowskiego 16

ISBN: 83-89640-01-5